# A LONGA HISTÓRIA

REINALDO SANTOS NEVES

# A LONGA HISTÓRIA

ROMANCE

BERTRAND BRASIL

Capa: Raul Fernandes

Editoração: DFL

2007
Impresso no Brasil
*Printed in Brazil*

CIP-Brasil. Catalogação na fonte
Sindicato Nacional dos Editores de Livros, RJ

N427L Neves, Reinaldo Santos, 1946-
A longa história: romance/Reinaldo Santos Neves. –
Rio de Janeiro: Bertrand Brasil, 2006.
616p.

ISBN 978-85-286-1263-9

1. Romance brasileiro. I. Título.

07-1923
CDD – 869.93
CDU – 821.134.3 (81)-3


EDITORA BERTRAND BRASIL LTDA.
Rua Argentina, 171 — 1º andar — São Cristóvão
20921-380 — Rio de Janeiro — RJ
Tel.: (0xx21) 2585-2070 — Fax: (0xx21) 2585-2087



*Atendemos pelo Reembolso Postal.*

*Quem consegue parar*
*depois que começa a contar uma história?*
Guibert de Nogent, *Autobiografia*

Para Maria Clara,
com muito amor.

# SUMÁRIO

# UM QUÊ DE PREFÁCIO

*Busca*, em literatura, é tema mais do que consagrado: Borges já o disse. A centenas de heróis a literatura impôs a árdua tarefa de *buscar* alguma coisa para então contar a história dessa busca.

A *Odisséia* é a história da busca da própria casa e da própria mulher. *A demanda do Santo Graal* é a história da busca do cálice em que José de Arimatéia recolheu, ao pé da cruz, o sangue de Cristo. *Dom Quixote* é a história da busca de sentido na demência. O conto popular russo "A mulher do arqueiro" é a história da busca de uma coisa que ninguém sabe o que é num país que ninguém sabe onde fica. *A ilha do tesouro*, de Stevenson, é a história da busca do tesouro que o pirata Flint fez enterrar numa ilha deserta. *As minas de Salomão*, de Rider Haggard, é a história da busca das minas que, do interior da África, abasteciam de ouro e prata o reino do monarca hebreu. *O senhor dos anéis*, de J. R. R. Tolkien, é a história da busca de um lago de fogo onde destruir um anel mágico que confere a seu possuidor o dom e o poder da invisibilidade.

*A longa história* é a história da busca de uma história.

Salvo um punhado de *tecnicalidades*, que não direi aqui, não tenho muita coisa a dizer ao leitor, que dirá: Ainda bem. Não é porque um livro se chame *A longa história* que há de ter também um longo prefácio. Direi portanto apenas aquilo que me parece não deve deixar de ser dito.

É raro o texto em que eu tenha deixado de utilizar processos como metalingüística e intertextualidade. *A longa história* não faz exceção. A sua face metalingüística o leitor a verá diante de si a seu tempo. A face intertextual está espelhada na longa viagem que o romance leva o leitor a fazer pelo imaginário medieval europeu: da mitologia, da hagiografia, do conhecimento supostamente científico, da poesia produzida em latim ou em vernáculo e, sobretudo, do vasto acervo de histórias da Idade Média foi que retirei tudo que, neste romance, constitui o novelo de onde puxei a história da busca de uma história.

Não era minha intenção inicial usar de intertextualidade nesta obra. Nos dez anos que mediaram entre o momento em que me bateu a idéia da história e o momento em que me dispus a escrevê-la, sempre repetia, de mim para mim, como se soubesse que não seguiria o meu conselho: Posso, e devo, escrever esta história em não mais que cem páginas. Ou seja, apenas contar a fábula e pouco mais.

Só que teve um *só que*. O processo intertextual simplesmente tomou conta da obra em progresso, e este autor, invadido, simplesmente submeteu-se à invasão dos usurpadores, por sua vez usurpados da posse de seus próprios textos. Passei a dividir, portanto, a autoria deste livro com centenas de outros autores, desde Giraldus Cambrensis até Snorri Sturluson e os anônimos autores das sagas islandesas, desde William de Newburgh até Isidoro de Sevilha, desde Felix Fabri até Xystus Betulius Augustanus. Desde Jocelin de Brakelond, de quem extraí páginas e mais páginas de texto, substituindo pelos meus personagens de ficção os personagens dele históricos, até R. L. Stevenson, de quem surrupiei algumas descrições da região montanhosa do sul da França. Ou seja, de uns furtei mais, de outros menos, mas todos são, comigo, acionistas nesta empresa — A Longa História & Cia. Ltda. — e têm direito aos, quaisquer que sejam, dividendos que nos vierem de leitores e críticos.

Os poemas salpicados ao longo do romance, em sua maior parte, são de autoria de poetas medievais de diversas nações, que fui buscar em *A History of Secular Latin Poetry in the Middle Ages*, de F. J. E. Raby, de que achei na Biblioteca Central da UFES o primeiro volume. A tradução dos textos originais em latim é livre e, boa ou má, resulta de meu próprio e canhestro esforço.

Jorge Luis Borges é outro autor a quem o romance muito deve a sua escritura final. A *participação* de Borges se deu bem mais tarde, quando eu já andava às voltas com uma segunda versão do texto, mas foi essencial na resolução de um dos pontos nodais do romance: justamente o de *que tipo de história* seria a história de Posthumus de Broz.

A Idade Média é terreno já dantes percorrido por mim como escritor. O romance *A crônica de Malemort*, publicado em 1978, foi uma tentativa de recuperar a linguagem portuguesa arcaica como linguagem literária moderna. Nele tentei também, com base em pesquisa bibliográfica, reproduzir um verossímil panorama de época, embora sujeito, aqui e ali, a certas licenças poéticas cabíveis em obra de ficção. Assim, período e local em que se desenrola a trama são bem definidos: o século XIV (mais exatamente entre 1347 e 1356) e a França dilacerada pela Guerra dos Cem Anos.

Já a Idade Média de *A longa história* é construída com quase total liberdade. Aí, apesar da presença de um sutil *sotaque* medieval, não se vê o mesmo obsessivo compromisso com a linguagem da época que se vê em *Malemort*; aí o rigor geográfico é, por vezes, negligenciado (a Ingária, é claro, nunca existiu, embora seu nome tenha sido inspirado na Íngria, antiga província do sul da Finlândia); aí os dados históricos embaralham-se de acordo com as necessidades da ficção: por exemplo, fatos autênticos da eleição do abade de um mosteiro inglês transferem-se para um fictício mosteiro húngaro, onde se ambientam os livros V e VI do romance. Além disso, por meio da *proeza* de desprezar o fato de que a convenção a que chamamos Idade Média abrange um longo período de aproximadamente dez séculos, sujeitos a uma dinâmica histórica que torna cada um desses séculos diferente dos demais, permiti-me a comodidade de incluir na trama da história e no pensamento dos personagens *todo e qualquer* dado que me parecesse literariamente cabível, o que tornou, por exemplo, contemporâneos um poema do século V e outro do século XII. Nessa política de atemporalidade fui mais longe ainda, porque, se o relato de Felix Fabri sobre sua viagem à Terra Santa é do século XV, o auto *Susana*, a que os personagens assistem na cidade de Bérgamo, já é do século XVI.

A elaboração do romance exigiu cerca de três anos, tendo sido concluída em junho de 2003 uma primeira versão e em fins de 2004 a segunda, que é praticamente esta que está aqui. A Mauro Rosso, que veio a Vitória em janeiro de 2005 à procura de *A crônica de Malemort* e daqui levou *A longa história* para submeter à Bertrand Brasil, devo a iniciativa que redundou na publicação deste livro.

Por fim, a proposta deste romance, repito, é uma viagem — sem compromisso acadêmico — pelo imaginário medieval europeu. Seu tema, como o de tantos outros, é a busca de algo especialmente sagrado ou valioso. Só que aqui esse algo que se busca não é nada de tão sagrado como o Santo Graal nem de tão valioso como as minas de Salomão ou a ilha do tesouro. Mas o que poderia ser mais sagrado e valioso, como objeto de busca, do ponto de vista da própria literatura, do que uma *história*?

Reinaldo Santos Neves
Vitória/Vila Velha, ES, maio de 2006.

# LIVRO I

# a condessa de kemp

## 1. Proa

Uma história é como um navio. Nele embarca o autor, a quem cabe, como capitão, conduzir a história ao seu destino, embarcam os personagens como passageiros para a viagem de sua fabulação, embarcam ouvintes e leitores como tripulantes para a viagem de sua audição ou de sua leitura. Cada capítulo é um porto em que a história faz escala: assim, há capítulos em que desembarcam certos personagens e capítulos em que embarcam outros.

Mas, se todas as histórias são *como* um navio, nem todas começam *com* um navio. Esta começa: começa com um navio e com um copista.

O copista de que trata esta história em nada diferia dos demais copistas: sobre sua mesa de trabalho, lado a lado, jaziam dois manuscritos: à mão esquerda o códice, ou melhor, uma parte dele, abrangendo cerca de cem folhas da vasta *Crônica de Crassementum*; à mão direita, uma folha de pergaminho totalmente vazia.

E o navio? Ora, o códice jazia aberto na primeira página do capítulo CCXXVII da célebre *Crônica*. A primeira frase dizia: *Mors in navem Hugonis comitis Ingariae embarcavit*. No canto superior esquerdo da página cintilava uma bela iluminura: o artista desenhara a figura de um navio navegando por entre as pernas do M.

O navio chamara a atenção do jovem copista, que se deteve, cálamo imóvel entre os dedos, a esquadrinhar a figura. Ele nascera numa cidade à beira-mar, e desde criança se acostumara a ver e contemplar navios; nunca, porém, fizera uma viagem marítima, e não seria agora, aos vinte anos, que se disporia a enfrentar o oceano em tão frágeis embarcações.

Como copista que era, cabia-lhe, ao começar um novo capítulo, omitir a letra inicial da primeira palavra, deixando espaço suficiente para, mais tarde, outro irmão inserir ali uma iluminura. Inapto em arte tão árdua, o jovem sabia no entanto avaliá-la e apreciá-la. Aquele navio era, sem dúvida, trabalho de artista de grande habilidade. Ia navegando com vela negra enfunada e, na proa, via-se a figura de um unicórnio, o chifre solitário apontado em riste contra as brancas nuvens do céu azul. Quem a teria feito, perguntou-se o copista. Era notório que as mais belas iluminuras da biblioteca haviam sido feitas pela mão do próprio abade, quando ainda noviço no mosteiro. Talvez aquela também; ou então era trabalho de alguma outra mão que agora repousava, com o resto de seu corpo, num dos sarcófagos da cripta do mosteiro. Onde um dia, pensou o jovem copista, há de jazer também a mão que agora transcreve esta interminável *Crônica*.

## 2. Grim

Aquela era a biblioteca de um mosteiro, e esse mosteiro era o mosteiro de Dru, situado no coração da Ingária. Ao fundá-lo, há cerca de cem anos, o conde Andreas de Patrenullo teve de expulsar dali os habitantes de três aldeias próximas, para que sua presença não perturbasse a solidão dos monges. Suas casas, e até mesmo as três igrejas paroquiais, foram demolidas por ordem do conde, e aos habitantes oferecida a escolha de receberem tratos de terra em outro lugar ou de irem morar onde quisessem: apenas sete escolheram a primeira alternativa.

## 15

Dru é um mosteiro de quarenta monges e, desde que foi fundado, nunca uma só mínima nódoa de escândalo maculou-lhe a reputação como casa de virtude e de estudo. Nele ingressam, como oblatos ou noviços, meninos oriundos não só da Ingária como de todas as nações vizinhas (da Câmbria, da Hibérnia, e até mesmo dos povos anglos e saxões, hoje chamados pelo nome mais amplo de normanglo-saxões, ou simplesmente normanglos) e até de nações mais distantes, como a Caledônia.

Certa vez o bispo da Ingária veio ao mosteiro assistir à procissão que os meninos de Dru fazem todos os anos no dia dos Santos Inocentes. Os meninos penetraram igreja adentro com passo lento e olhos baixos. Eram a própria imagem da devoção em flor, e os monges sentiram-se orgulhosos deles. O bispo, porém, para tentá-los, fez derramar no soalho toda uma família de maçãs, que rolaram alegres e vermelhas ao encontro da procissão. Todos os meninos correram a recolhê-las, menos um, que se manteve imóvel, de mãos postas e olhos baixos, no meio do desgoverno dos companheiros. O bispo riu-se da frivolidade dos outros (sem censurá-los: eram apenas crianças), mas admirou-se da férrea disciplina daquele que resistira à tentação. Chamou-o e perguntou-lhe o nome e de onde viera. O menino disse que se chamava Grim e que nascera na cidade de Grimsby, na costa oriental da Normânglia. Tens um nome muito pesado, disse o bispo, mesmo para alguém tão austero como tu. Disse isso porque *grim*, nas línguas dos povos de origem germânica, como os saxões, significa o mesmo que *terribilis* ou *crudelis* em latim.

Essa história era contada em outros mosteiros, mas não em Dru: como exaltar a disciplina de um só menino sem ao mesmo tempo mostrar a frivolidade da ninhada inteira? Nos outros mosteiros, cujos meninos não tinham sido postos à mesma prova, a história servia a várias finalidades, entre elas a de ilustrar o versículo "muitos serão chamados, mas poucos serão escolhidos". O menino às vezes aparecia anônimo na história: *quidam puer*, um certo menino; outras vezes, era mencionado como *mali puer*, o menino da maçã; os outros meninos, porém, referiam-se a esse incômodo exemplo de disciplina como *malus puer*: o mau menino. Seu nome, no entanto, como se viu, era Grim de Grimsby.

Grim tinha, como foi mencionado, vinte anos, e há nove estava em Dru. Era um dos noviços do mosteiro. Era bom em seu ofício de copista, de modo que certa vez um cônego em visita ao mosteiro, admirado de sua perícia com um cálamo na mão, chamou-o de Manu Dextera; mas o cognome não vingou mais que alguns dias, e foi esquecido por todos, menos pelo próprio Grim.

Era este Grim o copista que nessa manhã, no *scriptorium* do mosteiro, preparava-se para copiar mais um capítulo da vasta crônica de Crassementum quando a figura do navio tomou-lhe posse do olhar. Acabara de atravessar com dificuldade a brenha de um discurso do duque de Suuarzuualt aos seus súditos, que se opunham ao casamento dele com Elinor de Petsam, que já era casada com Hugo de Kemp, conde da Ingária. O discurso do duque era enfadonho, e nele o duque tentava convencer os seus súditos de que o casamento de Elinor de Petsam com o conde da Ingária não era válido pelo direito canônico. Mas o duque falava demais, ou então o cronista que escrevera a crônica pusera palavras demais na boca ducal para explicar uma coisa que ele, Grim, se fosse cronista e não copista, não usaria mais de um parágrafo de trinta linhas para explicar. Nesse instante veio-lhe um pensamento: Se algum dia eu escrever uma crônica, hei de lembrar-me de mim mesmo hoje e terei dó dos copistas a quem se ordene copiar a minha crônica. Serei sempre breve. As coisas breves são sempre melhores que as longas. Então, disse um outro Grim, escondido na parte de trás da cabeça de Grim, a vida que temos breve neste mundo é melhor que a eternidade da graça de Deus que nos espera, se a merecermos, no outro?

Grim não soube o que responder a si mesmo. Aí, com um suspiro, abandonou aquelas abstrações e dedicou-se às suas tarefas. Tarefas, sim, no plural, pois ao copista cabem, em vez de uma, duas tarefas: leitura e transcrição. Porque quem escreve o que lê também lê o que escreve: o copista é, portanto, ao mesmo tempo leitor, porque lê o texto, e autor, porque o escreve. Trabalha com dois textos paralelos: o texto que lê e o texto que escreve.

# 17

O capítulo que esperava a atenção de Grim não era longo nem tedioso, de modo que ele em pouco tempo o transcreveu para o pergaminho:

"A Morte embarcou no navio do conde da Ingária. O navio chamava-se *Unicórnio*, e nele o conde embarcou acompanhado por uma de suas concubinas, que eram tantas que só o tesoureiro do conde, encarregado de atender-lhes as despesas, sabia o número exato delas; e embarcou, sem o saber, já condenado pela Divina Providência. Pois em alto-mar o peso de suas iniqüidades fez com que o navio estacasse de repente em sua via líquida. Simplesmente parou, imóvel, e recusou-se a seguir o curso, assim como age a mula obstinada. O vento soprava forte, a vela enfunava-se panda, as águas fluíam cursivas sob o casco do navio, as âncoras pendiam-lhe de ambos os lados como brincos, mas o navio parecia como se tivesse plantado raízes de pedra no solo do oceano e assumido a condição de rochedo no meio das ondas. O espanto foi uníssono entre os tripulantes, que, por mais que gritassem uns com os outros, não sabiam a que — ou a quem — atribuir o insólito comportamento da embarcação. Para sabê-lo, decidiram então recorrer ao velho costume de deitar as sortes, e as sortes, obedecendo fiéis à vontade de Deus, caíram sobre o conde. Ele replicou que não aceitava a sentença do que chamou de superstição de marinheiros: mera obra do acaso. Repetiu-se o processo uma segunda e depois uma terceira vez, e as sortes caíram e recaíram, tenazes, sobre o conde. A manifestação divina não podia ser mais clara, mas ainda assim o conde tentou esquivar-se, alegando que, como dono do navio, tinha o poder de anular o veredicto das sortes. O capitão e os tripulantes não levaram em conta as suas palavras. Assim, para que não perecessem todos com ele, ou por causa dele, o conde foi posto à força num bote com bagagem e concubina e entregue às mãos do mar. Imediatamente o navio petrificado recuperou a capacidade de mover-se e, respondendo ágil ao sopro do vento, começou a navegar sem qualquer empecilho; mas o bote afundou sob o peso dos pecados do conde, e ele e a concubina, que se chamava Sybilla, foram sugados pelas águas faiscantes e desapareceram para sempre da face do mundo e da vista dos homens."

## 3. O mestre de noviços

A morte providencial de Hugo de Kemp beneficiou uma trinca de interessados: o genro, Andreas de Patrenullo, que se casara com a filha única do conde, porque tornou-se, mais cedo do que previra, senhor da Ingária; a viúva, porque livrou-se de um marido inculto e cruel e, ao casar-se, pouco tempo depois, com o duque de Suuarzuualt, de condessa que era transformou-se em duquesa que veio a ser; o duque, porque anexou aos seus domínios o território de Petsam, que Elinor trouxera consigo, como dote, para a Ingária e, também como dote, levou embora consigo para Suuarzuualt. Esse território é constituído de uma família de ilhas, sendo duas delas maiores, como se fossem o pai e a mãe, e as demais menores, como se fossem a prole das maiores, e hoje pertence ao descendente de um dos filhos que o duque de Suuarzuualt fez, conscienciosamente, em sua mulher.

O capítulo seguinte, para desconsolo de Grim, era enorme, pois descrevia em minúcias o casamento do duque de Suuarzuualt com Elinor de Petsam. Grim, porém, não teve tempo de copiar-lhe nem a primeira frase, porque Didymus, o mestre de noviços, veio chamá-lo em nome do abade. Grim ao mesmo tempo ruborizou e estremeceu. Ir à presença do abade só podia significar alguma coisa de muito grave. Folheou célere as páginas da consciência, mas nenhuma das pequenas faltas que cometera durante a semana lhe pareceu digna de um chamamento abacial: nem mesmo o próprio Didymus achara que merecessem mais do que mornas repreensões. Com súbito terror, Grim imaginou que algum irmão o tivesse caluniado. Acusaram-me de herege, de libidinoso, de sodomita. Lembrou-se de um sonho úmido que tivera três dias antes; pensava ter lavado a túnica e o lençol sem que ninguém percebesse. Viram-me; acusaram-me; serei suspenso da mesa ou do oratório; serei punido de vara; serei excomungado. Mas que posso fazer se o demônio me visita no meu sonho? Ele entra sem bater à porta; entra sem pedir licença. Não quero receber mulheres no meu sonho, mas ele as traz pela mão e põe lá dentro.

Não quero derramar minha semente durante o sono em libações em honra do diabo, mas ele me vê indefeso e de meu membro faz chafariz como bem lhe apraz.

— Não tenho culpa — disse Grim em voz alta.

— Que fizeste? — disse Didymus, o mestre de noviços.

— Não fiz nada — disse Grim. E acrescentou: — O diabo é que me fez fazer.

— O diabo? — disse Didymus. — O diabo muitas vezes é um pobre inocente. Que fizeste, pecador?

— Sonhei com mulher — disse Grim.

O mestre de noviços bateu-lhe com a vara no ombro. Grim teve um sobressalto de dor. Queixou-se:

— Que posso fazer? Não é minha culpa. As mulheres entram nos meus sonhos como ladras.

— Como ladras? — repetiu Didymus. — E o que faz o cão de guarda de tua castidade? Deixa que entrem as ladras sem ladrar? Ao contrário: deixa de ladrar porque não vêm como ladras, mas como convidadas.

— Não — disse Grim.

— Sim — disse Didymus. — Se não as quisesses nos teus sonhos, elas não viriam freqüentá-los. Se vêm, se ficam, é porque queres que venham e que fiquem. Deves flagelar o corpo antes de dormir. Aí quero ver se elas ousam vir.

— Mestre — disse Grim. — Poupa-me.

— Poupo-te — disse Didymus, o mestre de noviços — até falares com o abade. Depois tornaremos a conversar sobre isso.

O *scriptorium* de Dru ficava na asa norte do corpo da igreja. O noviço e seu mestre juntos desceram a escada e saíram da igreja. A casa do abade erguia-se logo à frente deles. Entraram, e Didymus conduziu Grim até à porta da sala onde o abade recebia em audiência. O irmão Bedrus estava à porta: o braço direito do abade. Com um dedo da mão o braço direito do abade deteve Didymus, com outro fez entrar Grim. Grim teve um tremor ao se ver separado do mestre de noviços. Por dois motivos:

primeiro, porque, se comparecer à presença do abade já era indício de graves problemas, fazê-lo sozinho só podia significar problemas de extremíssima gravidade; segundo, porque Didymus descontaria no discípulo, depois, o agravo feito à sua pessoa e à sua condição.

## 4. O abade de Dru

Bedrus abriu a porta para Grim entrar. Grim entrou. Bedrus fechou a porta e deixou-o a sós diante do abade. O abade estava sentado à sua mesa. Grim adiantou-se com pernas trêmulas e caiu de joelhos diante do abade. Não ousou levantar os olhos; não ousou sequer abri-los. Era o poder e não o homem que o assustava: o abade de Dru só tinha qualidades: era homem de grande perseverança e aguda inteligência, corajoso nas ações, sensato nos juízos, e muito zeloso em tudo que dissesse respeito à religião; era culto e instruído, e tinha memória tão vasta como uma biblioteca, e aí guardava, entre outras muitas coisas, o Velho e o Novo Testamentos com todos os seus versículos; hábil na fala e na escrita, conhecia muito bem a arte de iluminar, sobressaindo-se no desenho das maiúsculas, como se pode ver pelas iniciais L e C na cópia do *Evangelium Longum* existente na biblioteca do mosteiro: ele as traçara e pintara já abade, para mostrar (mais a si próprio que aos outros) que a mão não havia perdido a antiga destreza. Era perfeito em composição métrica (é obra sua um repertório de enigmas sobre cada uma das letras do alfabeto) e, na presença de reis, competia com os menestréis declamando versos cômicos. Sim: era o poder e não o homem que assustava Grim.

— Levanta-te, menino — disse o abade.

Grim levantou-se.

— Grim — disse o abade —, em que trabalho estás ocupado agora?

— Pai — balbuciou Grim —, estou copiando a crônica de Crassementum.

— A crônica de Crassementum — disse o abade, e pousou sobre o lábio inferior dois dedos pensativos. — Eis uma formosa crônica. Muito instrutiva. Muito edificante. O que achas dela?

— Acho que é muito instrutiva. Muito edificante — disse Grim.

— E muito longa, certamente — disse o abade. — Há quanto tempo trabalhas nela?

— Dois meses — disse Grim.

— E em que capítulo estás? — perguntou o abade.

— No casamento do duque de Suuarzuualt — disse Grim.

— Qual casamento? — perguntou o abade. — São tantos.

— O casamento com Elinor de Petsam — disse Grim.

— Vinte páginas de pompa e de fausto — disse o abade. — Vinte páginas de nada e de coisa alguma. Eu sei. Eu me lembro. Eu copiei essa crônica no mosteiro de Cro, onde comecei minha vida monástica. Levei seis meses para copiá-la toda. Deus que me perdoe: muitas maldições lancei então contra o autor da crônica. Por que não foi capaz de resumir tudo aquilo? Gostava tanto assim do ruído da pena ao longo do pergaminho? Gostava tanto assim de desperdiçar tinta e pergaminho para contar uma história interminável? Queria tanto assim ser lembrado como autor da crônica mais longa do mundo? Vaidade, vaidade, tudo vaidade.

Grim não disse nada.

— Mas vais deixar de lado por algum tempo a crônica de Crassementum — disse o abade. — A condessa de Kemp requereu os serviços de um de nossos copistas, e decidi indicar a ti. Ela quer que copies uma história.

## 5. A missão

— Uma história? — disse Grim. — Devo copiar uma história para a condessa? Qual história?

— Uma longa história — respondeu o abade. — Talvez não tão longa quanto a crônica de Crassementum, mas, assim espero, menos tediosa.

— Devo começar hoje ainda? — perguntou Grim.

— A história não virá até ti — disse o abade. — Tu é que deves ir até a história.

— Devo ir a Kemp para copiá-la? — perguntou Grim, e um calafrio correu-lhe o corpo diante da perspectiva de uma *viagem*.

— Conheces geografia? — perguntou o abade. — Sabes onde fica a Ungária?

— Fica aqui mesmo — disse Grim, confuso. — Estamos na Ingária. Ou não?

— Não disse Ingária mas Ungária — disse o abade. — Uma letra faz muita diferença neste mundo. Hoje estás na Ingária. Troca-se um I por um U e amanhã estarás na Ungária. Pois vais fazer, em nome da condessa, uma longa viagem até um mosteiro longínquo na longínqua Ungária. É lá que está a história que deves copiar para a condessa.

Pensamentos convulsos tomaram conta da mente de Grim. Não havia nenhuma calúnia contra ele, ninguém o acusara de coisa alguma. Mas a conjectura de viajar, e ainda mais para *longe*, inundava-o de pavor: se nada havia aí de escandaloso, mesmo assim a Grim uma viagem parecia mais terrível do que suspensão de mesa ou de oratório, do que castigo de vara, do que excomunhão. Só não era mais terrível do que expulsão do mosteiro, já que expulsão do mosteiro continha numa coisa só ambos os tormentos: o escândalo e a viagem; o escândalo sem termo e a viagem sem volta. Grim procurou em sua mente alguma desculpa que o pudesse salvar, mas nenhuma lhe ocorreu. No ano passado, nesse mesmo mês, uma doença grave pusera-o de cama na enfermaria. Por que não esperara Deus o espaço de um ano para então impor-lhe a provação daquela doença? Por que, em vez disso, impunha-lhe, este ano, provação ainda pior? Pior, cem vezes pior: a doença Grim padecera no leito firme e estático da enfermaria; a viagem, padeceria no leito movediço e pressuroso da estrada. A doença retivera-o em casa entre os seus; a viagem lançava-o ao mundo como um cãozinho assustado.

— Não dizes nada? — disse o abade. — Muito bem. Partirás amanhã cedo com o irmão Bedrus.

Grim sentiu-se reconfortar.

— O irmão Bedrus irá também nessa viagem? — disse ele.

— Só até o mosteiro de Lom — respondeu o abade. — A partir de Lom estarás entregue aos cuidados do irmão Tatheus, grande gramático e filósofo, que a condessa escolheu como cabeça da missão. Na companhia dele seguirás para Kemp e, daí, para o continente.

— *Por mar?* — exclamou Grim, horrorizado.

— Vivemos numa ilha, meu filho — disse o abade de Dru. — Esqueceste?

## 6. Silêncio

O abade levantou-se de sua cadeira.

— Desde já imponho-te um voto de silêncio que não romperás até que estejas a caminho de Kemp. Não é necessário que ninguém saiba, por ora, a natureza da tua missão. E é sempre saudável provocar a curiosidade dos nossos irmãos, para castigá-la. Curiosidade se castiga com silêncio.

O abade fez sinal a Grim para chegar-se. Grim deu volta à mesa e chegou-se. O abade abrigou-o nos seus braços. Sua túnica recendia a alho.

— Deus te leve, Deus te traga — disse o abade.

Grim abriu a boca para responder. O abade calou-o erguendo o dedo aos lábios. Depois bateu palmas. O irmão Bedrus entrou. O abade, com um gesto das mãos, confiou Grim a Bedrus. Bedrus e Grim saíram da sala. O abade continuou em pé, olhos fixos na porta fechada. Tinha uma ou duas lágrimas em cada olho. Gostava de Grim. *Mali puer*: exemplo precoce de domínio da consciência sobre a vontade, da alma sobre o corpo.

— Não devo esquecer de rezar por ele — murmurou o abade.

Varreu com um dedo as lágrimas da face e sentou-se. Depois ergueu-se de novo e aproximou-se da janela. Viu então, lá embaixo, Grim atravessar a passagem em direção à igreja, cabisbaixo de tristeza.

— A viagem lhe fará bem — murmurou o abade. — O adolescente voltará adulto. Depois, terá todo o tempo do mundo para ficar quieto no seu canto.

Logo depois o abade viu Didymus, o *novitiarius*, vindo da escola, alcançar Grim e pousar-lhe o braço sobre os ombros. O abade sorriu, afastou-se da janela e voltou aos seus afazeres de abade.

Didymus tudo fez para que Grim abrisse a boca e lhe contasse a razão de sua súbita partida como procurador do abade. Em vão. Grim parecia que lhe tinham costurado os lábios com fio grosso. Lançava um olhar ao mestre de noviços e erguia o dedo aos lábios. Vendo a obediência de seu discípulo ao voto de silêncio imposto pelo abade, Didymus deveria ter sentido orgulho. Quantas vezes ele mesmo contara a história do monge que, chamado pelo abade quando começava a fazer o círculo da letra O, deixara-o meio feito e meio por fazer e correra a atender ao chamamento, porque a última coisa que queria era quebrar seu voto de obediência. Didymus deveria, então, ter sentido orgulho do discípulo. Mas não sentiu. No íntimo, julgava que o voto de silêncio de um noviço não podia estender-se a ele: ele era o *mestre* de noviços. Chegou, como último recurso, a dizer isso ao seu discípulo. Grim lançou um olhar a Didymus e sorriu; e de novo levou aos lábios mudos o dedo que falava por eles. Alguma coisa havia naquela pantomima entre os dois, na insistência do mestre, na recusa firme e tranqüila do noviço, firme e tranqüila porque ordenada de cima, que o divertia muito. À noite, antes de dormir, pensando a respeito durante o exame de consciência, tentou discernir se havia ali alguma isca de pecado — de orgulho, por exemplo. Mas não fora ele quem impusera o voto de silêncio, nem quem atiçara a curiosidade de Didymus. Fora o abade. E o abade entendia mais de pecado do que qualquer homem do mundo. O pecado estava é no mestre de noviços; ele, Grim, era apenas o instrumento pelo qual Didymus se punia a si próprio.

Grim não dormiu bem aquela noite: como poderia, se a todo momento se obrigava a lembrar que era aquela a sua *última* noite naquela cama, naquela cela, naquela casa? Quanta areia correria da cabeça para o estômago das ampulhetas até que lhe fosse dado voltar àquela casa, àquela cela, àquela cama? Onde dormiria amanhã? E depois de amanhã?

E em cada uma de todas as muitas noites que passaria longe da casa, da cela e da cama? Como dormir assaltado por tal enxame de tais pensamentos?

Mas finalmente dormiu, e mulher alguma lhe veio, a mando do demônio, freqüentar o sono com suas lascivas impertinências.

## 7. Barco sem remos

No dia seguinte Bedrus e Grim partiram de Dru. Tomaram a estrada para o sul, que é a estrada para Kemp e para o mar. Subiram a colina, chegaram ao topo. De lá Grim olhou para trás e viu o conjunto de edifícios do mosteiro. A igreja, o claustro, a casa dos noviços, o jardim, a enfermaria, o cemitério. Alguma fumaça se evolava da chaminé da cozinha: o irmão Castor estava preparando a refeição de que ele, Grim, não partilharia. Grim aspirou o ar fresco da manhã e pareceu-lhe sentir o cheiro da comida preparada pelo irmão Castor. Viu, de onde estava, as janelas do *scriptorium*, onde seus outros irmãos copistas estariam debruçados cada qual sobre seu trabalho; imaginou seu lugar vago; imaginou a crônica de Crassementum fechada e guardada no armário; quanto tempo levaria até que pudesse voltar ao mosteiro, acomodar-se em sua banqueta e continuar a transcrição da longa e tediosa crônica? De repente sentiu falta da comida do irmão Castor, da crônica de Crassementum, até da banqueta em que acomodava as nádegas para um longo dia de trabalho. Os seus instrumentos de copista viajavam com ele, mas ocorreu-lhe que devia ter pedido ao abade também a banqueta. Quem poderia dizer se suas nádegas se dariam tão bem com a banqueta do *scriptorium* do mosteiro da Ungária, para onde ia, como se davam com a banqueta a que se sentava havia quase cinco anos? Quem poderia dizer se era bamba a banqueta que o esperava na Ungária? Como poderiam esperar eficiência dele se não lhe dessem uma banqueta adequada? Mas agora era tarde. A jornada começava. A banqueta teria de esperar — quanto tempo, Deus e só Deus sabia — o seu retorno.

Nisso Grim se deu conta de que estavam ambos parados no meio do caminho, Bedrus e ele. Ou melhor, que ele estava parado no meio do caminho, de olho no mosteiro, e Bedrus, de olho nele, esperava-o terminar o exercício da sua despedida. O rosto de Grim decorou-se de rubor. O irmão Bedrus disse:

— Podemos seguir viagem?

Grim acenou que sim com a cabeça. Bedrus disse:

— Já podes falar. Ou preferes continuar em silêncio a viagem toda?

Grim acenou que não com a cabeça. Daí puseram-se a caminho. O irmão Bedrus ia montado numa mula branca, Grim num cavalo baixo, de carga. Chamava-se Diana a mula branca, Vorax o cavalinho de carga. Foram indo em silêncio, todos os quatro. Grim sentia um pudor de falar, como se a língua ainda estivesse sujeita ao voto de silêncio imposto pelo abade. Bedrus ia assoviando pelo caminho, e às vezes parava de assoviar para responder ao verso de um rouxinol aqui, de um tordo ali. Desceram a colina e, deixando a estrada que seguia direto para Kemp, penetraram num bosque.

— Não me perguntas por que deixamos a estrada? — perguntou Bedrus.

— Deves saber o caminho que nos convém seguir — respondeu Grim.

— E se este fosse um dos caminhos que conduzem ao inferno? — perguntou Bedrus.

— Pai — disse Grim —, nenhum caminho que eu percorra contigo me levará ao inferno.

— Tens a língua doce — disse Bedrus — como a dos louvaminheiros.

— Meu coração mandou-me dizer o que eu disse — replicou Grim.

— Não importa — disse Bedrus. — Mas, ainda que não queiras sabê-lo, informo-te que vamos pelo meio da floresta porque é o caminho mais curto até o mosteiro de Lom.

Grim não disse nada.

— Já ouviste falar de Tatheus de Lom? — perguntou Bedrus.

— Já — respondeu Grim. — Ouvi dizer que é um grande gramático e filósofo.

— Em Lom terás ocasião de conhecê-lo em pessoa — disse Bedrus. — E terás, como sabes, o privilégio de sua companhia durante toda a viagem. Aprenderás com ele muita coisa.

Grim não disse nada.

— Não quero ser o único a falar nesta viagem — disse Bedrus. — Fala de ti. De onde és?

— Sou de Grimsby — disse Grim.

— Lama é o que não falta — disse Bedrus — no seio de Grimsby.

E pôs em Grim um olho interrogativo, que Grim retribuiu da mesma maneira.

— Um jovem da Norvégia — disse Bedrus — fez um poema sobre sua primeira viagem à Ânglia. Esse é o verso em que ele fala de tua cidade.

— Há outras coisas em Grimsby — disse Grim — além de lama.

— Imagino que sim — disse Bedrus. — Quanto a mim, sou da pátria Hibérnia, que alguns chamam Escótia.

— Conheço a tua história — disse Grim.

— Conheces? — disse Bedrus. — Então conta-me. Quero ouvi-la.

— Éreis três jovens amigos — disse Grim — e por amor a Deus resolvestes partir do vosso país em peregrinação para onde Deus vos quisesse levar. Tomastes um bote feito das peles de três animais, pusestes dentro alimento para sete dias, largastes os remos na praia, atados em forma de cruz, e vos entregastes às mãos de Deus. Em sete dias ele vos trouxe até Margam. Ali vos separastes e cada um de vós tomou seu caminho. Depois de um ano vos encontrastes os três sob a asa maternal do santo monge Nannan.

— Com Nannan — disse Bedrus — aprendemos tudo que podíamos aprender. Quando Nannan morreu, separamo-nos os três novamente, porque essa era a vontade de Deus. Deus trouxe a mim até Dru, e Tatheus até Lom. Do terceiro não temos notícia, mas Deus certamente está com ele onde quer que se encontre.

Enquanto seguiam pelo interior da floresta Bedrus relembrou alguns episódios vividos por ele e seus dois amigos quando discípulos do santo monge Nannan. Nannan recebera de Deus o dom da clarividência e da profecia. Certo dia Tatheus veio até o santo e disse: Preciso de um dos irmãos para conferir comigo a cópia que fiz do saltério e corrigi-la. Ouvindo isso, o santo disse: Por que fazer esse trabalho sem necessidade? Nessa cópia que fizeste do saltério não há sequer uma só letra supérflua, assim como não falta letra nenhuma em todo o texto, exceto uma única vogal I. E de fato, depois que se releu todo o saltério do início ao fim, descobriu-se que era verdade o que o santo dissera.

Isso acontecera com Tatheus. Com Bedrus acontecera o seguinte. Num dia de primavera Nannan estava sentado à porta da casa imerso em contemplação quando viu Bedrus, a certa distância, lendo um livro, e aí gritou para ele: Toma cuidado, meu filho, toma cuidado, porque me parece que o livro que lês está prestes a cair dentro d'água. E assim sucedeu, pois Bedrus, quando se levantou pouco depois para executar alguma tarefa na ermida, esqueceu-se do aviso do santo, e o livro, que ele levava sob um braço displicente, de súbito escorregou e caiu dentro de um balde, que estava posto ali perto cheio d'água.

Grim riu-se do embaraço do jovem Bedrus, e quis saber que livro era aquele que tomara um banho no balde, mas Bedrus não se lembrava mais.

Mas contou mais um incidente, este ocorrido com Padrigius, o terceiro dos jovens peregrinos vindos da Hibérnia num bote sem remos. Certo dia ouviu-se um berro do outro lado da ilha onde ficava o *monasteriolum* de Nannan. O santo, sentado lá dentro do casebre feito de tábuas, reconheceu a voz e disse a Bedrus: Vê como Padrigius anuncia aos berros a sua chegada? Dos três de vós, é ele o mais desajeitado de todos, e hoje me há de derrubar o tinteiro e derramar a tinta.

— Assim que ouvi essas palavras — disse Bedrus — fui logo me pôr à porta para esperar a chegada de Padrigius e salvar o tinteiro de seus gestos desastrados. Mas, por alguma razão, tive de deixar o meu posto e justamente nesse instante Padrigius entrou porta adentro. Aí, em sua pressa de beijar o santo, o que aconteceu? Esbarrou na mesa com tanta violência que derrubou o tinteiro e a tinta derramou-se toda sobre o chão.

Bedrus riu ele mesmo com gosto da história do tinteiro. Depois disse:

— Deves ter percebido por essas três histórias que já na juventude, dentre nós três, Tatheus era o mais ordeiro e minucioso, e Padrigius o mais tonto e canhestro. Quanto a mim, talvez tivesse e tenha alguma coisa de Tatheus e muita de Padrigius.

## 8. *Merulus*

Uma sinfonia de pássaros acompanhava-os floresta adentro. De repente um pássaro preto, talvez um melro, desceu até bem perto de Grim, e ficou voejando em torno de sua cabeça, tão perto que ele estendeu um dedo e no dedo pousou-lhe o pássaro. O irmão Bedrus tinha estacado com sua mula e observava Grim e o pássaro com um olhar agudo. Depois bateu palmas com estrépito e o melro fugiu da mão de Grim e desapareceu na floresta. Grim pregou em Bedrus um olho indagador. Bedrus disse:

— Tira esse olho de cima de mim.

Grim baixou o olho. Bedrus espicaçou Diana, a mula, com o calcanhar. Seguiram em silêncio por algum tempo, Bedrus adiante, Grim atrás. Aí Bedrus disse, sem se voltar:

— Não estás sentindo nenhum ardor?

Grim respondeu que não. Bedrus estacou, olhou para trás.

— Se pensas que por inveja espantei o pássaro que te pousou no dedo, estás enganado. Não leste as histórias que se contam de nosso patriarca São Bento? Não leste que um dia, quando o santo estava só, um melro começou a voar-lhe em torno do rosto? Voava-lhe tão perto que o santo poderia, se quisesse, apanhá-lo na mão. Em vez disso, São Bento fez o sinal-da-cruz e o pássaro voou para longe como uma flecha. Imediatamente o santo foi assaltado por uma terrível tentação da carne. Uma vez, muito tempo antes, ele vira uma mulher na rua, e essa mulher lhe chamara a atenção. Naquele momento, a lembrança dessa mulher invadiu-lhe a mente e ateou-lhe fogo na alma, e o desejo que sentiu foi tão forte que ele quis abandonar a ermida e sair à procura daquela mulher onde ela estivesse. Mas a graça de Deus veio-lhe em socorro. Como houvesse, providencialmente, muitas moitas de urzes e urtigas ali por perto, o santo arrancou as vestes e atirou-se no meio das moitas, e ali girou e rolou durante muitas horas. Quando finalmente se ergueu, o corpo estava todo ferido e lacerado. Assim, por meio dos ferimentos do corpo ele curou os ferimentos da alma, mudando o prazer em dor, e pela extrema ardência do fogo de fora apagou o fogo de concupiscência que lhe ardia na alma. Agora diz-me, rapaz, não sentiste nenhuma tentação como a que o santo sentiu, não te lembraste de mulher nenhuma, não te latejou o membro que trazes aí embaixo desses panos?

Grim disse que não, sacudindo a cabeça com veemência. Assustava-o a inquirição de Bedrus. Quisera ter sentido alguma coisa, quisera ter lembrado de alguma mulher, quisera que o membro lhe tivesse enfunado o grosso tecido da túnica. Aí era só mergulhar na moita de urtigas mais próxima e sair dali com a pele em fogo: melhor que passar por mentiroso aos olhos de Bedrus ou, pior ainda, por presunçoso: como se quisesse ser mais santo que o santo patriarca.

Mas Bedrus sabia distinguir o cheiro da verdade do cheiro da mentira.

— Acredito em ti — disse ele. — Mas fica atento. Hoje esse pássaro, que é o demônio, falhou em tentar-te com cogitações carnais, talvez porque estejas muito excitado com a perspectiva da viagem e da empresa que te foi confiada. Mas fica atento. Satã não tenta um cristão da mesma maneira uma vez só. Esse pássaro há de voltar a te rondar a alma algum dia.

## 9. Maravilhas

A viagem de Dru a Kemp durou quatro dias: dois dias de Dru até o mosteiro de Lom; dois dias do mosteiro de Lom até o castelo de Kemp.

Oitenta milhas de percurso, bosque, rio, pântano, colina; bosque, rio, pântano, colina. Para Grim, que nunca viajara para o sul mais do que, se tanto, cinco milhas, que nunca pousara o pé no chão além do rio Nant, tudo era novidade e coisa nova. Até as mesmas árvores, as mesmas flores, os mesmos pássaros, que já conhecia de ver (e, no caso dos pássaros, de ver e de ouvir) em Dru, vê-los e ouvi-los longe de Dru era novidade e coisa nova. Que dizer então de sua admiração diante do acidente de uma flor ou de uma árvore nunca ainda vista, de um pio de pássaro até então inaudito e que, portanto, soava estranho como uma frase em língua bárbara? Que dizer então de sua expectativa (misturada a certo receio) de encontrar, se não hoje, amanhã, se não amanhã, na semana vindoura, um peixe com dentes de ouro, um homem com orelhas de burro, uma mulher com pêlos de barba no rosto? Se era longo o caminho de Dru a Kemp, passando pelo mosteiro de Lom, muito mais longo seria de Kemp até Broz, passando por lugares exóticos como Burdigala e Mediolanum. Quantas criaturas fantásticas o aguardavam no percurso para que seus olhos as vissem e para que seus cabelos se pusessem em pé por força do susto?

No segundo dia de caminhada os dois viandantes atravessaram o rio Nigra Dea e aproximaram-se, pouco depois, das ruínas de uma igreja. Talvez a palavra *ruínas* seja muito generosa para se aplicar ao que não passava de alguns resquícios calcinados de parede que se erguiam a poucos palmos do chão. Que igreja era essa, quis saber Grim. Bedrus, que sabia de tudo, disse que era a igreja de Santo Afan. O que foi que a destruiu de forma tão cabal, quis saber Grim. Tempestade? Incêndio? Falha de engenharia? Bedrus respondeu: Pagãos. Um século atrás, disse ele, navios pagãos subiram o rio Nigra Dea semeando hordas de saqueadores em ambas as margens. Cobriram este país de sangue e de luto, destruindo a ferro e a fogo tudo que encontraram. Sim. Os invasores transmarinos raptaram homens e mulheres; mataram centenas de pessoas; saquearam mosteiros; puseram fogo a igrejas e capelas; roubaram gado. A igreja de Santo Afan eles invadiram em plena missa, mataram os sacerdotes e destruíram todo o edifício, por dentro e por fora. As vigas da igreja foram cortadas e carregadas até à margem do rio, para serem usadas em reparos nas embarcações. Depois, não satisfeitos com tanto estrago feito à casa de Deus, ainda puseram-lhe fogo. A igreja ardeu, disse Bedrus, até as fundações; a única coisa que não queimou, e que se achou depois no meio das cinzas, foi a caixa de pinho contendo a hóstia consagrada. O irmão Bedrus fez o sinal-da-cruz diante das ruínas, em respeito ao milagre que compensava toda uma tragédia. Grim ajoelhou-se no solo santificado e enfiou as mãos por baixo daquele tapete de cinzas bentas; retirou-as dali lavadas de negro; persignou-se, deixando na testa uma cruz cinérea; por fim mergulhou de novo as mãos no assoalho de pó e deixou cair mancheias de cinzas sobre a cabeça. Começou a cantar um salmo e teria cantado ali todo o saltério se Bedrus não o interrompesse: Vamos, *puer*, temos de chegar ainda com luz a Campulus Bovis.

Continuaram a andar, e Bedrus ia mostrando a Grim maravilhas. A duas milhas de Campulus Bovis, pararam à margem de um lago para matar a sede. Havia um bote no meio do lago, e no bote uns pescadores, munidos de redes, praticando o seu ofício. Bedrus espiou-os da margem, contemplativo.

— Agrada-me ver este lago de novo habitado de peixes — disse ele.

E contou a Grim uma história fabulosa mas verdadeira. Alguns anos atrás, vivia naquelas águas uma numerosa população de peixes, e a gente de Campulus Bovis costumava tirar dali uma parte de seu sustento. Uma noite, alguns habitantes da vila, voltando a casa, ouviram um grande e estranho alarido que parecia provir do lago. Não sabiam o que podia ser e, apesar do medo, foram lá ver o que era. E era isto: os peixes do lago estavam travando entre si uma batalha feroz, tão feroz e tão violenta que alguns deles saltavam no ar e no ar se debatiam uns com os outros em combate mortal. O tumulto dos peixes, sua loucura, sua agonia, faziam as águas fervilharem como fogo, e era esse o ruído que se ouvia a grande distância do lago. Os homens ficaram ali, à margem, o resto da noite, assistindo ao massacre. Pela manhã, os corpos de milhares de peixes flutuavam sobre as águas do lago como os mortos de uma batalha naval: de uma naumaquia. Não tinha ficado vivo nem um só. Tinham-se destruído totalmente uns aos outros.

Grim ouviu de boca aberta aquela história.

— Mas por que fizeram isso? — perguntou.

— Alguns dias depois — disse Bedrus — chegou a notícia da morte do rei Olavus da Norvégia. Aí se observou que a batalha entre os peixes se dera na mesma noite em que o rei fora morto. Não havia dúvida possível: a Natureza anunciava de forma desnaturada um feito igualmente desnaturado: a morte de um rei mártir em batalha contra os próprios súditos.

— Mas se o rei Olavus foi morto na Norvégia — perguntou Grim —, por que a Natureza não provocou esse prodígio num lago da Norvégia, em vez de usar para isso um remoto lago da Ingária?

— Não sei — disse Bedrus.

Passaram aquela noite na igreja de Campulus Bovis. Serviram-lhes peixe nativo do lago, que Bedrus comeu com prazer mas Grim recusou. A história o alarmara muito. Já em Grimsby, quando criança, perturbava-o ver, depois de uma noite de tempestade, as rochas litorâneas prateadas de peixes mortos, peixes que tinham sido projetados para fora do seu elemento pela fúria da ventania. A Natureza fora dos eixos era mais do que ele podia aceitar com tranqüilidade. Custou um pouco a dormir aquela noite.

No dia seguinte tomaram o caminho do mosteiro de Lom. Depois de viajarem por uma hora encontraram um camponês sentado sobre uma pedra à beira da estrada, descansando. O homem era loquaz. Disse que morava em Campulus Bovis e vinha da ermida de Santo Eulalius, onde fora pagar uma promessa. Eulalius era o santo vernáculo da Ingária, e antes de ser santo fora, com o nobre nome de Jocelin, conde do país. Essa sua ermida, uma dentre dezenas, ficava a uma milha de Lom, e era ali que se guardava o cajado de Eulalius, responsável por centenas de curas, principalmente em caso de moléstia manifestada sob a forma de tumores. Todo dia dezenas de pessoas com tumores no corpo acorriam à ermida em busca de cura. Punham um vintém na bandeja de esmolas, tocava-se-lhes o tumor com o cajado, voltavam para casa e em pouco tempo o tumor cedia e fechava, e o corpo recobrava inteiramente a saúde.

— Eu tinha — disse o camponês — um tumor enorme na virilha. Estive na ermida há alguns meses para me curarem com o santo cajado. O vintém da esmola perdi no caminho, e só pude dar meio vintém ao santo, não mais. Fui para casa e o tumor cedeu pela metade. Agora voltei à ermida para pagar o resto da dívida e me curar por inteiro.

Grim quis ver o tumor. O camponês mostrou, chamando a atenção de Grim para a mancha que lhe ficara na pele: sinal da metade do tumor curada antes. Grim sorriu meio tonto diante da evidência do milagre feito pela metade, mas mesmo assim milagre, ou talvez maior milagre ainda do que um milagre inteiro.

— Ouvi falar de um homem — disse o camponês — que veio da Hibérnia com um tumor enorme embaixo do braço. Não trouxe dinheiro, mas prometeu fielmente que, se fosse curado, viria à ermida em tal dia pagar o vintém. O cajado cumpriu a sua parte e o tumor desapareceu, mas o homem não veio à ermida saldar a dívida no dia marcado. No dia seguinte o tumor apareceu-lhe outra vez no corpo, e maior do que antes. Aí ele não perdeu tempo. Veio o mais depressa possível à ermida e, para não correr risco, depositou na bandeja três vinténs. O tumor desapareceu e nunca mais voltou.

— Pai — disse Grim a Bedrus —, o mundo de Deus é um mundo maravilhoso: é o teatro dos milagres divinos!

— Sim — disse Bedrus —, e nós somos os personagens com que ele encena os seus milagres.

## 10. O conde Jocelin

A condessa de Kemp não se fez condessa por matrimônio mas por filiação. Seu pai chamava-se Jocelin: era filho daquele Andreas de Patrenullo que sucedera ao sogro como conde da Ingária: era neto, portanto, do ímpio Hugo de Kemp, que afundou no mar sob o peso de seus pecados. Nascido conde, em sua maturidade metamorfoseou-se de conde em monge e em santo. Não há como a Fábula falar de Jocelin sem mudar o tom de voz, não em homenagem ao conde mas ao santo.

Jocelin, conde de Kemp. A gente da Ingária e seus netos e os netos de seus netos se lembrarão dele não porque foi conde, mas porque trocou a pele da riqueza e da nobreza pela pele da pobreza e da humildade. Será lembrado não pela gloriosa batalha de Myrrha, em que derrotou um conde adversário, hoje esquecido, mas pela batalha ainda mais gloriosa que infligiu ao diabo ao converter para Cristo um verdadeiro exército de almas pagãs. Será lembrado não como conde e soldado, mas como santo e apóstolo. Será lembrado não por sua espada, mas por seu cajado. Será lembrado não como Jocelin, mas como Eulalius: palavra grega que quer dizer aquele que fala bem ou, melhor ainda, no caso, de quem se fala bem.

Será lembrado menos pelos atos e feitos que fez em vida, agindo segundo seus próprios impulsos e paixões, do que pelos milagres que fez depois de morto, por obra e graça de Deus e do Espírito Santo. Para a gente da Ingária, o conde Jocelin está vivo hoje, morto, mais do que nunca antes, vivo.

A longa passagem tanto do conde Jocelin como do monge Eulalius pelo mundo está bem delineada na *Vita Beati Eulalii*, composta pelo seu primeiro biógrafo, Natalis de Lom. Autor de muitas outras vidas de santos e de santas, Natalis dedicou-se à composição da *Vita Eulalii* quando já contava sessenta anos de clausura no austero mosteiro de Lom. Esse foi seu último livro e, segundo se diz, *pulchrissimus liber eius*: o melhor de todos os que constam da longa lista de suas obras. Não é, porém, nem poderia ser, uma *vita* sem lacunas. Não se acha nesse texto inspirado, por exemplo, nenhuma menção à potência que a voz de Eulalius adquiria quando o santo cantava os salmos. Ora, segundo contam várias pessoas que por sua vez ouviram isto contarem, de sua própria boca, várias testemunhas *auriculares*, todas diferentes, o que serve para autenticar *satis superque* o fato como verídico e insuspeito, o santo, ao cantar na igreja no meio de seus irmãos, cantava em tom de tal modo altissonante que se podia ouvir a sua voz a uma milha de distância dali, ou seja, a mil passos bem contados de distância. Contudo, o que é ainda mais estranho, sua voz não parecia, àqueles que estavam com ele na igreja, nem um grau mais forte que a dos outros, e no entanto quem estivesse no mesmo momento à distância de uma milha da igreja ouvia-a tão bem que era capaz de distinguir cada sílaba dos versos cantados, pois sua voz soava igualmente clara e nítida tanto longe como perto, prodígio que só pode ser atribuído à ajuda e à graça do Espírito Santo.

Conta-se outra história, também ausente da *Vita* composta por Natalis, a respeito da grande e assombrosa potência de sua voz. Um dia, tendo Eulalius saído com alguns de seus companheiros para pregar a verdadeira fé em país hostil, iam eles margeando uma floresta escura quando alguém advertiu que já era hora das vésperas. Assim, Eulalius e os seus interromperam a marcha e puseram-se a cantar hinos ali mesmo onde estavam, sem saber que numa clareira dentro da floresta havia o antigo templo de um deus pagão. Logo acorreu o guardião do templo, seguido de muitos ou, mais que muitos, muitíssimos adeptos da falsa religião, e começaram todos juntos a fazer grande alarido de vozes e trombetas para abafar os hinos cristãos. Diante disso, o santo começou em resposta a cantar o salmo XLIV, *Caiu do meu coração com grande ímpeto uma palavra boa*, e sua voz percutia no ar com tanta força que cada verso ressoava como um estrondo de trovão, o que fez com que toda aquela gente de pagãos, mais o seu sacerdote, tomados de terror e de espanto, fugissem para dentro da floresta como ratos.

O derradeiro dia de Eulalius neste mundo transcorreu exatamente como conta Natalis em sua *Vita* do santo: o anúncio celestial, o lume fulgurante na capela onde o santo fazia suas últimas orações, a morte em pleno exercício de louvor a Deus. Natalis calou, porém, de registrar em sua obra o encontro entre o santo e um pobre asno de carga, fato espantoso e tanto mais importante porque ocorrido também no último dia de vida de Eulalius, e se o omitiu foi porque, segundo dizem uns, não lhe contaram essa história, ou porque, segundo dizem outros, a julgasse abaixo da dignidade do santo. O que aconteceu, de acordo com o testemunho de Fergusius, que seguia com Eulalius na ocasião, foi isto. No sábado, pelo meio da tarde, Eulalius foi, junto com Fergusius, benzer um celeiro recentemente construído nas vizinhanças. Depois de benzer o celeiro e mais dois fardos de trigo que lá dentro estavam, Eulalius disse a Fergusius aquelas palavras que Natalis incluiu, como não podia deixar de fazer, na *Vita* do santo: Nas Escrituras o dia de hoje se chama *sabá*, que é uma palavra da língua dos hebreus que significa *repouso*. Isso se aplica hoje especialmente a mim, pois este é o dia em que termina o árduo trabalho que me foi confiado aqui na terra e em que começa o longo repouso que me foi prometido como retribuição por todas as minhas fadigas e vicissitudes; assim, hoje à meia-noite, quando começa o dia do Senhor, hei de me reunir aos meus antepassados. Pois isso me foi revelado, irmão, pelo próprio senhor Deus. Ouvindo essas palavras, Fergusius começou a chorar com grande amargura, e o santo se esforçou por consolá-lo da melhor maneira que pôde. Depois disso, saíram ambos do celeiro e tomaram o caminho de volta ao convento.

Isso é o que está no livro de Natalis. O que não está é que, depois de caminhar algum tempo, curvado pela velhice, Eulalius resolveu sentar-se à margem da estrada para descansar um pouco. Nesse mesmo lugar, em lembrança do descanso do santo, ergueu-se mais tarde uma cruz que até os dias de hoje se pode ver ali, e que tem como pedestal uma pedra de moinho. Foi nesse momento que dele se aproximou um pobre asno, que os monges usavam para transportar do estábulo até o mosteiro vasilhas cheias de leite fresco. Pois o pobre asno chegou-se até diante do santo e, maravilha dizê-lo, pousou a cabeça sobre o ombro dele — inspirado, decerto, por Deus, já que cada animal recebe, na medida da vontade do Criador, o dom de conhecimento das coisas — e, consciente de que Eulalius estava prestes a deixá-lo, e que por isso não o veria mais, começou a proferir gemidos dolorosos e, como se fosse um ser humano, a verter lágrimas copiosas sobre o ombro do santo. Fergusius, ao ver aquela cena inusitada, tentou retirar dali o pobre asno carpideiro, mas Eulalius impediu-o, dizendo: Deixa-o, irmão. Já que ele gosta tanto de mim, deixa-o derramar em meu ombro a sua mágoa. Tu, embora sejas homem, e tenhas uma alma racional, não vislumbraste nenhum sinal de minha partida, nem terias conhecimento dela se eu mesmo há pouco não te falasse a respeito, mas a este pobre asno desprovido de razão é evidente que o próprio Criador comunicou de alguma forma que este seu velho amigo vai deixá-lo em breve. Dito isso, o santo abençoou o asno, que então se afastou prado afora levando consigo a carga de uma grande tristeza.

Então Eulalius retornou com seu companheiro ao convento. Entre as últimas coisas que fez, e Natalis o registra em seu livro, lê-se que o santo passou algum tempo em sua cela transcrevendo o saltério, como tinha costume de fazer todas as noites. Quando ia copiando o Salmo XXXIII, ao chegar ao versículo em que está escrito *Os que buscam o Senhor não serão privados de bem algum*, o santo suspendeu o cálamo e disse: Aqui, no final deste verso, devo encerrar o meu trabalho de copista; que o meu sucessor tome o cálamo e prossiga a transcrição a partir do versículo que se segue. O último versículo escrito por Eulalius se aplicava perfeitamente a ele, pois não estava ele de partida para a pátria celestial, onde os bens eternos nunca lhe haveriam de faltar? Da mesma forma, o versículo seguinte se aplicava também perfeitamente ao seu sucessor, a quem caberia prosseguir não só a transcrição do saltério mas também a instrução de seus filhos espirituais: *Vinde, filhos, ouvi-me: eu vos ensinarei o temor do Senhor*.

Mas essas coisas, e muitas mais, estão no livro de Natalis. E hoje, de acordo com a sentença das Escrituras Sagradas, partilhando dos triunfos eternos, agregado aos patriarcas, associado aos profetas e apóstolos, computado entre os milhares de santos que lavaram suas alvas túnicas no sangue do Cordeiro, Eulalius segue o Cordeiro aonde quer que ele vá. Tudo por graça de Nosso Senhor Jesus Cristo, em quem, com o Pai, esteja a honra, e o poder, e o louvor, e a glória, e o domínio perpétuo, na unidade do Espírito Santo para todo o sempre.

## 11. As esposas do conde

Convém à Fábula dizer e ao ouvinte ouvir que Jocelin de Kemp casou-se três vezes e teve três filhos e três filhas. Convém saber que, antes de deixar o mundo e fazer-se monge entre os monges da ilha de Cro, o conde sofreu muitas perdas. Das esposas, perdeu as três; dos filhos, perdeu todos; das filhas, perdeu a mais velha e a mais moça.

Jocelin casou-se ainda criança com sua primeira esposa, também uma criança, Mabilla, uma das filhas do duque de Nêustria. A menina era rica de dote mas pobre de saúde e morreu de uma febre antes de completar quinze anos.

A segunda esposa do conde chamava-se Fecunda. Estiveram juntos durante dez anos, e durante nove anos Fecunda, por ironia da Providência, não deu ao marido nenhum filho. No décimo ano ficou prenhe. Foi para ambos um ano muito feliz, transcorrido na expectativa do filho longamente esperado. Quando lhe veio o tempo de parir, Fecunda teve de enfrentar grande sofrimento. Parto é uma batalha campal cheia de dor e de sangue. O parto de Fecunda foi das mais sangrentas e dolorosas batalhas já travadas por uma mulher em situação de, para citar o termo usado por Righ, o poeta, ao descrever o episódio em miríficos hexâmetros, em situação de *matrefetomaquia*: de combate entre mãe e feto. Por mais que se esforçassem a mãe, os médicos e as parteiras, a criança teimava em manter-se trancada no claustro do ventre materno. Três dias Fecunda debateu-se em peleja de parto; durante todo esse tempo a irmã, que a amava muito, ficou sentada à sua cabeceira, o rosto contorcido pelo desespero, as pernas cruzadas pela angústia, rezando em voz baixa e chorando em voz alta. Ao fim dos três dias, esvaída em sangue, Fecunda morreu. Com a borra do seu sangue desceu-lhe ventre abaixo, também morto, o filho póstumo. Righ usou, em seu poema, a imagem "filho morto de mãe morta nascido".

A terceira esposa do conde chamava-se Tempsa. Era a irmã de Fecunda, aquela mesma que a amava tanto que, vendo jazer morta a irmã num leito de sangue, deitou mão a um punhal e quis acompanhá-la em sua jornada morte adentro; foi difícil contê-la. O conde fez tudo que pôde para aliviar uma dor que chegava a ser ainda maior que a dele. Depois casaram-se, e Tempsa mostrou ser mais fecunda que a irmã, pois em menos de um ano deu ao conde um primeiro filho, que se chamou Arne. Vieram, nos anos subseqüentes, mais dois filhos, Bertel e Colb, e, depois de uma pausa de oito anos, uma primeira filha. A outra filha veio três anos depois da primeira; a terceira, um ano depois da segunda.

Postos no mundo todos esses filhos e filhas, Tempsa fez uma peregrinação à Terra Santa. Ali ficou alojada no convento de São Lázaro de Betânia, no monte das Oliveiras. Os ares sagrados da Terra Santa tiveram efeitos terríveis sobre a pobre Tempsa. Depois de aturdir as monjas com confissões assustadoras seguidas de ásperas penitências, resolveu, para espanto de toda a sua comitiva, que não voltaria à Europa; não voltaria à Ingária; não voltaria a Kemp; não voltaria ao marido nem aos filhos e filhas. Houve correspondência de Jerusalém para Kemp, de Kemp para Jerusalém. O conde ficou consternado. Não fossem as guerras em que andava metido, que culminariam na gloriosa batalha de Myrrha, teria ido a Jerusalém em pessoa buscar a esposa. Em vez disso, mandou cartas lancinantes pedindo ao patriarca de Jerusalém que intercedesse junto a Tempsa para que voltasse a Kemp. O patriarca, junto com mais alguns dignitários da igreja e dois ou três anacoretas de Jerusalém, subiu o monte até o convento. Parece que Tempsa soube das intenções da igreja. De joelhos implorou à abadessa que lhe permitisse fazer os votos, e o patriarca e seus acompanhantes, quando chegaram ao convento, encontraram-na já monja e Prava e não mais condessa nem Tempsa.

Ao marido, ao pobre marido, Tempsa, ou melhor, Prava, mandou uma carta regada de lágrimas. Explicou a sua atitude como a tentativa de se fazer perdoar por Deus, porque era sem dúvida a maior pecadora do mundo. Confessou que fora ela própria a causadora da morte da irmã: "Fui eu a causadora da morte da pobre Fecunda, fui eu, fui eu, fui eu, tanto como se lhe tivesse cravado no coração um punhal." Soubera, por uma feiticeira, que sentar-se de pernas cruzadas junto a uma parturiente fechava o caminho à criança e impedia o parto. Por isso sentara-se à beira da cama da irmã e apertara firmemente uma perna sobre a outra, provocando a agonia de três dias que culminara em morte de mãe e morte de filho. "Odiava tanto assim a minha irmã? Não. Amava, sim, a ti, meu cunhado, e mais ainda as honras da condição de condessa. Nove anos sofri com minha irmã a sua infertilidade. Nove anos esperei que germinasse no ventre dela o instrumento necessário para o crime; ou, em outras palavras, o meu pobre e inocente cúmplice. Já andava desesperançada de que daquele húmus brotasse outra coisa além dos malditos *menses* que indicavam, pontuais, a cada mês, mais um fracasso de Fecunda. Já andava quase inclinada a aceitar por marido um nobre qualquer. Aí, no ano décimo, Fecunda foi fecundada. Com lágrimas nos olhos vi crescer, vi inchar, vi tornar-se túmido, redondo, imenso o ventre de minha irmã. À noite, jazendo sozinha em meu leito, sonhava com o dia em que viesse, meu cunhado, a ocupar o lugar de Fecunda no teu coração e na tua cama; em que seriam minhas, finalmente, todas as honras devidas à condessa de Kemp."

Tempsa esperara fazer em Jerusalém alguma discreta penitência pelo seu crime. Mas Jerusalém fora forte demais para ela. Exigira a maior penitência que pudesse dar, e ela acedera em dar a Jerusalém a maior penitência que podia. O resto da carta eram pedidos de perdão; perdão pela morte de Fecunda; perdão pela morte da criança; perdão pela morte dela própria, porque doravante estaria morta para o mundo e, portanto, para o conde também. Perdão, ainda, por levar o marido a tal extremo, por compeli-lo a perdoar tanta coisa de uma só vez. Perdão, perdão, perdão. Adeus, adeus, adeus.

No final de tudo, Tempsa pediu ainda que o marido fizesse queimar todas aquelas coisas a que ela dera tanta importância em Kemp: sua cama conjugal, com todas as colchas, cobertas e lençóis; todos os seus belos e ricos vestidos; sua cadeira nobiliárquica, entalhada por um grande artífice; e seus utensílios de cozinha.

O conde trancou-se com a carta da esposa no alto de uma torre durante sete dias. Saiu de lá magro e velho. Mas forte. Escreveu a Jerusalém perdoando à esposa tudo que fizera, porque sabia que o seu arrependimento, a sua confissão, a sua penitência, tudo isso fora visto com misericórdia pelo olho de Deus. Mandou então fazer uma fogueira e ali deitar a cama que partilhara com uma irmã e com outra, e mais o dossel, as colchas, as cobertas, os lençóis. Mandou que atirassem ao fogo a cadeira da esposa, os utensílios de cozinha, e ainda todos os seus mantos e vestidos que se acharam no castelo. Ficou ali, diante do fogo, vendo arder todos aqueles preciosos objetos. A cama tinha entalhada nas pontas superiores das colunas a cabeça contorcida de um fantástico animal, misto de tigre e de unicórnio, com grandes olhos opacos, e sua boca de dentes afiados parecia lançar no meio do fumo, em nome do conde, um berro de dor.

A partir dali, é o que dizem, começou o próprio conde a arder em desejo de seguir o exemplo da esposa e algum dia, assim que pudesse passar a um de seus filhos o governo do condado, morrer também ele para o mundo e entrar também ele para um convento a serviço de Deus. Outros dizem que não foi a partir dali, mas bem mais tarde, depois que a Providência Divina cumulou-o de mais uma seqüência de dores e infortúnios.

## 12. Os filhos do conde

Arne, Bertel, Colb. Os filhos de Jocelin de Kemp. Arne foi o que nasceu primeiro que os dois outros, e nele repousavam as maiores esperanças do conde. Era forte, atrevido, sem medo de nada nem de ninguém. Tinha vinte anos quando o pai lhe deu de presente um navio e o mandou sair pelos mares afora em busca de aventura e de experiência. O navio chamava-se *Algodão* e tinha na proa uma cabeça de lobo que perscrutava mares e terras com seus olhos vermelhos. No *Algodão* Arne navegou pelos mares boreais e fez algum comércio e alguma pilhagem ao longo das praias caledônias. Por vezes, valendo-se da benevolência de braços de mar, penetrava nas entranhas do país e ali entregava-se com paixão, ele e seus homens, a saques e matanças. Dizem que uma dúzia de vilas e aldeias foram por ele aniquiladas nessa primavera. Numa das incursões defrontou-se com uma grande companhia de soldados reunidos às pressas pelo rei do lugar. Na batalha que se seguiu Arne de Kemp foi morto com quase todos os companheiros. Dois foram poupados. Mandaram-nos de volta a Kemp levando a Jocelin a cabeça lupina do *Algodão* e a jovem cabeça de seu filho Arne: cortadas ambas pelo mesmo machado.

Nem Bertel nem Colb tinham participado dessa malfadada aventura. O pai sepultou as cabeças do filho e do navio e ergueu sobre a tumba uma cruz de pedra com uma inscrição: "Em memória de Arne, Jocelin fez levantar esta cruz, um pai em memória de seu filho morto. Digamos aos jovens: este jovem fez uma única viagem, e nessa viagem tomou butins aos habitantes de uma dúzia de diferentes lugares da Caledônia. Digamos aos jovens: sede audazes como Arne."

Depois disso Jocelin transferiu alfabeticamente, de Arne para Bertel, as suas esperanças de um sucessor. Um vaticínio proferido na noite de nascimento de Bertel preservava-o de morte por arma feita de aço. Aos vinte anos, Bertel lançou-se pelos caminhos do mar, seguindo, nas palavras do poeta Righ, *os sulcos abertos na pele da água pela quilha do navio fraterno*. Seu navio chamava-se *Ajuda* e tinha cabeça de cavalo. Durante algum tempo correu o litoral da Caledônia, e pôs a ferro e fogo tudo quanto pôde, em vingança da morte de Arne. Também acabou derrotado em batalha pelo mesmo rei que derrotara o irmão mais velho. Capturado e preso, tentaram matá-lo com espada e com machado. Em vão. O terreno em que se dera a batalha era pedregoso. O rei olhou em volta e disse a seus soldados: Há muitas maneiras de matar um homem. A Natureza mesma nos fornece, aqui, os meios de matar este. Bertel de Kemp foi apedrejado até a morte. As pedras com que o mataram serviram-lhe também de mortalha e de lápide.

Colb, Colb, Colb. O terceiro filho de Jocelin era de têmpera muito diferente da dos seus dois irmãos. Tinha coração fraco, assustadiço. Jocelin andava em guerra contra um rei saxão. Houve uma batalha, e a vitória parecia pender para o inimigo. Colb comandava uma das alas da hoste do pai. Tomado de pânico, largou as armas e fugiu correndo a pé do campo de batalha. Depois de sua fuga, talvez por causa de sua ausência mesma, a sorte da batalha mudou, e Jocelin e seus homens fizeram grande matança nos inimigos. Ganho o dia, Jocelin procurou ele próprio o filho entre os mortos que jaziam no campo. A princípio procurou-o com o coração opresso. Logo chegou-lhe um rumor de que o filho fugira da batalha. Continuou a procurá-lo com a esperança de encontrá-lo morto entre os mortos. Procurava e não achava. Aí ajoelhou-se no meio de corpos mutilados e pediu a Deus, com fervor, que lhe desse por piedade o cadáver do filho: que o desse com ferimentos no rosto, no peito, na parte da frente do corpo. Nesse momento chegaram ao campo alguns batedores. Traziam sobre um cavalo um corpo despedaçado. Era o corpo de Colb. Jocelin foi vê-lo, cheio de alívio, quase de júbilo, e arfante de gratidão a Deus. Os batedores contaram o que acontecera. Tinham topado com Colb no alto da montanha. Gritaram de longe para ele, fizeram sinais, mas Colb não os reconheceu e, tomando-os por inimigos, fugiu. Fugiu desesperado. Eles correram-lhe atrás, gritando que parasse. Colb fugiu mais desesperado ainda, e sua fuga o levava ao alto do penhasco. Colb, Colb, Colb! — gritavam os batedores. O fugitivo fugia como animal perseguido por cães de caça. Chegou à beira do penhasco e nem ali parou de fugir. Atirou-se lá de cima, mais de cem pés de altura até o leito de pedras lá embaixo. Os batedores tiveram de descer por outro caminho até a praia para recolher o corpo de Colb de Kemp e trazê-lo para o pai sepultar. Na morte assemelhara-se ao irmão Bertel: fora morto, como ele, pela pedra. Tinha brutais ferimentos no rosto, no peito, no ventre, na parte da frente das pernas. Encarara a morte de frente: abraçara-a e beijara-a como uma amante.

Colb tinha vinte anos quando se lançou do alto da escarpa em vôo de fuga. Na cruz de pedra que fez erguer sobre o seu túmulo Jocelin mandou inscrever apenas, em mau latim: *In nomine di patris et speretus santdi anc crucem josselin properabit pro anima colbi filii eus*, isto é, Em nome de Deus Pai e do Espírito Santo esta cruz Jocelin erigiu por alma de Colb seu filho. Aí consolou-se com o pensamento de que ainda tinha filhas para suceder-lhe no governo do país. Filhas não têm a mesma paridade que filhos: são como moedas de cobre que não podem valer tanto quanto moedas de ouro. Mas filhas servem para ser dadas em casamento; servem para levar adiante a dinastia. Genros não têm nas veias o sangue dos sogros, mas netos sim. Um curto desvio na linha dinástica e daí a pouco o sangue dos ancestrais estaria de novo no poder. Não era ele próprio Jocelin exemplo disso? Não era ele próprio, por assim dizer, *filho de genro* e não *filho de filho*?

## 13. As filhas do conde

A Fábula volta aos dois viandantes, Bedrus e Grim, para que ouvintes e leitores não se esqueçam deles. Estavam sentados ao pé de um choupo, descansando da caminhada. Grim perguntou a Bedrus por que a condessa tinha tamanha gula de ouvir e de ler histórias. Bedrus então falou alguma coisa sobre as filhas do conde.

A filha mais velha de Jocelin de Kemp chamava-se Agnes, a do meio, Betres, a mais nova, Candida. Quando Agnes se casou com Thomas de Torqual, a festa de casamento durou nove dias, e ficou conhecida como a novena de Agnes. Na última noite, a noiva propôs aos convidados dizerem de que modo passariam o tempo no paraíso, se lhes fosse possível escolher. O velho conde, agora sem dúvida já assombrado pelos sonhos que em breve o levariam ao mosteiro, respondeu com simpleza e humildade: Se Deus me der a ventura de receber-me em sua casa, quero passar a eternidade entre os anjos, cantando louvores à bondade e à misericórdia divinas.

Sua resposta previsível, embora ouvida com respeito, não foi imitada. Em seguida, os convidados passaram a responder de forma mais condizente com a ocasião festiva. Caçando os gamos do Senhor, disse um; Dormindo o sono eterno em cama bem macia, disse outro, notório indolente; Conversando com os filósofos, disse um terceiro, que acrescentou: Se é que algum deles terá logrado acesso ao paraíso. O noivo, um velho obeso, disse que à mesa, entre bons vinhos e boa comida. Logo a própria noiva foi instada a dar sua resposta, e respondeu que de bom grado passaria a eternidade em vôo por entre as nuvens, assistindo ao grande teatro do mundo encenado cá embaixo. Sua resposta deu ensejo a longa discussão, dizendo alguns que tal prerrogativa era só de Deus e dos anjos, dizendo outros que, se tal capricho fosse viável, os céus se forrariam de tanta gente curiosa de bisbilhotar a vida alheia que se obscureceria o sol.

Betres, a outra filha do conde, tinha então doze anos. O pai a queria monja; Deus já a destinara, no livro em que escreve a história do futuro, a suceder ao pai. Também a ela chegou a vez de responder à questão proposta pela irmã. E respondeu assim: Gostaria de passar a eternidade ouvindo contar histórias.

A eternidade chegou pouco depois para a jovem Agnes e seu velho noivo. Quinze dias depois do casamento, viajando por mar para Torqual, onde Thomas tinha seu castelo, sucedeu-lhes naufragar durante uma forte tempestade. Um pescador, de terra, viu o navio afundar como uma pedra. Como uma pedra, também, ficou o pescador imóvel na praia, sob as bátegas da chuva: olhava fixo para o ponto onde o mar tragara o navio, como se esperasse vê-lo cuspido de novo à tona com todos os seus mastros e velas. O que viu, porém, instantes depois, foi o casal de noivos, cabeças laureadas de algas, surgir à superfície e, seguido da tripulação e dos passageiros, vadear sem esforço a linha das ondas revoltas e botar pé na praia. O pescador desceu de onde estava no alto da falésia e foi receber os náufragos, num misto de alegria e de espanto. Quando, porém, se acercou daquela estranha e úmida procissão, percebeu que era uma procissão de afogados: passou por ele sem uma palavra o casal de noivos, passaram os passageiros e os tripulantes do navio sem uma palavra: estavam todos mortos. Em silêncio passaram por ele e, pisando a areia sem deixar ali qualquer pegada, subiram até uma montanha próxima à praia. Ali o pescador os viu desaparecer na escuridão de uma caverna que, segundo se dizia entre a gente ignorante, levava ao país dos mortos.

Assim morreu Agnes, a filha mais velha do conde de Kemp. Diz o povo que, no paraíso, seu desejo foi atendido, e que ela passa a eternidade em vôo sobre a terra, assistindo à comédia e à tragédia do mundo. Todos os anos, no período conhecido como a novena de Agnes, dizem que é possível ver, com céu claro, uma etérea figura feminina pairar sobre os céus de Kemp, lá no alto. Esse é o período em que ela está de passagem sobre o seu próprio país, e por nove dias observa a conduta do seu povo. O povo de Kemp tende a mostrar-se especialmente virtuoso no período da novena de Agnes.

## 14. Três histórias

Betres, como herdeira do condado da Ingária, casou-se dois anos depois com Giraldus de Usk, cujo nome os copistas costumam abreviar para Giraldusk. Na verdade, três *Giraldi* a pretendiam por esposa. A preferência do velho conde era por Giraldus de Lax, o mais piedoso dos três. A filha, no entanto, reuniu os três pretendentes e pediu a cada um deles que lhe contasse uma história. O primeiro a fazê-lo foi Giraldus de Lax, depois dele Giraldus de Milo e, por fim, Giraldusk. A ele Betres disse, depois de ouvir as três histórias: A ti escolho como meu esposo.

— Acaso sabes quais foram essas histórias? — perguntou Grim a Bedrus.

— A história de Giraldus de Lax foi esta — disse Bedrus. — Na cidade de Roma havia um filósofo a quem um grande rei confiara os três filhos para que os instruísse e educasse da melhor maneira possível. O filósofo ensinou-lhes tudo que sabia, e mandou os príncipes de volta ao pai. O rei, então, mostrando-lhes as imagens de Júpiter, Apolo e Mercúrio, pediu que cada um dissesse de qual desses três deuses era mais devoto. Então o filho primogênito respondeu dizendo que de Júpiter, porque era um deus mais forte e poderoso que os outros dois. E disse o pai: Não é a força que faz um deus melhor que outro, porque, se não for bem empregada, a força pode ser causa de muitos males. Então perguntou ao segundo filho qual dos três ele veneraria como deus. E a resposta foi: Apolo. Por quê, perguntou o pai. Porque, respondeu o filho, Apolo tem muita sabedoria. E disse o pai: A sabedoria não faz um deus melhor que outro, porque pode ser causa de maldade e de orgulho. Então fez a mesma pergunta ao terceiro filho. E o filho disse: A Mercúrio. Por quê? Porque ele é benigno e misericordioso. Filho, disse o pai, a misericórdia não faz um deus melhor que outro, porque não intimida homem algum. Portanto, meus filhos, se houver um deus que reúna ao mesmo tempo força, sabedoria e misericórdia, esse pode bem ser chamado de deus dos deuses. E daí se extrai o argumento de que, sendo Cristo forte, e sábio, e misericordioso, é a ele que devemos amar e venerar como nosso deus, e a nenhum outro.

— Muito edificante — disse Grim, comovido. — E a história de Giraldus de Milo, qual foi?

Bedrus contou-a:

— Nos dias do imperador Mamertinus havia na cidade de Maguntia uma mulher muito formosa, cujo nome era Helena. Por amor a essa mulher três condes começaram entre si uma guerra cruenta, de que decorreu grande derramamento de sangue e muita matança de bons e valentes soldados. Os súditos dos três condes recorreram então a Mamertinus, dizendo: Senhor, se não se puser logo termo a essa guerra, todos nós pereceremos. E contaram-lhe que a causa daquela guerra era uma mulher chamada Helena, pois por causa de sua beleza os três condes andavam em guerra uns com os outros. O imperador então mandou um de seus mensageiros buscar a mulher, dizendo que a guardaria sob sua custódia para que a guerra terminasse. O mensageiro foi, e logo voltou com a notícia de que, ao chegar à casa de Helena, encontrara-a morta e sepultada. O imperador lamentou-se: Quisera Deus que eu tivesse visto essa mulher, por quem tantos homens morreram em batalha! Então, querendo conhecer a beleza de Helena, chamou à sua presença todos os pintores do império. Assim foi feito, e o imperador disse aos pintores: Amigos, havia uma mulher em meu império, chamada Helena, que era de tão grande beleza que por seu amor três condes começaram uma guerra na qual muitos homens morreram em batalha. Essa mulher, amigos, está morta. Por isso ordeno que, com vossa arte e habilidade, pinteis um retrato dela, mostrando-a tal qual foi em vida, para que eu possa conhecer e contemplar a sua formosura. Os pintores disseram, todos juntos: O que nos pedes é uma coisa muito difícil, pois a beleza dela era tão grande que não somos capazes de pintar-lhe o retrato. No entanto, existe em teu império um pintor que nos supera a todos em arte e destreza: ele poderá atender o teu desejo a contento. O imperador mandou logo chamar esse pintor, que se chamava Ionathas, e, quando o viu à sua frente, disse: Amigo, se fores capaz de pintar o retrato de certa mulher e reproduzir-lhe a beleza exatamente como era em vida, prometo recompensar-te não regiamente mas imperialmente, como convém a um imperador. Disse o pintor: Senhor, para tanto preciso que as mais belas mulheres do império sejam trazidas diante de mim. Assim foi feito. O pintor examinou-as uma por uma com a máxima atenção, e dentre todas escolheu as três mais belas e dispensou as outras. Então mandou construir uma parede totalmente branca, e ali pintou a imagem de uma mulher, copiando de cada qual das três escolhidas aquilo que ela tivesse de mais formoso que as outras. Dessa forma foi capaz de compor a imagem de uma mulher que era, no conjunto das feições do rosto e das linhas do corpo, mais bela que as três mulheres mais belas do império. Terminado o retrato, o imperador contemplou-o e disse: Ah, mulher, não admira que tantos tenham morrido por causa de tua beleza, pois nunca vi mulher mais bela em toda a minha vida. E, se estivesses viva, mais que tudo devias amar este pintor, que tornou eterna e perpétua a imagem de tua beleza!

— Gostei mais da primeira história do que desta — disse Grim. — A primeira é uma história de devoção; esta é uma história de vaidade.

— Por isso Giraldus de Milo a contou — disse Bedrus —, pondo sua esperança na vaidade das mulheres. E ainda concluiu dizendo que certamente Betres, a filha do conde, era ainda mais bela que a bela Helena, embora, por graça de Deus, não tivesse dado causa a nenhuma guerra.

— E a terceira história? — perguntou Grim.

— Essa eu não lembro — respondeu Bedrus.

— Não lembras? — exclamou Grim. — A história mais importante, a história que deu a Giraldusk a mão da herdeira da Ingária, justamente esta não lembras?

— Perdoa-me — disse Bedrus, humilde diante da decepção de Grim —, mas justamente essa eu não lembro. Parece-me que era a história de um homem chamado Laius e de uma mulher chamada Lujza. Mas é só isso que lembro.

## 15. A jovem condessa

A criança de doze anos que respondera de modo inesperado à questão apresentada pela irmã se tornara então, aos catorze, uma das mulheres mais belas de seu tempo, e assim se manteve enquanto a idade o permitiu. Poetas ambulantes vinham da Dalmácia e da Ásia para compor versos em sua homenagem; príncipes e reis desviavam caminho para Kemp a fim de se maravilharem com a visão do seu rosto; um velho papa a chamou até Roma por motivo tênue, e quando ela se ajoelhou velada aos seus pés pediu-lhe com voz trêmula que retirasse o véu: queria ver-lhe o rosto antes de ver o rosto de Deus.

A corte crepitava, também, de contadores de histórias, vindos de todas as partes do mundo. À noite, ao pé do fogo, Betres e o marido sentavam em suas cadeiras para ouvir histórias. Ambos falavam todas as línguas das ilhas ocidentais, desde as da Escótia e da Câmbria até o grotesco dialeto nascido do casamento entre a língua do normando e a do saxão e que, então, mal chegara ainda à puberdade. Além dessas, tinham aprendido latim, grego, francês e italiano, e também a língua de Tule, para absorverem no idioma original as histórias contadas nessas línguas. Visitantes da Dácia, da Ilíria, da Sarmácia, dos países da Ásia, que só falavam suas próprias línguas abstrusas, já vinham a Kemp acompanhados de intérpretes encarregados de traduzir-lhes as histórias para entendimento do casal. Betres apreciava as ocasiões em que ouvia uma história contada em versões paralelas: primeiro a frase exótica, misteriosa, cheia de encantos e de possibilidades: depois sua tradução, decifrando os mistérios, enchendo o coração de tremor, de calor, de enlevo. Curioso. Quando ouvia uma história em língua estrangeira, ao cabo de algum tempo parecia-lhe já entender o linguajar intrincado do forasteiro, e de antemão já sabia não o sentido das palavras, mas o sentido da história. Aos poucos Betres foi percebendo que às vezes era capaz de prever o curso de uma história, mesmo que nunca a tivesse ouvido antes. Mencionou o fato ao marido, que lhe respondeu: Os homens são todos iguais, não importa se nasceram em Tule ou em Cartago. Dizem que os habitantes dos mais distantes países, que nunca tiveram contato conosco, também foram capazes, como nós, de inventar arcos e flechas. As histórias que inventam são também, no fundo, iguais às nossas, embora raposas e ursos atravessem as nossas, e as deles, símios e elefantes. E os motivos por trás das histórias deles são os mesmos motivos que nos levam a inventar histórias. Não é à toa que te pareçam familiares. Foram criadas por nossos irmãos.

## 16. Candida

Falta a Fábula falar da filha mais nova do conde e de Tempsa, que se chamava Candida. Três parágrafos apenas para ela, e não mais. Um ano depois do casamento de Betres com Giraldusk, Candida foi prometida a um dos filhos do duque de Nêustria. Partiu de Kemp numa nau genovesa, escoltada por alguns mercenários daquele país que haviam prestado serviço ao conde. A noiva amava, há algum tempo, um dos cavaleiros genoveses, que se chamava Damianus. Em vez de para Coriallum, a nau navegou para Genua. Lá, depois de gasto, ou melhor, devorado todo o dinheiro obtido com a venda das jóias da noiva, Damianus embarcou numa galera e foi oferecer os seus serviços ao rei de Chipre.

Candida ficou desamparada. Alguém que a encontrou em Mantua, pátria de Virgilius, anos depois, relatou que ela tivera pudor de voltar à Ingária e atirar-se aos pés do pai e, mais tarde, aos pés da irmã. Relatou, talvez com algum exagero, que vira no rosto de Candida a cor de sua vergonha, pois a pele de seu rosto, antes celebrada por sua extrema alvura, se tornara de um vermelho perene. O que podia, observou um cético, ser efeito do forte sol da Itália.

Outro viajante relatou, talvez também com algum exagero, que ela terminou seus dias como prostituta em Mantua, pátria de Virgilius.

## 17. Jocelin e Jocelin

A fuga da filha Candida para Genua foi o último e, talvez, o menor dos flagelos infligidos ao conde pela Providência usando como instrumentos membros de sua família. Mas, menor ou não (pois um flagelo, seja de que tamanho for, é sempre um flagelo), serviu como a última gota que faz derramar a água do copo. Jocelin pôs-se mais contemplativo do que nunca. Estava na maturidade da vida; era homem de extremo refinamento, digno de nota pela nobreza dos ancestrais, pelo poder desfrutado ao largo de um vasto território, grande parte dele conquistado com uso de força e de astúcia, e pelo esplendor de sua fortuna. Apesar das tribulações e das perdas que sofrera, tinha direito a sentar-se na cadeira que preparara para si no pináculo do monte Orgulho, e no entanto mantinha-se ao pé do monte e não se empenhava em galgá-lo, mas sim em refletir sobre o vazio e o absurdo da vida que vivia neste mundo. Percebia cada vez mais a miserável condição de sua alma, entendendo que nada mais fizera no mundo do que destruir e ser destruído e corromper e ser corrompido e, em conseqüência desses sentimentos, sonhava quase todas as noites com o serviço de Deus. Sabia muito bem que as recompensas do céu estão ao alcance tanto de virgens e viúvos como de solteiros e casados, mas acima de tudo ao alcance daqueles que trilham o mais elevado caminho de vida: os monges. Assim, desejava com ardor seguir esse caminho, mas ao mesmo tempo temia com todas as vísceras dar o passo que o levaria àquela renúncia total e definitiva. Tinha tanto medo de pôr em prática os ditames de suas contínuas meditações que, em viagem, quando o caminho passava à vista de um dos mosteiros de seu país — Cro, Dru, Lom, Mol —, fazia-se vendar os olhos e tapar os ouvidos para não ver o sagrado edifício e não ouvir as vozes dos monges entoando salmos lá dentro: com medo de ser arrastado irresistivelmente, pelos olhos e pelos ouvidos, até àquele sublime vórtice.

Até que um dia. Sim, um dia o conde estava só no alto de uma falésia, imerso em contemplação do céu e do mar, quando viu, de repente, lá embaixo, na estreita faixa de praia entre a pedra e as águas, a figura de um caminhante. O conde contemplou com simpatia aquela minimíssima criatura ambulante no contexto do universo criado por Deus e, acompanhando-lhe a marcha com os olhos, pressentiu que havia naquele homem uma profunda tenacidade, ditada pela convicção do rumo a tomar. Os seus passos eram firmes e resolutos, e nem mesmo as ondas, que às vezes lhe banhavam as pernas, às vezes os ombros, às vezes o corpo inteiro, eram capazes de lhes reduzir o ritmo. Este homem, pensou o conde, sabe para onde vai, e me parece que vai para Deus. O caminhante, daí a pouco, desviou o curso e começou a subir a falésia por uma centena de degraus escavados na rocha. O conde, desejoso de falar com ele, saiu de onde estava à beira do penhasco e quase correu para interceptar-lhe a marcha, que o estranho, pela rapidez dos seus passos mesmo falésia acima, não demoraria a chegar ao alto. Irmão, gritou o conde, quando o viu surgir, espera, em nome de Deus. O caminhante parou onde estava, mas não deixou, mesmo assim, de continuar movendo os pés, como se os pés não soubessem como agir para ficar imóveis. O conde chegou-se perto e viu que o rosto do homem estava coberto por uma coifa que lhe protegera, lá embaixo, a face do vento salino. Deus te abençoe, disse o conde e, com simplicidade, acrescentou: "Quem és tu e para onde vais?" O homem, levantando as sobrancelhas com um olhar de extrema ousadia, não deu resposta, mas o conde, ainda mais curioso diante da relutância do outro em falar, insistiu na pergunta, até que o homem, como que rendendo-se à persistência do conde, afinal exclamou: Eu sou Jocelin, anteriormente conde de Kemp, rico e poderoso, e agora estou a caminho do exílio deste mundo, para fazer penitência dos meus pecados. A resposta aturdiu o conde, como não podia deixar de ser. O estranho, vendo-o mudo de espanto, disse: E tu? Por que não fazes o mesmo? E, com essas palavras, afastou-se rapidamente, deixando o conde sozinho no meio da ventania.

No dia seguinte o conde despediu-se do mundo e foi recebido como monge no mais humilde dos mosteiros de seu país, Cro.

Essa história se encontra, narrada com muito mais arte e devoção, no livro de Natalis de Lom, *Vita Beati Eulalii*, mas não há quem não a conheça em qualquer ponto do território da Ingária.

## 18. A velha condessa

O tempo passou, à medida que dia se seguia a dia. Na Ingária, a montanha ao pé do mar, onde se dizia que penetraram Agnes de Kemp e seu marido e seu séquito de afogados para chegarem ao país dos mortos, pouco sentiu a passagem dos anos, tendo aqui perdido uma lasca de pedra, ali ganhado alguns tufos de musgo. Já Betres de Kemp perdera a juventude, a beleza, o marido, os cabelos e quase todos os dentes. Sim, estava velha e feia, ou melhor, muito velha e muito feia, e os ricos vestidos, as jóias valiosas, os pós e ungüentos só serviam para realçar ainda mais a extrema velhice e a falta de beleza do seu rosto, das suas mãos, do seu corpo. Às vezes, ao olhar-se nos espelhos, sentia inveja da irmã, que morrera jovem e escapara à lenta e longa tortura de envelhecer. O que a consolava era a paixão de toda a sua vida: ouvir histórias. A idade, que lhe matara todos os encantos, não matara esse: diferente do comum do seu sexo, que, segundo os mais sábios filósofos, prima pela estupidez, a condessa continuava sendo mulher culta e dotada de grande sutileza, e capacitada, como sempre fora, a apreciar uma boa história.

Até nisso, porém, a idade lhe trouxera inconveniências. Era difícil, cada vez mais, ouvir uma história que não tivesse ouvido antes. Uma história inaudita era coisa que lhe acontecia, a rigor, uma vez a cada quatro anos, como o dia a mais de um ano bissexto. O que lhe visitava comumente os ouvidos, agora, eram diferentes versões de histórias já de há muito conhecidas. Algumas versões continham pelo menos um ou outro episódio novo, e a condessa tirava dali alguma isca de prazer. Em outras, nada lhe era dado a mais a não ser um diálogo aqui, um poema ali, às vezes uma lacuna em algum lugar, mas mesmo isso era suficiente para tirar dela um sorriso; na verdade, tanta era a fome da condessa por novidades fabulares que sua mente sabia tirar sustento até de um adjetivo que visse a mais na descrição de um personagem velho conhecido de trezentas versões: sua mente saboreava aquele adjetivo e nutria-se dele o dia inteiro, como um organismo esfomeado se nutre de um grão de trigo ou de um caroço de azeitona.

Há seis meses nem mesmo um desses adjetivos lhe aparecia pela frente. A condessa vivia triste, obrigada a conviver com os embaraços de sua velhice e com a memória de sua antiga beleza. Os súditos pagavam caro pela carência de adjetivos. Qualquer deslize, com culpa ou sem culpa, era punido duramente: a condessa berrava com um, puxava os cabelos de outro, atirava sobre um terceiro taças e baixelas; às vezes chegava a extremos: um quarto súdito foi mandado encerrar na prisão, um quinto, mandado enforcar, e só se salvou porque o carrasco, que era seu primo, protelou a execução para o dia seguinte, quando a condessa, amainada a fúria, voltou atrás na sentença.

Os cortesãos, os serviçais, o povo — todos esperavam uma nova história como os judeus esperam o Messias. Ou então que morra a condessa, diziam alguns baixinho; já está na hora mesmo. Já viveu demais, precisa descansar-se e descansar-nos.

## 19. Krk Hrdlk

Já é curta a distância que separa os caminhantes do mosteiro de Lom, mas não tão curta que não permita que a Fábula conte o encontro da condessa de Kemp com o marinheiro Krk Hrdlk.

Entrava agosto quando Krk Hrdlk chegou ao castelo de Kemp. Era da Dalmácia e vinha da Ligúria. A condessa acendeu como uma flor com a chegada do forasteiro. Sorria quando ele entrou no salão e pôs um joelho em terra diante dela. Disse doces palavras de agradecimento quando viu os presentes que lhe trazia. Levou-o pela mão até uma mesa para sentarem e conversarem. Pajens serviram vinho e algumas iguarias. A condessa perguntou:

— Sinto que trazes contigo, para me contar, uma história que ainda não conheço.

Krk Hrdlk fora informado da paixão que a condessa tinha por histórias, e do jejum em que viviam seus ouvidos desde algum tempo. Sendo homem astuto, primeiro testou em alguns cortesãos de Kemp um punhado de histórias que conhecia: tolas histórias que aprendera em criança com seu pai, um pobre alfaiate de uma cidade às margens do mar Adriaticus. Até mesmo essas tolas histórias os cortesãos disseram que a condessa conhecia. Um deles chegou a dizer, com certo orgulho: Não há história inventada pelos homens, desde a gente de Chipre até a da última Tule, desde os povos da Etiópia até os da Índia e de todas as ilhas do mundo, que a condessa já não tenha lido ou ouvido.

— Trago-vos, minha senhora, um nome. — Assim respondeu ele à pergunta da condessa.

— Um nome? — disse a condessa, algo decepcionada. — De quem?

— De alguém que conhece uma história que talvez não conheçais — disse Krk Hrdlk.

— Então diz-me esse nome — disse a condessa, e levantou-se, pronta para despedir o marinheiro. Esperava ouvir, como disse depois a suas camareiras, o nome de um dos mil contadores de histórias que tinham passado por sua corte nos últimos anos, de que resultara pouco mais do que um punhado de versões espúrias de velhas histórias contadas e recontadas em prosa e em verso.

— O nome é Posthumus, condessa — respondeu Krk Hrdlk. — Posthumus de Broz.

— Não o conheço — disse a condessa, e voltou a sentar-se.

— Se não o conheceis — disse Krk Hrdlk —, então creio que também não conheceis a história, de autoria dele mesmo, que ele costumava contar na estação do inverno.

— Uma história hibernal? — perguntou a condessa, agora arfante de curiosidade e de esperança. — Como se chama essa história?

— É uma longa história — disse Krk Hrdlk — e é assim que o autor a nomeia: *Longa história*. É tão comprida que, quando a ouvi, Posthumus precisou empregar as noites de um inverno inteiro para contá-la do começo ao fim.

A condessa voltou-se para os cortesãos e disse, com voz ligeiramente trêmula:

— Creio, amigos, que não conhecemos a história de Posthumus de Broz.

Os cortesãos concordaram com ela e trocaram sorrisos entre si: há quanto tempo não eram chamados de *amigos* pela condessa. Que acrescentou:

— E se é uma longa história, feita para ser contada durante as noventa longas noites de um inverno, certamente vale por noventa histórias menores, dessas que se podem contar numa noite só.

— Permiti-me, condessa, dizer — disse Krk Hrdlk — que vale mais do que isso. Não é só uma *longa* longa história. É mais que isso. É *espantosa*. Arrebata o espírito de quem a ouve. As noites de inverno passam num sopro para quem a ouve, como passaram para mim. E digo-vos por verdade, condessa, que quem a ouve uma vez, como eu, nunca mais esquece que a ouviu.

Krk Hrdlk olhou nos olhos da condessa e sorriu. A condessa desviou os olhos para a janela e os pôs no céu. Então começou a chorar. Chorou tanto que não parava de chorar. Krk Hrdlk levantou-se consternado. A audiência foi suspensa. A condessa foi levada para seus aposentos. Os médicos da corte foram chamados à pressa e se fecharam lá dentro com ela. Alguns cortesãos sussurraram entre si: Que os nossos olhos se preparem para chorar com abundância de lágrimas a morte da condessa. Outros replicaram: Pelo contrário. Que os nossos lábios se preparem para sorrir felizes pela felicidade da condessa. Essa notícia trouxe um sopro de vida à sua alma. A Morte não será capaz de levá-la antes que ela ouça a *longa* longa história desse tal de Posthumus de Broz.

## 20. A história

À noite Betres de Kemp chamou de novo Krk Hrdlk à sua presença. Recebeu-o em seus próprios amplos e magníficos aposentos. Krk Hrdlk esteve maravilhado diante de grandes tapeçarias mostrando a criação do homem, a sua queda e expulsão do jardim do paraíso, as histórias do dilúvio e de Abraão, bem como muitos dos mitos gregos e a lenda da fundação de Roma. Maravilhou-se também quando, ao baixar o olho, viu que o espantoso mosaico que ali se estendia era um *mappa mundi*, e que seus pés podiam pisar todos os mares e rios do mundo, todos os continentes, e todas as maravilhas da Natureza, tudo pintado com tamanha perfeição que ele se sentiu tentado a colher com as mãos os peixes que nadavam sobre as águas. Mais maravilhado ainda esteve, e a boca abriu-se de admiração, quando ergueu os olhos para o teto e ali viu representados os céus com as constelações e os signos do zodíaco, e mais os planetas, o sol e a lua. Por fim, Krk Hrdlk maravilhou-se com a visão da cama da condessa, cuja guarda era adornada com entalhes representando a filosofia e as sete artes.

Com a condessa na câmara estavam, de pé, cinco de seus conselheiros, além do médico. Este poderia ter sido dispensado: a condessa parecia sólida, resoluta, firme na voz e no coração.

— Marinheiro, quero ouvir essa longa história de que me falaste — disse ela. — Começa a contá-la.

— Perdão, condessa — disse Krk Hrdlk. — Eu não sei contar essa história.

— Como não sabes? — disse a condessa. — Disseste ou não disseste que quem uma vez ouve contar essa história não a esquece nunca?

— O que eu disse, condessa — disse Krk Hrdlk —, foi que não esqueço que a ouvi contar, e nunca esquecerei. Mas não sei contá-la. Ninguém sabe, a não ser o seu autor. Já encontrei, nas minhas viagens, outras pessoas que ouviram a história contada por ele. Tentamos juntar as partes de que nos lembrávamos, mas a verdade é que não nos lembrávamos de quase nada: terminada a história, esquece-se tudo: fica só a sensação inesquecível de que nunca viveremos, no campo da fantasia, outra experiência como aquela.

— De que trata a história? — perguntou a condessa. — Pelo menos isso saberás dizer.

— Para mim, é a história de três irmãos — disse Krk Hrdlk.

— Eu também tive três irmãos — disse a condessa. — Chamavam-se Arne, Bertel, e Colb, e todos três morreram com vinte anos de idade.

— Os três irmãos da *Longa história* — disse Krk Hrdlk — têm diferentes fados, pois um deles está predestinado a ser venturoso, e os outros, a morrer por nada ou quase nada. Assim, morrem com idades diferentes e de diferentes causas. O mais velho e o mais moço morrem ambos na cama, mas aquele morre de velhice e este, de peste. O irmão do meio morre longe de casa, de um ferimento de flecha. Há também na história uma irmã, ambiciosa e cruel.

— Então dessas coisas te lembras — disse a condessa. — E de que mais?

— Só me lembrei disso — disse Krk Hrdlk — por causa da tua referência a teus irmãos mortos. Fora isso, não me lembro de mais nada. Ah, não, lembro-me também de que há um lago na história. Por esse lago navega um barco fúnebre, transportando um ataúde em seu porão.

— Já contaste metade da história — disse a condessa. — De que mais te lembras?

— De mais nada, condessa — disse Krk Hrdlk.

— Será que te lembras pelo menos — disse a condessa — do lugar onde pode ser encontrado esse homem, Posthumus de Broz, autor da *Longa história*?

— Encontrei esse homem três vezes — disse Krk Hrdlk. — A primeira vez foi há dez anos em Rodomagus, num frígido inverno, e aí o ouvi contar a sua história. A segunda, cinco anos depois, foi numa cidade chamada Ulissipona, que dizem ter sido fundada por Ulisses na Lusitânia. A terceira e última vez foi em uma taverna de Klaipeda, dois anos atrás. Já era então um homem muito velho.

Krk Hrdlk pestanejou: tinham-no avisado para que não falasse em velhice diante da condessa. Mas a condessa, segundo contou ele a seu piloto mais tarde, cheia de ânimo novo como estava, nem se lembrava mais de sua decrepitude.

— Conversaste com ele? — perguntou ela.

— Sim — disse Krk Hrdlk. — Ousei até contar-lhe uma das histórias que meu pai me contava em criança, e lembro que, quando a história chegou ao fim, ele me lançou um olhar de profundo desdém. Isso foi há dois anos. Ele me disse que ia retirar-se do mundo, estava cansado de tanto andar e de tanto falar. Para onde vais, homem de Deus, perguntei. Ele respondeu: Tu o disseste, vou ser homem de Deus, embora mais por conveniência do que por devoção. Vou voltar para o lugar que carrego como nome: para o mosteiro de Broz, de onde saí sessenta anos atrás para aprender histórias e inventá-las e contá-las a quem as quisesse ouvir. Agora chega disso tudo. Está na hora do voto de silêncio. Vou voltar ao mosteiro para calar e para morrer. Foi isso que ele me disse, condessa. Se não morreu nesses dois anos, deve estar recolhido no mosteiro de Broz.

— E onde fica esse mosteiro? — perguntou a condessa

— Longe de toda e qualquer água salgada — disse Krk Hrdlk. — Nunca estive lá.

— Mas onde fica, onde fica? — exclamou a condessa.

— Aqui, condessa — disse Krk Hrdlk. E, afastando-se, deu alguns passos sobre o *mappa mundi* pintado no soalho, até chegar a um ponto quase no limite entre Europa e Ásia. Ali parou e disse: — Perto da cidade de Besprem, condessa. Na Ungária. Na Panônia dos antigos romanos.

A condessa percorreu sobre o *mappa mundi* o mesmo caminho até a Ungária. Ali parou, às margens de um lago esguio e comprido, em cujas águas nadavam peixes incontáveis, cada qual diferente do outro.

— A Ungária é tão perto — disse a condessa — e no entanto é tão longe que não posso exigir de uma velha doente como eu que viaje até lá. O autor da história, portanto, deve vir até mim.

— Minha condessa — disse Krk Hrdlk —, permiti-me dizer que Posthumus também não está em condições de vir até aqui. Não estava há dois anos, não deve estar hoje, se ainda respira. Disse-me que sofria de uma doença incômoda, que o tornava incapaz de viajar. Disse-me que a viagem para Broz seria sua penúltima viagem. Depois dessa, só faria a viagem que o levaria à sepultura. Foi o que me disse.

— Uma doença que o tornava incapaz de viajar? — disse a condessa. — Que doença é essa?

Krk Hrdlk hesitou; os cortesãos presentes prenderam a respiração em uníssono.

— Que doença é essa? — insistiu a condessa.

— Senhora — disse Krk Hrdlk —, ele sofre de uma fístula no ânus.

Os cortesãos soltaram a respiração em coro, produzindo um suspiro uníssono. A condessa sorriu.

— É estranho — disse ela. — É maravilhosamente estranho. Eu também sofro de uma fístula no ânus.

Krk Hrdlk ficou em silêncio. O que dizer diante de revelação tão íntima por parte de uma condessa?

— Vejo isso como um sinal — disse a condessa. — Um sinal de irmandade entre nós. Um sinal de que *A longa história* deve ser compartilhada entre nós como compartilhamos a fístula no ânus.

Dito isso, a condessa bateu palmas com as velhas mãos; palmas de alegria.

— Bem, se o autor da história não pode vir até mim — disse ela —, que a história venha. Vou mandar buscá-la.

## 21. *Meo modo*

— E como fareis para buscar essa história? — perguntou Krk Hrdlk.

A condessa pensou rápido.

— Há três grandes mosteiros nas terras da Ingária — disse ela: — Dru, Lom, Mol. Cada um deles me fornecerá de boa vontade um copista para essa grande empresa. Três mosteiros, três copistas. Deverão ser bons homens de letras e excelentes escribas. Não quero artistas, não quero que se perca tempo nem com capitulares nem muito menos com iluminuras. No momento o que quero é o texto, apenas o texto, os ornamentos podem ser inseridos numa cópia que se faça aqui, depois. Esses copistas devem partir para Broz o mais cedo que puderem. Quando lá chegarem, o bom Posthumus, *frater meus in fistula*, ditará para eles a sua história e eles a copiarão palavra por palavra em pergaminho. Cada copista trabalhará só uma parte do dia e descansará duas. Assim a história, por mais longa que seja, sendo copiada de manhã, de tarde, e de noite, em um mês, um mês e meio, no máximo dois meses, estará toda posta em manuscrito, pronta para ser trazida a Kemp e ser lida para mim. É assim que farei para buscar a história: do meu modo. É como faço e mando fazer todas as coisas, com rapidez e competência.

— E quanto ao descanso do autor? — perguntou Krk Hrdlk. — Só descansará, como Deus, depois de concluída a obra?

— O autor não precisa de descanso — respondeu a condessa. — Tudo que lhe cabe fazer é contar a história. Basta um copo de vinho de hora em hora para umedecer-lhe a língua e a garganta. Basta uma almofada macia sobre a qual acomodar o seu pobre ânus. Pode falar o dia inteiro, e dormir algumas horas de madrugada. Não precisa mais do que isso. A velhice não dorme. Eu sei.

— Se bem me lembro — disse Krk Hrdlk —, Posthumus declarou que faria voto de silêncio no mosteiro.

— Não esqueci do que me disseste — disse a condessa. — Meus mensageiros irão preparados para comprar a voz do autor.

— A peso de ouro? — perguntou Krk Hrdlk. — Quanto pesará uma voz?

— Não conheces a cabeça de um abade — disse a condessa. — Posso mandar ao abade de Broz alguns bens que certamente o levarão a suspender, por algum tempo, o voto de silêncio do autor da história. A cabeça de Santo Ametista, por exemplo, ou uma coleção completa de falangetas de Santa Catarina. Sem falar de livros. Mandarei livros de presente para a biblioteca de Broz. Abade algum há de resistir a tais tentações.

A condessa avaliou em silêncio a própria astúcia. Depois disse a Krk Hrdlk:

— E tu? Também esperas receber ouro como recompensa pela informação que me deste? Pois quero que saibas que só o terás depois que eu vir, cheirar e ouvir a história. Não vou pagar de antemão por uma coisa que, na verdade, nem sei se existe. Afinal, vais fazer uma longa viagem, não vais? Se eu te pagar agora, e a história não for nem longa nem espantosa, onde te encontraria para me devolveres o que te paguei? Aonde vais, afinal?

— Vou à procura da Terra do Vinho — disse Krk Hrdlk —, que dizem que fica do outro lado do mar ocidental.

A condessa deu um sorriso, escondendo com a mão os velhos lábios.

— Meu bom amigo — disse ela. — Já ouvi falar dessa terra, falaram-me dela uns mercadores de Tule que há dez anos passaram por aqui e contaram-me algumas histórias que me agradaram muito. Os homens de Tule são de fato grandes contadores de histórias, mas pecam por insistir que tudo que contam aconteceu de verdade. Quanto a mim, acredito na existência dessa terra do outro lado do mar tanto quanto na do cavalo de asas de que falam os gregos. Procuraste a Ungária no meu *mappa mundi* e a encontraste em seu devido lugar: porque a Ungária existe. Se procurares, porém, a Terra do Vinho, verás que tal país não consta do meu *mappa*. Olha bem: aqui está o mar ocidental. Vês alguma terra, do Vinho ou do Trigo, do outro lado do mar? Não, não vês, por uma razão muito simples: não há terra alguma do outro lado do mar.

— Se assim é — disse Krk Hrdlk —, quero ir até o outro lado do mar para que meus próprios olhos vejam o que não está lá.

— Pouparias tempo e trabalho — disse a condessa — confiando no meu *mappa*.

## 22. Lom

O mosteiro de Lom fora construído no fundo de um vale quase todo coberto de mata cerrada. Era um lugar inóspito e afastado de toda comunidade humana. Seu fundador fora um cavaleiro chamado Mauritius de Londinium, que chegara àquele local, quase cem anos antes, acompanhado apenas por um pobre monge que mal sabia ler o seu breviário.

Bedrus e Grim pararam no alto da encosta para admirar o vale hirsuto lá embaixo. São Jerônimo, disse Bedrus, afirmou que a Igreja de Cristo, quanto mais amanhava bens materiais, mais mirrava em valores de virtude: seus vícios cresciam e crescem na exata medida dos seus bens. E acrescentou: — É minha opinião que Mauritius escutou essa palavra de São Jerônimo.

Pois os monges de Lom adotaram desde cedo o hábito de pedir a Deus, com toda a devoção, que o seu mosteiro nunca fosse contemplado com grandes posses e propriedades, mas se mantivesse sempre pobre e humilde como convém a uma casa de religião. Assim que transpirou além do vale a fama de santidade do mosteiro e de seus moradores, muitas pessoas começaram, com as melhores intenções, a doar no todo ou em parte seus bens ao mosteiro. Os monges souberam resistir à tentação e recusaram todo aquele enxame de doações e de donativos que lhes ameaçava cair sobre as cabeças. Mas era inútil. Hoje recusavam uma rica doação, amanhã eram três outras, ainda mais ricas, que lhes batiam à porta. Alguns dos irmãos começaram então a ceder, sugerindo que tanta insistência só podia ter por trás o dedo de Deus. Se é da vontade divina que as aceitemos, diziam eles, a nós não nos cabe recusá-las. Houve argumentos de parte a parte, e dos argumentos passou-se aos debates e dos debates, à cisão. Os monges favoráveis às doações retiraram-se de Lom e fundaram uma outra casa, a algumas milhas do vale, que foi consagrada com o nome de Santa Maria de Mol. A mãe, que é Lom, disse Bedrus, manteve-se no louvável estado de pobreza em que está até hoje, enquanto a filha chafurda numa vasta quantidade de riquezas e de propriedades.

O exemplo de Lom comovia o coração de Bedrus. Do beiço do vale ele fez um pronunciamento apaixonado:

— Que os irmãos inquietos e agitados façam em Mol o seu domicílio, e deixem para os contemplativos o mosteiro do vale. Lá, que os irmãos se empenhem em obter bens terrenos, mas que os daqui possam voltar o coração para a promessa de eterna felicidade. Lá, que se desfrute a companhia de outros mortais; aqui, que se desfrute o concurso dos anjos. Lá, que se recebam e se festejem os grandes deste mundo; aqui, que os pobres e necessitados busquem ajuda e conforto. Lá, que os poetas, músicos e comediantes possam proceder como se estivessem no mercado; aqui, que se mantenha o mosteiro como casa de silêncio. Que os irmãos de lá clamem e lutem pelos negócios e ambições deste mundo, e os irmãos de cá continuem a sussurrar preces e a murmurar versículos. Lá, que cresça sempre a riqueza, causa e criadora de todos os vícios e de todos os problemas que se lhe seguem na esteira; mas aqui em Lom que a humildade continue a florescer, e a moderação, mãe de todas as virtudes.

— Amém — disse Grim, trêmulo de emoção.

Desceram então até o vale e chegaram diante dos portões de Lom. O irmão Bedrus era velho conhecido do velho porteiro (que o recebeu lambendo-lhe as mãos de beijos), assim como dos monges todos. Deram-lhe as boas-vindas com muita festa, e levaram-no, e a Grim, para o ritual do lava-pés. Depois serviram-lhes pão de sal e água de fonte. Depois levaram a ele Bedrus, mas agora sem Grim, para ver o abade.

Grim se viu abandonado no claustro do mosteiro. Um noviço tomou-o aos seus cuidados. Grim pediu-lhe que o levasse à ermida onde se guardava o cajado de Santo Eulalius. Foram. A ermida ficava num canto do vale nunca bafejado pela luz de sol. O noviço mostrou a Grim a relíquia. Era um belo cajado incrustado de ouro e de prata, e o cabo tinha o formato de uma cruz. Grim beijou o cajado com reverência e disse ao noviço:

— Lamento, irmão, não ter pelo menos um tumor que pudesse curar com um toque do santo cajado em troca de um vintém.

— Em troca de fé, irmão — corrigiu o noviço, que se chamava Baroc. — A fé opera o milagre; o vintém é apenas um óbolo para os pobres de Lom.

Grim se lembrou das histórias contadas pelo camponês de Campulus Bovis e mentalmente contestou a correção do noviço. A fé era importante para a cura, mas com fé e sem vintém nada se obtinha do cajado medicinal.

No regresso ao mosteiro o noviço ofereceu-se para mostrar a Grim o túmulo do fundador de Lom, o santo cavaleiro Mauritius de Londinium. Diante da lápide ajoelharam-se ambos e rezaram durante algum tempo. A lápide tinha uma inscrição: *Ici gist Morice de Lundres le fundur. Deu li rende sun labur. Am.* Isto é: *Aqui jaz Mauritius de Londinium, o fundador. Deus lhe pague seu trabalho. Amen.* Depois que se ergueram, o noviço explicou, com tristeza, que o corpo de Mauritius não jazia naquele repositório: Isto é apenas o seu cenotáfio. O santo morrera numa cidade da França, a caminho de Roma, e nessa cidade, chamada Umbennum, no mosteiro dos Gêmeos Mártires, fora sepultado seu corpo. Aqui, disse Baroc, só está um dos ossos de seu braço direito, que os irmãos de Umbennum tiveram a bondade de nos enviar. E depois, num murmúrio, acrescentou: Embora, por justiça, me parece que deveriam ter conservado este osso e enviado o resto do corpo para nós, que a Lom, mais que a qualquer outro mosteiro, me parece, por justiça, caberia guardar os ossos de seu fundador.

Depois o noviço contou, em linguagem mais simples, que o fundador se retirara do mundo para expiar um horrível pecado.

— Que horrível pecado? — perguntou Grim, sempre de ouvido curioso.

— Ele era o senhor do castelo de Radnor — disse Baroc —, que ele mesmo tinha conquistado ao seu antigo proprietário. Um dia estava caçando com seus cães e perdeu-se de toda a sua companhia. A noite caiu, ele se viu diante de uma igreja de São Bartolomeu. Sem mostrar nenhum respeito pela religião, entrou na igreja com todos os seus cães e lá dentro passou a noite.

— Oh! — exclamou Grim. — Que irreverência! Que sacrilégio!

— No dia seguinte — continuou Baroc, feliz com o efeito de suas palavras sobre o outro — Mauritius se levantou bem cedo, como fazem os caçadores, e descobriu que todos os seus cães tinham desaparecido e que ele próprio estava cego. Perdera por completo a visão e teve de sair da igreja apalpando as paredes com as pontas dos dedos. Seus companheiros encontraram-no trôpego pelo caminho e levaram-no para o castelo. Ali ficou encerrado vários anos, passando os dias em tédio e em trevas.

— E como foi redimido esse pecador? — perguntou Grim.

— Um dia, inspirado por Deus — disse Baroc —, Mauritius teve a idéia feliz de se fazer conduzir a Jerusalém, pois não queria que a luz espiritual se extinguisse nele como se extinguira a luz dos seus olhos. Na Terra Santa, teve logo a oportunidade de participar de uma batalha. Cercado por amigos fiéis, avançou contra os sarracenos gritando o nome de Jesus. Recebeu na cabeça um golpe terrível e foi lançado ao chão, sem sentidos. Quando voltou a si, viu diante dos olhos o sinal da cruz, costurado na roupa de um de seus amigos, e percebeu que recuperara a visão. Ali mesmo fez a promessa de se tornar monge e fundar um mosteiro no mesmo país onde cometera seu grande pecado.

— Que santo homem! — exclamou Grim.

— Esta é a história verdadeira — disse Baroc — de como e por que Mauritius de Londinium se tornou monge. Nossos irmãos de Mol, no entanto, que têm língua de serpente, inventaram contra ele uma calúnia. Contestam o milagre pelo qual ele perdeu a visão. Dizem que, quando foi para a Terra Santa, ele ainda tinha a visão de um olho. E dizem que, na primeira batalha que travou contra os sarracenos, confiaram-lhe a bandeira de um príncipe franco. E dizem que ele teve medo dos inimigos e atirou ao chão a bandeira e fugiu do campo de batalha. E dizem que, por causa desse ato de covardia, caiu em desgraça e foi obrigado a renunciar ao mundo. Não há mentira maior. Nosso fundador não seria capaz de tamanha indignidade.

Grim ficou irritado com a má-fé dos monges de Mol.

— Por que fazem tal coisa? — perguntou.

— Têm inveja de nossa humildade e de nossa pobreza — disse Baroc. — Por isso mentem, querendo desmoralizar a memória do nosso fundador.

— Deus lhes perdoe — disse Grim.

— Deus os castigue — disse Baroc. — São cristãos que amam o nome mas não as virtudes cristãs. São monges que, depois que comem e bebem quase a ponto de vômito, arrotam e gargalham que estão repletos da glória de Deus. São monges que deixam de lado os evangelhos e os profetas para ler Virgilius e os poetas e retóricos latinos. São cristãos que amam a Roma pagã mais do que a cristã Jerusalém.

O noviço sorriu um sorriso que a Grim pareceu maligno. E continuou:

— Duilius, nosso precentor, uma vez me pilhou lendo Virgilius. Inchou de raiva como uma rã, e gritou para mim: Devemos renunciar a Virgilius pelo mentiroso que é, e deixá-lo sepultado no fundo do Estige na companhia de Apolo e de suas musas. Que o rei celestial amaldiçoe as vãs fantasias de tais poetas.

Grim replicou:

— Nosso bom abade pensa um pouco diferente, irmão. Uma vez, falando de Virgilius, disse-nos: Como devo chamar essas fantasias senão fezes de cavalos que puxam carroça? Não é à toa que Ennius o poeta, quando perguntado o que procurava em Virgilius, respondeu: Procuro ouro na bosta. Pois, assim como a bosta prepara o campo para produzir o grão em maior abundância, assim as palavras dos pagãos, ainda que vis, porque não são verdadeiras, servem de ajuda para compreendermos a palavra divina.

Baroc lançou sobre Grim um olhar de rancor.

— Teu abade bem poderia ser abade de Mol. Só lhe falta um pouco mais de conhecimento da literatura profana. Pois não foi Ennius que disse que, lendo Virgilius, procurava ouro na bosta, mas sim Virgilius que, lendo Ennius, disse essas palavras. Teu abade confundiu os casos nominativo e acusativo.

— Se conheces tão bem assim os textos pagãos — disse Grim —, por que estás aqui e não lá?

— De lá vim, e fiz penitência, e me purifiquei — disse Baroc. — Por isso conheço bem os irmãos de Mol. Mas deixemo-los caluniar à vontade o nosso fundador. Meu consolo é saber que a alma do bom Mauritius há de desfrutar da glória eterna e suas cinzas e seus ossos hão de ser objetos de veneração aqui na terra, enquanto, pergunto-te, que recompensa aguarda esses maus cristãos de Mol? Consola-me saber que serão transformados em cidadãos do mundo infernal, com direito ao fogo perpétuo e à eterna punição. Aí hão de sentir, na própria língua e em todo o corpo, que o inferno *queima e arde*.

## 23. A viagem de Mauritius

Mais tarde Baroc, o noviço, narrou a Grim os últimos acontecimentos da vida do santo cavaleiro Mauritius. Narrou em tom solene, como se estivesse recitando o texto de um memorial da vida do abade, e de fato estava, porque já perdera a conta, disse ele, das vezes que fizera cópias daquele memorial para serem enviadas a conventos e mosteiros dentro e fora da ilha da Britânia. Eis a sua narrativa:

— Depois de seguir um longo percurso de disciplina regular, segundo as disposições estabelecidas pelo patriarca São Bento; depois de mostrar eficácia incomparável tanto em orar como em cantar, e também muita energia na punição dos maliciosos e muita humildade no consolo dos frágeis; depois de observar tal abstinência no comer e beber e tal modéstia no vestir que não se vêem comumente entre os abades; depois disso tudo viu-se Mauritius idoso e cheio de dias e incapaz, agora, devido à sua extrema velhice, de prescrever aos irmãos, por meio de sua vida e doutrina, as fórmulas apropriadas de exercício espiritual. Em vista disso, e depois de longa deliberação consigo mesmo, julgou conveniente dar a seus irmãos a oportunidade de escolher, dentre seu próprio número, um abade mais eficiente e partir, ele mesmo, em peregrinação a Roma. Queria, assim, ao mesmo tempo garantir aos irmãos a proteção e a orientação de um abade mais jovem, e, a si, o tempo e a tranqüilidade necessários para a vida contemplativa. A princípio todos se opuseram a seu propósito, suplicando-lhe de joelhos e com muitas lágrimas que voltasse atrás; mas Mauritius estava tão ávido por partir que, no terceiro dia depois de revelar ao mosteiro a sua decisão, deu para sempre as costas a Lom e iniciou sua jornada. Sua pressa tinha, como uma moeda, dois lados: tanto temia que lhe faltasse fôlego para chegar a Roma como que seus amigos, quer nobres, quer religiosos, lhe atrasassem a partida. De manhã cedo, portanto, cantou-se missa na igreja da Mãe de Deus, a imaculada Virgem Maria. Todos os monges estavam lá presentes. Mauritius, depois de acender o franco-incenso e dizer uma prece no altar, pôs-se de pé sobre os degraus e, turíbulo na mão, deu a todos a sua bênção. Ao som da ladainha, um grito de dó ressoou de todos os lábios quando a congregação viu sair da igreja o seu pastor. Seguiram-no todos até a margem do rio Nigra Dea e lá, entre lágrimas e lamentos, puseram-se todos de joelhos e Mauritius deu-lhes a cada um o beijo da paz. Por fim, após uma última prece, subiu a bordo do barco que o esperava. Os diáconos da igreja foram a bordo com ele, levando círios acesos e um crucifixo dourado. Tendo atravessado o rio e descido na outra margem, Mauritius beijou o crucifixo, montou em seu cavalo e partiu. Depois de sua partida, os irmãos retornaram à igreja com muito choro e muita prece e, tendo concluído o salmo da hora sexta, deliberaram redigir e enviar uma carta ao papa, recomendando-lhe o seu amado pastor. A carta foi redigida em menos de uma hora e um mensageiro alcançou Mauritius no caminho e depositou-a em suas mãos. Nela os monges de Lom recomendavam à santa clemência do papa as cãs de seu amado abade e, depois de uma longa apologia de sua vida, concluíam assim: "E suplicamos a teu amor paternal que realizes por ele os últimos ofícios, esperando que tu e nós possamos achar em seu espírito devoto, quando chegar a hora de nossos próprios últimos momentos, um poderoso intercessor e protetor junto ao trono da graça."

Mas Mauritius não pôde entregar de mão própria essa carta ao papa, pois morreu, de velhice e fraqueza, a caminho do vestíbulo dos santos apóstolos. Cruzou o mar, sim, chegou a Burdigala, sim, alcançou a cidade de Umbennum, sim, onde entrou às nove horas, mas ali morreu sete horas depois, e ali foi honrosamente sepultado no mosteiro dos Gêmeos Mártires, para grande tristeza não só dos que iam no seu séquito, mas também dos moradores do lugar, que se dissolveram em lágrimas diante da perda do reverendo monge. E ali mesmo, no dia seguinte, enquanto alguns de seus companheiros continuavam a viagem sem o santo monge, outros retornavam a Lom para relatar a notícia de sua morte e sepultamento, e ainda outros vagueavam em grande mágoa junto ao túmulo do abade, consolados por gente estrangeira.

Nesse ponto Baroc fez uma pausa para tomar fôlego. Depois continuou:

— Mauritius tinha setenta e quatro anos quando morreu: aos trinta e três anos, na idade, portanto, de Jesus Cristo, fundara o mosteiro de Lom, e durante quarenta anos e onze meses fora abade daquela casa. Nunca esmoreceu no rigor da antiga disciplina nem por motivo de velhice, nem de moléstia, nem de viagem: pois, do dia de sua partida de Lom até o dia de sua morte em Umbennum, isto é, de 18 de junho a 8 de setembro, um espaço de oitenta e três dias, além de cumprir fielmente as horas canônicas de prece, nem um só dia deixou de percorrer duas vezes todo o saltério do começo ao fim; e mesmo quando se viu tão fraco que não podia montar, sendo então carregado numa liteira, nunca deixou de proceder diariamente à cerimônia da missa, exceto um dia que passou muito mal no navio e os três dias imediatamente anteriores à sua morte. Mauritius morreu na sexta-feira, 25 de setembro, entre três e quatro horas, na cidade de Umbennum, e foi sepultado no dia seguinte perto do primeiro marco da estrada ao sul da cidade, no mosteiro dos Gêmeos Mártires, acompanhado por seus companheiros e grande número dos habitantes da cidade e do mosteiro. Esses gêmeos mártires nasceram juntos num mesmo parto, e nasceram juntos de novo num mesmo batismo, e por fim nasceram juntos para a vida eterna num mesmo martírio. Que eles possam conferir a nosso santo abade o benefício de sua intercessão e proteção, e a todos nós, amém.

— Amém — repetiu Grim. Quando percebeu que Baroc fazia uma prece muda ao santo abade Mauritius, fez uma também. Depois persignaram-se, saíram da cripta e voltaram ao claustro.

## 24. Vaticínios

À noite Grim foi levado à presença de Tatheus, o bibliotecário do mosteiro, escolhido pela condessa para dirigir a missão de busca da *Longa história*. Tatheus era alto e esguio, e dotado de uma longa barba branca e de linhas e formas tão gráceis que todos os que desconheciam seu modo de vida supunham que vivesse na indolência e no prazer.

— Bedrus falou-me muito bem de ti, meu filho — disse ele a Grim. — Diz-me então, *si vis*, qual é, segundo a Regra de nosso pai, São Bento, qual é o sexto grau da humildade.

Grim demorou um minuto para responder, não porque tivesse esquecido aquele mandamento da Regra, mas por timidez própria de menino. Mas, quando pôde destravar a língua, a resposta foi dada com fluência e segurança:

— O sexto grau da humildade consiste em que esteja o monge contente com o que há de mais vil e com a situação mais extrema e, em tudo que lhe seja ordenado fazer, se considere mau e indigno operário, dizendo-se a si mesmo com o profeta: "Fui reduzido a nada e não o sabia; tornei-me como um animal diante de vós, porém estou sempre convosco."

Tatheus, em vez de louvar a resposta perfeita, lançou ao noviço uma outra pergunta:

— E o sétimo?

— O sétimo grau da humildade — disse Grim — consiste em que o monge se diga inferior e mais vil que todos, não só com a boca, mas que também o creia no íntimo pulsar do coração, humilhando-se e dizendo com o profeta: "Eu, porém, sou um verme e não um homem, a vergonha dos homens e a abjeção do povo: exaltei-me, mas depois fui humilhado e confundido."

Grim calou-se. Tatheus apôs:

— Esqueceste a última citação: "É bom para mim que me tenhais humilhado, para que aprenda os vossos mandamentos." Mas não está mau. E, diligente como és, creio que entendeste e podes dizer-me por que te interroguei sobre esses dois graus da humildade.

— Encontraremos, em nossa viagem — disse Grim —, situações extremas, que devemos aceitar com paciência e gratidão. Do mesmo modo, não devemos presumir que a tarefa que nos foi confiada está abaixo de nossa capacidade mas sim que, se a realizarmos, será com a ajuda da graça de Deus e não por nossos próprios méritos.

Tatheus deu-se por satisfeito com a resposta, o que demonstrou voltando-se para Bedrus e torcendo, de modo quase imperceptível, o lábio inferior. Depois mandou chamar à sua presença o noviço de Lom que integrava, como terceiro membro, a confraria de copistas. Veio o noviço. Tinha a idade de Grim, assim como Tatheus a idade de Bedrus. Meteu um olho agudo em Bedrus, outro mais agudo em Grim. Seu nome era Carbri.

— Mas chamam-no Nolo — disse Tatheus. — Porque sempre que lhe pedem para fazer alguma coisa, ele responde: Não quero.

O noviço franziu os olhos mas não disse nada. Tatheus sorriu.

— Mas a mim ele respeita e obedece. Sou como um pai para ele, e como um padrasto. Hoje recompenso, amanhã castigo. Sei que existe um monge aí dentro, debaixo da pele, e hei de extrair daí esse monge, ainda que tenha de lhe arrancar a pele primeiro.

Dentre tantas virtudes que possuía, Tatheus alimentava um grave pecado, que era o pecado de presunção: queria ter, ainda que em grau mais que minimíssimo, o dom que particularmente notabilizara seu mestre Nannan: o dom de vaticínio. Conta-se dele — de Tatheus, não de Nannan — que encontrou certo dia na ilha Mawr dois homens de baixa condição, cada qual acompanhado de um filho pequeno. Tatheus abençoou ambos os meninos, e os pais perguntaram-lhe se podia dizer o que seria feito deles em dias vindouros. Tatheus devia ter-se calado, mas não resistiu ao desafio. Olhou para um dos meninos, olhou para o outro, e tentou interpretar os pressentimentos que lhe vieram à mente. Então disse a um dos pais: Não é sábado hoje? Teu filho morrerá daqui a seis dias, no final da próxima semana, e será sepultado aqui mesmo no oitavo dia. O homem retirou-se acabrunhado com seu filho. Ao outro pai Tatheus disse então: Teu filho verá os seus próprios netos, morrerá em idade muito avançada, e será enterrado nesta mesma ilha. Ora, passaram-se seis dias e o primeiro menino não morreu, nem morreu naquele mês, nem naquele ano, nem no ano seguinte, mas continuou vivendo em oposição às palavras de Tatheus e vive ainda hoje, depois de pôr no mundo vários filhos e filhas, que lhe deram dezenas de netos e netas, e de enterrar três ou quatro esposas. Quanto ao segundo menino, antes de terminar aquele ano morreu afogado junto com o pai ao atravessarem num bote o estreito de Mawr. Seu corpo não foi encontrado, de modo que o mar e não a terra tem sido o seu sepulcro.

Tatheus tivera também um presságio a respeito de um terceiro menino. Isso se deu em Strata Florida, quando ali esteve certa vez. Já era moderada a sua fama como gramático e como discípulo de Nannan, de modo que logo se juntou uma pequena multidão de clero e povo em torno dele. Ao largo da multidão, os meninos do mosteiro local começaram a desafiar uns aos outros quem teria coragem de imiscuir-se no meio das pessoas e tocar a túnica do honrado visitante. Um deles, mais ousado que os demais, avançou sorrateiro até onde Tatheus se entretinha com a multidão e, inclinando-se de repente, tocou-lhe sem ser percebido a borda da túnica. O gesto não escapou a Tatheus, que, como ele mesmo contou depois, com o rabo do olho da alma pressentiu o que não pudera ver com o rabo do olho da cara. Assim, estendendo a mão para trás, agarrou o menino pelo pescoço e virou-se para olhá-lo face a face. Um dos monges de Strata Florida disse a ele: Deixa-o ir. É o mais indisciplinado de nossos meninos, não serve para nada, nem nunca servirá. Tatheus ignorou aquelas palavras e, dirigindo-se ao menino, disse: Filho, abre a boca e mostra a língua. O menino obedeceu. Tatheus ergueu a mão e abençoou-lhe a língua, dizendo em voz alta para que todos ouvissem: Ainda que este menino vos pareça agora inútil e irreverente, que ninguém o despreze por causa disso. Pois sinto no coração que a partir de agora ele deixará de vos estorvar para dar-vos amplos motivos de contentamento. Dia a dia há de aprimorar sua conduta e plantar virtudes em sua alma; prudência e sabedoria florescerão dentro dele, e grande será o seu progresso nesta comunidade; e sua língua receberá de Deus os dons de transmitir a sagrada doutrina com doce eloqüência. Tatheus disse essas palavras como um iluminado, mas o outro monge replicou: Bom irmão, já que prenuncias tantas coisas boas para este menino, de bom grado fazemos dele um presente para ti. Leva-o contigo para Lom, porque é justo que a tua casa receba os frutos de teu presságio.

O menino, é claro, era Carbri, que depois, em Lom, se chamou Nolo. Tatheus penou para enfiar-lhe na consciência todas as virtudes anunciadas, e não teve muito sucesso. De alguma forma fez de Nolo um letrado, mas manso não, cordato não, humilde nunca. Mesmo assim, pondo fé nos seus olhos interiores, que lhe tinham dado vislumbrar grandes virtudes no menino de Strata Florida, recusava-se a desistir. Algum dia, declarava com freqüência, algum dia Nolo há de abrir espontaneamente e para sempre seu coração para Cristo.

Veio então às mãos de Tatheus a ordem de seguir para Broz a serviço da condessa e na mesma carta a informação de que com ele seguiriam outros dois copistas, um de Dru, outro de Mol. Tatheus agiu rápido e, negociando com o abade de Mol, conseguiu substituir por Nolo o copista a ser indicado por aquele mosteiro. Isso, deve-se dizer, para grande satisfação do bibliotecário de Mol: comerciantes flandrenses tinham solicitado uma grande encomenda de códices de autores latinos — Virgilius, Ovidius, Horatius, Tibulus, Catulus e até Petronius e Apuleius — e a biblioteca andava carente de mãos para produzir e entregar a mercadoria no tempo previsto.

## 25. Nolo

Aquela noite, depois das completas, Bedrus desapareceu no meio de velhos amigos, que todos queriam trocar com ele uma ou duas palavras. Grim, quando se deu conta, estava posto sozinho numa cela úmida, onde havia, a um canto, um único catre. Ali se deitou, disposto a esperar acordado até que Bedrus chegasse, mas acabou por adormecer. Acordou no ventre da escuridão: a candeia se havia apagado. Teve a sensação de uma presença na cela. Apurou os ouvidos e pôde ouvir uma pessoa respirando no escuro.

— És tu, *pater*? — perguntou às trevas.

— Não sou teu pai — responderam as trevas, com voz áspera —, nem teu irmão, nem teu amigo. Chama-me Nolo ou então cala-te, que é melhor.

Grim estremeceu de medo. Nolo lançou-se ao lado dele no catre e puxou bruscamente as cobertas para si. O frio aproveitou para saltar sobre Grim como um monstro de cem mil dentes, cravando cada um deles, afiado, em um dos poros de sua pele.

— Não podes dar-me uma parte das cobertas? — disse Grim.

— Posso — disse Nolo —, se responderes a uma pergunta.

— Que pergunta? — perguntou Grim.

— Qual é o animal que carrega consigo todo seu armamento? — disse Nolo.

Grim pensou, pensou, pensou, mas não lhe veio a resposta do enigma. Foi obrigado a desistir.

— Vou ajudar-te — disse Nolo. — Qual é o animal que carrega consigo, no próprio corpo, sua aljava, seu arco e suas flechas?

Grim pensou, pensou, pensou, mas nem assim foi capaz de atinar com a solução do problema. Nunca fora muito bom em enigmas dessa espécie.

— É o porco-espinho, estulto — disse Nolo. — É animal que possui todos os vários artifícios de guerra. Mirando-se no seu exemplo os cretenses aprenderam a usar o arco e os partas a lançar flechas durante a fuga.

— Esse enigma foi muito difícil — queixou-se Grim. — Nem Édipo seria capaz de decifrá-lo. Propõe outro.

— Eis um bem fácil — disse Nolo. — Do ventre de minha mãe acabei de nascer e no entanto ninguém me vê. Se não adivinhas este, não adivinhas nenhum.

Mas nem esse Grim conseguiu esclarecer. Nolo sacudiu a cabeça:

— Não sabes? É o pinto ainda dentro da casca do ovo, capadócio. Boa-noite.

E, dando as costas a Grim, envolveu-se nas cobertas como num casulo.

— Um último enigma, por amor de Deus — suplicou Grim.

Sem nem descobrir-se, Nolo disse:

— Não é um enigma, mas uma pergunta, e a resposta é a mais fácil de todas: o que trouxe o fundador até aqui? A cura da visão ou a covardia incurável?

— A cura da visão — respondeu Grim.

— Tua estultície não tem cura — disse Nolo. — Morre de frio.

— Irmão — disse Grim.

— Irmão, não — disse Nolo —, mas Nolo, sim.

— Nolo — disse Grim.

— Não queres? — disse Nolo. — Não queres o quê, homem? As cobertas? Então ficarei com elas só para mim.

E fingiu roncar. Grim tocou-lhe o ombro.

— Que queres agora, sodomita? — exclamou Nolo. — Queres aproveitar-te da minha inocência para abusar do meu corpo?

— *Magne Deus*! — exclamou Grim, horrorizado.

— Nunca provaste as delícias de Sodoma? — disse Nolo. — Duvido. Mas sabes fingir castidade, isso reconheço.

— Irmão, meu corpo está limpo desse pecado nefando — disse Grim.

— Ainda te vanglorias? — troçou Nolo. — Queria que o cônego Aurea Capra estivesse aqui agora. Garanto que não te pouparia o cu.

— Irmão, não me atormentes com essas confabulações — pediu Grim.

— Por quê? — rosnou o outro. — Tens medo que teu membro engrosse? E não sou teu irmão, parvo. Não já te disse? Nolo é o que sou para ti, e já é muito. Mas diz-me verdadeiramente: nunca folgaste com outro homem?

— Nunca — disse Grim. — E Deus me proteja para que nunca tenha ocasião de fazê-lo.

— Pois eu já fiz — disse Nolo. — E, uma vez que por tua causa perdi o sono, vou contar-te como foi, para que saibas o que fazer ou não fazer quando necessário.

— Não quero ouvir — disse Grim.

— Mas ouvirás — disse Nolo. — Deitas na minha cama sem seres convidado e ainda recusas a pagar pedágio? Vou queixar-me ao abade. E é pesado este pedágio? Não, mas leve e indolor, que, se te dói, te dói no ouvido e não no cu.

## 26. Sodomia

Foi isto que Nolo contou: certa primavera, alguns anos antes, Tatheus mandou-o a Usk para estudar hebraico na escola de um professor que tinha conhecimento dessa língua. Ali Nolo conheceu um estudante chamado Empiricus. Ele perguntou-lhe de onde era, e Nolo disse que era de Lom. Então ele disse que conhecia uma pessoa de Lom que vivia em Margam, e mencionou o nome de um Bernardus, que era estudante em Margam. Nolo disse que conhecera esse Bernardus em Lom, e foi só isso que conversaram. Depois do jantar, Nolo foi à igreja do convento ouvir o sermão. Empiricus achou-o na igreja e levou-o ao refeitório, onde não havia ninguém. Ali perguntou a Nolo: Queres entrar para o serviço do cônego Simon Aurea Capra? Nolo perguntou: Que tenho de fazer? Empiricus respondeu que pouca coisa, quase nada: Em troca de carregares os livros do cônego de casa para a escola e da escola para casa, ele pagará o suficiente para tu comeres e te vestires. Nolo declarou que nesses termos gostaria de entrar para o serviço do cônego. Empiricus disse: Posso revelar-te ainda certas peculiaridades de Aurea Capra, e descrever alguns de seus hábitos, se jurares não revelar nada disso a ninguém. Nolo, curioso que era, e imaturo, pois mal começara a raspar os pêlos da barba, jurou imediatamente, deitando a mão sobre uma Bíblia de onde se faziam, durante as refeições, as leituras para entretenimento dos monges. Empiricus levou-me então, contou Nolo, à sua câmara e trancou a porta. Daí perguntou se eu queria mesmo saber quais eram os hábitos e peculiaridades do cônego Aurea Capra. Eu disse que queria. Ele me disse que tirasse a túnica e deitasse de lado na cama, e foi o que fiz. Ele deitou-se por trás de mim e então, sem uma palavra, aninhou o membro entre minhas coxas, me acariciou e me beijou e me regou as coxas com seu sêmen. É assim que Aurea Capra age, disse ele. Se quiseres servi-lo, terás de servi-lo assim também. Eu disse que não acreditava. Ele me perguntou: Qual destes é o pior pecado para um homem: submeter-se ao coito com outro homem ou poluir-se manipulando seu próprio membro? Respondi que não sabia. Ele me disse: Pois um e outro são os pecados carnais que os clérigos praticam com mais freqüência. Atônito perguntei: Será verdade? Ele disse que era. Depois nos separamos.

Grim ouvira todo o relato com a respiração suspensa. Nolo fez uma pausa. Grim perguntou:

— E como te avieste com o cônego Aurea Capra?

Nolo sorriu um sorriso torto.

— Aurea Capra era um cônego senil, que passava a maior parte do dia e da noite dormitando numa cadeira. Toda aquela história de servi-lo era só um estratagema com que naquela escola os mais velhos seduziam os mais jovens. Mas confesso-te que me deixei atrair por esse pecado, e muitas vezes me deitei com Empiricus em sua cama. Perguntei-lhe um dia se aquele pecado nos levaria ao inferno ou se tanto pecávamos deitando com outro homem como deitando com uma prostituta. Em verdade te digo, respondeu ele, que o pecado de sodomia é mais grave do que o pecado de fornicação, mas fica certo de que só há sodomia se um dos homens se deitar sobre o outro como sobre uma mulher. Então perguntei-lhe por que preferia o coito com homens ao coito com mulheres. Uma vez, disse-me ele, dormi com uma prostituta e, quando acordei, vi que o meu membro estava tão inchado e disforme que pensei de mim para ele: Pronto. Essa prostituta nos deixou leprosos. Daí prometi a meu membro, disse ele, que, se eu me curasse daquele mal, nunca mais o levaria em visita aos vasos das mulheres. E até hoje, graças a Deus, tenho sido fiel à minha promessa. E aí está, *irmão* Grim. Seis meses passei em Usk, e foram essas as coisas que aprendi lá. Ah, sim. Aprendi também o alfabeto hebraico e a escrever da direita para a esquerda; e que, em hebraico, as palavras *abelha* e *palavra* têm a mesma raiz.

Nolo calou-se entre dentes. O silêncio abrupto doeu nos ouvidos de Grim.

— E ainda fazes esse pecado com outros homens? — perguntou Grim.

— Fica sossegado — disse Nolo. — Agora só faço com mulheres.

— Não tens medo de ficar leproso? — perguntou Grim.

— És mais imbecil que uma mulher — disse Nolo. — E agora cala-te, que daqui a pouco temos de levantar para as malditas matinas.

Grim calou-se, e calado enrodilhou-se todo em si mesmo e assim tiritou até a hora das matinas. Cantaram as matinas e voltaram à cama. Nolo, sem dizer uma só palavra, apossou-se de novo das cobertas e dormiu. Encolhido como um feto, exausto, Grim conseguiu dormir um pouco. Sonhou com sua cama em Dru. Queria mais estar lá do que ser cardeal, ou do que ser papa. Logo depois ouviu os sinos chamarem para as laudes. Abriu os olhos e viu os olhos de Nolo cravados nele.

## 27. Elegia

— Não sei quanto a ti — disse Nolo. — Mas eu vou fugir na primeira oportunidade que tiver.

Grim estava tonto de sono e nem soube o que dizer. Nolo continuou:

— Por que achas que eu não disse *nolo* quando me escolheram para essa tarefa?

Grim continuou sem saber o que dizer. Nolo tirou de dentro de lugar nenhum uma navalha afiada e pousou-a sobre a garganta de Grim.

— Sentes o ferramento? — disse ele. — Pois bem. Vais contar a Tatheus o que te disse? Vais? Se vais contar, prometo que te corto a garganta agora mesmo.

Grim sacudiu vigorosamente a cabeça. Nolo guardou tão rápido a navalha que Grim nem pôde ver onde.

— Vais fugir comigo então? — disse Nolo.

Grim sacudiu novamente a cabeça.

— Por quê, *bufone*? — perguntou Nolo.

— Não tenho coragem — disse Grim.

— Tu és um tolo — disse Nolo, com desprezo. — Nasceste tolo e morrerás tolo. Talvez vivas *mais* do que eu, mas certamente viverei *melhor* do que tu. Sabes por quê? Porque sigo a melhor regra de vida que existe: não penso nos outros, só em mim mesmo. Como disse Terentius: *Mihimet sum proximus*. Eu sou o meu próprio próximo.

Nolo fez silêncio, mas manteve sobre Grim o seu olho de aço, afiado como a sua navalha.

— De onde és? — perguntou Grim, para quebrar o silêncio.

— De onde sou? — disse Nolo. — Que pergunta é essa? Que queres de mim, sapo? De onde sou! De onde és tu, isso sim, é o que vais me dizer.

— Sou de Grimsby — disse Grim.

— E como posso saber — replicou Nolo — se dizes a verdade quando dizes que és de Grimsby? Como posso saber se não és de Petuaria, e se não queres me enganar dizendo que és de Grimsby? Prova que és de Grimsby. Conheces Alanus de Grimsby? Alanus é de Grimsby, seguramente, verdadeiramente. Conheces Alanus?

— Se não queres acreditar na minha palavra — disse Grim — não posso fazer nada.

— Claro que podes — disse Nolo. — Fala alguma coisa de Grimsby. O que é que Grimsby tem que a distingue das outras cidades?

— Bacalhau — disse Grim. — Tem muito bacalhau em Grimsby.

— Vieste da costa, então? — disse Nolo. — Pelo menos assim o dizes. Não sei se é verdade. Não tens cheiro de maresia. Acaso sabes nadar?

— Sei — disse Grim. Queria estar em Grimsby, no mar da infância, longe dessa criatura que pretendia afogá-lo em inquisições fúteis e confusas.

— Não acredito — disse Nolo. — Não acredito nem acreditarei até que, com meus próprios olhos, te veja nadar. Vamos fazer uma viagem marítima, já o sabes? Vou atirar-te do barco ao mar para que proves que és um nadador. Que tal? Aí acreditarei, se não afundares como uma pedra. Aceitas o desafio?

— Irmão — disse Grim, já sem paciência. — Tanto se me dá que acredites que sou de Grimsby ou de Aquæ Sulis, que sei nadar ou voar. Deixa-me em paz.

— Pois eu sou de Strata Marcella — disse Nolo. E, como se para prová-lo, recitou uma elegia em língua cambrense:

Oeruelawe callon dan vronn o vraw,
rewyd val crinwyd yssyn crinaw.
Pony welwch chwi hynt y gwynt ar glaw?
Pony welwch chwi r deri yn ymdaraw?
Pony welwch chwi r mor un merwindaw yr tir?
Pony welwch chwi r gwir yn ymgyweiraw?
Pony welwch chwi r heul yn hwylaw r awyr?
Pony welwch chwi r syr wedyr syrthiaw?

Och hyt attat ti Duw na daw mor tros dir!
Pa beth yn gedir y ohiriaw?
Nyt oes le y kyrcher rac carchar braw,
nyut oes le y trigyer: och or trigyaw!

— Que significa toda essa algaravia? — perguntou Grim.

— É uma elegia pela morte de um *dux* — respondeu Nolo. — Seu coração jaz frio dentro de seu frio peito e se enruga como folha seca. O poeta pergunta: Não vês a dança frenética do vento e da chuva? Não vês os carvalhos flagelando-se um ao outro com os ramos? Não vês as dentadas do mar na praia? Não vês a verdade contorcida de dor? Não vês o curso desvairado do sol pelo céu? As grandes estrelas que despencam? Por que o mar não cobre a terra como uma mortalha? Por que somos deixados aqui para vagarmos à deriva? Onde estaremos a salvo da prisão do medo? Não há nenhum lugar para morar, nenhum lugar para viver!

— Que *dux* foi esse por quem a Natureza se entregou ao desespero? — perguntou Grim.

— Não sei — respondeu Nolo. — Algum Llywellyn, talvez. E tu fazes mais perguntas que uma mulher. Agora cala esse bico e não me importunes mais.

## 28. A história de Meilyr

De Lom a Kemp são dois dias de viagem, com pernoite no castelo de Ffrangcon. Em vez de voltar de Lom para Dru, Bedrus decidiu que, tendo assunto a tratar com o castelão, estenderia sua viagem até Ffrangcon. Os dois monges iam à frente, conversando em voz alta; os dois noviços atrás, conversando em voz baixa; as montarias de uns e de outros seguiam, como é de seu feitio, em completo silêncio. Às vezes, quando o assunto da conversa monacal era interessante, os noviços faziam silêncio para ouvi-la. Fizeram silêncio para ouvir a história do abade do convento de Strata Marcella, que Tatheus contou a Bedrus.

Nas vizinhanças da Cidade das Legiões, foi o que Tatheus contou, havia um homem chamado Meilyr que sabia explicar o oculto e predizer o futuro. Tatheus contou como foi que Meilyr obtivera esse dom: uma noite e, para ser preciso, era Domingo de Ramos, Meilyr topou, num campo fora da cidade, com uma moça por quem andava apaixonado há algum tempo. Meilyr não perdeu a oportunidade e logo se viu enleado nos braços da moça, colhendo as falsas delícias que abundam nos corpos das mulheres. Já se preparava para consumar aquele casamento carnal quando, subitamente, percebeu com horror que não era uma moça que estava abraçando e beijando mas uma criatura peluda, selvagem e de tal modo repulsiva que não há como descrevê-la. Diante da visão de tal monstro sua razão o desertou e Meilyr ficou inteiramente louco. Assim permaneceu por muitos anos, até que, graças à intercessão dos virtuosos monges de São David, conseguiu recuperar o entendimento das coisas. No entanto, conservou-se nele uma certa familiaridade com os espíritos impuros, de modo que Meilyr era capaz de vê-los, de reconhecê-los, de falar-lhes e até de chamar cada qual por seu próprio nome, e ainda, com a ajuda deles, de vislumbrar fatos acontecidos recentemente em lugares remotos ou mesmo fadados a acontecer em futuro próximo. Esses espíritos costumavam aparecer-lhe sob a forma de caçadores, com trompas pendentes do pescoço, mas a caça almejada eram almas humanas e não animais selvagens; e Meilyr costumava vê-los em grande número ao redor de mosteiros e casas de religião.

Tatheus ficou agitado ao mencionar os poderes auferidos por Meilyr. Nenhum mentiroso escapava ao seu escrutínio infalível, pois, assim que dissesse sua mentira, Meilyr via-lhe sobre a língua um pequeno demônio dançando de alegria pela mentira proferida. Meilyr não sabia ler, mas isso não impedia que, se se lhe metesse diante dos olhos a página de um livro contendo alguma falsidade, sobretudo de natureza teológica, ele pusesse sem vacilar o dedo sobre as palavras enganosas. Perguntado como podia fazê-lo, sendo iletrado, respondia que um demônio lhe indicava as palavras com o dedo. Às vezes, contou Tatheus, os demônios assediavam

Meilyr tão ferozmente que a única maneira de se ver livre deles era deitar sobre os joelhos uma cópia do Evangelho de São João, pois imediatamente desapareciam no ar assustados como pássaros. Mas se se retirasse o Evangelho e se pusesse no lugar, só para se ver o que aconteceria, o livro de algum poeta latino como Ovidius ou de um mentiroso contumaz como Galfridus Monumotensis, os demônios pousariam em todo o corpo do vidente, e no livro também, em número cada vez maior e mais festivo.

— Lembro-me de ter lido, meu bom Tatheus — disse Bedrus —, que o apóstolo Barnabé costumava curar pessoas doentes pondo-lhes sobre o peito uma cópia do Evangelho de São Mateus.

— É verdade — concordou Tatheus.

Foi Meilyr, e era aí que Tatheus queria chegar, quem anunciou a desgraça do abade de Strata Marcella. Referes-te, perguntou Bedrus, a Enatus, abade do mosteiro dessa cidade, que fundou um convento de monjas nas vizinhanças de Strata Marcella? Era a ele mesmo que Tatheus se referia. Três meses antes ele fugira do mosteiro à noite levando consigo uma das monjas, e já no dia seguinte Meilyr, que estava em Abergavenny, a muitas milhas de distância, anunciou o escândalo perante grande número de pessoas e quase foi sovado por isso. Oito dias depois a notícia chegou a Abergavenny, confirmando a clarividência de Meilyr. Pediram-lhe uma explicação, e Meylir respondeu que naquele dia um demônio veio vê-lo vestido de caçador. Esse demônio contou-lhe toda a história, e com muito orgulho, pois ele mesmo incitara Enatus a fugir do mosteiro com a amante.

— E o que aconteceu com Enatus? — perguntou Bedrus.

— Voltou humildemente ao mosteiro algumas semanas depois — respondeu Tatheus. — Voltou tão roído de vergonha, de remorso e de sofrimento que seus irmãos acolheram-no como se não tivesse cometido pecado algum. Aplicaram ao caso a lição de Lucius Seneca, segundo o qual não se pode dizer que sofreu uma queda aquele que, depois da queda, se põe de novo em pé mais forte que antes.

— Assim se fortaleceram Pedro, depois de negar a Cristo — disse Bedrus —, e Madalena, depois de exercer durante vários anos o ofício de prostituta.

— Sim, sim, sim — disse Tatheus, enlevado diante desses exemplos de soerguimento espiritual.

## 29. Bestiário

Pernoitaram no castelo de Ffrangcon. Ali viram um porco-do-mato já de idade avançada, que passava o dia inteiro estendido a um canto do salão. Merece descansar, disse o dono do castelo, pois foi, outrora, melhor caçador que muitos dos meus perdigueiros e alãos. E contou a história do animal: filhote ainda, mataram-lhe a mãe, e trouxeram do mato para o castelo o pobre órfão. Foi adotado por uma cadela da casa, que o amamentou. O olfato dela era muito apurado. Quando cresceu, o porco juntou-se aos cães e tornou-se melhor que eles, inclusive na caça aos seus próprios parentes, os outros porcos-do-mato.

Nolo contou a Grim que vira, perto de Strata Florida, uma cadela que fora emprenhada por um macaco. Os filhotes tinham simiesca a parte anterior do corpo e canina a parte posterior. O responsável pelos animais da casa, porém, estarrecido diante daqueles corpos híbridos e deformados, matou todos os filhotes a golpes de bastão. Seu senhor, quando soube disso, ficou muito irritado com o gesto do servo, e puniu-o severamente: afinal, aquele portento lhe daria grande prestígio em todo o país.

— Eu mesmo os vi — disse Nolo — mamando nas tetas da mãe.

— Não acredito — disse Grim.

— Acho bom acreditares — disse Nolo, e fechou o punho, fazendo dele uma arma ameaçadora. — Então? Acreditas ou não acreditas?

— Piamente — disse Grim.

— Então acredita nisto também — disse Nolo. — Em Strata Florida havia um cavaleiro chamado Gilbertus de Hagurnell. Durante três anos sofreu dores horríveis no ventre, como uma mulher em trabalho de parto. Depois de todo esse tempo, pariu um bezerro.

Grim ficou horrorizado. Várias vezes fez o sinal-da-cruz.

— Quem me contou isso — disse Nolo — foi testemunha do parto. Disse-me que a princípio todos pensaram que aquele prodígio fosse o anúncio de alguma calamidade nunca vista que estivesse prestes a ocorrer. Mas não. Aquilo era, sim, uma punição divina. O homem era um sodomita. Eu mesmo, uma vez que estive em Strata Florida com Tatheus, tive oportunidade de lhe conhecer o cu.

— Tu? — Grim chegou a recuar, como diante de um leproso.

— Eu mesmo — disse Nolo. — Ontem te disse que não deitava mais com homens, só com mulheres. Pois foi o conhecimento do monstruoso castigo que sofreu o pobre Gilbertus que me afastou desse pecado. Deus que me perdoe.

— O que aconteceu com o bezerro? — perguntou Grim.

— Nasceu morto — disse Nolo.

— E o cavaleiro? — perguntou Grim.

— Dizem que morreu na Terra Santa — disse Nolo. — É uma terra cheia de pecadores, a Terra Santa. Quem sabe eu venha a morrer lá também.

## 30. Despedida

Na madrugada, pouco antes da hora das laudes, o irmão Bedrus conduziu Grim ao pomar do castelo e disse: Vais seguir para Kemp e depois para Burdigala e depois para Broz. Não te acompanharei, como bem sabes, mas asseguro-te que nas mãos de Tatheus estarás em melhores mãos do que nas minhas. Quero, porém, antes de nos separarmos, ensinar-te uma oração que aprendi na minha terra. Reza comigo.

O sol estava se levantando no horizonte. Ajoelharam-se os dois no pomar, de frente para o sol. Bedrus recitou esta oração, que Grim repetiu verso a verso:

Neste novo dia
Cristo esteja comigo:
Em cada olho que olhar para mim,
Em cada ouvido que ouvir minha voz,
Em cada lábio que me disser palavra,
Em cada coração que conviver comigo.

Seja Cristo hoje meu guardião:
Contra veneno, contra queimadura,
Contra afogamento, contra ferimento,
Contra as mentiras de falsos profetas,
Contra as falsas doutrinas da heresia,
Contra encantamentos de mulheres, ferreiros e pagãos.

Amém Amém Amém
Amém Amém Amém
Amém Amém Amém
Amém Amém Amém.

Mais tarde, depois da refeição da manhã, saíram todos do castelo para o pátio, onde lhes trouxeram as montarias. Bedrus despediu-se de Grim desta maneira:

— Vai com Deus, meu filho. Faz o teu trabalho com dedicação, obedece a Tatheus, evita as tentações. Tem cuidado com o que ouvir da boca de Carbri. Esse menino não é bom conselheiro.

Aí espremeu Grim nos braços fortes.

— Lembras-te do teu Boethius? — disse ele. — Foge do vício, abraça a virtude, dá lugar em tua mente a esperanças honestas, endereça ao céu com humildade preces por coisas elevadas. Lembra-te de que carregas nos ombros uma grande necessidade de fazer o bem, pois a toda hora estás à vista do teu Juiz, que enxerga todas as coisas.

Dito isso, Bedrus ergueu Grim do chão e assentou-o sobre a montaria. Tomou-lhe a mão e deu-lhe um último conselho:

— Por fim, meu filho, não te esqueças: toda mulher guarda escondido no peito um grande veneno. Nos lábios põe palavras doces, mas o coração está sempre cheio de malícia.

Os quatro homens de religião deixaram juntos o castelo e percorreram em silêncio o trajeto até o ponto onde se bifurcava o caminho. Ali Bedrus se despediu de Tatheus e de Nolo com um aceno de cabeça, lançou sobre Grim um derradeiro olhar e aí tomou o caminho do norte. Grim ficou olhando para a dupla figura de homem e mula até desaparecerem ambos numa curva logo mais adiante. Nem homem nem mula nem uma só vez olharam para trás. Grim sentiu o coração opresso. Queria que lhe fosse possível voltar para casa também, como o irmão Bedrus. Quatro dias de viagem e estaria de novo no velho mosteiro familiar, de volta à banqueta, à cama, aos cheiros de Dru, à comida do irmão Castor. De volta à crônica de Crassementum. Ali percebeu com clareza o quanto amava tudo isso. Era a sua vida, e era assim que ele queria a sua vida. Uma vida estática, imutável, segura, restrita e regulada. Em vez disso, obrigavam-no a fazer uma viagem por mar, e depois uma longa viagem por terra até um mosteiro desconhecido no meio de um país bárbaro. Impunham-lhe movimento, mudança, perigo, amplitude, surpresa. Tiravam-lhe a casa firme e davam-lhe em troca o mundo movediço e flutuante. Ah, se pudesse fazer o que o seu coração pedia, se pudesse cavalgar atrás de Bedrus e voltar a Dru! Mas isso era-lhe impossível. Recebera ordens, cabia-lhe obedecer. Nada que pudesse dizer faria Bedrus aceitá-lo a seu lado na viagem de volta. Maldisse sua aptidão de copista. Se fosse um mero cozinheiro, como o irmão Castor, não se teriam lembrado dele para mandá-lo aos fins do mundo numa missão insensata como aquela, destinada apenas a atender ao capricho de uma velha condessa. Desejou-a morta. Queira Deus que morra de hoje para amanhã, queira Deus que encontremos Kemp de luto, os sinos dobrando a finados. A missão seria cancelada, os ouvidos da condessa não estariam mais em condição de ouvir história alguma, nem curta nem longa. Vai, Tatheus, volta a Lom com teu Carbri, aliás Nolo; vai, Grim, volta a Dru, volta ao dormitório de

Dru, ao escritório de Dru, ao refeitório de Dru, às coisas para que nasceste e entre as quais deves viver todos os dias de tua vida. Volta, Grim, para casa; volta, Grim, para ti mesmo.

— Grim — disse Tatheus, com voz firme.

Grim volveu os olhos para o sul: Tatheus e Nolo esperavam-no a uma pequena distância. Aí beliscou a montaria com um calcanhar relutante e seguiu com os outros a caminho de Kemp. As lágrimas corriam-lhe pelo rosto e pingavam-lhe nas mãos. Sentia-se a mais miserável das criaturas de Deus.

## 31. Os sinos de Kemp

Kemp estava de luto, os sinos dobravam a finados, mas não pela condessa de Kemp. Morrera um dos conselheiros da condessa, Gavius. Tatheus conhecera-o bem. Encontrara-o quando jovem. Naquela ocasião Tatheus fazia parte do séquito do arcebispo cantuariense, que percorria o país pregando a cruzada contra os sarracenos.

— Íamos cavalgando pela floresta — contou ele — quando topamos com Gavius, acompanhado por um bando de moços armados de armas leves. Lembro-me de que era alto e formoso, e tinha cabelo claro e cacheado. Lembro-me de que estava vestido numa túnica leve com uma camisa por baixo. As pernas iam nuas, os pés, descalços. Não dava importância alguma aos espinhos nem aos cardos. Tinha uma dignidade natural, que nada devia à afetação: era, por assim dizer, um homem adornado pela Natureza, não pela arte. Dali fomos à casa do pai dele, que se chamava Res. Esse príncipe tinha mais dois filhos, além de Gavius. O arcebispo pregou um sermão, e os três filhos de Res começaram a competir uns com os outros para ver qual dos três ia tomar a cruz. O irmão mais velho mostrava grande desejo de se juntar à cruzada, mas afinal quem tomou a cruz foi o irmão do meio, que era muito impetuoso. Acabou que nenhum dos três pôs o pé na estrada que leva a Jerusalém.

Grim e Nolo ouviam-no sem demonstrar muito interesse. Tatheus continuou a falar com certo arroubo.

— E agora ei-lo aí morto. Viveu muito, mas nunca fez nada de importante a não ser exibir sua bela figura onde quer que fosse. Não foi à cruzada, não participou de nenhuma guerra interna nem externa, não ajudou a tomar nenhuma decisão política que mudasse o destino da Ingária. Como conselheiro, mais calou do que falou, mais seguiu do que foi seguido. Ei-lo morto agora, e estou certo de que jaz com irrepreensível dignidade no seu caixão. Vivo, sua ausência nunca foi notada; morto, há de sê-lo menos ainda. Reconheçamos, porém, que tampouco nunca fez nada que lhe pudesse agora tolher a entrada na casa de Deus. Deus o acolha, portanto, em sua casa. Servirá de belo ornamento para o céu.

## 32. Três triângulos

A condessa de Kemp não quis esperar até o dia seguinte para receber os três copistas. Recebeu-os naquela noite mesma. Tatheus já a conhecia. Os dois noviços, porém, estavam impressionados com o fausto do castelo e intimidados pela solenidade da ocasião. Grim suava de medo de lhe traírem naquele momento os intestinos, de o desgraçarem diante da condessa por meio de gases inoportunos. Nolo se debatia entre sentimentos de respeito e de ódio. A condessa representava o poder, a força, a necessidade imperiosa de obediência aos desejos alheios. Tudo isso lhe era execrável, mas incutia-lhe, mais do que medo, um respeito instintivo, uma reverência semelhante à que sentiria diante de uma divindade.

A condessa estava sentada no trono, o velho corpo coberto de vestimentas coloridas. Grim entendeu que ali estava a mulher mais velha que já vira. Tatheus ajoelhou-se ao pé dos degraus do trono, e Grim e Nolo seguiram-lhe o exemplo.

— Deus esteja contigo, Tatheus — disse a condessa —, e com teus companheiros.

— E convosco também, condessa — disse Tatheus.

A condessa fez-lhes sinal para se erguerem. Ergueram-se os três.

— Meus amigos — disse ela —, uma vez, há muito tempo, um viajante vindo de uma cidade distante chamada Nova Urbs me contou a história de um arqueiro chamado Alexius, que servia a seu rei com muita lealdade. O rei, no entanto, que amava a esposa do arqueiro, enviou-o para fora do país numa missão estranha, talvez a mais estranha das missões jamais imposta a um súdito por seu senhor: que fosse até o país que ninguém sabia onde ficava e trouxesse de lá a coisa que ninguém sabia o que era. Parecia impossível, mas tudo é possível quando se tem o coração puro e a mente limpa. Alexius foi até o país que ninguém sabia onde ficava e trouxe de lá a coisa que ninguém sabia o que era.

A condessa fez uma pausa para tossir. Depois disse:

— O que peço a vós é muito mais simples. Não vos peço para irdes ao país que ninguém sabe onde fica. Não. Nada disso. Peço-vos para irdes ao país da Ungária, a antiga Panônia dos romanos. Sua localização é bem conhecida, além do Santo Império, aquém dos montes Cárpatos. Lá, quero que procureis a cidade de Besprem, que fica próximo ao grande lago Bolonduarium. Perto da cidade de Besprem, vós achareis o mosteiro de Broz.

A condessa sorriu e abriu os braços, como se quisesse dizer: É tão fácil. Depois continuou:

— Nem vos peço para trazerdes de lá uma coisa que ninguém sabe o que é. Nada disso. Eu sei, e vós também, a coisa que quero que me seja trazida do mosteiro de Broz. Nesse mosteiro vive um monge chamado Posthumus. Sua cabeça é uma arca de tesouro. Ele guarda na arca da cabeça uma história preciosa, que se chama *A longa história de três irmãos*. Ele vos contará a história e vós a copiareis em pergaminho. É essa história que deveis trazer de Broz para mim.

Novamente a condessa fez uma pausa para tossir.

— O dia se divide em três partes, e vós sois em número de três. Cada um de vós trabalhará uma parte do dia e descansará as outras duas. Não conheço a extensão da história. Dizem que era preciso um inverno inteiro para contá-la toda. Isso é modo de dizer, pois o que era preciso, certamente, eram *as noites* de um inverno inteiro. Assim, espero que vós, trabalhando em trio, com afinco e diligência, em um mês e meio, dois meses no máximo, tereis terminado de copiá-la. Contando quatro meses de viagem daqui até lá e de lá até aqui, em seis meses, no máximo sete, se considerarmos a ocorrência de obstáculos e atrasos imprevistos, espero receber-vos de novo aqui neste salão para me lerdes essa história que, segundo me dizem, é a história mais espantosa do mundo.

A condessa fez nova pausa, mas não tossiu. Tatheus endereçou então a ela uma pergunta:

— Condessa, qual será o nosso itinerário até Broz?

— Seguireis por mar até Burdigala — disse ela — e daí, em boas montarias, pelo *itinerarium burdigalense*, até Claudia Cælia. A partir daí basta-vos descer as montanhas e encontrareis a planície panônica que em poucos dias vos levará ao grande lago e depois à cidade de Besprem, perto da qual está situado o mosteiro de Broz.

— Não seria menos demorada a viagem — sugeriu Tatheus — se fôssemos por mar até a Dalmácia e daí por terra até a Panônia?

— Certamente — concordou a condessa. — Ocorre, porém, segundo nos informou o capitão Krk Hdrlk, que frotas sarracenas de Cepta e de Tunis andam patrulhando as águas do mar Internum e apresando naus cristãs. Não, meu bom Tatheus, não vos quero vendidos em leilão nos mercados de escravos de Tunis.

Tatheus estremeceu só de pensar na possibilidade de passar o pouco que lhe restasse de vida como escravo de infiéis muçulmanos. A condessa observou-o em silêncio. Tatheus achou que lhe cabia dizer mais alguma coisa, e disse:

— Condessa, espero em Deus podermos corresponder à vossa confiança.

— Também espero — disse a condessa. — Pois sinto-me velha, sim, sim, velha, por que não dizê-lo, velha, sim, velha e cansada. Meu velho coração vê nessa aventura a presença de três triângulos. O primeiro triângulo é formado pelos três irmãos de que trata a própria *Longa história*; o segundo, pelos três copistas, que sois vós, meus amigos e emissários; o terceiro, por três velhas criaturas: uma velha condessa, um velho contador de histórias, e a velha e dedicada amiga da humanidade, a Morte. O velho contador de histórias precisa contar a sua história para descansar; a velha condessa precisa ouvir essa mesma história para descansar; e a Morte precisa fazer o seu trabalho digno e misericordioso e nos dar o descanso de que precisamos. É assim que vejo esta aventura: tudo muito limpo, muito harmônico, muito simétrico. Vejo aí o dedo arquitetônico de Deus, e como não confiar em Deus e no seu dedo?

## 33. Ursus

Depois disso a condessa bateu frágeis palmas. Dois servidores abriram uma porta à esquerda do salão. Por ela entrou um homem de baixa estatura e de corpo esguio, muito bem vestido, com espada à cinta. Devia ter cinqüenta anos. Era o cavaleiro Ursus Fitzursulus; tinha mente viva e língua ágil, e tal empenho na condução da guerra que, a serviço de um conde angevino, compelira três províncias a temerem-no e granjeara o respeito de amigos e inimigos. Entrou pisando firme e ajoelhou-se em firmes joelhos diante da condessa. Ela mandou que se levantasse. Ele se levantou. A condessa voltou-se para Tatheus e disse:

— Este é o cavaleiro Ursus Fitzursulus. Seu pai, Ursulus Fitzursus, foi um dos mais leais súditos de Jocelin, meu pai. Pedi-lhe que vos acompanhasse na viagem a Besprem, e ele acedeu. A missão é muito importante, o tesouro a ser trazido, muito precioso, para que se dispense a presença de um soldado entre vós. Ele será vosso satélite. Conto com ele para resolver as questões de segurança e de proteção coletiva, se houver necessidade. Nunca se sabe o que pode sobrevir nos caminhos da Europa.

O cavaleiro fez um gesto de reverência em direção a Tatheus. Viu-se que só possuía uma orelha e meia: da direita, metade fora rasgada por golpe de gládio ou bicada de flecha. A condessa voltou a falar:

— Também a ele pedi que tomasse todas as providências necessárias à viagem. O que tens, bom Ursus, a dizer-me a respeito?

Ursus Fitzursulus limpou a garganta como se ela estivesse cheia de pó. E disse:

— Condessa, quanto à viagem até Burdigala, já está tudo acertado com o capitão de um navio mercante que nos aguarda no cais dos Condes. Devemos partir amanhã mesmo, se o vento estiver de acordo. Quanto aos apetrechos necessários, está tudo contado, pesado e medido. Estamos levando suficiente provisão de rolos de pergaminho, além de grande quantidade de penas de ganso e de frascos de tinta. Por mais longa que seja a história que vamos buscar, nada há de faltar para que possa ser transferida ao pergaminho e trazida para vós. Comida e bebida, apenas o suficiente para uma emergência, porque não vamos atravessar nenhum deserto. E vosso tesoureiro nos confiou uma boa soma em ouro para pagarmos cama e mesa quando necessário.

— E os presentes para o abade de Broz? — perguntou a condessa.

— Estão embalados à parte, condessa — respondeu Ursus. — As relíquias num cofre de pinho, os códices numa caixa de carvalho.

— E o presente para o autor da história? — perguntou a condessa.

— Terminou de ser copiado esta manhã — disse Ursus. Fez um sinal e um pajem adiantou-se trazendo um volume. Ursus mostrou-o à condessa. A condessa dirigiu-se a Tatheus e disse:

— Toma conta desse livro, Tatheus. Deve ser entregue a Posthumus de Broz quando chegares a Besprem. É o presente de quem é irmã dele não pelo nascimento mas pelo sofrimento.

Tatheus recebeu o livro das mãos de Ursus. O título era *Practica de fistula in ano*. Tatheus surpreendeu-se, mas de forma quase imperceptível, e apenas acenou com a cabeça em sinal de agradecimento, como se também ele fosse portador de uma fístula no ânus e pudesse beneficiar-se das lições contidas no livro. Ursus fez uma reverência e se afastou, misturando-se às demais pessoas presentes. A condessa disse:

— Meus amigos, creio que está feito o que precisava ser feito para que vossa viagem tivesse início. Agora ide. Estou tranqüila e esperançosa, porque sei que a melhores mãos não podia confiar esta demanda. Em vós instituí uma pequena e audaciosa corporação a que posso chamar de *Fratria Libri Comitissæ*, porque formada por pessoas que se irmanam num mesmo propósito, que é a busca do livro da condessa. Sei que cada um de vós está pronto a enfrentar perigos e trabalhos para trazer-me algo sumamente precioso, e por isso me atrevo a comparar-vos aos cavaleiros que foram em busca do Santo Graal. Vejo em vós, meus três copistas, uma encarnação dos bons cavaleiros Galaaz, Percival e Boorz de Gaunes, todos três puros e imaculados no corpo e na alma. Está predito que vós trareis para mim essa história espantosa. E em ti, meu bom Ursus, vejo um novo Lancelote, que, embora não participe diretamente da conquista deste graal feito de letras e palavras gravadas em pele de ovelha, dará seu concurso para que seja encontrado e trazido até mim. Agora, por fim, ide. Ide com Deus, e com Deus deixai-me aqui em Kemp contando os dias até o vosso retorno.

## 34. Fantasma

À noite, antes de deitar, a condessa pôs-se à janela de sua câmara e ali esteve algum tempo olhando, por cima dos muros do castelo, os telhados da cidade, os navios atracados no cais dos Condes, o mar iluminado por uma tarja de luar. Lá adiante, depois da linha de recifes que servia de portão para o alto-mar, era possível distinguir a silhueta da ilha de Saurix: a ilha dos mortos: pois ali jaziam sepultados os restos mortais de inúmeros e imemoriais condes de Kemp, junto com suas esposas, filhos e filhas, genros e noras. Ali jaziam, dentre os mortos mais recentes, as duas primeiras esposas do conde Jocelin, Mabilla e Fecunda, seu filho Colb, e a cabeça de Arne, seu primogênito; ali jaziam Thomas de Torqual, marido de Agnes (mas o corpo de Agnes o mar nunca deu à praia) e Giraldusk, marido da condessa; ali jaziam dois ou três filhos da própria condessa, mortos na infância; ali havia ela de jazer dentro em breve: que seja depois de ter lido a *Longa história*, eis tudo que peço, suspirou ela.

Quando a condessa enfim deitou, não conseguiu dormir. Também não ficou acordada. Pairou longo tempo num limbo entre a vigília e o sono. Altas horas, pressentiu que se entreabriam as cortinas do leito e ouviu o leito ranger. Não precisou abrir os olhos para saber que o marido se sentara à beira do leito. Não precisou abrir os olhos, e até mesmo dominou-se para não abri-los, porque teve consciência de que só veria o marido se mantivesse os olhos hermeticamente fechados.

Havia uma candeia acesa na câmara. À luz dessa candeia, mas com os olhos sempre fechados, a condessa esquadrinhou a figura do marido. Teve um estremecimento. O marido não havia envelhecido como ela. Continuava belo e robusto como no dia em que morrera, quarenta anos antes. Isso a fez envergonhar-se de sua própria aparência. Mesmo àquela luz mortiça seria muito visível a magnitude de sua velhice. Envergonhada além do que podia tolerar, a condessa cobriu o rosto com os lençóis.

— Querida Betres — disse o marido —, se abrires a minha sepultura e olhares para o marido que jaz lá dentro, verás que estou mais horrendo do que tu.

— Não — disse a condessa. — Há uma certa beleza num esqueleto, uma pureza, uma limpidez, uma síntese de formas. É possível olhar para um crânio desprovido de toda a pele, de toda a carne, de todas as feições, e ver beleza ali, e sobretudo dignidade. A velhice, não. A velhice é um estigma, é um castigo, é um purgatório, que anuncia a estação dos vermes e se prolonga e se completa nela; o paraíso, para o corpo morto, é o esqueleto. Aí, sim, estaremos prontos para nos apresentar condignamente diante de Deus.

— Não vou desdizer-te — disse o marido. — Senão, passaríamos o resto da noite em inúteis digressões retóricas.

— Por que vieste ver-me? — disse a condessa. — Nunca me deste essa honra antes.

— Vim dizer-te uma palavra — disse o marido. — Não vim antes porque agora e não antes é o momento de ouvires esta palavra.

— Uma palavra — repetiu a condessa.

— Na verdade — disse o marido —, sete ou oito palavras. No máximo doze. Queres ouvi-las?

— Acho que seria melhor não — disse a condessa.

O marido fez silêncio. A condessa se ressentiu daquele silêncio e disse:

— Tua dúzia de palavras deve conter um desses conselhos cheios de sabedoria que nos dão, a nós que o escutamos, uma vontade incontrolável de fazer justamente o contrário do que nos aconselham. Tais conselhos só servem para que nos doa mais ainda, depois, o nosso arrependimento.

— Não é um conselho — disse Giraldusk —, mas uma informação. Uma informação a respeito da história de Posthumus de Broz.

— Tu a conheces? — perguntou a condessa, retirando os lençóis de cima da cabeça, com um silvo de ira na voz.

— Claro que não — disse o marido. — Só conheço histórias que tu conheces, e mesmo de boa parte delas já me esqueci. Vós, os vivos, pensais que só vós vos esqueceis de nós, os mortos, mas não é assim. Nós também nos esquecemos aos poucos de vós. Já me esqueci de quase todas as histórias que juntos ouvimos contar. Breve me esquecerei de ti, a quem tanto amei, e até de mim, a quem amei também, mas menos que a ti.

A declaração de amor, evocando dias de juventude e prazer, soou mal aos ouvidos da condessa. Sua voz sibilou de novo no ar:

— Não quero ouvir tuas palavras. Sinto que não me agradarão. Quanto à história de Posthumus de Broz, contém o bálsamo que me dará o vigor e a vitalidade de que preciso para morrer. O que há de errado nisso? Sinto que essa história é a melhor história do mundo, e se vivi tanto foi porque estava à espera dela, assim como ela estava à minha espera, para vivermos em comunhão uma experiência maravilhosa. A melhor história do mundo será lida pela melhor leitora do mundo, Deus que me perdoe a vaidade. Agora adeus: volta à tua ilha. Vai dormir no teu jazigo e deixa-me dormir no meu. Teus ossos não pedem descanso? Os meus, sim.

Fez-se silêncio na câmara. A condessa viu, ainda de olhos fechados, que o marido, imperceptivelmente, deixara de estar ali: apagara-se dali a sua presença. Ela abriu os olhos, sentou-se na cama, pôs-se em pé, em passos trôpegos foi até a janela. Julgou ver uma névoa movendo-se no jardim do castelo. Julgou identificar na névoa uma forma humana. Mas foi uma visão fugaz. Logo depois não havia mais névoa alguma visível no jardim.

A condessa retornou à cama. Não pôde dormir aquela noite, pensando na visita do marido e nas palavras que lhe viera dizer. Sempre o considerara uma pessoa previsível. Sempre soubera o que ele diria antes mesmo que abrisse a boca. Mas não foi capaz de imaginar que possíveis palavras viera dizer-lhe, naquela noite, sobre a *Longa história* de Posthumus de Broz.

# LIVRO II

# O MAR

## 35. Contrato

Cedo no outro dia os membros da *Fratria Libri Comitissæ* saíram do castelo, atravessaram as ruas da cidade e chegaram ao cais chamado dos Condes. Além do cavaleiro Ursus Fitzursulus e dos copistas, faziam parte da corporação outros três membros: um escudeiro, um pajem e um moço de cozinha, todos eles escolhidos por Ursus dentre seus próprios servidores.

O bote para levá-los ao navio ainda não tinha chegado. O cavaleiro irritou-se. Tatheus recomendou paciência e um copo de vinho. Em sete entraram numa taverna, sentaram-se a uma mesa e pediram vinho. Ali Ursus aproveitou o tempo de espera para dar conhecimento a Tatheus do teor do contrato assinado com o capitão do navio. O cavaleiro sabia ler, e tinha orgulho disso, e não perdia oportunidade de exibir sua perícia no trato com as letras. Abrindo o rolo de pergaminho contendo os termos do contrato, começou a percorrê-lo artigo por artigo, dando uma súmula do respectivo conteúdo.

— O primeiro artigo — declarou ele — prevê que o capitão deve transportar-nos do porto de Kemp, na Ingária, até o porto de Burdigala, na Aquitânia, fornecendo galera bem equipada e marinheiros experientes nas artes náutica e militar, os quais marinheiros saibam não só navegar com qualquer vento como também, em caso de necessidade, defender a galera de assaltos de piratas e inimigos.

— Está muito bem — concordou Tatheus. — E o segundo?

— O segundo artigo — prosseguiu Ursus — estabelece que o capitão deve, durante a viagem, evitar quaisquer portos estranhos ou duvidosos, e abicar apenas naqueles em que esteja acostumado a obter provisões para a galera.

— Muito prudente — concordou Tatheus. — E o terceiro?

— O terceiro exige — esclareceu Ursus — que o capitão nos dê a nós, seus passageiros, duas refeições diárias compostas de comida e bebida, provendo-nos de quantidade suficiente de pão e biscoito e vinho e água potável, tudo isso adquirido durante a viagem nos diversos portos de abastecimento, e ainda carne, ovos e outros alimentos semelhantes.

— Muito justo — observou Tatheus. — E o quarto?

— O quarto exige — disse Ursus — que todas as manhãs, antes da primeira refeição, seja servido a nós, passageiros, um cálice de vinho Malvoisie, como é costume e tradição a bordo de todo navio honesto.

— É verdade — concordou Tatheus. — E o quinto?

— O quinto prevê — disse Ursus — que, se o navio fundear em algum ponto ermo da costa, onde nós, passageiros, não possamos obter o necessário para nossa subsistência, o capitão estará obrigado a prover-nos de comida e bebida como em alto-mar.

— Excelente — disse Tatheus. — E o sexto?

— O sexto obriga o capitão — informou Ursus —, durante toda a viagem, tanto no mar como em terra, a proteger-nos a nós, seus passageiros, de agressões ou maus tratos por parte dos tripulantes do navio.

— Existe a possibilidade de acontecer tal coisa? — perguntou Tatheus.

— O coração do homem é imprevisível — retrucou Ursus. E continuou: — O sétimo artigo reza que, se um de nós, passageiros, morrer em alto-mar durante a viagem, o capitão, em vez de ordenar o imediato sepultamento do corpo no oceano, deve determinar que seja levado a terra para sepultamento em cemitério cristão.

— Esse é o *principal* dos artigos do contrato — declarou Tatheus.

— O capitão, porém — disse Ursus —, pediu que acrescentássemos a esse artigo o seguinte: se a galera estiver muito distante de terra, que o corpo, com a devida permissão dos companheiros do morto, seja então sepultado no mar.

— Não o permitiremos — decretou Tatheus, peremptório. — Nascemos da terra e à terra devemos retornar.

— O capitão alega — disse Ursus — que ele próprio não se opõe a manter por vários dias um cadáver em seu navio. Quem se opõe é o *mar*.

— Que quer ele dizer com isso? — perguntou Tatheus.

— Que o mar — disse Ursus — não tolera a presença de nada que esteja morto e podre, e por isso dificulta e atrasa a viagem de um navio que transporte um cadáver.

— Isso é estultícia — replicou Tatheus. — Eu mesmo, em alguns navios em que viajei, tive oportunidade de ver grandes barris de água podre, porque não havia outra maneira de dispor de água doce a bordo, devido às grandes distâncias a serem atravessadas sem tocar em terra. E eu mesmo, senhores, bebi dessa água, ainda que o cheiro fosse insuportável e o gosto, pior que o de merda. Da mesma forma vi o corpo de um homem que morrera durante uma viagem ser transportado das ilhas Cyclades até Venetia a bordo do navio. E garanto que nem por uma razão nem por outra os navios deixaram de cumprir o seu dever e de navegar o mais rápido possível. Portanto, passemos ao oitavo artigo. De que trata?

— Trata da mesma matéria — disse Ursus. — Se um de nós, passageiros, morrer durante a viagem, o capitão não tocará em nenhum de seus bens, mas deverá transferi-los às mãos da pessoa ou das pessoas a quem o morto os tiver legado.

— Quanto a ti e a teus servidores — disse Tatheus — deveis entender-vos com o capitão sobre isso. Quanto a nós três, homens de religião, nada temos de nosso a não ser as roupas e os breviários. O que diz o nono artigo?

— Trata ainda da mesma matéria — disse Ursus — e prevê que, se um de nós, passageiros, morrer durante a viagem, o capitão restituirá metade do dinheiro previamente pago pelo transporte do passageiro morto, devendo essa soma ser recebida, em nome da condessa, por mim e, na minha falta, ou seja, se eu for o passageiro morto, por ti, Tatheus.

— Três artigos que tratam de morte a bordo — disse Tatheus. — Deus nos proteja.

— O décimo primeiro artigo — retomou Ursus — prevê que o capitão reserve local apropriado a bordo do navio para guardar as nossas galinhas e pássaros, e que o seu cozinheiro deve autorizar o nosso a usar o fogão do navio para preparar as nossas refeições, sempre que o desejarmos.

Nesse ponto Ursus abriu um sorriso e disse, dirigindo-se ao moço de cozinha:

— Vês como és importante, meu bom Hector? Temos um artigo no contrato que se refere especialmente a ti.

O moço enrubesceu do queixo à raiz dos cabelos e mergulhou os olhos no seu copo de vinho.

— O décimo segundo artigo — prosseguiu Ursus —, que é também o derradeiro, exige que, se um de nós, passageiros, adoecer a bordo e não puder tolerar o mau cheiro da cabina, o capitão providenciará no convés superior um local arejado onde o doente possa repousar com o menor desconforto possível, seja na proa, seja na popa, ou então em um dos bancos de remadores.

Ursus calou-se e estendeu a Tatheus o pergaminho.

— Parece-me, Ursus — disse Tatheus, recebendo o pergaminho —, que estamos bem protegidos pelo escudo deste contrato, mas espero que o capitão o respeite sem que precisemos obrigá-lo a isso.

Aí fez sobre o contrato o sinal-da-cruz e devolveu-o às mãos do cavaleiro.

## 36. Náusea

Pouco depois anunciou-se a chegada do bote do navio. A *Fratria Libri Comitissæ* moveu-se em falange até o cais e ali foi conduzida ao bote e transportada até a *Katherine*, que jazia ancorada no seio da baía de Kemp. Ursus, o cavaleiro, em pé à proa do bote, feito um capitão, ia indicando o curso a seguir, como se os remadores precisassem de sua orientação para chegar sem erro nem desvio a destino tão próximo e tão visível. Ia sólido como figura de proa e, quase se poderia dizer, imponente, não fosse a sua baixa estatura, que tentara esticar plantando um enorme chapéu de plumas na cabeça. Temos um belo vento norte, disse ele, e apontou para a coleção de bandeiras de seda que tremulavam à popa do navio, lambidas pelo vento. Grim se encantou com a visão colorida das bandeiras que o vento mantinha desfraldadas em pleno ar. Enquanto o bote se aproximava do navio, Ursus explicou o significado de cada um daqueles pendões. O primeiro pendão, e o maior deles, era o dos condes de Kemp. O segundo era o pendão do rei de França. O terceiro, o do rei de Inglaterra. O quarto, o do capitão, era pintado de diversas cores muito vivas. O quinto mostrava as armas de França e as do capitão juntas; seguiam-se outros dois pendões, ambos iguais, com corvos negros pousados em campo branco. Abaixo de todos trepidava ao vento o pendão do papa; era da cor do ar, e tinha as figuras de duas chaves apostólicas e de um carvalho de basta folhagem verde, e dentre as folhas pendiam, aqui e ali, alguns frutos dourados.

— Isso é para mostrar — disse o cavaleiro — que o santo papa, sucessor de São Pedro e representante de Deus no mundo, é um homem tão humilde como Jó.

— Isso é para mostrar — corrigiu Tatheus — que os últimos serão os primeiros.

Nolo subiu a bordo apreensivo. A *Katherine*, mesmo presa ao fundo do mar pelas unhas de pesadas âncoras, dançava tão movediça sobre as águas que a simples visão do balanço do navio já foi suficiente para fazer o rosto do noviço perder a cor.

— Não te sentes bem, Nolo? — perguntou Grim, solícito.

— Como posso sentir-me bem — respondeu Nolo —, eu, homem de terra firme, sobre um elemento que não se aquieta um só minuto? Como posso sentir-me bem, eu, homem de água doce, cercado por uma expansão sem fim de água salgada? O mar é o ambiente natural dos peixes, não dos homens.

— Se és cristão — disse Grim — não deixas de ser, de certa forma, um peixe. Lembra que o peixe era o símbolo da cristandade no tempo dos mártires.

— Disseste a palavra certa — resmungou Nolo. — Estou mesmo prestes a tornar-me mártir, porque uma viagem marítima outra coisa não é senão martírio, ou, melhor dizendo, *maretyrium*. Se me for dado desembarcar com vida em Burdigala, hei de exigir, com todo direito e razão, que passeis a chamar-me de São Nolo Mártir.

O navio chamava-se, como se sabe, *Katherine*, e o capitão, um burdigalense chamado Piers, era conhecido como Piers de la Katherine. O navio era velho e fedia; o capitão também. Ursus subiu a bordo seguido de toda a sua coorte. Grim, ao ver diante de si a figura do capitão, sentiu repulsa instintiva. Era uma monstruosidade humana: um pigmeu de cabeça enorme, de olhos miúdos como os de uma toupeira, de cabelo longo e grosso e barba curta, larga, espessa, desgrenhada. Pela cor podia ser tomado por um etíope, e a cabeça se assentava quase diretamente sobre os ombros, pois não havia ali mais do que uma polegada de pescoço; tinha ventre dilatado, coxas longas, pernas curtas, pés pequenos; tinha seis ou sete dedos numa mão, perfeitamente articulados, e dois ou três na outra; além disso, faltavam-lhe um olho e (no que se irmanava ao cavaleiro Ursus) uma orelha, e a maior parte dos dentes lhe havia desertado das gengivas; em suma, pensou Grim, não seria agradável encontrar de súbito tal criatura no meio da noite.

Para dar boas-vindas a seus passageiros o capitão pusera rica vestimenta digna de um *navarchus* como ele, mas tão velha que se diria que o seu avô a usara quando jovem. Assim paramentado recebeu o monge e o cavaleiro com mostras de humildade e acompanhou-os num giro por toda a *Katherine*, deixando-os livres para escolher as próprias acomodações. Espero embarcar uns navarreses em Berdestapla, informou, mas vós tereis, naturalmente, preferência na escolha das acomodações. Ao que, depois de vistoriar as apertadas e incômodas cabinas destinadas aos passageiros, Ursus retrucou: É difícil dizer quem ficará pior acomodado, se os que escolherem antes, se os que escolherem depois. Dali o capitão levou-os à sua própria cabina para uma colação de vinho e confeitos. Entre um gole e outro do Malvoisie contratual, afirmou e reafirmou que nele, Piers, os passageiros teriam durante toda a viagem um servidor leal e dedicado. O cavaleiro replicou: Confiamos em ti, Piers, como numa raposa ou num Ulisses.

Bebido o vinho, subiram ao convés. Ali chamou-lhes a atenção a voz de Nolo, que não cessava de derramar suas lamúrias diante de Grim.

— Quatro dedos! — exclamava ele nesse momento, exibindo, diante dos olhos de Grim, quatro dedos da mão, cada qual bem apertado ao seu vizinho, enquanto o dedo de Vênus se punha escondido atrás dos seus maiores. — Sabes o que são quatro dedos? É a distância que separa da morte os que navegam sobre as ondas, segundo Anacársis, o filósofo. Pois é de quatro dedos a grossura do casco de um navio. Sim, *bufone*, durante todo o tempo que durar esta viagem estaremos sempre a quatro dedos da morte. Isso não te preocupa? Pensa bem: *quatro* dedos, não mais que *quatro* dedos.

Tatheus e o cavaleiro romperam a rir do desvario de Nolo. Percebendo-os ali, o noviço não se constrangeu, antes animou-se a expelir em jorros ainda maiores a sua aflição:

— E te direi outro aforismo do mesmo Anacársis. Perguntaram-lhe quais os navios mais seguros, e ele respondeu: Os que se acham sobre a terra firme. E ainda disse mais o excelente filósofo: Os que se aventuram numa viagem de navio, enquanto se acham sobre o mar, não podem ser contados nem entre os vivos, nem entre os mortos. Concordo inteiramente. Concordo e estendo, eu, Nolo, filósofo, ainda mais o argumento. O homem que viaja de navio se assemelha àquele que atravessa uma velha e precária ponte de cordas estendida sobre um abismo profundo: tanto pode chegar ao outro lado como despencar do meio da ponte e ser tragado pelo abismo. Assemelha-se também ao soldado às vésperas de uma batalha: tanto pode ser morto pelo inimigo e empapar o campo de batalha com seu sangue como sobreviver aos golpes de lança e de espada e voltar para casa. De todos nós em cada uma dessas situações já não se pode dizer que estamos vivos, nem se pode ainda dizer que estamos mortos. Não estamos nem cá, nem lá. Estamos no meio. No meio da ponte, no meio da batalha, no meio do mar. Na mão direita seguramos o fio da vida, na mão esquerda, o da morte. Uma das mãos soltará o fio, a outra continuará a segurá-lo com firmeza. Só Deus sabe qual dos fios...

Interrompendo o seu discurso, Nolo correu à amurada e vomitou fartamente sobre as águas. Tatheus aproveitou para uma lição:

— Já esqueceste, Nolo, a comparação que fez o rei Alfredus entre Deus e a amarra de um navio? Escreveu ele: Ainda que o navio esteja no meio das ondas encapeladas, continuará seguro e incólume se a amarra se mantiver firme. Nós somos o navio, Deus é a amarra que nos mantém ligados ao cais. Por que temermos?

— Tatheus, *pater* — disse Nolo, de volta da amurada —, não me parece boa a figuração do bom rei Alfredus. A que amarra se referia ele? À amarra da âncora? Ou à que liga o navio ao cais? Ora, se o perigo das ondas encapeladas reside em alto-mar, seria necessária uma amarra muito comprida tanto para segurar a âncora no fundo do oceano como para estender-se do meio do oceano ao cais. Não achas?

Tatheus ia responder, mas Nolo deu-lhe as costas e outra vez se debruçou sobre a amurada para alimentar os peixes com um novo jato de vômito.

## 37. Baleia

Dentro em pouco a *Katherine* preparou-se para zarpar, aproveitando o belo vento que soprava do norte. Alguns tripulantes içaram a verga mastro acima e desenrolaram dali a vela, enquanto outros despertavam as âncoras adormecidas em seu leito no fundo do mar, puxando-as estremunhadas para cima. Isso se fez com muito trabalho e alarido, até que por fim o navio soltou-se de suas amarras, a vela enfunou-se túmida de vento e a *Katherine* começou a mover-se como cisne sobre as águas.

Nesse momento ouviram-se de terra os berros de algumas trombetas. Eram três trombeteiros que a condessa mandara ao cais para dali saudarem a corporação, no exato momento da partida, com alguns guinchos estridentes de seus instrumentos. Assim, com trombetas que taratantaravam de terra e chapéus e mãos que acenavam do navio, a *Katherine*, sulcando resoluta as águas da baía, foi deixando para trás a cidade e o porto de Kemp. Tatheus e Grim contemplavam o cais, as casas, as igrejas, o castelo da condessa sobre a colina: o velho com serenidade, o jovem com angústia no coração. Logo a *Katherine* trilhou, com muita perícia, a entrelinha dos recifes eriçados que juncam a entrada da baía. Transposta a barreira, o navio pisou, por assim dizer, território oceânico. Tatheus fez uma prece encomendando a Deus o navio e todos os passageiros e tripulantes. Depois, apontando o dedo para cada um dos alvos pretendidos, abençoou as ondas do mar, o casco do navio, o mastro, a verga, a vela, as enxárcias, os cabos, as âncoras e até as bandeiras.

Encerrada aquela pródiga distribuição de bênçãos, Tatheus voltou a seu posto na popa e Grim com ele. Já o navio deixara para trás a ilha de Saurix e, levado pelo sopro dos vigorosos pulmões do vento, movia-se tão célere para sudeste que monge e noviço, contemplando a terra a quatro olhos, iam gradativamente perdendo de vista as praias, as falésias, e os verdes cumes das montanhas da Ingária.

— Dentro de três horas — disse Tatheus — não seremos capazes de avistar nenhum ponto de terra, mas apenas céu e água, água e céu. Não seríamos capazes de avistar nem mesmo as mais altas cristas dos Alpes, se Deus os tivesse plantado aqui no sul da Ingária em vez de semeá-los entre a Gália e a Lombardia, para dar ao cartaginês o trabalho de ultrapassá-los quando se dispôs a invadir Roma com seu exército elefantino. Sim, *puer*, não seríamos capazes de avistar nem mesmo as mais altas montanhas do mundo, se aqui estivessem, pois a curvatura da terra nos impediria de avistá-las.

Grim deixou escapar um soluço. Tatheus reparou no seu desconsolo. Grim procurou justificá-lo:

— *Pater*, sempre pensei que passaria todos os dias de minha vida em Dru. De repente, fui obrigado a dar adeus a Dru, e logo depois a dar adeus ao irmão Bedrus, que era o último fio que ainda me ligava ao mosteiro. Agora, embutido neste navio, a caminho do outro lado do mar, a sensação de abandono se torna muito mais dura. Até aqui, por maior que fosse a distância que me separasse do mosteiro, seria capaz de voltar para casa valendo-me apenas dos meus próprios pés. E agora? Se for preciso, não poderei voltar para casa por mim próprio, porque não sou um santo a quem é dado caminhar sobre a água como sobre terra firme.

— Por que te preocupas? — disse Tatheus. — Assim como um navio te está levando embora, outro navio, ou este mesmo, te trará de volta.

Por sobre as cabeças dos dois, os marinheiros começaram a subir as enxárcias e a despir a *Katherine* de seus ornamentos coloridos, devolvendo-lhe a modesta aparência de todo dia. Grim meneou a cabeça tristemente:

— *Pater*, acho que nenhum navio me trará de volta, nem este nem nenhum outro, porque sinto que estou dizendo adeus para sempre à ilha onde nasci.

— Não deves acreditar — disse Tatheus — no que te sopra ao ouvido o coração aflito e amedrontado. A verdadeira premonição só pode brotar no coração sereno e tranqüilo. Eu sei. Devo dizer-te que entendo dessas coisas.

— Acreditas, então — perguntou Grim —, que tudo correrá bem conosco nesta viagem e que breve estaremos transpondo aqueles recifes em sentido oposto?

— Nada me diz o contrário — disse Tatheus. — Estejamos preparados para enfrentar tempestades, tanto no mar quanto em terra, avarias na embarcação, monstros marinhos, estalagens desconfortáveis, estalajadeiros desonestos, mulas teimosas, cansativas montanhas, arengas de hereges, e quem sabe um ou outro lobo nas florestas, mas, pelo que posso pressentir, nada pior que isso.

Aí Tatheus foi acometido de uma reminiscência de sua juventude e entrou logo a contá-la a Grim:

— Uma vez, quando eu vivia com o santo Nannan em sua ilha, na companhia de meus companheiros Bedrus e Padrigius e de muitos outros mais, lembro-me de que um dia Padrigius precisou atravessar o mar até a ilha Ethica, e antes de partir foi até o santo e pediu-lhe a bênção. Então Nannan disse: *Fili*, tens dois caminhos para chegar à ilha Ethica: um deles, o mais curto e desembaraçado, é pelo mar alto; o outro, mais longo e intrincado, é por entre as ilhas que juncam o canal. Agora ouve o que te digo: não vás pelo alto-mar, mas pelo caminho entre as ilhas, pois se fores pelo alto-mar encontrarás um monstro enorme, que te há de inspirar grande terror e de que só com grande dificuldade poderás escapar. Padrigius recebeu a bênção de Nannan e partiu, mas não obedeceu ao conselho do santo. Tolo e estouvado Padrigius! Quando iam navegando em alto-mar, ele e seus companheiros perceberam, de repente, à frente deles, uma baleia de tamanho imenso e espantoso, elevando-se das ondas como uma montanha. Lá veio ela flutuando sobre a superfície e agitando as águas, e quando abriu a boca mostrou um exército de dentes pontiagudos. Os marinheiros, aterrorizados, baixaram a vela e puseram-se a remar para longe com toda a força de seu desespero e, contando também com a ajuda de Deus, que conduziu o monstro em outra direção, conseguiram escapar àquele grande perigo e voltar a casa.

Grim ouvia boquiaberto a narrativa de Tatheus.

— No dia seguinte foi a minha vez de navegar para a mesma ilha, e Nannan falou-me também dessa baleia, e eu respondi: Esse animal e eu estamos sob o poder de Deus. E Nannan disse: Vai em paz. Tua fé te defenderá desse perigo. Assim parti da ilha e, depois que atravessamos uma longa distância, meus companheiros e eu vimos a baleia. Os outros ficaram aterrorizados, mas eu, sem medo nenhum, ergui as mãos e abençoei o monstro. No mesmo instante o enorme animal mergulhou sob as ondas, levantando uma vaga tão alta que, ao cair sobre nós, deixou-nos molhados até os ossos. Mas das profundezas aonde se recolheu não mais surgiu diante de nossos olhos, e assim pudemos prosseguir em paz a travessia.

— Julgas — perguntou Grim — que pode acontecer de nos defrontarmos em alto-mar com um desses monstros?

— Não sei — disse Tatheus. — Pode ser que sim, pode ser que não.

O santo Nannan teria sido bem mais preciso, pensou Grim.

## 38. Deserto no mar

Durante todo o primeiro dia de viagem a *Katherine* seguiu a favor do vento, deslizando veloz e serena sobre as ondas. Veio a noite e o vento continuou benévolo e prestativo, de modo que foi tranqüila a primeira noite de sono de Grim a bordo. Deitado em seu catre, mal sentia o movimento do navio, que corria sempre para a frente, sem tropeços nem solavancos. No convés, todos os tripulantes aproveitavam para dormir, todos menos dois: o que vigiava a bússola e o que governava o leme. Esses, felizes com o ritmo mantido pelo navio, entoavam em dueto uma cantilena saudando o mar e a brisa e louvando a Deus, a Virgem e a todos os santos que conheciam. A cantilena chegava aos ouvidos de Grim e abafava ali os gemidos de Nolo, cuja vertigem, levada pela correnteza de seu sangue, navegava-lhe sem cessar à roda da mente, do coração e do estômago.

Grim sentiu-se criança. Lembrou-se das cantigas que a mãe, na pobre casa de Grimsby, costumava cantar para embalar-lhe o sono. O silêncio da noite, entrecortado pelo fragor das ondas debatendo-se na praia, deixava-o inquieto e fazia-o chorar; a canção materna conduzia-o ao sono não porque fosse doce e mansa, embora fosse, mas porque dava ao menino a certeza da presença contígua da mãe. A troca de palavras entre aqueles marinheiros, significando que tudo ia bem e que o navio seguia seu curso sem perigos nem obstáculos, tinha sobre ele o mesmo efeito que a canção materna sobre a criança e o mesmo que, sobre os habitantes das cidades, os gritos dos guardas noturnos anunciando a passagem de cada hora. No ventre da *Katherine* Grim dormiu como teria dormido no regaço da mãe ou no seu próprio leito no dormitório de Dru.

No dia seguinte o vento amanheceu mais forte e mais brusco, obrigando o navio a uma marcha mais rápida e mais precípite. Apesar disso, Grim observou que o navio mal parecia sair do lugar. Um dos marinheiros explicou-lhe que era comum sentirem essa impressão de imobilidade as pessoas desacostumadas a viagens marítimas.

— Na verdade — disse o marinheiro, que se chamava Valentin Barra —, a marcha de um navio é sempre muito mais rápida do que parece. Quando um navio se move tão lento que parece rastejar sobre as ondas, mesmo assim não há homem, por melhor corredor que seja, que possa acompanhá-lo. Da mesma forma, quando um navio se move tão suave que os nossos olhos mal conseguem perceber algum progresso, mesmo assim está indo tão depressa que não há cavalo, por mais veloz que seja, que possa alcançá-lo no galope. E quando o vento é forte e violento, como agora, a velocidade do navio é tão grande que chega a ser maior que a de uma flecha arremessada do arco.

Grim demonstrou incredulidade. O marinheiro foi buscar arco e flecha e se dispôs a provar, ali mesmo, o que dissera. Plantando-se de pé à quina da popa da *Katherine*, esticou o arco até onde pôde e, mirando paralelamente à amurada, disparou a flecha na direção da proa. Grim seguiu a flecha com os olhos e, admirado, pôde ver que o navio imediatamente ultrapassou a flecha, e teve de olhar para trás para vê-la cair, humilhada, no meio das ondas.

Nesse meio-tempo Nolo sofria o seu martírio estirado num leito que, nos termos do décimo segundo artigo do contrato, para ele se improvisara num canto da popa. Ali onde jazia nem uma só vez lembrou da ameaça que fizera a Grim de atirá-lo ao mar para comprovar a sua habilidade de nadador. Grim, embora nunca antes tivesse viajado em uma grande embarcação como a *Katherine*, acostumara-se em criança ao cheiro de maresia e ao balanço de pequenos botes em que, com outros meninos, se aventurava pelas águas domésticas de Grimsby para pescar. A viagem não lhe fez mal nenhum, de modo que pôde aproveitá-la para deslumbrar-se com a ampla visão de mar por todos os lados, com a emoção de avistar, ao longe, a figura passageira de outro navio, e sobretudo com a solenidade do céu pontilhado de estrelas faiscantes na escuridão da noite.

Atraía-lhe também a atenção a intensa e variada atividade dos marinheiros. Achou especialmente curiosa a maneira que usavam para pescar, que era a seguinte: dois ou três deles ficavam em pé à amurada, segurando na mão um tridente aguçado, preso pela outra extremidade a uma longa corda atada a algum objeto sólido do convés. Assim que viam passar junto ao navio um grande cardume de peixes, arremessavam o tridente e, atravessando com ele um dos peixes, usavam a corda para puxá-lo para bordo. No entanto, para desconsolo deles e de Grim, os marinheiros mais erravam que acertavam o alvo e, mesmo acertando, os peixes muitas vezes escapavam-lhes do tridente e desapareciam no mar, deixando à tona, como pedágio, um rastro de sangue alvacento.

Todos os dias, pela manhã, como é costume fazer nos navios em alto-mar, Tatheus rezava uma *missa seca*, ou, como dizem outros, uma *missa crua*, ou, ainda outros, uma *missa oca*, ou seja, uma cerimônia sem a eucaristia mas com todas as orações pertinentes à missa, acrescentando, aos domingos, um pequeno sermão e uma exortação em benefício dos tripulantes. No primeiro domingo Tatheus fez um belo sermão em que discorreu sobre a simbologia religiosa do navio, dizendo que o casco representava a boa vontade; o leme, a boa intenção; o cordame, a mortificação; a lanterna, a fé; a âncora, a esperança; o lastro, a humildade; o compasso, o amor de Deus; o mastro, a oração; a vela, os bons desejos; para concluir afirmando que o capitão desta nave de Deus era o Espírito Santo. Os marinheiros interpretaram literalmente tudo que ele disse, e entenderam que o navio de que tratava Tatheus fosse a *Katherine*, e o capitão, o próprio Piers. Olhavam-se uns aos outros e meneavam a cabeça, como se convencidos de que o pregador era um demente.

Tatheus não perdia ocasião de mostrar seus conhecimentos. Quando a *Katherine* passou ao largo de uma rocha no meio do mar, Tatheus informou que aquela, segundo se dizia, era a ilha em que durante algum tempo vivera Martinianus, o recluso. Grim nunca ouvira falar dele. Tatheus contou:

— Martinianus era um homem de Deus, e tinha tanto pavor às mulheres que passou a vida toda buscando um refúgio onde pudesse ficar a salvo delas. Primeiro no alto de uma montanha, depois no coração de um deserto, encontrou a desejada solidão, mas, após algum tempo, tanto na montanha quanto no deserto, sua paz acabou sendo violada por uma mulher. Desesperançado de encontrar um santuário seguro em terra, procurou encontrá-lo no meio do mar. Quando o navio em que viajava passou diante desta ilha solitária, Martinianus pressentiu que ali estaria totalmente a salvo de contato com qualquer criatura humana, fosse ela homem, fosse mulher. Quem havia de querer visitar aquela rocha inóspita, e por quê? A seu pedido, o capitão do navio desembarcou-o na ilha. Ali Martinianus desfrutou durante alguns anos da solidão de corpo e de alma que tanto perseguira, bebendo água de chuva e alimentando-se de algumas raízes que cresciam entre as frinchas das pedras. O diabo, porém, acabou descobrindo o seu paradeiro e, usando de sua arte infernal, fez naufragar um navio neste mesmo lugar, diante dos olhos do pobre anacoreta. Todos os passageiros e tripulantes pereceram, exceto uma mulher chamada Photina, que Martinianus, com muita relutância, foi obrigado pela caridade a salvar de afogamento. Logo, no entanto, percebeu a grave conseqüência de recolhê-la em seu *reclusorium*: o que fora ilha de pureza e penitência se tornaria ilha de tentação e perigo, e certamente o navio de sua alma acabaria por despedaçar-se de encontro aos rochedos da própria ilha. O que fazer então? Martinianus não hesitou: lançou-se imediatamente às águas e pôs-se a nadar, com largas braçadas, para bem longe, sem dar ouvidos aos gritos estridentes e aos apelos desesperados da mulher.

— *Magne Deus*! — exclamou Grim, figurando o pobre anacoreta à deriva no meio do oceano, à mercê das ondas e dos monstros marinhos. — E o que aconteceu com Martinianus? Afogou-se?

— Não — respondeu Tatheus. — Foi salvo por dois golfinhos, que o levaram para Pendinæ. Depois disso, viveu ainda muitos anos e residiu em cento e sessenta e quatro lugares diferentes, sem permanecer em nenhum deles mais que alguns meses, devido à onipresença das mulheres neste mundo inferior. Pobre Martinianus. Para ele a necessidade de fugir das mulheres fez de sua vida uma peregrinação sem fim, irmanando-o a outro grande peregrino, Ahasverus, o Judeu Errante. Somente a morte foi capaz de libertá-lo da ameaça e do perigo do gênero feminino. Deus o tenha em seu reino para toda a eternidade.

Logo Tatheus afastou-se, e Grim, deixado a sós consigo mesmo, pregou os olhos na ilha de Martinianus e imaginou o homem de Deus, ali naquela rocha negra, só e feliz e totalmente em paz. Imaginou-o de forma tão vívida que quase o via, ali, os longos e desgrenhados pêlos da barba e do cabelo fustigados pelo vento hostil, os joelhos lacerados pela rocha crua, imerso dia e noite, verão e inverno, chuva e sol, em prece e contemplação: só, feliz, e totalmente em paz.

— Martinianus — murmurou Grim —, que monstro é esse, a mulher, que te obrigou a fugir a vida inteira, e nem na tua rocha árida no meio do mar gelado te deixou em paz?

A ilha de Martinianus já não era mais do que um ponto no horizonte, e de lá pareceu virem até os ouvidos de Grim, trazidas pelo vento, algumas palavras torturadas:

— A mulher é o pior monstro do mundo! — gemeu a voz. — É fonte de pecado criada para tentar o homem! Foge, foge sempre dela, do contrário não te salvarás! Ela quer devorar-te o coração, pois assim lhe pertencerás para sempre. Foge dela! Do contrário, tu mesmo arrancarás do peito o coração e o darás a ela. E que será de ti sem teu coração?

A voz disse essas palavras e depois soltou um grito de desespero. Grim tapou os ouvidos com as mãos e fechou os olhos. Quando os abriu de novo, a ilha de Martinianus já desaparecera a oeste no círculo final do horizonte.

## 39. Notícia de hereges

Uma noite, depois das vésperas, Grim sentou-se em conversa com dois marinheiros que eram primos um do outro. Um deles era o mesmo Valentin Barra que, valendo-se de arco e flecha, demonstrara a Grim a extrema velocidade da *Katherine*. A conversa perpassou vários assuntos até que os dois primos começaram a falar dos hereges da Provença. Ambos tinham parentes próximos que se haviam *heretizado*, por isso sabiam muitas coisas a respeito e de boa vontade as contaram a Grim. Ambos falavam em sussurros, para que não os escutassem outros ouvidos que não os do noviço. Referiam-se aos hereges ora como *os bons cristãos*, ora como *os pobres da fé*.

— Os bons cristãos — disse Valentin Barra — não acreditam que Cristo tenha nascido de mãe virgem, e não admitem que se possam batizar, por meio de padrinhos e madrinhas, as crianças que ainda não têm idade para entender os mistérios da Igreja. Tampouco se alimentam de carne, porque não comem alimento provindo de seres gerados por união carnal.

— Eles insistem que o Verbo divino que se tornou carne não passa de tolice — disse o outro primo —, abominam o mistério da eucaristia e dizem que a boca de todos os sacerdotes é a boca do inferno.

— Também sustentam que toda terra é consagrada — disse Valentin — e que portanto não há necessidade de cemitérios: os cristãos podem ser enterrados em qualquer lugar sem prejuízo de sua salvação.

— Também condenam o matrimônio — disse o outro —, e nos países que os toleram podes ver homens vivendo com mulheres fora do casamento e chamando-as de esposas. Tampouco se atêm a uma só esposa, mas possuem várias de uma só vez.

A irmã de Valentin Barra fora casada com um escudeiro do castelão de Montaillou e abandonara marido e filhos para se juntar aos bons cristãos.

— O mordomo do castelo, Raimond Roussel — disse Valentin — queria fugir para a Lombardia e juntar-se aos bons cristãos que lá viviam e tentava persuadir minha irmã Esperte a fugir com ele. Dizia-lhe que devemos deixar pai, mãe, esposa, marido, filho e filha para seguir o Senhor e que em troca receberemos o reino dos céus. Ela perguntava: Como poderei deixar meu marido e meus filhos? Ele respondia que era melhor deixar marido e filhos do que voltar as costas ao Senhor, que dá aos que o merecem o reino dos céus. Porque só os bons cristãos, dizia ele, serão salvos, ninguém mais. Ela perguntava: Mas para que criou Deus tantos homens e mulheres se a maior parte deles não será salva? Ele respondia: Assim como é impossível o camelo passar pelo buraco de uma agulha, também é impossível que se salvem os que possuem riquezas. É por isso, dizia ele, que reis e príncipes, prelados e clérigos e todos os que possuem riquezas, nenhum deles será salvo, exceto os bons cristãos. E assim, com tais palavras, ele tentava convencer minha irmã a seguir com ele para a Lombardia.

Grim perguntou por que para a Lombardia.

— Porque em todos os países, menos na Lombardia, os pobres da fé são perseguidos pelos cães e pelos lobos.

— Cães e lobos? — estranhou Grim.

— Sim — disse Valentin —, é assim que os bons cristãos se referem aos bispos e aos frades dominicanos, que os perseguem e os expulsam de suas casas e de seus países.

— E tua irmã, o que fez? Seguiu esse Raimond ou não? — perguntou Grim.

— Sim — disse Valentin. — Mas minha irmã estava prenhe, e aí disse: Mas eu estou prenhe. Se eu for contigo, que farei com a criança que carrego no ventre? Ele respondeu: Se essa criança nascer entre os bons cristãos será uma criatura sagrada, porque terá nascido sem pecado e sem qualquer contato com as pessoas do mundo. E eles a instruirão segundo os preceitos de sua seita, e ela não conhecerá nenhuma outra, e assim eles farão dela, com a ajuda de Deus, um rei ou uma rainha.

— Então tua irmã foi capaz de abandonar o marido e os filhos para se tornar uma *herege*? — disse Grim.

— Não penses que foi fácil — disse Valentin. — Na hora em que ela se dispunha a fugir de casa, quis ver um dos filhos que dormia no berço. Tomou-o nos braços e o beijou, e o menino acordou e sorriu. Ela o deitou no berço e quis ir embora, mas não conseguiu, e voltou ao berço. O menino começou a sorrir, ela abraçou-o e beijou-o, e depois tentou ir embora, mas não conseguiu. Esse vai-e-vem repetiu-se tantas vezes que Esperte não conseguia sair de casa. Por fim, entregou o menino a outra mulher e pediu-lhe que o levasse dali. Só assim teve coragem de ir ao encontro de Raimond e fugir para a Lombardia.

O outro primo, que estivera mudo como um peixe, resolveu dar sua contribuição à conversa:

— Ouvi falar de duas mulheres de Chateauverdun, chamadas Alestra e Serena, que resolveram juntar-se aos pobres da fé. Aí se pintaram para parecer estrangeiras e fugiram. Quando chegaram a Tolosa, alojaram-se numa hospedaria. A proprietária suspeitou delas e, para saber se eram hereges ou não, deu-lhes duas galinhas vivas e pediu-lhes que as preparassem, e então saiu de casa. Ao retornar, achou as galinhas ainda vivas e perguntou àquelas mulheres por que não tinham feito o que lhes pedira. Elas responderam que só preparariam as galinhas se ela própria as matasse, pois elas não matavam galinhas nem outros animais. A mulher correu aos inquisidores e denunciou como hereges as duas mulheres, que foram presas e condenadas à morte. Quando chegou a hora de serem levadas à fogueira, pediram água para lavar os rostos, dizendo que não queriam ir ao encontro de Deus pintadas daquela maneira.

— Preferiram arder na fogueira — disse Grim — a abandonar a heresia?

— Minha irmã disse — Valentin interveio — que o fogo, quando devora o corpo de um bom cristão, não é capaz de lhe causar nenhuma dor.

— Não compreendo — disse Grim — como as pessoas podem ser tão tolas a ponto de acreditar nesses falsos profetas e não nos bispos da Santa Igreja.

— Pois minha irmã disse — replicou Valentin — que os bons cristãos são pessoas tão persuasivas que quem os ouve falar nunca mais quererá deixá-los. Disse que, se eu os ouvisse uma só vez, eu seria deles para sempre. O mesmo, quem sabe, poderia acontecer contigo.

— Pelo que me contais — murmurou Grim, com tristeza —, vejo que este é um mundo às avessas. Parece-me que o fim dos tempos está perto: pois está escrito que o Anticristo virá anunciar o fim dos tempos dizendo que é verdadeiro o que é falso, e que é falso o que é verdadeiro. Receio que o Anticristo já tenha chegado à Europa e dentro de pouco tempo atravessará o mar para semear a confusão entre nós.

— Não tendes hereges em vossa ilha? — perguntou o primo de Valentin.

— Temos judeus, mas não hereges — respondeu Grim. — E os judeus se vestem de forma que os possamos reconhecer e evitar. E os vossos hereges, como os podemos reconhecer?

— Não é fácil reconhecê-los — disse Valentin. — São gente como nós, e freqüentam a igreja em nossa companhia, e recebem a hóstia consagrada ao nosso lado, ainda que a cuspam fora depois, quando ficam sós.

— Deus me proteja desses demônios em forma humana — exclamou Grim, fazendo sobre si o sinal-da-cruz.

— Promete-nos que não contarás a ninguém estas coisas que conversamos — pediu Valentin.

— Não posso prometer isso — disse Grim.

— Preferes ser atirado ao mar? — perguntou o outro primo.

Grim ficou lívido nas sombras.

— Não, não — disse Valentin. — Não faríamos isso contigo, menino. Promete-nos então que não contarás nada a ninguém até chegarmos a Burdigala.

Grim ergueu os olhos para o alto e pregou-os no grande céu leitoso de estrelas. Lá não havia confusão, lá tudo andava sempre em ordem, cada astro em seu lugar, tranqüilo em sua tranqüilidade. Por que o mundo dos homens não podia ser estável e regulado como o mundo das estrelas e dos planetas? Não é à toa que o céu é chamado de *firmamento*, pensou ele com certa medida de desconsolo; este mundo em que vivemos bem poderia, por oposição, ser chamado de *infirmamento*.

— Prometes ou não? — insistiu o primo de Valentin.

Grim prometeu.

## 40. Mulher a bordo

A *Katherine* tocou em Berdestapla, onde embarcaram os passageiros navarreses e, depois, em Tintagel, onde embarcaram três mercadores da Frísia, um deles acompanhado da esposa. Muitos dos que estavam à amurada irritaram-se ao ver a dama embarcar, pois seria ela a única mulher a bordo: até então a viagem se fizera sem nenhuma presença feminina no navio. Em pouco tempo já não havia um só homem na *Katherine* que não estivesse incomodado com a vinda dessa mulher, que era como um espinho no olho de cada um e de todos. Pois mostrou ser sobremodo inquieta e inquisitiva: corria sem cessar para cima e para baixo pelo navio e, túmida de curiosidade, tudo queria ver e ouvir, de modo que, da noite para o dia, granjeou o ódio universal de todos os tripulantes e passageiros. O marido parecia ser um bom homem, e em consideração a ele muitos contiveram a língua; mas, se ele não estivesse ali, as coisas teriam sido bem difíceis para ela.

Uma noite, durante uma conversa na coberta do navio de que participaram Tatheus, Ursus e Grim, um dos mercadores frísios informou que aquela mulher fora casada, antes, com um grande e poderoso marquês alemão chamado Jerotheus van Ratzenhusen. Este, quando jovem, insatisfeito com a sua condição, que já era alta, decidiu visitar um vaticinador para saber se lhe estariam reservadas honras ainda maiores. O homem consultou, por meio de sua arte nefasta, um mau espírito, que revelou ao marquês que estava destinado a possuir a Grécia. Pondo fé no oráculo, aquele Jerotheus largou tudo que tinha na Alamânia e seguiu para o oriente até chegar à Grécia. Depois que esteve ali alguns anos sem que nada de bom lhe adviesse, para piorar as coisas os gregos, sabedores de que ele viera à Grécia para reinar sobre eles, assaltaram-no em sua casa, espoliaram-no de tudo que possuía e expulsaram-no do país. Com grande dificuldade Jerotheus logrou retornar à Alamânia, onde chegou pobre e atribulado como Jó. O rei da Alamânia recebeu-o com benevolência e, querendo minorar o seu infortúnio, ofereceu-lhe em casamento a viúva de um rico burguês de Bonna. Jerotheus, que não tinha de seu nem o suficiente para comer, aceitou a proposta do rei. O casamento foi celebrado na catedral de Bonna. Ali, no momento da bênção, o sacerdote perguntou ao marquês: Jerotheus, desejas receber como esposa esta mulher, Græcia? Pois esse era o nome dela, e só aí Jerotheus entendeu a astúcia do mau espírito, que o enganara com vãs esperanças ao predizer-lhe que ele possuiria a Grécia.

Nem mesmo com a Græcia que efetivamente recebeu não foi feliz Jerotheus van Ratzenhusen, porque ela e a odiada passageira da *Katherine* eram a mesma pessoa. Dois anos de miséria viveu com ela o marquês, e dizem que a natureza da esposa o enviou cedo para o túmulo. Novamente viúva, Græcia casara-se então com o mercador da Frísia, a quem se empenhava agora, com toda a eficácia, em tornar o mais infeliz dos mortais.

Dois dias depois o navio abicou em Ivonis Ecclesia para deixar alguns dos navarreses, que estavam nauseados demais para continuar a viagem, e bem que Nolo teria ficado ali também, se pudesse. Tatheus lamentou a partida daqueles homens, que se tinham mostrado alegres e leais companheiros, pois a bordo de um navio se fazem boas e agradáveis amizades, e a separação que se segue é sempre triste. Ali ficou também, por acidente, a mulher chamada Græcia, porque saíra a visitar uma ermida fora da cidade e se atrasara no caminho de volta, certa de que o capitão não seria capaz de zarpar sem ela. Mas foi.

No dia seguinte a *Katherine* aportou em Pendinæ. Ninguém lamentara a ausência da mulher, que se fizera odiosa com sua conversa estúpida e sua constante intrusão em tudo que não lhe dizia respeito. O alívio geral durou pouco, porém, pois em Pendinæ retornou ela ao navio, para desagrado de todos, e fez o capitão ouvir um longo sermão por tê-la abandonado em Ivonis Ecclesia. Talvez para descontar Piers de la Katherine mandou pôr em terra um pobre homem que só aceitara a bordo, segundo disse, por amor à caridade, mas que não queria levar mais adiante. O homem ficou na praia chorando e lamentando a sua sorte, pois pretendia fazer uma peregrinação ao mosteiro de Santo Iago. Tatheus teve pena dele e convenceu os restantes navarreses a custear a viagem do pobre homem, que então foi de novo trazido a bordo da *Katherine*.

À noite a *Katherine* dobrou a ponta ocidental da Cantuária, que os geógrafos chamam de Antivestæum ou de Bolerium Promontorium, e pôs-se a navegar direto para o continente europeu.

## 41. As crianças verdes

O pobre peregrino viajara até aquele ponto em completo silêncio e isolamento. Depois de reembarcado, porém, quis demonstrar sua gratidão contando uma história. Esta história:

— Na Ânglia oriental existe uma aldeia chamada Wolfpittes que dista quatro ou cinco milhas do nobre mosteiro do abençoado rei e mártir Edmundus; perto dessa aldeia encontram-se algumas covas, chamadas "tocas de lobos", que dão nome ao lugar. A tradição assegura que já existiam antes mesmo de se construir a primeira casa da aldeia. Ora, certo ano, no tempo do rei Rufus, na época da colheita, alguns segadores que ceifavam o produto dos campos nas proximidades daquelas covas viram emergir de dentro delas duas crianças, um menino e uma menina. Ao vagarem atônitas pelo campo as duas crianças caíram nos braços dos segadores, que observaram que suas peles eram de cor inteiramente verde e suas vestimentas, de uma cor estranha e de tecido desconhecido. Como não foi possível a comunicação, pois as crianças falavam uma língua incógnita, os camponeses levaram-nas para a aldeia, onde durante alguns dias serviram como objeto de admiração das pessoas que vinham ver o prodígio. Passaram esse tempo sem comer coisa alguma, pois não conseguiram sequer provar o que lhes foi oferecido. Quando já se achavam à beira da inanição, sucedeu que alguém lhes trouxe alguns feijões, que elas aceitaram com avidez, mas, ao examinar o caule à procura dos grãos, e não os encontrando no oco do caule, começaram a chorar. Nisso, um dos circunstantes, extraindo os feijões das vagens, ofereceu-os às crianças, que então comeram com prazer. Desse alimento nutriram-se por vários meses, até que aprenderam a alimentar-se de pão.

O homem continuou:

— Aos poucos, em conseqüência da nova dieta, as crianças perderam a cor verde original. O menino, que parecia ser mais novo que a menina, sobreviveu pouco tempo; sua irmã, porém, continuou sempre saudável e em nada se distinguia das mulheres do nosso país. Quando atingiu a puberdade casou-se com um natural de Lynne e mudou-se para essa cidade, onde viveu até idade avançada, tendo visto nascerem muitos de seus filhos e netos.

— E de onde vieram essas crianças? — alguém perguntou.

— Depois que aprenderam a nossa língua — disse o homem —, perguntadas sobre quem eram e de onde vinham, elas responderam que eram habitantes da terra de Saint Martin, que assim se chamava porque ali se venerava esse santo acima de todos os outros. Perguntadas onde se situava aquela terra, e como tinham vindo de lá para cá, responderam: Ignoramos tanto uma coisa como outra; tudo que lembramos é que, certo dia, quando estávamos no campo alimentando o rebanho de nosso pai, ouvimos um som muito forte, semelhante ao que agora ouvimos no mosteiro, quando dobram os sinos; e, ao escutarmos o som, caímos bruscamente num transe e, sem saber como, despertamos no campo onde nos encontraram os segadores.

— Vejo — disse Tatheus — que o povo desse país subterrâneo professava a fé de Cristo. E a língua que falavam as crianças? Parecia-se com latim, grego ou hebraico?

— Pelo que sei — disse o homem —, ninguém se preocupou em aprender a língua das crianças, só em ensinar a nossa. Mas pelo menos duas palavras os filhos da menina verde aprenderam com a mãe: *yob*, que quer dizer sim, e *baj*, que quer dizer não.

Tatheus considerou aquelas duas palavras durante algum tempo, mas não soube identificar a que língua conhecida poderiam pertencer. Então um dos passageiros quis saber se o sol iluminava o país de Saint Martin.

— Isso foi perguntado às crianças — disse o homem —, que, com alguma tristeza, disseram: O sol não se levanta sobre nossa terra, e os seus raios muito pouco a iluminam; nossa gente é obrigada a contentar-se com a penumbra que, entre vós, precede a aurora ou o ocaso. Além disso, pode contemplar, do alto de suas colinas, com tristeza e inveja, um outro país, extremamente luminoso, que não fica muito distante do nosso, mas sim separado dele por um rio tão largo que é quase um mar e, por isso, intransponível. Essas e muitas outras informações, numerosas demais para reproduzir aqui, as crianças transmitiram aos curiosos que as sitiavam com perguntas.

Calou-se o homem; disse Tatheus:

— A muitos pode parecer ridículo dar crédito a uma circunstância, como essa, que não pode ser corroborada por nenhum fundamento de natureza racional. Ocorre, porém, que o nosso mundo tem incontáveis prodígios semelhantes a esse, e em tais casos, ou em outros ainda mais estranhos que esse, todos abalizados por testemunhas fidedignas, aprendi a acreditar e a refletir sobre assuntos que era incapaz de compreender ou de elucidar por qualquer meio intelectual.

— Pois eu mesmo — declarou o homem — sou evidência do que contei, pois afianço-vos que sou neto da menina verde. E, embora raramente revele a minha origem, decidi que devia revelá-la a vós, como retribuição pela gentileza que mostrastes para comigo, pagando a minha passagem até Burdigala.

## 42. Tempestade

Um dia, depois da hora nona, ia já a *Katherine* navegando pelo mar Cantabricus quando, por qualquer motivo, o mar perdeu a calma que vinha mostrando há dias e tornou-se colérico e agitado. Tatheus estava à proa do navio observando o mar imenso à frente, e Grim chegou-se e pôs-se ao seu lado em silêncio como um cãozinho. No horizonte, lá no fundo, via-se um céu cinzento e sinistro.

— Hoje à noite teremos tempestade — disse Tatheus, profético.

Grim arrepiou-se todo por dentro, mas não disse nada. Tatheus continuou, apontando para as águas que a *Katherine* ia fendendo com sua quilha afiada:

— Vê, meu filho, como as ondas de um oceano são mais violentas, mais ruidosas e mais espantosas do que as ondas de um rio, por mais largo que este seja. São também um grande prazer para os olhos. Já estive mais de uma vez, durante uma tempestade, de pé no convés superior de um navio maravilhando-me com o espetáculo apavorante das rajadas de vento e das torrentes de água. Posso dizer-te que de dia as tempestades não infundem grande pavor, mas à noite são medonhas e terríveis.

À noite a *Katherine* e a tempestade penetraram-se uma na outra. No céu desapareceram lua e estrelas, e o mundo cobriu-se de um dossel de trevas. Ventos furiosos fustigavam o barco, banhando-lhe o convés com água do mar; relâmpagos faiscavam, abrindo fendas de luz na escuridão; trovões rugiam como leões enfurecidos; para aumentar o terror, caíam raios no mar, a bombordo e a estibordo, de modo que as águas, em muitos pontos, pareciam arder em chamas. A chuva não demorou a descer em torrentes, como se as nuvens do céu, rasgando os próprios odres, derramassem sobre a pobre *Katherine* toda a água ali armazenada, de modo que a nau se inundava de água de mar e de chuva. Tudo isso, imagine-se, causava aos passageiros grande desconforto, e dor de cabeça, e náusea, e vômito, e das cabines só se ouvia o gemido uníssono dos seus ocupantes.

Grim, no meio daquilo, apavorado, se perguntava como é que a água, sendo um corpo tão leve, frágil, delicado, podia ferir um navio com golpes tão poderosos, pois ao ouvir-se o ruído que fazia de encontro ao casco da *Katherine* podia-se imaginar que um ciclope estivesse arremessando contra ele pedras de moinho; e a impressão que dava era de que seria capaz, em sua natureza inteiramente líquida, de destruir um navio ainda que este fosse todo feito de ferro.

A noite inteira o vento continuou a jogar o barco para cima e para baixo, arrastando-o para lá e para cá e sacudindo-o todo, de modo que ninguém conseguia jazer em seu leito, muito menos sentar, e muito menos ainda ficar de pé na cabine. Os passageiros eram obrigados a agarrar-se às colunas no meio da cabine, ou então agachar-se junto às suas arcas, agarrando-se a elas para não serem atirados de um lado para outro. Mesmo assim, às vezes o balanço do navio arrancava do lugar as arcas mais pesadas, junto com os homens a elas agarrados. Toda a pele da *Katherine* fora recentemente banhada em piche para evitar infiltrações, mas ainda assim, durante a tempestade, e isso serviu para aumentar ainda mais a confusão, as águas penetraram por frestas invisíveis em todos os nichos do navio, encharcando os catres dos passageiros e todos os seus pertences e estragando toda a provisão de pão e biscoito. Em suma, não havia nada, nem na proa nem na popa, nem em cima nem embaixo, nem fora nem dentro, que não estivesse totalmente ensopado.

Se no convés inferior tudo era sofrimento e desespero, no superior era tudo tumulto e atribulação. O vento lançara-se contra a vela como um cão raivoso, e com presas afiadas mordera o pano até rasgá-lo em tiras. Os marinheiros tiveram de baixar a verga e substituir os farrapos por uma vela especial para ocasiões de tempestade, que chamam de papa-figo. Feito isso, puxaram a verga outra vez mastro acima, e alguns deles, que já aguardavam no alto do cordame, montaram a verga como um cavalo e com mãos hábeis soltaram os laços que mantinham o papa-figo preso à verga. Já o pano vinha descendo, desdobrando-se por força de seu próprio peso, e já os marinheiros no convés se preparavam para amarrar o *polistrelum*, isto é, a corda que prende as pontas inferiores da vela, quando de repente, ah!, o maldito vento arremessou-se contra a vela, como um aríete, com tanta força que arrancou-a das mãos dos marinheiros e, soprando-a para o alto, desfraldou-a além da gávea e ali se pôs a sacudi-la em triunfo no ar como uma bandeira: e tão forte a sacudia que a verga dobrou como um arco, e o próprio mastro, embora fosse grande e robusto, formado que era de muitas vigotas conjugadas, estalou forte como se de alto a baixo estivesse rachado e partido.

Esse foi momento de grande perigo para a *Katherine*, pois, se o mastro se partisse em tal tempestade, em pouco tempo o mar teria engolido o navio e todos que iam a bordo. Na verdade, nesse momento tudo parecia perdido. Grunhindo o mastro, guinchando a verga, crepitando todas as juntas do navio, pareceu a todos que a *Katherine* estava ferida mortalmente. E, ouvindo tantos e tão diversos gemidos, os passageiros gemiam também e, apertando nas mãos, os que os tinham, os seus amuletos de freixo, rogavam a Deus e aos santos do céu que por misericórdia os livrassem da morte no mar. Alguns confessavam os seus pecados como se já estivessem à beira da morte. Outros faziam grandes promessas de ir em peregrinação a Roma, a Jerusalém, ou à Virgem de Loretto, se fossem salvos do naufrágio que parecia iminente: pois é só quando a morte se apresenta medonha diante de nossos olhos que temos medo dela. Já o neto da menina verde, esse urrava maldições contra Tatheus e os navarreses, por terem-no arrastado àquele perigo mortal quando bem podia estar agora a salvo em terra em Pendinæ.

Ursus não deixara o convés em momento algum e, junto com Repentinus e o pajem, deu aos marinheiros a ajuda que pôde. Nesse momento de maior perigo Tatheus subiu ao convés, e Grim o seguiu, em busca de segurança: como se Tatheus fosse o centro de todo aquele turbilhão e, portanto, o ponto de menor perigo. No convés se depararam com uma visão de fim de mundo. Enquanto a vela se debatia no ar, os marinheiros corriam de um lado para outro, gritando e berrando, como se perseguidos por sarracenos que lhes quisessem cortar as cabeças. Alguns mais audazes, e entre eles Ursus, subiram pelas enxárcias até à verga, e ali conseguiram, aproveitando um momento de distração do vento, pôr a vela em ordem e rizá-la, enquanto outros, no convés, tentavam atar-lhe as pontas inferiores ao *polistrelum*.

Ali no meio daquele pandemônio Grim lembrou-se dos aforismos de Anacársis o filósofo, citados por Nolo: de todos os navios o mais seguro é o que se encontra em terra seca; e quem está no mar não pode ser contado no número dos vivos nem no dos mortos, pois o que o separa da morte é o espaço de apenas quatro dedos, isto é, a largura do casco do navio. Tudo lhe parecia lógico e verdadeiro; como pode o homem, por sua própria vontade, entregar-se ao ensejo de tais situações? Se é *isso* uma tempestade no mar, como pode o homem desafiar tal monstro metido numa frágil e vulnerável barqueta, que, apesar de todos os seus mais estrênuos esforços, os elementos poderiam pôr a pique sem maior dificuldade?

Depois do primeiro susto, Tatheus saiu perguntando a um e a outro tripulante onde estavam os baldes, que queria ajudar a baldear a água que penetrara no navio.

— Isso não é coisa que se faz em navio, mas em bote — disse um dos marujos. — Se queres ajudar, por que não te pões a rezar por nós, que estamos à beira de soçobrar com a *Katherine*?

Ouvindo isso, Tatheus ajoelhou-se na proa alagada e, com as mãos estendidas para o alto, recebendo em pleno rosto sucessivos jorros de amarga água salgada, dirigiu em voz forte, com muito fervor, uma oração a Deus, pedindo a salvação de quantos estavam naquele navio e prometendo irem todos à igreja de Santo André em Burdigala em penitência caso lograssem pisar sãos e salvos em terra firme.

Tatheus mal terminara a prece e, subitamente, entre os clarões dos relâmpagos, brilhou uma luz que, por algum tempo, permaneceu fixa no ar acima da proa. Dali essa luz moveu-se por cima da galera em toda a sua extensão até a popa, e então desapareceu. A luz misteriosa era um raio de fogo de cerca de um côvado de largura. Assim que viram a luz, os que estavam no convés — marinheiros e passageiros — ficaram todos estáticos, calaram gritos e berros e, ajoelhando-se com as mãos erguidas para o céu, começaram a gritar em voz baixa uma só palavra:

— *Sanctum, sanctum, sanctum*!

Os que estavam embaixo, sem saber o que ocorria em cima, sentiram grande pavor diante da serenidade e do silêncio repentinos e do som de uma prece tão pouco comum. Imaginaram que os marinheiros, em seu desespero, tivessem desistido de fazer qualquer esforço para salvar o navio, e rezavam *Sanctum* porque sentiam que nada lhes restava a não ser morrer. Nisso, porém, alguns homens desceram do convés até a cabine e, abrindo a porta, exclamaram: Senhores, não tenhais medo, pois esta noite e nesta tempestade não sofreremos mal nenhum, porque recebemos ajuda dos céus.

A tempestade continuou ainda feroz, mas os marinheiros retomaram confiantes as tarefas, tanto que agora não uivavam como antes, mas trabalhavam soltando gritos de alegria; pois a verdade é que nenhum marinheiro consegue trabalhar sem a ajuda de gritos e berros.

— Que luz era aquela? — perguntou Grim a Tatheus.

Tatheus parecia ele mesmo iluminado:

— Que ninguém pense que o que se disse sobre aquela luz é falso, pois é tão verdadeiro que mais verdadeiro do que é não poderia ser. Sim, e, por Deus, eu poderia prová-lo conclamando o juramento de mais de duas mil testemunhas que ainda hoje estão vivas em todos os cantos, Ásia, África, Europa, deste nosso mundo tripartite. Pois o braço do Senhor não é atrofiado e por isso ele pode, sempre que for de sua vontade, salvar os seus filhos do perigo.

Grim não entendeu o sentido exato daquelas palavras, nem supôs que Tatheus lhe responderia se perguntasse. E nesse momento Ursus, que já descera da sela da verga, mandou chamar o capitão Piers. O capitão tinha ido à sua cabina tomar um trago e com rosto afogueado veio ao encontro do cavaleiro.

— Já te podes tranqüilizar, senhor — disse ele. — O perigo passou, e nas mãos capazes de seu capitão e de seus tripulantes a *Katherine* chegará incólume a seu destino com seus passageiros e sua carga.

— Não quero ouvir palavras coloridas — rosnou Ursus. — Quero saber, sim, por que ordenaste aos teus sicários que cortassem as cordas do bote e o deixassem cair ao mar.

— O bote caiu ao mar? — exclamou o capitão. — Ninguém me disse nada sobre isso. Mas, se caiu ao mar, foi o próprio Éolo que o derrubou com seu sopro furioso, senhor, e ninguém mais.

— Mentes, covarde! — gritou Ursus. — Eu estava lá em cima, na verga, e bem vi, de lá, quando deste a teus homens a ordem de cortar as amarras do bote. E te direi por que o fizeste: para, quando o navio afundasse, saltardes dentro, tu e teus favoritos, e salvardes as vossas peles.

— Cavaleiro! — gritou o digno *nauclerus*. — O que dizes é uma afronta à minha honra de velho marinheiro!

Ursus já não queria mais conversa. O capitão era baixo como ele, de modo que o cavaleiro não teve dificuldade em atingi-lo no queixo com o punho fechado, o que fez com tanta força que o capitão tombou de costas no convés. Ursus saltou sobre ele e, agarrando-o pela gola da túnica, plantou-o de novo em pé. Em seguida, empurrando-o para trás com gestos bruscos das mãos, obrigou-o a recuar até a amurada. Aí, de repente, meteu-lhe a mão na garganta e se debruçou sobre o homem, olhando-o bem no fundo do olho. Tatheus acorreu até eles e gritou:

— Ursus, por amor de Cristo, perdoa ao capitão!

— Cala-te, *pater*! — resmungou Ursus. — Agora não se trata de perdão, mas de justiça.

E, devolvendo a atenção ao marinheiro, disse:

— Teu bote te espera, capitão.

Aí, largando o pescoço do outro, com um brusco movimento ergueu-o nos braços fortes e o atirou ao mar.

Logo em seguida, em diferentes pontos do navio, Repentinus e o pajem fizeram a mesma coisa com dois dos sicários do capitão, atirando-os da mesma maneira ao mar. Na água, os três homens nadaram, desesperados, em direção ao bote, sob os olhos atônitos de tripulantes e passageiros. Ursus, de braços cruzados, acompanhava a cena com altivez de príncipe. Assim que viu os três homens içarem-se a bordo do bote, ordenou a Repentinus que cortasse as cordas que prendiam o bote ao navio. Repentinus obedeceu. O capitão, cheio de pavor, juntou as mãos numa súplica. Ursus deu-lhe as costas e retirou-se da amurada.

— Ursus — disse Tatheus —, Deus te perdoe! Mataste o homem.

— O capitão Piers? — replicou Ursus. — Não sejas ingênuo. Esse homem seria capaz de chegar, a nado, à costa da Aquitânia. Com um bote, então, seria capaz de ir até à Síria e voltar.

O capitão passou a gritar terríveis impropérios da popa de sua navícula. Logo, porém, perdendo-se o bote de vista no meio da dança das vagas, perdeu-se também de ouvida a voz furibunda de Piers de la Katherine.

## 43. Burdigala

Burdigala é a capital do ducado da Aquitânia, que pertence ao rei dos ingleses. A cidade fica escondida no fundo do estuário do rio Garumna, a uma centena de milhas, mais ou menos, do litoral, e o oceano sobe e desce, numa margem e na outra, em toda essa extensão.

A vista da costa da Aquitânia deu ânimo a todos os membros da confraria da condessa, que já estavam todos fartos de tanto mar. Nolo, em especial, pôs-se a sorver sem cessar, em grandes goles d'olhos, as dunas de areia branca e árida que marcavam a costa. Caiu em grande tristeza, porém, quando soube que Burdigala não ficava no litoral, o que significava que ainda lhe cabia suportar algum desconforto até poder pisar em terra firme.

Logo a *Katherine* penetrou no estuário do Garumna. Enquanto ela ia, serena, navegando pelo estreito adentro, Tatheus ensinou, a quem quisesse ouvir, que Burdigala fora evangelizada mais de mil anos antes por Martialis, que destruíra um templo pagão para erigir em seu lugar uma igreja dedicada a Santo Estêvão.

— Foi Martialis — disse Tatheus — que trouxe Santa Verônica para estas paragens, e que curou Sigebertus, o marido da devota Benedicta, que era paralítico, fazendo-o bispo de Burdigala. Além de tudo isso, escreveu belas epístolas ao povo da cidade, e legou-lhe o seu cajado, que é uma das mais preciosas relíquias de Burdigala.

— Pelo que sei, existe uma disputa entre as sés de Burdigala e de Burgus relativa à primazia sobre a Aquitânia — disse o cavaleiro.

— Sim — admitiu Tatheus. — Sendo Burgus a capital da Aquitânia Prima, a sé dessa cidade sempre quis ter reconhecida sua preeminência sobre as províncias de Aquitânia Secunda e Tertia, e portanto sobre Burdigala. O papa Eugenius confirmou a primazia do arcebispo de Burgus sobre Burdigala, o que deu a ele o direito, como patriarca, de visitar a província de Aquitânia e, ao arcebispo de Burdigala, o dever de comparecer aos conselhos da sé de Burgus. Uma ou duas vezes, porém, quando um arcebispo de Burgus veio a Burdigala, fecharam-lhe no nariz as portas da igreja, e por essa ofensa ele excomungou povo e clero da cidade. Hoje em dia a disputa continua, e enquanto o rei dos ingleses apóia o arcebispo de Burdigala, o rei da França apóia o de Burgus. Deus sabe como terminará essa controvérsia.

No dia seguinte aportaram em Burdigala. Nolo foi o primeiro a deixar o navio para saltar no primeiro batel que fora buscar os passageiros; foi o primeiro a deixar o batel e a pisar em terra, pois obrigou os remadores a abicar na praia e não no cais. Aí, projetando-se de joelhos sobre a praia, encheu de areia a concha das mãos e, para espanto de Grim e dos demais, literalmente *comeu* aquela areia, lambendo depois os grãos que lhe remanesceram nas palmas. Finda a refeição, fez uma breve prece a Deus, que concluiu louvando o Senhor por tê-lo salvado dos dentes do mar: *Laus Domino, qui me salvavit dente marino*.

Feito isso, pôs-se em pé como um pássaro fênix ressurreto das cinzas. Voltara-lhe a cor natural, o olho aguçado, o sorriso torto de malícia.

— Agora podemos afirmar outra vez — disse ele a Grim, que viera no mesmo batel — que estamos verdadeiramente vivos. E agora empenhemo-nos em viver. Aproveitemos a vida, que Deus nos poupou para que a vivamos intensamente até o último suspiro. Sim, amigo, *in hora vivamus*. Quanto ao mar, adeus. Prometo aos meus pés que jamais pisarão outra coisa a não ser terra firme.

— Como? — disse Grim. — Esqueces-te, *demens*, que não há outro caminho de volta à Ingária senão por mar?

— *Deus meus*, tenho desperdiçado meu latim todo esse tempo com alguém que tem ouvidos surdos? — exclamou Nolo. — Já não te disse, *surdastre*, que pretendo fugir na primeira oportunidade? Não quero nem hei de voltar à Ingária. E ouço uma voz que me diz que, dentre os sete membros da maldita *Fratria Libri Comitissæ*, só um há de voltar à Ingária. Esse certamente não serei eu. Talvez tu.

Ursus e os demais passageiros chegaram pouco depois em outros botes. Do cais Tatheus levou-os, e alguns marinheiros com eles, até à igreja de Santo André para cumprir a promessa feita por Tatheus durante a tempestade. Passageiros e tripulantes penetraram em cortejo na igreja e ali, de joelhos, rezaram contritos agradecendo a intervenção divina que os salvara de naufrágio e morte. Os passageiros mais ricos, em especial os navarreses, deram a Santo André uma gorda espórtula; os marinheiros deram um navio de pinho de palmo e meio de comprimento, representando, em todas as suas minúcias de mastro, verga, vela, enxárcias, leme e âncora, esculpidas com arte na madeira, a agradecida *Katherine*.

## 44. O jardim

Quites com o santo, saíram todos da igreja e despediram-se os da Ingária dos de Navarra e dos da Frísia com algumas lágrimas. Ursus mandou seus servidores ao ancoradouro para esperar a bagagem da corporação, e conduziu-se a si e aos copistas a uma estalagem próxima, onde, segundo disse, costumava hospedar-se em suas visitas a Burdigala. Não admirou a ninguém, portanto, vê-lo recebido ali, pelo casal de proprietários, com muitas e efusivas demonstrações de respeito e afeição.

Nos fundos da estalagem havia um pequeno jardim que dava para o rio Garumna, e naquele momento algumas crianças faziam dele o seu império. Seu divertimento era correr e recorrer, estrídulas e trepidantes, em torno de um pessegueiro e, colhendo-lhe os frutos, que mal podiam abarcar nas palmas das *maniculæ*, trazê-los filiais às mãos da mãe, que simultaneamente era a filha do proprietário. Este expulsou dali filha e netos e pôs à disposição dos hóspedes todo o jardim. Instaurou-se um silêncio que Tatheus e seus dois noviços logo preencheram com os salmos da hora nona.

Cumprido o ofício, sentaram-se a uma mesa à sombra de um cipreste. Embutido no tampo da mesa havia um mosaico compondo a figura de uma parreira. Tatheus correu a mão sobre o mosaico, varrendo dali algumas folhas secas, e disse:

— Fortunatus menciona, num de seus poemas, que costumava ir à casa do bispo de Mettis para beber-lhe o vinho. O tampo da mesa do bispo tinha o mosaico de uma videira, assim como este. O poeta traça então um paralelo entre a representação da videira e a entidade do vinho, vendo-se a si mesmo como espectador das uvas de que se fez o vinho que está bebendo. É aí que ele diz: "Múltiplas iguarias merece o conviva." Agora, Carbri, diz o verso seguinte, se és capaz.

— "Tanto admira as uvas como bebe o Falerno" — completou Nolo, sem hesitar.

— Não posso negar que tens boa memória, Carbri — disse Tatheus.

Ali foram-lhes trazidas algumas uvas. Enquanto degustava uma após outra, Tatheus vadeou com os olhos o Garumna até a outra margem, onde o surpreendeu a grande quantidade de parreiras que ali se espalhavam, muitas delas derramando-se mesmo sobre as águas do rio. Isso deu a Tatheus motivo para nova observação:

— Burdigala é a pátria do poeta Ausonius. Ora, sabe-se que os poetas costumam cantar a sua pátria, por conta do grande amor filial que costuma ligá-los a ela. É o que fazemos nós, os da Hibérnia. É o que fez, por exemplo, Donatus, que se tornou bispo de Fiesole mas nunca esqueceu a Hibérnia natal, em cujos belos campos fluem o leite e o mel, em cuja relva não serpeiam serpentes, em cujos lagos não trauteiam rãs, para citar algumas de suas palavras. É o que fez Colmanus, que, já muito velho para atravessar o mar outra vez, evocou por escrito, com muita doçura, os ventos horríssonos e as ondas encapeladas que castigam a nossa pátria. Assim, se eu dissesse que o poeta Ausonius compôs um belo poema sobre um belo rio, e perguntasse que rio é esse, vós me responderíeis: Certamente o Garumna, o belo rio que banha Burdigala. E eu replicaria, como faço, pesaroso: Não o Garumna, longe disso, mas sim o Mosella, que banha a cidade de Augusta Trevirorum. Sim, porque Ausonius invocou a musa não para cantar a própria terra, mas a dos outros. E nesse poema, que tem quase quinhentos versos, o ingrato poeta dedica apenas um verso ao rio natal, mencionando o reflexo das vinhas nas águas amarelas do Garumna.

— *Sic mea flaventem pingunt vineta Garumnam* — recitou Nolo.

— Muito bem, Carbri — disse Tatheus. — Pelo menos como estudioso da poesia profana não tenho queixas de ti.

— Devo isso, pelo que vale, a ti, *pater* — disse Nolo —, que me obrigaste a ler e a imitar as mais diversas descrições de rios que se encontram na obra dos mais diversos autores. Foram tantos os poemas de rios que li por ordem tua que neles quase aprendi a nadar. E num deles, *pater*, que tratava de um *ebrius amnis*, lembro-me bem que dizíamos, nós alunos, uns aos outros, que saíamos da leitura bêbados como duques, pois não era água que fluía nesse rio mas vinho Falerno.

## 45. Hidra

A placidez do jardim agradou muito aos três copistas. À noite, antes de se recolherem para dormir, retornaram ao mesmo local e ali, misturados às sombras da noite, sentaram-se algum tempo sem dizer palavra, olhos postos sobre as águas pardacentas, ouvidos embalados pelo murmúrio da corrente, sacudida, vez por outra, pelo farfalhar de um peixe.

No silêncio da noite e dos homens Grim abriu a porta do pensamento e deixou as idéias entrarem voando como abelhas. Daí a pouco voejou-lhe mente adentro a palavra grega *hydor*. Embora conhecesse muito pouco da acidentada língua cambrense, Grim ouvira um erudito dizer certa vez que havia estreita relação entre essa língua e a língua grega. Lembrava que ouvira, entre os termos citados durante a argumentação, a palavra cambrense *dwfr*, que, segundo o erudito, mostrava claro parentesco com seu equivalente grego, *hydor*.

— Acreditas, *pater* — perguntou ele a Tatheus —, que haja uma relação de parentesco entre a língua cambrense e a grega?

— Acredito — disse Tatheus. — Após a queda de Tróia três povos conseguiram escapar da Ásia Menor para diferentes partes da Europa: os romanos, comandados por Æneas; os francos, por Antenor; e os bretões, por Brutus. Dessa ascendência provêm a grande coragem dessas três nações, sua magnanimidade, sua presença de espírito e sua capacidade de expressar as próprias idéias e pensamentos. Dos três, porém, apenas os bretões conservaram o vocabulário e as propriedades gramaticais de seu idioma original, o grego. Isso ocorreu porque, depois da destruição de seu país, eles permaneceram muito tempo como prisioneiros na Grécia e só bem mais tarde emigraram para o oeste. Por isso muitas pessoas na Câmbria têm nomes gregos, como Œneus, Rhesus, Æneas, Hector, Achilles, Heliodorus, Ajax, Odysseus, Helena, Elissa, Gwendolena, e muitos outros, que fazem lembrar os tempos antigos. Quanto ao vocabulário, basta dizer que sal em grego é *hals*, em cambrense, *halen*; *mis* é eu e *tis* é tu em grego, em cambrense, *mi* e *ti*; *ónoma* é nome em grego, em cambrense, *enw*; *pénte* e *déka*, em grego, cinco e dez, e em cambrense, *pump* e *deg*.

— E água, que em cambrense é *dwfr* — disse Grim —, em grego é *hydor*.

— Exatamente — concordou Tatheus. — A respeito da relação entre ambas as línguas escrevi um pequeno tratado, que podes ler na biblioteca de Lom, quando voltares.

— E o monstro de nove cabeças morto por Hércules? — perguntou Grim. — Por que se chama também hidra?

— Segundo se lê em Isidorus — respondeu Tatheus —, o monstro chamado hidra nunca existiu senão na lenda. Na verdade Hidra era o nome de um lago, também chamado lago de Lerna, cujas águas transbordavam com freqüência e inundavam nove cidades argivas situadas nas vizinhanças. Coube a Hércules aterrar o lago e assim impedir novas inundações. Daí o que nada mais era que um fenômeno natural foi transformado na lenda de um monstro de nove cabeças. Ambrosius compara à hidra a heresia. Diz ele: A heresia, como a hidra da lenda, se desenvolve com os ferimentos que recebe; quanto mais é ferida, mais se multiplica; para que pereça devemos entregá-la ao fogo e às chamas.

Aí Grim tomou ânimo e começou a contar a Tatheus tudo que Valentin Barra e seu primo lhe haviam contado no navio sobre os bons cristãos. Tatheus ouviu todo o relato num silêncio sombrio.

— Essa gente matricida ainda provocará a destruição da Santa Igreja — exclamou ele. — Esses hereges negam tudo que é sagrado para nós. Negam que Cristo tenha sido o filho encarnado da Virgem, porque, segundo alegam, Cristo já existia e sempre existira, por toda a eternidade, antes de Maria nascer. Alegam que Cristo nada mais fez do que usar o ventre da Virgem como um ninho, e que ali permaneceu como uma sombra, sem extrair nada dela. Negam que Cristo comesse ou bebesse, e que nem mesmo na última ceia não comeu nem bebeu, embora parecesse que sim. Negam que se possa jurar pelos Evangelhos, mas só por Deus. Negam que se deva venerar a cruz, porque sobre a cruz foi praticado em Cristo o ultraje da crucificação. Afirmam que a Igreja de Deus só está onde houver um bom cristão, porque nele está a Igreja de Deus, e não nos outros homens. São todos mentirosos, corruptos, lascivos e ignorantes. Uma vez vi dois desses hereges sendo interrogados pelo famoso bispo de Sexonas. O ofício de um bispo é governar a cristandade e corrigir tudo aquilo que se desvie da prática cristã. E quando o bispo os acusou de formar congregações fora da Igreja e de serem hereges segundo informações dos próprios vizinhos, um deles respondeu: Não leste, senhor, o que está escrito no Evangelho, *beati eritis*? Ignorante como era, ele pensava que *eritis* significasse *hereges*, e entendia a frase não como "sereis felizes", mas sim, "felizes os hereges". E acreditava também, o pobre analfabeto, que os hereges eram chamados *eritis* em latim por que eram os *herdeiros* de Deus.

— Já ouvi dizer — disse Nolo — que esses hereges costumam deitar-se homem com homem e mulher com mulher.

— A verdade é que a depravação dessas pessoas não tem limites — disse Tatheus. — Seus encontros se realizam em catacumbas secretas e em celeiros abandonados. Ali uma meretriz, inteiramente nua, põe-se de quatro no chão e, assim dizem, cada um dos presentes segura uma vela junto ao traseiro da mulher para que ela apague a chama com um peido. Depois que todas as velas se apagam, grita-se "Caos" de todos os lados e aí cada homem se deita com a primeira mulher em que puser a mão. E não é só isso. A criança que nasce dessas uniões é logo levada de volta ao lugar onde foi concebida. Sentam-se todos ao redor de uma grande fogueira e a criança é passada de mão em mão e, por fim, atirada às chamas. O corpinho carbonizado é reduzido a cinzas, e as cinzas usadas para assar um pão. Cada pessoa recebe uma fatia do pão como uma hóstia do diabo, de modo que quem participa desse sacramento infernal jamais abandona aquela heresia.

Grim não sabia o que dizer diante de tanta perfídia; Nolo escutava com um meio sorriso de incredulidade nos lábios.

— Os hereges — disse Tatheus — são mil vezes piores que os infiéis e os pagãos. Tende muito cuidado para não perderdes vossas almas por causa deles.

## 46. Cemitério

Na tarde do dia seguinte, Tatheus, acompanhado por Ursus Fitzursulus, foi ao mosteiro de Santa Cruz, que ficava no outro lado da cidade, para tratar de negócio de interesse do conde Rhesus, filho da condessa Betres. Quanto aos dois noviços, a conselho de Tatheus foram visitar o subúrbio de São Severino que, com as três grandes basílicas de Santo Estêvão, São Severino e São Martinho, e o grande cemitério localizado no meio delas, assemelhava-se a uma cidade santa e recebia grande número de peregrinos. De alguns desses peregrinos que circulavam devotamente entre os velhos túmulos Grim extraiu preciosíssimas informações. Disseram-lhe que o próprio Cristo havia consagrado o cemitério de São Severino e que ali se achavam os túmulos de Santa Verônica e de alguns dos paladinos de Karolus Rex, rei dos francos. O próprio rei, quando viera combater sarracenos próximo a Burdigala, visitara a igreja de São Severino e ali depusera, sob o altar-mor, a maravilhosa trombeta do cavaleiro Rolandus.

Com seus modos sedutores, Nolo obteve de uma jovem burdigalense um pouco de vinho e uma côdea de pão, que dividiu com Grim para que a mulher lhe apreciasse o bom coração; daí resultou que ela deu-lhes outro pouco de vinho e outra côdea de pão. Conversaram os três enquanto comiam. A mulher fora rezar diante do túmulo de Athanasia, uma anacoreta que a inspirava a seguir o caminho da virtude e da caridade. Grim nunca ouvira falar dessa anacoreta, e assim a mulher contou esta história:

Athanasia e seu marido Andronicus, depois da morte dos filhos, decidiram separar-se e viver o resto de suas vidas como ascetas. Depois de passar doze anos num mosteiro, Athanasia fez uma peregrinação a Jerusalém. No caminho encontrou o marido, que ia também como peregrino à Terra Santa. Os doze anos de privações voluntárias no mosteiro de tal forma haviam desfigurado Athanasia que o marido foi incapaz não só de reconhecê-la como também de reconhecer nela uma mulher. Percebendo o engano de Andronicus, aquela que fora sua própria esposa apresentou-se a ele como Athanasius, consolidando assim o equívoco dele. Viajaram juntos e juntos percorreram todos os santos caminhos de Jerusalém e de toda a Judéia. No regresso à França, Andronicus propôs a seu *companheiro* que continuassem juntos. Athanasia, ou melhor, Athanasius concordou sob a condição de que observassem um rígido voto de silêncio. Assim fizeram durante doze anos, até que Athanasia adoeceu para morrer. E só aí, nesse momento último, descobriu Andronicus o verdadeiro sexo e a verdadeira identidade de seu companheiro de desterro.

Grim pôs-se todo comovido com a história do casal de anacoretas, a ponto de, em sinal de agradecimento, beijar as mãos da jovem mulher, exclamando:

— Deus reuniu outra vez aqueles que se tinham separado por amor a Ele!

Nesse momento surgiu o marido da burdigalense. A princípio irritado, porque vira Grim beijar as mãos da esposa, logo se tranqüilizou diante da evidente inocência de Grim e da eloqüência melíflua de Nolo. Separara-se da mulher para ir rezar à sepultura de Macarius, anacoreta de sublime virtude que vivera alguns séculos antes nas vizinhanças de Burdigala. A pedido de Grim, o homem contou um fato que ocorrera com Macarius e que, não fosse a presença de inúmeras testemunhas, ninguém se arriscaria a aceitar como verdadeiro.

Macarius construíra sua cela no meio de uma floresta. Mais tarde, crescendo-lhe a fama de santidade e, em conseqüência, o número de visitantes a perturbar-lhe a solidão, cavou ele mesmo um túnel que se estendia, por meio estádio, de sua cela até uma caverna na extremidade da floresta. Sempre que uma multidão viesse procurá-lo, ou quando, por qualquer motivo, quisesse ausentar-se do mundo, esgueirava-se pelo túnel e escondia-se na caverna, onde ficava a salvo do convívio humano. Seus discípulos disseram, depois de sua morte, que o túnel era tão comprido que Macarius dizia vinte e quatro preces enquanto se arrastava da cela até à caverna e outras vinte e quatro no regresso da caverna à cela.

Esse, pensou Grim, foi mais sábio que o pobre Martinianus em sua busca de solidão e em seu distanciamento do mundo.

Ora, prosseguiu o devoto burdigalense, certo dia chegou diante da cela de Macarius um homem que vinha de Vasates e conduzia uma elegante égua branca por uma corda atada ao pescoço. Na época já um séquito de discípulos havia assumido o *governo* da pessoa de Macarius, e um deles, vendo o homem e sua égua, interpelou-o com severidade, dizendo: Por que trouxeste aqui esta égua? Por escárnio, talvez, ou por desrespeito ao santo? O homem respondeu: Trouxe-a para que receba o socorro da bênção do santo. Agregaram-se em torno do homem e do animal os discípulos e ouviram este relato: três dias antes, ao acordar pela manhã, o homem achara em vez da mulher uma égua deitada ao seu lado no leito conjugal. A princípio não soube como explicar aquele fenômeno, mas aos poucos foi juntando uma coisa a outra e entendeu que aquela égua era sua própria mulher convertida em égua. Os discípulos de Macarius perguntaram por que pensava assim. Em primeiro lugar, respondeu o homem, porque minha mulher desapareceu; em segundo lugar, porque esta égua não é minha nem de nenhum dos meus vizinhos; finalmente, em terceiro lugar, porque a égua, além de ser alva como minha mulher, tem, como ela, olhos verdes e, dizei-me, quando e onde já vistes uma égua de olhos verdes?

Os discípulos admitiram que nunca em lugar nenhum. O homem, prosseguindo, explicou que já fazia três dias que sua mulher não aceitava comer nada, nem forragem como égua nem pão como ser humano. Assim, temendo a morte da esposa por inanição, ocorreu-lhe trazê-la à presença do santo na esperança de cura, e é por isso que estava ali, e não por escárnio nem por desrespeito.

Um dos discípulos penetrou imediatamente na cela em busca de Macarius. O santo acabara de voltar de sua caverna secreta, onde estivera exatamente rezando por aquela mulher, pois Deus havia revelado a ele toda a estranha matéria. Assim, quando o discípulo começou a falar sobre o homem e a égua que estavam lá fora à espera dele, o santo interrompeu-o: Não égua, mas mulher, e *equi* sois vós, que tendes olhos de cavalos. Saiu então Macarius e veio ver o disparatado casal. Ali revelou que um vizinho do casal, apaixonado por aquela mulher, e incapaz de seduzi-la, consultara um encantador e pedira: Faze com que ela me ame, ou com que o marido a rejeite. E o encantador, mediante uma grande soma de dinheiro, usara sua arte mágica para metamorfoseá-la em égua, pois desse modo seria fácil tirá-la do marido.

O que fez então o santo? Benzeu um cântaro com água e, derramando-a sobre a cabeça da égua, pôs-se a rezar. Mal terminara a prece, deu-se a maravilha: ali, diante dos olhos de todos, esvaneceu-se a égua e ressurgiu a mulher. Ressurgiu faminta, e que tinha fome foi a primeira coisa que disse ao desfazer-se o encantamento. Macarius ordenou que lhe dessem alimento, que ela devorou com avidez. Feito isso, o santo advertiu-a: Não abandones a igreja, nem te afastes da comunhão. Pois estes males advieram-te porque há cinco semanas não compareces à igreja nem participas da sagrada comunhão. Aí mandou-a de volta para casa com o marido.

O homem teria contado outros milagres operados por Macarius, mas Nolo alegou que mestre Tatheus os esperava e arrastou Grim para fora do cemitério.

— Estou perdendo o faro — queixou-se ele. — Como pude pensar que aquela *scortula* fosse fácil de seduzir?

— Não tens vergonha de chamar de putinha mulher tão virtuosa? — censurou Grim.

— Se ficássemos dois dias em Burdigala — respondeu Nolo — eu te provaria que é isso que ela é, pois a convenceria a foder não só comigo mas contigo também.

— Nolo — disse Grim —, não tem limites a tua depravação?

— Não, graças a Deus — replicou Nolo.

## 47. Poesia

Na volta, ainda fora da cidade, pararam numa *bibitoria* à beira do caminho para matar a sede. Grim tinha a cabeça cheia de anacoretas machos e fêmeas e de santos e santas; parecia-lhe um portento que tivesse pisado a mesma terra que agasalhava o sagrado corpo de Verônica, a santa que enxugara com um sudário o suor e o sangue do rosto de Cristo. Nolo, com desdém, retrucou que mais prezava as musas que as santas. Se pretendo escrever um poema em hexâmetros adornados a intervalos com rimas leoninas, não adianta invocar Santa Verônica nem Santa Benedita: se quero um poema limpo e perfeito, é Santa Clio, é Santa Calíope que me cabe invocar. Porque sou, sou, e sou poeta, mais que homem de religião. Grim já começava a acostumar-se com as irreverências de Nolo e a ouvi-las sem escândalo. Ouviu também com tolerância o outro declamar um poema sobre as nove musas:

Clio rememora as eras passadas sem freio na língua.
A flauta de Euterpe canta com duplo sopro.
Tália, de bom grado, calça as chinelas dos atores.
Melpômene, aos brados, se acalora com iâmbicos trágicos.
A lira dourada de Terpsícore proclama o esplendor.
Érato compõe melodias dedilhando as cordas.
Polínia estuda as bruscas e variadas emoções.
Urânia examina no céu estrelas sem conta.
Calíope confere guirlandas aos melhores poetas.

— Este poema não é muito bom — disse Nolo —, mas também não é muito ruim.

— Não sejas modesto — contrapôs Grim. — É um bom poema.

— Não, não é — replicou Nolo. — E não fui eu que o escrevi, foi o poeta Florus.

Então Grim perguntou que espécie de poesia ele, Nolo, costumava escrever. Nolo disse que duas espécies: uma para agradar a Tatheus, outra para agradar a si próprio.

— A primeira — explicou — inclui poemas sacros em homenagem à Virgem e aos santos, que produzo de modo tão mecânico como urina. Estes ponho por escrito em pergaminho e submeto ao julgamento, ou direi melhor, ao *entusiasmo* do mestre. A segunda inclui poemas profanos, que componho com muito esforço e muita diligência, e também com imenso prazer. Estes ponho por escrito na minha memória e, quando posso, murmuro-os aos ouvidos de meus amigos e de minhas amigas.

Nolo sorriu malicioso e acrescentou:

— Há ocasiões, porém, em que é possível combinar uma espécie e outra. Em minha convivência com Tatheus, cedo percebi que, quando a matéria é bíblica, ele não ousa censurar nenhum poema. Então compus um poema sobre a pobre Dina, filha de Jacob, lembras-te dela?

Grim disse que não.

— Nunca leste a Bíblia direito? — repreendeu Nolo.

— Ao contrário — replicou Grim. — Se quiseres, posso enumerar-te os nomes dos doze filhos de Jacob, com as respectivas mães, desde Rubem até Benjamim. Mas nunca soube que Jacob tivesse uma filha.

— Se não conheces a filha de Jacob — retrucou Nolo com desdém — não conheces a Bíblia direito. Pois aprende, capadócio, que Dina era uma moça belíssima que provocou no príncipe Sichem, filho de Hemor, o heveu, uma paixão tão grande que o forçou a violentá-la no deserto. E sobre ela fiz um bom poema de que muito me orgulho. Para amenizar a matéria aos olhos de Tatheus, referi-me à moça como "estulta menina", e incluí versos edificantes como "teu estupro solicitas, se ao homem não evitas", e trabalhei, na última parte do poema, em dezenas de estrofes, a sangrenta conseqüência da nefasta paixão do príncipe, pois os filhos de Jacob vingaram a desonra da irmã massacrando todos os homens do país dos heveus. Mas por outro lado caprichei nos versos que descrevem a paixão do príncipe, o assalto à virgem, as vestes arrancadas, o corpo alvo e imaculado como as areias do deserto, o gládio de carne palpitando em sua fúria gloriosa, as areias do deserto regadas pelo sangue e pelas lágrimas da virgem. Ah, *frater*, escrevi cada um desses versos como se eu fosse o próprio Sichem, e juro-te que senti a mesma paixão que ele, a mesma fúria, o mesmo êxtase. Pus em seus lábios belas palavras de amor e de lascívia e, ao morrer nas mãos cruas de Levi, um brado de desafio: "Se, ao assaltar a virgem para roubar-lhe as delícias do corpo, um profeta então me fizesse ver que pagaria aquele prazer efêmero com a minha vida e a de meu pai e a de todos os meus conterrâneos, teria respondido: É pouco, é muito pouco, por um prazer tão absoluto." Mas tive o cuidado de interpretar essas palavras como sinal da incurável loucura da paixão carnal e de projetar o pobre Sichem nas profundezas do inferno, de modo que Tatheus nada pôde censurar no poema, que no geral estava de acordo com o relato bíblico. Mas perguntou-me: Se queres usar episódios bíblicos como motivo de poesia, por que não usas a história de Rute ou a de Jonas? Respondi que preferia motivos, como a história de Dina e a de Tamar, ainda não explorados por outros poetas. Lembras-te, capadócio, da bela Tamar, filha de David e irmã de Absalão?

Grim foi obrigado a responder que não se lembrava dela.

— Pois Tamar, a filha de David, era uma das mais belas virgens de Canaã — disse Nolo — e inspirou paixão imensa em seu meio-irmão Amnon, que a atraiu à sua câmara e, abusando dela, a deflorou. Quando ainda era um aprendiz de poeta fiz sobre a matéria um poema intitulado *De incestuoso stupro ab Amnone propriæ sorori illato*. Não esqueci, certamente, de descrever com palavras de louvor a justa vingança de Absalão contra Amnon, que, como Sichem, pagou com a vida a sua paixão: as virgens bíblicas sempre têm irmão, ou irmãos, para punir com dureza os seus estupradores. Com tudo isso, Tatheus foi obrigado a elogiar o poema, embora me dissesse que sentia ali influência de Ovidius mais do que do Antigo Testamento.

Nolo pediu mais vinho. Não parava de beber nem de falar:

— Seja como for, gosto mesmo é de escrever poemas de amor. Já no tempo de estudante Tatheus permitia que às vezes beliscássemos o tema, e fiz versos que hoje muito me envergonham. Coisinhas pueris como

queixou-se à amiga moribunda o amigo:
ou morrerei contigo, ou viverás comigo.

Ah, vês como meu rosto enrubesce de vergonha? Mas obrigo-me a dizer tais versos para nunca esquecer que já fui um dia franguinho sem penas, e que se cheguei onde estou é porque sempre fui humilde e estudei e trabalhei arduamente. Hoje sou capaz de compor poemas como este:

Por que me pedes, menino,
por que ordenas, filhinho,
que eu componha um poema
se vivo longe exilado
no mosteiro?
Por que me mandas compor?
Pois muito mais, pobrezinho,

me praz chorar, rapazinho,
mais chorar do que compor
o que me pedes: poema
de amor.
Por que me mandas compor?

— É um belo poema, Nolo — admitiu Grim.

— Bem sei que é — disse Nolo. — Reparaste como é original o esquema rítmico que empreguei? Os dois primeiros versos são iâmbicos e os demais, trocaicos. Reparaste? *Sum, sum, sum vates*!

— Certamente agradou muitíssimo — disse Grim — ao coração do amigo a quem o dedicaste.

— Não sejas inocente — disse Nolo. — Para iludir Tatheus enderecei o poema a um *puerulus*, mas na verdade uma *puellula* muito formosa é que me inspirou a escrevê-lo. Ela pediu-me um poema e, em troca, deu-me sua *caixinha*, como ela mesma, por puro pudor, dizia. Pois esse é um dos lucros da nossa oficina de sapateiros poéticos, Grim: a sedução de *puellæ* virgens e ingênuas, que chamam de *pyxis* o que chamamos de *cunnum*. Já perdi a conta das moças que seduzi cantando para elas poemas como este. E muitas vezes, à falta de novos poemas, seduzi uma Corinna aqui, uma Galatea ali, cantando o mesmo velho poema que jurava, a cada uma delas, com palavras religiosíssimas, ter escrito inspirado por sua beleza e por sua doçura.

— És um grande mentiroso — resmungou Grim.

— Mentira? O que é a mentira? — perguntou Nolo. O vinho já lhe subira à cabeça. Aí cantou, em voz bem alta, este poema:

Por pior que seja ter dinheiro,
É ruim também deixar de tê-lo;
Por pior que seja a arrogância,
A modéstia é ruim também;
Por pior que seja falar pouco,

É ruim também falar demais;
Lá fora é ruim manter amante?
Manter esposa em casa é também;
Quem dirá que o que digo é mentira?
Quem se atreve a dizer o contrário?

## 48. Botheler

Um homem sentado a outra mesa havia acompanhado com atenção toda a arenga de Nolo. Declamado o poema, ele repetiu, de sua mesa, os dois últimos versos:

Quem dirá que o que digo é mentira?
Quem se atreve a dizer o contrário?

E disse:

— *Carissimi*, toda a minha vida só falei a verdade, mas posso dizer que falar a verdade é coisa muito perigosa.

— Junta-te a nós — convidou Nolo.

O estranho veio sentar-se à mesa dos noviços e apresentou-se como Arnaud de Bazas. Mas meus amigos, acrescentou ele, chamam-me Botheler. Começaram a conversar, usando às vezes o latim, às vezes o francês, e às vezes uma mistura das duas línguas. Por acaso foste copeiro em Bazas, perguntou Grim, para te chamarem Botheler? Chamam-me Botheler, disse Arnaud, porque não posso viver sem uma garrafa. E que fazes tu, Arnaud, perguntou Nolo, além de beber? Pela graça de Deus, disse Arnaud, vejo as almas dos mortos e converso com elas.

Nolo e Grim fizeram o sinal-da-cruz; Arnaud sorriu; Nolo disse:

— Se é verdade o que dizes, o que vês não são as almas dos mortos, mas sim fantasmas diabólicos.

— Não — disse Arnaud, com segurança. — Há dez anos Deus me deu o dom de ver as almas dos mortos e conversar com elas. Porque as almas caminham de dia pelas estradas e passam a noite nas igrejas. De manhã saem das igrejas e voltam a vaguear pelas estradas, especialmente se o tempo está bom, e procuram outras igrejas para passar a noite. Fazem isso como penitência. Algumas andam com rapidez, outras com vagar, de acordo com a maior ou menor penitência que têm de cumprir. As almas dos usurários andam rápido como o vento. Já as almas dos judeus andam de costas, mas nunca vi nenhuma delas entrar numa igreja.

— Conversaste com muitas almas nesses dez anos? — perguntou Nolo.

— A primeira que vi — respondeu Arnaud — foi a alma de Hugues de Durfort, cônego de Pamiers, que morreu dez anos atrás. Foi também a primeira com que conversei. Cinco dias depois de sua morte, eu estava dormindo em minha cama quando acordei no meio da noite e vi um cônego de sobrepeliz, com um capuz na cabeça; vi-o à luz do fogo, e no entanto estava certo de que apagara o fogo antes de ir para a cama. Fiquei com medo e perguntei ao cônego quem era ele e por que estava ali. Ele respondeu que era Hugues de Durfort. Eu disse: Tu estás morto, e pedi-lhe que fosse embora. Ele disse: Não tenhas medo; não vim fazer-te nenhum mal. E: Vai amanhã ao claustro de Saint-Antonin, quero encontrar-te lá para falar contigo. E desapareceu.

— *Magne Deus* — exclamou Grim, e fez de novo o sinal-da-cruz.

— Na manhã seguinte — continuou Arnaud — fui até o claustro e encontrei o cônego descansando à cabeceira da própria sepultura. Estava de sobrepeliz e capuz na cabeça, como na noite anterior, e tinha a mesma forma e aparência que tivera em vida. Fui até ele, tirei o chapéu e saudei-o. Ele retribuiu minha saudação. Eu disse: Espero que Deus te dê o paraíso; ele replicou que esperava entrar no paraíso dentro de pouco tempo. Depois pediu-me para dizer a Brunissende, que era sua irmã, que mandasse celebrar três missas pela sua alma, pois isso o ajudaria a ir para o lugar de Repouso. E logo depois desapareceu.

— E o que aconteceu então? — perguntou Nolo.

— Fui falar com Brunissende — disse Arnaud — e contei-lhe tudo, e ela prometeu que mandaria celebrar três missas pelo irmão. Antes que ela o fizesse, ainda vi o cônego uma vez. Ele me perguntou: Falaste com minha irmã? Eu disse que sim. Depois que foram rezadas as missas, nunca mais o vi; deve ter ido para o Repouso.

— Para o Repouso — murmurou Nolo.

— Estou com sede — disse Arnaud. — Podeis pagar-me um copo de vinho?

— Não temos mais dinheiro — disse Nolo. — Mas, se quiseres, Arnaud, podes beber o que resta em nossos copos.

Arnaud não perdeu tempo em esvaziar os copos de ambos os noviços.

— Conta-nos mais — disse Nolo. — Tenho muito interesse nas palavras ditas pelos mortos.

— Por esses dias — disse Arnaud — também vi no claustro a alma de Hugues de Rous, cônego da mesma igreja, que morrera muito tempo antes de Hugues de Durfort. Ele estava de sobrepeliz e tinha um capuz na cabeça, e sua pessoa continuava do mesmo tamanho e da mesma forma que tivera em vida. Saudei-o e perguntei como estava. Ele respondeu que estava bem, e que confiava em Deus que logo iria para o lugar de Repouso. Mas não me pediu nada, e nunca mais o vi.

— Deve ter ido para o Repouso — disse Nolo.

— Essa é também a minha opinião — disse Arnaud. — Algum tempo depois entrei no claustro da igreja de Saint-Antonin e vi ali a alma do cônego Athon d'Unzent. Ele estava de sobrepeliz e capuz na cabeça e tinha a mesma forma e aparência que tivera em vida. E me disse: És tu, Botheler? Eu respondi: Sim, sou eu; Deus te dê o paraíso. Ele disse: Eu e os outros mortos, assim como vós que ainda estais vivos, logo estaremos todos no paraíso. Nenhuma alma será condenada até o dia do Juízo, nem o será depois, porque Cristo fez os homens à sua própria imagem e os redimiu com seu próprio sangue. Não tenhas medo de perder a alma, nem tu nem os outros, e reza por mim.

— Foi isso que ele disse, Arnaud? — perguntou Nolo. — Essas mesmas palavras?

— Sim — respondeu Arnaud. — Ninguém será condenado até o dia do Juízo, nem o será depois.

— Isso é heresia — murmurou Grim, arrepiado.

— Isso é palavra de cônego — disse Nolo. — E cônego morto, ainda por cima, que já passou para o outro lado e sabe melhor do que o papa as coisas do lado de lá.

— Isso para mim é heresia — insistiu Grim. — Vivos ou mortos, os hereges só dizem absurdos. Uns dizem que só os bons cristãos serão salvos; outros, que todos os homens ganharão o paraíso. Nada disso faz sentido algum.

— Não sabes de nada — disse Nolo. E perguntou a Arnaud: — Mas nunca viste a alma de outras pessoas senão de cônegos?

— Claro que vi — disse Arnaud. — Quatro anos atrás, fui à missa na igreja de Saint-Antonin e vi, logo depois da missa, perto do lugar onde fora sepultado, o bispo de Pamiers, Bernard, vestido em seus paramentos, com mitra branca na cabeça. Assim que o vi curvei o joelho diante dele e o saudei, dizendo que a graça de Deus estivesse com ele e que Deus lhe desse o paraíso. Ele replicou: Espero em Deus que ele dará o paraíso a mim e a todos, e que Cristo seu filho dará a todos aquilo que lhe rogarem. Depois disse que me pagara muito mal os serviços que lhe prestara em vida, e que estava arrependido. Por fim pediu-me para dizer aos seus que rezassem a Deus por ele, porque assim em pouco tempo entraria no lugar de Repouso.

— No lugar de Repouso — repetiu Nolo, e seu rosto se iluminou.

— E no ano passado — continuou Arnaud —, pouco tempo antes da festa de São João Batista, logo depois da missa, vi a alma de Pierre Durand, cônego de Pamiers, no coro da igreja de Saint-Antonin.

— Outro cônego — disse Grim, com ironia pouco habitual nele. — Certamente estava de sobrepeliz e capuz na cabeça.

— Como queres, idiota — interveio Nolo —, que se apresente diante dos vivos a alma de um cônego a não ser de sobrepeliz e capuz na cabeça?

— Assim que me viu — disse Arnaud, alheio à troca de palavras entre os noviços — ele disse: Ah, Botheler, bem-vindo! Eu respondi que esperava que Deus lhe desse a graça do paraíso. Ele disse que Deus daria essa graça a ele e a todos os fiéis cristãos. Aí perguntei como estava e ele disse: Estou muito bem agora, mas estive num lugar terrível. Então perguntei: Que lugar? E ele respondeu: Caminhei através do fogo do purgatório, que é ardente e terrível. Mas só atravessei o fogo e saí correndo, não fiquei nem o tempo de dizer uma ave-maria. Esse cônego foi o primeiro que me falou que esteve no purgatório. Vi-o outra vez no altar-mor da igreja e depois não mais; porque acredito que ele já esteja no lugar de Repouso.

— E todos esses mortos — disse Nolo — disseram-te que não é preciso ter medo da condenação eterna no inferno?

— Todos, sem exceção — respondeu Arnaud —, disseram-me que, para se livrar do inferno, basta ser fiel cristão e confessar-se e arrepender-se, porque Cristo fez a nós todos à sua imagem e semelhança, e deu em sacrifício por amor a nós o corpo e o sangue.

— Conta mais, Arnaud, conta mais — disse Nolo.

— Vi também o falecido Pons Bru ano passado em La Barrière, saindo da igreja com muitos outros mortos, talvez uma centena deles. Pons pediu para dizer à sua viúva que pusesse uma libra de óleo nas lâmpadas das igrejas de La Barrière, de Camp e de Mercadal, e desse alimento para um dia a três mendigos, e por fim mandasse celebrar uma missa por sua alma, que com isso ele poderia ir para o Repouso. E pediu que dissesse à sua viúva que se comportasse bem, porque logo acharia outro bom marido.

— Não pode ser, Arnaud — exclamou Nolo. — Não ouviste bem o que ele te disse. Não existe marido que queira que sua mulher se case de novo.

— Não conheces os mortos — disse Arnaud. — Os mortos não têm os mesmos sentimentos mesquinhos que têm os vivos.

— E já viste, Arnaud, a alma de uma mulher? — disse Nolo.

— Decerto que vi — disse Arnaud. — As mulheres sentem grande prazer em visitar os netinhos. Três ou quatro anos atrás vi minha sogra:

ela veio visitar meu filho, que tinha cerca de dois anos. Ela o abraçou e beijou dizendo estas palavras: Deus te abençoe e faça de ti um homem honesto. E depois desapareceu.

— E quem mais, Arnaud? — insistiu Nolo.

— No ano passado, logo depois do Natal, vi a alma de Barcelone, a mãe de Arnaud de Calmelles, na igreja de Saint-Antonin. Pediu-me para procurar Marguerite, a filha dela, e dizer-lhe que muito se arrependia de tê-la aconselhado a não voltar para a casa do marido. Porque não o fizera pelo bem da filha, mas porque não queria abrir mão dos serviços que ela lhe prestava em casa. E me pediu para dizer à filha que voltasse para o marido e rezasse pela sua alma. Depois disso não vi mais a alma de Barcelone, porque creio que foi para o Repouso.

— Nunca viste a alma de uma prostituta? — perguntou Nolo.

— Não — disse Arnaud. — Mas vi a alma de uma adúltera, também chamada Barcelone. Ela vinha da igreja de Saint-Paul les Allemans com os braços nus, e aí me disse: Botheler, não deviam ter-me sepultado com os braços nus. Olha só como tenho de andar agora. Concordei que não lhe ficava bem andar com os braços nus. Então ela me pediu para ir ver Brune d'Ecosse, sua mãe, e dizer-lhe para tirar a seda das vestimentas que deixara em casa e queimá-la, que assim essa seda lhe serviria para cobrir os braços. Mas não tive coragem de enfrentar a velha Brune.

— As mulheres são assim mesmo — disse Nolo. — Nem depois de mortas perdem a vaidade, mas se preocupam mais com as roupas do que com as próprias almas.

— Bem sabes, Arnaud — disse Grim —, que tudo que disseste é contra os ensinamentos da Santa Igreja. Se alguém te acusasse ao bispo e o bispo mandasse prender-te, o que dirias, Arnaud?

— Diria que acredito e sempre acreditei que todos os homens formados e feitos à semelhança de Deus e batizados com o Santo Batismo serão salvos. Diria que desde que adquiri consciência até hoje sempre acreditei e acredito que nenhuma alma humana há de entrar no inferno até o dia do Juízo. Também acredito que ninguém há de entrar no reino dos céus antes do dia do Juízo, a menos que seja uma pessoa muito santa, e acredito que as almas dos mortos, depois de cumprida a penitência, vão para o lugar do Santo Repouso. E acredito que a alma de uma pessoa que tenha recebido o sacramento do batismo nunca será condenada, mas que Cristo, por sua piedade e misericórdia, há de salvar todos os cristãos, por piores que tenham sido aqui na terra. Isso Athon d'Unzent me disse de sua própria voz e, se eu acreditava antes, com tanto mais fervor acredito agora.

— Dirias isso ao bispo, Arnaud? — perguntou Nolo, ébrio de admiração.

— Diria — disse Arnaud.

— Deus te abençoe — disse Nolo.

## 49. Estigma

Já era tarde. Os dois noviços se despediram de Arnaud e voltaram à hospedaria. Tatheus estava feliz de ter resolvido a contento o assunto do conde Rhesus. Repentinus, o escudeiro de Ursus, que folgara o dia inteiro com o pajem pela cidade, contou que tinham visitado todas as igrejas de Burdigala, sem exceção de uma só. Tatheus admirou-se. Repentinus esclareceu que lhes calhara a boa fortuna de acompanhar, do início ao fim, uma execução: o homem fora conduzido através da cidade numa carroça e açoitado à porta de cada igreja. Por fim levaram-no ao patíbulo e penduraram-no na forca.

— É uma boa maneira de visitar as igrejas de uma cidade — disse Ursus.

As histórias de Athanasia e de Macarius, contadas depois por Grim, foram ouvidas com atenção, mas não despertaram, a não ser em Tatheus, o mesmo interesse que o circuito das igrejas feito por Repentinus. Tanto que mais tarde voltou-se a esse assunto, e o escudeiro teve de descrever em detalhe o ciclo dos açoites e o comportamento do condenado, dos executores e da multidão que os acompanhava, e de historiar o que fizera o homem para receber tal castigo: matara por motivo fútil um homem dentro de uma igreja durante a missa.

Nolo não disse palavra a noite inteira. Parecia imerso em profundos pensamentos. Grim, por seu turno, nem teve coração para contar a Tatheus sobre o encontro com Botheler. Sentia a cabeça pesada de desgosto por ver-se a toda hora cercado de hereges e heresias. Vinha de uma ilha que sempre se mantivera intocada pelas pestes heréticas, apesar de, no tempo dos bretões, ter dado nascimento a Pelagius, que depois se tornaria um dos mais perigosos heresiarcas do Oriente. No tempo dos anglos e saxões, porém, e agora dos normanglos, nem a ilha gerara nenhum veneno de heresia nem recebera de outros países, por infusão, semelhante veneno. Não era de admirar: com o auxílio de Deus tinham sido adotados tais antídotos, na ilha abençoada, contra as serpentes que tentaram inocular ali o seu veneno que tão cedo elas não se arrogariam a entrar de novo no país.

Sua própria mãe contara-lhe a vitória inglesa sobre a heresia, pois assistira a isso com os próprios olhos. Quando ela era menina, cerca de trinta homens e mulheres entraram na ilha, vindos da Alamânia, com o fim de disseminar sua heresia. Seu guia, Gerardus, era o único dentre todos eles que tinha alguma tintura de estudo, pois os demais eram iletrados e tolos, assim como grosseiros e rudes: porque as vítimas da heresia são os rústicos e os ingênuos, que carecem de inteligência para compreender as falácias dos hereges. Esses hereges alemães, entretanto, depois de permanecer algum tempo na ilha, só lograram acrescentar a seu partido uma pobre mentecapta, que cedeu aos seus desatinos ou até, segundo dizem, aos seus encantamentos. Logo depois os hereges foram desmascarados e atirados no cárcere. Um concílio de bispos interrogou-os sobre os artigos da Santa Fé. Se deram respostas corretas quanto à substância da doutrina cristã, o mesmo não fizeram quanto aos remédios, ou seja, aos santos sacramentos, pelos quais Cristo se digna a curar as enfermidades humanas; o batismo, a eucaristia, o matrimônio, nada disso aceitavam, rejeitando assim a unidade católica. Admoestados a se arrepender e a reintegrar o corpo da Igreja, desdenharam todos os bons conselhos e riram das ameaças com que se pretendeu salvá-los através do medo. Os bispos não tiveram outra escolha senão condená-los como hereges e entregá-los à justiça secular. Foram então conduzidos ao castigo cheios de júbilo, seguindo o seu guia, que, caminhando a passo ligeiro, cantava "Abençoados sereis quando os homens vos odiarem." No local do castigo foi-lhes aplicada na fronte a marca da ignomínia herética, e a seu guia um duplo estigma, na fronte e no queixo, para assinalar sua autoridade. A seguir, rasgadas as vestes até a cintura, foram submetidos ao açoite; por fim, foram expulsos da cidade, e pereceram miseravelmente devido à inclemência da estação, pois a sentença continha um aviso ao povo: que ninguém pretendesse dar-lhes sequer o mínimo conforto ou ajuda.

Mas isso acontecera na Ânglia. A Europa, ao contrário, era terra maldita, assolada em todo canto pela pestilência herética. Na cama, à noite, Grim rezou para que pelo menos a Ungária estivesse livre de tais aberrações. Que a Ungária seja tão limpa e tão pura como a Ingária e a Ânglia, e que Broz seja um palácio de virtude como Dru, foi o que suplicou a Deus em suas preces.

# LIVRO III

# Itinerarium Burdigalense

## 50. *Loriol*

A Confraria do Livro da Condessa partiu de Burdigala no dia seguinte bem cedo. O cavaleiro ia montado num corcel atrevido e impaciente: um homem muito pequeno na sela de um animal muito grande. Os demais iam montados em mulas, pois as mulas de Burdigala sempre foram famosas por sua excelência.

Tomaram a estrada construída pelos romanos, a que, embora tenha leito de pedra, os franceses chamam de *caminho ferrado*. De Burdigala a Stomatæ são sete milhas; daí a Sirione, nove; daí a Vasates, oito. O cavaleiro pretendia dormir aquela noite em Vasates, e por isso exigiu dos companheiros o máximo vigor e energia. Todo o tempo que durou a marcha não cessou de gritar, de reclamar, de cobrir de impropérios os retardatários, de repreender a todo momento os membros religiosos da companhia, ameaçando abandoná-los à própria sorte se não fizessem um esforço para acompanhar-lhe o passo. Nisso tudo o cavalo, que se chamava Rhœbus, bufava e arfava irritado, como se secundando as queixas do dono.

Chegaram a Vasates rotos de cansaço. O sol se havia posto uma hora antes. Tatheus chamou Ursus à parte e, em tom firme, deixou claro que não tinha condições de viajar quinze milhas por dia, quanto mais vinte e quatro. E exigiu que estabelecessem como meta da confraria, a partir do dia seguinte, uma jornada de doze milhas.

— Que pode ser alterada para menos — acrescentou Tatheus — sempre que passarmos por lugares de grande interesse religioso, como é o caso de Sancti Gemini.

O cavaleiro regateou:

— Vinte milhas, *pater*, do contrário não chegaremos a Broz antes do inverno. Vinte milhas é uma jornada razoável até mesmo para religiosos.

Tatheus rebateu: Catorze. O cavaleiro pediu: Dezoito. Por fim concordaram em dezesseis milhas por dia, e Tatheus ainda se comprometeu a limitar seu interesse de peregrino a apenas três cidades — Tolosa, Nemausus e Sancti Gemini — no percurso entre Burdigala e os montes Gaura.

— Principalmente Sancti Gemini — salientou Tatheus. — Quero demorar-me um bom tempo na cidade onde morreu e está sepultado o beato Mauritius, fundador do nosso mosteiro de Lom.

Vasates — lugar que viu nascerem o pai do poeta Ausonius e o interlocutor de almas Arnaud Botheler — é uma cidade episcopal cercada de muralhas por todos os lados. Bem precisou delas para deter invasões tanto de visigodos como de francos, tanto de bascos como de sarracenos, tanto de austrasianos como de normandos. Há duzentos anos são senhores da cidade os bispos, que administram uma grande diocese que vai das margens do rio Larium às do Daglanium. Tatheus insistiu para que visitassem o castelo dos bispos, onde se situava a cidadela de Vasates. Depois visitaram a catedral. Assim descansaram um pouco dos esforços da jornada da véspera.

Depois de comerem, saíram de Vasates ao meio-dia. De Vasates até Tres Arbores são cinco milhas; daí a Oscincium, oito. Tres Arbores tem esse nome por causa de três gloriosos carvalhos que ali cresciam desde o tempo dos romanos, mas os viandantes só encontraram, muito idosos mas ainda cheios de vida, dois. Retomando a marcha, tiveram de atravessar, sob sol forte, toda a extensão de um longo vale, e chegaram à floresta do outro lado ofegantes e fatigados. À margem da floresta jazia o tronco de um castanheiro, que a força dos ventos arrancara do solo com raízes e tudo e derrubara ao chão. Tatheus, que mais que os outros precisava de descanso e de recobrar o fôlego, sentou-se sobre o tronco e brincou com os companheiros, dizendo:

— Qual de vós agora, meus bons irmãos, será capaz de confortar meus ouvidos cansados assobiando uma melodia?

Nolo tentou, e depois Grim, e depois Hector, mas nenhum dos três conseguiu extrair dos lábios nenhum acorde, porque também estavam sem fôlego depois da longa travessia através do vale. Tatheus riu e disse:

— Vós, embora mais jovens que eu, não sois capazes de soprar uma só nota. Eu seria capaz, se tentasse, mas não quero envergonhar-vos mais ainda.

Nesse momento um pássaro pôs-se a piar com voz canora num bosque próximo. O cavaleiro disse que devia ser um pica-pau verde, que se chama *pic* em francês: é pássaro notável pela rapidez com que, martelando forte com seu bico de ferro, abre um buraco na casca de um carvalho. Repentinus, o escudeiro, opinou que devia ser um pássaro das cerejas, chamado *loriol* em francês, notável pelas cores douradas e amarelas de suas penas, e que às vezes assobia com doçura em vez de cantar.

— Chama-se *loriol* — ensinou Tatheus — porque suas cores levam a crer que é um pássaro de ouro, que em latim se diz *aureolus*.

— Sim — concordou Repentinus. — Também o chamam de melro de ouro por essa mesma razão.

— Mas o *loriol* — disse o cavaleiro — nunca é visto por estas bandas.

— Se o *loriol* nunca vem à Gália — disse Tatheus com um sorriso — é pássaro muito sensato. Mais do que nós, pois nós não só viemos até aqui mas ainda pretendemos atravessar o país de fora a fora.

## 51. Oscincium

Oscincium, como muitas cidades da região, não possuía estalagem, nem havia nas redondezas algum convento onde os viajantes pudessem pernoitar. Ursus, porém, sabia o que fazer. Por ordem dele, o pajem partiu sozinho das três árvores para chegar mais cedo a Oscincium e providenciar acomodações da seguinte maneira: havia na cidade uma casa de má fama, de propriedade de um saxão de Excestria, e a esse homem Ursus mandou mensagem em que requeria, em poucas e suficientes palavras, que pusesse fora todas as meretrizes e limpasse e preparasse a casa para receber aquela noite a confraria da condessa.

O *lenocinator* conhecia muito bem o cavaleiro, que freqüentara suas meretrizes em mais de uma ocasião, e conhecia-lhe melhor ainda a índole autoritária e irascível, daí por que não vacilou em obedecer-lhe às ordens. Assim, quando a confraria chegou a Oscincium, o que na véspera fora prostíbulo já transcendera de prostíbulo a limpa e honesta estalagem, e de toda a legião de prostitutas que ali fazia sua vivenda o *lenocinator* conservara apenas duas ou três de gesto mais discreto e jeito mais pudico para servirem os hóspedes como copeiras e camareiras, advertindo-as de que, se a língua pronunciasse diante dos hóspedes qualquer palavra que não se pudesse ouvir na igreja, ele as faria pagar caro por isso; quanto às demais, inclusive a própria esposa, que antes fora prostituta e tinha a língua mais despudorada da cidade, o *lenocinator* fez levar a um estábulo que possuía fora da cidade para passarem a noite como bem pudessem na companhia de mulas e cavalos.

Os hóspedes, ao chegar, foram recebidos no vestíbulo com muita cortesia pelo *lenocinator*, que se dirigiu a eles na língua saxônica. Tatheus respondeu na mesma língua.

— Ah, quanta felicidade! — exclamou o homem. — Quanta felicidade provar outra vez na boca e nos ouvidos o sabor das palavras que minha mãe me ensinou em criança. Não há língua mais sonora neste mundo, senhores, os franceses que me perdoem!

O *lenocinator* levou seus hóspedes até o jardim, que era para ele motivo de grande orgulho. Depois de sentados à sombra de uma macieira surgiu uma moça de cabelos louros e peitos opulentos trazendo uma ânfora cheia d'água e toalhas. A um sinal do *lenocinator*, a moça se ajoelhou aos pés de Tatheus e lavou-lhe dos velhos pés ossudos a poeira do caminho. A seguir fez o mesmo com Ursus e com os demais membros da confraria.

A moça, segundo explicou o *lenocinator*, era uma *bogomila*, ou seja, búlgara, e falava mal o francês, a ponto de às vezes, por ignorância, confundir palavras puras e impuras, fazendo-o passar muita vergonha diante dos hóspedes. Tatheus se arrepiou e disse:

— Se é uma bogomila, deve ser uma herege maniqueísta!

— Não, não! — exclamou o *lenocinator*. — Seus pais ou avós talvez fossem, mas ela já foi purgada dessas falsas heresias. Comprei-a em Massilia de um mercador italiano, e posso afiançar-te, *pater*, que ela reza todos os dias e vai à missa todos os domingos e, *Deo gratias*, nunca vi em sua fala nem em sua conduta qualquer sinal de heresia.

— Ela mata ela própria as galinhas que prepara? — interveio Grim.

O *lenocinator* ficou surpreso com a pergunta, mas logo recuperou a presença de espírito e disse:

— Mas certamente, certamente que sim. E prepara-as tão bem, segundo deliciosas receitas de seu país, que os hóspedes costumam dizer, ao comê-las, que o rei de França, se se sentasse vendado para comer à minha mesa, juraria estar em seu palácio de Paris.

— Manda-a preparar uma galinha para nós — ordenou Ursus.

— Com prazer — disse o *lenocinator*.

Depois disso Tatheus quis subir aos seus aposentos. O *lenocinator* aproveitou para informar que, por acaso, não tinha nenhum hóspede no momento, situação, frisou, em que muito raramente se via a sua humilde estalagem em qualquer estação do ano. De qualquer modo, disse ele, como todos os meus quinze aposentos estão vagos, bem posso alojar cada um de vós num aposento individual. Tatheus replicou que não gastaria o dinheiro da condessa em tal superfluidade, mas o *lenocinator*, com largos gestos, retrucou que não cobraria por isso um *minimissimus* a mais do que se dormissem todos os sete e mais os cavalos e as mulas na mesma cama. Ora, *pater*, disse ele, com voz doce, vós sois da mesma nação que eu, cabe-me tratar-vos como se fôsseis filhos da minha mãe.

— Então aceitamos — disse Tatheus —, com uma condição.

— Qual? — perguntaram, ao mesmo tempo, Ursus e o *lenocinator*.

— Quero eu mesmo escolher os sete aposentos — respondeu Tatheus.

Assim, o *lenocinator* conduziu seus hóspedes por uma escada até o segundo andar. Ali havia sete câmaras. Tatheus entrou em cada uma delas, olhou tudo de cima a baixo, aspirou o cheiro de cada leito, bateu com os nós dos dedos nas paredes. Naquele andar escolheu três aposentos. Subiram mais um lance de degraus até o terceiro andar. Repetiu-se então a cerimônia em cada uma das oito câmaras que ali havia, e mais quatro aposentos foram escolhidos por Tatheus. Todo o processo levou mais de meia hora, e foi acompanhado com atenção pelo *lenocinator* e por todos os membros da confraria. Depois desceram todos ao andar térreo. Ali Ursus perguntou a Tatheus:

— Por que toda essa vistoria, *pater*? Já me hospedei aqui. Qualquer aposento é igual a outro.

Aí Tatheus contou uma história sobre o santo Nannan:

— Certa vez Nannan hospedou-se num mosteiro onde nunca estivera antes. Era dia ainda quando chegou, e os monges estavam todos entregues a seus afazeres, dentro ou fora do mosteiro. O abade acompanhou Nannan pelas diversas dependências da casa, feliz de poder mostrar a homem tão pio a ordem e o asseio que imperavam ali. No dormitório, diante de dezenas de leitos, todos iguais, um ao lado do outro, Nannan deixou-se ficar imóvel durante certo espaço de tempo. Depois, movendo-se ao longo do dormitório, tocou com os dedos em cinco dentre aquele sem-número de leitos desocupados. Depois disse ao abade: *Pater*, os irmãos que dormem nos cinco leitos em que toquei não escolheram a vida religiosa com pureza de coração, mas sim com falsos motivos e propósitos, contando que teriam aqui comida, bebida, e tudo mais de que necessitassem, em troca de muito pouco trabalho e de nenhuma devoção. O abade ficou maravilhado com a clarividência de Nannan, porque naqueles cinco leitos realmente dormiam os monges mais displicentes e preguiçosos do convento.

Nesse ponto Tatheus sorriu com modéstia e continuou:

— Sei que não me foi dado por Deus o mesmo dom que foi dado a Nannan, mas atrevi-me a esperar que talvez o próprio Nannan, lá do céu onde vive, pudesse inspirar-me na escolha dos aposentos que tenham sido ocupados pelos hóspedes mais piedosos que recentemente pernoitaram aqui. Porque numa estalagem se hospedam o vício e a virtude, e creio que é bem melhor dormirmos no leito onde ontem dormiu a virtude do que naquele onde dormiu o vício. Daí toda essa cerimônia a que de bom grado me submeti.

— *Pater* — disse o *lenocinator* —, não me lembro com segurança quem se hospedou nas outras câmaras, mas tenho certeza de que, na câmara que escolheste para ti, alojei por último uma viúva de impecável virtude e caridade.

Ursus lançou um olhar de censura ao *lenocinator*. Tatheus, porém, teve um frêmito de prazer ao ouvir isso. Então, erguendo os olhos para o alto, disse ele:

— Ah, bom Nannan, tu te dignaste a inspirar teu pobre e frágil discípulo! — E aí rendeu graças a Deus: — *Christo Theo qui est leo dicam: Deo grates geo*.

E recolheu-se emocionado ao seu aposento.

## 52. Ceia

À noite, durante a ceia, os hóspedes foram servidos à mesa por duas outras moças; eram ambas de pele clara, mas uma tinha cabelos louros, e a outra, cabelos negros. Grim ficou maravilhado ao ver as feições da moça de cabelos negros que, se não propriamente formosas, sugeriam um misto de inocência, inquietude e melancolia, atraindo-o de tal forma que foi tentado a olhá-la três vezes, o que era duas vezes mais do que Bedrus ou Tatheus permitiriam. Depois do terceiro olhar, e sentindo que a visão das feições e dos cabelos da moça e, pior, dos seus olhos castanhos pousando amenos nos dele, lhe deixava a pele em fogo, Grim enfiou os olhos no prato e bebeu-os junto com cada colherada de sopa.

A sopa agradou a todos. Era uma sopa de costeletas de cervo cozinhadas com vinho tinto seco e temperadas com salsa, salva, pimenta, alho, noz-moscada e sal. Já a galinha preparada pela moça búlgara não fez justiça às palavras elogiosas do *lenocinator*.

— Por Deus, homem — disse-lhe Ursus —, meu Hector prepara uma galinha muito melhor do que tua bogomila.

Mesmo assim comeram-na, e a galinha decomposta sobre a mesa fez Tatheus lembrar-se de uma história verídica que acontecera em Bolonia:

— Conta Damianus que dois amigos foram a uma festa e sentaram-se à mesma mesa; foi posto à sua frente um galo cozido, e um deles tirou a faca e cortou o galo em vários pedaços, e adicionou pimenta e mostarda. Terminada a tarefa, disse-lhe o outro: Amigo, trinchaste este galo de tal maneira que nem São Pedro seria capaz de reconstituí-lo do jeito que era. E o primeiro respondeu-lhe: Não só São Pedro mas, se o próprio Cristo ordenasse, este galo não seria capaz de levantar-se de onde está. Assim que foram ditas essas palavras blasfemas, o galo ergueu-se sobre a mesa de novo inteiro e com todas as penas no corpo e bateu as asas e soltou um possante *cocococo*. E, ao sacudir as asas, lançou sobre o rosto dos dois amigos todo o molho de pimenta e mostarda de que fora coberto, de modo que os dois saíram correndo da festa apavorados com o milagre e tossindo e espirrando por causa do molho que lhes ardia nos olhos, nas narinas e na garganta. E a partir desse dia, até o fim de suas vidas, bastava ouvir um galo cantar para que tivessem um acesso de tosse e de espirro.

A história contada por Tatheus impressionou vivamente a todos os presentes, exceto Nolo, que já a ouvira dezenas de vezes. Levantou-se a questão: se a blasfêmia tivesse sido proferida depois de deglutido o galo, ainda assim se teria operado o milagre?

— Sem dúvida — decretou Tatheus. — Os dois blasfemos teriam vomitado sobre a mesa todos os pedaços de carne ingeridos que, juntando-se aos ossos deixados nos pratos, teriam reconstituído o galo inteiro e vivo diante dos seus olhos.

Alguém foi mais longe e perguntou se o milagre se teria produzido mesmo depois de digerido o galo e evacuado sob a forma de excrementos.

— Não há limite para o poder de Deus — afirmou Tatheus. — Todo o processo excrementício e digestivo ocorreria ao contrário, para devolver as partes do galo à mesa, onde se daria o milagre da reconstituição do animal.

Ao fim da ceia, o *lenocinator* mencionou que no dia seguinte, em Scotium, oito milhas adiante, haveria um combate judicial. Ursus teve logo curiosidade de saber detalhes do caso. Certo dia, ao cair do crepúsculo, contou o *lenocinator*, um homem que ia com seu cão de Oscincium para Scotium foi morto à sombra dos muros desta cidade apenas pelo pouco dinheiro que trazia consigo. Depois de cometido o crime, o ladrão fugiu, e o morto passou a noite toda estendido onde caíra, tendo por companhia o cão, que a noite toda ganiu de dor ao seu lado. No dia seguinte, alguns habitantes de Scotium, que mal tinham podido dormir devido aos ganidos do cão, saíram para ver a causa de tanta lamúria; logo formou-se em torno do cadáver uma numerosa multidão. Daí a pouco juntou-se também a toda aquela gente um soldado que, aproximando-se do corpo, mostrou-se, como os outros, muito triste e indignado com o que acontecera. Ah, senhores, exclamou o *lenocinator*: assim que viu o soldado, o cão cessou imediatamente de ganir e lançou-se sobre ele, derrubando-o em terra. Aí meteu a mandíbula no tornozelo do homem e não largou mais, ao mesmo tempo que uivava entre os dentes de forma tão dolorida que se encheram de lágrimas os olhos de todos os que estavam ali presentes. Uma voz se levantou para acusar do crime o soldado, e logo toda a multidão o chamava de matador. Ele tentou justificar aquela atitude canina dizendo que já batera várias vezes antes no animal, que por isso alimentava contra ele grande rancor e ódio. Sua explicação, porém, não serviu para dissipar as suspeitas, de modo que se sugeriu que a questão fosse resolvida em combate judicial.

— Quem se apresentou para combater pelo cão contra o soldado? — perguntou o cavaleiro.

— O próprio cão combaterá contra ele — respondeu o *lenocinator*.

Ursus ficou maravilhado, e declarou que por nada deste mundo perderia tal combate. Chamou Tatheus à parte e disse que pretendia cavalgar durante a noite até Scotium, pois o combate estava marcado para a manhã do dia seguinte. Sua intenção era levar consigo apenas o pajem, mas Repentinus tanto insistiu para ver o combate que Ursus não pôde recusar-lhe o pedido.

Daí a meia hora os três estavam prontos para partir. Tatheus e Grim, e mais o *lenocinator*, acompanharam-nos até o portão. Caía do céu uma chuva fina e fazia algum frio.

— Amanhã nos encontraremos em Scotium — disse Ursus, e depois desapareceu, com seus companheiros, dentro das sombras úmidas da noite.

Apressaram-se os outros a voltar para dentro. A Grim, quando já ia entrar, chamou a atenção um ruído vindo do pátio. Virando-se para ver o que era, viu, imiscuída na chuva, uma pessoa que se afastava carregando em cada ombro um cântaro: era a moça de cabelos negros.

Grim teve um impulso de seguir a moça para ajudá-la em sua tarefa, mas refreou-se. Aí fez menção de entrar na casa, mas não conseguiu. A chuva engrossara. Cedendo ao primeiro impulso, Grim cobriu a cabeça com o capuz e mergulhou na chuva. A moça estava junto ao poço, e acabava de encher de água um dos cântaros. Sem uma palavra Grim ajudou-a a encher o outro e depois, assumindo ambos os cântaros, ignorando os protestos manuais da moça, carregou-os sobre os ombros com grande esforço até à porta da casa. Aí a moça retomou a posse dos cântaros. Grim abriu a porta e entraram os dois, molhados como peixes. Tatheus estava sentado junto ao fogo, com os demais membros do setenvirato. O *lenocinator* estava debruçado sobre o balcão. Grim correu a aquecer-se ao pé do fogo. A moça atravessou o salão tiritando de frio, e murmurou algumas palavras antes de desaparecer cozinha adentro.

— Que disse a moça? — perguntou Tatheus.

— Ela recitou uns versos — disse Nolo.

Tatheus quis saber quais. Nolo repetiu-os:

Enquanto vos defumais
j-junto ao fogo, a pobre serva,
m-molhada do crânio ao pé,
t-traz gelado o corpo, e a alma.

Tatheus se admirou de saber que uma pobre copeira de estalagem fizesse versos. O *lenocinator* explicou que muitos moços e moças da região tinham essa habilidade, e compunham quadras sobre qualquer coisa que acontecesse com eles ou à sua volta, por mais trivial que fosse.

## 53. Sanctus Phallus

No dia seguinte, Tatheus pôs-se a caminho de Scotium na companhia de seus noviços e de Hector, o moço de cozinha. Seguiam aos pares: Tatheus mais à frente com Nolo, Grim mais atrás com Hector. No caminho cruzaram com uma leva de mulheres que caminhavam em direção à cidade. Tatheus parou e, dirigindo-se à mulher que ia à frente do bando, perguntou-lhe quem eram e o que iam fazer em Oscincium. A mulher respondeu com rispidez:

— Se é que precisas saber, somos devotas de Sainct Phallus, e estamos de volta a casa depois de passar a noite inteira fazendo jejum e penitência.

Tatheus entendeu que a mulher se referia a Sainct Felix, estropiando-lhe o nome com sua pronúncia regional.

— Sainct Felix? — disse ele. — Não sabia que havia tantas devotas desse santo nesta região.

— Pois há, e muitas, e bem mais devotas ainda do que nós — respondeu a mulher, e sem mais palavra lá se foi, com todo o seu séquito de fêmeas nos calcanhares.

Os viajantes retomaram a marcha. O moço de cozinha, que ia ao lado de Grim, começou a rir e a sorrir, e rindo e sorrindo seguiu durante algum tempo, tentando inutilmente, com a mão, abafar riso e esconder sorriso.

— Que há contigo? — perguntou Grim, incomodado.

— Não posso dizer-te — respondeu Hector.

— O que fizeste, *cacabace*? — perguntou Grim.

— Acabo de lembrar que pequei — disse Hector, rindo-se.

— Se pecaste, *taratalla* — exclamou Grim —, por que ris em vez de chorar?

— Aí está — replicou o outro, rindo mais alegremente do que antes. — Se rio é porque percebo que foi bom pecar e que, se tiver oportunidade, pecarei de novo.

— Que pecado fizeste, infeliz — perguntou Grim —, que te tirou o juízo?

— Fodi com a bogomila — disse Hector, soltando uma gargalhada.

Grim ficou irritado com tamanho despudor e tamanha impudência; esticando o braço, tentou bater no outro, mas Hector desviou a cabeça e o golpe se desfez no ar. Hector riu:

— Por Deus, homem, onde pensas que passamos a noite? Numa estalagem? És cego? És surdo? Para que usas o nariz, para cantar? Não sentiste o cheiro do pecado no ar do teu aposento? Não sentiste o cheiro de cona entre os lençóis da tua cama? Sim, ratinho, foste alojado num prostíbulo. Essas mulheres que acabaram de passar por nós são as putas que tiveram de sair para nós entrarmos, e que agora voltam para tomar posse do que é delas.

— Tu mentes, facínora — rosnou Grim.

— Bem sabes que não — replicou Hector. — Bem sabes que digo a verdade se digo que a refeição que comeste foi preparada por uma rameira, e que as mulheres que nos serviram à mesa eram todas rameiras. Sim, vitelo, dormiste como um anjo na cama de uma puta e, se tivesses conversado com essa cama, ela te teria descrito tudo que já viu fazerem em cima dela os homens e as mulheres que ali foderam. Foder, meu pobre capelão, é o que se faz num prostíbulo, e foi o que nós fizemos, Nolo e eu, a noite inteira. Ah, que maravilha! Ele escolheu a putinha de cabelos negros e deixou para mim a bogomila, mas quem saiu ganhando fui eu, que a bogomila não sabe cozinhar mas em cima de uma cama é prato digno de um rei de França.

Grim fechou os olhos e tapou com as mãos os ouvidos. Uma horda de pensamentos, todos amargos, assaltou-lhe a mente, gerando ali ondas de desespero, de impotência, de ódio, que lhe ameaçavam afogar o coração. Sentiu ódio até contra Tatheus. Sabia que Tatheus era tão inocente naquela história quanto ele próprio, mas era essa mesma a razão do seu ódio contra o monge. Se o santo Nannan fora capaz de sentir o cheiro do pecado onde quer que o pecado fedesse, até dentro de um mosteiro, parecia a Grim inconcebível que Tatheus, discípulo de Nannan, não conseguisse distinguir nem mesmo um prostíbulo de uma estalagem, uma prostituta de uma copeira, um leito dedicado a Vênus de um outro dedicado a Morfeu. O ódio aumentou ainda mais, e a vergonha, quando se lembrou de toda a pantomima executada por Tatheus para a escolha de aposentos puros e castos. Imaginou que o estalajadeiro estaria agora contando a história às suas *scortæ*, e que ririam todos o dia inteiro da ingenuidade do monge. Indignava-o também a sua própria ingenuidade, que o fizera ver inocência nas feições de uma moça, a de cabelos negros, que não passava de uma prostituta da pior espécie: E ainda a ajudei a carregar os seus cântaros! Indignava-o também a conduta de Nolo, que mais uma vez provava que não tinha vergonha de se entregar aos pecados mais nefandos se a oportunidade para isso se oferecesse. Acima de todos esses pensamentos amargos pairava o desejo excruciante de estar de novo a salvo em Dru, único lugar onde poderia encontrar refúgio certo e seguro contra todo o pecado e toda a devassidão que, absolutos, reinavam no mundo.

Coração cheio de tristeza, Grim reduziu a marcha de sua mula e deixou-se atrasar. Queria isolar-se dos outros para, pelo menos, chorar em paz as lágrimas de sua angústia.

## 54. *De canibus*

A uma milha de Scotium, deram com três enforcados à beira da estrada. Tatheus estacou diante das lúgubres figuras e, tapando as narinas, fez uma prece silenciosa. Dois dos homens já pendiam ali há algum tempo, o que se podia ler no estado pútrido dos corpos. O terceiro, ao contrário, era um enforcado recente. Nele se viam, no rosto e pescoço, e nos braços e mãos, e nas coxas e pernas, manchas do sangue que escorrera de ferimentos feitos por garras e dentes de um animal.

— Foi enforcado hoje mesmo — sugeriu Hector.

— O cão venceu o combate — declarou Nolo.

Grim sentia-se tão miserável que pensou que de bom grado, se pudesse, trocaria de lugar com qualquer dos três pobres criminosos que dançavam mansamente diante de seus olhos. Estes, pelo menos, pensou ele, estão livres dos tormentos que a vida neste mundo tortuoso impõe aos corações humanos.

Em Scotium encontraram os três companheiros numa taverna, sentados a uma mesa redonda cercada por um banco também redondo. Ursus levantou-se todo excitado do banco e veio contar como fora o combate judicial entre o soldado e o cão. Os dois tinham sido postos frente a frente num campo aberto, com uma vasta multidão em torno. O cão, que se chamava Glympicus, estava armado apenas com seus dentes, o soldado com uma vara medindo cerca de quinze palmos de comprimento. O cão vencera, e Ursus descreveu em detalhe cada golpe de dente e de vara dado e recebido pelos inimigos até que Glympicus conseguira cravar o férreo dente no pescoço do soldado e derrubá-lo em terra, e certamente o teria matado ali mesmo se os juízes não o tivessem impedido, dando a vitória ao cão. Glympicus fora então levado em triunfo até à casa dos familiares do seu dono. Ursus oferecera-lhes gorda soma pelo herói canino, mas o irmão do morto se negara a vendê-lo. Quanto ao soldado, a multidão arrastara-o até o patíbulo fora da cidade, onde sofreu o castigo merecido.

— Nós o vimos no seu púlpito — disse Nolo.

Os recém-chegados juntaram-se aos outros à mesa redonda, e a conversa ateve-se à fidelidade canina. Tatheus deu logo sua lição:

— Minha própria experiência e observação me ensinaram que o cão confia mais nas narinas do que nos olhos quando precisa reconhecer alguma coisa ou alguém, e isso se aplica até mesmo ao dono, caso se tenha perdido dele numa multidão. Neste caso de Scotium, vemos que o culpado só foi reconhecido quando se aproximou o suficiente para o cão sentir-lhe o cheiro.

Grim sentiu-se desapontado por ouvir do mestre, como se fossem grandes ensinamentos, informações tão triviais. Sentiu-se constrangido ao ver Ursus mergulhar o nariz no copo, tomar um grande gole de vinho e estalar ruidosamente os lábios: sinal de impaciência ante a *lição* de Tatheus. Logo em seguida, porém, Grim se sentiu aliviado, porque Tatheus começou a dizer coisas que lhe pareceram, essas sim, originais e inauditas:

— A língua do cão tem a faculdade de curar, mas a do lobo pode causar a morte do próprio animal. Um cão ferido pode curar-se lambendo as partes laceradas, mas a língua do lobo, pelo contrário, causará a infecção do ferimento. E mais: se o ferimento está localizado no pescoço, na cabeça, ou em alguma parte do corpo inacessível à língua, o cão transfere da língua para uma das patas traseiras as propriedades de cura e assim, lambendo as patas e aplicando ao ferimento, com as patas, essa saliva medicinal, se cura também.

Com grande espanto, Grim percebeu um tom de profundo enfado na fisionomia de Ursus, que outra vez mergulhou no copo o nariz para novo gole, ainda maior que o anterior.

— Não resta dúvida — prosseguiu Tatheus — que de todos os animais o cão é o mais ligado ao homem, e o que aconteceu aqui em Scotium é prova disso. Na verdade, o cão está preparado não só para morrer *por* seu dono mas *com* seu dono. Eugenius, filho de Caradogus, tinha um grande e belo galgo, cuja pele era toda listrada de várias cores. Quando Eugenius foi morto por seu próprio irmão, como Abel por Caim, o cão defendeu corajosamente seu dono, mordendo e lanhando os matadores, e acabou ferido por flechas e lanças em sete pontos do corpo. Os ferimentos fecharam, mas ficaram as cicatrizes como prova da dedicação do animal. Mais tarde o conde de Glocestria mandou o pobre cão para o rei da Ânglia, que sempre o tratou com muita honra e amor.

— Bebe, meu bom Tatheus — propôs Ursus —, pois tua erudição ficará melhor ainda se molhares as cavernas de teu sábio peito.

Assim instado, Tatheus tomou um sorvo de vinho e continuou:

— Um cambrense me contou (foste tu, Nolo?) que um jovem soldado foi morto num bosque quando ia reunir-se aos seus conterrâneos para lutar contra os normandos. Com ele ia um galgo, e esse galgo vigiou o corpo do dono durante oito dias sem ingerir nenhum alimento. Com fidelidade notável em animal irracional, defendeu o corpo dos ataques de lobos, de outros cães e de aves de rapina. Quando foi encontrado pelos normandos, estava quase morto de inanição.

Tatheus se deixou inspirar pela emoção e exclamou:

— Que filho teria demonstrado por seu pai consideração tão grande? Que Nisus por Euryalus, que Polynices por Tydeus, que Orestes por Pylades teriam feito o mesmo que esse pobre galgo fez por seu dono? Os inimigos souberam recompensar tanta fidelidade. Em homenagem ao cão, os normandos fizeram sepultar o corpo do seu dono com toda cerimônia.

— Também eu tenho uma história de cão para contar — disse o cavaleiro.

— Quero muito ouvir — disse Tatheus.

— Vou contá-la em tua homenagem — disse Ursus —, pois trata-se de um cão da Hibérnia, tua pátria, e confio em que não a conheces. Além disso, mostra que um cão pode ser não apenas fiel, como sagaz.

E contou que, quando o rei Olavus esteve na Hibérnia, um dia precisou abastecer de provisões o navio. Seus homens desceram em terra, acharam um grande rebanho de gado e conduziram-no até à praia. Certo camponês, cujas vacas faziam parte do rebanho, procurou Olavus e implorou que as devolvesse. Leva as tuas vacas, respondeu Olavus, se as puderes distinguir das outras no meio da manada. Mas sê rápido com isso, não nos retardes a viagem. O camponês tinha consigo, disse o cavaleiro, um enorme cão doméstico, e meteu esse cão no meio da manada, onde se aglomeravam centenas de cabeças de gado. Em pouco tempo o cão conduziu para fora dali exatamente o número de vacas que o camponês dissera que lhe pertenciam; e todas traziam no couro a mesma marca, o que demonstra que o cão conhecia os animais e era muito inteligente. Olavus quis comprar o cão, mas o camponês disse que preferia dá-lo de presente. Esse cão chamava-se Vige e dizem que, quando Olavus foi morto na batalha contra seus súditos rebelados, não tardou ele próprio a morrer de pesar.

— Mas, segundo me disseram — contrapôs Tatheus —, Olavus não morreu nessa batalha, mas escapou e tornou-se monge na Síria.

— Não sei nada sobre isso — replicou Ursus.

## 55. O cão de Noblat

Logo surgiram quatro nobres alemães que se tinham hospedado na estalagem de que a taverna nada mais era que o refeitório. Ursus fez convite para que se juntassem à mesa da confraria. Como a mesa comportava apenas nove pessoas, Ursus deportou dela o pajem e o moço de cozinha, e ainda assim ficaram todos ali muito espremidos uns contra os outros, porque três dos quatro alemães eram homens bem corpulentos.

O mais nobre daqueles alemães, o barão Gottholdus van Cymbern, entendia e falava algum francês, e Ursus repetiu para os ouvidos dele a história do cão Vige. O barão ouviu a história com atenção, aprovou-a com um gesto de cabeça e depois, em sua própria língua, transmitiu-a aos companheiros. Depois, um deles falou ao barão alguma coisa. O barão voltou-se para Ursus e disse:

— Meu companheiro sugere que eu vos descreva nossa recente experiência com um cão na cidade de Noblat.

Ursus aceitou com uma larga reverência. Tatheus fez uma paráfrase:

— *Nihil caninum a me alienum puto*, é o que bem podes dizer, bom Ursus.

Riu Grim, riu também o barão, que entenderam, os dois, a sentença de Tatheus. Ursus se abespinhou, mas sorriu orgulhoso quando Tatheus traduziu e explicou o jogo lingüístico que fizera com a frase de Terentius.

— É verdade — disse o cavaleiro. — Não posso dizer que tudo que é humano me interesse, mas que me interessa tudo que é canino, isso posso dizer, porque é verdade.

E pediu ao barão que contasse a história do cão de Noblat. Assim o fez o barão:

— Quando estivemos nessa cidade, duas semanas atrás, hospedamo-nos na estalagem de São Jorge, que entre nós, alemães, é conhecida por *Zu der Fleuten*. Seu proprietário, Mestre Johannes, e sua esposa, Margaret, são alemães como nós, de modo que todos os alemães que passam por Noblat se hospedam ali. Na verdade, não só os proprietários como todos os serviçais, tanto homens como mulheres, são naturais da Alamânia e falantes de alemão, e assim não se ouvia na casa nem uma só palavra de francês, o que era grande conforto não só para mim, pois aprecio a sonoridade da língua materna, mas sobretudo para meus companheiros; pois é incômodo conviver com as pessoas sem poder conversar com elas. Todos esses conterrâneos nos receberam à porta da estalagem, cumprimentando-nos com muita amabilidade e demonstrando grande desejo de nos prestar excelentes serviços. Por último, quando entramos, veio receber-nos o cão de guarda da casa, que era enorme e de pêlo inteiramente negro. Wulf era seu nome, e declarou sua alegria em ver-nos sacudindo a cauda e soltando ganidos de prazer, e logo saltou sobre nós como fazem os cães com as pessoas que lhes são familiares. Senhores, a verdade é que, com a mesma alegria com que nos recebeu, o cão Wulf recebe todos os alemães que chegam àquela casa, não importa de que região da Alamânia venham; mas se chegam hóspedes italianos, lombardos, húngaros, gregos, ou de qualquer país que não a Alamânia, Wulf trata-os com um misto de indiferença e desprezo; e, se são franceses os hóspedes, Wulf se torna tão hostil que vós o teríeis por um cão raivoso. Aí avança contra os hóspedes com medonhos latidos, salta furioso sobre eles, e não pára de ameaçá-los até que alguém da casa o aquiete. Nunca se acostumou nem mesmo com os franceses que moram nas casas vizinhas nem com os cães deles, mas rosna e ladra e avança contra uns e outros onde quer que os encontre. Os mendigos alemães que vêm à casa pedir esmola Wulf recebe com cortesia, mas lança-se furioso contra os mendigos franceses que batem à porta, e os põe a correr. O proprietário me disse que já salvou inúmeros pedintes de serem dilacerados pelas presas patrióticas de Wulf.

As palavras do barão foram ouvidas em atento silêncio. Aí disse Tatheus:

— Entendo, senhor, que esse cão é a prova irrefutável de que não pode haver amor entre os franceses e vós alemães: assim como ele é inimigo implacável dos franceses, assim também vós alemães, do fundo do coração, sois incapazes de confraternizar com os franceses, e os franceses convosco, porque cada nação traz, em sua própria natureza, profundas raízes de ódio contra alguma outra nação.

Ursus pediu ao barão que repetisse o nome da estalagem onde vivia o cão Wulf e confiou-o à memória para que, se passasse algum dia por Noblat, pudesse travar conhecimento com aquele cão admirável.

— Mas tomarei cuidado — disse ele — para me apresentar diante dele protegido por armadura completa.

Nessa altura ele já bebera demais e não tinha nem disposição nem condições de viajar, de modo que Tatheus conformou-se com a contingência de dormirem aquela noite em Scotium e seguirem viagem na manhã seguinte. Reuniu os noviços, e, como galinha com seu par de pintos, levou-os dali para visitar a igreja de Scotium.

## 56. Música

Voltaram depois das vésperas. Ursus e os alemães continuavam fazendo muita festa na taverna. Tatheus sentou-se no meio deles e os seus pintos a uma mesa próxima. Os nobres alemães eram, para dar seus nomes e suas qualidades, os seguintes: o barão van Cymbern, que reunia em sua pessoa qualidades de beleza e sabedoria, maneiras corteses e algum conhecimento de línguas e filosofia; Heinrich von Stoeffel, barão do Santo Império, homem forte e enérgico, de caráter viril; Johannes van Truchsess, homem de alta estatura, de caráter altivo e respeitável, e seriamente empenhado na salvação de sua alma; e Ber van Waldpurg, o *junior* dos quatro, e o mais vivaz, mais alegre, mais gentil e generoso de todos eles. Ursus se afeiçoou especialmente a este último, a quem passou a tratar de *irmãozinho* quando soube que portavam o mesmo nome, pois Ber em alemão significa Ursus.

Mais tarde, quando já estavam em plena ceia, chegou à taverna um músico com sua flauta e sua esposa. A mulher começou a cantar com voz afinada e o marido a acompanhá-la, com perícia, no instrumento: a canção chamava-se "Por que me bates, marido?" e o marido, enquanto tocava, fazia caretas e esgares como se fosse demente, embora não o fosse, e aquelas brincadeiras permitiram a todos unir ao prazer da música o prazer do riso. A canção era esta:

> Por que me bates, marido,
> coitadinha?
>
> Não te fiz nada de mau,
> nada disse contra ti,

só beijei o meu amigo
à noitinha.

Por que me bates, marido,
coitadinha?

Se não me deixas viver
minha vida alegremente,
te porei na testa o quê?
Adivinha.

Por que me bates, marido,
coitadinha?

Bem sei o que vou fazer,
e como me vingarei:
vou deitar com meu amigo,
nuazinha.

Por que me bates, marido,
coitadinha?

Essa canção foi recebida com muita hilaridade por todos, até por aqueles que, não entendendo as palavras, entendiam muito bem os gestos e sinais da mulher. Seguiram-se outras canções, menos jocosas, e, quando finalmente se calaram a mulher e a flauta, os nobres alemães consultaram-se entre si sobre o que deviam dar ao músico. O barão de Stoeffel e o senhor de Truchsess declararam que não dariam nada. Este explicou que o pároco de sua cidade sempre dizia em seus sermões que tanto dar como receber dinheiro em tais casos era pecado mortal. O outro acrescentou que em sua cidade havia um juiz para julgar somente as causas referentes aos menestréis e às meretrizes, o que significava que tanto valiam uns quanto as outras.

— Já que é pecado dar dinheiro a músicos — disse o senhor de Truchsess —, prefiro dá-lo aos pobres, que é ato de caridade prescrito por Deus.

Daí brotou grande discussão, e os peregrinos alemães, e Ursus também, lançaram-se argumentos ferozes uns contra os outros durante algum tempo. Por fim, advertidos por Ursus de que tinham à mesa um monge que, por seu conhecimento ciclopédico de todas as ciências, alcançara renome universal, os nobres pediram a Tatheus que decidisse a matéria, declarando que acatariam sua decisão e sentença. Tatheus não hesitou em atendê-los:

— Segundo os ensinamentos de grandes casuístas, nem esses músicos, nem os menestréis e acrobatas, se encontram em estado de perdição, e as coisas que dizem e fazem podem ser ditas e feitas sem que eles incorram em pecado mortal, ainda que as palavras possam ser levianas, obscenas e até irreverentes, desde que tudo seja dito e feito somente por diversão. Além disso, eles têm o direito de praticar sua arte para seu próprio sustento e proveito e para recreação dos nobres quando a estes oprimam e aflijam os cuidados e atribulações próprios da nobreza.

— É exatamente o caso deste músico — interpôs o estalajadeiro. — Na verdade ele é, por profissão, carpinteiro, e só toca seu instrumento quando há nobres na cidade para entreter.

— Sim, por Deus, é verdade — confirmou o flautista. — Quando ouvi dizer que tinham chegado a Scotium alguns nobres peregrinos a caminho de Santo Iago, decidi vir até aqui para diverti-los com a minha arte e a de minha mulher, a fim de que essas nobres pessoas pudessem esquecer por alguns instantes suas preocupações e aborrecimentos.

— Então, *pater* — disse o barão van Cymbern —, podemos dar dinheiro ao músico sem risco de cair em pecado?

— Sim, senhores — disse Tatheus. — Creio que não só podeis como deveis dar dinheiro a este pobre cristão.

O flautista foi, assim, recompensado pelo seu trabalho e voltou para casa com sua mulher e sua flauta. Logo a seguir, o senhor de Truchsess, tendo o barão van Cymbern como intérprete, dirigiu a Tatheus estas palavras:

— Não é à toa que julgaste a questão em favor do músico, já que pertences a um povo profundamente musical.

— Julguei a questão — respondeu Tatheus — de acordo com os ensinamentos de grandes estudiosos da doutrina cristã. Mas o que dizes é verdade: o povo da Hibérnia, de onde venho, tem muitos e grandes defeitos, mas sempre se dedicou com muita diligência e habilidade, mais que qualquer outro povo que conheço, à arte musical.

Daí Tatheus partiu para explicar que a música da Hibérnia não tem ritmo lento e suave, como na música de outros países, mas sim rápido e vivaz, enquanto ao mesmo tempo a melodia é doce e agradável. O que é mais incrível, disse ele, é que os músicos da Hibérnia conseguem manter a proporção musical apesar da grande velocidade que impõem aos dedos quando tocam seus instrumentos. Esses músicos são capazes de manter íntegra e perfeita a melodia, mesmo quando executada por vários instrumentos, e conferem-lhe uma rapidez arrebatadora, um padrão rítmico sempre variado, e uma concórdia derivada de elementos discordantes. Harmonizam em intervalos de oitava e quinta, mas sempre começam em si bemol e em si bemol terminam, de modo que tudo se perfaz numa coerência impecável. Passam tão sutilmente de uma escala a outra, e as apojaturas dançam com tal liberdade e abandono em torno da nota básica, que a essência de sua arte parece que está em escondê-la e não em revelá-la, o que se concilia com a lição de Ovidius, que disse que a arte fica melhor quando oculta e, revelada, se desvirtua. Em conseqüência, aquelas coisas que oferecem inefável deleite aos que possuem aguda percepção da arte musical e que conseguem penetrar os seus segredos, essas coisas mesmas antes entediam do que deleitam aqueles a que falte tal percepção, aos quais resta apenas ouvir sem entender. Para estes, a música do meu povo há de soar como ruído confuso e desconexo e nada mais.

— Em que outros países dirias que também se desenvolve a arte musical? — perguntou o barão, na esperança de ouvir, na resposta, o nome da Alamânia.

— Devo dizer — respondeu Tatheus — que tanto a Caledônia como a Câmbria, a primeira devido à sua afinidade e ao seu intercâmbio com a Hibérnia, a segunda, por assim dizer, por meio de enxertos, tentam imitar a arte musical hibérnica. A Hibérnia se compraz com apenas dois instrumentos, a harpa e os timbales. A Caledônia usa três, a harpa, os timbales e a crota. A Câmbria usa a harpa, a flauta e a crota. Os cambrenses também usam cordas feitas de bronze e não de couro. Na opinião de muitos, a Caledônia não só igualou-se à sua preceptora, mas já a superou e está muito à frente dela em excelência musical. Por isso há quem considere a Caledônia e não mais a Hibérnia, hoje, como a pátria da música.

Daí o jovem Ber disse que, se o povo da Hibérnia é por natureza um povo musical, o povo da Alamânia é por natureza um povo furioso. Tatheus fez uma citação em latim para indicar como os antigos entendiam a natureza das várias nações:

— *Victoria ægyptiorum; invidia iudæorum; sapientia græcorum; crudelitas pictorum; calliditas vel fortitudino romanorum; largitas longabardorum; gula gallorum; superbia vel ferocitas francorum; ira brytannorum; stultitia saxonum vel anglorum; libido ibernorum.*

Em benefício dos que não sabiam latim Tatheus traduziu a citação:

— São triunfais os egípcios, invejosos os judeus, sábios os gregos, cruéis os pictos, engenhosos e audazes os romanos, generosos os lombardos, gulosos os gauleses, orgulhosos e ferozes os francos, irascíveis os bretões, estultos os anglos e saxões, libidinosos os hibérnios.

Riram os comensais, sobretudo ao imaginarem o bom Tatheus como *libidinosus ibernus*. O barão van Cymbern quis dar sua contribuição:

— Ouvi dizer que o francês Jacques de Vitry escreveu em algum lugar que os gauleses são orgulhosos e mulherengos; os alemães, furiosos e obscenos; os lombardos, cúpidos, maliciosos e pusilânimes. E de vós, anglos e saxões, escreveu ele que sois *potatores et caudati*. Que sois grandes bebedores bem posso entender, que também o somos, mas que tendes caudas? Que os anglos e saxões dentre vós as mostrem, caso isso seja verdade.

A essas palavras houve uma erupção de riso em toda a mesa. Grim, saxão de Grimsby, encolheu-se em seu lugar, mas Ursus, saxão de Aquæ Sulis, saltou sobre o banco e, baixando as calças, exibiu as nádegas para provar que não tinha cauda nenhuma, o que provocou nova erupção de risos, gritos e assobios. Quando a hilaridade serenou, o barão van Cymbern perguntou a Tatheus se conhecia a pecha que Vitry aplicara aos anglos e saxões.

— Lembro-me — disse Tatheus — de ter lido em algum lugar uma variante do que escreveu Vitry: *Angli caudati, qui sunt ad pocula nati*, o que significa: Os anglos têm caudas e nasceram dentro de um copo.

— E como explicas a atribuição de caudas aos anglos e saxões? — perguntou o barão.

— Muito simples — disse Tatheus. — Há muito tempo, quando o nosso Augustinus começava a evangelizar a Britânia, alguns nativos assaltaram-no a pedradas, e o santo, para puni-los, condenou-os a usar caudas. Mas isso é o que diz a lenda, e deve ser entendido figurativamente.

## 57. *Puer*

De Scotium a Elusa são oito milhas; de Elusa a Vanesia, doze. Ursus acordou envergonhado do tempo perdido no dia anterior em conversa, bebida e música. Quis compensar. Tentemos, *pater*, disse ele, cobrir numa só jornada as vinte milhas entre Scotium e Vanesia; do contrário teremos de dormir no campo, a quatro milhas apenas de uma boa mesa e de uma boa cama. Uma boa mesa foi a responsável por nosso atraso, respondeu Tatheus. Mas nem discordou nem prometeu: Vejamos como se mostrará o caminho e como se comportarão as montarias.

Saíram cedo de Scotium. Perto de meio-dia, chegaram diante de um córrego, que atravessaram por uma ponte de madeira, e pararam para comer num prado entre o córrego e um bosque. Hector, o moço de cozinha, pôs-se a preparar uma refeição. O cavaleiro deitou-se na relva para descansar. Tatheus sentou-se à beira do córrego e mergulhou com volúpia nas águas claras e frescas os velhos e calosos pés. Nolo se ofereceu para ir ao bosque colher frutos silvestres. Reinava um sólido silêncio no local; não se via uma casa, um penacho de fumaça, uma alma viva. Até os pássaros piavam só de quando em quando, lacônicos.

Em Grim bateu de repente uma cólica: eram seus intestinos que reclamavam impacientes uma providência. Lá se foi Grim bosque adentro em busca de privacidade e, acocorando-se por trás de uma moita de arbustos, ali deixou agirem os intestinos. Havia um barranco logo à frente da moita de arbustos. Havia uma árvore no topo do barranco; algumas das raízes, tendo perfurado a parede do barranco, se viam expostas como pés nus: rugosos e disformes. Num dos galhos da árvore Grim viu pousarem dois pássaros negros. Dali olhavam, em silêncio, para ele, numa atitude de serena impudência. Grim lembrou-se imediatamente dos pássaros negros de São Bento. Aí, vindo do lado do barranco, ele ouviu o som de passos: passos amenos e gentis que faziam crepitar as folhas secas. Inteiriçou-se todo, e até mesmo a evacuação foi suspensa. Logo viu surgir, no alto do barranco, junto à árvore de raízes descalças, o vulto de um rapaz. Era um rapaz esguio, que vestia uma túnica negra e trazia um capuz negro na cabeça. Apareceu de repente e de repente desapareceu; mas, nesse meio instante entre aparecer e desaparecer, o seu olhar cruzou-se com o olhar de Grim, e o rapaz sorriu, e depois já não estava mais à vista. Grim terminou a tarefa, limpou-se com folhas de arbustos e aí, de pé, lançou contra os pássaros um olhar desafiador e bateu palmas para afugentá-los. Os pássaros deixaram os galhos num vôo relutante. Aí Grim voltou ao prado, à companhia de seus confrades. Não disse nada a ninguém. O rapaz não parecera perigoso. Seu olhar era puro e franco. Devia morar nas redondezas e movia-se sub-reptício para não chamar a atenção dos estranhos que atravessavam seu território. Afinal, pensou Grim, que sabe ele de nós?

Passaram ao largo de Elusa. Ali se levantara, mil anos antes, a capital dos elusates, povo que Crassus, lugar-tenente de Cæsar, subjugou. Ao longo dos séculos Elusa fora invadida e atormentada por godos, sarracenos e normandos, até ser arrasada em definitivo dois séculos antes. Os moradores, aqueles que lograram escapar, refugiaram-se em Auscius. Passada a ameaça, retornaram à vasta planície banhada pelo regato Gélise e ali construíram, no alto de uma colina, sua nova Elusa.

O caminho entre Elusa e Vanesia se mostrou plano e suave e as montarias se comportaram dóceis e obedientes. Assim, para satisfação de Ursus, puderam dormir aquela noite numa estalagem em Vanesia. Grim sonhou com o rapaz de capuz. Sonhou que o encontrava numa das ruas de Vanesia e que lhe perguntava: Quem és tu? E que o rapaz lhe respondia: Não me reconheces? E que ele lhe dizia: Nunca te vi antes em minha vida. E que o rapaz replicava: Pois sou aquele que te segue. E que ele perguntava: E por que me segues? E que o rapaz não lhe dava resposta, só mantinha sobre ele o olhar puro e franco, até que ele acordou banhado de curiosidade.

De madrugada haviam chegado à estalagem mensageiros de Burdigala. Eram em número de um par e confrontaram o cavaleiro quando este desceu de manhã do seu aposento. O capitão Piers, que conseguira alcançar a costa da Aquitânia e fizera a pé o percurso até Burdigala, apresentara queixa contra Ursus.

— Que te disse eu, *pater*? — disse Ursus a Tatheus. — Arrependo-me de não ter atado ao pé daquele pirata uma pedra de moinho quando o atirei ao mar. Aí não me estaria perturbando agora por procuração.

— Pelo menos — disse Tatheus — não terás a morte dele na consciência.

— *Pater* — retrucou Ursus —, em momento nenhum, desde que pisamos terra firme, a minha consciência foi perturbada por qualquer cócega de arrependimento pelo que fiz ao capitão. O que fiz, fiz, e não perco tempo pensando a respeito, até mesmo porque não posso desfazer nada que fiz.

Depois Ursus sentou-se com os mensageiros e pelo tempo de uma hora inteira conversaram, discutiram, altercaram-se, quase agrediram-se, para chegar por fim a um acordo: Ursus assinou um documento, que Tatheus redigiu, comprometendo-se a parar em Burdigala no regresso de Besprem e acertar com o capitão Piers, ou com seu notário, uma indenização pelo agravo que lhe fizera durante a viagem. O estalajadeiro e sua mulher apuseram suas cruzes no documento como testemunhas. Com isso os mensageiros burdigalenses deram-se por satisfeitos e voltaram a Burdigala.

De Vanesia a Auscius são oito milhas, de Auscius ao sexto marco, seis milhas. A confraria passou por fora de Auscius, sem entrar na cidade. Auscius está situada às margens do rio Egirtius, que, exaurido que fora durante o verão, rastejava sobre seu leito como um réptil. A antiga Augusta Auscorum dos romanos fora cidade esplêndida na era dos césares, com magníficas mansões espalhadas em toda a sua circunvizinhança. Depois, a seu tempo, vieram os bárbaros, dentre eles os sarracenos, e agora a cidade cabe inteira sobre os ombros de uma única colina, e ruínas, ou menos que isso, é o que resta de todo o esplendor pagão.

Na altura do terceiro marco pararam para descansar. Assim que pôde, Grim escapuliu bosque adentro mal percebido. Caminhou por entre as árvores olhando e olhando à sua volta, como se estivesse à procura de alguma coisa. Nisso ocorreu-lhe perguntar-se: O que estou procurando? A resposta veio rápida, de si para si: Estou procurando o rapaz de capuz: aquele que me segue. A resposta lhe desagradou: Por que estou fazendo isso? Por que seria, para mim, importante encontrar ou não aquele rapaz, vê-lo outra vez ou nunca mais até o dia do Juízo? Não soube responder-se. Mesmo assim continuou a seguir o seu nariz, olhando para todos os lados com olhos atentos. Houve momento em que lhe pareceu ouvir o som de passos, passos sutis e macios, como os que ouvira no dia anterior, pouco antes de ver, à primeira vista, o rapaz. Mas foi impressão tão fugaz que deixou nele a dúvida: ouvira mesmo ou só imaginara ouvir? Houve momento em que lhe pareceu ver um capuz negro, igual ao que vira na cabeça do rapaz, mas foi visão tão rápida que Grim novamente ficou em dúvida se vira mesmo um capuz negro ou se apenas uma asa negra.

Porque logo depois avistou dois pássaros negros pousados num galho de árvore, olhando para ele com um sorriso em cada bico. Grim resmungou para si próprio: São esses malditos pássaros que me seguem, e não aquele rapaz. Aí bateu palmas, uma vez, duas vezes, mas agora os pássaros não se afastaram, mas ficaram ali, olhando para ele, com um sorriso em cada bico. Grim colheu um seixo do chão e o atirou com toda a força contra os pássaros. O seixo atingiu o galho com um ruído seco, os pássaros deram um salto, mas depois voltaram à mesma posição no mesmo lugar, olhando para Grim com o mesmo sorriso em cada bico.

Grim deu de ombros: São apenas pássaros. Queria tranqüilizar-se, mas o olhar dos pássaros o incomodava, o olhar e o sorriso. Resolveu que era hora de voltar ao encontro dos companheiros. Tomou a direção errada, e logo percebeu que tomara a direção errada: ouviu o som da voz de um córrego e em seguida avistou o córrego barrando-lhe o caminho. Voltou sobre seus passos e desorientou-se mais ainda. Nem mesmo os pássaros negros estavam mais à vista como pontos de referência. Estacou numa clareira e examinou as árvores que o circundavam por todos os lados: todas pareciam-lhe familiares. Admitiu: Perdi-me. Consolou-se: Quem está perdido não pode achar-se a si próprio; cabe aos outros, fora de mim, procurar-me e achar-me. Daqui a pouco verei vir Nolo ao meu encontro, enviado por Tatheus. Direi qualquer coisa a ele, menos que estava perdido, para não escarnecer de mim. Que lhe direi? Direi que —

Nesse momento, Grim ouviu uns gemidos, uns arquejos. Os pássaros negros surgiram acima dele num vôo manso e pousaram sobre o galho de uma árvore no limiar da clareira. Desta vez nem se dignaram a olhar para Grim. Olharam para o outro lado, de onde parecia virem os gemidos, os arquejos. Grim quis conter-se, mas conter-se não pôde. Com pés difíceis, atravessou a clareira até a árvore onde estavam a postos os pássaros. Havia ali uma moita de arbustos espessos. Grim pôs-se em joelhos e intrometeu-se nela. Os gemidos, os arquejos, soavam muito próximos agora. Grim afastou os ramos dos arbustos e olhou.

À sua frente o terreno afundava numa depressão estreita. O que Grim viu ali encheu-lhe os olhos e a mente de susto: viu, no leito da depressão, dois homens, ligados entre si numa composição estranha. Um deles, de joelhos, inclinado para diante, tinha os cotovelos apoiados em terra e a túnica erguida sobre as costas, de modo que as nádegas nuas apontavam para o alto e a cabeça para o chão; o outro, também de joelhos, enlaçava o primeiro pela cintura, unindo virilha com virilha e mantendo um movimento rítmico para a frente e para trás. De um e de outro, misturados, vinham os gemidos, os arquejos. Grim teve um frêmito de horror diante da visão daquela criatura híbrida e monstruosa, que podia ser descrita como um centauro de duas cabeças, dois braços, seis pernas e dois pênis. No frêmito seguinte, reconheceu os dois quem eram: o de trás era Nolo; o da frente era o rapaz de capuz. Então Grim ouviu lá dentro de seus ouvidos uma voz murmurar: Eis aí, achaste quem procuravas.

Mesmo estarrecido, Grim acompanhou até o fim o ato executado entre os dois rapazes. Viu quando Nolo estremeceu todo, como se acometido de uma febre súbita, e soltou um grunhido meio de prazer, meio de aflição, que se somou a um longo suspiro meio de prazer, meio de alegria, emitido pelo outro. Nesse mesmo momento Grim sentiu que um espasmo meio de prazer, meio de desafio (mas desafio a quê?), corria-lhe ao longo do próprio corpo enquanto seu membro palpitava, soluçava e explodia numa emissão de sêmen, como a que ele experimentava às vezes durante o sono. Grim ainda viu Nolo desmembrar-se do corpo do rapaz e deixar-se tombar, extenuado, de costas, olhando como bêbado para o céu. Grim deixou-se cair também, sentindo um langor absoluto tomar-lhe posse do corpo e da alma; se lhe dissessem, então, que iam levá-lo dali direto para o inferno, nem pestanejaria — fosse pelo torpor, fosse pela indiferença. E, quando olhou para o alto, viu os dois pássaros negros olhando para ele do galho da árvore, com um sorriso em cada bico.

## 58. Córrego

Grim estava dentro do córrego, com roupa e tudo, esfregando o lugar onde o sêmen derramado deixara uma mancha larga e alvacenta e de cheiro acre. Não podia voltar para os companheiros com os vestígios do seu pecado, e do de Nolo, inscritos em sua roupa.

— Que fazes aí? — disse uma voz da margem, às suas costas.

Era Nolo. Grim não se voltou para responder: em parte por causa de sua irritação contra o sodomita; em parte porque temia ver, na margem, junto a Nolo, o rapaz de capuz.

— Caí no rio por acidente — respondeu.

— E por que não sais daí? — perguntou Nolo.

— Aproveito — disse Grim, ainda sem se voltar — para lavar a roupa.

Houve silêncio. Grim achou que Nolo se fora, e voltou-se para olhar. Nolo estava ali, ainda, mas só.

— Tu me viste — disse Nolo.

— Vi — disse Grim. — Maldito sejas.

— Maldito? — disse Nolo. — Malditos nós dois, então, porque gostaste do que viste.

Grim inflamou-se de cólera.

— Não gostei nada — disse ele. — Nada, ouviste? Queria ser cego para não ter visto o que vi.

— Gostaste e não sabes — disse Nolo.

— Tu és um celerado — disse Grim. — Tu és um mentiroso! Prometeste a ti mesmo que nunca mais farias tal coisa, depois que viste o que aconteceu ao cavaleiro Gilbertus. E aí estás, fazendo a mesma coisa com outro. Queres que aconteça a esse moço o que aconteceu a Gilbertus? Tu és um celerado, vais arder no inferno para sempre. Quase pediria que me fosse dado ir para o inferno também, só para te ver arder nas chamas eternas.

Enquanto cuspia contra Nolo essas palavras, Grim vinha vindo rumo à margem. Nolo ofereceu-lhe a mão, que Grim recusou com desprezo. Nolo, então, aplicando-lhe o pé sobre o peito, empurrou Grim de volta ao regaço do córrego. Daí acocorou-se à margem e disse, apontando para Grim um dedo de ameaça:

— Se falares a Tatheus o que viste, meu amigo, te arrependerás. Direi que só contaste metade da história. Direi que te surpreendi com o membro duro metido no cu de Dodo. Direi que, depois de fazeres teu pecado nefando, eu quis então seguir-te o exemplo, e que por ciúme tentaste impedir-me. Direi que te bati e que fiz com Dodo o que bem me aprouve. Direi, por fim, que me delataste por vingança, mas que tens tanta culpa quanto eu nesse pecado, ou até mais. Eu pouco tenho a perder, Tatheus conhece as minhas inclinações para pecar. Mas e tu? Como olharás Tatheus nos olhos, como te apresentarás diante de teu Frei Bedrus e de teu abade, se eu contar a *verdadeira* história do que aconteceu aqui entre nós três?

— Tu és a criatura mais vil que jamais encontrei — disse Grim. — Confio em Deus que sofrerás castigo solitário nas mais fundas profundezas do inferno: és pérfido demais para te misturares até mesmo aos piores criminosos do reino dos mortos.

— E tem mais uma coisa — disse Nolo, sem se perturbar. — Pretendo trazer Dodo para nossa companhia. Não é cristão deixá-lo sozinho no bosque, sem comida, sem segurança. Sejamos caridosos, Grim. O que fizeres a um dos meus pequeninos, *et cætera*. Dodo é um dos pequeninos de que falou Cristo. Portanto, deixa-me falar com Tatheus e não ouses dizer nada que possa frustrar esse ato de caridade cristã.

## 59. Vícios de linguagem

Aquela noite dormiram ao relento na altura do sexto marco, e o rapaz de capuz comeu e dormiu com eles. Nolo apresentou-o a Tatheus e a Ursus e explicou que topara com o pobre rapaz, faminto e angustiado, no meio do bosque. Com gestos grandiloqüentes contou que o rapaz era do país da Ânglia, que ficara órfão desde novo, e que aprendera leitura e latim com um tio que fora cônego e partira para a Terra Santa quando ele tinha quinze anos. O tio o confiara a uma irmã casada que, mal assentara na estrada o pó levantado pelas sandálias do peregrino, passara a tratar o sobrinho como escravo. Quatro anos o rapaz padeceu nas mãos de seus algozes. Agora recebera carta do tio chamando-o a Jerusalém. Não lhe quiseram permitir que partisse, por isso fugira, e no cais da cidade de Portusmute juntara-se a uns romeiros de Londinium que se preparavam para embarcar para Coriallum. Sua intenção, ditada pela ingenuidade e pelo desespero, era seguir as pegadas do tio até, mais cedo ou mais tarde, encontrá-lo no caminho de Jerusalém ou na própria Terra Santa. Os romeiros de Londinium não primavam pela virtude, de modo que o pobre rapaz, para defender a própria castidade e pureza e escapar ao nevoeiro do pecado, afastara-se da companhia deles e agora andava só no mundo e não tinha nem sabia para onde ir.

Nolo calou-se e, pousando a mão sobre os ombros do seu protegido, olhou súplice para Tatheus. Tatheus esquadrinhou o rapaz de alto a baixo e perguntou-lhe o nome em saxão, e o rapaz respondeu em latim: *Lollium nominem habeo, sed ab amicibus Dodo vocor*. Tatheus fez ao rapaz outras perguntas na mesma língua e a todas Lollius, ou Dodo, como disse que os amigos o chamavam, respondeu com boa gramática e boa pronúncia. O rapaz agradou a Tatheus por sua educação e por sua doçura. Ursus, que não apreciava especialmente nem uma coisa nem outra, torceu o nariz mas não se opôs à proposta de Tatheus, que era que Dodo os acompanhasse até a Itália, onde o poderiam deixar na rota para Roma aos cuidados de pessoas confiáveis.

Grim acompanhou aqueles entendimentos com um peso na consciência e um nó na garganta. Doía-lhe ficar calado enquanto Nolo e o rapaz ludibriavam o bom Tatheus: calando-se, deixava infiltrar-se na confraria uma criatura ímpia e lasciva. Não sabendo o que fazer, recolheu-se em silêncio profundo, e toda aquela noite mal dirigiu palavra a Nolo e a Dodo. Nolo retribuiu o tratamento com sorriso insolente. O olho, porém, que duas ou três vezes Dodo pousou sobre Grim era tão doce que Grim teve de fazer um esforço para virar o rosto. E era belo o rapaz: tinha sobrancelhas negras e pele alva como neve.

No dia seguinte, quando partiu do sexto marco para cobrir as sete milhas até Hungunverrum, a confraria já contava oito e não mais sete membros. A mula de Nolo tinha agora de arcar com o peso a mais, ainda que leve, de Dodo, que seguia agarrado à cintura de Nolo, chilreando o seu latim nos ouvidos dele. Às vezes se retardavam, desapareciam nas curvas do caminho, e Grim imaginava os beijos e afagos que tais momentos deviam permitir aos dois dissolutos.

Hungunverrum está sobre uma elevação eriçada de pinheiros. Dali a Buccones são outras sete milhas. Dodo fez o percurso agora na garupa de Tatheus que, inspirado, ia dando ao rapaz áridas lições sobre vícios de linguagem:

— Os vícios de linguagem estão classificados em doze categorias, que são as seguintes: barbarismo, solecismo, acirologia, *cacemphaton*, pleonasmo, perissologia, macrologia, tautologia, elipse, tapinose, cacossínteto, anfibolia. São tantos os barbarismos quantos são os trabalhos de Hércules, para que tenhamos em mente que devemos fazer grandes esforços para combatê-los e aniquilá-los em nosso discurso. Porque são todos vícios, e não virtudes, e por isso fazer uso deles é como pecar contra a doutrina da boa retórica. Para que entendas o dano de que são capazes, deixa-me apresentar-te alguns deles. Pleonasmo, por exemplo, é o acréscimo de palavras desnecessárias para a compreensão do sentido da frase: assim, em *sic ore locuta est*, a palavra *ore* representa o pleonasmo, pois por que diríamos que alguém falou *com a própria boca*, se não podemos esperar que tenha falado com as orelhas ou com os olhos? Já perissologia é o acréscimo de palavras que repetem, de modo diferente, e sem necessidade, o pensamento já enunciado, como em *ibant qua poterant, qua non poterant non ibant*, que significa, em bom vernáculo...

A hesitação era um convite a Dodo para traduzir, e ele traduziu:

— *Iam onde podiam e, onde não podiam, não iam.*

Tatheus abriu um sorriso de contentamento.

— E anfibolia — continuou ele — é o vício que provoca ambigüidade na frase, como em *vidi statuam auream hastam tenentem*, que tanto pode ser entendida assim: *vi uma estátua de ouro segurando uma lança,* como assim: *vi uma estátua segurando uma lança de ouro.*

Logo atrás da escola ambulante de Tatheus iam Grim e Nolo. Este último só fazia menear a cabeça e suspirar de fastio.

— E solecismo — prosseguiu Tatheus — é o vício que faz combinar partes do discurso de forma contrária às regras da gramática. A diferença entre solecismo e barbarismo é que solecismo contém *frases* conflitantes e contraditórias, mas barbarismo ocorre na pronúncia ou na escrita de *palavras* isoladas. Assim, muitos se equivocam ao supor que podemos cometer solecismo em apenas uma parte do discurso, como acontece quando, perguntados aonde vamos, dizemos "de Roma", ou quando, encontrando um amigo, dizemos "Adeus", ou ainda quando, apontando para um homem, dizemos "ela" e, para uma mulher, dizemos "ele". Aí, porém, o que temos é barbarismo, embora tanto a indagação como a saudação e a indicação tenham força de discurso concatenado.

— Nada disso é dele — murmurou Nolo para só Grim ouvir. — É tudo reproduzido de Donatus.

Daí Tatheus passou aos metaplasmos, que nada mais são, disse ele, do que barbarismos que ocorrem no discurso poético. Ou seja, ocorrem não por ignorância mas por uma questão de métrica ou de estética. Há catorze espécies de metaplasmos, disse ele, e recitou-as todas, sem hesitar, com o mesmo fervor com que recitaria um salmo:

— Prótese, epêntese, paragoge, aférese, síncope, apócope, éctase, sístole, diérese, epissinalefa, sinalefa, ectlipse, antítese e metátese.

Depois, não satisfeito, começou a definir e exemplificar cada uma delas, sem dó nem piedade para com os ouvidos de seu pobre ouvinte:

— Prótese é o acréscimo de uma letra ou de uma sílaba no começo de uma palavra, como *gnato* em vez de *nato*, *tetulit* em vez de *tulit*. Epêntese é o acréscimo de uma letra ou de uma sílaba no meio de uma palavra, como *induperator* em vez de *imperator*. Paragoge é o acréscimo de uma letra ou de uma sílaba no final de uma palavra, como *potestur* em vez de *potest*. Alguns chamam este recurso de prosparalepse. Aférese, o oposto de prótese, é a supressão de uma sílaba no começo de uma palavra, como *mitte* em vez de *omitte*, *temno* em vez de *contemno*. Síncope é a supressão no meio de uma palavra, o oposto de epêntese, como *audacter* em vez de *audaciter*, *commorat* em vez de *commoverat*. Já apócope, o oposto de paragoge, é a supressão no final de uma palavra, como *pote* em vez de *potest*. Éctase implica o alongamento de uma sílaba breve, e sístole, seu oposto, o encurtamento de uma sílaba longa, de modo que ambas ferem a natureza de uma palavra. Diérese é a divisão de uma sílaba em duas, como fez um poeta ao ler *Albai Longai* como trissílabos. Já epissinalefa, o contrário de diérese, é a reunião de duas sílabas numa só, como *Phæthon* em vez de *Phaëthon*. Sinalefa é o encontro de vogais conflitantes, como em *atque ea*, dificultando a pronúncia do verso. Ectlipse é o encontro incômodo de consoantes e vogais, como em *multum ille et terris iactatus et alto*. Antítese é a substituição de uma letra por outra, como *olli respondit rex*, em que *olli* foi usado em vez de *illi*. Metátese é a mudança de lugar de uma letra numa palavra, como *Alexandre* em vez de *Alexander*.

— Onde está Deus Todo-Poderoso — gemeu Nolo — que não deita lá de cima um corisco sobre esse tagarela para salvar de tédio mortal o pobre Dodo?

Nolo tinha razão em se preocupar. Mal encerrara a carga dos metaplasmos, Tatheus começou a lançar sobre os ouvidos de Dodo suas legiões de tropos. Tropos, disse ele, não são vícios de linguagem, mas expressões retiradas de seu sentido habitual para fins de ornamentação do discurso, sobretudo poético. Existem treze tropos: catacrese, metáfora, metalepse, metonímia, antonomásia, epíteto, sinédoque, onomatopéia, perífrase, hipérbato, hipérbole, alegoria e homoeose.

— Comecemos pela catacrese, que é o uso indevido de um substantivo: por exemplo, quando chamamos *parricida* a alguém que matou o irmão, ou quando a um tanque usado para nadar chamamos *piscina*, embora não haja ali nenhum peixe.

A Fábula, que não pode salvar o pobre Dodo da tortura gramatical de Tatheus, pode, pelo menos, salvar o leitor ou o ouvinte, fechando o capítulo.

## 60. Testículos

Pernoitaram em Buccones, cidade banhada pelo rio Save. Buccones cresceu à volta do castelo dos senhores de Insula, fiéis vassalos do conde de Tolosa. Ursus informou que um desses cavaleiros, Raymond Bertrand, acompanhara o conde na grande cruzada em que se conquistou Jerusalém. Na Terra Santa, Raymond Bertrand manifestou desejo de ser rebatizado nas águas do rio Jordão, e atenderam-lhe o desejo, e por causa disso acrescentou ao seu nome o nome do rio; sua família é conhecida hoje, disse Ursus, como Insula-Jordanus. Tatheus repreendeu-o com doçura:

— Esqueceste, Ursus, de mencionar o principal atributo da cidade de Buccones.

— Ah, sim — disse Ursus. — Aqui se realiza todos os anos uma famosa feira de animais, especialmente de cavalos.

— Não, não — disse Tatheus. — Aqui nasceu o santo Bertrand, que por sinal pertenceu à família dos senhores de Insula-Jordanus. Seu corpo está sepultado em Convenæ, e faz ali muitos milagres.

Não havia vagas na estalagem da cidade, por isso alugaram o casebre de um pobre homem para cear e dormir. O pajem foi mandado atrás de carne e legumes, que lhe venderam a preço de carestia. Com isso o moço Hector preparou uma refeição; e teve tanto embaraço para prepará-la, devido à falta de panelas, como os outros tiveram para comê-la, devido à falta de pratos e colheres. Durante a refeição, Tatheus narrou alguns milagres do santo Bertrand. A narração não teve o poder de acrescentar um ponto de conforto às condições do casebre. Recolheram-se cedo. Tatheus e Ursus dormiram na única cama da casa, na verdade um catre povoado de pulgas, enquanto Repentinus preferiu dormir ao relento, apesar do frio. Os outros cinco embolaram-se todos sobre uma esteira no chão do casebre; Nolo e Dodo dormiram contíguos, e Grim, na outra extremidade, não pôde deixar de imaginar onde um e outro metiam as mãos, favorecidos que estavam pela sombra e pela mistura de corpos. Com essa preocupação, não conseguia dormir, de modo que levantou e saiu do casebre à procura da companhia de Repentinus. O escudeiro ainda estava acordado e não só recebeu cordialmente a companhia de Grim mas também logo se pôs a conversar. Falou muitas coisas sobre si. Tinha combatido em muitas guerras e visto e experimentado muitas venturas e desventuras. Uma vez fora feito prisioneiro dos sarracenos. Éramos vinte prisioneiros. Os malditos infiéis precisavam assaltar uma fortaleza próxima e não queriam comprometer o assalto vigiando-nos. Também não queriam matar-nos, porque sua intenção era vender-nos nos mercados de escravos de Tunes. Assim, deixaram-nos presos numa grande caverna. Ah, meu bom Grim, aqueles infiéis eram astutos e impiedosos: deixaram-nos a nós, os vinte prisioneiros, acorrentados à parede de rocha, mas não pelos pulsos ou pelos tornozelos, nem mesmo pelos pescoços, como seria de esperar. Ficamos todos acorrentados, meu bom Grim, pelos membros viris. Depois que os sarracenos partiram, tentamos, de toda maneira, abrir o grilhão que nos apertava a base do membro, mas não foi possível, embora tivéssemos um pequeno punhal que um de nós conseguira esconder dos olhos dos inimigos. Dezenove dentre nós desistimos de fugir e conformamo-nos com a nossa sorte. Havia em nossa companhia um jovem natural da Dalmácia, que sacudiu a cabeça e disse: Só resta uma maneira de escaparmos desta prisão, que é esta: renunciarmos aos nossos membros. E não esperou mais nada: tomando o punhal nas mãos, literalmente serrou fora os seus órgãos vitais. Fizemos o que pudemos para estancar-lhe o sangue e, depois de descansar algumas horas, despediu-se de nós com lágrimas abundantes e saiu claudicando da caverna e desapareceu. Quanto aos outros dezenove, fomos levados para a África e poucos conseguimos voltar de lá. Eu mesmo padeci quatro anos curvado sobre os remos de galera sarracena, e muitas vezes lamentei não ter seguido o exemplo do jovem dálmata. A liberdade vale mais do que a lascívia, meu bom Grim.

A história deixou Grim pensativo. Repentinus logo começou a contar outra, que, segundo disse, era de certo modo a irmã da primeira:

— O que vou contar-te aconteceu num distrito da França chamado Castellum Radulphi. O senhor desse distrito, que se chamava Radulphus, mantinha prisioneiro em seu castelo um homem a quem mandara vazar os olhos e decepar os testículos. O prisioneiro, porém, fora vassalo de Radulphus e gravara na memória todas as passagens do castelo e até o número de degraus que conduziam ao alto das torres. Um dia, num acesso de ira e ávido de vingança, esse homem se apoderou de um menino, filho único e herdeiro de Radulphus, e arrastou-o até o topo de uma das torres, trancando as portas atrás de si. Lá no alto das ameias viu-se surgir então sua figura recortada contra o céu, e levantou-se no pátio um grande alarido de dor quando ele ameaçou atirar lá de cima o menino. Radulphus acorreu às pressas e era ele o mais desesperado de todos. De onde estava dirigiu ao prisioneiro todos os apelos e propostas que pôde, tentando salvar a vida do filho. O prisioneiro respondeu que não pouparia o menino a não ser que o pai cortasse fora os testículos, como mandara fazer a ele próprio. Radulphus insistiu em seus apelos, mas tudo em vão. Por fim, fingiu concordar, e ordenou que lhe vibrassem um forte golpe na parte inferior do corpo, para dar a impressão de que se havia mutilado como o outro exigira. Todos os presentes gemeram lugubremente, para fortalecer essa impressão. O prisioneiro cego perguntou a Radulphus que parte do corpo lhe doía mais, e ele respondeu que a virilha. Ao ouvir isso o prisioneiro fez menção de atirar o menino lá de cima. O pai se fez golpear uma segunda vez, e então disse que a dor mais forte era no coração. O cego não acreditou nele e puxou o menino para a beira do parapeito. Na terceira vez, para salvar o filho, o pai realmente se fez cortar os próprios testículos. Aí gritou que eram os dentes que lhe doíam mais. Desta vez acredito em ti, disse o prisioneiro, pois sei muito bem como é. Agora estou vingado dos males que me causaste, e posso ir feliz ao encontro da morte. Nunca mais gerarás outro filho, e deste não terás ocasião de receber qualquer alegria. Dito isso, o homem atirou-se das ameias e mergulhou no abismo, levando consigo o menino. Ao atingir o chão, seus braços e pernas quebraram-se em muitos lugares, e ambos morreram num abraço mortal.

Grim verteu algumas lágrimas ao ouvir essa história. Repentinus concluiu:

— Pela alma do filho, Radulphus construiu nesse lugar um mosteiro. Ainda hoje está lá, e é chamado de Cena de Dores. Estivemos nesse mosteiro, Ursus e eu, e rezamos pelos três desafortunados protagonistas desta história: o pai, o filho e o prisioneiro.

## 61. Etimologias

Se à noite Nolo podia imiscuir as mãos e outras coisas nas frinchas e fendas de Dodo, de dia pouco desfrutava da companhia do rapaz, que agora seguia o tempo todo montado na mesma mula com Tatheus. O usurpador encontrara ouvidos jovens e doces, atentos e sagazes. Estava tão encantado com Dodo que, durante a noite, fizera um poema dedicado ao rapaz. Dois de seus versos diziam o seguinte:

> Se dou, dou, diz teu nome, e a mim dizes, dá, dá,
> dou-me, a ti, todo, se a mim, Dodo, te dás.

Nolo, ouvindo esses versos, resmungou para Grim que Tatheus devia estar senil para compor tais *do do, da da*. Grim respondeu que, vindo de quem vinha, só podia ser visto como um cândido poema de terna amizade. Fosse como fosse, Tatheus não pensava abdicar de seu direito de posse sobre Dodo. Assim, tendo transformado a sela da montaria numa escola, outra coisa não fez ele, ao longo das sete milhas de Buccones até o templo de Júpiter, senão impingir lição após lição ao dócil Dodo. Um dos assuntos do trajeto foram etimologias. Eis uma parte da arenga de Tatheus:

— Chamamos ao homem *homo* porque foi feito de *humus*, tal como está dito no Gênesis: Formou pois o Senhor Deus ao homem do barro da terra. Apesar disso, e de maneira geral, aplicamos o termo *homo* às duas substâncias que compõem o homem inteiro, isto é, à união da alma e do corpo. Porque o homem é um ser duplo, composto de um homem interior, que é a alma, e um homem exterior, que é o corpo. Por sua parte, os gregos deram ao homem a denominação de *anthropos*, porque, tendo sua origem na terra, levanta o olhar para o alto, a fim de contemplar o seu artífice. Isso afirma Ovidius quando diz em suas *Metamorphoses*: Enquanto os outros animais, postos de quatro, só têm olhos para a terra, ao homem Deus concedeu um rosto voltado para cima e ordenou-lhe que olhasse para os céus e levantasse os olhos para os astros.

Grim ouviu com maus ouvidos essas palavras; que diria Tatheus, pensou, se pudesse ver Dodo como ele o vira, quadrúpede, nádegas para o alto, olhos para o chão, degradando corpo e degradando alma na cumplicidade carnal com Nolo?

— E que Deus é esse de que fala um pagão como Ovidius? — perguntou Dodo.

— Ovidius se refere a ele — respondeu Tatheus — como *quem quer que tenha sido*, donde depreendemos que o poeta, embora pagão, tinha certa consciência da divindade única como nós cristãos a entendemos.

— Ah — disse Dodo, e até mesmo essa interjeição, em sua pureza monossilábica, soou falsa e maliciosa aos ouvidos de Grim.

— A palavra *alma* é de origem pagã — continuou Tatheus — e provém do grego *ánemos*, que quer dizer *ar*. Incapazes de conceber a idéia de uma natureza incorpórea, os pagãos acreditavam que o homem tem vida pelo ar que respira, o que é inteiramente falso, porque o homem, no ventre materno, antes que possa aspirar o ar pelo nariz ou pela boca, já tem vida e já tem alma.

— Que diferença há entre *anima* e *spiritus*? — perguntou Dodo.

— Nenhuma — respondeu Tatheus. — Já o evangelista disse, referindo-se ao supremo instante da paixão, que Cristo, "abaixando a cabeça, rendeu o espírito". E o que é render o espírito senão render a alma? Na verdade, a alma recebe diferentes nomes de acordo com os efeitos de suas distintas funções. Assim, o que dá vida ao corpo é a *alma*; quando tratamos de sua natureza espiritual, dizemos *espírito*; quando nos referimos à vontade da pessoa, dizemos *ânimo*; *memória*, quando se trata de recordações; *razão*, quando julgamos o que é certo e errado; *sentimento*, quando nos referimos às sensações; e *mente*, quando nos referimos aos conhecimentos. Por isso aos enamorados chamamos de *amentes*, porque perdem o conhecimento das coisas e só querem saber de seu amor.

— *Non amantes, sed amentes* — disse Dodo.

— Conheces esse jogo de palavras? — exclamou Tatheus. — É perfeito, porque os amantes costumam perder a cabeça e mergulhar como loucos no poço de sua paixão.

Mal sabe Tatheus, pensou Grim, que está falando de Nolo e de Dodo.

— Chama-se ao corpo *corpus* — prosseguiu Tatheus — porque, sendo mortal, está destinado a decompor-se um dia, isto é, a tornar-se *corruptum*. Já à carne chama-se *caro* porque esta palavra deriva de *creare*. Ao sêmen do macho se denomina *crementum*, pois a partir dele se geram os corpos dos animais e dos homens. Por isso os pais são chamados *creatores*. O significado de *carne* é diferente do significado de *corpo*. A carne é sempre corpo, mas nem sempre o corpo é carne. A carne tem vida enquanto vive o corpo. O corpo que não tem vida não é carne. Por outro lado, é normal ver corpos com vida, mas desprovidos de carne, como a relva ou as árvores.

— Fala-me das partes do corpo, bom Tatheus — pediu Dodo.

— A parte fundamental do corpo é a cabeça — começou Tatheus. — Tem o nome de *caput* porque nela *initium capiant*, isto é, têm origem, todos os sentidos e todos os nervos, e porque dela procede todo princípio de vida. A cabeça é como a personificação da própria alma, que vela pelo corpo.

— E de onde vem a palavra *cabelos*? — perguntou Dodo.

— *Capilli* é o mesmo que *capitis pili* — elucidou Tatheus —, ou, em língua romance, *pêlos da cabeça*. Sua missão é embelezar a cabeça e proteger o cérebro do frio e defendê-lo do sol. Há outras palavras para designar o mesmo que *capitis pili*, entre elas *cæsaries* e *coma*. *Cæsaries*, que em romance se diz *cabeleira*, vem de *cædere*, porque o termo se aplica ao cabelo que é cortado e cai, o que quer dizer que se aplica unicamente ao cabelo dos homens, pois convém que o homem corte seu cabelo, enquanto não é decente que a mulher o faça. A palavra que se aplica ao cabelo das mulheres é *coma*, que é a cabeleira que não é cortada.

Dodo tocou com os dedos as suas têmporas e perguntou se essa palavra tinha alguma coisa a ver com *tempora*, plural de *tempus*.

— Vejo que és muito arguto — disse Tatheus. — Tens razão. As têmporas têm esse nome porque se movem, como o tempo e sofrem mudanças em determinados períodos.

— E por que ao rosto chamamos *facies*? — perguntou Dodo.

— Por causa — respondeu Tatheus — do aspecto, ou *effigies*, que apresenta: nele se mostra toda a nossa índole e por ele se pode conhecer cada pessoa.

— E por que aos olhos chamamos *oculi*? — perguntou Dodo.

— Porque os olhos — respondeu Tatheus — possuem uma luz *occulta*, embutida em seu interior. Entre todos os sentidos, o da visão é o que está mais perto da alma, e por isso nos olhos se reflete toda manifestação de nossa mente. Chamam-se também *lumina*, ou porque deles emane a luz, *lumen*, ou porque mantenham a luz encerrada em seu interior; ou ainda talvez porque, na visão, reflitam a luz que receberam do exterior.

Nolo, que ia novamente ao lado de Grim, resmungou:

— Nada disso é dele: está tudo em Isidorus.

Tatheus se pôs então a falar de várias partes dos olhos:

— A pupila é o ponto central do olho, e aí se concentra a capacidade de ver. Dá-se-lhe o nome de *pupillæ* porque as imagens nos parecem pequenas, assim como às crianças pequenas chamamos *pupilli*. Há muitos que a chamam *pupula*, mas seu nome é *pupilla*, porque é pura e virginal, como são as meninas. Os médicos asseguram que as pupilas dos olhos, nos moribundos, deixam de existir três dias antes da morte. Por aí se conhece, nesses casos, que não há mais esperança para o doente. Às vezes as pupilas se tornam invisíveis, o que significa proximidade de morte violenta, como aconteceu com o imperador romano Pertinax, de quem se diz que, no dia em que foi morto, os que lhe olharam o rosto não conseguiram ver as pupilas. As *palpebræ* são as bolsas dos olhos, e seu nome deriva de *palpitatio*, porque estão em contínuo movimento, e com essa mobilidade contínua revigoram a visão. Os cílios são a linha de pêlos que oferecem aos olhos, quando abertos, uma segura proteção contra corpos estranhos e daninhos, como pó, e permitem-lhes que, quando vencidos pelo sono, descansem fechados e protegidos. Chamam-se *cilia* porque escondem, *celant*, os olhos. Quanto às lágrimas, há quem opine que derivam seu nome, *lacrimæ*, de *laceratio mentis*, porque são sinais de que o espírito está ferido por alguma dor ou angústia.

— E a boca? — perguntou Dodo.

— A boca — disse Tatheus — se chama *os* porque por ela, como por uma porta, *ostium*, entram os alimentos e saem as palavras. Já os lábios derivam seu nome de *lambere*; ao superior denominamos *labium*, e ao inferior, por ser mais grosso, *labrum*. Outros chamam *labra* aos lábios dos homens, e *labia* aos das mulheres.

E assim iam os dois, Dodo perguntando — E a língua? E as orelhas? E o nariz? — e Tatheus não só indicando os princípios etimológicos de cada palavra mas também acrescentando, com deleite, informações que o rapaz bebia com os olhos e os ouvidos.

## 62. Banquete

Fizeram uma parada para descanso a sete milhas de Tolosa, no lugar conhecido como templo de Júpiter. Ali reencontraram as águas do rio Garumna, pois a cidade de Tolosa é banhada pelo mesmo rio que banha Burdigala. Tolosa, disse Tatheus, é uma grande cidade, e rica, e antiga, mais antiga mesmo que Roma. Já muito tempo antes de os irmãos Romulus e Remus fundarem Roma, Tolosa despontava como a capital dos *tolosati*, um grande povo da estirpe dos celtas. Marius submeteu os *tolosati* ao domínio romano, e Cæsar tinha por eles especial estima, por lhe terem prestado auxílio contra os helvéticos. São Saturnino evangelizou-os e foi seu bispo e mártir.

A confraria, no entanto, não entrou em Tolosa naquele dia, pois sofreu uma emboscada no caminho. Sim, porque em certa bifurcação da estrada estavam vigilantes alguns jovens cavaleiros que, intimando a confraria a parar, explicaram quem eram e o que queriam. E o que eram e o que queriam? Eram servidores de um rico proprietário de terras chamado Huitdeniers, e tinham sido postos ali na estrada para raptar amigavelmente todos os viajantes e, obrigando-os pela cortesia a desviar o itinerário, conduzi-los a Vorocingus a fim de tomarem parte no banquete que Huitdeniers oferecia pontualmente todos os anos nesse mesmo dia. Tatheus hesitou; Ursus, porém, entusiasmou-se à idéia de um lauto e gratuito banquete. São Saturnino pode esperar até amanhã, disse ele.

Um dos jovens foi destacado para guiá-los até à propriedade de Huitdeniers. Loquaz, contou a origem do banquete anual de Vorocingus. Muitos anos atrás, quando era ainda um jovem de vinte e cinco anos, o avô de Huitdeniers contraiu moléstia muito grave, representada por uma lesão interna que provocava uma dor muito aguda em certo ponto do corpo. Ora, uma igreja de Tolosa guardava então, e ainda guarda hoje, como relíquia inestimável, um dos braços do mártir Arnulfus, apto, desde tempos imemoriais, aos mais prodigiosos milagres. Foi levado o braço de Arnulfus em visita à casa do doente e, assim que o pousaram sobre o local da lesão, a dor transferiu-se para outra parte do corpo. Repetiu-se a operação várias vezes, de modo que a lesão, sempre fugindo ao toque do braço, percorreu da cabeça aos pés o corpo do jovem, até que, abrigando-se perto do pescoço e dos ombros, travou ali o seu último combate contra a santa relíquia. Pois ali toda a resistência da moléstia foi vencida: viu-se a pele do doente intumescer como a de um rato e a doença desapareceu sem deixar nenhum vestígio de dor. Em lembrança do milagre que lhe restituiu a saúde, disse o jovem, todos os anos naquele mesmo dia, que é o dia de hoje, o avô de Huitdeniers passou a oferecer um suntuoso banquete. Seus descendentes não só preservaram o costume mas ainda competem entre si para ver quem reúne em sua casa nesse dia o maior número de convidados, daí por que, em todas as estradas, caminhos, sendas, atalhos e até trilhas de ovelhas que conduzem a Tolosa, achareis servidores como nós à caça de convidados como vós, de modo que é impossível, no dia de hoje, um viajante entrando ou saindo de Tolosa escapar de nossa amigável emboscada.

A casa de Huitdeniers estava situada ao pé de algumas colinas vestidas de videiras e oliveiras. A confraria foi recebida com muita cordialidade, e logo entregue a si própria diante da chegada de outros seqüestrados. A casa, dentro e fora, regurgitava de toda espécie de homens e mulheres. Comia-se, bebia-se, conversava-se, cantava-se, dançava-se, jogavam-se dados; amiúde alguém engasgava ao atravessar-se-lhe na garganta uma espinha de peixe, obrigando os vizinhos a invocar o socorro de Sanctus Blasius enquanto davam-lhe nas costas fortes palmadas; toda hora alguém corria às latrinas, quer para defecar, quer para vomitar, e se, no primeiro caso, quase todos venciam os intestinos na corrida, no segundo muitos eram vencidos no meio do caminho pelos estômagos, detendo-se ali mesmo para expurgá-los de tudo que eles próprios os haviam forçado a ingerir.

Ursus e seus homens não demoraram a se integrar a uma turma de convidados. Tatheus ficou de pé, cercado pelos seus noviços, lançando em torno um olhar de censura. Logo, porém, foram arrebanhados por alguns fâmulos e conduzidos a uma mesa no jardim, onde já se achava sentado sozinho um velho de fisionomia respeitável. Daí a pouco Tatheus e os noviços começaram também a comer e a beber: tudo era tão farto, o vinho tão generoso, e os fâmulos tão insistentes, que era impossível deixar de fazer uma e outra coisa.

O velho francês, ao ser informado de que seus comensais vinham da Britânia, e supondo por isso que fossem todos anglos e saxões, ergueu a taça e brindou-os:

— *Was hail*!

Tatheus, surpreso por encontrar um habitante da Gália que falasse a língua saxônica, ergueu a sua taça e retribuiu dizendo:

— *Drinc hail*!

Beberam ambos, e Tatheus perguntou, em saxão, onde é que o outro aprendera aquela língua. O velho ergueu de novo a taça e disse:

— *Was hail*!

— *Drinc hail*! — respondeu Tatheus.

Beberam. Tatheus, entendendo que todo o saxão do velho se reduzia àquelas palavras, dirigiu-se a ele em francês. O velho explicou que aprendera aquelas palavras numa taverna da cidade de Calesium, onde, quando jovem, sentara-se com alguns marinheiros saxões para beber. Toda a minha vida, disse ele, quis saber por que teus conterrâneos pronunciam essas palavras antes de beber, e espero que hoje me possas esclarecer a respeito.

Tatheus contou então ao velho que, antes da chegada dos saxões à Britânia, a ilha pertencia aos bretões, povo celta que lhe dera o nome que tem. Um de seus reis, disse ele, chamou-se Vortigern e, vendo-se em certa contingência ameaçado pelos pictos, cometeu o erro de pedir socorro a dois chefes saxões da Alamânia, Hengist e Horsa. Ora, se por um lado a ameaça dos pictos foi afastada, por outro acendeu-se nos saxões o desejo de possuir aquela terra fértil e formosa, e de fato não descansaram enquanto não a conquistaram toda para si próprios. Mas isso já foge ao objeto de tua pergunta. Hengist tinha uma filha chamada Renwein e, no grande banquete em que se festejou a vitória sobre os pictos, certamente não tão grande como este, eis que a jovem surgiu do fundo do salão trazendo nas mãos uma taça de ouro cheia de vinho e, detendo-se diante de Vortigern, ergueu a taça e bebeu um gole, dizendo: *Laverd King, was hail*! Ao ver o rosto de Renwein, o rei ficou maravilhado com a sua beleza e sentiu-se invadido de desejo por ela. Perguntou então ao intérprete o que tinha dito a jovem e o que ele devia dizer em resposta. O intérprete explicou: Ela chamou-te Senhor Rei, e honrou-te bebendo à tua saúde. O que deves responder é: *drinc hail*. Vortigern imediatamente disse as palavras *drinc hail* e, tomando a taça da mão de Renwein, beijou a jovem e bebeu por sua vez. É por isso que, até hoje, entre os anglos e saxões, aquele que bebe primeiro num banquete deve dizer *was hail*, e aquele que beber em seguida deve responder *drinc hail*.

O velho agradeceu o esclarecimento de Tatheus e perguntou o que fora feito de Vortigern e de Renwein.

— Nada de imprevisível — disse Tatheus. — Depois de beber o vinho oferecido pela jovem, o rei quis beber a própria moça, o que não admira, porque o nome Renwein, na língua saxônica usada na Alamânia, significa vinho da região do Rhenus, que, como sabes, é um rio desse país. Assim, Satã entrou no coração de Vortigern, que pediu a Hengist que lhe desse a sua filha como esposa. Se digo que Satã entrou no coração do rei é porque, embora Vortigern fosse cristão, estava resolvido a possuir aquela jovem pagã. Hengist, que era muito astuto, pediu e obteve de Vortigern a província de Cântia em troca da filha. Se me perguntares se Vortigern foi feliz com a esposa pagã, direi que não, e o país menos ainda, porque ela foi o instrumento por meio do qual os saxões começaram a conquista da terra dos bretões.

Nesse momento um grande alarido saudou a chegada ao jardim de um velhíssimo ancião transportado numa liteira por quatro servidores. Era o velho patriarca da família, que naquele dia acrescentava mais um ano de vida aos inúmeros que já juntara até ali. O fato de ter ele nascido (três anos depois do milagre) no mesmo dia e mês em que o braço de Santo Arnulfus curara seu pai fora sempre considerado uma bênção adicional do mártir à família. Sob uma catadupa de aplausos, o velho foi assentado à mesa de honra, ao lado de seu filho Huitdeniers. A Grim o ancião pareceu ter cento e cinqüenta anos de idade: mais velho ainda, portanto, que a condessa de Kemp. Os convidados, postos de pé diante dele, continuaram a aplaudi-lo ruidosamente enquanto alguns fâmulos, tanto rapazes quanto moças, aspergiam sobre as cãs do patriarca miríades de pétalas de rosas que extraíam de cestas finamente ornamentadas que lhes pendiam dos braços. Estiada a chuva de rosas, os convidados puseram-se, todos em uníssono, a bradar, ou melhor, a vociferar contra os céus pedindo a Deus que concedesse ao velho muitos anos de vida, voto que pai e filho receberam com prazer e naturalidade, como se fosse possível àquele longevo macróbio viver mais cento e cinqüenta anos e não os prováveis três meses que lhe cabiam de contado. Tatheus não pôde furtar-se a um comentário:

— Daí podeis ver como são estúpidas essas pessoas, pois umas se alimentam de esperança sem sentido, e outras praticam uma adulação que só se há de entender como hipocrisia. Pois como podem, diante deste velho, ou melhor, deste ancião que já viveu não três mas cinco idades de homem, e em quem, portanto, quase totalmente se extinguiu a chama da vida, sinceramente desejar que a Natureza lhe dê aquilo que sabem que ela não pode nem há de dar? Do mesmo modo este ancião e seu filho se rejubilam com o voto dos hipócritas, sabendo muito bem que Deus não permitirá que o voto se cumpra, porque, se o permitisse, isso seria para o próprio velho um malefício e não um benefício. Ah, meus filhos, chamar forte a um fraco, sábio a um tolo, alto a um baixo, pio a um pecador, nada disso é, crede-me, louvor mas contumélia. E aquele que aceita ser coroado de atributos que não lhe pertencem, em vez dos que lhe são devidos por direito, assemelha-se às aves cujos olhos a noite ilumina e a luz do dia cega.

Caiu a noite mas a festa não terminou. Iluminou-se tanto a casa como o jardim com vasta profusão de tochas, de modo que, enquanto em toda a Europa era noite, em Vorocingus continuava dia. À meia-noite recolheu-se a confraria para dormir: Tatheus e Ursus foram alojados no mesmo aposento, outro foi ocupado pelos servidores do cavaleiro e outro, pelos jovens letrados. Assim que entre Nolo e Dodo começaram os beijos, os abraços, os suspiros, os arfares, Grim deixou a câmara e foi para o jardim. Passou ali umas duas horas, mal dormindo e mal desperto, escutando as vozes dos serviçais, que arrematavam as sobras do banquete. Aí retornou à câmara e, vendo que o sono tomara o lugar do pecado, deitou-se no leito e dormiu também até o amanhecer.

## 63. Nymphæolum

Na manhã seguinte percorreram as sete milhas até Tolosa. Tatheus louvou os calceteiros locais, que tinham feito excelente trabalho no calçamento do caminho que ia da propriedade de Huitdeniers até a estrada principal. Depois horrorizou-se ao saber que, por ordem de um bailio que queria ser bem visto por Huitdeniers, tinha-se demolido a capela de um hospital e usado o entulho para calçar aquele trecho da estrada. Se o tivesse sabido antes, declarou Tatheus, teria seguido pelos campos para não pisar aquelas pias pedras a que se dera uso tão espúrio.

A tarde foi consumida numa visita à basílica de São Saturnino. Tatheus deslumbrou-se ao ver as torres, as esculturas, e a porta dos Condes, sobre a qual, em três nichos ladeados cada qual por dois leões, se viam imagens de São Saturnino e de seus dois companheiros, Papulius e Honestus. Ali extasiou-se ao ver os capitéis das colunas, nos quais se haviam esculpido cenas edificantes, como a parábola de Lázaro e do homem rico (no primeiro capitel, os anjos transportam a alma de Lázaro; no segundo, dois monstros devoram a cabeça do homem rico) e como os castigos infernais (a mulher luxuriosa torturada por duas serpentes, o homem luxurioso por dois demônios, o avarento entre as chamas com a bolsa em torno do pescoço). Ali admirou-se ao ver o enorme claustro, circundado por duas capelas, pelo palácio abacial e por outras dependências do convento. Ali maravilhou-se ao ver a cripta dos condes, contendo os sarcófagos de Guillaume Taillefer, de seu filho Pontius, de dois outros filhos, mortos na infância, e de seu neto Raimond Bertrand.

No outro dia a viagem continuou sem incidentes. De Tolosa a Elusio são vinte e nove milhas; de Elusio a Cædri, vinte e cinco. No primeiro dia dormiram no campo na altura do décimo sexto marco. No segundo dia passaram por Elusio, depois por Sostomagus, e dormiram no mosteiro de Nymphæolum, a sete milhas de Hebromagus.

Os monges de Nymphæolum eram gente alegre e estudiosa. Amavam muito a própria casa e, em vários poemas compostos em sua homenagem, referiam-se a ela como Cariath Sepher, isto é, Cidade das Letras, antigo nome da cidade de Dabir, como se lê no livro de Josué. O abade recebeu Tatheus, cuja fama já conhecia, de braços abertos. Chamou-o *logotheta*, conselheiro maior, e *magnarum scrutator maxime rerum*, investigador máximo dos grandes temas. Sabendo-o natural da Hibérnia, contou-lhe que, quando menino em Foix, fora visitar uma feira e, para seu espanto, vira dois homens anunciando a mercadoria em altos brados sem exibir porém nada para vender. Chegando-se perto, percebeu que eram dois filósofos que conclamavam as pessoas dizendo: *Ohe*, quem quiser adquirir sabedoria, que venha e a receberá de nossas mãos; pois somos vendedores de sabedoria. Eram ambos oriundos da Hibérnia, e as pessoas julgavam-nos tolos ou dementes; mas tanto se falou deles aquele dia que a notícia chegou aos ouvidos do conde do lugar, que os chamou à sua presença e perguntou: Se é verdade que trazeis sabedoria para vender, qual o preço que pedis por vossa mercadoria? E eles responderam: Não queremos dinheiro, senhor; tudo que queremos é um local apropriado para dar lições e algumas mentes abertas para receber nossos ensinamentos; e, além disso, alimento e vestimentas, pois sem isso não podemos estudar nem ensinar. Esse episódio me tocou vivamente, irmão, disse o abade, e resolvi seguir o exemplo de teus conterrâneos e tornar-me homem de estudo e de letras.

Durante a refeição o leitor da semana, um alemão de Maguntia chamado Hucbaldus, entreteve a todos recitando um poema composto por ele próprio. Hucbaldus começou por explicar que seu poema, *Ecloga de Calvis*, elogio e justificativa da calvície, fora composto em homenagem a Hatto, arcebispo de Maguntia, que era inteiramente calvo. Em seguida advertiu que o poema apresentava uma singularidade, a saber, que todas as palavras constantes dos 146 versos que o compunham, *todas*, sem exceção, começavam, como a palavra *calvus*, pela letra *c*. Para mim, disse ele, a cabeça calva com seu círculo de pêlo é como uma tonsura ou uma coroa natural, e é por isso, creio, que os calvos têm uma vocação especial para ser prelados ou reis, embora também o tenham para ser guerreiros e cirurgiões.

A leitura do poema provocou convulsões de riso não só entre os visitantes — aqueles que sabiam latim —, que nunca o tinham ouvido antes, mas também entre os monges de Nymphæolum, que já o tinham escutado centenas de vezes: como se agora o pudessem ouvir através dos ouvidos dos visitantes e, assim, ouvi-lo de novo pela primeira vez. Ursus e

Repentinus, a cada nova golfada de riso, pediam ansiosos aos vizinhos que rendessem do latim em romance os versos recém-ditos, para que pudessem rir com eles, ainda que atrasados. O poema tinha um refrão — Cantai, camenas, claras canções consagrando calvos — que se repetia periodicamente.

Ao final da leitura, Hucbaldus retirou o capuz e mostrou-se tal qual era, calvo como uma abóbora, calvo como todos os personagens de que tratara em seu poema, entre eles o profeta Elizeu, o imperador Julius Cæsar, o apóstolo São Paulo. Sobre ele caiu uma chuva de aplauso, entrecortada de gritos fortes como trovões: *sophos*!, *sophos*!, *sophos*!

Seguiu-se o ofício das completas, findo o qual, em vez de dedicarem-se ao silêncio, como manda a Regra, os monges de Nymphæolum apressaram-se a disputar uns com os outros os ouvidos dos hóspedes. O abade, valendo-se das prerrogativas do cargo, apossou-se de Tatheus e deu início a um debate com ele sobre a pronúncia, em latim, do *c* antes de *e* e de *i* e de *æ* e de *œ*, que os insulares pronunciam como *k* e os continentais, como *ts*: assim, *Patrikius* e não *Patritsius*, *kelum* e não *tselum*, *kivis* e não *tsivis*. Por essa razão é que os escribas hibérnicos nunca escrevem uma palavra como *relatio* com *ci*, como costumam fazer os continentais, mas sempre com *ti*. Tatheus defendia a pronúncia hibérnica com, entre outros, o argumento de que era mais próxima da pronúncia de Roma imperial, enquanto o abade replicava que as línguas não são estáticas mas dinâmicas, e assim devemos respeitar as mudanças sofridas por elas ao longo dos tempos.

Outros dois irmãos alternavam-se recitando para Dodo uma série de epigramas que tinham composto contra um homem estultíssimo que respondia pelo nome insigne de Virgilius Maro. E dizia um deles:

> Tão baixo desceu a fama do antigo nome
> que até tu, Virgílio nosso, podes usá-lo.

E dizia o outro:

Se nome tão santo veste homem tão raso,
a glória dos antigos chegou ao ocaso.

Um terceiro irmão impingiu a Ursus e a Repentinus a história de um monge de Mettis que os visitara uma vez em Nymphæolum e a quem, para enganá-lo, dissemos que no lago do convento tínhamos colhido em nossas redes um peixe com doze palmos de comprimento. O visitante replicou: Isso não é nada. Em nosso convento colhemos cogumelos em janeiro. Os de Nymphæolum riram muito do absurdo da afirmação, concordando que os irmãos do norte sabiam mentir melhor que os do sul. No mês de janeiro seguinte, porém, para nossa enorme surpresa, recebemos uma remessa de cogumelos de Mettis, acompanhados do seguinte epigrama:

*Si mihi non vultis, oculis vel credite vestris;*
*Vos saltem binas pisces mihi mittite spinas.*

Como nem Ursus nem Repentinus sabiam a *romana lingua*, o monge traduziu: "Se não quisestes acreditar na minha palavra, acreditai nos vossos próprios olhos; e agora remetei-me a espinha dorsal de dois de vossos peixes."

— Por meio de que milagre esses monges conseguiram colher cogumelos no inverno? — perguntou Ursus.

— Depois soubemos — explicou o monge — que os fungos brotavam num porão úmido, irrigado o ano todo por uma goteira e aquecido durante o inverno pela proximidade do *calefactorium*.

Já outro monge, que tinha sob sua custódia o rebanho de ovelhas de Nymphæolum, informado de que Grim era um dos copistas da confraria, apegara-se a ele para contar um sonho que tivera: e contou que no sonho aparecera-lhe uma das ovelhas do rebanho e perguntara-lhe, em verso, que mal lhe tinham feito ela e suas irmãs para que ele se vingasse delas todo ano esfolando-as de modo tão cruel: *Quid tibi fecimus tale, ut nobis facias male?* Respondi também em verso, disse o monge, dizendo que ela e suas irmãs deviam conformar-se com o sacrifício que lhes era imposto, considerando as nobres finalidades da tosquia: vossa lã servirá para aquecer no inverno os estudiosos do mosteiro, vossa pele será convertida em pergaminhos onde serão transcritos versos imortais como estes mesmos versos meus. Sem vós, portanto, não posso escrever meus poemas, sem vós ponho-me a chorar, porque não posso realizar meu ofício de poeta. E disse a Grim: Quando acordei, foi só sentar e pôr por escrito o diálogo em verso que compusera durante o sonho.

Dodo, que estava próximo, conseguiu livrar-se dos seus epigramatistas para tomar parte na conversa do ovelheiro; depois de ouvir, atento, o sonho versificado do outro, recitou ele mesmo, muito à vontade, estes versos:

*vilior est humana caro quam pellis ovina:*
*si moriatur homo, moritur caro, pellis et ossa.*
*si moriatur ovis, nimium valet ipsa ruina:*
*extrahitur pellis et scribitur intus et extra.*

Os versos causaram assombro entre os que os ouviram. O pajem, que estava sentado ao lado, pediu que fossem traduzidos para seu entendimento. Dodo aquiesceu:

mais vil é a carne humana que a pele ovina:
morre um homem, morre-lhe carne, pele, ossos.
morre uma ovelha, muito vale a sua morte:
na pele extraída escreve-se dos dois lados.

O pajem não deu àqueles versos tanto valor quanto os monges, assim disse *Hum* e afastou-se em busca de conversa mais apropriada ao seu paladar exigente. Juntou-se a Nolo, a quem outro monge começara a contar a história das três filhas do rei Ricardus da Ânglia: Sucedeu que esse rei andava em França por conta das guerras que sustentava contra Philippus, o rei francês. Certa ocasião um prelado honesto e virtuoso, chamado Fulco, tendo tido conhecimento de que o rei era grande pecador, veio até ele e admoestou-o com severidade, dizendo: Senhor, manténs a teu lado três filhas abomináveis e, enquanto não as expulsares de casa, não serás digno da graça de Deus. O rei respondeu: Mentes, pois o mundo todo sabe que não tenho filhas. E o prelado: É verdade o que digo, e não mentira, e direi o nome de tuas filhas: a primeira chama-se Superbia, a segunda, Cupiditas, a terceira, Luxuria. Ouvindo isso, o rei respondeu: Em vez de expulsá-las, farei o que um pai deve fazer com as filhas, que é dá-las em casamento. É o que farei, e sem demora, pois até já escolhi os maridos apropriados a cada uma. Assim, darei Soberba em casamento aos cavaleiros do Templo e do Hospital, que são orgulhosos como o próprio Lúcifer; Cobiça darei aos monges cistercienses, que cobiçam o diabo e tudo mais; por fim, Luxúria será noiva dos monges beneditinos, que, com seu profundo conhecimento e experiência de prazeres carnais, saberão tratá-la como merece.

A fuga de Dodo levara os epigramatistas a intrometer-se na conversa entre o abade e Tatheus, e a recitar para o visitante, com autorização do abade, todos os epigramas sobre o *captus mente Virgilius*. Daí Tatheus tirou ocasião de mencionar um outro Virgilius, cognominado Grammaticus, por quem tinha grande admiração.

— É o autor de quinze epítomes — explicou ele — em que trata com muita argúcia de questões de arte gramatical, empregando uma linguagem fortemente pessoal, quase enigmática.

O abade e os epigramatistas entreolharam-se. O abade disse:

— *Docte frater*, esse Virgilius de quem falas é natural de Bigerrita, que fica aqui perto, e nunca mereceu o respeito de seus conterrâneos, nem em vida, nem hoje, séculos depois de morto. Suas obras são lidas, às vezes, no refeitório, apenas para nossa diversão, e seus despropósitos são acolhidos com grande alacridade.

— Não é possível — murmurou Tatheus.

— Tanto que — disse o abade —, quando ouvimos pela primeira vez os epigramas contra nosso humilde contemporâneo Virgilius, que não passa de um mentecapto, houve quem dissesse que se aplicariam melhor ao antigo gramático do mesmo nome que, além de mentecapto, era pedante e presunçoso.

Tatheus resolveu tomar, ferrenho, a defesa de seu gramático:

— Não é possível que estejamos falando da mesma pessoa. Virgilius Grammaticus é erudito irrepreensível, e foi discípulo de grandes mestres, que por sua vez estudaram com outros mestres ainda maiores. Ele mesmo se apresenta como o décimo de uma dinastia de gramáticos que tem origem num velho chamado Donatus, que viveu em Tróia até atingir a idade de mil anos. Donatus visitou Roma ainda no tempo de Romulus, seu fundador, e foi por ele cordialmente recebido, e ali ficou quatro anos, tempo suficiente para instituir uma escola e escrever obras inumeráveis. Seu discípulo Virgilius de Tróia foi prosodista incansável e escreveu setenta volumes sobre métrica e uma carta, *De verbi explanatione*, em que explica a origem de todas as palavras. O segundo Virgilius, chamado Virgilius da Ásia, trocou cartas com o primeiro Virgilius e escreveu um livro famoso sobre as doze espécies de latim, a que deu os nomes de *usitata, assena, semedia, numerosa, metrofia, lumbrosa, sincolla, belsavia, presina, militana, spela*, e *polema*. Depois veio Istrius Hispanus, depois dele Gregorius Ægyptiacus, que escreveu três mil livros sobre a história da Grécia, e depois três Lucani, da Arábia, da Índia e da África, e depois Æneas, que foi aluno de Lucanus da África e preceptor do terceiro Virgilius, que é o nosso Grammaticus. Æneas tinha seu discípulo Virgilius em tão alta conta que certa vez disse que nele o espírito do velho Donatus revivia outra vez.

O abade e os epigramatistas escutavam Tatheus sem dizer palavra.

— O santo Aldhelmus e o venerável Beda — disse Tatheus — conheceram as obras de Virgilius Grammaticus, que, segundo consta, esteve em visita a meu país, onde até hoje é celebrado por seu espírito arguto e seu pensamento original, e onde seus livros fervem de leitores. Quanto a mim, posso dizer que li com grande proveito seus epítomes, em especial o quarto deles, *De metris*, em que trata dos diferentes metros latinos, citando exemplos de vários autores, entre eles Varro e Cato.

Havia uma tristeza na voz do abade:

— Também lemos e estudamos, irmão, as obras de Virgilius Grammaticus, e acreditamos que ele nunca teve sólido conhecimento de verso quantitativo. Quanto às citações que atribui a vários poetas, acreditamos que ele mesmo as tenha escrito, e que alguns desses poetas nunca existiram, mas são filhos de sua própria fantasia. Quem jamais ouviu falar, fora dos tratados de Virgilius, de poetas como Don, Gergesus, Sagillius? Quem jamais ouviu falar, fora de seus tratados, de gramáticos como Galbungus e Terrentius que, segundo ele, passaram catorze dias e catorze noites debatendo entre si se o pronome *ego* teria um caso vocativo? Quanto ao estilo de Virgilius, parece-nos uma tentativa de criar uma língua obscura, secreta mesma, inteligível apenas para um círculo de iniciados.

Tatheus ainda tentou redargüir, mas nada do que disse foi aceito como convincente pelos outros três. O velho monge foi obrigado a desistir:

— Não é à toa que a Escritura ensina que ninguém é profeta em sua própria terra. O pobre Grammaticus, que devia ser celebrado por vós, seus conterrâneos, em vez disso é arrastado na lama do ridículo e da desonra. Mas o tempo não cessa de passar. Algum dia será feita justiça, aqui mesmo em sua terra, à excelência do trabalho do mestre.

Aí levantou e pediu licença para recolher-se ao seu aposento.

— Querido irmão — disse o abade —, fica mais um pouco conosco. Gostaria ainda de ouvir tua opinião sobre alguns tópicos referentes aos verbos freqüentativos.

Mas ver diminuído e depreciado um de seus gramáticos prediletos exaurira a alma de Tatheus. Alegando que estava cansado da viagem, saiu acabrunhado do claustro, seguido por Grim. Na sua cela, reconheceu que algo mais lhe doera também naquela noite: sentir a possibilidade de que aqueles monginhos de Nymphæolum pudessem estar corretos em seu julgamento, e Virgilius Grammaticus não passar de um grande *ludificator*, isto é, impostor, ou, na melhor das hipóteses, de um visionário. Transmitiu a Grim o seu receio: Se se trata de um falso gramático, o que me fez cair tão facilmente na sua cilada? Como fui capaz de aceitar, sem qualquer aviso de dúvida, a existência de um sábio de idade milenar, Donatus, o troiano? Só isso já seria suficiente para motivar uma primeira suspeita. Uma coisa é lermos na Bíblia sobre Matusalém, que viveu novecentos anos. A Bíblia é livro sagrado. Mas outra coisa muito diferente é lermos a mesma coisa em livros profanos como os epítomes de Virgilius Grammaticus.

Grim escutava as queixas de Tatheus mas tinha o pensamento voltado para Nolo e Dodo, que vira aproveitarem-se do desconcerto do monge para escapulir do claustro um após outro. Que importância tinha o desapontamento intelectual de Tatheus diante da enormidade do pecado que todo dia se perpetrava na região de sua cegueira?

## 64. Bifurcação

Partindo de Nymphæolum, os integrantes da confraria passaram por Hebromagus e pernoitaram em Cædri. De Cædri a Carcasso são oito milhas. No outro dia passaram ao largo de Carcasso, admirando de longe suas maravilhosas muralhas, e foram dormir na altura do tricentésimo marco da estrada, a contar de Burdigala. No dia subseqüente, andadas duas milhas, viram que o caminho se fendia em dois. O da direita descia para o sul em direção ao litoral e levava a Narbo; o da esquerda subia colinas e montes e penetrava bosques e florestas.

— Esquerda — disse o cavaleiro.

— Senhor — disse Repentinus —, o *itinerarium* manda seguir pela direita.

— Bem sei — disse Ursus —, mas o *itinerarium* foi elaborado há mais de quinhentos anos: já é tempo de fazermos algumas correções nele.

— E por que fazermos uma correção logo aqui neste ponto? — disse Repentinus.

— Porque o caminho da esquerda vai em linha reta até Nemausus — respondeu o cavaleiro, impaciente. — Para que descermos até Narbo, depois até Beterræ, se podemos cortar caminho por aqui? O ônus é pequeno: subir algumas montanhas e descer outras. Nem mesmo para o *pater* não será grande esforço. Portanto, é pela esquerda que iremos, e não pela direita.

— Senhor — disse Repentinus —, não.

Ursus Fitzursulus ficou surpreso diante da oposição do escudeiro:

— Não? Não por quê, homem?

— Já passamos uma vez por este caminho — disse o escudeiro. — Não te lembras?

Ursus sorriu.

— Não me lembro, mas deve ser verdade. Não há caminho de Burdigala a Constantinopolis, de Ulissipona ao rio Rha, que não tenhamos percorrido de leste para oeste ou de oeste para leste. Em todos eles nossos cavalos deixaram as marcas de suas ferraduras.

— Mas este é, de todos eles, o único caminho que devemos evitar — disse o escudeiro. — Este caminho, não te lembras, é o caminho de Sanctus Pontius.

— E o que tem isso? — disse o cavaleiro. — O que tem que este seja o caminho de Sanctus Pontius ou de Sanctus Pilatus?

Toda a companhia acompanhava o diálogo, imóvel e em silêncio, com um misto de espanto e de desconforto em cada coração; e tanto o espanto como o desconforto aumentavam cada vez que o escudeiro abria a boca para contestar o seu senhor.

— Vinte anos atrás, senhor — disse Repentinus —, passamos juntos por esta mesma região. Nossa permanência aqui não foi feliz. Por isso, quando saímos daqui, tu me disseste: Repentinus, meu amigo, nunca mais quero pisar o chão desta terra. Se por acaso algum dia voltarmos a estas paragens, lembra-me de que não devo tomar o caminho de Sanctus Pontius. Lembra-me de tomar outro caminho, por mais longo e difícil que seja, menos o caminho de Sanctus Pontius.

— Não me lembro disso — disse Ursus. — Por que te pediria tal coisa?

— Porque foi no caminho de Sanctus Pontius que matamos o monge Magnanimus — disse o escudeiro.

— Mataste um monge, excomungado? — exclamou Tatheus.

Ursus não lhe deu resposta. Apenas fez silêncio e franziu a testa, num esforço de memória. Tatheus e toda a companhia esperaram, de olho no rosto de Ursus, pela resposta de sua memória. Mas Ursus, por fim, meneou a cabeça e disse:

— Enganas-te, Repentinus. Se eu o tivesse matado, eu me lembraria: teria sido o único monge a morrer em nossas mãos em nossos dias de aventura, pois não somos de matar nem mulheres, nem crianças, nem religiosos. Assim, não percamos mais tempo. Sigamos adiante pelo caminho da montanha.

— Senhor, por Deus — disse Repentinus, e tomou as rédeas do cavalo de Ursus e se ajoelhou ao lado do estribo. — Ouve minhas palavras, que não são minhas, mas tuas. Olha para mim e, em vez do teu pobre Repentinus, vê em mim apenas um mensageiro, que viajou vinte anos para trazer-te uma mensagem que tu mandaste a ti mesmo. Sigamos, senhor, pelo caminho da direita.

O cavaleiro pareceu hesitar. Tatheus, que acompanhava o diálogo com olho arregalado de admiração e curiosidade, e às vezes abria a boca como se quisesse falar, finalmente não se conteve mais.

— Ursus — disse ele —, a minha opinião é de que devemos ir pelo caminho da montanha. Se alguma coisa aconteceu nesse caminho que ainda não cicatrizou, é aí que descobriremos o que é e resolveremos o que esteja por resolver.

A interferência de Tatheus tirou Ursus de sua hesitação:

— Não quero forçar o pobre *pater* a subir montanha e descer montanha sem necessidade. Além disso, sinto falta do ar marinho. Quase sinto falta da *Katherine*. Meus pulmões precisam de sal. Está decidido: vamos pelo caminho do mar.

Repentinus respirou aliviado; Tatheus teve um sobressalto de contrariedade.

— Tens medo, cavaleiro — disse ele —, de te encontrares frente a frente com o que quer que deixaste à tua espera no caminho de Sanctus Pontius?

Ursus olhou-o com um olho de ódio e um olho de desprezo.

— Está bem. Não quero que digam que tive medo de um morto, monge ou não — disse ele. — Está decidido: vamos pelo caminho da montanha.

E meteu a espora no flanco de Rhœbus.

— Senhor, senhor — chamou o escudeiro, desesperado, correndo até postar-se à frente do cavalo, como se pretendesse defender a passagem com seu grande corpo.

— Fora! — rugiu Ursus.

O rugido teve efeito imediato. Repentinus deixou pender a cabeça sobre o peito e chegou-se para a beira do caminho e abriu passagem. Ursus passou por ele altaneiro e com cenho franzido. O pajem e o moço de cozinha lançaram-lhe um sorriso de escárnio. Tatheus passou preocupado, com sombras no olhar. Os outros passaram indecisos; não sabiam como interpretar aquele diálogo tenso e desencontrado. Um dos dois, senhor ou servo, certamente estava demente, mas qual?

Andaram o dia inteiro em silêncio: nem mesmo Tatheus quis dar a Dodo nem a ninguém lições de coisa alguma. Repentinus fechava a retaguarda, uma Cassandra ruminando a sós as suas certezas. O caminho seguia sempre para cima. O rio rosnava lá embaixo contra os pedestais da escarpa. Perto do anoitecer o cavaleiro convenceu-se de que não seria possível chegarem naquele dia a Sanctus Pontius, que se situava na vertente oriental da montanha. Mas chegaram, de repente, diante de um *monasteriolum* no alto da montanha. Nesse momento Repentinus, até então mudo, dirigiu-se ao cavaleiro:

— Senhor, eis ali o mosteirinho. Não te lembras do mosteirinho?

Ursus levantou um dedo ameaçador e o escudeiro calou-se com um suspiro. Ursus deu então uma ordem ao pajem: bater à porta do mosteirinho e pedir pousada. O pajem foi, bateu à porta, foi atendido por um vulto vestido de negro, depois voltou à companhia com uma resposta afirmativa.

— Qual é o nome do mosteirinho? — perguntou Ursus.

— É o mosteirinho de santo Agnonymus — respondeu o pajem.

— Nunca ouvi falar desse santo — disse Ursus, e olhou sisudo para Repentinus. — Mas não importa. Não será por isso que recusaremos a sua hospitalidade. Quanto ao que me espera no caminho de Sanctus Pontius, se me espera há vinte anos, pode esperar-me uma noite mais. Amanhã saberemos o que é.

## 65. Sanctus Agnonymus

O edifício que abrigava o mosteirinho tinha a pele enrugada pelo sopro corrosivo dos ventos monteses. Se já era minúsculo o mosteirinho, a capelinha vestida de hera que lhe ficava ao lado era mais minúscula ainda. Os monges eram em número de uma dúzia, além do prior. Ofereceram aos viajantes uma refeição frugal e, para beber, uma cerveja ordinária. Pediram informações sobre o país de onde vinham; sobre o mosteiro a que pertenciam. Tatheus deu umas e outras. Aí perguntaram sobre os santos do seu país. Tatheus inflou de orgulho:

— Nosso santo chama-se Eulalius. Antes de ser santo, foi conde da Ingária. Deus o inspirou, há cinqüenta anos, e ele se retirou para um mosteiro. Lá viveu seus últimos anos e lá morreu como santo.

— Nosso santo Agnonymus — disse o prior — nunca foi outra coisa senão homem de religião. Era muito caridoso, a ponto de não negar a ninguém nem a roupa do corpo, e por isso muitas vezes, quando saía, voltava para casa praticamente nu. Por outro lado, era inclinado aos pecados da gula e da luxúria. Mas no último dia de vida colheu a flor do martírio e tornou-se santo; e depois de morto fez e faz muitos milagres através de suas relíquias, o que traz até nós grandes levas de peregrinos no mês de sua morte, ajudando assim a manter e sustentar este mosteiro.

— E que relíquias tendes de vosso santo mártir? — quis saber Tatheus.

— Várias — disse o prior. — Os seus ossos temos todos, sem exceção. E são ossos largos e compridos, porque Agnonymus era homem muito alto e vigoroso. Dez anos depois da sua morte, o bispo de Tolosa veio visitar-nos e anunciou a intenção de abrir a sepultura do santo. Assim foi feito. O bispo lavou com as próprias mãos, um por um, todos os ossos, que depois de lavados brilhavam como cristal. Depois o bispo por três vezes deitou em fogo consagrado a falange de um dos dedos do santo, mas a falange não só resistiu à combustão como também assumiu a cor do ouro puro. Eu estava na cripta com o bispo e outros companheiros e fui testemunha do que digo. E também digo, porque fui testemunha, que vi que o osso tomou a forma de uma cruz.

— Que extraordinário! — exclamou Tatheus.

— Temos a ventura também — disse o prior — de conservar conosco a corda com que o santo foi enforcado por seus algozes. Tem demonstrado muita eficácia na cura de doenças respiratórias, bastando que se dê aos doentes um caldo preparado com fiapos dessa corda.

Grim percebeu que o rosto de Ursus estava tão pálido que o cavaleiro parecia enfermo.

— E onde estão guardadas essas relíquias? — perguntou Tatheus.

— Os ossos estão encerrados numa caixa de ouro que guardamos acima do altar — disse o prior. — A corda está enrolada ao pescoço de uma imagem do santo esculpida em madeira retirada do próprio carvalho onde o enforcaram.

— Invejo-vos vosso mártir — disse Tatheus. E acrescentou com tristeza: — Na minha terra, a Hibérnia, ao contrário dos demais países cristãos, não temos mártires. Lá não se encontrou ninguém, nos dias de evangelização, que cimentasse com seu sangue as fundações da igreja nascente. Nem um só cristão se apresentou para esse serviço; nem um só. Lá, os únicos mártires são os cavalos que transportam carga no lombo, que assim os chama o povo.

E aí pediu ao prior para contar a história do martírio de Agnonymus. O prior começou, já com voz tocada pela emoção:

— Vinte anos atrás, um homem chamado Velox buscou santuário em nosso mosteiro. Havia cometido um crime de morte em Sanctus Pontius, e fugiu, e na fuga veio bater à nossa porta. Acolhemo-lo em nome de Cristo, e por cinco meses ele viveu em paz entre nós. Passado esse tempo, sobreveio aquilo que temíamos: soldados chegaram até aqui à procura de Velox. Eram soldados estrangeiros, mercenários contratados pelos parentes do morto para arrancar Velox do mosteiro e levá-lo de volta a Sanctus Pontius para responder pelo crime. Sulpitius, que era prior na época, respondeu que Velox estava entre nós em regime de santuário, e portanto daqui não podia ser levado à força, sob pena de excomunhão. Comandava os soldados um capitão ríspido e cruel. O capitão não deu ouvidos a Sulpitius, mas mandou os soldados invadir o mosteiro e procurar Velox em todos os cantos. Ele mesmo, o capitão, acompanhado por dois de seus homens, pôs-se a procurar o fugitivo fora do mosteiro e acabou por encontrá-lo escondido no estábulo. Com Velox estava Agnonymus. Velox entregou-se, mas Agnonymus tentou resistir. Atirou-se contra o capitão, derrubou-o em terra e ferrou-lhe os dentes na orelha, arrancando dela um pedaço.

Nesse momento o prior calou-se e fixou os olhos na orelha direita de Ursus, e os demais lhe acompanharam o olhar: o que havia ali não era uma orelha inteira, como a Fábula já declarou, mas a metade de uma orelha.

— Meu bom Ursus — exclamou Tatheus, caindo em si, consternado. — Por Cristo, o que fizeste?

Ursus custou a encontrar as palavras que queria dizer. Mas enfim disse, num murmúrio:

— *Pater*, sempre soube, e agora o confirmo mais uma vez, que a máquina deste mundo não funciona como devia. Há vinte anos fiz enforcar neste lugar um monge violento e sangüinário chamado Magnanimus, que tentou subtrair da justiça um criminoso. Hoje esse homem tornou-se um santo chamado Agnonymus, e Deus opera milagres através de seus ossos e da corda mesma que usei para enforcá-lo numa árvore. E eu? E eu, que aqui vim em nome da lei para buscar um criminoso, tornei-me o quê, nesse intervalo? Tornei-me o quê, *pater*, diz-me, por Deus! Um criminoso? Se assim é, e o criminoso, o que foi feito do criminoso? Tornou-se santo também?

— Santo não, santo não, mas prior — disse o prior.

Ursus deitou sobre o prior olhos arregalados de espanto. No silêncio da sala, teria sido possível ouvir-lhe os olhos piscarem, se eles fossem capazes, naquele momento, de piscar. Depois de algum tempo, Ursus apoiou os cotovelos sobre a tábua da mesa e, pousando o queixo na concha das mãos, cobriu o rosto com os dedos, deixando de fora apenas os olhos; nesses olhos lágrimas brilhavam como pérolas.

— *Pater* — disse ele então, e não se sabia se endereçava suas palavras a Tatheus ou ao prior —, há três personagens nessa história: o mártir, o penitente e o excomungado. Dois estão com Deus, um está com o diabo. Dois estão salvos, um está a caminho da perdição. Não é verdade?

— Não — disse o prior. — Teu caminho para a perdição se interrompe aqui.

Mas Ursus pareceu nem ouvir: levantou-se da mesa num ímpeto, e sua figura, apesar do tamanho reduzido, era assustadora. Meteu os olhos arregalados no escudeiro e rosnou:

— Maldito sejas! Maldito, maldito, maldito sejas! Por tua causa estou metido nesta situação! Por tua causa, traidor, e de ninguém mais!

Repentinus levantou-se também e olhava mudo para o seu senhor.

— Eu queria perdoar àquele homem! — berrou Ursus. — Eu não queria enforcá-lo! Esperei que me pedisses clemência, mas ficaste calado, não disseste uma só palavra! Se tivesses dito uma só palavra por ele, uma só palavra, eu lhe teria poupado a vida! Ele estaria salvo, e eu também!

Ursus fechou os punhos, contendo com esforço a fúria que lhe cintilava no rosto, e seu pequeno corpo tremeu violentamente da cabeça aos pés.

— Onde está a corda? — urrou ele. — Onde está a corda? Trazei-me a corda!

E, como ninguém se movesse, Ursus, com um brusco gesto das mãos, derrubou tudo que havia sobre a mesa e berrou:

— Trazei-me a corda! Trazei-me a corda e vereis um milagre! Vereis o carrasco de Magnanimus enforcar-se com a mesma corda com que, há vinte anos, enforcou vosso maldito santo!

Foi só o que disse. Logo em seguida teve um tremor que lhe pareceu dissolver todas as forças. Aí desabou sobre a mesa e dali para o chão, desfalecido.

## 66. Sono

O primeiro milagre de Agnonymus, segundo relatou Velox, o prior, aconteceu três dias depois da morte do santo. Ursus mandara enforcá-lo num dos ramos de robusto carvalho que crescia à beira do penhasco acima do rio. Essa árvore já estava morta e seca havia alguns anos. Depois do enforcamento do santo, por homenagem dos céus, ela voltou a cobrir-se de densa folhagem, sinal de que o pobre mártir fora recebido nos campos verdejantes do paraíso, justamente chamado de Terra da Vida.

O segundo milagre veio logo a seguir. Sete dias depois da morte de Magnanimus, um dos mais idosos irmãos do mosteirinho teve um sonho, e nesse sonho o mártir anunciou que estava com Deus, e que agora queria ser chamado por outro nome, diferente do nome que usara em sua vida terrena. O sonhador perguntou ao mártir, no sonho, por que nome queria ser conhecido doravante. Quero, disse o mártir, suprimir uma das letras do meu nome e permutar duas. Sempre achei que portava um nome muito pomposo e nada condizente com a mesquinhez de minha alma. Por isso quero abrir mão do M inicial de meu nome, e quero, também, substituir por um *o* o segundo *a* e por um *y* o *i*. Quero ser, em vez de Magnanimus, Agnonymus. Quero que meu nome diga que não tenho nome, porque não preciso tê-lo nem mereço tê-lo. Quero ser esquecido pelo mundo e lembrado por Deus, porque Deus sabe por que nome chamar-me.

O terceiro milagre veio logo a seguir ao segundo. O pai do jovem que Velox matara subiu a montanha, acompanhado por todos os filhos e grande número de amigos e servidores para devolver, sim, *devolver*, intacto, ao *monasteriolum*, o prisioneiro que Ursus havia levado até ele e transferido a suas mãos famintas de vingança. O que foi, o que não foi, o homem explicou: já tinha enviado em segredo o matador do filho a uma propriedade que possuía em local ermo, onde pretendia, assim que pudesse deslocar-se até lá, assistir em pessoa à tortura e à execução de Velox, quando em sonho apareceu-lhe um monge de elevada estatura; era Agnonymus; trazia ao pescoço a corda com que fora enforcado; não disse muitas palavras; apenas rogou-lhe que aceitasse a sua morte como pagamento pela morte do filho, pois essa era a vontade de Deus. No dia seguinte o pai acordou ainda determinado a promover a execução do prisioneiro. Naquela noite sonhou o mesmo sonho, e na terceira noite do mesmo modo. Correu então ao local onde o esperava o condenado. Inquiriu-o. Velox contou-lhe toda a história da morte de Agnonymus, que ele ainda chamava de Magnanimus. O pai não teve mais dúvidas. Daí a jornada monte acima para entregar ao mosteiro aquele que por justiça pertencia ao mosteiro.

Essas coisas, e muitas outras, foram motivo de conversa durante a noite, porque, depois de tanta comoção, ninguém sentiu desejo nem necessidade de dormir.

Ninguém, a não ser o pobre Ursus. Que dormiu horas seguidas, até o meio da manhã seguinte. E que, quando acordou, viu-se deitado num catre, numa das exíguas celas do mosteiro. Abriu os olhos e deu com os olhos de Tatheus postos sobre o seu rosto, e os do prior. Atrás deles estavam Grim e Repentinus. Tatheus tinha os olhos orvalhados de lágrimas.

— *Pater* — disse Ursus —, para que essas lágrimas? Não desperdices tuas lágrimas com o carrasco de um santo.

Tatheus quis dizer alguma coisa mas não pôde, ou porque lhe faltaram as palavras, ou porque Ursus o impediu, levantando a mão.

— *Pater* — disse Ursus —, deixa-me contar a minha história. Há vinte anos fui mandado à Turíngia pelo conde Rhesus da Ingária numa missão sutil, que na época era de fundamental importância para o condado. Não me foi possível cumprir a missão como meu senhor esperava de mim. Para piorar as coisas, a minha companhia, que compreendia vinte e cinco homens, caiu numa emboscada em Murviel. Pouparam as nossas vidas, mas levaram-nos as armas e os cavalos. Como poderia eu voltar à Ingária e apresentar-me diante do meu senhor nessas condições? Ou seja, sem ter cumprido a minha missão e ainda por cima a pé e desarmado, tendo perdido todas as armas e todos os cavalos de nossa companhia? Nessa ocasião, passando por Sanctus Pontius, encontramos um rico cavaleiro que propôs contratar-nos para fazer um serviço em troca de armas, cavalos e uma soma em dinheiro. Esse serviço era muito simples: cumpria-nos apenas subir a montanha até uma pobre ermida e arrancar de lá um homem que matara o filho do cavaleiro. Só que o homem estava ali em santuário. Recusei a proposta. Tínhamos ouvido falar de uma outra montanha nas cercanias, onde havia uma enorme caverna, chamada caverna de Pontil, na qual se supunha que jazia escondido um tesouro, o tesouro da caverna de Pontil. Resolvi explorar a caverna com dez dos meus homens. Não foi fácil. Chegamos a um ponto onde havia um lago que parecia estender-se sem fim. Tentamos atravessá-lo, Repentinus e eu. Nadamos através do lago amarrados um ao outro por uma corda, e eu ia à frente levando um tição aceso na mão e uma caixa de brasas entre os ombros. No outro lado do lago havia um lugar rochoso que rendia um cheiro fétido, e ali tivemos dificuldade em acender uma luz. Aí decidimos voltar, mas antes de voltar erguemos no local uma cruz, que deve estar lá até hoje.

Ursus fez uma pausa para reunir fôlego. Depois prosseguiu:

— O tesouro me teria permitido retornar à Ingária com toda honra. Como não o encontrei, voltei à presença do cavaleiro e aceitei-lhe a proposta. Subimos a montanha e chegamos ao mosteiro. Diante da porta bati forte a espada no escudo. O velho prior saiu a receber-nos. Ofereceu hospitalidade. Respondi: Não vim até aqui para dormir. Ele perguntou: Vais seguir caminho noite adentro? Não, respondi, o meu caminho termina aqui. Ele levou alguns segundos para entender, mas entendeu. Vieste prender o pobre Velox. Assenti com a cabeça. Ele tentou argumentar que Velox estava protegido por santuário, mas dei de ombros. O que eu queria era executar a tarefa o mais depressa possível e regressar à Ingária. Começamos a vasculhar o mosteiro à cata de Velox, e enfim encontrei-o escondido no estábulo na companhia de um monge. Achei que minha tarefa estava concluída, mas não estava. O prior já contou como aquele monge demente me arrancou metade da orelha. Senti muito ódio, sim, mas sua coragem me impressionou, sobretudo vindo da parte de um monge. Ah, tudo comparece-me outra vez à memória. Vejo-me mantendo junto à orelha uma toalha, para estancar o sangue. Velox jaz em terra imóvel, todo enrolado em cordas sólidas. O monge está de joelhos diante de mim, com uma corda ao pescoço. Meus homens aguardam que eu diga alguma coisa: obedecerão à minha ordem, qualquer que seja. Alguma coisa me dizia que eu não devia matar aquele homem. Mas não queria tomar a iniciativa de poupá-lo. Queria que algum dos meus companheiros dissesse uma palavra, uma única palavra, em nome dele. Mas ficaram todos em silêncio, com receio de me desagradar, supondo que eu quisesse vingar a perda de um pedaço de orelha. Como se um pedaço de orelha me fizesse falta. O silêncio perdurou algum tempo. Eu esperava uma palavra de meus homens, eles esperavam uma palavra minha. Aquilo não se podia prolongar, de modo que resolvi eu mesmo poupar o demente. Mandei que se levantasse. Ele se levantou.

Ursus soltou um soluço. Grim não podia acreditar que tal homem pudesse produzir algo tão frágil como um soluço.

— *Pater* — continuou ele —, esse foi meu erro. Se queria perdoar-lhe, deveria ter-lhe perdoado enquanto ele se mantinha de joelhos. A altura do homem, *pater*, ofendeu-me mais do que a mordida na orelha. Ele era imenso. Elevava-se sobre mim como um gigante. Obrigou-me a dobrar o pescoço para trás para encará-lo. Esfumou-se toda a tolerância que eu pensara ter. Não podia perdoar àquele homem. Assim, com um gesto displicente de mão, ordenei a Repentinus que o levasse lá fora e o enforcasse.

Ursus soltou outro soluço, mais doloroso que o anterior.

— O homem morreu como um santo. Prostrou-se ao chão e encomendou sua alma a Deus. Rezou por si e por seus amigos e também por nós, seus matadores, perdoando-nos de coração o que pretendíamos fazer a ele. Confessou seus pecados diante de Deus, rogando que fossem purgados com o seu sangue. Por fim, pediu para ser recebido pelos anjos do Senhor e ser por eles acompanhado à paz do paraíso. Depois disso entregou-se às mãos dos meus soldados. Puseram-lhe a corda em volta do pescoço e aí viram que não havia ali perto árvore suficientemente alta para enforcar um homem daquele tamanho. O próprio condenado ajudou-nos: Há uma árvore seca à beira do penhasco. Enforcai-me ali. Sou homem muito alto, mas não alto o bastante para tocar o fundo do penhasco com os pés. Além disso, terei prazer em morrer ali. Sempre gostei de contemplar o rio que corre veloz aos pés do penhasco.

Tatheus chorava enquanto ouvia o relato do cavaleiro. Chorava o prior, chorava Grim, chorava o escudeiro Repentinus.

— Creio firmemente — disse Ursus — que não há possibilidade de perdão para mim.

— Ursus — disse Tatheus —, Deus te trouxe aqui para receberes perdão por teu pecado. Lembra o que disse o mártir em seus últimos instantes. Lembra que ele perdoou a ti e a teus companheiros. E teu remorso prova o teu arrependimento.

— *Pater* — disse Ursus. — Eu tive uma visão esta noite. O monge apareceu diante de mim, com a corda ao pescoço. Ele me disse: Sossega, cavaleiro. Eu te perdoei antes de morrer e te perdôo agora. Fica em paz. Tudo isso ele me disse. E eu lhe respondi: O que importa não é ser perdoado; o que importa é não ter por que ser perdoado. Tu me perdoas, Deus talvez me perdoe, todos os santos e anjos do céu talvez me perdoem. Mas eu não consigo perdoar-me a mim próprio. Se tivesse coragem, eu me enforcaria com a mesma corda com que enforquei a ti, e no mesmo galho da mesma árvore. Faria isso para condenar-me a mim próprio às penas do inferno, que as mereço mais do que qualquer outro pecador fora Judas. Só as penas do inferno seriam capazes de me dar alguma paz, a mesma paz que talvez Judas tenha encontrado no meio das chamas do inferno. Mas não tenho coragem para me atirar nelas, como não tive coragem de dizer a palavra que te salvaria.

— Ursus — disse Tatheus —, a misericórdia de Deus não tem limite.

— Há de haver um canto no infinito — disse Ursus — aonde não chegue a misericórdia de Deus. Lá é meu lugar.

Ursus fechou os olhos e pareceu morrer; mas adormecera para fugir à sua dor. Seus companheiros esperaram dois dias que ele despertasse. Ursus não despertou.

— Desta vez ele veio aqui para dormir — disse o prior.

— Quando despertará? — perguntou Tatheus.

— Com uma culpa tão grande na consciência — disse o prior —, pode ser que não desperte nunca mais.

## 67. Casal

No terceiro dia partiram do mosteirinho. Tinham discutido, na presença do prior, o itinerário a seguir. De início, duas alternativas foram consideradas e logo desconsideradas: atravessar de fora a fora as montanhas, como pretendera o cavaleiro, ou descer ao longo do rio Orb até à cidade de Beterræ e aí retomar o *itinerarium burdigalense*. Desconsiderou-se a primeira porque nem Tatheus nem Repentinus queriam tão cedo saber de montanhas (já bastavam aquelas que forçosamente teriam de enfrentar, altas e íngremes, na fronteira entre França e Itália); a segunda, porque desagradava-lhes a idéia de descer até Beterræ para retomar o longo caminho litorâneo até Arelate e só então começar a subir para Acunum e Sancti Gemini.

— Não terias uma sugestão a dar-nos? — perguntou Tatheus ao prior.

O prior tinha, e deu: à medida que se caminhava para o sul, disse ele, as montanhas cediam lugar às colinas, e a partir daí era possível, contornando-as, seguir para leste até Acunum.

A sugestão agradou ao monge e ao escudeiro. O prior traçou um diagrama — não se podia dar àqueles rabiscos o nome de mapa — e ali, confiando na memória, gravou o curso que os viajantes deveriam seguir. Explicou:

— Aqui está Roquebrun, aqui Clermont, às margens do rio Lergue, aqui o rio Hérault, aqui Aniane — e de *ecce* em *ecce* chegou em alguns saltos de dedo até Acunum. E finalizou: — Dez dias de viagem, com tempo firme.

No terceiro dia, portanto, partiram do mosteirinho, sem Ursus e sem Rhœbus, o cavalo de Ursus, que se recusou a partir sem o seu cavaleiro. Seguiram em direção ao leste até encontrarem o rio Orb, e aí começaram a descer a montanha, acompanhando o rio.

Novamente reduzida a sete membros, a confraria seguia triste e silenciosa. Tatheus, ordinariamente tão loquaz, ia ainda mais silencioso que os outros. Embora pelo lado espiritual aceitasse a perda de Ursus como algo determinado por Deus, pelo lado sentimental doía-lhe a falta dele: afeiçoara-se ao cavaleiro e habituara-se à sua presença forte e áspera guiando o rumo da confraria. Era-lhe difícil acostumar-se à mutação desse homem ativo no penitente adormecido de Sanctus Agnonymus.

Ainda pela manhã passaram por uma aldeia que talvez nem nome tivesse, e que não consistia de mais que seis casas na encosta, junto a um bosque de bétulas salpicado de algumas faias. Na saída da aldeia avistaram uma pobre choupana e espantaram-se de ver, sentada no cume, e toda encolhida devido ao tempo inclemente, uma jovem. Era a filha do dono da casa, e estava ali há dois dias, segundo o costume da região, para que se curasse o pai de um ataque de febre. Tatheus ordenou-lhe que descesse e repreendeu todos os moradores por conta daquela superstição absurda. Depois seguiu viagem, bem sabendo que, assim que desaparecesse caminho abaixo, a filha seria reposta em seu poleiro no alto da casa.

Na aldeia seguinte, plantada ao lado de um bosque de abetos, certo homem de origem humilde esperava-os à margem do caminho. Assim que Tatheus se aproximou, o homem lançou-se de joelhos à sua frente e beijou-lhe a fímbria do manto. Tatheus ordenou que se levantasse e dissesse o que queria. O dialeto do homem era quase incompreensível, mas Tatheus conseguiu entender que ele se queixava da mulher, que o odiava tanto que não queria, por nada, cumprir os deveres conjugais. Tatheus, por mais que andasse alheio e desanimado, achou que tinha a obrigação de intervir. Assim, mandou chamar a mulher e, usando palavras simples e gestos palavrosos, começou a censurá-la, dizendo: Por que, mulher, pretendes afastar tua carne de ti mesma, se o Senhor diz: E serão dois numa só carne? Pois a carne de teu marido é tua própria carne.

— Estou pronta — respondeu a mulher — a fazer tudo que ordenares que eu faça, por mais difícil que seja, com esta única exceção, que não ordenes que durma na mesma cama com Lugne. Não me recuso a cumprir nenhuma das tarefas de casa, nem tampouco, se assim ordenares, a atravessar os mares, ou a recolher-me a um mosteiro de monjas, mas dormir com Lugne na mesma cama não aceito de modo algum.

— Não é legítimo o que propões — disse Tatheus. — Estás ligada pela lei a teu marido enquanto ele viver, pois seria ímpio separar aqueles que Deus juntou por meio do sacramento do matrimônio.

A mulher meneou a cabeça, obstinada. Tatheus disse:

— Eis o que te proponho: que nós três, isto é, tu e eu e teu marido, passemos esta noite em jejum e em preces a Deus para que tudo se resolva da melhor maneira.

— Da melhor maneira para quem? — disse a mulher. — De qualquer forma, não creio que seja necessário, porque meu corpo e minha alma não voltarão atrás em sua decisão.

Não fosse o seu ânimo enfraquecido, Tatheus teria ameaçado excomungar a mulher, muito embora não tivesse autoridade para tanto. No estado em que se encontrava, porém, limitou-se a ser paciente:

— Bem sabes, mulher, que não é difícil nem impossível obterem-se de Deus, por meio de prece e penitência, aquelas coisas que nos parecem difíceis ou impossíveis.

Por fim, a mulher concordou, e o marido também, em jejuar com Tatheus aquela noite. Repentinus advertiu-o de que iam perder meio dia de caminhada, mas Tatheus respondeu que as coisas de Deus vinham antes das coisas da condessa. Assim, passaram os três a noite juntos e, enquanto marido e mulher dormiam, cada qual num canto da câmara, Tatheus rezava por eles.

Pouco antes do raiar do dia Tatheus dormitou um pouco. Ao despertar, viu a mulher diante do fogão, mexendo alguma coisa numa panela com uma grande colher de pau. Tatheus chamou o marido e, dirigindo-se à mulher, disse:

— Mulher, ainda estás disposta hoje, como disseste ontem, a retirares-te para um convento de monjas?

— *Pater* — respondeu ela —, tuas preces a Deus por mim foram ouvidas, pois sinto que Deus está do meu lado e compreende a minha decisão. Assim, hoje estou, mais do que ontem, disposta a entrar para um convento. E, ainda que este homem, meu marido, jure deixar-me em paz comigo mesma, não quero mais viver com ele nem com ninguém. Quero, sim, recolher-me a um convento, onde nunca mais tenha de ver de novo o macho da espécie.

Essa resposta deixou a todos paralisados de surpresa. O primeiro a sair de seu torpor foi o marido, que avançou contra a mulher aos berros, chamando-a rameira e adúltera, mas foi recebido com um golpe de colher na testa, que lhe abriu um ferimento entre os olhos.

Tatheus fez um gesto de desconsolo e disse a Repentinus:

— Vamos embora. Não temos mais nada a fazer aqui.

## 68. Totentanz

Depois de Roquebrun a confraria dobrou para leste e desceu até um vale espaçoso. Caminharam em linha reta até à primeira colina — na verdade, uma montanha de pequena estatura. Tiveram de contorná-la, como advertira o prior. A partir daí, não lhes foi possível marchar mais que dez milhas para oriente sem que uma dessas *pequenas* montanhas lhes barrasse o caminho, sólida e prepotente, forçando-os a longo desvio em arco para circundá-la, o que, naturalmente, lhes atrasava o avanço. Para ir de certo lugar a outro, situados em pontos paralelos deste e daquele lado de uma montanha, enquanto um pássaro, sobre suas cabeças, fazia o mesmo percurso em vôo retilíneo, era-lhes necessário desviar para sudeste e depois de novo para nordeste.

Tatheus mantinha-se sempre triste e taciturno, a ponto de não abrir a boca nem para se queixar do trajeto sinuoso. Idos eram os doces dias em que levava Dodo na garupa, emprenhando-lhe os ouvidos com conhecimento estéril. Dodo e Nolo seguiam agora o tempo todo montados na mesma mula, e Grim, para sua surpresa, sentia falta das tediosas lições ministradas na sela de Tatheus. Restava-lhe roer-se de raiva e de impotência, sabendo e até, às vezes, vendo o que se passava entre Nolo e seu pupilo. Além dos olhares furtivos e dos sorrisos cúmplices que Grim observava trocarem entre si, irritava-lhe a insolência de Nolo, que todo dia o convidava a ele, Grim, a juntar-se ao *bom* pecado, como dizia. Grim deixou de responder às suas propostas e em breve já nem lhe respondia aos bons-dias nem às boas-noites. Quanto ao rapaz, sua aversão por ele era tão grande que nem conseguia dirigir-lhe um olhar. Um dia, Dodo pôs-se em desafio à frente dele e disse:

— Quero falar-te, Grim. — Pronunciava-lhe o nome à maneira dos povos do norte, *Grimmr*, com uma vibração (paragógica, diria Tatheus) da língua, o que provocava em Grim um arrepio de desgosto. E perguntou: — Por que nunca me diriges a palavra? Até inimigos dizem *salve* um para o outro antes de se matarem na batalha.

Somos coisa pior do que simples inimigos, pensou Grim, mas nem isso quis dignar-se a dizer. Levantou o nariz e, lábios selados com firmeza, passou pelo rapaz como se ele não estivesse ali.

Um dia, depois das vésperas, quando já tinham perdido a esperança de pernoitar em Aniane e procuravam um lugar para pernoitar ao relento, avistaram a luz de uma fogueira num campo à beira do caminho. Tatheus concordou em juntar-se àqueles viajantes: conversariam, aliviariam um pouco o tédio da viagem. Caminharam na direção do fogo levando as alimárias pelas rédeas.

— Quem vem lá? — gritou uma voz em francês.

— Cristãos — gritou Repentinus na mesma língua, respondendo.

Havia dois homens em torno da fogueira; traziam bordadas nas vestes as cruzes carmesins de quem fez voto de ir em peregrinação à Terra Santa. Um deles chamava-se Totentanz e era um cavaleiro da Caríntia que falava algum francês; o outro, seu escudeiro, chamava-se Scutigerulus e era originário da Lápia; falava uma língua bárbara de que nem Totentanz compreendia mais do que algumas poucas palavras.

Sentaram-se para conversar. Tatheus contou ao cavaleiro a história assombrosa do encontro de Ursus com sua antiga vítima, que o outro ouviu com interesse e respeito. Ao final dela, Totentanz fez o sinal-da-cruz e disse:

— Dizem que Deus dá e Deus tira. Pois vede também que Deus tira e Deus dá. Pois, se quiserdes, poderei acompanhar-vos até as planícies da Itália, na condição de responsável pela vossa segurança, em lugar do pobre cavaleiro Ursus.

Tatheus aceitou com alegria. Gostara do cavaleiro Totentanz à primeira vista, e o escudeiro lapão atiçou-lhe a curiosidade lingüística.

— Aceitamos com prazer — disse. — Não temos muitas posses, mas levamos algumas moedas de ouro para as despesas de uma longa viagem, e sempre há o risco de serem roubadas pelos *maratocupreni* que infestam as estradas do continente.

Repentinus sentiu-se constrangido com a presença de Totentanz e fechou-se num silêncio discreto. Parecia enciumado, como se a confraria, viúva recente do cavaleiro Ursus, estivesse a ponto de ser dada por Tatheus em casamento ao cavaleiro Totentanz.

Na verdade, se tal fosse o caso, a noiva teria razões de sobra para se dar por feliz com a troca de maridos. Totentanz era homem formoso, de alta estatura, tranqüilo, polido, com uma longa barba de fogo derramada sobre o peito e uma orelha inteira de cada lado da cabeça, características em que, em todas elas, divergia do pobre Ursus, o marido anterior; nas demais características, como energia, altivez e coragem, ambos ficavam em pé de igualdade, de modo que, no cômputo geral, Totentanz tinha mais qualificações do que Ursus. E, a julgar pela disposição com que ia a caminho da Terra Santa, ainda tinha sobre Ursus a vantagem de ser por natureza um homem preocupado com a salvação de sua alma. Tatheus ouviu com muito interesse a narração que o cavaleiro fez de como chegara à decisão de se fazer peregrino de Cristo:

— Há cerca de dois anos não penso em outra coisa senão em fazer uma peregrinação à Terra Santa, onde nasceu, viveu, morreu e ressuscitou Nosso Senhor Jesus Cristo. Não há melhor empresa para um cristão, pois não é empresa que redunde em lucros materiais, que pouco valem, mas espirituais, que valem por toda a eternidade. Conversei com alguns amigos sobre meu propósito, e alguns me encorajaram a fincar pé na estrada, enquanto outros tentaram dissuadir-me, tanto estes como aqueles fazendo uso dos mais diversos argumentos. Finalmente, procurei ouvir a palavra de meu senhor, o ilustre príncipe conde Eberhardus de Württemberg, que há muito tempo visitou os lugares santos e recebeu as insígnias do ofício de cavaleiro na igreja do Santo Sepulcro, que fica em Jerusalém. Assim, pedi conselho à sua ilustre pessoa sobre essa peregrinação. Ele me respondeu: Há três atos na vida que nenhum homem deve aconselhar outro homem nem a fazer nem a deixar de fazer. O primeiro é contrair matrimônio, o segundo é partir para a guerra, o terceiro é visitar a Terra Santa. O que posso dizer é que esses três atos em si são recomendáveis, mas todos os três podem resultar em desastre. E, quando isso acontece, o conselheiro costuma levar a culpa. Mesmo assim o conde, com sua sensatez, acrescentou que a peregrinação que eu pretendia fazer era ato que bem poderia ser virtuoso, pio, louvável, e extremamente útil, mas só para quem o realizasse com a intenção de louvar a Deus, e por outro lado apresentaria muitos perigos para quem o quisesse realizar por frivolidade ou curiosidade, tendo como objetivo as pompas deste mundo ou outra qualquer vaidade vazia e transitória.

— Teu senhor não se poderia ter expressado melhor — concordou Tatheus.

— Também visitei — prosseguiu Totentanz — um velho e respeitável homem de armas, que muitos anos antes fora armado cavaleiro na Terra Santa, e perguntei-lhe o que me aconselharia nesse assunto. Meu irmão, disse ele com voz débil, bem podes ter certeza de que, se eu não estivesse alquebrado pela velhice, ninguém seria capaz de me impedir de retornar ao Oriente para uma segunda peregrinação; pois em nenhum outro lugar recebi a graça de Deus em tão larga medida como recebi nos lugares onde se processou nossa redenção. Pois na Terra Santa, onde quer que eu me dedicasse à prece, me parecia ver abrirem-se os céus, e uma doçura e um consolo divinos inundavam-me a alma de um modo como nunca experimentara em nenhum outro lugar, por mais sagrado que fosse.

— Deus abençoe esse velho cavaleiro — disse Tatheus, comovido até os ossos com aquela narrativa.

— Depois disso, ainda não satisfeito — disse Totentanz —, parti para um convento de monjas dominicanas, e pedi licença à prioresa para conversar com certa irmã do convento, de excepcional virtude, com quem muitas vezes já conversara para minha própria edificação, sem porém nunca lhe ter visto o rosto santificado. A essa virgem declarei meu intuito e ela, com júbilo bem pouco usual em alguém tão grave, replicou: Depressa, depressa, larga tudo e dá início à viagem! Não deixes que nenhum motivo te prenda aqui nem mais um minuto, e seja Deus teu companheiro no caminho. Recebi essas palavras como se me viessem do céu, e imediatamente comecei a fazer os preparativos para a viagem.

— Fizeste bem, fizeste muito bem — disse Tatheus e, num arroubo de humildade, tomou nas suas as mãos do cavaleiro Totentanz e as beijou.

O cavaleiro corou até à raiz da barba e dos cabelos e retirou suavemente as mãos dos pios agarramentos de Tatheus. E continuou sua narrativa com expressão beatífica no rosto:

— Desse dia em diante deixei a barba crescer, e bem podeis ver que está bastante longa, e só será rapada em Jerusalém, onde a deixarei como penhor no Santo Sepulcro. Fiz costurar ao meu chapéu e ao meu escapulário belas cruzes vermelhas, mas não confiei essa tarefa, *pater*, a quaisquer mulheres, mas sim a virgens dedicadas a Deus, a esposas do Crucificado. Por fim, assumi todas as insígnias exteriores da santa peregrinação, como tinha o direito de fazer. São cinco essas insígnias e, embora saiba que tu as conheces melhor que eu, mesmo assim quero pronunciá-las aqui como se fosse uma oração: a primeira é uma cruz vermelha costurada a uma longa túnica cinzenta; a segunda é um chapéu negro ou cinzento, também marcado na frente por uma cruz vermelha; a terceira é uma barba comprida num rosto que deve ser grave e pálido por causa dos trabalhos e perigos que o peregrino há de enfrentar, pois em todas as terras até mesmo os pagãos, quando viajam, deixam crescer barba e cabelo até regressarem a casa.

— É verdade — disse Tatheus. — E o primeiro a fazer isso foi Osíris, um antiquíssimo rei do Egito, que se acreditava ser um deus, e que viajou por todos os países do mundo inteiro.

— A quarta insígnia — prosseguiu Totentanz — é a sacola sobre o ombro, contendo uma garrafa e as magras provisões do peregrino, suficientes tão-somente para as necessidades da vida; e a quinta é o bastão, que o peregrino troca, na Terra Santa, por um jumento e um guia sarraceno.

Depois puseram-se a conversar sobre as maravilhas de Jerusalém e da Palestina.

— Na Terra Santa pretendo muito especialmente — disse Totentanz — visitar a famosíssima cidade de Jerusalém, e a dulcíssima manjedoura do menino Jesus, e o gloriosíssimo sepulcro de Nosso Senhor.

Tatheus, nesse ponto, tomou a palavra. Pela primeira vez desde o incidente em Sanctus Agnonymus, seus olhos brilharam com a centelha do mestre que se prepara para dar uma lição.

## 69. Terra Santa

— Aquele que deseja visitar a santa e gloriosa cidade de Jerusalém — disse ele —, bem como os demais lugares da Terra Santa, deveria, segundo me parece, proceder primeiro para Nazaré; pois convém que nossa visita comece no lugar onde se acham os primórdios de nossa redenção. Nazaré é chamada com justiça de cidade do Salvador, porque, se Jesus não nasceu ali mas em Belém, em Nazaré foi concebido, pois ali residiu a Virgem Maria depois de casada com José. É a cidade santa e dileta de Deus, na qual o Verbo se fez carne, e na qual brotou no ventre da Virgem a flor mais perfeita de todas, e por isso se pode interpretar corretamente o nome *Nazareth* como *flor*. Ali o peregrino deve visitar uma pequena coluna de mármore que a Virgem abraçou com medo da inesperada visão do anjo; e junto à coluna o peregrino pode ver o lugar onde o anjo pousou e disse: Ave, tu que és cheia de graça: o Senhor esteja contigo, *et cætera*.

— Começarei minha peregrinação em Nazaré — declarou Totentanz.

Daí Tatheus pôs-se a mencionar cada uma das cidades, vilas e lugares importantes na rota entre Nazaré e Jerusalém, com suas respectivas peculiaridades. Entre outras, mencionou Caná, na Galiléia, onde Jesus converteu água em vinho, Sasron, onde nasceram Iago e João, filhos de Zebedeu, o monte Tabor, onde se deu a transfiguração de Jesus, e onde, disse Tatheus, se construiu um mosteiro em homenagem ao acontecimento.

— A duas milhas de Tabor — disse ele — fica a cidade de Nain, em cujos portões Jesus restituiu à vida o filho da viúva. Mais adiante, sempre para o sul, está Sebaste, antes chamada Samaria, onde o corpo de São João Batista foi sepultado entre os profetas Elizeu e Abdias. Mais adiante está a cidade de Neapolis, antes chamada Sichem, onde foram enterrados os ossos de José filho de Jacó, trazidos do Egito.

— É a mesma cidade — interpôs Nolo — cujos habitantes foram massacrados pelos filhos de Jacó em vingança do estupro cometido pelo príncipe Sichem contra a irmã deles, Dina.

— Bem sei, Nolo — disse Tatheus —, que conheces a fundo esse episódio.

— Curioso — disse Nolo — que os ossos do irmão tenham sido sepultados no mesmo local onde se deu a violação da irmã. Que será que isso significa?

Tatheus não se dispôs a debater a questão. Como se tivesse pressa de chegar à cidade santa, mencionou rapidamente alguns pontos de interesse bíblico — como o poço de Jacó, onde se sentou Jesus, exausto da jornada, e pediu água à samaritana —, para depois, como se estivesse vendo Jerusalém diante de si, pronunciar uma deslumbrada exaltação:

— Jerusalém é a mais santa das cidades santas, a senhora das nações, a cabeça das províncias e, sendo o centro do universo, está situada no meio do planeta, a fim de que todas as nações possam convergir para ela. Ah, que sublime cidade, domínio de patriarcas, nutriz de profetas, preceptora de apóstolos, berço de nossa salvação, país do Senhor, mãe da fé assim como Roma é a mãe dos fiéis, eleita de Deus e santificada, tapete onde pisaram os pés do Senhor, venerada por anjos e visitada por todas as nações que existem sob o céu!

Depois disso, continuou em tom mais coloquial:

— Jerusalém foi erigida sobre uma alta montanha, com colinas por todos os lados, naquela parte da Síria que se chama Judéia ou Palestina, onde fluem o leite e o mel e abundam o trigo, o vinho, o óleo e todos os bens temporais; carece, porém, de rios, pois não tem nascentes a não ser uma, que se chama Sion, que nasce ao pé do monte Sion e atravessa o vale de Josafá, e que às vezes fornece água em abundância, mas geralmente pouca ou nenhuma. Tanto dentro como fora da cidade existem muitas cisternas que recolhem a água da chuva e fornecem água para homens e animais beberem e para outras utilidades. Existe também um grande e maravilhoso aqueduto, vindo de um lugar chamado Santo Abraão, no vale de Hebron, ao sul de Jerusalém. A cidade teve muitos e diversos nomes, atribuídos a ela por diferentes nações em diferentes línguas. Primeiro chamou-se Jebus, depois Salem; desses dois nomes provém seu terceiro nome, Jerusalém. Chama-se também Hierosolima, e Solima, e Luz, e Bethel. Também foi chamada Ælia, em homenagem a Ælius, o questor romano, que a reconstruiu no local onde hoje está, depois de arrasada por Titus.

Totentanz estava perplexo diante da loquacidade de Tatheus.

— Os guias te levarão a visitar todas as maravilhas de Jerusalém — disse ele. — Visitarás o monte Calvário, onde Jesus foi crucificado, e ali verás a rocha tinta do sangue precioso que lhe verteu do flanco. Sim, sim, o sangue de Cristo se infiltrou profundamente na rocha dura e densa daquela parte do monte que hoje se chama Gólgota, que significa *crânio*, porque ali se achou o crânio de Adão, o primeiro homem, e se infiltrou tão profundamente, o sangue de Cristo, que penetrou no próprio crânio de nosso pai ancestral. Visitarás a gloriosa igreja da Paixão e sepulcro de Nosso Senhor, que é uma igreja redonda, com uma janela aberta no teto, construída com muita arte e muita reverência por fiéis cristãos. Dentro dela verás uma laje de mármore negro sobre a qual José de Arimatéia e Nicodemus lavaram e perfumaram o corpo de Cristo depois que o desceram da cruz. Visitarás as capelas de São João Evangelista, de São João Batista, de Maria Madalena, e também a de Santa Maria do Desmaio, onde a Virgem desmaiou de dor ao ver o filho na cruz. Visitarás o monte das Oliveiras e ali reviverás cada momento da última noite de Cristo no mundo. Ah, meu Deus, são tantas coisas maravilhosas que uma vida inteira não é suficiente para vê-las todas! Mas não deixes de ver a pedra de onde Jesus pregou à multidão o sermão da montanha, a casa de Pilatus, onde Jesus foi humilhado e açoitado, e a escola onde a Virgem Maria estudou quando criança. Não deixes de visitar a cova dos Leões, onde foram sepultados onze mil mártires, que sofreram morte em nome de Cristo nas mãos do rei dos persas. Também não deixes de ver a torre de David, onde José de Arimatéia permaneceu prisioneiro por quarenta e quatro anos depois da paixão de Cristo. Ali perto está o portão de David, e do lado de fora desse portão Judas enforcou-se nos galhos de um sicômoro. E, se quiseres algo mais leve, procura ver, perto do portão de Ouro, as árvores de que as crianças arrancaram ramos para saudar a entrada de Jesus em Jerusalém montado sobre um asno. E em todos esses lugares terás *absolutio a pœna et a culpa* ou *indulgentia septem annorum et septem quarentenarum*.

Totentanz pediu a Tatheus que explicasse aquele latim.

— Em alguns desses lugares, os mais sacros, terás absolvição de tuas penas e de teus pecados. Nos demais, terás indulgência de sete anos e sete quaresmas.

E imediatamente retomou a visita a Jerusalém:

— Nem deixes de ver o templo do Senhor, que tem quatro entradas e doze portões. Foi construído por Salomão, destruído pelos babilônios e depois pelos romanos, mas hoje está lá, de novo em pé, magnífico e maravilhoso. Até mesmo os sarracenos veneram esse templo, tanto que não se atrevem a profaná-lo com fezes, como fazem com outros lugares santificados. Nesse templo a Virgem Maria, até casar-se com José, prestou serviços, cuidando dos vasos do templo e das vestimentas dos sacerdotes, aprendendo os textos sagrados, toda entregue a jejuns, vigílias, orações, e ao estudo das Escrituras. A esse templo Jesus foi trazido quando menino, tendo sido tomado nos braços pelo digno Simeão, que reconheceu nele o seu salvador. Aí também Jesus salvou a adúltera das mãos dos judeus, e expulsou os mercadores que profanavam a casa de seu pai.

Totentanz deixou escapar um bocejo. Tatheus sentiu que precisava encerrar a aula. Ele mesmo estava cansado da jornada.

— Esses são pontos obrigatórios — disse ele — que os guias levam os peregrinos a visitar. Mas há três santuários que recomendo especialmente que visites. O primeiro é uma capela subterrânea, a que se chega descendo-se vinte e oito degraus, onde estão sepultados, sob certo altar, os corpos de Maria mãe de Iago e de Maria Salomé; ali há uma certa janela, na parede norte, através da qual, é o que se diz, podem-se ouvir os berros das almas que estão no purgatório; também ali há quatro colunas de pedra que noite e dia vertem abundante suor por causa da Paixão de Cristo; e dali, descendo-se doze degraus, chega-se a uma capela ainda mais profunda, onde Santa Helena descobriu o santo lenho. O segundo santuário é uma bela igreja construída no local onde antes havia um bosque de onde foi cortada a madeira de que se fez a santa cruz. Fica a uma milha de Jerusalém, e chama-se igreja de Messalibe, que significa, em árabe, *mãe da cruz*. O terceiro, por fim, é o convento de São Lázaro de Betânia, no monte das Oliveiras, onde está sepultada uma obscura beata chamada Prava, que com o nome de Tempsa foi condessa no país de onde venho, a Ingária. É a mãe da condessa Betres e avó do conde Rhesus, que hoje reina em toda a Ingária. Vai até lá, Totentanz, e reza pela alma dela.

Totentanz disse que certamente o faria. E aí perguntou:

— Quantas vezes foste a Jerusalém, *pater*, para a conheceres tão bem assim?

— Nunca fui a Jerusalém — disse Tatheus, com pesar.

— Nunca? — exclamou Totentanz, incrédulo.

— Tudo que te disse — explicou Tatheus — aprendi nos livros que li ou em conversa com peregrinos que estiveram na Terra Santa.

## 70. Mulher em pele de homem

Nas proximidades de Matelles passaram por uma capelinha de Santa Catarina e entraram para rezar. Ali encontraram, rezando também, um monge do mosteiro de Tritta. Depois de feitas as orações, sentaram-se para comer alguma coisa e convidaram o monge a comer com eles.

— Então és de Tritta — disse Tatheus.

— Sou de Tritta — disse o monge de Tritta.

— Encontrei certa vez, há mais de dez anos — disse Tatheus —, um dos irmãos do teu mosteiro, cujo nome esqueci. Considerava bárbaro o discurso do breviário, e defendia a tese absurda de que devia ser traduzido para o latim de Tullius. Assim, sugeria que em vez de *perdoar os pecados* se dissesse *aplacar os deuses e os manes*; em vez de *Verbo feito carne, Minerva nascida da cabeça de Júpiter*; em vez de *Espírito Santo, sopro celeste de Zéfiro*; em vez de *Trindade, Deus triforme do Olimpo*; e outras coisas semelhantes. Supus que fosse um demente, mas mesmo assim disse-lhe o que pensava da sua tese.

— Não me lembro de ter conhecido tal personagem — disse o monge. — Deve ter morrido antes de eu ingressar em Tritta.

— Ele também sustentava — disse Tatheus — que Roma devia chamar-se Rema e não Roma, porque seu verdadeiro fundador teria sido Remo e não Rômulo.

Aí o monge de Tritta contou que o convento de Tritta era célebre por uma razão inusitada: porque nele, há muito tempo, uma mulher desempenhara o ofício de abade. Chamava-se Eugenia. Ali entrou, disse o monge, disfarçada de homem e ali viveu, insuspeita, durante alguns anos, a vida monástica, até que sua conduta irrepreensível levou os companheiros a elegerem-na abade. Aceitou a indicação com muita relutância, e desempenhou o ofício com muita competência. Ao morrer, deixou aos irmãos, como legado, um exemplo de grande devoção e uma experiência de grande surpresa.

Tatheus retribuiu contando a história de Hilaria, a filha primogênita do imperador Zeno. Iluminada pela fé, fugiu de casa disfarçada de homem. O abade Bamfu deu-lhe permissão para habitar uma cela no deserto, onde viveu muitos anos sob o nome de Hilarion o eunuco.

— Se era chamada eunuco — disse Nolo — é porque tinham-lhe visto a nudez. O que leva à pergunta: como confundir a ausência natural dos *culleoni* com a amputação deles?

— É verdade — concordou Totentanz. — Como podia alguém ser tão ingênuo a ponto de confundir uma mulher com um castrado?

— Eram pessoas pouco habituadas ao convívio com a seita das mulheres — sugeriu Tatheus. — Suponho que eu também confundiria.

O monge de Tritta interpolou a história de Eusebia Hospitia, que, acompanhada de duas aias, fugiu de um marido perverso e, disfarçadas de homens todas as três, chegaram a uma cidade chamada Mylas. Ali Eusebia fez erigir uma capela em homenagem a Santo Estêvão e viveu vida solitária em companhia de outras mulheres da mesma têmpera.

Tatheus, mal se calara o monge, contou a história de uma bela jovem chamada Euphrosyne. Atraída, disse ele, pela vida monástica, a jovem ocultou sua *feminina positio* sob trajes masculinos e entrou para um mosteiro, onde assumiu o nome de Smaragdus. Sua beleza, porém, tanto perturbava os outros monges, que o abade ordenou-lhe que se encerrasse em sua cela, e aí viveu em reclusão até sua morte trinta e três anos depois.

O monge, então, contou a história de Matrona: como Eusebia Hospitia, fugiu de um marido cruel e, adotando vestimentas masculinas e o nome de Babylus, entrou para um mosteiro. Sendo descoberta sua verdadeira identidade, Eusebia refugiou-se num convento em Emesa até que foi forçada a fugir novamente. Por fim, escondeu-se nas ruínas de um templo pagão em Berytus e ali viveu vida reclusa até a morte.

Tatheus contou, então, a história de Athanasia e de seu marido Andronicus, que aprendera de Grim em Burdigala.

— Só contais, irmãos — disse Nolo —, histórias de mulheres do século que se disfarçam de homens para viver vida de religião. Não conheceis a história de alguma religiosa que tenha deixado o claustro disfarçada de homem para viver a vida mundana?

— Cala-te, Nolo — disse Tatheus, irritado. — Não estamos tratando de prostitutas e luxuriosas, mas de beatas e santas. Se queres fornicadores, estupradores e sodomitas, procura-os em teus próprios poemas.

Nisso Tatheus cometeu um lapso de língua: em vez de *sodomitas*, o que disse foi *dodomitas*.

## 71. *Lapsus linguæ*

À noite Tatheus chamou Grim e Nolo e falou-lhes assim:

— Hoje de manhã, quando contávamos histórias de mulheres que se personificaram em homens, bem vistes que cometi um lapso de língua. Isso nunca aconteceu antes, até então minha língua sempre foi impecável na alocução das palavras e frases. Aí lembrei que uma vez, enquanto conversava comigo e com outras pessoas, entre elas meus amigos Bedrus e Padrigius, o santo Nannan cometeu um lapso de língua e eu, feliz por ter ocasião de exibir meus conhecimentos, corrigi-o imediatamente. Lembro-me de que ele disse: Estás certo em corrigir-me, mas não em sentir prazer nisso. Também tu, que és tão perfeito nessas coisas, hás de cometer algum dia um lapso de língua.

Tatheus fez uma pausa para que aquela informação assentasse na mente dos ouvintes. Aí prosseguiu:

— Eu era moço presunçoso, e retruquei: Se assim for, quero morrer na mesma hora em que o cometer. Lembro que Bedrus exclamou: Não digas isso, Tatheus, senão corres o risco de viver para sempre. E Nannan sentenciou: Não, não, Tatheus, não tenhas medo, não viverás para sempre. Mas tampouco morrerás fulminado por teu *lapsus linguæ*. Assim como João Batista anunciou a chegada de Cristo, tua língua te anunciará, por meio do lapso, a chegada da morte.

Tatheus fez uma pausa. Depois disse:

— Perguntei então a Nannan quanto tempo de vida eu teria a partir do lapso. Ele me respondeu: Tempo suficiente para chegares à casa dos três irmãos. Que três irmãos, eu perguntei, e o santo replicou: Não posso dizer-te mais que isto: morrerás à sombra dos três irmãos.

Grim soltou um oh! de espanto à menção dos três irmãos.

— Isso mesmo, meu bom Grim — disse Tatheus. — Os três irmãos. Isso me tranqüiliza, porque significa que poderei chegar a Broz e executar a missão que a senhora condessa me confiou. Porque se Nannan disse que não hei de morrer senão à sombra dos três irmãos, isso só pode significar que terei tempo de ouvir e de ajudar a transcrever até o fim a longa história de Posthumus de Broz. Porque os vaticínios de Nannan são infalíveis.

Aí a língua falhou-lhe de novo, pois ele disse: Porque os latrocínios de Nannan são inflamáveis.

No dia seguinte, durante a viagem, Tatheus cometeu mais três erros em sua fala. Depois de cometido o terceiro, disse ele a Grim:

— A cada erro que minha língua comete, meu bom Grim, minha angústia cresce, não porque tenha medo da morte, mas porque me sinto traído por aquela a quem sempre chamei de melhor amiga. Pois já não posso confiar na língua, assim como um cavaleiro não pode confiar num cavalo manco. Se isso piorar, serei obrigado a assumir voto de silêncio para não ser objeto de riso onde quer que abra a boca. E, quando chegarmos a Broz, o bom Posthumus muito há de se admirar de terem mandado um silencioso a outro.

Passou, então, a falar o menos possível e a usar sinais dos dedos como linguagem.

Duas semanas haviam transcorrido desde a saída de Sanctus Agnonymus. O caminho que percorriam agora era de novo o *itinerarium burdigalense*, e os seus pés pisavam gratos aquelas pedras, sabendo que podiam confiar a elas, cegamente, o seu destino.

A cidade de Acunum fora deixada para trás, e a de Vancianis. Durante a tarde, subiram uma pequena colina e, penetrando numa floresta de pinheiros, descobriram um pequeno tanque formado por um córrego e, na vizinhança dele, uma clareira, e o chão da clareira era um tapete de turfa verde. Resolveram armar ali o acampamento para passar a noite. As árvores não eram antigas, mas cresciam muito juntas umas às outras em torno da clareira, que desse modo parecia oferecer-lhes o aconchego de uma estalagem.

Umbennum ficava a cerca de seis milhas a nordeste, fora do *itinerarium*, mas o que era isso se em retribuição aguardava-os, no mosteiro dos Sancti Gemini, a oportunidade única de verem o túmulo de Mauritius de Londinium, de lhe aspirarem o odor de santidade, de rezarem em sua paternal presença? Os olhos de Tatheus cintilavam de devoção antecipada.

À noite, antes de deitar, Grim foi à tenda do monge pedir-lhe a bênção. Encontrou-o de joelhos, rezando. Esperou que terminasse. Não demorou muito. No entanto, no fecho da oração, o que até ali fora o melhor latim transformou-se em completa dislexia:

— Chy mlachthi in ythmum ysthyalm ychibarcu mysehi.

Tatheus, consternado, cobriu o rosto com as mãos; Grim, para não constrangê-lo ainda mais, retirou-se sem ser visto. Apesar de aflito, não deixou de imaginar que os monginhos de Nymphæolum, se tivessem ouvido a fala de Tatheus naquele momento, certamente diriam: Eis nosso irmão seguindo o exemplo de Virgilius Grammaticus e falando uma língua secreta cuja gramática e vocabulário só dele próprio são conhecidos.

Grim preparou para si, perto do fogo, um lugar para dormir, estendendo ali suas colchas e lençóis. O pajem se acomodara mais cedo ali perto e já estava, aparentemente, adormecido. Os outros não se mostravam ainda dispostos a dormir. Hector estava ocupado com suas tarefas; Repentinus sentara-se ao pé de um pinheiro para pensar na vida; o lapão procurava piolhos na cabeça de seu senhor; Nolo e Dodo conversavam em murmúrios numa ponta da clareira.

Grim aprendera, durante a viagem, a perceber a diferença entre dormir sob o teto de uma casa e dormir sob o teto do céu. Dormir em sua cela em Dru era percorrer, solitário, sonambúlico, vazias regiões entre os toques de sinos que chamavam para as orações noturnas. Dormir ao relento era dormir em companhia da Natureza, sob seu olhar de estrelas, sob seus beijos de orvalho, sentindo-lhe os diferentes odores e ouvindo-lhe os diferentes ruídos e sons. Naquela noite, depois de dormir duas horas ou três, ele despertou sedento. Alguns dos companheiros ressonavam à sua volta; alguns, nem todos: levantando-se, Grim identificou a seu lado o pajem, que nem alterara a posição de dormir, e mais adiante Repentinus, Totentanz, o lapão. Faltavam Nolo e Dodo, e também Hector. Aceitara o *puer culinarius* o convite espúrio que ele, Grim, recusara com asco e desprezo e juntara-se então a Nolo e a Dodo numa tríade de pecado? Se assim era, Grim nem podia imaginar os jogos noturnos a que estariam entregues os três insones no meio da floresta, para repúdio dos pinheiros. Moveu-se até o córrego, saciou a sede, aguçou os ouvidos. A Natureza respirava serena na floresta. A princípio Grim não discerniu, audível, outro som além do ruído que a água corrente produzia ao abrir caminho, pressurosa, entre as pedras do córrego. Depois um galo cantou, muito ao longe, não ainda para anunciar o dia, mas para apressar a noite, e Grim ouviu, ou julgou ouvir, o gado que mugia alguns bocejos ao despertar nos prados e as ovelhas que, na encosta das montanhas, mastigavam sua primeira refeição. Não era isso que Grim esperava ouvir, mas os sons sinistros do pecado que se praticava, talvez a três, em algum ponto da floresta. Repreendendo-se por sua curiosidade, voltou aos seus lençóis e deitou-se.

Durante algum tempo ainda contemplou o céu que lhe servia de teto. As estrelas cintilavam claras, e a faixa do céu em que se derramara leite era a Via Láctea. Uma brisa suave varria a clareira ora sim, ora não. Grim sentiu-se confortável com o mundo e consigo mesmo. Lembrou-se, pela primeira vez com certo desgosto, da sua cela em Dru, estreita, compacta, abafada como tumba; aqui, no meio da floresta, sob as estrelas do céu, estava a legítima casa de Deus, espaçosa e arejada, que ele mantinha sempre aberta para acolher todos os seus filhos. Grim sentiu-se entregue nas mãos da Natureza e, por conseguinte, nas mãos de Deus. O paraíso, pensou ele, não precisa ser mais que uma floresta como esta, onde possamos dormir para sempre com o amor de Deus vigiando o nosso sono.

## 72. Madrugada

De madrugada Grim foi acordado por um pontapé nas costelas.

— Nolo! — reclamou, porque supunha Nolo o único da confraria capaz de tal insolência.

— Levanta! — rosnou uma voz desconhecida. E outro pontapé atingiu-o na boca do estômago.

— Palumirgadetha! — era a voz de Tatheus. Grim viu que Tatheus estava em pé entre dois homens que lhe seguravam os braços atrás das costas. Um deles bateu-lhe com um bastão na cabeça. A orelha de Tatheus começou a sangrar. Grim levantou-se como pôde, dobrado em dois. À luz da fogueira viu que havia muitos homens espalhados pelo acampamento, correndo de um lado para outro: reviravam as arcas, as trouxas, as sacolas. A um canto do acampamento Grim viu um corpo estendido no chão, e reconheceu que era o corpo de Repentinus. Viu outro, um pouco adiante, e reconheceu que era o corpo do pajem. Ambos jaziam de bruços, imóveis; a Repentinus parecia faltar alguma coisa, mas Grim não soube entender o quê. Olhou em volta, tentando localizar Nolo, Dodo, Hector, o cavaleiro Totentanz, mas não os viu em lugar nenhum.

Grim entendeu o que era óbvio: estavam nas mãos de *latrocinatores*, de *maratocupreni*, como dizia Tatheus, de salteadores, enfim. Dois deles, que estavam mais próximos, abriram a golpes de machado uma das arcas e começaram a vasculhá-la em busca de valores. No seu afã, lançavam longe, de qualquer jeito, os rolos de pergaminho ali guardados.

— Muphursa! — gritou Tatheus. — Miuulechianna! Lechlachannanilimniichto!

As palavras incompreensíveis diziam mais do desespero de Tatheus do que o seu melhor latim. O bandido que lhe batera antes bateu-lhe outra vez com o bastão. O golpe abriu uma brecha acima do supercílio do velho. Alguns dos homens recolheram do chão os pergaminhos e lançaram-nos ao fogo. Vendo-os queimar, Tatheus gritou:

— Rufeynnycchoissam!

Tentou livrar-se dos braços que o prendiam, mas bateram-lhe de novo com o bastão, agora ferindo-lhe o nariz. Nesse momento um dos homens, que até então estivera acocorado, de costas para Grim, num canto escuro da clareira, examinando o conteúdo de algumas sacolas, ergueu-se e veio vindo em direção a Tatheus. Grim viu que era o cavaleiro Totentanz. Seu primeiro pensamento foi: Estamos salvos. Logo, porém, percebeu que aquele ao mesmo tempo era e não era o cavaleiro Totentanz: estava transmudado numa pessoa parecida com ele mas inteiramente diferente: como se o cavaleiro guardasse, dentro de si, um outro ego, um ego infernal, e esse ego assumisse, por vezes, o comando de sua alma, como agora. Então Grim teve um segundo pensamento, que foi: Eis o capitão dos *maratocupreni*.

Totentanz chegou-se junto a Tatheus e perguntou, com voz suave:

— Diz-me, querido pai, onde está o ouro da condessa? Não posso acreditar que esteja todo aqui.

E agitou diante dos olhos do velho uma pequena bolsa.

— Liphocanethythbynuthiuadedinbynui — respondeu Tatheus.

Totentanz fez um sinal com o olho; o bandido do bastão bateu outra vez em Tatheus.

Surpresa sucedeu a surpresa. Nesse momento Grim viu emergir do meio das sombras quem senão Nolo. Dodo estava com ele, mas, de Hector, nenhum sinal. Grim sentiu um alívio, uma esperança: Nolo saberia lidar com a situação. Nolo chegou-se sereno. Os bandidos puseram-se em posição de ataque. Totentanz olhou para ele curioso.

— Onde estavas, noviço? — perguntou.

— Na floresta — disse Nolo — com meu companheiro.

Pecando, acrescentou Grim, rilhando os dentes em pensamento.

— Acaso és demente? — disse Totentanz. — Por que não te escondeste? Por que não fugiste? Por que voltaste?

— Porque quero mudar de companhia — disse Nolo.

— Queres juntar-te a nós? — perguntou Totentanz, e riu.

— Juro por Deus — disse Nolo.

— Não jures por Deus, mas pelo diabo — disse Totentanz. — E perguntou: — E o que sabes fazer?

— Tudo que me ensinarem — respondeu Nolo. — Sou bom aluno. Pergunta a Tatheus.

— Queres aprender — disse Totentanz — a matar e a roubar?

— Não será mais difícil — disse Nolo — do que latim e retórica.

Totentanz deu uma gargalhada.

— Já ouvi falar de muitos piratas e matadores que se tornaram monges. Tu és o primeiro monge que vejo que pretende fazer o caminho inverso: tornar-se pirata e matador.

— Dolo! — berrou Tatheus. — Hunesobinuesubicsillimbalim! Alemuedubertefet!

— Prova a tua boa vontade — disse Totentanz a Nolo, apontando para Tatheus. — Corta a língua do tagarela.

Nolo sacou de dentro das vestes a navalha e aproximou-se de Tatheus com a arma na mão.

— Ythalonimualoniuthsicorathiisthymhimihymacomsyth! — berrou Tatheus.

— Essa língua não serve mais para nada — disse Nolo. — Mas ainda assim, como canta!

— Ythalonim! — disse Tatheus. — Ythalonimualoniuth!

— Pede-me em bom latim — disse Nolo — que te pouparei a língua.

Totentanz riu.

— Ythlnm! — disse Tatheus. — Ythlnmualnth!

Totentanz riu.

— Não entendi nada — disse Nolo.

— Corta, corta! — gritou Totentanz.

— Alguém me ajude — disse Nolo. Dois dos bandidos acorreram para forçar Tatheus a abrir a boca e, lá entre si, depois de várias tentativas, conseguiram manter-lhe a boca aberta puxando-lhe cruelmente as barbas para baixo. Nolo tentou achar uma posição cômoda para executar a tarefa, conciliando língua, mão e navalha. Sua mão tremia, a navalha também.

— Nolo, *noli*! — berraram, ao mesmo tempo, Grim e Dodo.

Nolo susteve o gesto. Grim recebeu de um dos bandidos uma punhada na cabeça que o atirou ao chão. Dodo correu até à frente de Totentanz soltando gritos estridentes; parecia falar a mesma língua que Tatheus. Totentanz acompanhava toda aquela confusão com um sorriso nos lábios. Aí, onde estava, iluminado pelo clarão do fogo, Dodo arrancou a túnica que lhe cobria o corpo e apareceu nu diante de todos.

— Chilluch! — gritou Tatheus.

— É uma mulher! — gritou Totentanz. — Por Beelzebub, é uma mulher!

Do chão onde jazia, Grim mal podia acreditar nos seus olhos. O corpo de Dodo, embora magro e esguio, tinha volumes e formas que não se podia achar num homem. Grim, que nem em sonhos jamais vira uma mulher nua, correu os olhos pelos peitos de Dodo, pelo ventre macio, pela moita de pêlos — no meio da qual chamava a atenção a ausência de um pingente. Sim, à parte os peitos, era possível, sim, confundir uma mulher com um eunuco.

Passada a primeira surpresa, três *maratocupreni* avançaram sobre a moça: dois deles agarraram-na cada qual por um braço, e o terceiro, que era Scutigerulus, o lapão, arrancou a própria túnica com um gesto brusco, e começou a dançar, diante da moça, uma dança de gestos e passos obscenos, brandindo a *mentula* como uma espada dura que ameaçava cravar fundo, a qualquer momento, no corpo da vítima. Antes que isso acontecesse, deteve-o a voz de Totentanz, alta e feroz:

— Para trás!

Os dois homens soltaram a presa; Scutigerulus imobilizou-se na sua bárbara nudez. Totentanz caminhou lentamente na direção deles. Afastando com desprezo o lapão, tomou a moça pelo braço. Com a mão direita acariciou-lhe a orelha, o queixo, os ombros, os peitos.

— És uma princesa — disse ele —, e eu sou o príncipe.

Aí deslizou a mão até o meio das pernas dela e deixou-a divagar ali durante algum tempo. Depois trouxe o dedo médio até o nariz e cheirou-o; depois lambeu-o; depois estalou os lábios.

— Hora de cear — disse ele. Aí virou-se para o lapão e disse alguma coisa que era mais um grunhido que uma palavra articulada.

Tatheus começou a berrar como um desvairado contra Totentanz:

— Bynuyidchilluchilygubulimlasibithim! Bodialytheraynnynuyslym minchothiusim! Altanimauosduberithemhuarcharistolem! Alemus duberti murmucopsuistiti!

Não se entendia uma única palavra, mas o tom era de quem estava deitando sobre o bandido todas as maldições do céu.

Totentanz fez uma reverência a Tatheus e, atirando a moça sobre o ombro como um saco de cereais, desapareceu com ela por entre as sombras da floresta.

Faltaram a Tatheus as forças, e ele arriou de joelhos diante de Nolo. Os bandidos começaram a urrar e a dançar à volta de ambos como dementes. Scutigerulus, frustrado como estava, começou a cobrir de coices o corpo de Grim. Não parou de agredi-lo com seus rudes pés nus nem mesmo quando Grim perdeu os sentidos.

## 73. Luz do dia

O dia amanheceu. Grim acordou num sobressalto. Assaltaram-lhe a mente os acontecimentos da noite. Quis acreditar que tudo fora um pesadelo, mas não fora. O silêncio do acampamento não era um silêncio usual. Faltavam os pequenos ruídos de vida, o som de passos, o assobio do escudeiro, o cheiro de comida no fogo, o murmúrio das preces de Tatheus, o gorjeio de Dodo, até mesmo os impacientes estalos de língua de Nolo. Além disso, as dores que sentia por todo o corpo e as manchas de sangue, agora seco, que o tingiam o rosto aqui e ali serviam para autenticar que o que acontecera não acontecera dentro de um sonho mas fora. Não no abstrato da mente mas no concreto da vida.

Grim não teve, a princípio, coragem de levantar. Não queria ver o legado que lhe tinham deixado os *maratocupreni*. Queria, sim, mergulhar de novo nas trevas da inconsciência como numa lagoa sem fundo. Mas havia naquele lugar nefasto, à sua espera, tarefas e providências a que, a menos de estar morto, não se podia furtar. Rezou um *pater* para dar-se ânimo: urgia levantar para encarar o caos, a morte e, pior que tudo, a vida, que esperavam ansiosos por seus cuidados.

No *amen* levantou-se. Os corpos de Repentinus e do pajem tinham sido despojados de suas vestes e jaziam impudentes em sua aberta nudez. Ao pobre Repentinus, além das vestimentas, faltava a cabeça, e com isso seus restos mortais adquiriam uma quota a mais de impudência. De Dodo e de Hector não havia vestígio. Nem de Nolo, mas de Nolo não se podia esperar que houvesse vestígio. E Tatheus? O que teria sido feito do velho Tatheus? Grim vasculhou a clareira, por onde se espalhava, sobre o tapete de turfa, tudo aquilo que os bandidos não quiseram levar. Achou, cravado no corpo de uma árvore na franja da clareira, a navalha de Nolo. Ele a usara para inscrever, na pele rugosa da árvore, uma mensagem pacífica: *Pacem in terris. Valeat bellum.*

— Paz na terra. Guerra, adeus — repetiu Grim. E disse: — Nolo, até as tuas melhores palavras têm veneno nelas.

Nolo deixara a navalha cravada fundo na carne da árvore. Tão fundo que Grim teve de usar todas as suas forças e mais algumas súplicas a Deus para conseguir retirá-la dali. Depois, contemplando a navalha, viu que não havia manchas de sangue na lâmina. Aí penetrou na floresta e procurou, entre as árvores, traços de Tatheus ou de Dodo ou de Hector. Atreveu-se a chamar o nome de Tatheus, mas a chamá-lo na escala de um murmúrio, com medo de ser ouvido por algum dos *maratocupreni* que ainda pudesse permanecer por ali. Depois abdicou de qualquer cautela e, em voz alta, cada vez mais alta, chamou os nomes de Tatheus, de Dodo, de Hector. Chamou até o nome de Nolo, acrescentando-lhe alguns epítetos injuriosos, como *filho de um hipocamelo*. Mas não houve resposta.

De tanto gritar acabou rouco e sedento. O córrego estava ali perto. Grim para lá se encaminhou. À beira do córrego, com as pernas metidas até os joelhos dentro d'água, jazia Tatheus.

Não estava morto. Grim lavou-lhe o rosto tinto de sangue, borrifou-lhe algumas gotas d'água na boca lacerada. Tatheus abriu um olho, ergueu uma mão, sorriu com metade dos lábios. Se não estava morto, também não estava de todo vivo, mas só em parte: o lado direito do corpo paralisara-se de alto a baixo. Nem escapou a Grim que a pupila do velho monge estava invisível: sinal de morte próxima, segundo a lição do próprio Tatheus. Donde se conclui, pensou Grim, que nem o santo Nannan é infalível neste mundo, mas só o santo papa. Tomou então nos braços o corpo do velho e carregou-o até à sombra de um salgueiro próximo. Ali se assentou, apoiando as costas no tronco da árvore, com Tatheus derramado de través em seu colo.

— *Pater* — murmurou —, devo parecer a Virgem Maria tendo nos braços o pobre filho retirado da cruz.

Logo envergonhou-se do que disse, e mudou de assunto:

— Há muitas coisas que precisamos fazer, *pater*, e nenhuma delas fácil. Somos em número de quatro: um par de vivos e um par de mortos. Os mortos precisam de sepultura, mas não podemos, ainda que tivéssemos mais do que as unhas para cavar um buraco na terra, sepultá-los aqui, no meio da floresta, como se um deles fosse um cão e o outro fosse outro cão. Não somos hereges: é preciso sepultá-los em solo consagrado. Quanto aos vivos, um deles precisa de cuidados médicos, o outro, de ajuda e atenção, de consolo e conselho. O convento dos Sancti Gemini fica a umas cinco milhas daqui, a nordeste. É até lá que temos de ir em busca de socorro. Os mortos terão de esperar aqui, até voltarmos. Deus ficará com eles. Os vivos, por sua vez, terão de caminhar até o convento. Cabe-nos fazer um grande esforço, sim, mas, ajudando-nos mutuamente, no fim chegaremos lá. Sugiro que nos revezemos para carregar um ao outro nas costas. Primeiro eu carregarei a ti. Quando me cansar, tu me carregarás a mim. E o tempo todo Deus carregará a nós ambos.

Com alguma dificuldade Grim acomodou Tatheus na sela das próprias costas. Com muita dificuldade atravessou as trilhas da floresta, trôpego, dolorido, encurvado, um pequeno Atlas carregando um pequeno mundo sobre o lombo. Aqui e ali esteve a ponto de tombar, e na verdade chegou a tombar duas ou três vezes, ou até mais, e não foi nada fácil levantar: o corpo pedia para jazer em terra até que a morte se apiedasse dele e o tomasse a seus cuidados. Mas Grim conseguiu, aí, ser mais forte que seu corpo, e obrigando-o, ainda que de má vontade, à obediência, por fim chegou ao limiar da floresta e saiu do arbóreo labirinto. Depôs com cuidado o corpo de Tatheus no chão. Diante de seus olhos abria-se o vale de um rio. Era um vale muito árido. O rio descia oriundo de uma montanha aposta no fundo do horizonte. Grim hesitou, nos portões da floresta.

— E agora, *pater*? — disse. — Devemos descer até o vale? No vale seremos figura conspícua, única criatura em movimento ali além do próprio rio. Podemos ser avistados por inimigos que estejam nas cercanias:

inimigos conhecidos, como os celerados de Totentanz, ou desconhecidos, quem sabe piores ainda do que aqueles. Por outro lado, *pater*, o convento dos Sancti Gemini fica na direção do nordeste, atrás daquela montanha que vemos lá adiante. Achas que devemos correr o risco? Sim? Então corramo-lo.

Grim fez uma oração e, com Tatheus de novo assentado sobre o lombo, começou a descer a encosta em direção ao vale.

Arrastou-se penosamente o dia todo ao longo do rio, parando de hora em hora para descansar. No final da tarde chegou ao sopé da montanha; por seu costado descia o rio, célere, espumante, tumultuoso. A montanha era tão árida quanto o vale. A única vegetação eram moitas de arbustos que cresciam, aqui e ali, numa axila da montanha e no seu cabeço, e um ou outro pequeno aglomerado de abetos. Não havia campos cultivados: era uma região deserta de seres humanos.

Grim resolveu passar a noite ali: suas forças estavam esgotadas.

— Amanhã, *pater* — disse —, com as forças reparadas pelo sono, enfrentaremos a subida.

Acomodou Tatheus sob uma laje de pedra o melhor que pôde, deu-lhe de beber da água do rio na concha das mãos, saciou depois a própria sede, e essa foi a ceia que fizeram aquela noite. Depois, aconchegando-se ao corpo do velho para aquecê-lo e aquecer-se, dormiu instantaneamente. Nem teve alento para rezar alguns padre-nossos à guisa de vésperas. Sonhou que estava dormindo e que, dormindo, sonhava com o tinido de sinos à distância. Sentiu falta dos sinos de Dru.

## 74. Os santos gêmeos

De manhã cedo Grim ouviu vozes e ouviu ruído de passos escorregadios sobre a encosta da montanha, e um ou outro zurro de mula. Receou que, por malícia do demônio, tivesse seguido o mesmo caminho dos *maratocupreni* de Totentanz. Aguçou os ouvidos tentando distinguir, no meio das vozes, a voz de Nolo ou, quem sabe, a voz de Dodo — isto é, da moça. Mas eram vozes desconhecidas, e falavam um dialeto desconhecido de Grim, que às vezes soava como francês, às vezes não; mas, de repente, Grim ouviu no ar uma frase em latim.

A voz que enunciara aquela frase não era uma voz jovem que pudesse ser a de Nolo ou a da moça. E logo a essa voz respondeu uma outra voz, muito rouca, também em latim. Grim não teve dúvidas; havia religiosos naquela companhia. Gritou bem alto, pedindo socorro em nome de Deus.

Acudiram. Eram dois monges do convento dos Sancti Gemini, acompanhados de alguns fâmulos. Grim reconheceu entre estes o rosto de Hector, o moço de cozinha da confraria. Espanto de um, espanto de outro.

Os monges deram pão e água a Grim. Mãos solícitas tentaram fazer por Tatheus o que era possível. Ele não dava mais sinal de si.

Hector contou sua história a Grim em algumas frases entrecortadas e confusas. Estava na floresta, contou, quando viu chegando os amigos sanguinários do cavaleiro Totentanz. Escapou de ser visto: escondeu-se nas sombras, esforçando-se por respirar ainda menos que as árvores. Logo depois ouviu o som de vozes, uivos, gritos: os *maratocupreni* tinham tomado posse do acampamento. Covarde, mas que podia fazer contra aqueles criminosos, internou-se numa moita de arbustos, e ainda se cobriu de turfa, tornando-se um feto no útero da mãe terra. Seus ouvidos lhe contaram algo do que estava acontecendo: o saque das arcas e sacolas, o retorno de Nolo, a tortura de Tatheus, a dança dos celerados, o estupro de Dodo pelo cavaleiro Totentanz, ao qual se seguiram, para matar suas fomes no mesmo prato que o capitão, outros bandidos. Tudo isso Hector ouvira, escondido no útero da mãe terra. Ouviu, mais tarde, os bandidos se retirarem para leste. Fez-se silêncio. Hector deixou cristalizar-se o silêncio durante uma hora. Aí renasceu da terra e, assim renascido, chegou à margem da clareira e só viu o que lhe pareciam cadáveres.

— Tu mesmo, Grim — disse ele —, parecias morto. Nem pensei em acordar-te, pois não há como acordar quem está morto.

— Que fizeste então? — perguntou Grim.

O que fizera então? Correra desesperado em direção ao norte, tendo o bom senso de evitar o leste. Por sorte, ao meio-dia, encontrara um leproso na beira da floresta. Fora-lhe mandado por Deus, aquele leproso: indicara-lhe o caminho até o convento, bendito fosse. Os monges de Sancti Gemini abrigaram Hector com doçura. Deram-lhe de beber e de comer; deram-lhe consolo no seu pavor.

Grim fincou os joelhos no chão. Em parte por gratidão a Deus, por tê-lo posto de novo em mãos amigas; em parte por absoluta fraqueza: mal podia estar de pé. Os dois monges, que se chamavam Frodebertus e Importunus, decidiram entre ambos o que fazer. Traziam consigo quatro mulas. Importunus partiu com duas delas, mais Hector, mais os fâmulos, em direção à floresta para trazer de lá os corpos do escudeiro e do pajem. Montados nas outras duas, Frodebertus e Grim tomaram o caminho da montanha para subir ao convento dos Sancti Gemini: o convento onde fora sepultado o piedoso fundador do mosteiro de Lom. Tatheus seguia na mula de Frodebertus, amparado com firmeza pelo monge.

Chegaram ao topo da montanha em menos tempo do que Grim julgara possível. Ali havia uma cruz rebuscada, indicando a proximidade do convento. Pouco antes de vê-lo, Grim ouviu-lhe o sino tocando as sextas. Começaram a descer a encosta. A certa distância do convento havia uma estátua de Nossa Senhora acomodada num nicho embaixo de velho carvalho. Grim desmontou, ajoelhou-se diante da imagem e rezou uma Salve Regina.

O convento tinha de um lado a montanha, de outro um bosque de pinheiros. Um vento leste soprava intenso o tempo todo. Alguns monges que trabalhavam no campo largaram as enxadas e acorreram para ver o que havia. Diante do pórtico do convento Grim desmontou. Um dos monges bateu à porta para chamar o porteiro. Os outros ajudaram a retirar Tatheus do lombo da mula. Frodebertus desmontou e tomou de novo nos braços o corpo do velho monge, em quem havia apenas algumas relíquias de vida. Nisso Tatheus despertou. Grim se aproximou dele. Na tutela dos braços fortes de Frodebertus, Tatheus olhava fixo, com um só olho, para o frontão do pórtico. Havia três nichos ali, e em cada um deles a imagem de um santo com seu nome gravado. Tatheus esticou a mão e apontou três dedos trêmulos para o frontão do pórtico.

— Três? — perguntou Grim. — Três o quê?

Frodebertus disse:

— Três irmãos gêmeos. Nossos patronos: Speusippus, Eleusippus e Meleusippus. Este é o convento dos Sancti Gemini.

Tatheus teve um espasmo e Frodebertus dobrou o joelho para pousar-lhe o corpo no chão. Ali, à sombra do pórtico do convento, Grim viu Tatheus morrer. Agarrou-lhe a mão e começou a chorar: e chorou durante muito tempo, regando de ternos beijos e lágrimas fiéis a mão ressequida do velho monge.

# LIVRO IV

# VÍCIO E VIRTUDE

## 75. Epitáfio

O jardim do convento tinha passagens de areia e canteiros de dálias, uma fonte e uma estatueta negra de Nossa Senhora. Grim sentou-se num banco de pedra e ali escreveu uma elegia em homenagem a Tatheus. Estes são alguns dos versos da elegia, em que o refrão diz bem do estado de desânimo do pobre autor:

Cristo, regente da gente dos céus,
dá no teu reino repouso a Tatheus.
Ai, pobre coitado de mim!

Espírito Santo, de todos guia,
aninha-lhe sob a asa a alma pia.
Ai, pobre coitado de mim!

A noite dura o sono me sonega,
e a luz me evita quando o dia chega.
Ai, pobre coitado de mim!

Pai de nós todos, Deus perdoador,
Reserva-lhe um lugar de esplendor.
Ai, pobre coitado de mim!

Perto das vésperas retornaram o monge Importunus e a sua companhia, trazendo os corpos de Repentinus e do pajem. Grim foi vê-los. Ambos os corpos estavam pintalgados de grãos de terra, o do pajem até à língua. Importunus explicou:

— Tivemos de desenterrá-los. Alguém passou pelo local antes de nós e lhes deu sepultura. Provavelmente hereges, que sepultam os mortos em qualquer lugar e de qualquer maneira.

Contemplando o corpo de Repentinus, que ali jazia sem cabeça como o de São João Batista, Grim perguntou:

— E a cabeça? Não a encontrastes?

— Não — disse Importunus. — Creio que os bandidos a levaram cravada numa estaca como troféu.

— Cristo, por que é tão perverso este mundo? — exclamou Grim.

Importunus pousou a mão no ombro de Grim e disse:

— Não leste o tratado *Satisfactio*? Ali Dracontius diz que Deus bem poderia ter feito o mundo como um lugar de paz e virtude, mas preferiu criar uma mistura de bem e mal e de mal e bem. Tudo tem o seu contrário. Por isso temos o oceano e o deserto, o fogo e o gelo, o lobo e o cordeiro, a coruja e o pavão, o espinheiro e a rosa, a noite e o dia, a tristeza e o riso, o trabalho e o ócio, a morte e a vida. Até mesmo a serpente guarda dentro de si o veneno mortal e o antídoto que cura o próprio veneno. Tudo tem o seu contrário, para que possamos entender a essência de cada coisa. Se o mundo não contivesse nem dor nem vício, como poderíamos entender e exaltar o sentido da paz e da virtude?

A noite passou-se em vigília diante dos três pobres corpos. O vento uivava lá fora, justapondo sua lúgubre melodia aos salmos cantados pelos monges. Na manhã seguinte Tatheus e seus dois companheiros de martírio foram sepultados, com acompanhamento de muitas lágrimas, no *requietorium* do convento.

Deram a Tatheus a honra de jazer ao lado da tumba de Mauritius de Lom. Grim contemplou-a demorado em nome dos olhos de Tatheus. Depois murmurou:

— Meu bom Tatheus, aí jazes ao lado do fundador de Lom, tão vizinho que bem podeis ambos conversar sempre que quiserdes.

Em seguida Grim leu o epitáfio de Mauritius. No alto estava escrito: "Hic requiescit beatæ memoriæ domnus Mauritius monachus, qui obiit in pace VIII. Id. Septembris." Abaixo estavam gravados estes versos:

> Detém-te, peço, caminhante, aqui um pouco
> e, escutando em teu coração minhas palavras,
> conhecerás por meu fantasma o teu destino:
> o que és agora também eu fui outrora
> e como hoje sou serás tu em teu futuro.
> Às delícias do mundo, ao vazio do amor
> seguem-se cinza e pó e alimento de vermes.
> Lembra-te de cuidar da alma e não da carne
> porquanto esta perece e permanece aquela:
> como flor que sucumbe ao hálito do vento,
> assim também sucumbe-te a glória da carne.
> Faz as vezes de mim, leitor deste poema,
> E diz: Perdoa, Cristo, ao teu servidor.
> *Amen. Amen. Amen. Amen. Amen. Amen.*

Grim obedeceu ao pedido da lápide e murmurou:

— Perdoa, Cristo, a teu servidor Mauritius de Lom. — E acrescentou: — E tu, Mauritius, por amor de Cristo, recebe teu servo Tatheus a teu lado com ternura. *Amen.*

Grim passou mais um dia no convento, recuperando a força do corpo e do espírito. O abade recebeu-o em audiência e, depois de ouvir-lhe o relato sobre a composição e a decomposição da confraria, ordenou-lhe que continuasse a viagem sozinho e mandasse o moço Hector de volta à

Ingária para dar à condessa as más notícias. Grim acatou a ordem. Era necessário que a morte de Tatheus fosse conhecida não só em Kemp mas sobretudo em Lom. Era preciso que os irmãos de Lom soubessem que a viagem de Tatheus, como antes a do abade Mauritius, se interrompera à sombra dos santos mártires de Umbennum, e que seu corpo jazia sepultado na honrosa e abençoada companhia do fundador de sua própria casa.

Por outro lado, Grim se imaginou percorrendo solitário os longos caminhos até a remota Panônia. Chegou a abrir a boca para pedir ao abade um companheiro, um monge, um noviço, ou até mesmo um simples fâmulo, não só para fazer-lhe companhia no percurso, mas para ajudá-lo a copiar a longa história em Broz. Abriu a boca para pedir, mas fechou-a sem pedir nada.

Mais tarde encontrou Hector e transmitiu-lhe a decisão do abade.

— Quero dizer-te uma coisa — Hector disse.

— Sobre quê? — perguntou Grim.

— Sobre Dodo — Hector disse.

— Não quero saber — replicou Grim.

— É importante — Hector disse.

— Cala-te — disse Grim. — Nada sobre Dodo pode ser importante. Pelo menos não para mim.

No dia seguinte, manhã cedo, Grim despediu-se dos monges de Sancti Gemini e tomou o caminho do oriente. No mesmo momento Hector despediu-se também dos monges e de Grim e tomou o caminho do ocidente. Os monges choraram de dó ao verem separar-se os cinco membros da *Fratria Libri Comitissæ*. Um deles continuava sozinho o trajeto para a Panônia; outro retornava ao ponto de origem para notificar à condessa as desventuras que tinham caído sobre a sua confraria; e outros três ficavam ali, sepultados no cemitério do convento.

A confraria de sete estava reduzida a um só, e este um só era o pobre Grim.

## 76. Sísifo

O caminho do oriente descia a encosta da colina, em declive suave, até uma vila cercada de ricos prados, a que Grim chegou por entre um dístico de plátanos. Os moradores estavam ceifando a colheita do outono, e Grim encheu os pulmões com o cheiro de feno que inundava o ar. Uma menina de sete anos perguntou: Donde vens? Grim respondeu: Do mar. A menina replicou: Por que não estás molhado?

A partir da vila o caminho mergulhava íngreme em direção ao vale. Diferente do vale do outro lado da montanha, este era forrado de prados verdes, e o rio, oculto entre as altas paredes de uma e outra margem, corria por ali sem ser visto. As giestas estavam em flor, e um grande carvalho, *rex arborum*, se assentava majestoso à beira do rio. O ar era fresco e salubre como em maio.

Grim atravessou o rio por uma ponte de madeira. A estrada começava a subir, logo depois do rio, entre pinheiros. Havia uma montanha à sua frente, convidando o caminhante, ou melhor, desafiando-o, a galgar-lhe as altas vertentes, cobertas de campos inclinados e de bosques de bétulas e de faias.

— Não me assustas — disse Grim, quando chegou ao sopé da montanha.

E começou logo a subir por uma trilha pedregosa. A meio caminho alcançou um jovem pastor que conduzia suas ovelhas rumo ao topo; as ovelhas, brancas e negras, baliam como pássaros na primavera, e o som de suas vozes misturava-se ao som das campainhas penduradas ao pescoço de algumas delas. Grim seguiu ao lado do pastor durante algum tempo, e tentou conversar, mas o pastor falava uma língua incompreensível que talvez só as ovelhas entendessem. Mesmo assim, Grim recitou para ele o poema que ouvira a moça, ainda em trajes de Dodo, recitar em Nymphæolum, aquele poema que exaltava acima da carne humana a pele ovina. Depois dividiu com o pastor a sua perplexidade:

— Um moço recitou este poema no convento, e alguns dias depois se revelou não mais um moço mas uma moça: *non puer sed puella*. Diz-me, pastor, onde julgas que essa moça, cujo nome não sei, aprendeu latim e literatura. Não sabes? Nem eu.

O pastor contribuiu com alguns sorrisos para aquele diálogo nos caminhos da montanha. Logo Grim deixou para trás o companheiro, que seguia no passo lerdo das ovelhas. Levou consigo um sentimento de amargura porque não fora dada a ele, Grim, a condição de um simples pastor de ovelhas. Eis a vida ideal, sem maiores preocupações do que proteger do lobo o rebanho e reencaminhar ao aprisco a ovelha desgarrada.

Em duas horas chegou ao topo da montanha; não havia vento lá em cima, e o calor era forte. Grim sentou-se e contemplou o território que, à frente dele, esperava indiferente os passos de seus pés. Lá embaixo jazia o próximo vale, cortado pelo rio, e lá adiante erguia-se a próxima montanha.

— Serei eu um novo Sísifo — suspirou Grim —, condenado a empurrar a mim mesmo, como uma pedra, até o topo de uma montanha, para em seguida descer até embaixo e começar tudo novamente diante de outra montanha?

Dois dias depois, ao subir um caminho particularmente íngreme, Grim, olhando para o alto, viu um homem sentado sobre uma pedra mais acima, em vestes clericais.

— Parece um clérigo — murmurou para si mesmo —, mas quem garante que não é mais um *maratocuprenus* disfarçado?

O homem acenou para ele. Grim subiu até à pedra que servia de cadeira para o desconhecido e saudou-o em latim. Daí, as primeiras palavras que trocaram entre si dissiparam suas suspeitas. Grim sentou-se ao lado do clérigo e embebeu os olhos na paisagem do mundo de Deus que se abria à sua frente.

— Deus criou um mundo muito formoso — disse o clérigo.

— Mas assombrado pela presença do homem — disse Grim.

— *Revera* — concordou o outro. — Vejo que tens experiência de sofrimento.

— Éramos uma confraria de sete — disse Grim. — Agora estamos reduzidos ao mais fraco e inábil de nós todos.

— Éreis oito, e não sete — corrigiu o outro. — Sois dois e não um.

— Referes-te a Deus? — disse Grim.

— Todo homem é o subduplo de Deus — disse o outro. — Ainda que sejas o homem mais fraco do mundo, acompanha-te aquele cujo poder não tem limites, aquele que, tocando as montanhas, as faz fumegar.

O homem chamava-se Barthélemy Amilhac, e fora pároco de Dalou, que fica na diocese de Pamiers. Ia a caminho de Segussio, na Lombardia, onde esperava encontrar a mulher.

— A tua mulher? — espantou-se Grim.

— Sim — disse o pároco; e, com um tremor de amor na voz, acrescentou: — Francesque.

— Não és um sacerdote? Como tens mulher, se és um sacerdote? — perguntou Grim.

O pároco soltou um suspiro profundo. — Queres ouvir a minha história? — perguntou ele a Grim. Grim disse que sim; e retrucou que em sua viagem já se acostumara a ouvir histórias fora de propósito e contrárias aos dogmas da Igreja. Barthélemy começou a contar o seguinte:

## 77. Barthélemy

— Fui pároco de Moissac dois anos. Não precisava ter saído de lá, mas sempre fui homem inquieto, e por isso mudei-me para Dalou. Três ou quatro anos atrás, estava na igreja ensinando doutrina às crianças quando uma mulher veio procurar-me. Era Francesque, viúva de um escudeiro, com quem tivera quatro ou cinco filhas. Eu já lhe conhecia a fama, pois o reitor da igreja de Dalou declarara várias vezes, na minha presença, que essa Francesque de Chalabre era uma prostituta que não se negava a ninguém. Pois nessa ocasião ela veio procurar-me e pediu que fosse vê-la aquela noite em sua casa, que ficava próximo à igreja. Eu disse que iria e fui. Cheguei lá, não havia ninguém em casa a não ser Francesque, e perguntei o que ela queria. Ela disse que me amava e que queria ir para a cama comigo. Era mulher de vinte e cinco anos, e tinha olhos de feiticeira, grandes, profundos e negros. Não fiz nenhum gesto para resistir à tentação. Ali mesmo na casa dela, naquela noite mesma, deitei-me com ela e conheci-lhe o corpo e a carne.

— Deus te perdoe — murmurou Grim, fazendo o sinal-da-cruz.

— A partir daí — continuou o pároco, sem se perturbar —, muitas outras vezes freqüentei-lhe a cama. Quando as filhas e a *ancilla* saíam de casa, ela fazia sinal da janela para mim, e eu, que não tirava o olho daquela janela, ia até lá em busca dos beijos e dos abraços de Francesque. Um dia, depois de consumarmos mais uma vez nosso prazer, fui tomado de forte arrependimento, e bati no peito em desespero, e quis pôr termo à nossa ligação, mas ela segurou-me pelos cabelos e disse: Homem, que é isso? Pensa nos diáconos, priores, abades, bispos, arcebispos e cardeais. Todos eles são piores do que os homens comuns, pois amam a luxúria muito mais do que os homens comuns e entregam-se a ela com grande devoção. Aquelas palavras me convenceram, e resolvi continuar minha amizade com Francesque.

Barthélemy calou-se e esperou que Grim dissesse alguma coisa. Grim não disse nada. Barthélemy continuou:

— Mais tarde, na oitava de Pentecostes, começaram a circular boatos sobre nós dois na cidade. Francesque me disse que não devíamos mais ficar no país mas fugir, porque cedo ou tarde, se ficássemos, o bispo nos haveria de castigar. Fugir para onde, perguntei. Para o país de Pallars, ela disse, porque lá os clérigos podem manter em casa, às claras, sem escândalo, as suas *focorias*.

— *Focorias*? — perguntou Grim.

— É como se chamam, lá — disse o pároco —, as concubinas dos clérigos.

— Na Britânia — disse Grim —, onde há muito poucas, são chamadas *focarias*, e às vezes, por castigo, são vendidas como escravas. Aqui, pelo teu exemplo, vejo que fazem de escravos os maridos.

— Não diria isso — replicou o pároco. — Ao casar com elas juramos fidelidade e assumimos o compromisso de mantê-las, provendo-as de todo o necessário. Temos até mesmo uma festa de núpcias, em tudo idêntica aos outros casamentos, exceto que não podemos receber a bênção matrimonial. Mas as *focorias* trazem o seu dote, e os filhos que nascem da união entre um sacerdote e uma *focoria* têm direito às heranças do pai e da mãe.

— Será verdade isso? — exclamou Grim.

— É a verdade pura e simples, irmão — disse o pároco. — Todo ano damos alguma coisa ao bispo da diocese, que por isso nos permite viver em paz com nossas *focorias*, e quando morremos elas são consideradas nossas viúvas.

Mas o reitor de Dalou costumava dizer que Francesque, além de puta, era uma herege sem vergonha, assim como seu pai. Nunca, porém, Barthélemy ouvira dos lábios dela uma só palavra que fedesse a heresia, de modo que atribuiu as injúrias do reitor a intrigas sem fundamento e concordou em viajar para Pallars com Francesque. Ela partiu primeiro e foi para Vicdessos, levando trouxa de roupa, a filha Philippa, e mais trinta libras como dote. Dois dias depois ele juntou-se a ela em Vicdessos e partiram juntos para Pallars. Quando chegaram a Lladros, que fica na diocese de Urgel, em Pallars, foram logo a um notário, e o notário redigiu documento registrando a união dos dois e o pecúlio do casal, que era constituído pelo dote de Francesque mais os bens de Barthélemy.

Durante seis meses os dois viveram juntos em Lladros como marido e mulher. Barthélemy a amava muito, mas aos poucos começou a suspeitar que ela fosse uma herege, como dissera o reitor de Dalou. Quando lhe perguntou se nunca vira um herege na vida, ela respondeu que nunca, mas que suas amigas, sim, tinham visto alguns, e chamavam-na para ir vê-los e ouvi-los, mas ela nunca aceitara e nunca fora.

— Mas uma tarde — disse o pároco —, enquanto ela tirava piolhos de minha cabeça, falamos, não sei por quê, sobre heresia. Aí ela me disse que uma vez perguntara ao reitor de Chalabre se era pecado dar esmola aos bons cristãos, e ele respondera que não, porque os bons cristãos podiam ser considerados santos, pois sofriam perseguições em nome de Deus como outrora os apóstolos e os mártires. O que faziam era correto, o que diziam era verdade, e por isso dar-lhes esmola era ato de caridade. Aí eu disse a Francesque: Disseste que nunca viste um herege. Pois viste, sim, pois o sacerdote que te disse isso era um herege. Ela respondeu: Não, não era herege, mas homem bom e honesto. Aí eu disse que, se estivéssemos no bispado de Pamiers, ou em algum lugar onde houvesse um inquisidor, eu mandaria prendê-la, pois ela sabia muito mais de heresias e hereges do que queria admitir. Então ela riu e disse: Quem és tu para falar de hereges? Conheço clérigos melhores do que tu que pertencem à seita dos bons cristãos.

— *Deus meus*! — exclamou Grim.

— Quando percebi — disse o pároco — que estava unido a uma herege e que sua companhia, com o tempo, me heretizaria também, entendi que não podia ficar com ela. Mas, quando declarei que ia voltar a Pamiers, ela gritou: Então eu te perdi, e tu te perdeste: sim, estás perdido, se queres viver no meio dos cães e dos lobos, porque nenhum deles se salvará! Mas, por mais que me pedisse, entre lágrimas, que ficasse com ela, eu a deixei em Lladros e voltei a Pamiers.

— Fizeste o que te cabia fazer — aprovou Grim.

— Depois disso fiquei um ano na cidade de Carcassonne, na igreja de São Miguel; depois saí de lá e empreguei-me na igreja de Mézerville. Nesse meio-tempo soube que Francesque descera de Lladros e estava vivendo em Varilhes. Há três meses mandou-me recado por sua *ancilla*, que se chama Barcelone, pedindo que fosse vê-la em tal dia em Mas-Vieux. Eu não queria ir, mas fui. Encontrei-a lá com sua *ancilla*, e jantamos na casa de um clérigo do lugar, meu conhecido. Depois da refeição, tomamos a estrada que vai para Pelleport. Quando estávamos perto de Pelleport, Francesque e eu entramos no meio de uns vinhedos à beira da estrada e ali tivemos uma relação erótica. Barcelone ficou esperando na estrada, ela sabia de tudo que havia entre nós dois. Depois retomamos a caminhada. Então Francesque disse que soubera pelo notário de Varilhes que o bispo de Pamiers queria chamá-la para depor. Eu perguntei: Mas por que o bispo faria uma coisa dessas, embora já desconfiasse que só podia ser por uma razão. Ela disse que não sabia por quê, e que não tinha medo, porque não se sentia culpada de coisa alguma, embora o notário lhe tivesse dito para tomar cuidado. Então ela me disse: Se o bispo me chamar, o que achas: devo ir ou não? Eu disse que ela devia ir, porque o bispo não seria capaz de lhe fazer nenhuma injustiça. Aí dei-lhe algumas moedas de prata e voltei para Mézerville.

— O bispo a chamou? — quis saber Grim.

— Quinze dias depois — continuou Barthélemy, contando sem pressa a sua história — Francesque mandou um rapaz de Belpech me procurar em Mézerville. O rapaz disse que uma amiga minha queria que eu fosse a Belpech, pois precisava muito falar comigo. Aí perguntei ao rapaz que aparência tinha essa amiga minha e, quando ele falou dos olhos dela e de outras coisas, entendi muito bem que era Francesque. Fui o mais depressa possível a Belpech e a encontrei alojada numa casa perto do castelo. Dali fomos para a casa de Guillaume Mol, um fabricante de pergaminhos. Ela tinha trazido uma trouxa de roupa, e eu perguntei por que viera para Belpech. Ela respondeu que o bispo de Pamiers a chamara: Estive na casa dele dois dias atrás, ela disse. Eu perguntei: O que te disse ele? Ela respondeu: Que havia uma acusação de heresia contra mim. Eu perguntei que acusação era essa. Ela respondeu: O bispo acusou-me de negar que o corpo de Cristo está na hóstia consagrada, e de dizer que, se o verdadeiro corpo do Senhor estivesse na hóstia, ainda que fosse do tamanho do monte Margail, os prelados já o teriam comido há muito tempo. Aí eu perguntei: E de que mais ele te acusou? E ela respondeu: Acusou-me também de receber vários hereges em casa para cerimônias heréticas, e disse que meu pai fora condenado como herege, e que de má árvore não se podia esperar outra coisa senão mau fruto.

— E o bispo mandou prendê-la? — perguntou Grim.

— Não — respondeu o pároco —, mas ordenou-lhe que voltasse à presença dele daí a cinco dias. Francesque retornou a Varilhes, sem saber o que fazer. Logo veio o notário e disse que o bispo era homem terrível, que não tinha piedade de ninguém, que ficara insensível às súplicas que ele notário fizera quando a mãe dele notário fora presa. O notário dissera ao bispo: Por amor de Cristo, senhor, tem piedade da minha mãe como terias da tua. E o bispo: Por quem me tomas? Sou um bispo da igreja. Nem da minha mãe teria piedade, se ela fosse uma herege como a tua. Por isso o notário aconselhou Francesque a fugir para a Lombardia, porque do lado de cá das montanhas ela acabaria sendo presa pelo bispo.

— Então ela fugiu, a insensata — disse Grim.

— Fugiu para Belpech — disse o pároco. — Aconselhei-a a voltar e a se apresentar ao bispo, porque, fugindo daquela maneira, seria considerada culpada. Ela disse que não voltaria de modo algum, nem que o bispo lhe desse todo o bispado, porque sabia que seria presa. E pediu-me com muitas lágrimas que fosse com ela para a Lombardia. Tu és meu marido, ela disse, e disse que não tinha ninguém mais além de mim para lhe dar ajuda e conselho. Eu disse que não podia acompanhá-la, porque o reitor de Mézerville precisava de mim por causa da festa de São João Batista. Aí passamos a noite na casa de Guillaume Mol, e tivemos uma relação erótica, porque dormimos juntos na mesma cama.

— É preciso mencionares isso? — interrompeu Grim. — Preciso saber quantas vezes te deitaste com tua *focoria*, e quando, e onde?

— Sinto tanta falta dela — disse Barthélemy —, que falar dessas coisas me alivia, embora me entristeça também.

— Então acaba logo tua história — pediu Grim.

— No dia seguinte — disse o pároco — soubemos que não acharíamos em Belpech nenhum animal para alugar, só em Saintes-Puelles. Francesque implorou-me que fosse com ela até lá. Não pude negar-lhe isso e tomamos o caminho de Saintes-Puelles.

— Pelo amor de Deus — exclamou Grim —, não quero saber de relações eróticas no meio de vinhedos!

— Desta vez não houve nada disso — disse Barthélemy. — Estávamos muito tristes. No caminho ela insistiu tanto que prometi encontrá-la na Lombardia depois da festa de São João, e que levaria dinheiro. Mas não prometi de coração, só queria ver-me livre dela, porque sabia que cedo ou tarde aquela mulher seria minha perda. Em Saintes-Puelles comprei uma mula para ela e, quando quis despedir-me, ela suplicou, chorando, que não a abandonasse. Aí o demônio tomou posse de mim. Por paixão e por compaixão, disse-lhe que me esperasse na Lombardia, que assim que pudesse eu iria ao encontro dela. E aqui estou, aqui me vês a caminho, em busca da minha mulher, como te disse.

— Em busca da tua *strix* — disse Grim. — Essa mulher não é só herege, é feiticeira também, e os olhos dela a denunciam, como tu mesmo o disseste. Essa mulher te pôs um encantamento, meu irmão, não percebes?

— Pode ser, e nesse caso Deus tenha piedade de mim — disse Barthélemy. — Mas quanto a ti, bem se vê que não sabes o que é o amor.

— Não sei nem quero saber — disse Grim.

Retomaram juntos a marcha até chegar a uma plataforma de rocha onde crescia um castanheiro. Ali, ao pé da árvore que lhes servia de anteparo contra o abismo, ajeitaram-se o melhor que puderam para dormir.

## 78. Montanhas

Os dois companheiros continuaram seu caminho para a Lombardia, e Grim não quis mais ouvir o outro falar de Francesque, sua mulher. Às vezes Barthélemy começava uma frase, Lembro que Francesque, e Grim levava imediatamente o dedo aos lábios em sinal de silêncio, e o outro respeitava a ordem e calava-se.

Grim perdeu a conta dos dias que passaram nas montanhas, andando durante o dia, repousando durante a noite. O país era composto, alternadamente, de colinas e vales, vales e colinas, tendo algumas das colinas crescido até atingir o porte de montanhas. Quando chegavam ao topo de uma colina, o que viam? Viam, até onde a vista alcançava, os topos de mais colinas umas atrás das outras, numa sucessão que parecia infinita.

A caminhada não era inteiramente monótona. Havia diferenças de tempo, de temperatura, de vegetação, de recorte de montanhas; diferenças de uma para outra das vilas que se lhes atravessavam no caminho; diferenças nos sons, nos cheiros, nas cores, nas pessoas. De uma vila para outra até os cães pareciam ladrar em outro dialeto.

Às vezes subiam uma montanha com o sol batendo-lhes ardente sobre os ombros e o suor salgando-lhes os olhos e empapando-lhes o corpo; às vezes, debaixo de chuva e granizo; às vezes, debaixo de nuvens que, de tão luminosas, pareciam grávidas de neve. Às vezes paravam num vale para dormir, e custavam a adormecer por causa do calor, e jaziam ali ouvindo os arrotos dos sapos à beira do rio e vendo o vôo dos morcegos ao luar; às vezes a noite caía sobre eles repentina, a mais negra das noites, e o vento, que vinha cantando baixinho, começava a rugir, e varria-lhes o sono com um sopro glacial.

Ora o dorso de uma colina tinha, nas encostas e em terraços de pedra, choupos de um ouro pálido misturados aos castanheiros e, aqui e ali, um campo de painço e algumas macieiras cheias de maçãs; ora eram carvalhos enormes, de rica folhagem de cores fortes e luminosas por causa do outono, que se seguravam às colinas com as garras das raízes; ora as franjas dos freixos apontavam sobre o cume de uma montanha.

Variava também a qualidade dos vales: às vezes um pântano coberto de urzes, com alguns pontos de rocha e de pinhos, e alguns bosques de bétulas amarelas; às vezes um vale estreito, com castanheiros à beira do rio, que tanto podia espumar em corredeiras ou jazer preguiçoso em tanques de cores variadas; uma vez percorreram uma das regiões mais pobres do mundo: fria, crua, ignóbil, poucos bosques, poucas urzes, pouca vida.

De vez em quando davam com uma vila. Podia ser uma vila espremida entre um rio e um alto monte azul como safira, dotada de uma dupla fileira de casas, ovelhas e porcos nas ruas e homens trazendo, em suas carroças, pinheiros para servir de lenha; ou, na encosta de uma montanha, uma vila erguida entre vinhedos, prados e pomares, onde se viam moços tirando castanhas dos galhos dos castanheiros; ou ainda, coroando uma colina, uma vila cercada por um tapete de turfa macio e perfumado, sobrevoada por cotovias, a que se chegava por entre algumas árvores formosas dispostas em forma de verso; ou até uma vila que não se distinguia por outra coisa senão pelo seu nome, como Cerebelliaca, que os próprios habitantes do lugar haviam deturpado em Cérebro de Bretã. Grim lembrou-se de Tatheus, e imaginou que o velho monge se teria divertido com aquela inesperada transformação vocabular; verteu uma pequena lágrima por ele.

## 79. Segussio

De Cerebelliaca, sem desviar-se um passo da rota do *itinerarium*, que os conduzia por entre e por sobre as montanhas como se um anjo os guiasse, levaram sete dias até chegar à cordilheira que os romanos chamavam de Alpes Cottiæ. Dois dias depois, estavam em Brigantium.

— Ali adiante temos a garganta do monte Matrona — disse Barthélemy a Grim, apontando para o nordeste. — Tudo que temos a fazer é deixar-nos engolir por ela e chegaremos ao estômago da salvação.

— Então foi por aqui, segundo li — disse Grim —, que passaram, de cá para lá ou de lá para cá, com seus exércitos, os gauleses de Brennus, os fenícios de Aníbal, os romanos de Julius Cæsar e de Julianus o apóstata, e os francos de Karolus Magnus. Meus pés tremem de emoção só de pensar em pisar o mesmo pó que pisaram esses célebres invasores.

Pernoitaram em Brigantium; fazia um frio veemente. No dia seguinte, em que lhes nevou o tempo todo como se fosse janeiro, atravessaram a garganta do monte Matrona e, pouco antes das vésperas, chegaram a uma aldeia que serve de coroa ao mais alto pico daqueles Alpes.

— Amanhã chegaremos a Segussio — disse Barthélemy, com centelhas nos olhos.

— Pelo brilho dos teus olhos — disse Grim —, entendo que amanhã chegaremos à tua feiticeira.

— *Dixisti* — disse Barthélemy.

Veio a manhã. A partir daquela aldeia a descida é tão íngreme e tão profunda que vai em declive contínuo por quase duas milhas até Segussio. A maneira melhor e mais segura de um viajante chegar àquela cidade, e foi a que escolheu Barthélemy, que tinha pressa de estar com sua mulher, é assentar-se numa espécie de *carrulus* sem rodas que vai descendo ou caindo vertente abaixo arrastado sobre a neve por dois homens, e tão hábeis costumam ser em seu ofício que, apesar de todos os riscos do percurso, triplicados pela velocidade da corrida, nunca deixam de levar seus passageiros sãos e salvos até lá embaixo.

Chegados ao limiar de Segussio, remunerados os quatro condutores dos *carruli*, Grim e Barthélemy esticaram os ossos para repô-los no lugar depois de tão tensa e vertiginosa viagem. Tinham deixado a neve lá em cima: as cercanias de Segussio eram forradas de grama e pedra. Dois caminhos se ofereciam aos viajantes: um deles levava à cidade; outro, para longe dela. Grim olhou fixo para seu companheiro e disse estas palavras:

— Aqui nos separamos. Não quero conhecer os teus hereges.

— Bom Grim — disse Barthélemy —, onde passarás a noite? Aceita, senão a hospedagem de minha mulher, a *minha* hospedagem, e prossegue tua viagem amanhã. Que mal te poderá advir de um único pernoite em casa de, segundo crês, grandes pecadores?

Grim concordou com um gesto mínimo de cabeça. Quem dormira num leito de prostituta em Oscincium bem poderia dormir sob o teto de uma herege em Segussio.

Logo que entraram na cidade, Barthélemy saiu à procura da mulher, perguntando por ela numa casa e noutra. Grim acompanhou-o. A casa de Francesque estava situada nos limites meridionais da cidade, ao pé de uma colina. Quando lá chegaram, uma velha informou que Francesque fora à casa de alguém, mas não demoraria. Barthélemy, impaciente demais para esperar, saiu à sua busca. Grim, que não estava em busca de mulher nenhuma, permaneceu ali mesmo. Sentou-se ao pé de uma árvore diante da casa e deixou-se invadir pelo prazer da inércia. Nisso, ouviu acima da cabeça um pio de ave, e imaginou que houvesse um pássaro num dos galhos da árvore, mas o cansaço não lhe permitiu nem mesmo girar o rosto e erguer os olhos e olhar. Logo depois, ouviu uma voz feminina cantar uma canção. Instintivamente compôs um verso no silêncio da mente: Com que doce voz cantas para que eu te ouça.

Aí, apesar do cansaço, levantou-se e deu volta à casa para ver quem cantava aquela canção. Havia um regato atrás da casa e, acocorada à margem do regato, uma mulher lavava roupa. Vestia uma túnica escura e trazia uma touca à cabeça, e voltou o rosto para ver quem chegava. Grim reconheceu-a imediatamente:

— Lollius! — exclamou.

Ela sorriu e, com fagulhas nos olhos, replicou:

— Lollius não, mas sim Lollia.

## 80. Ressurreição

Grim aproximou-se; Lollia levantou-se.

— Salve, querido inimigo — disse ela.

E apertou-o nos braços. Grim, no entanto, logo teve consciência de que o que tinha nos braços era uma mulher; um perigo, portanto, para sua alma. Afastou-se da moça, retirou as mãos que ela insistia em manter sobre os seus ombros.

— Pensei que estivesses morto — disse Lollia.

— Pensei que tivesses ido com Nolo — disse Grim.

— Não fui — disse ela.

— Por que não? — perguntou ele.

— Porque estava morta — disse Lollia.

— Morta? — disse Grim. — Se estavas morta, como é que agora te encontro viva aqui em Segussio?

— Estive morta — disse ela —, mas depois revivi.

— E terias ido com Nolo — perguntou ele —, se pudesses?

— Não sei — disse ela. — Talvez.

— Terias ido com aquele celerado? — insistiu Grim.

Lollia não respondeu. Grim perguntou:

— Mas o que aconteceu contigo naquela noite?

— Não há necessidade de falar sobre o que aconteceu comigo naquela noite — disse ela. — Sabes muito bem o que aconteceu.

— Sei que tiraste a roupa e revelaste teu sexo — disse Grim —, e sei que com isso criaste um pandemônio e Nolo não cortou a língua de Tatheus.

— Onde está o *pater*? — perguntou ela.

— Sepultado em Umbennum — disse Grim —, ao lado do fundador de Lom.

— Então de pouco adiantou o que fiz — disse ela. — Nem salvei o pobre Tatheus, nem salvei a mim mesma. Deus não me achou digna de salvar ninguém.

— Salvaste-lhe a língua — disse Grim. — O bom Tatheus foi sepultado com a língua no devido lugar. Se morreu, foi porque o coração não resistiu ao tumulto daquela noite.

— Pobre Tatheus — disse Lollia, baixando a cabeça.

— Pobre Lollius — disse Grim, tocando-lhe os ombros.

Ela elevou para ele o rosto.

— Será que nunca serei mulher para ti? — perguntou.

Grim retirou a mão.

— No entanto — disse ela —, na primeira noite em que me viste, viste Lollia e não Lollius.

— Estás equivocada — disse Grim. — Vi-te pela primeira vez de dia e não de noite, e desde aquela primeira vez acreditei que fosses um rapaz.

— Não me refiro àquele dia na floresta — disse Lollia —, quando te vi rendendo as tripas ao pé dos arbustos. Refiro-me àquela noite no prostíbulo de Oscincium, onde estavas hospedado com teus companheiros. Não te lembras de me ter visto ali, servindo-vos à mesa?

Grim olhou fixamente para o rosto de Lollia. A pele de neve, os cabelos negros, a mistura de inocência, angústia e inquietação: tudo que vira na moça de cabelos negros de Oscincium reproduzia-se ali, bem à vista, naquela pessoa que ele conhecera como Lollius, a quem os amigos chamavam Dodo.

— Quem és tu? — exclamou ele. — És todos e não és ninguém? A copeira oculta a prostituta, o homem oculta a mulher, a mulher oculta a estudante de poesia e retórica. Nunca deixas ver quem realmente és?

— Olha bem para mim — disse ela — e verás quem sou.

— Não, não — disse Grim. — Quero que me digas: onde aprendeste o teu latim?

— No mosteiro de Watton — disse ela.

— Foste monja? — espantou-se Grim.

— Mal cheguei a tomar os votos — disse ela.

— Não importa — disse ele. — Trocaste o mosteiro pelo prostíbulo? Fizeste ao inverso o caminho que fez Maria Ægyptiaca? Da castidade para a luxúria? Da virtude para o vício?

— Queres ouvir a minha história? — perguntou ela.

— Não *essa* história — disse ele. — Conta-me, sim, o que aconteceu contigo naquela noite. Conta-me como chegaste até aqui.

Sentaram-se ambos à beira do regato, e Lollia disse:

— Que queres saber? Queres ouvir o que o cavaleiro Totentanz fez comigo? Pois eu te direi. Fez o que não precisava fazer, pois não precisava me estuprar. É preciso estuprar Dina, é preciso estuprar Tamar, mas quem precisa estuprar uma prostituta? Estou acostumada a receber passageiros a bordo do meu corpo. Mas o que o cavaleiro fez comigo foi pior do que estupro, foi tortura. Deitou-se sobre mim sem despir a couraça, e sua couraça tinha pontas de ferro que me furavam o colo, os peitos, o ventre. Enquanto isso, lanhava-me as costas com os dedos de ferro de suas manoplas. Sua *mentula*, Grim, era como a *mentula* do diabo, que dizem coberta de espinhos, e seu sêmen era glacial como o sêmen do diabo. Não satisfeito com o estrago que me fez pela frente, virou-me de costas e fez-me o mesmo estrago por trás. Aí entregou-me aos seus homens, que caíram sobre mim como porcos esfaimados. Depois do terceiro, desmaiei e não vi mais nada.

— A verdade é ainda pior — disse Grim, desolado — do que me contou Hector.

Muitas horas depois, quando Lollia despertou, sentiu-se tão doída e moída e roída que não podia sequer mover-se. Jazia de costas numa cova nem muito rasa nem muito funda, onde fora atirada como resto de comida pelos *maratocupreni*. Sentiu-se como um cadáver que acordasse do primeiro sono para daí a pouco voltar a dormir, dessa vez para sempre. Diante dos olhos, por entre os galhos dos pinheiros, pôde ver o céu e, no seu soalho azul, algumas nuvens transeuntes, tingidas de dourado. Pôs-se a observar as nuvens como se o céu fosse um livro e as nuvens, palavras escritas por Deus, palavras cujo sentido ela precisava descobrir, mas, por mais que tentasse, não conseguia penetrar o seu divino mistério. De repente, em meio àquela contemplação, ouviu, a certa distância, som de vozes. Sentiu, como uma lembrança, que já havia algum tempo aquelas vozes beliscavam o silêncio da floresta, mas, tão entretida estava na leitura do céu enigmático que não prestara atenção aos sons terrestres. Pensou, então, que os salteadores estivessem de volta. Logo, porém, por entre o som das vozes, distinguiu um ruído cavo, seco, que reconheceu com espanto que era o som de pás mordendo a terra. A princípio sua mente, recém-descida do céu, supôs que os bandidos tivessem voltado para esconder as provas dos seus crimes, enterrando os corpos das vítimas. No momento seguinte, percebeu que o raciocínio era absurdo. Não eram os *maratocupreni* que estavam ali fazendo o trabalho de coveiros; eram, sim, alguns cristãos que tinham chegado ao local enquanto ela jazia ali na sua cova. Vinde, irmãos, murmurou ela, trazei vossas pás: aqui tendes mais um cadáver, a cova está aberta, só falta fechar.

Foi nesse instante que ela viu surgir, à beira da cova, lá em cima, um rosto de mulher.

— Se pudesses vê-la, Grim, se pudesses ver o susto que vi no rosto dela e, ao mesmo tempo, o olhar de piedade, de desconsolo, de angústia mesmo, não deixarias de te comover. Quanto a mim, tudo que pensei foi, por que está tão triste essa mulher, tão desconsolada? Que mal lhe fizeram, ou que mal fizeram a alguém que lhe é muito querido, para que haja tanta dor no seu olhar? E aí ela cobriu os olhos com as mãos e percebi que estava chorando, e entendi que estava chorando por mim, meu amigo, *por mim*. Havia neste mundo alguém capaz de chorar *por mim*.

Grim pousou uma mão suave sobre o ombro dela e deixou-a ficar ali.

— Eram alguns bons cristãos, Grim — disse Lollia —, que vinham fugindo de Pamiers na esperança de chegar até aqui. Estavam fugindo, estavam com pressa, mas pararam para enterrar os mortos e socorrer esta pobre moribunda. Cuidaram de mim e me trouxeram junto com eles, e me devolveram à vida. Não sei se fizeram bem ou se eu estaria melhor na cova onde jazia, mas o que há é que aqui estou, e estou feliz por rever-te, e por saber que não te mataram e que estás bem. Porque quando me disseram que tinham sepultado dois corpos na clareira, um deles de um moço jovem, não tive dúvidas de que estavas morto. Tenho orado, Grim, por tua alma, todas as noites.

— Desperdiçaste tuas orações — disse Grim.

— Melhor assim — disse Lollia.

— E esta casa? Que casa é esta em que estás? — perguntou Grim.

— É a casa de Francesque — disse Lollia.

— Francesque! — exclamou Grim.

— A mulher que me exumou da sepultura — disse Lollia.

— A mulher de Barthélemy — murmurou Grim. — A feiticeira.

## 81. O inquisidor

Em menos tempo do que uma hora depois chegou Francesque conduzindo dois gansos e acompanhada de um terceiro, que era Barthélemy. Francesque apresentou Lollia a Barthélemy, Barthélemy apresentou Grim a Francesque, Lollia sorriu para Barthélemy, Francesque sorriu para Grim. Grim percebeu que os olhos dela eram grandes e negros e profundos, e olhar dentro deles era como olhar dentro de um espelho de trevas. Barthélemy pediu licença e o casal entrou na casa pressuroso. Grim sentiu o coração apertado no peito: Barthélemy mergulhava mais uma vez no seu sinistro pecado com Francesque.

Por trás da casa havia uma colina coberta por uma pelúcia de grama. Lollia levou Grim até o alto da colina, e ali rezaram nonas.

À noite, quando se puseram a conversar, Francesque não demorou a tocar em assunto de heresia:

— Quando eu era menina, aconteceu que fui a Celles com alguns parentes e um dia fomos ver o corpo de Cristo na igreja do lugar. No caminho encontramos um pedreiro. Aonde ides, perguntou o pedreiro. Alguém respondeu-lhe que íamos ver o corpo de Cristo na igreja. O pedreiro perguntou por que tanta pressa. Pois mesmo que o corpo de Cristo fosse do tamanho do monte Margail, disse ele, já teria sido devorado pelos clérigos como massa de pastel! Esse foi o primeiro bom cristão que conheci, mas na época eu não sabia nada sobre isso.

E sorriu para Grim, que continuou sério.

— Quatro ou cinco anos depois, no verão, o reitor da igreja de Chalabre veio à casa de minha mãe e disse que me queria pedir uma coisa. Que coisa, eu disse. Quero conhecer-te carnalmente, ele disse. Quanto a mim, consenti. Fomos ao celeiro, deitamos sobre o feno, e ele me tirou a virgindade. Depois disso conheceu-me muitas outras vezes até o inverno seguinte, e sempre na casa da minha mãe, e sempre de dia, e com o consentimento e o conhecimento dela.

Grim limitou-se a sacudir a cabeça de um lado para o outro.

— No inverno o reitor me casou com Pierre Lizier, meu primeiro marido, que Deus o tenha. Quando meu marido me perguntou se esse sacerdote me conhecera antes dele, eu disse que sim, e meu marido disse que me guardasse bem de todos os outros homens, com a exceção do reitor. Por isso, toda vez que o reitor visitava a minha casa e meu marido estava ausente, o que acontecia quase sempre, o reitor me levava para a cama e tinha coito carnal comigo.

— Não julgavas que era pecado o que fazias com esse sacerdote, tanto antes como depois do teu casamento? — perguntou Grim.

— O que fazíamos era um deleite tão grande para mim e para ele — disse Francesque — que não me parecia pecado. Parecia-me mais lícito fazê-lo com meu marido, mas mesmo assim não me parecia pecado nem com meu marido nem com o reitor.

Grim não se conformava com tanta falta de tino; insistiu:

— Não te pesava na consciência — perguntou Grim — deitares-te com esse sacerdote, não receavas que tais coisas fossem desagradáveis a Deus?

— Nem me pesava na consciência — disse Francesque com serenidade — nem me ocorria que o fato de dormir com o reitor pudesse ser desagradável para ninguém, porque era muito agradável para nós, para mim e para ele.

Grim não se satisfazia com as respostas dela, tinha sempre outras perguntas a fazer, que extraía da sua irritação:

— Então acreditas que, se um homem se junta carnalmente com uma mulher, virgem ou não, casada ou não, mas se essas relações são agradáveis para esse homem e essa mulher, isso não é pecado?

— Pareces um inquisidor — interveio Barthélemy.

— Não posso crer — respondeu Francesque — que seja pecado, se é coisa tão agradável para os homens e as mulheres.

Grim adotou outra linha de interrogatório:

— Acreditas que as pessoas virtuosas vão para o paraíso depois da morte e que os pecadores vão para o inferno, e acreditas que existe paraíso e que existe inferno?

— Não sei — disse Francesque. — Ouvi dizer que o paraíso existe, e acredito nisso, porque é uma coisa boa. Ouvi dizer que o inferno também existe, mas não acredito muito, porque é uma coisa ruim.

— E quanto às coisas materiais que se vêem no mundo? — perguntou Grim. — Acreditas que Deus fez todas elas?

— As coisas materiais que são boas e úteis para os homens — disse Francesque —, essas coisas Deus fez, como os animais que servem de alimento ou de meio de transporte, como as vacas, as cabras, os cavalos, as mulas, e também os frutos da terra e das árvores, que servem para comer.

Mas não creio que Deus tenha feito os lobos, os carrapatos, os répteis e outras coisas nocivas ao homem. E não creio que Deus tenha feito o diabo, porque o diabo é uma coisa ruim, e Deus nunca fez nada ruim.

— Mas Deus não fez os homens? — disse Grim. — E os homens não fazem muita coisa ruim?

— A natureza do homem é boa — respondeu ela. — Os homens que fazem o mal não sabem o que estão fazendo.

— Então acreditas — disse Grim, voltando à questão original — que não é pecado terem relações carnais um homem e uma mulher, desde que seja agradável para ambos?

— Isso mesmo — disse Francesque, com paciência.

— Quem te ensinou essa falácia? — perguntou Grim.

— Ninguém, aprendi por mim mesma — disse Francesque. — E não creio que seja uma falácia.

— Não foi o reitor de Chalabre que te ensinou essa falácia? — perguntou Grim.

— Não — respondeu Francesque. — Mas uma vez, quando eu estava à porta de casa com minha mãe, o reitor passou por ali e parou para conversar, e conversou alegremente sobre o pecado da luxúria. Aí disse que ter relações com uma mulher, desde que isso fosse agradável para ela, não era pecado. Mas eu já sabia disso por mim mesma antes, ele só confirmou o que eu já sabia.

— Devias ter denunciado o reitor ao bispo — disse Grim.

— Por quê? — perguntou Francesque, surpresa.

Grim respondeu com impaciência:

— Ele te deflorou, ele cometeu adultério e luxúria contigo, ele te enganou com falsas doutrinas.

— Ele foi muito bom para mim, sou muito grata a ele — disse Francesque. — Ele me deu um marido, quando podia deixar-me largada no mundo como prostituta. Além disso, não fizemos pecado nenhum, ou muito pouco.

— Teria sido melhor — gritou Grim — que tivesses deitado com quatro homens do que com um clérigo. Sabes por quê? Porque, se deitaste com o reitor, se deitaste com Barthélemy, coisa que fizeste ainda hoje, e não te arrependes de nada, mas queres fazê-lo sempre mais e mais, por tudo isso que fizeste e fazes não verás a face de Deus. E mais: se vivesses em minha terra, onde a Igreja continua incorrupta, poderia acontecer-te, como aconteceu a muitas concubinas de clérigos, seres vendida como escrava, o que não é muito, juro-te, em comparação com o que mereces.

E levantou-se de onde estava e saiu da casa. O céu noturno estava espargido de estrelas. Francesque seguiu-o e ficou de pé ao lado dele.

— Estás condenada a queimar no fogo do inferno — ele disse — e não me deixas fazer nada para ajudar-te.

— Bom Grim — disse ela —, as estrelas não se preocupam comigo, por que hás tu de te preocupares?

— Não quero que te percas — disse ele —, mas que te salves.

— Deixa isso nas mãos de Deus — disse ela.

— Ajuda Deus a ajudar-te — disse ele. — Deixa o pobre Barthélemy voltar para casa. Será bom para a alma dele, e para a tua.

— Barthélemy é meu marido — disse ela.

— A Igreja não reconhece o teu casamento com ele — disse ele. — Não sabes que o matrimônio foi instituído por Deus? Não sabes que é o primeiro sacramento, instituído por Deus entre Adão e Eva, para que não houvesse pecado quando esposo e esposa se conhecessem carnalmente?

— Se foi Deus que instituiu o matrimônio entre Adão e Eva, suas próprias criaturas — disse Francesque —, por que não os protegeu do pecado?

— Estás dizendo, mulher — disse Grim —, que Deus não instituiu o matrimônio entre Adão e Eva?

— A Igreja, irmão — disse Francesque —, ensina muita falsidade. O Evangelho, o *Pater*, e todos os outros textos da Escritura são, em boa parte, afitilhas.

— Afitilhas? — disse Grim.

— Sim, estão cheios de palavras — disse Francesque — que foram acrescentadas mais tarde, que não representam inteiramente a palavra de Deus, nem dos profetas, nem de Jesus Cristo.

Grim olhou para o firmamento e gritou, desesperado:

— Senhor, Senhor! Por que não deixas cair uma das tuas estrelas, a maior delas, sobre a cabeça desta herege?

Francesque não se deixou intimidar:

— Quanto ao matrimônio, muitos dos preceitos que o governam não procedem da vontade de Deus. Para citar um deles, Deus não proibiu o casamento entre irmão e irmã, já que no início os irmãos conheceram suas irmãs, não havia outras mulheres no início senão elas. Mas depois, com o tempo, às vezes acontecia de haver muitos irmãos numa família e poucas irmãs, e então os irmãos começaram a matar-se uns aos outros por causa das irmãs. Essa é a razão por que a Igreja proibiu os irmãos de conhecerem suas irmãs carnalmente. Mas aos olhos de Deus o casamento entre irmão e irmã não é pecado.

— Não sabes o que dizes — disse Grim —, não sabes nada do que dizes.

— *Tu*, irmão, é que não sabes o que dizes — disse ela. — Vou te provar por que seria melhor para o mundo se irmão pudesse casar com irmã. Na casa onde nasci, éramos quatro irmãos e três irmãs. Meu pai se arruinou quando precisou dar um dote a minhas irmãs e a mim. Se tivéssemos casado com três de nossos irmãos, nossa família não teria ficado pobre como ficou. E se o quarto irmão se tivesse casado com uma mulher de outra família, nossa família teria ficado ainda mais rica. Por isso é melhor que irmão se case com irmã, porque quando a irmã deixa a casa paterna com um dote para se casar com um estranho a família se empobrece.

— Não sabes o que dizes — repetiu Grim, que perdera a capacidade de pensar e de rebater com argumentos as palavras heréticas de Francesque.

— Quanto a meu casamento com Barthélemy — disse ela —, é perfeito e legítimo porque nos prometemos um ao outro e, até hoje, nunca deixamos de cumprir nosso voto de amor, apesar de alguns desencontros. O que se faz nos casamentos na igreja, como a bênção nupcial, não passa de cerimônia secular, e a Igreja só instituiu essas coisas por amor da glória deste mundo. Não tem qualquer valor no outro.

— Por amor de Cristo, mulher — disse Grim —, deixa-me em paz! Vai procurar teu falso marido, vai chafurdar com ele na cama, mas, por amor de Cristo, deixa-me em paz aqui fora com Deus.

Francesque retirou-se sem mais dizer palavra. Grim arriou sentado no chão e ali ficou sozinho dentro da noite.

## 82. Sob as estrelas

Daí a pouco Grim sentiu de novo uma presença ao seu lado. Não era Francesque; era Lollia.

— Pobre Grim — disse Lollia. — Francesque te deixou em muito mau estado.

— Minha fraqueza, minha pobreza de espírito — disse Grim —, é que me deixaram em mau estado. Não soube o que argumentar contra as tolices dela.

— Não há tolice — disse Lollia — quando a fé é firme.

— Isso é tolice — disse Grim.

— A fé dos bons cristãos — disse Lollia — é firme. Acreditam firmemente em tudo que dizem. Acreditam até mesmo que, na fogueira, não sentem o fogo queimar-lhes a carne, porque Cristo protege os seus mártires. O que achas, Grim?

— Pelo amor de Deus, minha amiga — pediu Grim —, não quero mais falar sobre heresias. Quero ficar em silêncio e, se quiseres ficar comigo em silêncio, te agradecerei.

Lollia ficou ali, sentada ao lado dele. Daí a pouco tomou-lhe a mão entre as suas. Grim teve um ligeiro sobressalto, mas não retirou a mão. Ficaram assim algum tempo. O silêncio, a companhia de Lollia, as mãos dela mornas segurando a dele, tudo isso ajudou a aliviar o desespero de Grim. Depois de uma boa hora, ele disse:

— Amanhã sigo meu caminho para Broz.

Lollia não disse nada. Grim perguntou:

— E tu? O que pretendes fazer?

— Não sei — disse Lollia. — Talvez permanecer com esses bons hereges e quem sabe um dia achar uma fogueira que me queime.

— Estás fora do teu juízo — disse Grim.

— Então talvez ser uma puta o resto da minha vida — disse Lollia. — Até um dia encontrar, como Maria Madalena, um justo a quem enxugar os pés com meus cabelos.

— Que cabelos? — disse Grim. — Não tens cabelos.

— Meus cabelos estão crescendo — disse Lollia. — Deixarão de ser *cæsaries* para voltarem a ser *coma*. Não preciso mais disfarçar-me de homem.

Fizeram silêncio outra vez. No silêncio, a língua de Grim queria dizer uma coisa, mas Grim se recusava a permitir. Sua língua queria dizer a Lollia: Queres vir comigo? A língua se debateu em sua boca, e foi preciso que Grim a prendesse entre os dentes para evitar que ela dissesse as palavras que ele não queria que fossem ditas.

— Por que não pedes que eu vá contigo? — disse Lollia. — Ou não queres a minha companhia?

Grim ficou abismado de ouvir, da língua de Lollia, aquelas palavras. Sua própria língua, aproveitando-se do espanto dele, respondeu:

— Quero, sim. — E, não satisfeita, a língua acrescentou: — Quero que venhas comigo.

Lollia perguntou:

— E por que deveria ir contigo?

Grim respondeu:

— Porque poderias ajudar-me no trabalho de copista que me espera em Broz.

Lollia apresentou a Grim uma de suas mãos e disse:

— Então estás pedindo a minha mão?

— Sim — disse ele. Depois corrigiu-se: — Quer dizer, estou pedindo a tua ajuda. Éramos três copistas para fazer o trabalho em dois meses. Quanto tempo levarei para fazer o mesmo trabalho sozinho? Se fores comigo, poderei voltar para casa mais cedo.

— Tua proposta — disse Lollia — me obriga a fingir-me de homem por mais tempo.

— É preciso — disse Grim —, para que os de Broz te aceitem no meio deles. Mas, terminado o trabalho, podes ser mulher outra vez e ir para onde quiseres.

— Posso meter-me num prostíbulo e fazer ofício de puta — disse Lollia.

— Sim — disse Grim —, se é isso que queres.

— Ou posso voltar contigo para teu mosteiro de Dru — disse ela — e ali viver personificada em Dodo, até que a morte me restitua o direito de ser eu mesma.

— Não, isso não — exclamou Grim.

— De que tens medo, bom Grim? — disse Lollia. — De que eu desencaminhe todos os monges de teu mosteiro, inclusive a ti? Tens alta opinião de meus pobres méritos.

Grim não disse nada.

— Mas aceito a tua proposta — disse Lollia —, por três razões. Uma, porque, se os fados te põem no meu caminho a toda hora, deve haver uma boa razão para isso. Duas, porque precisas de mim. Três, porque gosto de ti. Vamos, portanto, para Broz. Depois, cada qual buscará a sua própria paz: tu em Dru, e eu onde quer que a minha paz me espere.

## 83. Santra

No dia seguinte Grim e Lollia despediram-se de Barthélemy e de Francesque e tomaram o caminho de Taurini. A despedida foi cordial. Até mesmo Grim e Francesque se abstiveram de quaisquer palavras de rancor. Ele disse apenas:

— Deus te ilumine para que um dia vejas a verdade.

— A ti também — respondeu ela.

Durante três dias Grim e Lollia seguiram o curso do rio Dora Riparia, que galopa montanha abaixo rumo ao vale do rio Eridanus, também conhecido como Padus. Na primeira noite depois que saíram de Segussio os dois dormiram ao relento. Na segunda noite alojaram-se num pobre mosteirinho encarquilhado.

O mosteirinho de Santra era conhecido pela excelência das suas maçãs, que uma única macieira, reinante no meio do jardim, rendia em sucessivas e numerosas ninhadas. Grim e Lollia tiveram ocasião, como todos os visitantes que paravam no mosteirinho, de provar os frutos da árvore. Como todos aqueles, concordaram que nunca haviam provado frutos mais doces e sumarentos que as maçãs de Santra.

— Não foi sempre assim — disse um dos monges da casa.

— Não? — perguntou Grim, babando-se no sumo da fruta.

— Pelo contrário — disse o monge. — No princípio a nossa árvore, embora já então muito pródiga, era conhecida pelos frutos extremamente amargos que produzia. Os visitantes que, apesar de nossa advertência, se dispunham a provar um desses frutos, logo após a primeira mordida discretamente o deixavam à beira do prato. Certa noite de outono demos hospitalidade a um pobre peregrino que ia a caminho de Jerusalém. No dia seguinte, quando se preparava para partir, chamou-lhe a atenção a macieira carregada de belos frutos, e então pediu para levar alguns consigo na viagem. Explicamos que não havia maçãs mais amargas em todo o mundo. O peregrino contrapôs: Como pode uma árvore se dar o trabalho de suportar tal peso em seus galhos apenas para ofender o paladar dos que lhe provam os frutos? Então o que fez ele? Ergueu a mão e abençoou a árvore, dizendo: Em nome de Deus, árvore amarga, peço que abandones toda amargura e que tuas maçãs, até agora tão amargas, se tornem as mais doces maçãs do mundo. Em seguida, com ajuda do cajado, colheu algumas maçãs e as guardou no embornal, e aí, saudando-nos com um sorriso, saiu do mosteiro e lá se foi pisando a estrada com passo firme. Nós, que ficamos, trocamos olhares incrédulos, supondo que o bom peregrino tivesse algum senão nas faculdades mentais. Um dos noviços, porém, moço de doze anos, colheu da árvore uma maçã e disse: Não custa verificar. Aí deu uma mordida e o rosto se lhe iluminou de puro encantamento. Corremos à macieira todos nós e provamos os frutos, e nossas línguas confirmaram que Deus escutara o pedido do peregrino: as maçãs perderam o antigo amargor e adquiriram espantosa doçura; nunca provávamos, em lugar nenhum, frutos mais saborosos. Confesso que durante algum tempo, sentados à sombra da macieira, entregamo-nos sem culpa nem vergonha ao pecado da gula: não paramos de comer até que os estômagos se queixaram de absoluta falta de espaço. Aí ocorreu-nos mandar alguns noviços atrás do peregrino, para agradecer-lhe o milagre e perguntar-lhe o nome, que nem isso sabíamos. Os noviços voltaram horas depois, extenuados, sem terem encontrado o peregrino em ponto algum da estrada. Ele simplesmente desaparecera.

Além do milagre da macieira, os monges contaram a seus hóspedes alguma coisa sobre o país em que estavam, que era governado pelos duques de Mediolanum, sendo a grande cidade de Mediolanum a capital do país. Um dos monges pediu licença para recitar um poema sobre a cidade:

— Este poema foi composto por um prelado do país, e vereis que ele tinha muito orgulho das grandes igrejas da cidade de Mediolanum e das sagradas relíquias que continham, entre elas os santos ossos de Victor, Nabor e Felix, de Gervasius e Protasius e, muito especialmente, de Ambrosius.

E declamou as três primeiras estrofes:

Alta urbe e grandiosa na Itália existe,
com firmeza edificada, obra admirável,
que os antigos chamavam de Mediolanum.

Bem conserva belezas e ornamentos vários,
expondo à vista sinais de grande cultura,
e assenta-se em local fecundo na planície.

Cercam-na muralhas de altas torres, e fortes,
que cintilam aos olhos dos que as vêem de fora,
antes de verem, dentro, as decoradas casas.

— É um poema alfabético — explicou o monge —, como podeis ver. E continuou a declamar, uma estrofe para cada letra do alfabeto. Esta era a estrofe referente ao E:

Eis a rainha das cidades, mãe da pátria,
que sobranceira ostenta o nome de metrópole,
e que as nações do universo louvam em coro.

E esta a referente ao O:

Oh que cidade feliz, bendita e feliz,
que tão santos defensores mereceu ter,
graças aos quais mantém-se invicta sempre e fértil.

Ao terminar, disse ele:

— Esse poema foi escrito alguns séculos atrás. Bons tempos aqueles, em que Mediolanum podia ser cantada como cidade de santos e de devotos. Hoje é cidade de celerados e covardes, e sobre os covardes reinam os celerados. É cidade odiosa, cheia de má fé, que a luz do sol não ilumina, para aplicar a ela as palavras com que Marbodus, bispo de Redonis, se referiu a outra cidade infeliz: *plena dolis, odiosa polis, sine lumine solis*.

Alguns dos outros monges fizeram-lhe sinal para calar-se. Ele se recusou, dizendo, com impaciência: Deixai-me falar a verdade. E relatou aos hóspedes que outrora havia no país um único duque, chamado Manfredus, muito rico e poderoso e muito estimado pelo papa. Seus dois irmãos, porém, conspiraram contra ele e o mataram com veneno, e depois se apropriaram das terras da Lombardia e começaram a reinar os dois juntos como duques.

— Ligados pelo fratricídio, esses dois irmãos vivem em grande concórdia um com o outro. Dividiram as cidades da Lombardia de tal modo que o mais velho possui dez cidades e o mais jovem, nove; e a cidade de Mediolanum é governada neste ano por um, no ano seguinte, por outro. A fim de reinar em segurança, impuseram ao país muitos tributos e subsídios, obrigando o povo a pagar impostos três ou quatro vezes por ano. Desse modo juntaram grande quantidade de ouro e prata, que usam para pagar soldados estrangeiros, como alemães, franceses e, sobretudo, anglos e saxões.

— Anglos e saxões? — exclamou Grim.

— Sim — disse o monge. — Não admira que os bordéis do país vivam cheios de mulheres dessa estirpe.

A informação constrangeu Grim; para esconder o seu constrangimento, perguntou:

— Por que os duques não contratam soldados lombardos?

— Porque não têm confiança neles, por medo de rebelião — respondeu o monge. — Quanto aos soldados estrangeiros, são pagos pontualmente mês a mês, e por isso são fiéis aos seus senhores e ninguém ousa falar nem fazer nada contra os dois duques, que exercem vingança cruel contra os inimigos. Os duques costumam dizer que os lombardos são orgulhosos e presunçosos demais, e por isso convém mantê-los submissos.

— Pelo que me disseram — disse Grim, lembrando-se das palavras de Tatheus —, os lombardos são pródigos e generosos.

— Os duques os converteram em gente mesquinha e pusilânime — disse o monge. — O terror deitou-se sobre esta terra como um íncubo.

Um outro monge tomou a palavra para dizer:

— Ambos os duques, além de tudo o mais, são de natureza ímpia e irreverente. Ambos são de opinião de que não se deve honrar a Deus. Por isso se apropriaram de grande parte das rendas das abadias e conventos, e o que disseram para justificar esse roubo? Disseram que nós nos alimentamos bem demais com bons vinhos e alimentos deliciosos, o que nos torna preguiçosos e nos impede de levantar no meio da noite para matinas e de fazer nosso ofício segundo a Regra; e que, por isso, nos fariam viver à base de ovos e de vinho ralo, dieta que nos ajudaria a limpar a garganta para cantar mais alto.

Aí um terceiro monge acrescentou o seu desagrado ao desagrado dos outros:

— Nós os chamamos, a esses dois irmãos, Nero e Herodes, porque são o Nero e o Herodes de nosso tempo. E quando nos referimos aos dois como uma só entidade maligna, dizemos abreviadamente Nerodes.

## 84. Castidade

Naquela noite, antes de dormir, Grim pediu para ver a biblioteca do mosteiro. Achou-a *pauperiola*. Folheou uma cópia do *Epithalamium* de Claudianus, em que o poeta faz Vênus enumerar, admirada, as várias espécies de beleza da Virgem Maria, e uma do *Argonauticum* de Valerius, de que lera alguns capítulos em Dru, e no qual estranhara o emprego de palavras anciãs, em desuso já no tempo de Virgilius, lado a lado com palavras recém-nascidas, cunhadas pelo próprio autor. Viu também, abrindo uma coletânea de textos de vários poetas, o *De libris quos legere solebam et qualiter fabulæ poetarum a philosophis mystice pertractentur*, em que Theodulfus, um godo da Hispânia, menciona os seus autores favoritos: entre os cristãos, alguns *patri* como Gregorius, Augustinus, Hieronymus, Ambrosius, e alguns poetas como Sedulius, Paulinus, Fortunatus, Prudentius e outros; entre os pagãos, Virgilius e Ovidius, mas não Horatius, que Theodulfus não tivera a ventura de conhecer. Diante do repertório de preciosidades literárias citadas pelo godo, o bibliotecário de Santra se desculpou humilde:

— Nossa *bibliothecula* não é como a de Vivarium, onde se acumularam os tesouros literários e científicos de autores que se distinguiram desde a última antigüidade até os nossos dias, além das obras de teologia e devoção indispensáveis ao estudo aprofundado da doutrina cristã. Somos, portanto, mais dados à oração e à contemplação que ao estudo e à interpretação dos grandes autores.

— Oração e contemplação — disse Grim. — Para isso, mais que para qualquer outra coisa, fundou São Bento a nossa ordem, como bem sabes, irmão.

— É verdade — concordou o outro. — Mas Cassiodorus Senator, o fundador de Vivarium, há mais de quinhentos anos instituiu em seu mosteiro o amor ao estudo das artes liberais. Não o censuro. São Bento nada fala em sua Regra contra isso. Mas às vezes me consolo, e perdoa-me, irmão, a vaidade, com a certeza de que nós de Santra estamos mais perto de São Bento do que nossos irmãos de Vivarium.

Grim lembrou-se da rixa entre os mosteiros de Lom e Mol e não disse nada.

— Mas temos nesta pobre biblioteca — disse o bibliotecário — um códice que talvez causasse grande inveja aos monges de Vivarium. Posso mostrar-te se jurares absoluto sigilo: se jurares que nem a teu companheiro não revelarás o que te vou dizer.

Grim jurou, curioso. O bibliotecário foi até um dos armários e, esticando a mão por entre os códices que estavam à frente, retirou lá de trás um pequeno volume que, cheio de reverência, passou às mãos de Grim. Era uma cópia dos hinos a serem cantados no ofício de cada dia da semana, muito toscamente feita e, pela aparência, muito antiga.

— Diz a lenda — disse o bibliotecário — que esta cópia foi feita, de seu próprio punho, por São Columbanus, o fundador do mosteiro de Bobbio, nos montes Apeninos.

Columbanus, bem o sabia Grim, era natural da Hibérnia, e aos cinqüenta anos retirou-se do convento de Bangor para plantar mosteiros no continente. Era ele o autor da canção conhecida como *Bote de Columbanus*, que Grim, tendo-a aprendido com Bedrus, considerava uma das mais inspiradas que conhecia, com a vivacidade de seu refrão: Eia! Que os ecos ressoem com nossos eias.

— Muitos anos depois da morte do santo — ia dizendo o bibliotecário —, certo jovem caiu do cavalo dentro do rio Frigidus e se afogou, e seu corpo permaneceu vinte dias debaixo d'água. Ao cair, o moço levava alguns livros numa sacola de couro e, quando lhe encontraram o corpo, ainda tinha a sacola pendurada ao ombro. Trouxeram então o pobre afogado para o chão seco e abriram a sacola para verificar-lhe o conteúdo. Todos os volumes estavam não só danificados mas mesmo podres, pelo tempo que passaram dentro d'água, exceto *este*, que era obra dos santos dedos de Columbanus: pois *este* estava seco, claro e perfeito como se tivesse passado aqueles vinte dias não imerso no fundo do rio Frigidus mas sim guardado numa arca ou num armário de biblioteca. Entre os que se achavam no local nessa ocasião estava um de nossos monges, que imediatamente reivindicou para Santra o volume milagroso que agora tens entre as mãos.

Grim deixou-se deslumbrar pela história daquele milagre inaudito. Perscrutou a caligrafia do santo e já não lhe pareceu tosca nem trêmula, mas bela e mesmo magnífica. Meteu o nariz entre as folhas e aspirou o cheiro de mofo como quem aspirasse a mais doce fragrância do mundo. Depositou um beijo sobre a folha de rosto do livro e devolveu-o com um suspiro beatífico ao bibliotecário, dizendo:

— Não trocaria este volume por toda a biblioteca do mosteiro de Vivarium.

O bibliotecário sorriu feliz, mostrando os poucos dentes que lhe restavam, viúvos, na boca. Grim manifestou o desejo de ler qualquer coisa antes de dormir. — Algum assunto em particular — perguntou o bibliotecário. — Tendes alguma coisa sobre virgindade — perguntou Grim. O bibliotecário sorriu ainda mais feliz e disse:

— Temos, sim. Temos os três volumes do tratado sobre a virgindade que Santo Ambrósio, bispo de Mediolanum, escreveu e dedicou à sua irmã Marcellina.

— Gostaria muito de ver — disse Grim.

O bibliotecário voltou aos armários e, depois de remexer aqui e ali, trouxe os três volumes de Santo Ambrósio para Grim. Grim sorriu com enlevo. Soprou a poeira que se acumulara sobre o alto das páginas do primeiro volume e abriu-o a esmo. Onde o acaso o levou estava escrito: "É costume, nos encômios, falar do país daquele de quem se está tratando e dos seus progenitores, de modo que se possa exaltar a grandeza do descendente exaltando-se a dos ascendentes. Ora, eu, que não me propus a louvar mas a apresentar a virgindade, no entanto creio ser apropriado dar a conhecer tanto o lugar onde nasceu como a raiz de que provém. Primeiro, vejamos em que país nasceu. Ora, se o país de alguém é onde está a casa em que se deu o seu nascimento, sem dúvida o céu é o país natal da virgindade. Assim, aquela que neste mundo terreno não passa de uma estrangeira é uma cidadã respeitada e venerada no mundo celestial."

O bibliotecário deixou-o à vontade com sua leitura, mas não se retirou. Ao invés disso, tomou ele mesmo um volume qualquer num dos armários e sentou-se a uma mesa próxima para ler. Grim sentiu que se obrigava a ficar ali para evitar que ele, Grim, se deixasse levar pela tentação e se apropriasse do volume holográfico de São Columbanus. Não levou a suspeita a mal. O volume era precioso demais para que os monginhos de Santra corressem o risco de perdê-lo.

Grim continuou a leitura: "E o que é a castidade virginal senão pureza imaculada? E a quem podemos identificar como seu autor senão o imaculado Filho de Deus, cuja carne nunca foi corrompida, cuja divindade nunca foi infetada? Considere-se, portanto, como são grandes os méritos da virgindade. Cristo antes da Virgem era e sempre fora, e no entanto Cristo veio e proveio da Virgem. Gerado pelo Pai antes dos séculos, mas nascido da Virgem para viver no século, sua primeira natureza era a sua própria, a segunda ele a assume em benefício nosso. A primeira sempre foi, a segunda ele a escolheu e desejou. Considere-se, também, outro mérito da virgindade. Cristo é o esposo da Virgem e, se podemos dizer, da castidade virginal, pois a virgindade é de Cristo e não Cristo da virgindade. Ele é, então, a virgindade desposada, a virgindade que nos concebeu e que nos nutriu com o próprio leite, e da qual foi dito: 'Quantas coisas realizou a virgem de Jerusalém! Não faltarão tetas à pedra, nem neves ao Líbano, nem águas trazidas pela ventania.' Quem é a virgem regada pelas correntes da Trindade, de cuja pedra as águas fluem, cujas tetas não falham, e cujo mel emana em profusão? Ora, de acordo com o Apóstolo, a pedra é Cristo. Portanto, a Cristo não faltam tetas, nem o lume a Deus, nem o rio ao Espírito."

A essa altura já podia ouvir os roncos do bibliotecário, que dormia com a cabeça e os braços tombados sobre a mesa. Grim sentiu-se constrangido. Vou ler só mais um parágrafo, propôs a si mesmo, e leu mais o seguinte: "Busca diligentemente, ó Virgem, flor tão preciosa, e vê se podes achá-la nos recessos de teu peito, pois costuma ser encontrada em lugares mais baixos. Essa flor ama brotar nos jardins, e foi num jardim que Susana, enquanto caminhava, a achou, e se dispôs a morrer mais do que deixá-la ser violada. Mas o significado dos jardins Ele mesmo o indica, dizendo: 'Um jardim fechado é Minha irmã, Minha esposa, um jardim fechado, uma fonte selada;' porque em jardins como esse cintila a água da fonte límpida, refletindo as feições da imagem de Deus, para que não se poluam as correntes ao se misturarem com a lama proveniente dos lugares onde chafurdam as bestas espirituais. Por essa razão, também, a modéstia das virgens está cercada pelo muro do Espírito para que não fique exposta ao saque. E, assim como um jardim impenetrável recende a uva, lança um odor de oliveira e exala um resplendente perfume de rosa, a religião se espalha como as vinhas, pacifica como a oliveira e conserva em si a modéstia da virgindade consagrada como a rosa."

Terminado o parágrafo, Grim fez menção de fechar o volume. Não conseguiu. A tentação de ler era muito forte, ainda mais porque lhe agradavam as citações que o santo extraía do *Cântico dos Cânticos* para ilustrar cada passo de suas reflexões. Só mais um parágrafo, prometeu-se Grim, e leu isto: "Ao trabalho, então, ó Virgem, e se desejas que o teu jardim seja formoso como aquele, cerca-o com os preceitos dos profetas: 'Põe um vigia diante da boca e uma porta sobre os lábios,' para que também tu possas dizer: 'Assim como a macieira entre as árvores do mundo, assim é, entre os filhos, o meu Amado. À sua sombra me sentei e regozijei-me, e sua fruta soube-me doce ao paladar. Achei o amor da minha alma, achei-o e o retive e não deixei que se fosse. Meu amado desceu até o seu jardim para comer a fruta de suas árvores. Vem, meu Amado, e caminhemos até o campo. Põe-me como um sinete sobre teu coração, como um selo sobre teu braço. Meu Amado é branco e vermelho.' Pois convém, ó Virgem, que conheças inteiramente aquele a quem amas, e que reconheças nele todo o mistério de sua Divina Natureza e do Corpo que ele assumiu. É apropriado que ele seja branco, pois tem o esplendor do Pai; e vermelho, pois nasceu de uma Virgem. A cor de uma e outra natureza cintila e rutila nele. Mas lembra que os sinais de sua Divindade são mais antigos nele que os mistérios de seu corpo, pois ele não tem origem na Virgem, mas sim aquele que já existia penetrou na Virgem."

Aí então, com relutância, Grim fechou o volume, levantou-se e com leve toque dos dedos despertou o bibliotecário. Fecharam a biblioteca e recolheram-se ao dormitório para dormir.

## 85. O menino da maçã

No dia seguinte Grim e Lollia deixaram o mosteirinho de Santra e puseram-se de novo em marcha. O caminho corria agora em leve declive. Ao meio-dia os dois pararam para descansar. Grim sentou-se ao sopé de uma árvore e estirou as pernas.

— Por que não lembrei de trazer — disse ele — algumas maçãs do mosteirinho? Vem-me água à boca só de lembrar o divino sabor daquelas maçãs.

Mal pronunciara essas palavras Grim viu passar rolando vivaz a seu lado uma bela maçã vermelha. Com um lépido gesto do pé deteve-lhe a corrida e, olhando curioso para trás, deu com os olhos castanhos de Lollia sobre ele; ela sorriu e, como se fosse necessário mostrar-lhe o que fazer, cravou com volúpia os dentes na carne de outra maçã, tão bela e vermelha quanto a que ele tinha nas mãos.

— Pensei estar delirando — disse ele. Catou a maçã do chão, esfregou-a na túnica para limpá-la da poeira e deu-lhe uma dentada ao mesmo tempo reverente e voraz.

Lollia veio e sentou-se ao lado dele. Desceu sobre ambos, como bênção, uma sensação de simples e sublime felicidade, tanto mais sublime porque partilhada tacitamente, da mesma forma como partilhavam o ar fresco que respiravam.

Grim devorou a sua maçã mais depressa que Lollia a dela. E aí, espiando o talo da fruta que mantinha entre os dedos, disse:

— Quando eu era menino, chamavam-me *mali puer* no mosteiro de Dru.

E contou a Lollia a história do exemplo de disciplina que o celebrizara entre os adultos e desgraçara entre os outros meninos. Fechou a história com um suspiro e atirou longe o talo da maçã.

— Pelo teu suspiro — disse Lollia — vejo que te arrependes até hoje de não teres agido como teus companheiros.

— Não me arrependo de nada — negou Grim.

— Não mintas, Grim — tornou ela.

Grim logo reconheceu que mentia.

— Tens razão. Não adianta enganar-me a mim mesmo. Esta maçã de Santra é realmente deliciosa, mas não creio que se compare *àquela* maçã do bispo, que deixei rolar pelo chão sem catar e sem comer. Às vezes, Lollius, chego a sonhar com aquela maçã. Sonho que enfim a tenho nas mãos e poderei comê-la, mas sempre acontece alguma coisa e a maçã escapa de mim sem que eu possa dar-lhe nem sequer uma mordida.

— Se a tivesses comido naquela ocasião — disse Lollia — já nem te lembrarias mais dela. É porque não a comeste que ela te persegue assim. Quando estiveres à morte, hás de lembrar-te dela, e hás de morrer frustrado e insatisfeito porque não a comeste quando pudeste.

Grim não disse nada.

— Mas, por Deus — disse Lollia —, queria ter estado em Dru, nesse dia, quando resististe *heroicamente* à tentação de correr atrás da maçã. Queria ver-te menino. Foste um menino formoso, Grim?

— Que espécie de pergunta é essa? — exclamou Grim. — Não sei responder, nem, se soubesse, responderia a pergunta tão fútil. Que importância tem isso?

— Não sabes, Grim — disse ela —, que *és* moço muito formoso?

Grim ficou rubro como uma maçã. Em seu socorro veio Santo Ambrósio, cujo tratado lera na biblioteca do mosteirinho:

— A verdadeira beleza é a beleza da modéstia e da virgindade. Não é a beleza do corpo, mas da virtude, pois a esta a idade não põe termo, nem a doença corrompe, nem a morte destrói. Deus é o juiz maior da beleza, e em corpos não muito belos enxerga belíssimas almas.

— Também sei julgar a beleza — disse Lollia — e digo-te que tens um corpo muito formoso.

— A beleza é coisa oca — disse Grim — e não tem, em si mesma, nada que mereça louvor. Sallustius censurou certa Aurelia Orestilla dizendo que nela os homens nunca acharam nada para louvar a não ser a beleza. Que me importa se tenho um corpo feio ou formoso? Augustinus disse que quem tem a alma feia e o corpo formoso é mais de lamentar do que se tivesse feio o corpo também.

— Dize essas coisas para teus monges — disse Lollia —, não para mim. Na verdade, sinto que teu corpo cresceu em tamanho mas, segundo me parece, preservou a graça e a doçura do corpo do menino da maçã. E, já que falaste em alma, digo-te que com tua alma aconteceu o mesmo. Não tens alma de adulto, Grim, mas de menino. Por isso até hoje não sabes o que queres.

— Não é verdade — replicou Grim.

— Então dize-me, Grim — disse ela. — O que queres?

— Quero voltar a Dru — disse ele, sem hesitar.

— Pois não hás de voltar a Dru — disse ela. — Sabes por quê? Porque, quando chegar a hora de voltares, não quererás voltar para lá.

— Não me rogues essa maldição! — gritou Grim.

— Não é uma maldição — disse ela. — É o teu destino. E talvez ainda venhas a abençoar os caminhos que te levarem para longe de Dru.

— Com que autoridade ousas dizer tais coisas? — perguntou Grim.

— Não sei — disse ela. — É uma coisa que sinto dentro de mim, quando tento olhar para dentro de ti.

— Isso não vale nada — disse ele.

E, dito isso, levantou-se. Lollia estendeu-lhe a mão, para que ele a levantasse também. Grim fingiu que não percebeu.

## 86. A citada Bellebel

Todo o resto do dia foi gasto em descer a montanha, a última delas, pensava Grim com alívio, porque não se via, no horizonte, mais montanha alguma. Lá embaixo o vale se abria em planície e como planície se estendia até a linha do horizonte, com pequenas elevações arredondadas aqui e ali.

Passaram por fora de Taurini e, depois de cinco dias de marcha com muita chuva sobre as cabeças, chegaram à cidade de Laumellum. Já não tinham mais dinheiro. A Providência, porém, pôs-lhes no caminho um notário chamado Frangipanus. Era domingo, e esse Frangipanus fora procurado em casa para serviço de grande urgência que exigia segredo absoluto: razão por que lhe proibiram chamar os auxiliares para ajudá-lo. Já se conformara em fazer ele mesmo o serviço, coisa que detestava, pois tinha a mão dura e a caligrafia quase ilegível, quando, tropeçando com os dois forasteiros, viu neles, também, os enviados da Providência para resolver o *seu* problema. Combinados os honorários, Frangipanus conduziu os seus copistas a uma grande casa próxima à praça do mercado. Ali cabia-lhes, informou o notário, assistir a um evento de suma importância e redigir o documento notarial que comprovasse, perante qualquer juiz honesto, que o evento não era obra de ficção, mas tinha não só real e verdadeiramente acontecido, mas acontecido real e exatamente da maneira como o documento afirmava que tinha acontecido. Que evento era esse, o notário não lhes revelou, por questão de segurança, enquanto não viu a si e aos dois contratados não só do lado de dentro dos muros da propriedade, mas do lado de dentro das paredes da casa. Aí revelou:

— Vamos assistir a um parto e consignar por escrito tudo que virmos, para que não haja dúvida nenhuma sobre a ocorrência desse parto nem sobre o seu resultado, qualquer que seja e tenha sido.

Grim empalideceu à necessidade de assistir a um evento de tal modo íntimo e violento: a *matrefetomachia* do poeta Righ, o estupro de dentro para fora executado pelo feto contra a própria mãe. O notário percebeu-lhe a palidez:

— Não te preocupes, meu amigo. A ti não será necessário contemplar esse momento em que as mulheres se entregam nas mãos de Deus e da Natureza. De contemplar encarrego-me eu, e ditarei para vós tudo que vir, e vós copiareis tudo que eu ditar, e assim, ao terminarmos, teremos em mãos duas cópias idênticas do mesmo documento.

Logo veio receber Frangipanus um velho de aparência ducal, que mostrou visível alívio ante a chegada do notário, persignando-se como se recebesse um bispo. O velho conduziu-os a uma vasta câmara no segundo andar. Algumas pessoas que ali conversavam em voz baixa calaram-se à entrada do velho e de seus acompanhantes. Forrava o soalho um vasto tapete que valeria certamente uma libra de prata, e no meio da câmara estendia-se um vasto leito, tanto mais vasto porque não havia pessoa alguma, parturiente ou não, deitada sobre ele. Foram providenciadas cadeiras para Grim e Lollia sentarem, a três côvados do leito. O notário ficou em pé, de olho fixo no palco ainda vazio onde seria encenado o *evento*.

Foi longa a espera. Por fim abriu-se a porta e uma mulher entrou, gemendo baixinho. Vinha amparada por duas outras mulheres, que lentamente a conduziram até uma poltrona junto ao leito e ali ajudaram-na a sentar-se. O que aconteceu a seguir não é necessário que a Fábula conte com suas próprias palavras, já que pode muito comodamente usar as palavras de outro texto, o documento ditado por Frangipanus e transcrito por Grim e por Lollia e que, bem ou mal, conta a história verdadeira do que aconteceu naquele dia naquela câmara:

"Em nome de Deus. *Amen*. Declare-se diante de todos que, no ano tal do nascimento de Nosso Senhor Jesus Cristo, no dia tal do mês de outubro, entre a décima e a décima primeira hora antes do meio-dia, numa câmara cujas janelas recebem a luz da rua, no segundo pavimento da casa do magnífico senhor Mummius de Regomagus, localizada na paróquia de São João da Ponte na cidade de Laumellum, faceando as casas de Carolus Lomellinus, livreiro, e as que pertencem a Julianus Vinacia e também a rua pública chamada Bassa; estando ali a magnífica Isabella della Cavallaria, conhecida como Bellebel, filha do magnífico e eminente senhor Albertus della Cavallaria, e que fora esposa do magnífico Petrus de Gallia, falecido, que fora senhor da cidade de Duni, a qual Bellebel, andando por meio de suas próprias pernas, adentrou o citado aposento acompanhada de duas mulheres que a amparavam pelas axilas, queixando-se, a citada Bellebel, das dores de sua gravidez, e prestes a entrar e querendo entrar em trabalho de parto.

"Eu, Antonjohannes Frangipanus, notário de Laumellum, e mais as testemunhas abaixo nomeadas e assinadas, estávamos ali pessoalmente constituídos, tendo sido chamados pela citada Bellebel a fim de assistir ao seu parto de modo que pudéssemos em pessoa ver e testemunhar o nascimento da criança a ser dada à luz pela mesma Bellebel. E declarou que me chamara para que eu, na condição de notário, redigisse um documento público e preparasse uma declaração formal referente não só à administração do seu parto como também ao nascimento da criança.

"Em seguida, no citado aposento e perante a citada Bellebel foram constituídas Catarina de Marta, viúva de Cristoforus de Davania, e Magdalena Mariela, mulher de Iago Titone, ambas parteiras de ofício, para a administração do parto da citada Bellebel. A pedido da qual, eu, Antonjohannes Frangipanus, notário, perante as testemunhas abaixo nomeadas, tendo ambas as parteiras erguido os vestidos até à cintura, toquei com minhas mãos os corpos de ambas, em especial entre as coxas, com a finalidade de ver e examinar se estariam ocultando sob os panos, fraudulentamente, alguma criança, e assim como fiz com elas o mesmo fiz com a citada Bellebel, com a mesma finalidade. E nós, o citado notário e as citadas testemunhas, vimos que nem Bellebel nem as parteiras traziam nada sobre o corpo além das roupas e vestidos pessoais. Ainda a pedido da citada Bellebel, ambas as parteiras puseram-se em joelhos e, tocando com as mãos uma imagem de Nosso Senhor Jesus Cristo e os quatro Evangelhos, juraram solenemente, beijando e reverenciando a imagem e os Evangelhos, bem administrar, sem qualquer fraude nem malícia, o parto da citada Bellebel. Em seguida, o leito que havia no aposento foi descoberto e nós, o citado notário e as citadas testemunhas, vimos que nem sobre nem sob o leito nada havia a não ser os panos necessários e apropriados para cobri-lo. Em seguida, a citada Bellebel, queixando-se continuamente de dores, deitou-se sobre o citado leito, e nós, o citado notário e as citadas testemunhas, observamos Bellebel e as parteiras e as demais pessoas presentes, com a intenção deliberada de prevenir que não fizessem nem pudessem fazer qualquer ardil que permitisse introduzir no aposento uma criança nem trocar uma por outra. E a citada Bellebel, queixando-se sempre das dores do parto, jazendo supina entre os braços e as pernas do citado senhor Mummius de Regomagus, que a segurava com firmeza, a citada Bellebel, tendo sobre o ventre algumas relíquias e acesas perto do leito muitas velas bentas, e as parteiras junto a ela, Magdalena de joelhos diante da citada Bellebel e Catarina sentada sobre uma banqueta, pronta para receber num lençol a criança prestes a nascer, e havia um vaso de metal entre as pernas da citada Bellebel, onde nós, o notário e as testemunhas, vimos e ouvimos projetar-se o sangue e a água expelidos do corpo da citada Bellebel durante o trabalho de parto. E assim, depois de muitas e grandes dores sofridas pela citada Bellebel, nós, o notário e as testemunhas abaixo nomeadas e algumas outras pessoas que ali estavam e queriam testemunhar o parto da citada Bellebel, vimos como ela deu à luz, saindo-lhe fora do corpo uma criança, inteiramente úmida e de olhos fechados. Catarina de Marta, parteira, recebeu nas mãos a criança e envolveu-a no citado lençol que lhe fora confiado para tanto. E, enquanto ela mantinha nas mãos a criança, nós, o notário e as testemunhas, observando bem, vimos que o cordão umbilical, preso por uma ponta ao umbigo da criança recém-nascida, continuava preso, pela outra, à placenta no interior do corpo da citada Bellebel, e que a citada Catarina, administrando o parto, tentava retirar, como de fato fez e retirou, a citada placenta na qual a citada criança fora nutrida no interior do corpo da citada Bellebel, e nós, o citado notário e as citadas testemunhas, vimos a placenta derramar-se no citado vaso, misturando-se ao muito sangue que ali havia. E assim, tendo sido feito tudo que vai transcrito acima, a citada Catarina, parteira, descobriu a citada criança recém-nascida que envolvera no lençol em que a recebera, e nós, o notário e as testemunhas mencionadas abaixo, e as demais pessoas que ali estavam e quiseram ver, testemunhamos publicamente e vimos que a criança recém-nascida era do sexo masculino, já que possuía todos os órgãos masculinos que os homens possuem, isto é, o membro viril e seus dois companheiros, popularmente chamados *veretrum* o primeiro e os segundos *cullei*.

"E assim, tendo visto e examinado a citada criança, que era do sexo masculino como foi dito, a citada Catarina, parteira, diante de mim, o notário, e das testemunhas abaixo mencionadas, cortou o cordão umbilical da citada criança e envolveu-a no citado lençol. E tendo feito todas as coisas acima descritas, achando-se a citada Bellebel sonolenta e quase desmaiada por causa do difícil trabalho de parto, o citado Mummius de Regomagus pediu a mim, o citado notário público, em seu próprio nome e como procurador de Isabella della Cavallaria, conhecida como Bellebel, que acabara de dar à luz, para registrar o citado parto em documento público tantas vezes quantas fossem necessárias a fim de manter o direito da citada Isabella della Cavallaria e de preservar seus futuros interesses.

"Isso foi feito na citada cidade de Laumellum, no citado dia, mês e ano, na casa e no lugar mencionados acima. As testemunhas presentes foram as próprias parteiras, Catarina de Marta e Magdalena Mariela, habitantes da cidade de Laumellum, bem como os copistas Gremius de Ingaria e Lollius de Tullis, peregrinos de passagem pela citada cidade."

Esse foi o documento de que Grim e Lollia fizeram, cada qual, uma cópia. Relendo a sua antes de passá-la às mãos de Frangipanus, Grim estranhou a ausência, ali, dos gritos, dos berros, dos brados, dos urros, dos uivos da magnífica Isabella della Cavallaria, também conhecida como Bellebel, das maldições lançadas contra muitas e várias pessoas, desde o falecido marido até o par de parteiras, das invocações feitas a inúmeras santas cristãs e deusas pagãs e entes diabólicos, bem como do vagido ingente liberado pelo feto no momento de sua passagem da vida uterina para a vida exterior, vagido que ressoou aos ouvidos de Grim como um lancinante protesto, como se a pobre criatura soubesse que acabava ali toda a sua paz e felicidade, pois esperavam-na, como a todos os mortais, neste mundo, somente angústia e miséria. Daí por que, pensou Grim, todo trabalho de parto é constituído de tanta luta e de tanta dor e de tanto sangue: a criatura humana *não quer nascer*.

## 87. Susana

Dois dias depois passaram por Mediolanum. Aí, como em Taurini, preferiram contornar a cidade e seguir em direção a Bergomum, onde chegaram três dias depois.

Bergomum fora construída ao sul de altas montanhas. Grim tratou-as com a indiferença que lhe permitia o *itinerarium burdigalense*, que mantinha obstinado seu curso para leste. Resolveram os dois entrar na cidade para pernoitar em uma de suas hospedarias. Na praça do mercado, sobre palco de madeira, alguns atores encenavam a história de Susana, a moça bíblica acusada de adultério por um par de velhos libidinosos que a tentaram seduzir. Grim lembrou-se do tratado de Santo Ambrósio, em que lera menção à casta Susana, e viu aquela encenação em Bergomum, prenunciada em Santra, como parte de um milagrinho preparado especialmente para ele, para nutrir-lhe a fé na *castidade virginal*, se podia usar a expressão de Ambrósio, e também para Lollia, sim, para servir de exemplo a uma criatura tão necessitada de virtuosa orientação. Invadido por uma onda de prazer espiritual, propôs a Lollia que assistissem ao auto. Juntaram-se aos espectadores. Todos os atores eram homens, inclusive os que representavam Susana e suas aias.

O auto mostrava a cena em que os dois velhos espreitavam a jovem mulher em seu jardim, prontos para seduzi-la assim que as aias a deixassem só.

— Olhai — diz Susana às aias —, o meio-dia anula as breves sombras das coisas. O sol está no mais alto ponto de sua órbita e nos aquece com seus raios. Olhai, acaba de dissipar as nuvens e o calor é abrasador. Ouvindo o sussurro tranqüilo do regato tenho vontade de banhar-me em suas águas cintilantes e de lavar o suor que me cobre o corpo. Aviai, então, trazei-me sabão e óleo perfumado e, sobretudo, trancai o portão do jardim, para que nenhum insolente me veja o corpo nu nem me venha assaltar a intimidade nem maquinar calúnias contra o meu recato.

— Faremos o que nos ordenas, senhora, como fiéis servas que somos — diz Promptula, uma das aias.

— Sim, cabe-nos obedecer com diligência às ordens daquela que é senhora nossa — diz Spudæa, a outra aia.

Achab, um dos velhos ocultos por trás de uma moita, exclama:

— Não consigo mais conter as rédeas do meu apetite.

— As aias ainda não se foram — replica Sedequias, o seu companheiro. — Espera um pouco mais.

— Olha — diz Achab. — Ela está retirando os véus que lhe cobrem as pernas.

— Pernas que parecem marfim — diz Sedequias.

— O que está oculto é ainda melhor — acrescenta Achab.

Vão-se as aias de Susana. Agita-se toda a folhagem da moita que esconde os velhos.

— Que estamos esperando? — diz Sedequias. — Apressemo-nos. Ora, companheiro, por que te moves a passo de tartaruga?

— Estou indo — diz Achab.

— É o que dizes, mas não avanças — repreende Sedequias.

— Não te esqueças da minha idade — diz Achab.

Susana vê a chegada dos invasores e exclama:

— Estou perdida. Minha honra está em perigo. Tem piedade de mim, Senhor.

— Agora põe em prática o que decidiste — diz Sedequias a Achab. — Fala com intrepidez; um pedido tímido é um pedido negado. Nosso delito já está feito; é tarde para o arrependimento. Já começamos. Não pares.

— Assim seja: vou até o fim — diz Achab ao companheiro. E, dirigindo-se a Susana: — Minha bela, não há por que temeres.

— Ó minha querida — diz Sedequias —, cessa os suspiros e as lágrimas. Não tens nenhum inimigo neste jardim, nem nenhum juiz; este paraíso está livre de ciladas. Nosso pecado será feito em segredo, sem ninguém para testemunhá-lo.

— O amor é a razão de nossa presença aqui — diz Achab. — Atende nossos desejos, tu que és a mais bela das mulheres, e cura nossa respeitosa luxúria. Assim farás um serviço de caridade.

— Devo cometer tão grande crime? — exclama Susana. — Deus que me dê um destino melhor. Minha honra e minha fidelidade sempre conservarei para meu castíssimo marido. Portanto, adeus, ide embora, homens traiçoeiros! Não queirais pôr as mãos sujas no meu casto corpo.

Nesse ponto os velhos avançam sobre Susana e tentam tocá-la. O ator que representava a moça elevou a voz afeminada:

— O que é isso? O que fazeis? Por que tentais abraçar-me?

— Receberás por isso um fino presente — diz Achab.

— O que queres receber? — diz Sedequias.

— Fora, vós e vossos presentes — diz Susana. — Não tereis nada de mim.

— Hás de sentir nossa força — diz Sedequias —, a menos que, por espontânea vontade, atendas nossos desejos.

— No mesmo dia perderei vida e honra — diz Susana.

— Este dia porá termo à minha dor ou à minha vida — diz Achab. — Tem piedade de quem te ama!

Susana apela para Deus:

— Deus Todo-poderoso, como podes tolerar sugestões tão criminosas?

— Se recusas — diz Achab —, diremos que te pilhamos no ato de adultério.

— Pensa em tua vida e em tua reputação enquanto podes — aconselha Sedequias.

— Ninguém há de duvidar de nossa palavra — diz Achab.

— Estou perdida — exclama Susana. — Pobre de mim. A perversidade me cerca por todos os lados e em lugar nenhum vejo salvação. Ah, Deus, que farei agora? Só tu podes socorrer os infelizes. Quanto a vós, velhos libidinosos, digo que é melhor resistir à vossa luxúria e enfrentar corajosamente a morte, porque Deus, que esquadrinha todos os corações, sabe que não tenho culpa nenhuma.

Nesse momento Grim não se conteve mais e soluços e lágrimas jorraram de seus olhos e de seu peito. Lollia mantinha os olhos secos.

— Muitas se queixam da força — diz Sedequias —, mas a força é agradável às mulheres, e quanto mais violento o amor, mais elas o apreciam.

— A ti eu apelo, Deus vingador — brada Susana.

Lollia tocou as costelas de Grim com o cotovelo e sussurrou-lhe ao ouvido:

— Pretendes ver o auto até o fim? Vai durar horas.

— Não sairei daqui antes de terminar — replicou Grim. — Por que perguntas?

— Estou entediada — disse Lollia.

— Vai-te embora, então — disse Grim —, e deixa-me ver o auto em paz.

— Ali há uma hospedaria — disse Lollia, apontando um dedo para uma esquina da praça. — Estarei lá à tua espera.

— Vai, então, e não me estorves mais — disse Grim.

Lollia afastou-se, Grim restituiu sua atenção ao auto, e ali esteve, sorvendo ora embevecido, ora enfurecido, cada gesto e cada palavra dos atores, até o fim. Com um orvalho de lágrimas nos olhos, aplaudiu a vitória da castidade sobre a concupiscência, e o castigo imposto por Daniel aos dois velhos libidinosos.

Encontrou Lollia na hospedaria.

— Bem sei por que não quiseste ver o auto até o fim — disse ele.

— Então dize por quê — pediu ela.

— Porque te incomoda — disse ele — ver o triunfo da castidade de Susana sobre a lascívia dos velhos caluniadores. Porque, sendo como és, identificas-te com a lascívia e não com a castidade.

— Pensaste isso, Grim? — disse ela. — Já esqueceste o que sofri nas garras dos *maratocupreni*? És capaz de pensar que eu aprovaria a violência de dois homens perversos contra uma mulher inocente? Se pensas assim, não me conheces nem um pouco, Grim.

— O que te fez abandonar a praça, então? — perguntou Grim.

— Desagradou-me o ator que representava Susana — respondeu ela. — Todo ele me pareceu falso, a voz afeminada, a entoação histriônica que dava às frases, os trejeitos grotescos com que tentava encarnar uma mulher. Desagradou-me a Susana que vi em cena. Como mulher, senti o meu sexo degradado e ridicularizado por aquele sardanapalo.

— Esqueces — disse Grim — que, como ele, também imitas o sexo oposto?

— Imito com dignidade — disse ela. — Por acaso sentes o teu sexo, Grim, desvirtuado pela minha imitação?

Grim foi obrigado a reconhecer que não.

— Quanto a Susana — disse ela —, asseguro-te, Grim, que eu seria capaz de fazer imitação muito melhor e mais honesta do que a que fez aquele ator.

— Não te permitiriam fazê-lo — disse Grim. — Esqueces que és mulher?

— Esqueces que por ora não sou Lollia mas Lollius? — disse ela, e riu. — Não seria cômico, Grim? Lá estaria eu, mulher disfarçada de homem disfarçado de mulher. Como riríamos dessa situação, nós dois, não é verdade?

— Não sei se é para rir ou não — disse Grim. — Só sei que este é um mundo às avessas, em que até o avesso às vezes está posto pelo avesso.

## 88. Os pés descalços

Levaram quatro dias para cobrir a distância de sessenta milhas entre Bergomum e Verona, passando por Tellegate, Tetellus, Brixia, Flexus e Beneventum. No caminho entre Tetellus e Brixia, enquanto iam conversando, Grim descobriu que Lollia era natural do mais remoto dos lugares do norte, a ilha de Tule. Como uma coisa leva a outra, Lollia contou a Grim, naquele trajeto, a história de sua vida.

Lollia nascera pois na ilha de Tule, e menina ainda, órfã de pai e de mãe, fora levada por um tio para o mosteiro de Watton, na Ânglia.

— Não há mosteiros em Tule? — disse Grim. — Por que te destinaram a um mosteiro tão longe de casa?

— Uma vez, quando eu tinha dez anos — disse Lollia —, ouvi, sem ser vista, duas monjas dizendo a uma noviça que eu era filha de um nobre de Tule que, tendo sido sempre sensato e compreensivo, de uma hora para outra, sem que se soubesse por quê, tornara-se demente. Contaram elas que uma vez meu pai recebeu vários amigos para passar com ele alguns dias. Uma noite, quando veio sentar-se à mesa, trazia o semblante pesado, como se tivesse acabado de chorar, de modo que ninguém teve coragem de dirigir-lhe a palavra. De repente, com os olhos girando nas órbitas, meu pai agarrou, com mãos furiosas, um livro todo gravado em letras de ouro, que continha as Sagradas Escrituras. Minha mãe estava sentada a seu lado. Então meu pai disse: São muitas as mudanças que podem acontecer a um homem durante a vida. Eu tinha duas coisas que me eram mais caras do que tudo neste mundo: este livro e esta mulher. Agora, porém, cada uma dessas coisas me parece pior e mais abominável que a outra, e não há nada que eu odeie mais no mundo do que ambas. Minha esposa me é repulsiva; pois tem um chifre de cabra no alto da cabeça, e maior do que o amor que eu sentia por ela antes é o ódio que lhe voto agora. Quanto a este livro, não serve para nada. Ditas essas palavras, meu pai atirou o livro no fogo que ardia entre as mesas e depois, com o punho fechado, agrediu minha mãe no rosto, entre os olhos.

Lollia fez uma pausa para enxugar do olho uma lágrima. Depois continuou:

— Nesse momento deixei escapar um soluço, e as monjas descobriram minha presença. Pedi que me contassem o que mais sabiam sobre meus pais, mas elas se fecharam num sólido silêncio e se afastaram de mim. Nunca soube o que adveio a meus pais, mas suspeito que sua história não tenha tido um bom fim.

— Por isso foste enviada para a Ânglia — disse Grim.

— Sim — disse Lollia. — Em Watton aprendi latim e literatura, além da doutrina cristã. Ali fiz os votos, e tornei-me sacristã da igreja do mosteiro, dedicada à Virgem Maria. Por causa de minha juventude, porém, muitos homens ligados à igreja cortejavam-me e pediam-me que dormisse com eles. O próprio confessor do mosteiro, quando me ajoelhei diante dele um dia para me confessar, de repente abraçou-me, dizendo que não havia outra mulher no mundo a quem amava tanto quanto a mim. Atônita, fugi dali em pranto.

— Nunca pensei que o mundo do lado de fora de Dru — disse Grim — fosse tão populoso de pecadores. Parece que não há virtude do lado de fora de Dru.

— Watton era uma das mais antigas casas gilbertinas — continuou Lollia — e uma das maiores, pois abrangia largas extensões de terra. Em frente à nossa casa, do outro lado de um regato, havia um mosteiro de monges. Na verdade, éramos uma só comunidade, regida pelo mesmo abade, a quem nossa prioresa prestava obediência. Um dia, como fazia com freqüência, fui com uma companheira colher morangos no bosque de Watton. Minha companheira chamava-se Regilla. Era verão, e fazia tanto calor que com água do regato lavamos o rosto, as mãos e os pés. Na volta, quando entramos no pomar do convento, vimos alguns monges entretendo três hóspedes sob a copa de uma grande árvore. Regilla então me disse: Irmã, vamos olhar de mais perto nossos hóspedes. Eu repliquei: Para quê?, mas fui com ela. Havia uma sebe de murta próximo ao lugar onde eles estavam, e dali, olhando por entre a folhagem, pudemos ver sem sermos vistas. Os hóspedes eram dois velhos religiosos e um jovem leigo. Meu coração bateu forte quando vi o jovem, que se sentava justamente de frente para a sebe. Daí a pouco todos se ergueram para voltar ao convento, menos o jovem leigo, que ficou ali mesmo, sob algum pretexto. Regilla puxou-me pelo manto, para irmos embora, mas pedi que esperasse mais um pouco. Nesse momento o jovem recitou, em voz alta, estes versos:

> À porta da minha alma ei-la que está,
> e seus pés, reluzindo luminosos,
> despertam dentro de mim uma fúria,
> uma insabida vertigem de amor:
> os tenros pés descalços de uma virgem
> oculta atrás de uma sebe de murta.
> Nem lhe vi o rosto, mas já adivinho
> que estou fadado a seguir-lhe as pegadas
> rumo ao amor, à dor e ao amargor.

— *Deus meus*! — exclamou Grim. — Teus pés inspiraram esse poema?

— Sim — disse Lollia. — A folhagem da sebe não chegava até o chão, e ele nos viu os pés. Regilla tinha calçado as sandálias, mas eu continuava descalça. Por isso ele fez esses versos.

Nesse momento ela notou que Grim tinha o rosto rubro.

— Por que enrubesceste? — perguntou ela.

— Não é verdade — disse ele; mas depois admitiu: — Ora, de vergonha, por ti. O que aconteceu depois? Já que começaste a história, conta-a até o fim.

— Corremos as duas para o convento, assustadas — disse Lollia. — Mas daí em diante o jovem poeta não me deixou mais em paz, nem eu queria que ele o fizesse. Quando eu saía ao bosque para colher morangos ou outras frutas, ele estava sempre metido entre as árvores, à minha espera. Um dia deixei de fugir e começamos a conversar. Chamava-se Dunstan e tinha escrito para mim outro poema:

> Plantei uma muda de macieira
> e na casca escrevi, Lollia, teu nome;
> nunca mais fez silêncio o meu desejo:
> cresce a árvore, cresce-me a paixão,
> e em cada letra uiva o meu amor.

Depois de ouvir este poema, com meu nome engastado nele, deixei-me ser beijada pelo poeta, mas só um pouco, só meia dúzia de beijos, bem menos, portanto, que os cem mil beijos de que fala Catullus em seu poema.

— Um só beijo — disse Grim — ou cem mil, tanto faz, o pecado é o mesmo.

— Ora, Grim — disse Lollia. — Pois no dia seguinte ele me abordou de novo no bosque, e trazia outro poema, que dizia assim:

> Se me aceitasse quem tanto desejo,
> muito mais feliz seria que Júpiter.
> Se com Lollia dormisse uma só noite,
> se lhe chupasse os lábios e ela os meus,
> render-me aos fados,
> expor-me à morte,
> dar fim à vida,
> de bom grado poderia,
> de bom grado, de bom grado,
> em troca dessa alegria.

Aí, Grim, não podia fazer outra coisa, e fiz: entreguei de coração ao poeta a minha virgindade.

— Como pudeste perder-te por tão pouco? — disse Grim, horrorizado.

— Ele era excelente poeta — disse Lollia. — Fazia todo tipo de poemas. Fazia *technopaegnia*, que muito me agradavam. Fez um poema em forma de ovo, outro em forma de machado, outros ainda em forma de altar, de flauta de Pan e de asas de Cupido. Fazia acrósticos, e num deles era possível ler, nas primeiras letras e nas últimas de cada verso, uma declaração de amor endereçada a mim. Fazia versos recíprocos, sabes, que podem ser lidos de trás para frente e de frente para trás sem prejuízo do sentido. Como estes:

> Nereides freta sic verrentes cærula tranant,
> flamine confidens ut Notus Icarium.
> Icarium Notus ut confidens flamine, tranant
> cærula verrentes sic freta Nereides.

— Então não passava de um *poeta neotericus* — disse Grim. — Um bufão do verso. Essas coisas são feitas *per jocum et ludum*, não têm arte nenhuma.

— Percebo em ti a ferrugem da inveja — disse Lollia. — És capaz de fazer versos assim?

— Já li alguns poemas de Publius Porfirius — replicou Grim. — O primeiro verso só tem palavras de duas sílabas; o segundo, só de três sílabas; o terceiro, só de quatro, o quarto; só de cinco. O quinto verso começa com uma palavra monossilábica, a que se seguem palavras de duas, três, quatro e cinco sílabas. E o poema termina com uma série de versos que, lidos de trás para diante, formam um poema inteligível num metro diferente. Isso não é arte: é frivolidade.

Lollia olhou-o fixo e torceu o nariz.

— Esse Porfirius — prosseguiu Grim — também produziu poemas figurativos, que você chama de *technopaegnia*. Vi alguns dos poemas que ele compôs: em forma de palmeira, em forma de cadeira, em forma de navio. Quanto aos versos recíprocos, conheço alguns que podem ser lidos de trás para diante não palavra por palavra, mas letra por letra. Queres um exemplo? *Roma tibi subito motibus ibit amor*. Queres outro? *Sole medere pedes, ede perede melos*. Mas, para o meu gosto, não passam de brincadeiras de criança.

— Mas Dunstan era também capaz de fazer poemas à moda clássica — disse Lollia. — Recitou-me uma vez um poema que fez sobre um tordo cujo canto ajudara-lhe a curar uma dor de dente.

## 89. *Iam dulcis amica venito*

Depois Lollia voltou à história da sua vida.

— Dunstan — disse ela — pedia-me com freqüência que fugisse do convento em sua companhia. Eu respondia que não podia abandonar Nossa Senhora. Ele replicava, o maroto, que Nossa Senhora não me podia dar a imortalidade da maneira como ele podia, simplesmente mencionando meu nome num poema. E um dia mandou-me um novo poema que fizera, inspirado, como os outros, em mim. Escuta, Grim, querendo ou não:

Vem, doce amiga, vem já,
Vênus te abençoará.
Entra em minha casa, amiga,
quem te ama é quem convida.
Entra, amiga, em minha câmara,
quem convida é quem te ama.
Brilham à janela as folhas
da hera fixa lá fora,
no chão espalham-se pétalas,
para que as pisem teus pés.
Já está aqui posta a mesa
com tudo que te apeteça:

nestes copos perfumados
beberemos vinho claro.
Aqui te espera o flautista
com doce flauta melíflua,
e um par de belos cantores
cantará com voz melódica,
enquanto hábeis dedilham
ela a lira, ele a cítara.
Menos me praz o banquete
que o colóquio que o segue,
menos o prazer das coisas
que o tom de tua voz.
Vem, sim, já, eleita Lollia,
preciosíssima jóia.
Já derrete o gelo, e a neve,
reverdece a folha, e a erva,
canta, canta, o rouxinol,
arde-me o peito de amor.
Não hesites, doce Lollia,
que amo mais que a meus olhos.
Não posso viver sem ti,
sem mim não quero que vivas.
De Amor te escondes por quê,
se Amor achar-te há de?
Faz, pois, logo a tua parte,
antes cedo do que tarde.
Entra, amiga, pois, na câmara,
quem convida é quem te ama.
Entra, pois, em casa, amiga,
quem te ama é quem convida.
Vem, pois, amiga, vem já:
Vênus te abençoará.

Grim ficou em silêncio.

— Não tens nada a dizer? — perguntou Lollia.

— Não — disse ele.

— Isso significa — disse ela — que o poema te agradou. Do contrário, terias muito que dizer.

— Como pode agradar-me — replicou ele — um poema que fala em bênçãos de Vênus e convida virgens à lascívia? Além disso, quanta mentira em tão poucos versos! De onde esse pobre poeta tiraria as coisas que prometeu, como copos perfumados, flautistas e cantores?

— O que um verso diz não é verdade nem mentira — disse ela. — É poesia. Sabes disso muito bem.

— O que me intriga — disse Grim — é que te tenhas arriscado a pilharem um desses poemas em trânsito de teu poeta para ti. E aí, o que farias para te esquivares ao escândalo?

— Usávamos uma sutilíssima escrita criptográfica — disse ela — em que substituíamos em lugar de cada vogal uma cifra: *pri* para *a*, *secd* para *e*, *ter* para *i*, *qua* para *o* e *quin* para *u*. Assim, o primeiro verso, *iam dulcis amica venito*, seria escrito assim:

E, agachando-se, Lollia escreveu na poeira da estrada, com o dedo, isto:

terprim·dquinl·cters·primter·cpri·vsecd·nter·tqua·

— Quem seria capaz de decifrar isto? — perguntou ela.

Grim não disse nada. Lollia disse:

— Mas queres ou não queres ouvir a minha história? É a história, como disseste, de Maria Ægyptiaca ao contrário. A história que no outro dia não querias ouvir.

— Não me importo de ouvi-la hoje — disse Grim —, embora saiba que não me vai agradar.

Lollia começou:

— Eu queria fugir do mosteiro, queria ver o mundo lá fora, e viver nele intensamente. No mesmo dia em que recebi esse poema, à noite, depois das completas, ajoelhei diante do altar da Virgem e disse: Minha Senhora, sempre fui devota para contigo, e sempre serei, mas devolvo-te as chaves da tua igreja, pois sinto que a tua casa não é mais o meu lugar. Dito isso, deixei as chaves sobre o altar e segui caminho com o poeta.

## 90. Paraíso da carne

Lollia fincou em Grim os seus amenos olhos castanhos.

— Logo descobri — disse ela — as delícias do prazer carnal. Dunstan abriu-me portas e janelas que dão entrada ao que ele chamava de paraíso da carne, paraíso de Vênus, paraíso da luxúria. Acendeu em meu corpo um fogo cujas chamas em pouco tempo ele próprio já não era capaz de apagar, e tal era a minha sede de abraços e beijos que comecei a entregar-me a outros homens. Um mês depois de fugir do convento, já rompera os laços que me ligavam a ele.

— Não o amavas? — disse Grim.

— Nunca amei ninguém até hoje — disse Lollia. — Amava-lhe o corpo e os poemas.

— E como viveste depois? — perguntou Grim.

— Vivi como prostituta — disse Lollia. — Nem era por causa do dinheiro que vivia assim: digo-te a pura verdade. Muitas vezes, quando meus clientes queriam pagar meus serviços, eu recusava o dinheiro. Se agia assim, fazendo gratuitamente o que me dava prazer, era porque esperava atrair para a casa do meu corpo um número de homens cada vez maior. Quando acontecia precisar de algum dinheiro para comer, punha-me a mendigar pelas ruas, ou a tecer linho, e depois me entregava outra vez à vida de prostituta para atender a meu desejo insaciável. Era assim que eu vivia, Grim.

— Deus te perdoe — disse Grim. — Mas diz-me, dando-te assim a tantos homens, nunca aconteceu engravidares?

— Bem se vê — disse Lollia — que não conheces nada da vida. Também eu era como tu, quando fugi de Watton. Por isso, ao iniciar vida nova com o poeta, perguntei-lhe: O que farei se me emprenhares? A vida me será muito pesada com um filho no ventre. Aí ele falou de uma planta que tem o poder de cortar a gravidez se usada durante a *fututio*. Perguntei se ele se referia a certa erva que os camponeses costumam lançar ao leite para impedir que coalhe, e que, segundo me tinham dito, também se podia usar para prevenir a gravidez. Mas ele disse que eu não precisava saber que tipo de erva era, mas apenas confiar nele: ele tinha consigo a planta que possuía aquela virtude. Desde então, toda vez que queria deitar comigo, trazia a erva num escapulário de linho com a boca cerrada por um laço de barbante bem comprido. Aí cingia-me ao pescoço o barbante, que corria entre os meus peitos até abaixo do umbigo. Aí deitava sobre mim, e o escapulário jazia ali entre nós enquanto *futuebamus*. Uma vez pedi-lhe que me deixasse guardar o escapulário, mas ele disse que não, para que eu não o usasse com outro homem.

— Então — disse Grim —, quando deixaste o teu poeta, e já não tinhas mais a tua erva, o que fizeste para não emprenhar?

— Prostitutas, Grim — disse Lollia —, não concebem com a mesma facilidade que as outras mulheres.

— Como pode ser? — estranhou Grim. — O contrário é que seria de esperar.

— Quem me disse isso — explicou Lollia — foi um filósofo de quem fui amante durante alguns dias. Perguntei-lhe por que éramos diferentes das outras mulheres, e primeiro ele disse que as prostitutas, não sentindo prazer no amor, não produzem sêmen, que é conseqüência natural do prazer. Assim, quando o sêmen do homem lhes visita o útero, não encontra a semente feminina para recebê-lo, e morre sem frutificar. Repliquei: Mas *eu* sinto prazer no amor, tão grande, na verdade, que nada no mundo me dá mais prazer: creio que deveria produzir sêmen suficiente para conceber vários filhos. Então ele deu uma segunda explicação, mais condizente com meu caso. O útero, Grim, se o pudesses ter diante dos olhos, verias que se assemelha a um urinol: tem boca macia e garganta larga, e seu interior é largo também e provido de muitos pêlos a fim de melhor reter o esperma, que é inquieto e escorregadio. Ali há sete receptáculos, todos eles com a forma de um ser humano, de modo que a mulher pode conceber até sete filhos de uma vez. Ora, ocorre que as prostitutas, devido às cópulas freqüentes, têm a garganta do útero larga demais, e além disso o pêlo junto à boca do útero, em vez de abundante, é tão ralo que não consegue reter o sêmen do homem, mas deixa-o escapar, tornando impossível a concepção. Entendeu?

Grim mentiu que sim, quando na verdade não entendera nada da explicação de Lollia, que lhe lembrara as lendas fabulosas dos gregos. Lollia prosseguiu a sua história:

— Um dia, no verão passado, quando me pareceu que já tinha conhecido todos os homens da ilha da Britânia, resolvi atravessar o mar e descer em terra de Europa. Queria entregar-me a homens de todos os povos: gauleses, hispanos, germanos, itálicos, gregos, búlgaros, lusitanos, com todos eles queria *futuere*. Queria atrair a todos para o altar de meu corpo, como se meu corpo fosse uma nova religião católica. Eu estava em Portesmute, e fui até o cais e vi uma dúzia de navios atracados ali. Alguns tinham acabado de chegar, outros aprestavam-se para partir. Passageiros desembarcavam daqueles, embarcavam nestes. Cheguei-me a um moço que estava de pé à beira do cais e perguntei, apontando para o navio mais próximo: Para onde vai esse navio? Ele respondeu: Para Coriallum. Eu perguntei: Os do navio me levarão com eles se eu pedir? Ele respondeu: Sim, se tiveres dinheiro para pagar a passagem e a comida. Eu disse: Para dizer a verdade, não tenho nenhum dinheiro, mas hei de subir a bordo e viajar nesse navio, e eles hão de me alimentar, querendo ou não. Porque eu tenho um corpo, e darei meu corpo como pagamento da viagem. Fiquei feliz, Grim, e excitada, só de pensar que teria um navio cheio de amantes para satisfazer minhas paixões. O moço, ao ouvir minhas razões, riu e se afastou, e eu me aproximei do navio. Havia alguns marinheiros por ali, uma dezena ou mais, todos eles jovens e vigorosos. Então meti-me entre eles e disse: Levai-me convosco em vosso navio, prometo que nenhum de vós me achará supérflua. Vendo a minha disposição para a lascívia, receberam-me a bordo com muita festa. Pouco depois o navio levantou ferros e zarpou. Que viagem, Grim! Teus ouvidos não teriam coragem de ouvir contar tudo que aconteceu naquele barco durante a viagem. Os marinheiros logo entenderam que não havia depravação que eu não pudesse ensinar-lhes. No meio da viagem, a maioria deles fugia de mim, porque já não tinham energia para satisfazer-me os desejos.

— Não sei — disse Grim — por que o mar tolerou tanto pecado e não abriu as mandíbulas para engolir-te.

— Não sejas tolo — disse Lollia. E continuou: — Quando chegamos a Coriallum, desci em terra e abandonei meus marinheiros, pois já estava farta deles. Tornei-me uma *scorta erratica*, percorrendo as estradas da Normandia, da Britânia, do país dos angevinos e da Aquitânia em busca de prazer. Tentava e conseguia seduzir quase todos os homens que encontrava. Um dia cheguei a Oscincium. Estava cansada de perambular de um lugar para outro. Decidi dar-me um descanso: que os homens venham agora a mim, e não eu a eles. O prostíbulo de Oscincium pertencia a um saxão, como sabes. Um conterrâneo. Não hesitou em aceitar-me para trabalhar em sua casa. Aí Nolo me encontrou. Aí te vi pela primeira vez. Aí me ajudaste a carregar os cântaros de água.

Lollia calou-se. Grim exclamou:

— É essa a tua história? E por que te juntaste à nossa companhia? Por amor a Nolo?

— Nunca amei Nolo — disse Lollia. — Amava-lhe o corpo e os poemas.

— Então por que te juntaste à nossa companhia? — insistiu Grim.

— Não sei — disse Lollia. — De qualquer modo, já estava na hora de retomar os caminhos da Europa, de conhecer novas terras e novos homens. Nolo fez a proposta, sugerindo que me fizesse passar por homem. Rapou meus cabelos, deu-me o nome de Dodo. A princípio fez-me seguir a vossa companhia, e todo dia se encontrava comigo na floresta e me trazia alimento.

— E davas alimento a ele também — disse Grim.

— Posso dar a ti — disse Lollia — o mesmo alimento que dei a ele. Não queres? É bom.

— É o alimento — disse Grim — que dás a todos os porcos que encontras no caminho. Não farás de mim um porco, por Deus.

Depois disso deitaram-se para dormir e não trocaram mais palavra entre si. Pela manhã, quando se levantaram, Grim disse:

— Eu te ofendi. Por que não vais embora?

— Prometi ir contigo até Broz — disse ela. — Eis por quê.

## 91. Romeiros

No trajeto de Beneventum a Verona encontraram um morador da cidade que voltava a casa. Sabeis, perguntou ele, que Verona é a pátria de Catullus e do mais jovem dos Plinii? O homem tinha alguma instrução e recitou um panegírico em homenagem à cidade. O autor, que vivera duzentos anos antes, descrevia no poema os edifícios de Verona, o anfiteatro, as muralhas, os templos, as igrejas, e celebrava os santos e mártires cujas relíquias se somam às glórias de Verona e servem de proteção contra os inimigos. Assemelhava-se tanto, em tom e teor, ao poema feito sobre Mediolanum, que se diria serem irmãos concebidos no ventre da mesma musa.

Pouco antes de entrar em Verona despediram-se do homem, que morava fora dos muros. Na hospedaria em que se alojaram na cidade estava uma companhia de cruzados a caminho de Jerusalém. Junto com eles seguia grande número de peregrinos, alguns, por falta de disposição ou de dinheiro, com o propósito de ir apenas até Roma, outros, a maioria, decididos a acompanhar os cruzados até Venetia e ali embarcar para a Terra Santa.

— Estes são verdadeiros cruzados — disse Grim.

— Os daquela noite também — disse Lollia.

Os dois se misturaram aos romeiros. Todos ansiavam por ver os lugares sagrados de Roma, como os locais onde foram supliciados Pedro e

Paulo, e o circo, onde os cristãos eram atirados às feras. Queriam também ver algumas santas reclusas de quem tinham ouvido falar, especialmente uma emparedada que se chamava Asella. Falavam dela com voz pia: desde os doze anos vivia emurada numa cela estreita no centro da agitação de Roma, porque, entre as duas escolhas permitidas à mulher, *aut maritus aut murus*, escolhera o muro e não o marido. Seu prazer, diziam, estava na solidão, de onde, suspensa em Deus, considerava que *tudo* era Deus. Quando um célebre asceta chamado Serapion veio visitá-la em seu estreito domicílio e lhe perguntou, Por que ficas aí imóvel e solitária?, ela respondeu, Não fico imóvel. Estou em viagem. Ele perguntou: Para onde viajas?, e ela respondeu: Para Deus. Serapion ordenara-lhe, em seguida, que se despisse em público, e a moça se recusara a fazê-lo. Nessa recusa Serapion discernira o sinal de que ela não estava de todo morta para o mundo, e acusou-a de se fazer reclusa por amor à vaidade: Acreditas, disse ele, que, sozinha, constituis uma religião. A atitude de Serapion era motivo de censura por parte dos peregrinos, que o chamavam de velho libinoso e, ele sim, cheio do tifo da vaidade. Um dos peregrinos, um prelado, aproveitou para fazer uma prédica: A viagem de Asella era uma viagem interior, feita no claustro da alma, e essa viagem se chama *contemplatio*. A alma se recolhe ao seu claustro para meditar somente sobre as coisas celestiais. Mantém-se afastada da multidão de pensamentos carnais; foge aos chamados do corpo; refreia os vagos impulsos dos sentidos. Ali desfruta de prazeres angelicais e se dedica à leitura do Livro da Vida. Cala-se por amor ao silêncio; participa do coro das virtudes; contempla a bondade do Pai Supremo e a santidade da criação angelical; presta serviço àquela bondade à qual nada falta e à santidade que não sente falta de nada. Considera o poder do Pai, a sabedoria do Filho, e a bondade amorosa do Espírito Santo.

A toda essa conversa o dono da hospedaria escutava com lábios crispados. Só uma vez dignou-se a contribuir com algumas palavras para a conversa, dizendo: Viajar para Roma, muita loucura, muito alvoroço, muito trabalho e pouco proveito: o rei que procurais em Roma, a menos que o leveis convosco, não o achareis lá. E acrescentou:

— Depois que Constantino mudou-se de Roma para Bizâncio, nada restou na cidade a não ser uma ralé: bastardos, plebeus, escravos, pescadores, passarinheiros e mercadores ambulantes. Quanto ao antigo esplendor, nada resta dele: até o precioso mármore foi todo arrancado dos muros e arcos e das estátuas dos antigos deuses.

— Olhai quem fala! — gritou um dos presentes. E, para o homem: — Por que, em vez de detratares assim a cidade de Roma, não cuidas de servir melhor aos clientes? Quantas vezes, dize-nos, já te condenaram a passar o dia sentado na cadeira de esterco por conta da má qualidade de teu vinho?

O homem não teve tempo de responder, porque o prelado se antecipou:

— Roma não deve ser desprezada porque Constantino a deixou, mas sim respeitada, venerada e adorada pela simples razão de que os apóstolos, os santos preceptores Pedro e Paulo, a escolheram para ali morar e morrer e fizeram dela o centro de propagação da verdadeira fé.

— Eu, quanto a mim — disse um dos romeiros, do fundo da sala —, não me importo muito nem com relíquias nem com emparedadas. Quero, sim, é levar para Gantum, onde moro, alguns bons exemplares do verme da seda.

## 92. Diabo em pele de santo

Entre os romeiros havia um que se chamava Supersesquisextusdecimus. À noite, de quantas histórias foram contadas antes da hora de dormir, a dele foi a que mais fez arrepiar os cabelos dos companheiros.

A história era a seguinte. Supersesquisextusdecimus era natural da Borgonha, e ali conhecera um jovem que se ligara a uma mulher não pelos laços de legítimo matrimônio, mas sim mantendo-a em casa como amante remunerada. Tendo finalmente recuperado a sensatez, o jovem resolveu, como penitência, seguir em peregrinação a Santo Iago. Na massa daquela pia intenção introduziu-se porém um ímpio fermento.

Pois o jovem levou consigo a cinta da amante e, para manter viva a lembrança do prazer que tinham juntos, utilizava-se dessa cinta de maneira abominável, desviando-se assim do próprio objeto da peregrinação. No caminho, portanto, atraído pelo fedor de sua perversão, apareceu-lhe o demônio em figura de Santo Iago e disse: Aonde vais? E respondeu o jovem: Ao santuário de Santo Iago. E o diabo: Não é lugar para ti. Eu sou o próprio Santo Iago que procuras, mas sei que levas contigo um objeto que é um insulto à minha majestade. Pois, tendo durante tanto tempo chafurdado no lodo da mais imunda fornicação, agora pretendes fazer-te penitente, e ousas apresentar-te diante de mim como se fosse para oferecer o fruto de um honesto recomeço, e no entanto trazes junto ao membro vil a cinta da prostituta que manténs em casa. O jovem enrubesceu de vergonha ao ouvir essas palavras e, crendo que o outro era realmente o apóstolo, disse: Bem sei, senhor, que agi e tenho agido de modo vergonhoso. Entrego-me à tua clemência. Dá-me conselho do que devo fazer, e o farei. Disse o diabo: Se queres colher o doce fruto do arrependimento, aconselho, na medida do teu pecado, que, por amor a Deus e a mim, cortes o membro com que pecaste e em seguida tires a própria vida, que tem sido tão sórdida, cortando teu pescoço. Dito isso, o diabo desapareceu, deixando o jovem em grande desespero, porque não era esse o conselho que esperava. À noite, recolhendo-se ao alojamento, apressou-se a cumprir a promessa feita. Aí, enquanto dormiam seus companheiros, o jovem deitou mão a uma faca de lâmina afiada e amputou o próprio membro, e logo depois mergulhou a faca no pescoço e abriu ali um talho de fora a fora. O grito do moribundo despertou seus amigos, que, trazendo lume, foram postos em grande tristeza ao vê-lo chegar a fim tão cruel. Sem saber que ele próprio se havia dado morte, levaram-lhe o corpo a uma igreja e ali fizeram celebrar missa em intenção de sua alma. Cantada a missa, prouve a Deus fechar o ferimento em seu pescoço e restituir o morto à vida. Erguendo-se de onde jazia, o jovem, para espanto de todos, começou a falar, e contou tudo que lhe dissera o diabo sob a aparência do apóstolo Iago. Perguntado sobre a sentença que recebera em espírito como punição pelo suicídio, ele disse: Fui levado diante do trono de Deus, ao pé do qual estavam presentes nossa mãe comum, a Virgem Maria, e Santo Iago. Quando chegou a hora de decidir o que fazer comigo, o apóstolo, levando em conta a minha intenção peregrina, ainda que da parte de um corrupto pecador, rogou à Virgem que intercedesse por mim, e o que ouvi de seus doces lábios foi uma sentença de perdão, pois o diabo, pelo ardil de disfarçar-se em santo, é que me causara a perda. E assim, para que me emendasse neste mundo e servisse de exemplo a outros pecadores, por ordem de Deus retornei à vida. Nesse ponto perguntaram a Supersesquisextusdecimus se conhecera o jovem ou se apenas ouvira contar a história, caso em que bem poderia tê-la ouvido da boca de um mentiroso; a resposta que deu foi que não só conhecera o jovem como fora um de seus companheiros de peregrinação, de modo que a tudo acompanhara com os próprios olhos, podendo jurar sobre os evangelhos que era tudo verdade.

— E mais — acrescentou —, esse jovem vive ainda na mesma aldeia em que nasceu e, se lá fôsseis e o encontrásseis, veríeis que traz em torno do pescoço, muito nítida, a cicatriz que lhe ficou como sinal do milagre.

— E quanto à verga? — perguntou um dos ouvintes. — Foi-lhe dada por Deus uma nova?

— Não — respondeu Supersesquisextusdecimus. — No lugar do membro só lhe ficou uma pequena abertura para a passagem da urina.

## 93. Poema em praça pública

Partiram de Verona no dia seguinte e caminharam vinte milhas até Aurei, onde passaram a noite. No outro dia chegaram a Vicentia nas primeiras horas da tarde.

A praça do mercado se achava tomada por um formigueiro de pessoas em total silêncio. Em tablado no meio da praça, sentado numa cadeira, um poeta recitava um poema. Era homem de seus setenta anos, ainda formoso, e sua voz era rouca e forte. Usando de sussurros para não distrair a atenção dos circunstantes, Grim pediu a um vizinho que explicasse o que significava aquilo. O homem, também em sussurros, explicou que o poeta Arator estava declamando o seu vastíssimo poema épico sobre os atos dos apóstolos. O poeta submetera o poema ao bispo de Vicentia, que com alguma relutância, segundo o homem, se dispusera a escutar uma parte dele. Alguns cidadãos, porém, que tinham estado presentes à frugal leitura, requereram uma leitura pública da obra na íntegra, e era isso que estava em curso agora.

— Há quanto tempo ele está recitando o poema? — perguntou Lollia.

— Há três dias — respondeu o homem. — Recita de dia, descansa de noite. E não deve terminar hoje, talvez só amanhã, porque sempre lhe pedem que repita alguma passagem mais rica e mais elaborada.

— É belo, o poeta — disse Lollia.

— Os anos não lhe corromperam a beleza — concordou o homem —, só lhe conferiram mais dignidade. Um outro poeta, Ennodius, celebrou-lhe a beleza e o talento em prosa e verso quando Arator ainda não passava de um adolescente.

Circunstantes reclamaram silêncio, e Grim e Lollia ficaram ali, ouvindo o poeta recitar o seu poema, durante algumas horas, até que o crepúsculo e o cansaço do declamador obrigaram-no a encerrar a leitura para continuar no dia seguinte.

Grim e Lollia cearam numa hospedaria num subúrbio sujo de Vicentia. Cearam em silêncio. Lollia parecia absorta e distante. Depois da ceia, disse ela a Grim:

— Preciso conhecer o poeta Arator.

— Precisas conhecê-lo carnalmente, é o que queres dizer — resmungou Grim.

— Se ele assim quiser — replicou ela.

— Se ele assim puder — retrucou ele. — Não vás matá-lo de prazer. Lembra-te que ele ainda não terminou de declamar o poema.

— Importas-te que eu vá? — perguntou ela. — Prometo retornar antes do amanhecer, para seguirmos viagem.

— Por que me importaria? — grunhiu Grim.

Lollia cobriu-se com um manto e saiu noite adentro. Grim ficou só na cozinha da hospedaria. O proprietário dirigiu-lhe a palavra em italiano. Com algum esforço de ambas as partes conseguiram travar um diálogo. O proprietário, assim que entendeu que Grim seguiria na manhã seguinte para Patavium, perguntou se seu destino era Venetia. Quando soube que *non Venetia sed Besprem in Pannonia*, pôs as mãos na cabeça e disse: *Non Patavium, ma Tarvisium.* Usando copos, pratos, e colheres como marcos, mostrou a Grim a vantagem de ir direto de Vicentia para Tarvisium se o destino do viajante era a Panônia. *Perchè Patavium?* Segundo ele, a passagem por Patavium era um rodeio que só alongava o trajeto. *At itinerarium burdigalense*, começou Grim, pretendendo invocar a necessidade de seguir, tanto quanto possível, o sagrado caminho. *Ma non, ma non*, interrompeu o proprietário, e deu a entender que o *itinerarium* descia a Patavium para facilitar a chegada a Venetia daqueles peregrinos que quisessem seguir por mar para a Terra Santa. Grim se deu por convencido e decidiu acatar o conselho do homem.

Subiu então cheio de sono a seu alojamento mas, logo que pousou a cabeça sobre o travesseiro, ouviu passos do lado de fora e achou que fosse Lollia. Não era. Irritado com a ausência dela, aguçou os ouvidos na tentativa de captar-lhe o som dos passos até mesmo na rua. Inúmeras vezes achou que ei-la enfim que chegava, mas o tempo transcorria lerdo e Lollia não aparecia. A noite passou-se quase toda assim. Quando por fim mal caíra numa semi-sonolência, despertou-o a porta que se abria. Lollia voltava de sua incursão noturna.

— Estás desperto? — murmurou ela.

— Não — respondeu ele.

— Como não — disse ela —, se me respondeste?

— Não estou desperto — disse ele — para ouvir o que queres contar-me.

— Não aconteceu nada do que supões — disse ela.

— Então deixa-me dormir — disse ele. — Não tens nada para contar-me.

— O poeta Arator, Grim, é homem maravilhoso — disse ela. Esperou que Grim dissesse alguma coisa que a encorajasse a continuar, mas ele manteve-se calado. Então ela perguntou baixinho: — Já adormeceste de novo, Grim?

— Já — disse Grim.

— Se dormes — disse Lollia — não te incomodarei se declamar um poema que Arator declamou para mim. Creio que, se o repetir vinte vezes em voz alta, conseguirei memorizá-lo para sempre.

— Cala-te e deixa-me dormir — rosnou Grim.

Lollia deitou-se em seu catre e logo adormeceu. Grim penou duas horas até que conseguiu dormitar alguns minutos; logo depois o sol penetrou, radioso, câmara adentro.

## 94. *Scorpio*

Lollia, por ela, teria ficado em Vicentia no dia seguinte para acompanhar a leitura do poema de Arator. Grim replicou que não era possível. Se, em vez do poema, argumentou ela, encenassem na praça o auto de Susana, pedirias que ficássemos. Que disse eu? *Pedirias*? Não, mais que isso, *ordenarias* que ficássemos. Está bem, disse Grim. E, assim que o rosto de Lollia clareou-se de luz, acrescentou: Abdico da tua companhia. Podes ficar com teu velho poeta. Seguirei adiante sozinho.

— Como podes ser tão perverso? — disse ela. — Bem sabes que não te abandonarei. Bem sabes que te fiz uma promessa e que pretendo cumpri-la.

— Dispenso-te da promessa — disse Grim.

— Não te darei o prazer — disse ela — de ruminares contigo mesmo, daqui até Broz, que eu te abandonei. Não te darei o prazer de pensares isso de mim.

Grim deu de ombros. Feitos os preparativos para a partida, pôs-se a caminho. Lollia seguiu atrás. Saíram da cidade e, onde se trifurcava o caminho, Grim tomou a mão esquerda. Lollia interpelou-o: Ah, Grim, é por aqui que segue o *itinerarium*. E apontou para o caminho que levava ao sul. Grim não lhe deu resposta, mas continuou a caminhar para leste. Lollia insistiu: Ó *rupex*, não vamos para Patavium? Grim respondeu: Quanto a ti, não sei, respondeu Grim; *eu* vou direto para Tarvisium.

Lollia esteve indecisa durante alguns segundos. Depois, vendo a determinação de Grim, seguiu também pelo caminho da esquerda. E assim foram os dois: perto o bastante para se verem, mas não para se falarem.

Tomaram alguma chuva no caminho, depois algum sol, depois de novo alguma chuva, ainda mais forte que a primeira. Grim seguia sempre em frente: no estado de espírito em que ia, nem o calor da Líbia nem o frio do Cáucaso o fariam parar. Borbulhavam-lhe nas entranhas os mais díspares sentimentos, como se tivesse ingerido diversas espécies de bebidas diferentes que agora entravam em conflito umas com as outras em seu estômago. Admitia que fora duro demais com Lollia, mas isso só servia para cevar-lhe o sentimento de ódio que guardava dentro de si contra ela. Recriminava-se por tê-la convidado a acompanhá-lo até Broz, e censurava a humildade com que ela insistia em segui-lo por conta de uma promessa de que, dizia a si próprio, ele a liberaria com alívio. Caminharam, remotos um do outro, cerca de dez milhas. O décimo marco tinha desaparecido, mas em seu lugar estava posto o que chamam de *scorpio*: um monte de pedras que só a um cego passaria despercebido. Grim percebeu-o, mas recusou-se a parar para o necessário repouso. Lollia, identificando o marco, apressou o passo até emparelhar com o companheiro.

— Não viste o *scorpio*? — perguntou. — É o décimo marco.

Grim continuou o passo e, sem dar a Lollia nem um óbolo de olhar, respondeu:

— Por que não me deixas em paz? Por que precisas dirigir-me a palavra o tempo todo?

— *Surdis auribus cano?* — insistiu Lollia. — Estarei cantando a ouvidos surdos? Passamos o *scorpio*. Não vamos fazer um descanso?

— Descansa tu, se queres — respondeu ele, sem deter o passo. — Entre escorpiões a mulher está em casa.

A resposta fez Lollia estacar. Grim prosseguiu a caminhada. Sem mesmo olhar para trás, sabia que ela estava lá, no meio do caminho, fraturada pela resposta dele, e sentiu-se feliz. Teve vontade de cantar um hino, e só não o fez para poupar o fôlego. O caminho começou a subir uma colina suave. Grim enfrentou-a com o desprezo de quem atravessara os Alpes Cottiæ. Logo, porém, sentiu pesados os pés e as pernas, que custava a desprender da lama que cobria o caminho, mas obrigou-se a obrigá-los a continuar a marcha. Vamos, vamos, murmurou para seus membros inferiores; temos de manter o ritmo ou não chegamos hoje a Civitatula. Com grande esforço alcançou o alto da colina. Do outro lado espraiava-se a planície até Civitatula. Grim aspirou a paisagem com narinas infladas. De súbito, um espasmo de náusea percorreu-lhe todo o corpo, como uma onda simultaneamente de calor líbico e de frio caucasiano. Grim assustou-se. Sentiu-se morrer. Voltou-se e olhou para trás: Lollia estava ainda no mesmo ponto da estrada em que parara. Grim a viu minúscula e frágil, e quis tê-la junto dele. Não posso morrer sem dizer-lhe alguma coisa, pensou, mas sem saber que coisa é que diria a Lollia antes de morrer. Abriu a boca para chamá-la e lançou fora uma golfada de vômito, depois outra e mais outra. Em seguida, a noite maldormida, o coração roído de bile, a chuva e o sol que se lhe tinham derramado sobre a cabeça, o esforço que exigira do corpo, tudo isso somado derrubou-o em terra num desmaio.

## 95. Lebre

Quando voltou a si, Grim se achou deitado ao pé de um abeto, com a cabeça pousada sobre os joelhos de Lollia. O rosto estava úmido: Lollia aplicava ali um pano ensopado de água.

— Achas que podes comer alguma coisa? — perguntou ela.

Ele fez que sim com a cabeça. Lollia deu-lhe uma côdea de pão umedecida em vinho. Grim mastigou o pão devagar, até transformá-lo numa pasta, antes de engolir. Daí a pouco pôs tudo aquilo para fora numa golfada.

Lollia passou-lhe o pano úmido no rosto para limpar os fiapos de vômito que lhe escorriam dos lábios.

— Talvez seja melhor que descanses — disse ela. — Vou preparar um local para te deitares. Queres?

— Não — disse ele. — Quero continuar aqui assim.

Dito isso, fechou os olhos e mergulhou no deleite de jazer ali, ao pé do abeto, com a cabeça sobre as coxas macias de Lollia. Ela começou a correr os dedos pelos cabelos dele, depois a brincar com os lóbulos das suas orelhas. O menino interior que era a alma de Grim sentiu-se em paz. Veio-lhe a lembrança do versículo do salmo tão familiar: Como criança desmamada no regaço da mãe, assim em mim está a minha alma.

O silêncio desceu sobre ambos. Passou-se uma hora, depois outra, sem que nenhum deles dissesse palavra alguma. Grim saboreava ali uma felicidade imensa, entregue ao sentimento de *filiatas* que o punha na posição de filho nos braços da mãe. Quis morrer, ali, assim. Não: quis permanecer ali, assim, até morrer: passar a vida inteira na posição confortável e protetora da maternidade de Lollia e nessa posição render seu último suspiro.

A voz estridente de uma cigarra arrancou-o daquela contemplação interior.

— Enfim acordaste, *somniculose* — disse Lollia. — Pensei que fosses dormir, como Endymion, um sono sem fim.

— E tu, como a lua, virias toda noite velar-me o sono? — disse ele.

Em resposta ela beijou-lhe os cabelos.

— O que fazes? — perguntou ele.

— Beijo-te os cabelos — respondeu ela.

— Por quê? — perguntou ele.

— Porque senti vontade — disse ela.

Houve um silêncio.

— Autorizo-te — disse Grim — a falar-me de teu Arator.

O rosto de Lollia abriu-se num sorriso.

— É homem maravilhoso — começou ela, repetindo as palavras da noite anterior. — Recebeu-me muito bem, fez-me sentar à sua mesa, ofereceu-me vinho e também queijo, que ele chama, Grim, de *gleba lactis*. A declamação do poema o deixara exausto e a voz rouca, mas nem por isso deixou de conversar comigo, e de contar-me passagens de sua vida, e de recitar-me estrofes de seus poemas favoritos, tanto de autoria dele como de outros poetas. Disse que, dentre os seus poemas, os de que mais gosta são exatamente os que os seus leitores menosprezam. Contou-me uma história sobre Ovidius que Seneca relatou num de seus livros. Queres que te conte essa história, Grim?

Grim disse que sim.

— Seneca escreveu que Ovidius incidia, em seus poemas, em certas extravagâncias verbais, mas que, longe de ignorar essas falhas, conhecia-as muito bem e tinha amor por elas. Um dia alguns amigos pediram que lhes permitisse escolher três versos que de bom grado gostariam de *apagar* de seus poemas. Da sua parte, ele pediu que lhe fosse também permitido escolher três versos que ele próprio não admitiria *de forma alguma* que fossem sacrificados. Assim, os amigos escreveram numa tabuinha os três versos que gostariam de eliminar; em outra tabuinha o poeta escreveu os que gostaria de salvar. Feita a leitura do que estava escrito nas tabuinhas, descobriu-se que *os mesmíssimos três versos* apareciam na lista do poeta e na dos seus amigos!

Grim sorriu ao ouvir o fim da história; sorriu e perguntou:

— E o filósofo Seneca registrou esses três versos?

— Apenas dois — respondeu Lollia. — Um deles era: *semibovemque virum semivirumque bovem*; e o segundo: *et gelidum Borean egelidumque Notum*.

— Como pode a um poeta de tão grande talento — exclamou Grim — faltar juízo? Semibovino homem e semi-humano boi? Tanto o gélido vento norte como o ingélido vento sul? De boa vontade eu também eliminaria esses versos da obra de Ovidius.

— Faltava a Ovidius, sim — disse Lollia —, domínio sobre o seu amor pela extravagância. Ele mesmo costumava dizer, segundo me disse Arator, que às vezes o rosto que possua algumas imperfeições pode ser mais agradável que o que não tenha uma só falha nem uma só mácula.

— E de que mais falou o teu lavrador? — perguntou Grim.

— Falou-me — disse Lollia — de sua mãe, Ilisa, por parte de quem descende de nobres troianos, e o próprio nome dela o atesta, visto que, retirando dali a letra *s*, temos a palavra *Ilia*. A ela o poeta, como bom filho, dedicou um pungente epitáfio.

— E certamente — disse Grim — recitou para ti uma parte desse epitáfio.

Em resposta Lollia recitou estes versos:

Neste túmulo de pedra
jaz da extinta Ilisa o corpo;
ciumenta raptou-a a morte
tornando viúva a vida.
Ampute-se de Ilisa
a letra em grego dita
sigma e se lerá o nome
da pátria de que provém:
Ilia, isto é, Tróia, feita
imortal na própria morte.

— Como não sou poeta — disse Grim —, a palavra *Ilia* não me remeteria, à primeira vista, a Tróia, mas a Rhea Silvia, a mãe de Romulus e Remus, também chamada Ilia. Não, melhor ainda, me remeteria a nossos humildes intestinos.

— Cuida para não romperes de inveja teus intestinos — disse Lollia —, como disse Virgilius de certo Codrus: *rumpantur ilia Codro*.

— Se tivesse inveja de Arator — replicou Grim — não te pediria que me falasses dele. Acaso já compôs o poeta o próprio epitáfio?

— Não sei — disse Lollia. — Mas compôs o epitáfio de sua égua, que morreu recentemente. Recitou-me também esse poema.

— Agora entendo — disse Grim — por que não te deitaste com Arator. A volúpia dele está mais na voz do que na *mentula*. Dize-me, Lollia, que mais te contou ele?

— Contou que manteve longa correspondência em verso com várias monjas de diferentes conventos. A uma delas escreveu um poema bucólico como os de Horatius, declarando que tudo que queria na vida era uma pequena casa com jardim em pleno campo, um moço para cuidar dele e trazer-lhe pena e pergaminho, e amigos com quem compartilhar seus livros e seu vinho. A outra escreveu um poema louvando-lhe a intenção de entrar para um convento. A uma terceira, chamada Constantia, escreveu um poema de quase duzentos versos sobre a pureza de sua amizade por ela. Guardei na memória os versos desse poema que ele recitou para mim:

Crê, peço, crê, e creiam os leitores,
não quero amor ter por ti carnal,
mas sim fiel servir-te à virgindade
avivando-te as chamas do decoro.
Se és virgem fêmea, e eu, jovem macho,
contudo juro: não verei em ti
fêmea, nem, peço, em mim verás macho,
mas entes incorpóreos de mãos dadas.
Que o pudor governe os nossos atos,
e os lapsos circunscrevam-se a meu cálamo.

— Eu poderia ter escrito esses versos para ti — disse Grim, melancólico —, se tu fosses amante da castidade e não da luxúria.

— Não estragues, peço-te, Grim, este nosso momento de paz — disse Lollia.

— Está bem — concordou ele. — Que mais me contas do poeta Arator?

— Pobre Arator — disse Lollia. — A última coisa que recitou para mim foram dez versos em que reflete sobre a condição em que se encontra, velho e doente e próximo da morte.

— Esses versos eu queria que me dissesses — pediu Grim.

Lollia recitou-os:

E hoje, se versifico, é mortificado
por acerbas moléstias que a triste velhice
padece em frágil corpo; pois enquanto o tempo,
pressuroso, fluiu, consumi perdulário
a soma avultada de setenta e dois anos.
Todas as coisas são pretéritas, e foge-me
o irrecuperável tempo: que cada qual
viva cada dia como gasta o seu último
denário, lembrando o que o espera ali adiante:
a morte ou a velhice, ou a velhice e a morte.

— Quero lembrar-me deles — disse Grim — quando estiver velho e doente.

— Já estás velho e doente — disse Lollia. — Tua mente é velha e teu coração é doente.

— Resolve de uma vez — disse Grim — o que sou para ti. Hoje me tratas como menino, amanhã, como ancião. O que sou para ti?

Lollia calou-se e não disse nada. Grim, da sua parte, fez silêncio. Depois de algum tempo Lollia disse:

— Revelei a Arator a minha verdadeira natureza, Grim.

— Disseste que não deitaste com ele — disse Grim.

— E é verdade — disse ela. — Se me revelei como a mulher que sou, foi porque não quis mentir para ele, nem havia necessidade.

— Não te recrimino — disse Grim. — E que disse ele?

— Disse que já suspeitava — disse Lollia — e passou a chamar-me *lepus*, porque a palavra tanto se aplica ao macho como à fêmea da lebre. E eu disse: mas basta que se acrescente um qualificativo e está perdida a ambigüidade.

— *Lepida lepus* — sugeriu Grim. — Ou *lepus mea*. — E depois perguntou: — E como terminou tua visita ao poeta?

— Beijei-lhe os olhos e a boca — disse Lollia — e chamei-o *divine poeta*, dizendo que era tão grande poeta quanto seu herói, Ovidius. Ele se rebelou, dizendo: Como podes comparar novilho a touro, asno a cavalo, galinha a cisne, coruja a rouxinol, avelã a castanha, arbusto a cipreste? Não, não, *lepus*, disse ele, dás-me mais valor do que mereço.

— E depois? — perguntou Grim.

— E depois deixei um velho e voltei para outro — disse Lollia.

Grim olhou para ela e riu.

## 96. Felix

Passaram a noite naquele lugar. No dia seguinte, no final da manhã, chegaram diante do rio Medoacus. Há dois rios na Itália com tal nome; esse, o maior de ambos, nasce num lago algumas milhas ao norte e, depois de uma corrida de mais de cem milhas, vomita suas águas no mar Adriaticum num ponto ao sul de Venetia; seu irmão menor, por sua vez, tem a honra de banhar Patavium.

Dormiram aquela noite em Civitatula e no outro dia partiram para Tarvisium. No meio da tarde juntaram-se a outra leva de peregrinos, estes provenientes de Ulma, cidade do Santo Império, portanto alemães como o cavaleiro Totentanz. Seu destino era Venetia, onde pretendiam embarcar para a Terra Santa.

Os peregrinos tinham parado para repousar e convidaram os dois caminhantes a compartilhar sua refeição. Havia entre eles um monge dominicano chamado Felix, que acompanhava um jovem nobre chamado Georgius, que o pai mandara a Jerusalém para armar-se cavaleiro na cidade santa. O encontro reconfortou Grim. Felix transbordava de fé e discorreu, com brandura, sobre as razões por que decidira viajar até a Terra Santa:

— São Jerônimo disse que todo leitor de Virgilius que tiver navegado de Tróia à Sicília estará melhor habilitado a compreender a *Eneida* e que, da mesma forma, todo cristão que tiver contemplado a Judéia com os próprios olhos poderá fazer uma leitura mais precisa da Escritura Sagrada. Com essa mesma finalidade São Jerônimo visitou a Judéia e percorreu toda a província na companhia dos mais eruditos hebreus. Portanto, se o grande Jerônimo, homem da mais alta inteligência e sabedoria, achou conveniente visitar os lugares santos para melhor entender as Escrituras, não é de admirar que eu e outros como eu, que temos a mente embotada e o pensamento lerdo, queiramos tentar, pelo mesmo caminho, adquirir algumas migalhas de conhecimento a respeito das Escrituras. De fato, tenho notícia de que alguns leigos, antes desprovidos de qualquer conhecimento das Escrituras, tornaram-se capazes, ao regressar de peregrinação aos lugares santos, de discutir o Evangelho e os livros dos profetas, de conversar sobre matéria teológica e às vezes até de corrigir sábios teólogos na interpretação de passagens difíceis das Escrituras, porque nenhum católico retorna da Terra Santa sem aprender muita coisa. Assim, não tenho dúvidas de que, se dessa terra maravilhosa os leigos incultos retornam mudados em teólogos, por sua vez os prelados e quantos possuam algum conhecimento teológico retornarão de lá mudados em doutores das Escrituras. E Deus é testemunha de que muitos anos vivi num anseio febril de realizar essa peregrinação, tanto que, dormindo ou desperto, mal tive outro pensamento em minha mente senão esse. E posso dizer verdadeiramente que devo ter gastado em vigília à noite, pensando só nisso, mais de mil horas do tempo que devia ser dedicado ao repouso.

E terminou exclamando:

— Ah, Jerusalém! Se eu um dia te esquecer, Jerusalém, que a minha língua abra uma fenda no céu da minha boca!

No entanto, disse ele a Grim, tal a fraqueza e a contradição da natureza humana que não podes imaginar o que me sobreveio mais tarde. Pois, apesar de todo o seu entusiasmo, Felix confessou que, quando foi convidado pelo cavaleiro Apollinarius von Stein a viajar para a Judéia como conselheiro de seu filho Georgius, e quando, finalmente, se despediu do abade e dos irmãos de seu convento e se pôs a caminho, caiu sobre ele uma grande tentação, quase irresistível, de *voltar atrás*, pois a bendita ânsia de ver Jerusalém e os lugares santos, com que convivera hora a hora até então, de repente mirrou dentro dele, e em seu lugar surgiu, em relação à viagem, um sentimento de grande aversão e repúdio. A peregrinação, que sempre lhe parecera empresa tão doce e virtuosa, agora ele considerava apenas tarefa exaustiva, dura, inútil, vazia e até *ímpia*.

— Ah, irmão — disse Felix —, senti raiva de mim mesmo por me ter proposto a fazer a viagem. Dentre meus amigos, os que tentaram dissuadir-me dela eu considerava os mais sensatos conselheiros, e os que me tinham encorajado me pareciam os piores inimigos. Enquanto seguia para o sul com muita má vontade, sentia que contemplar a Suábia me dava muito mais prazer do que jamais me poderia dar a terra de Canaã, e Ulma, a minha cidade, parecia-me mais maravilhosa do que jamais poderia ser Jerusalém. Além disso, só de pensar na viagem por mar, eu, que nunca vi o mar até hoje, sentia tanto medo que, se não fosse maior a vergonha, eu teria voltado nos meus passos e corrido para Ulma, experimentando o maior prazer em fazê-lo. Mas logo percebi que essa tentação devia ser obra do demônio, e durante os primeiros dias da viagem outra coisa não fiz senão rezar, rezar, rezar, para afastar de mim esse mau desejo. Agora estou de novo empolgado com a perspectiva de ver Jerusalém, e nem mesmo o mar, com todo o seu poder e os seus perigos, será capaz de intimidar-me.

Grim mencionou ao companheiro que fora presa de desespero semelhante quando se despedira de Frei Bedrus para seguir viagem sozinho, isto é, não exatamente sozinho mas com pessoas que acabara de conhecer e com as quais não estava familiarizado.

— De qualquer modo — disse Grim —, minha viagem não é sublime como a tua. Não me espera Jerusalém no fim do caminho, mas o mosteiro de Broz, na Panônia.

— Fui hóspede em Broz — disse Felix — quando fiz uma viagem a Egopolis, no final do ano passado. Hospedei-me ali no caminho de ida e no caminho de volta. Os monges de Broz estavam há algum tempo sem abade. Celebrei a Páscoa em sua companhia. Pedi junto com eles um ano melhor que o anterior: com inverno clemente, primavera tranqüila, pródigos verão e outono, e um novo abade. Pelas notícias que temos, porém, Broz continua acéfalo.

Grim quis saber mais a respeito.

— O abade morreu-lhes há quase dois anos — disse Felix. — Saiu para fazer uma peregrinação e, no caminho de volta, caiu do cavalo. Morreu algumas semanas mais tarde em conseqüência dos ferimentos que sofreu na queda. Foi abade de Broz por mais de vinte anos, pelo que me disseram. Deus tenha piedade de sua alma.

— E por que a demora em eleger o novo abade? — perguntou Grim.

— O convento de Broz pertence ao arcebispado de Wuda — respondeu Felix. — Assim, é ao próprio rei da Panônia que compete indicar o novo abade, mas por que teria ele pressa? Enquanto o cargo de abade estiver vago o rei recebe e embolsa as rendas do mosteiro.

— Ah — exclamou Grim. E perguntou: — E conheceste, em Broz, um velho irmão chamado Posthumus? O famoso autor de uma história chamada *Longa História*?

— Não — respondeu Felix. — Não conheci.

## 97. Georgius

Grim contou então a Felix o objetivo de sua viagem e tudo que lhe acontecera até ali, exceto que nada revelou quanto à verdadeira identidade de seu companheiro, Lollius. Felix ficou assombrado com o que ouviu e quis de alguma forma remediar as perdas de Grim. Assim, contou parte da história ao jovem Georgius, e dele obteve a promessa de pagar-lhes as despesas de cama e mesa na mesma hospedaria de Tarvisium onde se alojariam os peregrinos. Grim agradeceu muito a Felix e ao jovem Georgius, dizendo a um *gratia magna tibi*, e a outro, *gratia tibi magna*.

Tarvisium é a cidade em que morreu São Desidério, cujo corpo jaz sepultado na catedral. Ao crepúsculo entraram na cidade e alojaram-se numa hospedaria de propriedade de um velho alemão.

Na verdade, Georgius não estava interessado na missão de Grim. Dera o dinheiro como esmola, e porque Felix pedira. Estava porém entusiasmado com tudo que vira e ouvira durante a própria viagem. Falava um trôpego latim, e enumerou algumas das coisas que lhe chamaram a atenção no trajeto:

— Estive numa vila chamada Nova, que fica à beira do rio que marca a fronteira entre Alamânia e Itália. Pois no nosso lado do rio há uma capela em que estão sepultadas as tripas de Santo Udal, bispo de Augsburg. Conta a história que me contaram lá, Felix.

— O bispo Udal — disse Felix — foi até Roma, e no caminho de volta para casa começou a passar mal. Aí implorou a Deus que lhe permitisse morrer na Alamânia e não na Itália. E foi o que aconteceu, porque, assim que cruzou a ponte sobre o rio e pisou terra alemã, o bispo rendeu a alma ao Criador. Suas tripas foram sepultadas ali, em memória do milagre, mas seu corpo foi levado pelos companheiros de volta para Augusta Vindelicorum.

Os olhos de Georgius lacrimejaram diante do milagre com que Deus atendera ao patriótico desejo do bispo Udal. Três segundos depois, exclamou:

— Agora, Felix, fala do que me disseram na cidade de Trento.

— A cidade de Trento é muito antiga — disse Felix — e foi fundada nas montanhas pelos troianos, que chegaram até ali guiados por Antenor, cunhado do rei Príamo, embora outros digam que a cidade que ele fundou não foi Trento mas Patavium. A cidade é banhada pelo rio Athesis, ou Lavisius, que nós chamamos de Etsch.

— Não me fales de nomes de rios — disse Georgius —, fala-me dos alemães que habitam em Trento.

— A cidade de Trento — obedeceu Felix — foi construída em local muito formoso e arejado e consiste, pode-se dizer, de duas cidades distintas, uma alta e uma baixa, devido aos dois povos que ali habitam. Na cidade alta moram os italianos, na baixa, os alemães. Eles se contrapõem pelo idioma e pelos costumes, e raramente estão em paz uns com os outros. De fato, em tempos idos a cidade foi destruída várias vezes, ora pelos italianos, com ódio dos alemães, ora pelos alemães, com ódio dos italianos. Até recentemente os alemães eram em menor número que seus adversários, mas hoje são os verdadeiros donos e regentes da cidade, e seu número cresce mais e mais a cada dia.

— Diz a razão por que tomamos posse da cidade de Trento — pediu Georgius.

— Bem — disse Felix —, dizem que há duas razões para que nosso povo penetre nos países dos outros em vez de os outros penetrarem no nosso.

— Diz a razão principal — ordenou Georgius.

— A razão principal — disse Felix — é que somos compelidos a emigrar para outros países por causa da pobreza e da infertilidade de nossa terra.

— Essa não é a razão principal — exclamou Georgius —, tu te confundiste, Felix!

— Ah, sim — disse Felix, dócil. — A razão principal é a nossa ferocidade, já que nenhum outro povo consegue resistir a nós alemães, mas abrem sempre caminho para nós e cedem espaço diante de nossa fúria.

— Como vês, esta é a razão principal — decretou Georgius, satisfeito — e não a outra.

Depois do jantar, uma multidão de italianos veio à hospedaria para ver os cavalos dos alemães, que queriam vendê-los porque não precisariam deles daí em diante. Os italianos contendiam entre si de modo espantoso, uns passando à frente dos outros para fazer oferta aos alemães, e interferindo uns na negociação dos outros, e atirando impropérios uns contra os outros, todos, sem exceção: mesmo os velhos, os ricos, os cidadãos respeitáveis disputavam entre si como crianças, oferecendo mais do que valiam os cavalos para superar e exasperar os outros. Quanto aos alemães, deixavam-se ficar bebendo tranqüilos e em silêncio diante de toda essa rixa e, quando as ofertas alcançavam nível exorbitante, ou seja, quase a peso de ouro, aí então davam-se por satisfeitos e vendiam os cavalos.

— A esse ponto chegaram — disse Felix, melancólico — os descendentes de Tullius, de Virgilius, e de Ovidius.

Mais tarde, para comemorar o grande lucro obtido no comércio com os italianos, os alemães consumiram uma gordíssima cabra, que lhes veio à mesa em triunfo, recheada de alho, cebola e porro, e nadando em caldo de peixe. Grim e Lollia declinaram gentilmente participar do banquete.

## 98. Encapuzados

No dia seguinte Grim e Lollia despediram-se de Felix, que seguiria mais tarde com seus nobres peregrinos rumo a Venetia. Dele receberam uma bolsa de dinheiro, que Felix traduziu como um presente do jovem Georgius para ajudá-los a percorrer o trajeto que faltava até chegarem a Besprem.

— Um presente de Georgius — disse Grim —, concedido porém a pedido teu.

— Georgius está muito feliz com o resultado da venda dos cavalos — disse Felix. — Nada mais justo do que dar uma ínfima parte a quem precisa mais do que ele.

Grim abraçou o bom Felix e deixou Tarvisium na companhia de Lollia. Depois de algumas horas de caminhada vadearam o rio Plavis e seguiram em direção a Picilia.

À noite dormiram no campo, aquecidos por uma fogueira: fazia um frio sarmático. No outro dia atravessaram uma região deserta e inóspita. De tarde o caminho atraiu-os para o seio de um bosque de faias. Seguiram por ali em silêncio, cada qual absorto em si próprio. Ocupavam a mente de Grim ora alguns pensamentos movediços, ora um vácuo estéril em que não vicejava nem uma erva de idéia: aí todo o seu raciocínio se reduzia à missão de mover sucessivamente um pé adiante do outro. Logo a trilha foi se tornando cada vez mais estreita, como as passagens de certas cavernas; Lollia tomou a dianteira, e Grim passou a seguir atrás dela. Não se ouvia nada a não ser o som farfalhante dos passos de ambos ao atravessar a vau o lençol de folhas secas que cobria o leito do chão.

De repente Lollia estacou e ficou imóvel, tão de repente que Grim, vindo atrás, como um sonâmbulo, só se deteve quando seus corpos se tocaram. Grim despertou. A moça, ele viu, olhava fixo para diante; parecia petrificada; parecia ter visto, lá na frente, pendente talvez de um galho de árvore, a medonha cabeça da Medusa. Grim lançou seu olhar, como um anzol, na mesma direção e seu olhar fisgou, num ponto em que a trilha se alargava em forma de ampola, a imagem de três figuras encapuzadas.

Os três encapuzados estavam imóveis; seus rostos se compunham de sombras, e no entanto, de dentro daquelas sombras, Grim e Lollia sentiam-se esquadrinhados por agudos olhares invisíveis.

— Quem são? — disse Grim.

— O que são? — disse Lollia, quase ao mesmo tempo, e agarrou-se a Grim, cravando-lhe no braço algumas unhas aguçadas de medo.

Um dos encapuzados respondeu agitando uma matraca. O ruído fendeu o silêncio do bosque como golpe de cimitarra.

— São leprosos! — exclamou Grim.

A matraca cantou de novo, e os encapuzados puseram-se em marcha, avançando como soldados contra o inimigo, levando como arma e como escudo a sua pestilência. O desespero devolveu a Lollia a posse dos movimentos. Abandonando a trilha, ela saltou, contornou e atravessou como pôde as touceiras de arbustos que lhe tolhiam a fuga e internou-se fundo no bosque, enquanto Grim corria atrás dela, como se diz, com remos e velas. A uma distância que lhes pareceu segura, pararam e olharam para trás. Os leprosos prosseguiam imperturbáveis o seu caminho, aparentemente indiferentes a toda a comoção que haviam suscitado; de vez em quando a matraca lançava ao ar o seu grito estridente, que soava agora como um alarde de triunfo. Grim e Lollia seguiram-nos com olhos tensos até que as três figuras desapareceram por entre as árvores do bosque. Quando também a voz da matraca apagou-se ao longe, os dois fizeram o sinal-da-cruz e saíram dentre as folhagens e, voltando à trilha, retomaram a caminhada.

## 99. *Iduma*

Ao cair da noite tiveram a fortuna de achar um minúsculo mosteiro no topo de uma colina. Para lá andaram, na certeza de obter alojamento. Bateram à porta. Depois de um momento a porta lhes foi aberta por um monge de capuz com uma lanterna na mão. Grim abriu a boca para pedir pousada. A luz da lanterna iluminou o rosto do homem: era o rosto carcomido de um leproso. Lollia deu um grito de horror e meteu as unhas no ombro de Grim; os dois voltaram as costas ao homem e romperam a correr colina abaixo, Lollia à frente, com asas nos pés, Grim atrás, nos seus calcanhares. Nisso, porém, alguma coisa fez Grim parar: o sentimento de que era ridículo, absurdo, prepóstero, alguém como ele, Grim, Grim de Dru, fugir apavorado com medo de um *mosteiro*. Seu próprio domicílio era um mosteiro, e por isso todos os mosteiros do mundo eram a extensão natural de seu domicílio. Fugir de qualquer mosteiro, para ele, era o mesmo que fugir de Dru. Quanto a Lollia, assim que se viu fugindo a sós e sem par, estacou mais adiante e começou a chamar o companheiro com voz urgente: Vamos, Grim, vamos embora daqui! Grim hesitava. De pé no ponto onde parara, olhava para a porta do mosteiro. O porteiro leproso continuava ali imóvel: um vulto negro recortado contra a luz que vinha de dentro, no qual, à altura do peito, o halo da lanterna brilhava como um coração ardente. Esta é a minha casa, pensava Grim: com lepra ou sem lepra, não posso ter medo de minha casa.

— Vem, Grim, vem, Grim! O que esperas, Grim? — gritou Lollia de onde parara no meio da colina. No momento seguinte, porém, ouvindo ruído de passos, a moça voltou-se e caiu nos braços de um homem que vinha vindo colina acima. Lançando um berro de terror na noite, ela rompeu o abraço poluído do outro e partiu de novo em fuga cega pela encosta da colina, para só deter-se, sobre pernas trêmulas, quando chegou ao plano chão lá de baixo. Grim continuou onde estava, sem saber o que fazer. O homem vestia uma túnica e trazia a cabeça descoberta. *Pax, adelphe*, disse ele a Grim, e se aproximou, e Grim viu que não estava diante da pessoa de um leproso, mas de outra espécie de solitário: um monge.

— Grim! Grim! Não o abraces, Grim! — berrou Lollia, lá de onde estava.

— O que és? — perguntou Grim ao desconhecido.

— Sou o que vês — respondeu o outro. — Um pobre monge. Um pobre monge encarregado de olhar por um rebanho de leprosos num mosteiro esquecido do mundo.

— Grim! Grim! Grim! — berrou Lollia, angustiada.

— Acho que seria bom desceres e tranqüilizares o coração de teu amigo — disse o monge —; o coração e as pernas.

— Por acaso és natural da Hibérnia? — perguntou Grim.

— Como adivinhaste? — perguntou o monge. — Porque pronuncio *deskendere* e não *destsendere* e *amiki* e não *amitsi*?

— Sim — disse Grim. — E também porque usaste as palavras *adelphus* e *pernas* em vez de *frater* e *crures*. Quem senão alguém natural da Hibérnia usaria palavras como essas?

— Grim! Pela Virgem, Grim! — berrou Lollia.

— E tu, que já adivinhei que te chamas Grim, de onde és? — perguntou o monge.

— Sou natural da Saxônia — respondeu Grim —, mas venho da Ingária.

— Tenho bons amigos na Ingária — disse o monge.

— Grim! Grim! Grim! Grim! — Lollia continuava a berrar, do pé da colina, o seu desmedido pavor.

— Pelo amor de Deus, bom Grim — disse o monge —, vai até lá embaixo e faze o teu companheiro parar de cantar esse salmo.

— *Vale, frater* — disse Grim.

— Adeus por quê? — disse o monge. — Desejo oferecer-te pousada, a ti e a teu amigo.

— Ali? — perguntou Grim, indicando o mosteiro.

— Teríeis coragem de dormir ali? — disse o monge. — Mas não, ali não. Dormireis conosco em nossa casa, que fica do outro lado da colina.

Grim desceu até onde estava Lollia e explicou-lhe a situação.

— Não vou dormir em casa de leprosos — disse ela, agarrando-se trêmula às vestes de Grim. — Vamos, Grim, não sejas obtuso. Vamos fugir daqui.

— Não vamos dormir entre leprosos — disse Grim —, mas entre monges.

— Quem me garante — perguntou Lollia — que os teus monges não já estão todos infetados?

— Se quiseres dormir ao relento — disse Grim —, dormirás sozinha. Quanto a mim, quero dormir numa cama.

Nesse ponto o monge chegara-se a eles.

— Irmão, não tenhas medo — disse ele a Lollia. — Já recebemos em nossa casa dezenas de hóspedes. Crê na minha palavra: não há perigo algum.

— Mostra-me as mãos — disse Lollia.

O monge estendeu o braço direito. Faltava-lhe a mão. Lollia gritou:

— Por Cristo, eu sabia! Um leproso, Grim, um leproso!

O monge estendeu então o braço esquerdo. A mão estava ali, perfeita e íntegra.

— Não foi a lepra — disse o monge, cerrando o punho —, mas o pecado, essa lepra interior, que me tirou a gêmea desta mão.

Em vez de *manus*, a palavra que usou foi *iduma*.

## 100. Lepra

O monge levou-os à casinha onde vivia. Era uma casinha de apenas dois cômodos e ficava próximo a um córrego que deslizava álacre por um leito eriçado de pedras, cantando o tempo todo com voz cristalina. Somos três monges os moradores desta casa, disse o homem, e somos todos velhos. Temos, os três juntos, duzentos anos, pois o mais velho de nós tem oitenta e cinco anos, o segundo, que sou eu, sessenta e cinco, e o terceiro, cinqüenta. O quarto morador da casa, que não é monge, tem quinze anos mas é mais velho do que o mais velho de nós.

— Como pode ser? — exclamou Grim.

— Deve ser algum animal — disse Lollia.

— Isso mesmo, irmão — confirmou o monge da Hibérnia. — Não é um *gibra*, um homem, mas um gato. E um gato de quinze anos é tão velho quanto um homem de noventa.

— Como se chama o teu gato? — perguntou Lollia.

— Pangur Ban — respondeu o monge.

— Ban é branco na língua hibérnica — disse Grim. — E Pangur?

— É branco também — disse o monge.

— Branco branco? — disse Lollia. — Esse gato deve ser o rei dos gatos brancos.

Entraram na casa por uma porta muito baixa, que os obrigou à reverência de inclinar a cabeça. O monge chamou os dois companheiros e apresentou os hóspedes; depois apresentou-os a Pangur Ban, que jazia a um canto da sala. O gato, esse, não se moveu de onde jazia deitado em suas extremas alvura e velhice: apenas abriu os olhos, mirou os estranhos com indiferença e até desprezo e tornou a fechá-los.

Mais tarde sentaram-se monges e hóspedes a uma mesinha nua diante de uma refeição composta de pão com ervas e sal. Não havia mais que três copos para os cinco, de modo que cada hóspede recebeu um deles e os três monges partilharam o terceiro entre si. O vinho fora misturado com água, e os monges bebericavam-no, cada qual por sua vez, em goles minúsculos, para prolongar o prazer da bebida.

A atitude dos três monges lembrou a Grim o costume que seguia o abade de Dru: punham-lhe na mesa um copo de vinho e, junto deste, outro copo, vazio, duas vezes maior que o primeiro; começando a cear, o abade transferia um pouco de vinho do primeiro para o segundo copo, enchendo-o até à metade, e preenchia a outra metade com água, e assim ia bebendo e adicionando sempre mais água, de modo que, quando terminava a ceia, sobrava uma boa quantidade daquela água avinhada, que mandava juntar ao que restara de vinho no copo menor e dar a um pobre.

Grim mencionou aos três monges o costume do seu abade.

— O que o teu abade faz por virtude — disse o monge da Hibérnia — fazemos por carência e necessidade.

No que o monge mais idoso, que se chamava Speraindeo, pediu desculpas aos hóspedes pela pobreza da casa e pela frugalidade da refeição. Três dias atrás, teríamos uma porciúncula de peixe e de legumes para oferecer-vos, que é o nosso banquete de todos os domingos, e algumas frutinhas silvestres. Mas hoje... Vivemos tempos difíceis, disse Seppius, o monge mais jovem. E contou que tinham sido obrigados a vender um missal, um gradual e uma sineta para atender às necessidades dos leprosos, e a penhorar um cálice e uma casula. O monge mais velho disse:

— Um ano atrás requeremos ao bispo de Aquileia, a quem os habitantes de Picilia pagam o dízimo, que nos fosse concedida, para uso em benefício dos leprosos, a metade do dízimo maior e a terça parte do dízimo menor, mas até hoje não recebemos resposta ao nosso requerimento.

— O dízimo maior — explicou Seppius — é o que se paga aqui sobre gêneros como vinho e trigo. O que se paga sobre coisas como ovos e frangos é chamado de dízimo menor. Isso já nos ajudaria a cumprir melhor nossas tarefas.

— Quais são as vossas tarefas? — perguntou Lollia.

— Cuidamos da bainha e da espada dos enfermos — disse o monge da Hibérnia —, isto é, do seu corpo e da sua alma. Ouvimos confissões e administramos os sacramentos, como eucaristia e viático, sepultamos os mortos, e realizamos outros rituais.

— Não tendes medo de contágio? — perguntou ela.

— Se Deus quiser de mim que o sirva como leproso — disse o monge da Hibérnia —, assim o servirei tão leal e fielmente quanto puder. Deus demonstrou a Santa Aleydis seu grande amor impondo-lhe a lepra, que ela recebeu como uma graça, pois assim seu corpo se tornou, ainda em vida, semelhante a um cadáver. Desde então ela pôde viver em total recolhimento, em companhia só de Deus, embriagada pela doçura do seu cheiro. Sentia-se no paraíso e, perguntada se queria recuperar a saúde, dizia que não, para poder viver só com Deus e só em Deus. Quanto a ti, digo-te que mais deves ter medo de ter medo do contágio do que do próprio contágio.

— Por que dizes isso? — perguntou ela.

— Por causa de uma história que ouvi quando criança — disse ele. — Segundo a lição dessa história, o medo do contágio pode provocar o contágio.

— Virgem Maria! — exclamou Lollia. — Então eu, que tive tanto medo há pouco, lá fora...

— Sossega, filho — disse o monge. — Se é verdade isso, teu corpo já mostraria os sinais da moléstia, porque o contágio pelo terror é imediato.

E contou a história a que se referira:

— Havia um médico muito famoso chamado Auerroys que chegou à corte de um rei que andava muito doente e curou-o com seus remédios e conselhos. A partir daí, o rei fez dele o seu médico particular e não queria saber de nenhum outro. Ora, havia três médicos na cidade que, tendo perdido a influência e o prestígio que tinham junto ao rei, resolveram destruir Auerroys fazendo-o contrair lepra de puro medo, porque sabiam que a lepra pode ser contraída dessa maneira. Assim, um dia em que souberam que Auerroys saíra da cidade e voltaria mais tarde os três puseram-se à sua espera na estrada à distância de meia milha um do outro. Quando Auerroys se aproximou do primeiro deles, este fingiu espanto e angústia e, fazendo o sinal-da-cruz, exclamou: Ah, mestre, o que tens? Auerroys respondeu: Nada a não ser nada. Por quê? O que vês em mim? Por Deus, disse o outro, vejo que estás leproso. E eu vejo que estás doido, disse

Auerroys. E esporeou o cavalo e seguiu caminho, mas as palavras do outro causaram-lhe algum medo e preocupação. Quando se aproximou do segundo médico, este teve a mesma atitude que o primeiro, e gritou: Ah, mestre, nunca pensei ver-te em tal estado! Por quê, homem? O que vês em mim? Vejo a lepra em ti. Aí, se ele tivera medo antes, teve muito mais agora, mas seguiu seu caminho. Logo depois encontrou o terceiro, que gritou em alta voz: Ah, mestre, volta, volta, pois estás leproso! Já então Auerroys achou que não podia ser senão verdade, pois três pessoas o afirmavam, e ficou aterrorizado, e, tomando um espelho, viu que de fato estava leproso. Ou seja, contraíra a lepra por medo. Só que, sendo o melhor médico do mundo, ordenou que se enchesse uma banheira com sangue de cabra e, depois de banhar-se e lavar-se no sangue, voltou a ser limpo como antes, com a pele lisa como a de criança recém-nascida. Depois disse ele ao rei: Agora percebo que não contraí lepra naturalmente, pois, se assim fosse, não me teria curado tão rápido, mas já li nos livros que o medo pode provocar a lepra. E contou ao rei o que lhe tinham dito seus colegas na estrada. O rei ficou furioso quando ouviu aquilo e mandou prender e enforcar os três médicos. E Auerroys permaneceu como médico do palácio e assim, com muita honra, terminou seus dias.

A história deixou Lollia apavorada.

— Tens certeza de que não está em mim a lepra? — perguntou ela, espiando a pele dos braços, apalpando-se, beliscando-se.

— Não é tão simples assim contrair a lepra — disse Speraindeo. — Por exemplo: se um leproso tiver relação carnal com uma mulher, essa mulher não se tornará leprosa.

— Não? — exclamou Lollia.

— Não — disse Speraindeo. — Mas o primeiro homem que deitar depois com essa mulher facilmente contrairá a lepra.

— Qual a explicação disso, irmão? — perguntou Lollia.

— A ciência ensina — disse Speraindeo — que a mulher é por natureza fria e úmida, e o próprio Hipócrates diz que a mais quente das mulheres é mais fria que o mais frio dos homens. Devido a isso, o sêmen da mulher é frio e precisa atrair o esperma do homem, que é quente. Daí por que o sêmen pútrido do leproso permanece inócuo no útero da mulher, pois não há ali calor suficiente. Mas, se o pênis de um homem que não seja leproso penetra-lhe no útero e, aquecido por seu próprio sêmen, se abre, o sêmen do leproso aproveita para infetar o corpo desse homem.

Lollia abriu a boca para dizer alguma coisa, mas um golpe do pé de Grim por baixo da mesa a conteve.

— Essa é a verdade da ciência — disse Speraindeo. — Na literatura, porém, podemos encontrar situações que divergem da ciência, porque a literatura não tem compromisso com a verdade mas com a fantasia. Um exemplo disso é a história, que deveis conhecer, que se intitula "De como se curou a pecadora infetada de lepra".

— Não conheço essa história — disse Lollia. — E tu, Grim?

Como Grim também não a conhecesse, Speraindeo contou-a com estas palavras:

— Um certo rei tinha, entre seus muitos cavaleiros, um que se distinguia por sua avareza e outro, por sua inveja. O primeiro chamava-se Mucianus, o segundo, Reiensis. Mucianus tinha uma mulher muito formosa, agradável aos olhos de todos, enquanto a mulher de Reiensis era feia e odiosa. Mucianus, porém, sendo avaro, quanto mais terra tinha, mais terra cobiçava ter, e várias vezes propusera a compra de uma propriedade que pertencia a Reiensis, mas este respondera que não a venderia nem por ouro nem por prata. Tanto insistiu Mucianus, no entanto, que Reiensis um dia viu aí o meio de degradar a beleza da mulher do outro, e então procurou-o e disse: Se queres ter a minha propriedade, não aceito dinheiro por ela, mas dou-a a ti se tua mulher passar uma noite comigo. Mucianus concordou, e falou com a mulher, que se chamava Recepta. Ela a princípio negou-se, mas por fim foi persuadida pelo marido a assentir naquele pecado. Reiensis, que tinha intenções malignas, antes de dormir com Recepta deitou-se com uma leprosa, e depois foi à câmara de Recepta e dormiu com ela. Consumado o coito, o invejoso revelou-lhe que plantara dentro dela a semente da lepra, para que a lepra destruísse a sua beleza. Recepta, ouvindo isso, voltou ao marido e, chorando amargamente, repetiu o que dissera Reiensis. O marido, muito triste, então disse: Eis o conselho que te dou: antes que apareça em ti qualquer sinal de lepra, vai até a capital do reino, onde há uma universidade, e mostra-te ali aos estudantes e oferece-te a eles como meretriz, pois aquele que primeiro for contigo receberá a tua lepra e ficarás curada. Assim fez ela, e o primeiro estudante que a viu foi o filho do imperador, que veio logo pedir-lhe que se deitasse com ele. Sabendo quem era aquele estudante, ela negou-se, mas o príncipe não a deixava em paz, insistindo com ela para que atendesse seu desejo. Recepta então confessou que era leprosa e advertiu que ele teria lepra se deitasse com ela. Mas nem assim o príncipe abdicou de sua paixão, de modo que naquela noite mesma acabou dormindo com Recepta. No outro dia, sentindo-se curada, ela quis voltar para casa e disse ao príncipe: Se porventura contraíres a lepra, vem até mim que cuidarei de ti. Não muito tempo depois, vendo-se infetado com a doença, o príncipe partiu da cidade em segredo e foi em busca de Recepta. A qual, compreensiva, disse ao marido: Este é o homem que infetei para curar-me da lepra. Mucianus, vendo o príncipe naquele estado, teve tanta pena que lhe cedeu uma câmara em que pudesse ficar em reclusão, na qual Recepta cuidou dele pessoalmente durante sete anos. No verão do sétimo ano fez um calor insuportável e o leproso tinha sempre consigo uma grande jarra de vinho para refrescar-se, e uma noite certa serpente que habitava o jardim entrou na jarra e banhou-se nela e depois acomodou-se no fundo. O leproso, despertando com muita sede, deitou mão à jarra e tomou um grande gole e, junto com o vinho, ingeriu sem saber a serpente também. Logo a serpente começou a roer-lhe as entranhas, de modo que o leproso não cessava de gemer e suspirar de dor. Três dias durou essa tortura, e Recepta, cheia de compaixão, esteve ao lado do príncipe todo esse tempo. No quarto dia ele vomitou, e com o vômito lançou fora tanto a serpente como o veneno da lepra. Imediatamente cessou a dor; dia a dia, aos poucos, os sintomas da lepra foram cedendo, e em sete dias seu corpo estava limpo da doença, e sua pele assemelhava-se à de uma criança. Depois de curado, o príncipe não quis retornar ao palácio do pai, mas casou-se com Recepta, que ficara viúva, e ambos viveram juntos sem qualquer sinal de lepra até morrerem em idade muito avançada.

Concluída a história, Grim e Lollia, comovidos, mantiveram silêncio.

— Mas isso é apenas uma história — disse Speraindeo. — Ninguém pode curar-se da lepra passando-a adiante por meio da fornicação, e muito menos ingerindo uma serpente como um purgante. Isso são coisas absurdas que só se admitem em fábulas.

## 101. Pangur Ban

Aí Lollia ajoelhou-se ao lado do gato e pôs-se a acariciar-lhe a cabeça. O gato aceitou-lhe a homenagem com a altivez natural da espécie.

— Pangur Ban veio comigo da Hibérnia, há sete anos — disse o monge. — Aqui, em momento de recreação, fiz um poema inspirado nele.

— Queria muito ouvi-lo — disse Lollia.

O monge recitou este poema:

Irmãos de ofício somos, Pangur Ban
Meu gato e eu; vede com que afinco
Vivemos à caça: de ratos, ele,
Eu, de palavras. Não damos à mente
Descanso, nem aos olhos: que engastamos
A noite toda em alvos semelhantes:
No pergaminho este, na parede
Aquele. E é o gato mais paciente
Que o monge. E assim em paz vamos levando
Irmãmente a vida, Pangur Ban meu
Gato e eu. Cada qual com seu prazer,
Com sua arte cada qual. Até que.

— Por que dizes no poema que vives à caça de palavras? — perguntou Lollia. — O que estás escrevendo?

— Uma enciclopédia — disse o monge. — Sei que nunca a terminarei, mas pelo menos já fechei a letra D.

— Então diz-me, irmão — disse Lollia —, o que escreveste sobre *catus*.

— O gato — disse o monge — é animal de pêlo e cor variados. Pois alguns gatos são brancos, e outros ruivos, e outros pretos, e outros malhados e com pintas nos pés e nas orelhas. O gato tem boca grande e dentes afiados e língua comprida e flexível, fina e delicada, que projeta para fora quando bebe. É muito brincalhão quando jovem, e ágil, dócil e alegre. Corre e salta sobre tudo que vê, e segue uma palha que se puxe à frente dele e brinca com ela. Na velhice é pesado e sonolento, como nosso bom Pangur Ban.

Pangur Ban abriu a boca num hiato de bocejo.

— O gato — prosseguiu o monge — fica à espreita dos ratos e sabe onde eles se escondem mais pelo cheiro que pela vista. Quando caça um rato, brinca com ele, e só quando se cansa de brincar é que o devora. No tempo de parir, a fêmea torna-se arisca e não cessa de mover-se de um lugar para outro. Os machos brigam entre si pelo amor da fêmea, e se agridem e se ferem uns aos outros com garras e dentes. Quando se desafiam para a briga, soltam miados medonhos e horríveis. Se regressa à floresta, o gato torna-se selvagem e passa a viver da caça de pequenos animais, como lebres e coelhos. E sempre pousa sobre os quatro pés quando cai de uma árvore, de um muro ou do teto de uma casa. E alguns homens o perseguem e esfolam por causa de sua pele macia.

— Já disse a Padrigius — resmungou o monge *senior* — que devia dedicar-se a obras mais elevadas do que a verbetes sobre cães e gatos.

— Chamas-te Padrigius? — perguntou Grim, aturdido, ao monge da Hibérnia. — És então o companheiro de Bedrus e Tatheus na viagem à deriva que fizeram da Hibérnia à Câmbria? És o terceiro tripulante do bote sem remos?

Ao ouvir mencionados aqueles nomes o rosto de Padrigius se iluminou.

— Ah, *puer*! — exclamou ele. — Que prazer me dás mencionando a estes velhos ouvidos os nomes diletos desses companheiros! Mas não digas que o nosso bote não tinha remos. Cada um de nós era um remo na mão de Deus, e remando-nos aos três ele conduziu em segurança nosso bote a nosso destino.

Grim foi tomado de grande emoção. Ajoelhando-se diante do monge Padrigius, tomou-lhe a mão e beijou-a fervorosamente.

## 102. O terceiro remo

Padrigius chorou copiosas lágrimas ao saber da morte de Tatheus e da maneira como morrera seu velho companheiro. Grim e Lollia somaram às lágrimas dele algumas outras suas próprias, ajudando-o com elas a prantear o pobre amigo. As profecias de Nannan são infalíveis, murmurou Padrigius por entre as lágrimas. Lembrava-se bem do que Nannan profetizara a respeito de Tatheus, estivera presente na ocasião, e o relato de Grim confirmava na íntegra a profecia do santo. Depois, secadas as lágrimas, perguntou por Bedrus. Grim falou de seu mestre com enlevo.

— Ah, aquele meu bom Bedrus! — exclamou Padrigius. — Lembro-me dele como um jovem de grande força, de tom de voz agradável, de temperamento amável e generoso, e muito formoso de se olhar. Diferente de Tatheus, *gulosus lector*, que vivia acima de tudo para os livros, Bedrus não dava a eles muita importância. Um dia Tatheus estava particularmente loquaz ao redor de nós, regando-nos o tempo todo com seus polissíndetos e paronomásias, e Bedrus, levado até o limite da paciência, finalmente explodiu dizendo que, quanto a si, sua gramática era Cristo, porque o homem fora feito para servir aos homens. Parece-me ainda escutar nos ouvidos as suas exatas palavras: *Mea igitur grammatica Christus est, qui homo pro hominibus factus est.*

Movido pela curiosidade, Grim perguntou a Padrigius se o santo Nannan havia profetizado como seria a morte de Bedrus. Respondeu o monge:

— Convivendo com Nannan como convivíamos, de modo tão estreito e constante, Nannan não podia deixar de profetizar, mais cedo ou mais tarde, como seria o fim de cada um de nós. Bedrus recebeu dele esta revelação: Voltarás a teu amado país e ali, por muitos anos, serás cabeça de um grande convento. Um dia, teu copeiro oferecerá um jantar a alguns amigos e, quando o vires entre os convidados, cheio de alegria, mexendo de um lado para o outro a concha na peneira, podes estar certo de que dentro de poucos dias morrerás.

— Ah! — exclamou Grim. — Queira Deus que Bedrus me leve consigo para o convento na Hibérnia de que está destinado a ser abade!

— Tu me surpreendes, Grim — disse Lollia. — Pensei que nunca serias capaz nem de *pensar* em deixar, por espontânea vontade, o teu mosteiro de Dru.

— Com Bedrus — disse Grim, cheio de convicção — sou capaz de viajar da África à Última Tule; sou capaz de fincar minhas raízes na Assíria, na Líbia ou na terra dos tártaros. Com Bedrus não tenho medo de oceano, nem de vulcão, nem de Sila nem de Caribdes. Não tenho medo de padecer frio nem calor, fome nem sede, porque sei que com ele nunca estarei em perigo mas sempre a um passo da graça e da bem-aventurança.

Grim calou-se, ruborizado pelo calor das próprias palavras.

— Bedrus é um santo — disse Padrigius — e ainda será canonizado um dia.

— Eis-te a ti, Padrigius — disse Lollia —, fazendo tuas profecias agora.

— E sobre a tua morte, Padrigius — disse Grim —, o que disse Nannan?

Padrigius disse que esperara de Nannan, depois de ouvir as predições sobre Tatheus e Bedrus, também uma palavra premonitória a seu respeito, mas passaram-se meses e não veio nenhuma. Um dia, então, não se conteve e perguntou ao santo se nunca tivera algum pressentimento sobre como ele, Padrigius, terminaria os seus dias.

— Hoje, velho como sou, não teria perguntado tal coisa a Nannan — disse ele. — Mas eu era jovem e perguntei. Ele respondeu: Tua mão, meu Padrigius, te precederá na sepultura, porque com ela abençoarás quem não merece ser abençoado. Quanto à tua morte, não morrerás dormindo nem morrerás no mar. Mas um de teus companheiros, de quem não terás qualquer suspeita, será o causador da tua morte. Foi o que ele predisse. Quanto à minha mão, como vistes, a predição de Nannan já se realizou.

— E o que fizeste para perderes a mão, Padrigius? — perguntou Lollia.

Padrigius contou sua história com o rosto em brasa de pura vergonha. Aconteceu que, ainda monge no mosteiro de Cro, certa vez visitou a Hibérnia natal e, ao voltar à Câmbria, trouxe consigo da Hibérnia certo Nigellus, seu amigo de infância. Ora, esse Nigellus fora sempre homem muito violento e matara muitas pessoas, e no entanto veio vestido em hábito de monge, com o propósito de residir no mosteiro durante alguns anos em companhia de Padrigius. Depois de passar algum tempo em retiro, Nigellus foi ordenado sacerdote de forma irregular por um bispo convidado expressamente para isso. O bispo, porém, não se atreveu a pousar a mão sobre a cabeça de tal homem, e disse que só o faria se Padrigius o fizesse antes dele. Padrigius, que tinha especial predileção pelo amigo, não hesitou em fazê-lo. Pouco tempo depois, para grande tristeza de Padrigius, Nigellus, que era sacerdote apenas no nome, abandonou a vida religiosa e retomou o ofício de criminoso. Deus não tardou a puni-lo. Certa noite, ele chegou diante de um lago e chamou o barqueiro para levá-lo à outra margem. Quando já iam no meio do lago, o barqueiro, cujo filho Nigellus matara, bateu-lhe com o remo na cabeça, e Nigellus caiu no lago e afogou-se. Quanto a Padrigius, também sobre ele desceu a acha do castigo divino: sua mão direita, com a qual ele abençoara aquele filho de perdição, cobriu-se de chagas em conseqüência de um acidente e, depois de grande sofrimento, teve de ser amputada para que a doença não se estendesse ao braço e ao corpo inteiro. Assim se cumpriu a profecia de Nannan, segundo a qual Padrigius sobreviveria, por muitos anos, à própria *iduma*, que jaz sepultada na ilha de Ommon.

— E como entendes a segunda parte da profecia, Padrigius? — perguntou Grim.

— Na época, pedi a Nannan que esclarecesse sobre o companheiro que me causaria a morte — disse Padrigius —, mas ele respondeu: Não convém ser mais claro quanto a isso, porque, se o for, pensarás freqüentemente a respeito e viverás infeliz até que chegue a hora em que minhas palavras sejam confirmadas.

— Não tens curiosidade de sabê-lo? — perguntou Lollia.

— Não — disse Padrigius. — Sei que um dia saberei, e espero esse dia com tranqüilidade. Não nego que, por vezes, a curiosidade me assalta. Se eu fosse leigo e casado, não teria dúvidas de que a minha mulher seria a causa da minha morte. Mas, monge que sou de mosteiro solitário, só posso pensar que um dos meus dois companheiros será a causa acidental da minha morte, ou então um dos leprosos sob nossa guarda. Não tenho outros companheiros senão monges e leprosos.

— Tens Pangur Ban — disse Grim.

Padrigius olhou para o gato com bondade.

— Se o santo se referia a ele — disse Padrigius —, então não tenho muito tempo de vida, porque também não resta muito tempo a este meu companheiro para fazer o que lhe caiba fazer.

— Não creio — disse Lollia — que seja Pangur Ban o companheiro que há de provocar a tua morte.

— *Quid hoc rei est?* — exclamou Grim, jocoso. — O que temos aqui? Um novo profeta, tão sábio quanto Nannan, ou mais sábio ainda que ele? Já não te basta, Lollius, profetizares, a meu respeito, que nunca voltarei a Dru, mas precisas estender tua clarividência ao bom Padrigius também?

— Apenas digo o que sinto no coração — disse Lollia.

## 103. Vau

No outro dia Grim e Lollia despediram-se dos seus hospedeiros. Grim abriu a bolsa que recebera do jovem Georgius e ofereceu aos monges algumas moedas, mas teve de insistir muito para que aceitassem a metade delas: não queriam privá-los do dinheiro necessário à viagem até Broz. Speraindeo, o monge mais idoso, confiou-lhes uma carta, a ser entregue nas mãos do bispo de Aquileia, em que rogava despacho rápido e favorável na questão dos dízimos de Picilia.

— Pus na carta — disse ele — uma advertência ao bispo. Nós, monges, somos dóceis, mas nossos leprosos nem tanto. Outro dia, só com muita dificuldade logramos dissuadi-los de irem em procissão até Aquileia reclamar pessoalmente uma resposta favorável do bispo.

Padrigius insistiu em acompanhar os dois hóspedes ao longo do rio para mostrar-lhes onde vadear a corrente em segurança, já que a ponte mais próxima ficava milhas rio abaixo. Pangur Ban, o gato, quis acompanhar o dono, mas logo, sendo velho e gordo, cansou-se e, sentando-se no meio do caminho, soltou um miado súplice.

— Vai para casa, Pangur Ban — ordenou Padrigius, mas o gato onde estava ficou, olhando para Padrigius com um olhar ofendido e resignado.

O caminho que descia a colina era estreito e tinha, à esquerda, as águas pressurosas do rio e, à direita, rochas baixas onde brotavam algumas ervas, sobretudo salva, que impregnavam o ar com seu cheiro viçoso. Por várias vezes Padrigius interrompeu a caminhada para colher uma erva chamada *porcella*, que arrancou de gretas na rocha com a ponta de uma faquinha que trazia consigo.

— Nossos leprosinhos — disse Padrigius — se deleitam com a salada que fazemos desta erva.

A *porcella* tinha sabor agradável, embora um pouco azedo, que lembrava de longe o sabor do mastruço; mas Padrigius observou que, dentre as duas ervas, a *porcella* era a mais gorda e nutritiva. E acrescentou:

— Já tive ocasião de ver a *porcella* até mesmo nas rochas espargidas de sal das ilhas do mar Grego, o que é muito de admirar. Pois, durante as tempestades, a água do mar irriga as rochas do litoral e depois o sol, batendo sobre as rochas, bebe a água e deixa o sal, que, por sua própria natureza, torna estéril o lugar onde se deposita. No entanto esta erva admirável contraria a natureza de todas as plantas e medra no sal.

Mais adiante, Padrigius achou e colheu alguns ramos do arbusto conhecido como *agnus castus*, cujas folhas lembram as folhas do cânhamo, embora sejam mais macias e menos densas. Suas flores se assemelham às da alfazema, e o aroma, que é forte, salubre, agradável, foi bem-vindo às narinas de Grim e de Lollia.

— Os herbanários — explicou Padrigius — afirmam que este arbusto se chama *agnus castus* porque tanto suas flores como suas folhas são muito úteis para assegurar a castidade, já que, com seu calor, eliminam a substância dos humores seminais e os gases que dilatam os órgãos genitais. É sabido que os sábios da Grécia faziam espalhar esta erva no soalho de suas casas, para que a castidade vigorasse entre suas mulheres. Segundo ouvi dizer, Pitágoras também acreditava que esta planta tem a faculdade de tornar o homem manso e casto como um cordeiro. Assim, as virgens que se consagravam ao serviço da deusa Vesta, e que faziam voto de castidade, tinham por costume salpicar os leitos com algumas folhas de *agnus castus*.

Grim ouvia essa lição de botânica com olhos arregalados.

— Conheço esta planta desde menino, pois crescia no jardim do convento de Tuam, no interior da Hibérnia, longe do mar, onde fora plantada por alguém que a trouxera do litoral. Diziam que não podia ser transplantada, e que só cresceria no lugar onde esse homem a pusera; mas isso não é verdade: anos depois, eu mesmo arranquei-lhe um ramo com um rabicho de raiz e plantei-o no jardim da enfermaria, onde cresceu até se tornar enorme arbusto.

Depois de descer a colina o rio fluía através de um vale extenso, amplo e fértil, enquanto as montanhas erguiam-se suntuosas ao norte. Padrigius disse que a crença geral no país era a de que o mar cobrira, há milhares de anos, toda a região baixa da Itália, delimitada pelos Alpes ao norte e a oeste e pelos Apeninos ao sul:

— De modo que — explicou ele — o rio Eridanus, o rei dos rios da Itália, e seus súditos Adige, Medoacus, Plavis, Tilavemptus, todos eles, assim que alcançavam o sopé das montanhas desaguavam direto no mar. Uma vez, quando estive numa cidade ao pé das montanhas, chamada Valscianum, perguntei a um dos habitantes o significado do nome, e ele respondeu que Valscianum significa *vale seco*. E explicou que, em tempos muito antigos, o mar cobria com as águas todo o vale. Quando o mar recuou até o ponto onde está hoje, o vale recebeu o nome de Valscianum. Para provar o que dizia, o homem levou-me diante de uma montanha e mostrou-me, alguns metros acima de nossas cabeças, onde até hoje se acham presas na pedra, algumas argolas de ferro em que se atavam os cabos dos navios. E eu bem acredito nessa história, porque sabemos que o mar cobria antigamente muito mais terras do que hoje.

Por fim chegaram a um ponto em que as pedras do rio formavam uma passagem quase inteiriça ligando ambas as margens. Aqui fico eu, disse Padrigius. Grim e Lollia despediram-se dele com palavras de afeição, a que o monge respondeu dizendo, com um sorriso: Aguardo vossa visita no caminho de volta. Os dois começaram então a cruzar o rio, pisando com cuidado pedra a pedra. Da margem, o monge acompanhava-os com olhos atentos. No meio do rio havia entre as pedras um hiato de dois côvados que era preciso saltar. Grim transpôs o vazio num salto ágil. Lollia fez o mesmo mas, ao pousar na outra pedra, um dos pés escorregou e a moça tombou num mergulho dentro d'água. Padrigius, da margem, se assustou, e acorreu, saltitando de pedra em pedra como um adolescente e depois transpondo, num vôo de tigre, o intervalo aberto entre as pedras. Mas já não havia perigo. Segurando com firmeza o braço de Lollia, Grim ajudara-a a subir a uma das pedras da passagem. Lollia virou-se risonha para Padrigius e disse que estava bem. Mas a túnica, ensopada, colara-se-lhe ao corpo, e naquele corpo Padrigius, com grande espanto, identificou linhas, contornos e volumes exclusivamente femininos. Travada a voz na garganta, tudo que conseguiu fazer foi arrancar, com a mão esquerda, a túnica do corpo de Lollia, descobrindo toda a alva e úmida nudez da fêmea. Grim viu, ao alcance da mão, os pomos redondos e, entre as pernas, a *genitalis vulva feminæ*. Viu e só pôde desviar dali os olhos quando sentiu a mão de ferro de Padrigius meter-lhe boca adentro um punhado de folhas de *agnus castus*. Feito isso, o monge saltou de volta à pedra do outro lado e afastou-se pelo istmo de volta à outra margem. Ali, então, virou-se de frente para o casal, que encarou demoradamente. Grim juntou as mãos e fez gesto de súplica em direção a Padrigius, querendo com isso pedir-lhe perdão. Padrigius levantou o braço direito, a que faltava a mão, sepultada na ilha de Ommon, e fez no ar o sinal-da-cruz. Logo a seguir, agitou em direção a Grim, ameaçador, o coto do braço, que, mais que um punho fechado, encheu de vergonha o coração de Grim. Depois disso o monge virou as costas e lá foi caminho acima, sem olhar para trás nem uma vez.

## 104. Ambulatrix

Esta é uma história em que muito se caminha e, caminhando Grim, caminhando Lollia, caminham também aqueles que lêem a história, ou que a ouvem contar. Já foi percorrido um longo trajeto desde que a confraria deixou a cidade de Burdigala. Muito se fez, muito se desfez, muito se perdeu e se achou ao longo das mil milhas que medeiam entre a capital da Aquitânia e o ponto ermo em que se encontram os caminhantes, na margem oriental do rio Tilavemptus. O que mais se fará, se desfará, se perderá e se achará no trajeto a percorrer até Broz? O que sucederá durante a permanência dos copistas em Broz? E durante o caminho de volta até Burdigala e daí, por mar, até a Ingária, onde uma velha condessa espera-lhes ansiosa a chegada para ouvir uma história que nunca ouviu antes? E o que mais? E o que mais? Pergunte-se à Fábula e a Fábula o dirá, desde que passo a passo se caminhe com ela até o momento em que ela mesma diga: Terminei.

Esta é uma história em que muito se caminha. Depois de atravessado o rio Tilavemptus, Grim e Lollia passaram por Picilia, onde, para desespero de Grim, deram por falta da bolsa de dinheiro, perdida talvez nos afãs do incidente ocorrido na travessia do rio. Em Aquileia, à beira do mar Adriaticum, entregaram a carta de Speraindeo nas mãos do bispo, e dele receberam de esmola algumas moedas de cobre, que lhes custearam a estada na cidade. No outro dia chegaram a Fornolus, e em Fornolus, sem dinheiro, tiveram de mendigar pão. No dia seguinte, depois de marcha penosa sob chuva espessa e sobre caminhos cheios de lama, chegaram ao lugar chamado Campus, no sopé dos Alpes Julianos. Diante deles se levantava um país montanhoso, onde vivia um povo que falava uma língua tortuosa e acidentada, e onde rareavam os mosteiros e os conventos que, se os havia, eram antes da igreja grega que da latina e, assim, menos propensos a hospedar de boa vontade dois noviços beneditinos. Por isso Grim sugeriu que, alugando-se ambos como copistas em casa de um notário, talvez pudessem ganhar algum dinheiro para as despesas de viagem até Besprem. Lollia argumentou que dificilmente a Providência lhes daria outra Bellebel della Cavallaria para que lhe documentassem o trabalho de parto, e que ela poderia ganhar dinheiro de forma bem rápida, num abrir e fechar de pernas. A princípio Grim não entendeu; ou melhor, recusou-se a entender. Lollia foi mais explícita: Poderia ganhá-lo como *ambulatrix*. Grim aproveitou a palavra para desentender ainda mais a proposta de Lollia: Como *ambulatrix*? Desde quando *ambulare* é ofício remunerado? Diante disso, Lollia disse as palavras claras e indubitáveis: Poderia ganhá-lo, Grim, como *scorta erratica*. A proposta embutida naquelas palavras claras e indubitáveis feriu o virtuoso coração de Grim, que gaguejou um ou outro argumento em contrário. Lollia nem fingiu considerar os argumentos do companheiro, que dissolveu com uma só sentença: *Malo emere quam rogare*: antes comprar que pedir. Em Pirus, já no alto das montanhas, ela se prostituiu para seguirem caminho até Longaticum, e em Longaticum para seguirem caminho até Æmona, e em Æmona para chegarem até Hadrante. Nesse trajeto Grim quase não trocou palavra com ela: preferia ruminar seu desgosto num silêncio pontuado de resmungos.

— Pareces um velho de oitenta anos — disse Lollia. — Nem Tatheus possuía um coração tão velho como o teu.

Nas cercanias de Mediæ, porém, encontraram alguns nobres panônicos que seguiam em peregrinação a Nossa Senhora de Loretto. Trocaram algumas palavras com o capelão dos peregrinos. Esse homem, que não era da Panônia mas da Litúvia, traçou um retrato encomiástico do país adotivo:

— O nome Panônia significa que o país é pródigo em pão. A terra é fértil e o trigo, abundante e barato, de modo que ali a vida é fácil. Como toda nação sob o sol, também a Panônia padeceu muitos flagelos, a saber, investidas de bárbaros e pestilências, mas nunca, nem uma só vez, o flagelo da fome. Não há outro país, a não ser a Norvégia, que possa gloriar-se de possuir mais peixes em seus rios e lagos do que a Panônia. Nem há outro país na terra que, por sua esplêndida beleza, se assemelhe mais ao jardim do Éden. E, além de tudo isso, é um país de reis santificados. Stephanus, o primeiro rei cristão da Panônia, *fons et origo* da nação, foi canonizado pelo papa. Hoje, depois de uma guerra que tivemos com Bizâncio, guerra que durou vinte anos, o país vive em paz interna e externa.

O encontro com os peregrinos da Ungária animou Grim: por um lado, sentiu a proximidade da meta; por outro, a esmola que recebeu deles dispensava Lollia de prover-lhes a subsistência mercando o próprio corpo.

## 105. Gente de Tule

No mesmo dia encontraram outra procissão de peregrinos, que vinha, esta, descendo do norte. Quatro homens vinham à frente carregando a figura de proa de uma embarcação: uma cabeça de águia. Atrás deles seguiam os demais peregrinos, dispostos de tal modo que formavam os contornos da figura de um navio, e alguns deles carregavam remos como se fossem hastes de bandeiras de que se tivessem arrancado as flâmulas. Uma carroça aberta fechava o cortejo; uma âncora pendia-lhe da borda e, mais tarde, quando teve ocasião de se aproximar do veículo, Grim viu, dentro dele, um mastro de navio, algumas velas listradas de vermelho e branco e grande quantidade de cordame.

A procissão estacou diante dos dois copistas. Grim deu um passo à frente e, dirigindo-se simultaneamente aos quatro homens que vinham à proa, falou-lhes em latim e depois em francês. Tanto para o latim como para o francês os homens menearam a cabeça, e esperaram uma tentativa em outra língua. Grim hesitou. Um dos homens então falou-lhe numa língua áspera, gutural, em que Grim discerniu ressonâncias da língua materna da sua própria mãe, uma língua igualmente áspera e gutural: era como se ouvisse um estrangeiro falar a língua da sua mãe, mas falá-la mal, eivada de toda espécie de erros e impurezas. Grim viu aí, porém, um meio de se comunicar com aquele homem: ele fala, ainda que mal, a língua saxônica. Assim, tirou do bolso da memória uma frase em saxão e lapidou-a na cabeça para deixá-la precisa e correta antes de atirá-la aos ouvidos do peregrino. Mal abrira a boca para pronunciar a frase, porém, Lollia antecipou-se a ele e dirigiu àquele homem uma pergunta. A pergunta doeu nos ouvidos de Grim: Lollia falara também na língua de sua mãe, cometendo erros grosseiros muito semelhantes aos cometidos pelo peregrino. Só que a frase de Lollia teve o poder de iluminar os rostos dos quatro homens e de paralisar-lhes o gesto e a voz.

— São gente de Tule — disse ela a Grim.

Os quatro homens se soltaram em palavras e movimentos frenéticos. Dois deles puseram-se a falar ao mesmo tempo, lançando sobre Lollia um chuveiro de palavras, enquanto os outros dois, virando-se para trás, transmitiram aos companheiros, com grande alegria, a notícia incrível de que haviam encontrado um conterrâneo naquele lugar tão longínquo da terra natal. A notícia espalhou-se em altas vozes até a carroça, e ouviram-se gritos, brados e exclamações de todas as bocas. Grim foi ignorado; todos queriam ver e ouvir o moço de Tule reencontrado no meio do ermo dos ermos.

Depois do primeiro alvoroço, a gente de Tule resolveu atracar o navio humano ali mesmo naquele local para passar a noite. Perguntas e mais perguntas foram perguntadas a Lollia, ou melhor, a Lollius, que só fazia responder respostas e mais respostas às perguntas e mais perguntas perguntadas; a língua de Tule crepitava na noite à volta da fogueira. Com o tempo, não se poupou nem mesmo Grim. Alguns dos peregrinos, bêbados de tanto ouvir Lollius, transferiram ao companheiro dele a sua curiosidade, como quem recorre à água depois de várias taças de vinho. Para sua surpresa, entenderam que era possível a comunicação com o estrangeiro, porque ele falava, embora mal, embora cheia de erros e impurezas de toda espécie, a língua materna deles. Grim distraiu-se dando e recebendo informações e a noite não lhe foi pesada mas leve e, o honesto Grim há de reconhecê-lo, até agradável.

Na manhã seguinte aconteceu um incidente entre ele e um dos homens de Tule, que se chamava Hrafn: em latim, Corbus. Grim acordou mais cedo que os demais e, ao proceder até o regato para lavar-se, pisou nas pernas de Corbus, despertando-o. Parou para se desculpar, e aí viu que se descobrira um dos pés de Corbus e, olhando com atenção, viu que era um pé escuro e disforme; Grim se espantou com o que viu e de seus lábios escaparam estas palavras: Por Jesus, nunca vi pé mais horrível que este. Corbus retrucou: Se me deres cinco moedas eu te mostrarei, hoje mesmo, um pé ainda mais horrível que este que aqui vês. Grim respondeu que não tinha cinco moedas e que, ainda que as tivesse, não as apostaria em coisa alguma: Minha religião proíbe tais práticas. E disse Corbus: Então vou mostrar-te assim mesmo, só para provar que digo verdade. Aí tirou de sob as cobertas o outro pé, que, além de ser tão escuro e disforme como o primeiro, ainda tinha a particularidade de só dispor de quatro dedos: faltava-lhe o dedo maior.

Grim se apegou ao homem de Tule. Todo o dia caminhou ao lado dele, como um escaler atado ao flanco do navio, sorvendo pelos ouvidos tudo quanto Corbus falava, o que não era pouco: Corbus falava como dez homens. Nas paradas que os penitentes faziam para descanso Grim sentava-se sempre ao lado de Corbus, e com mais prazer comia as palavras do outro do que a côdea de pão que recebia.

Também Lollia se apegara especialmente a um dos tripulantes do navio e o dia todo emparelhara com ele passo e fala. Vigfus era jovem e formoso e fora contratado na qualidade de poeta para acompanhar a procissão dos penitentes e pôr em verso tudo que de notável sucedesse durante a viagem. Para tanto, vencera em duelo de poesia outros dois pretendentes ao cargo. Por que não viestes os três — perguntou Lollia. Porque julgamos ridículo, disse o poeta, ter mais que uma única versão de um grande evento.

## 106. *Jórsalaland*

*Jórsalaland* era como aqueles homens chamavam a Terra Santa em sua língua; *Jórsalaborg* era sua maneira de dizer Jerusalém. Corbus ensinou a Grim que muitos reis, condes e viajantes de todos os países hiperbóreos — países como Noruega, Suéquia, Dânia, Orcades, Tule — tinham feito a viagem até a Terra Santa.

Grim aprendeu que um dos primeiros peregrinos do norte a visitar Jerusalém e os lugares santos fora um homem de Tule chamado Thorvald, que ficou conhecido como Thorvald Jórsalafarer, ou seja, aquele que viajou a Jerusalém. Pagão de nascença, Thorvald fora convertido por um bispo saxão e, movido pelo fervor catequético, tentara semear a nova fé entre os conterrâneos, mas sem muito sucesso, ou nenhum. Certo dia encontrou três pagãos sentados a uma mesa e, sentando-se com eles, começou a doutriná-los. Dois deles eram poetas, e o terceiro, um velho irreverente, era iniciado em artes mágicas. A tudo que Thorvald dizia o velho replicava com insolência, e Thorvald fazia um esforço muito grande para manter-se manso e humilde. Mas quando os dois poetas começaram a recitar alguns versos de escárnio contra ele e sua religião, Thorvald não conseguiu mais conter-se: levantando-se subitamente, derrubou a tábua da mesa sobre os pagãos e, com violentos golpes de machado, matou-os a todos três. Por causa desse crime, o bispo proibiu Thorvald de fazer trabalho missionário e mandou-o como peregrino a Jerusalém.

Em seguida Corbus falou com entusiasmo de Sigurd, filho do rei Magnus, da Norvégia, que foi peregrino e cruzado. Sigurd viajou para Jerusalém aos dezenove anos, no comando de uma frota de sessenta navios. Fez o trajeto pela rota ocidental, contornando a face da Lusitânia e penetrando no mar Internum pelas colunas de Hércules. Ah, que esplêndida e aventurosa viagem, exclamou Corbus. Sigurd derrotou piratas pagãos em alto-mar, venceu os sarracenos que ocupavam a cidade de Ulissipona, e saqueou as ilhas Gymnasiæ, pertencentes aos sarracenos. Quando chegou à Terra Santa, entrou em Jerusalém montado num cavalo calçado com ferraduras de ouro. Ali foi muito bem recebido pelo rei Balduinus e pelo patriarca de Jerusalém; o patriarca lhe perguntou que presente gostaria de ganhar, e Sigurd pediu, e foi-lhe dado, um fragmento da Santa Cruz. Sigurd retribuiu com um banquete suntuoso, no qual, à falta de lenha, mandou usar nozes como combustível para preparar os alimentos. Os noruegueses visitaram todos os lugares santos e banharam-se nas águas do rio Jordão e, como sinal de que tinham estado ali, deram nós em alguns galhos dos arbustos que cresciam do outro lado do rio. Também eu, disse Corbus, vou atar nós nos arbustos do rio Jordão e desafiar meus amigos, em casa, a vir desatá-los.

Corbus falou ainda a Grim sobre o rei Olaf, filho de Tryggvi, e Grim lembrou que era o mesmo Olavus a quem, segundo contara Ursus, um camponês da Hibérnia dera seu cão Vige. Olaf desaparecera no mar depois de derrotado numa batalha, e fora dado por morto. Mas um peregrino nórdico, de passagem por um mosteiro na Terra Santa, encontrou ali um homem de aparência distinta e maneiras corteses que enviou, por ele, presentes e mensagens para a Norvégia. O peregrino reconhecera nesse homem o rei Olaf, e Corbus desejava ver, na Terra Santa, as suas relíquias. Que relíquias seriam essas? — perguntou Grim, e Corbus respondeu: Num mosteiro de Jerusalém guarda-se a sua cota de malha e, numa cidade chamada Antióquia, estão sua espada e seu elmo.

— Não desejas ver relíquias mais pacíficas? — perguntou Grim.

— Certamente — respondeu Corbus. E confessou a Grim que não só queria muito ver e adorar o Santo Lenho, mas também levar para casa uma lasca, como o fizera Sigurd antes dele.

— Meu bom amigo — disse Grim —, Sigurd era um príncipe. Se se distribuíssem lascas da verdadeira cruz a todos os milhares de peregrinos que visitam o Santo Sepulcro já não teria sobrado da cruz coisa alguma.

— Não pretendo ganhar, mas roubar uma lasca da cruz — disse Corbus.

Grim ficou surpreso com a ingenuidade do homem do norte.

— Não poderás fazer isso — disse ele. — O que resta da Cruz é muito bem guardado e vigiado pelos sacerdotes do Santo Sepulcro. Não te deixarão arrancar um só fragmento da madeira.

— Ouvi dizer que os peregrinos beijam o Santo Lenho em sinal de reverência — disse Corbus. — Não é verdade?

— É verdade — disse Grim. — Todos fazem isso.

— Pois quando chegar a minha vez — disse Corbus — estou pronto para meter o dente na madeira e arrancar uma lasca do Lenho do Senhor e guardá-la comigo na boca como hóstia consagrada.

## 107. Odin

Grim dos lábios de Corbus ouvia coisas que nunca ouvira dos lábios de ninguém nem lera em página de livro algum.

— Deves saber, como homem de religião — disse ele —, que é em Jerusalém que se encontra o centro do mundo.

— Sei — disse Grim. — Estão registradas no livro de Ezequiel as palavras do Senhor: Esta é Jerusalém, e eu a pus no meio das nações.

— E deves saber, também — disse Corbus —, que Jerusalém está onde outrora esteve o jardim do Éden, e que a cruz de Cristo foi levantada no ponto em que se encontra o centro exato da terra, que é o mesmo local onde se erguia a árvore fatal que fez perder Adão e Eva.

— Nunca ouvi falar disso — replicou Grim.

— Mas como podia ser diferente? — disse Corbus. — No mesmo ponto da terra em que se deu a queda do homem, ali convinha que se desse também a sua redenção.

Corbus então contou-lhe que seus antepassados, até duzentos anos antes, tinham sido pagãos e adorado vários deuses. No entanto, disse ele, mesmo sem conhecer Cristo nem ler os evangelhos, eles pressentiram, inspirados pelo Espírito Santo, as grandes verdades do cristianismo. Sabiam que o mundo tinha como centro uma árvore enorme, um robusto freixo chamado Yggdrasill, cujos galhos se estendiam sobre o céu e a terra e cujas raízes penetravam fundo até o país dos mortos. O mais poderoso dentre os deuses de meus antepassados — explicou Corbus — chamava-se Odin. E Odin se fez crucificar na árvore Yggdrasill porque soube que assim se tornaria o homem mais sábio do mundo. E a sabedoria era, dentre todas as virtudes, a que ele mais desejava, porque na sabedoria se acham embutidas todas as outras virtudes.

Aí Corbus recitou este poema:

Nove noites, ferido por lança,
pendi da árvore batida de ventos,
invocando Odin,
eu mesmo invocando a mim mesmo,
sobre a árvore que ninguém sabe dizer
de que raízes brotou.

— Vês? — disse Corbus. — Nossos antepassados pressentiram toda a Paixão. A árvore no centro do mundo, a crucificação, o deus invocando a si próprio, o ferimento de lança no flanco, tens tudo isso em Odin e em Cristo.

— Mas não podes comparar teu Odin a Cristo — contrapôs Grim. — O sacrifício de ambos é voluntário, mas aí termina a semelhança entre eles. Pelo que disseste, o que levou Odin a crucificar-se na árvore não foi o desejo de partilhar o sofrimento do mundo nem de redimir a humanidade, mas sim de adquirir conhecimento e sabedoria. E mais, Odin não expirou em sua árvore como Cristo em sua cruz, e, por conseguinte, não ressuscitou, como Cristo, ao terceiro dia.

— Não comparamos Odin a Cristo — disse Corbus. — Sabemos agora, como fiéis cristãos, que Odin não era um deus, mas um simples mortal, um poderoso rei que, depois de morto, foi divinizado pelo seu povo. O que afirmam alguns estudiosos das Escrituras em minha terra é que Odin, como João Batista, veio *anunciar* o advento de Cristo. Os bispos não aceitam essa interpretação, mas meu pai disse que o pai dele, meu avô, só se converteu quando um prelado de Tule estabeleceu essa *relação* entre Odin e Cristo.

Mas Corbus tinha prazer em falar de Odin. Contou que Odin costumava se apresentar na casa de homens ilustres disfarçado como andarilho para desafiá-los em provas de conhecimento. Contou que o rei Olaf, o mesmo que terminara seus dias como monge em Jerusalém, hospedou-se uma vez num lugar chamado Augvaldsness, e à noite apareceu-lhe um velho muito loquaz, que só tinha um olho e usava um chapéu de abas largas à cabeça. Os dois começaram a conversar, e para todas as perguntas do rei o velho tinha resposta clara e convincente. O rei gostou tanto da companhia do velho que ficou com ele até altas horas. Entre outras coisas, Olaf perguntou quem fora Augvald, o homem que dera nome ao lugar. O velho respondeu que fora um rei muito valente, que levava consigo uma vaca onde quer que fosse e fazia-lhe sacrifícios porque o leite dela lhe dava força e saúde. Quando Augvald morreu numa batalha, a vaca foi morta e sepultada ao lado dele.

Por fim o rei foi para a cama. No entanto, depois que ele se despiu e deitou, o velho apareceu no aposento e sentou numa banqueta ao lado da cama, e ali ficou ainda por muito tempo; pois, assim que terminava uma história, o rei pedia outra. Já era madrugada quando o rei dormiu e o velho se retirou. Logo depois, porém, o rei despertou e perguntou pelo velho, e mandou chamá-lo; mas não o encontraram em lugar nenhum. Então Olaf entendeu que aquele velho era Odin, o deus dos pagãos.

Grim ficou pensativo depois de ouvir aquela história. Era muito estranho o mundo em que viviam aqueles cristãos do norte. Não deixou, porém, de registrar na mente a opinião de que Odin teria sido muito bem-vindo na corte da condessa de Kemp: certamente teria para contar uma infinidade de histórias que ela nunca ouvira antes. E então disse:

— Basta de Odin. Diz-me, isto sim, o seguinte: o que inspirou a ti e a teus companheiros a fazer esta peregrinação a Jerusalém?

— Nossa peregrinação, ai de nós — disse Corbus —, não é voluntária, como as de Sigurd e tantos outros, mas nos foi imposta como penitência por um grande crime que cometemos na Terra do Vinho.

Grim ficou atônito: ouvira em Kemp falar da Terra do Vinho, para onde pretendia viajar certo Krk Hrdlk; era este o homem que informara a condessa sobre a longa história e sobre Posthumus de Broz.

— Então existe mesmo a Terra do Vinho? — disse Grim.

— Por Thor, irmão — disse Corbus. — Estes olhos viram a Terra do Vinho, estas narinas respiraram-lhe o ar, esta boca provou-lhe os frutos, estes ouvidos ouviram-lhe o canto dos pássaros e os berros dos bárbaros que a habitam, que, por causa mesmo dos seus berros medonhos, chamamos de *skraelingar*. Tu viste meu pé. O dedo que lhe falta perdi na Terra do Vinho, talhado pela arma de um dos *skraelingar*, e se a perda de um dedo não prova a existência dessa terra, não sei o que poderá provar.

Corbus descreveu as maravilhas da Terra do Vinho, e os perigos dela. Dois dos seus companheiros haviam sido mortos pelos *skraelingar*, que, julgando insuficiente matá-los, ainda lhes escalparam os cabelos e carregaram-nos consigo. Penso, disse Corbus, que os levaram como troféus, já que todos os *skraelingar* têm cabelos negros, e decerto nunca haviam visto cabelos amarelos antes. E aproveitou para mostrar a Grim algumas penas que trazia pendendo de trás de uma das orelhas. Eram penas de águia que os *skraelingar* costumam usar nos chapéus. Se é que podemos chamar assim os chapéus deles, que são bem diferentes dos nossos.

— São muito cruéis, os teus *skraelingar* — disse Grim.

— Certamente que são — disse Corbus —, mas a minha opinião é que nós mesmos somos mais cruéis que eles. E as nossas mulheres são ainda mais cruéis que nós, quando se dispõem a tanto.

— Não achas que assim são as mulheres em qualquer lugar e em qualquer país? — perguntou Grim.

— Talvez — disse Corbus —, mas talvez as nossas sejam ainda um pouco mais bárbaras e cruéis que as mulheres de outros países. Se nos vês aqui, agora, tão longe de casa, fazendo penitência, não é para expiar um crime que tenhamos cometido por nossa própria vontade e iniciativa, mas sim de uma de nossas mulheres. Sim, meu amigo, assim como Eva induziu Adão, nosso primeiro pai, a cometer o pecado original, também nós fomos induzidos a um horrível pecado coletivo por uma mulher.

— Que pecado foi esse, bom Corbus? — perguntou Grim.

— Infringimos o quinto mandamento — disse Corbus. — Aquele que nos diz: Não matareis. Queres ouvir a história abominável do nosso crime?

— Quero — disse Grim.

— Então vou contá-la — disse Corbus.

## 108. Terra do Vinho

Corbus e os demais penitentes eram naturais de Tule e tinham se estabelecido numa grande ilha, chamada Terra Verde, situada a oeste de Tule, nas águas geladas e silenciosas do mar Mutus. A Terra Verde fora descoberta por um homem chamado Eirik Rauda, que, com seus companheiros, tinha fundado uma próspera colônia na costa oriental da ilha. Dali, em pouco tempo, alguns homens curiosos começaram a partir para explorar os mares ignotos que se estendiam, sem fim nem termo, para o sul.

Numa dessas incursões, contou Corbus, um dos filhos de Eirik, Leif, descobriu um belo e muito fértil país, com belos campos de trigo semeados pela própria Natureza, a que Leif deu o nome de Terra do Vinho, pois achou ali grande profusão de vinhedos. Leif desembarcou, construiu algumas casas e passou o inverno no país. Na primavera voltou para a Terra Verde com grande carga de uvas e de madeira, sobretudo bordo. A viagem fez com que Leif fosse reconhecido, a partir de então, como homem especialmente venturoso.

Depois disso, Thorvald e Thorstein, os dois irmãos de Leif, fizeram cada qual uma viagem à Terra do Vinho. Nenhum dos dois era venturoso como o irmão. Thorvald fez sua viagem no navio de Leif e chegou sem erro à Terra do Vinho. Leif não tivera oportunidade de ver os naturais do lugar, mas Thorvald, se por um lado foi mais feliz que o irmão, porque os viu, por outro foi menos, porque teve de se avir com eles e numa refrega foi morto por uma flechada. Seus homens sepultaram-no na ponta de um promontório e, assim que puderam, regressaram para casa. Thorstein então decidiu ir à Terra do Vinho buscar o corpo do irmão. Fez-se ao mar acompanhado pela mulher, Gudrid, mas teve dificuldade em seguir a rota para o sul e o navio, em vez de chegar ao destino, veio abicar na costa oeste da Terra Verde, onde havia uma pequena povoação. Thorstein se dispôs a passar o inverno ali. Durante o inverno, porém, o lugar foi assolado por uma peste e em conseqüência morreram muitas pessoas; Gudrid escapou, mas Thorstein não.

Algum tempo depois chegou à Terra Verde um norueguês chamado Thorfinn Karlsefni. Viera até ali como comerciante, mas sua visita teve dois frutos que ele não previra: seu casamento com Gudrid, a viúva de Thorstein, e sua decisão de fazer uma viagem à Terra do Vinho.

Eu o acompanhei na viagem, disse Corbus. Como Leif, filho de Eirik, Karlsefni era também um homem abençoado. Leif cedeu-lhe por empréstimo as casas que construíra no país, e ali passamos o inverno com certo conforto. Tivemos várias escaramuças com os *skraelingar*. Perdemos dois homens e matamos dez; e eu perdi o dedo grande do pé, como já te contei. Quando voltamos à Terra Verde, Karlsefni trouxe muitas uvas e muitas peles. Além disso, Gudrid, sua mulher, que viajara grávida, trouxe para casa o filho que lhe nascera na Terra do Vinho. As pessoas só falavam dela e do filho; e da grande coragem que demonstrara enfrentando os *skraelingar*, e grávida ainda por cima.

Conta-me como foi, pediu Grim.

Aconteceu que alguns de nós caímos numa emboscada dos *skraelingar* e tivemos de fugir para salvar as vidas. Ora, a pobre Gudrid ficou para trás por causa do peso do ventre, mas, vendo em terra morto um de nossos homens, tomou a espada que jazia em terra a seu lado e, voltando-se contra os atacantes, desnudou o busto e bateu várias vezes sobre os peitos com a parte chata da espada. A atitude dela, disse Corbus, assustou os *skraelingar*, que fugiram aos gritos, apavorados. Eu vi: eu estava lá e vi.

Por que o gesto os assustou? — perguntou Grim.

Como saber o que pensam esses bárbaros? — disse Corbus.

E foi essa mulher Gudrid que vos induziu ao homicídio? — perguntou Grim.

Não — disse Corbus.

## 109. Freydis

Corbus contou que Eirik Rauda tinha uma filha bastarda chamada Freydis. O marido dela tinha viajado à Terra do Vinho com Karlsefni, mas fora e voltara sem fazer nada de notável, e Freydis sentia muita inveja de Gudrid, que não cessava de gabar o marido que tinha e o filho que parira na Terra do Vinho. Freydis era muito altiva e cúpida, e começou então a insistir com o marido para que empreendessem uma grande expedição à Terra do Vinho.

Um dia chegaram à Terra Verde, vindo de Tule, dois irmãos chamados Helgi e Finnbogi, que eram comerciantes. Quando soube disso, Freydis saiu de casa e foi visitar os dois irmãos. Então disse: Vós tendes um bom navio. Eu pretendo fazer uma viagem à Terra do Vinho. Se quiserdes participar da minha expedição, prometo ajudar-vos em tudo que for possível e dividir convosco, em partes iguais, tudo que trouxermos de lá. Os irmãos concordaram. Então os três puseram entre si que cada navio levaria a bordo trinta homens, sem contar as mulheres, e que navegariam sempre um à vista do outro, para segurança mútua.

Daí Freydis foi ver seu irmão Leif e pediu que lhe desse as casas que tinha construído na Terra do Vinho. Leif disse que não as dera a Karlsefni nem as daria a ela, mas que as emprestaria de boa vontade.

Freydis contratou como tripulantes alguns dos homens que haviam feito a viagem com Karlsefni, e entre estes estava eu. Então zarpamos para o sul e fizemos toda a viagem sem perder de vista o navio dos dois irmãos. Eles desembarcaram na Terra do Vinho antes de nós e ocuparam uma das casas de Leif. Quando Freydis chegou, trazendo consigo trinta e cinco homens e não trinta, os irmãos queixaram-se de que ela rompera o acordo; ela, por sua vez, replicou que eles não a tinham esperado para desembarcarem juntos. E interpelou-os: Além disso, por que ocupastes uma das casas de meu irmão? Leif emprestou estas casas a mim, não a vós.

Helgi disse: Está claro que em matéria de maldade não podemos competir contigo.

Assim os irmãos e seus companheiros construíram para si uma casa à beira de um lago, de modo que passamos a ser chamados de homens da praia e eles, de homens do lago. Visitávamo-nos com freqüência, dizendo, nós, que íamos à casa do lago e eles, que vinham à casa da praia.

Quando veio o inverno, por sugestão dos homens do lago organizamos alguns jogos para passar o tempo. A princípio tudo foi bem, mas logo nasceram as rixas, gerando discórdia entre uma parte e outra. Aí acabaram-se jogos e visitas entre as casas da praia e do lago; e esse estado de coisas continuou durante algum tempo.

Até que um dia Freydis fez uma coisa que ninguém podia prever que fizesse. Levantou da cama de manhã bem cedo e se vestiu, mas sem calçar os sapatos. Eu estava meio desperto e vi quando ela abriu a porta. Nevava. Ela cobriu-se com o manto do marido e saiu. Fiquei intrigado por vê-la sair descalça na neve e, vestindo-me, saí atrás dela. Segui-lhe as pegadas, que, impressas na neve, mostravam que ela ia à casa do lago. De repente, do outro lado de uma colina, encontrei-a de pé à minha espera. Ela olhou fundo nos meus olhos e disse: Por que me segues, Hrafn? Eu não disse nada. Não sabia o que dizer.

Ela disse: Bem sei: segues-me para proteger-me.

Eu disse: Sim, Freydis, é isso mesmo.

Ela disse: Então vem.

Caminhamos em silêncio até à casa do lago. Ela abriu a porta, que não estava trancada, e deteve-se no limiar sem dizer palavra. Finnbogi jazia numa das camas, acordado.

Ele perguntou: Que queres, Freydis?

Ela respondeu: Vem aqui fora. Quero falar contigo.

Ele obedeceu, e os dois sentaram-se sobre o tronco de uma árvore junto à parede da casa. Eu fiquei de pé a certa distância, mas ouvi toda a conversa.

Ela perguntou: Que me dizes deste país?

Ele respondeu: Gosto deste país, mas não da discórdia que brotou entre nós, pois não vejo motivo para isso.

Ela disse: Tens razão, e sinto o mesmo que tu. Mas vim aqui propor-te uma troca: meu navio pelo vosso. Vosso navio é maior que o meu, e pretendo ir embora daqui assim que seja possível.

Ele disse: Aceito tua proposta, se isso te deixa contente.

Depois disso despediram-se. Finnbogi retornou à cama, e Freydis e eu percorremos juntos o caminho de volta à casa da praia. No trajeto ela disse: Viste a falta de respeito e de cortesia com que Finnbogi me tratou?

Eu disse: Não vi nada.

Ela disse: Como não viste nada? Não lhe viste as narinas arfando de raiva? Se não estivesses ali perto, certamente ele me teria agredido.

Entramos em casa e voltamos cada qual para a sua cama. Freydis deitou-se junto ao marido e tocou-lhe o corpo com os pés gelados; ele acordou e perguntou aonde ela fora. Ela respondeu furiosa: Fui até à casa do lago e propus aos dois irmãos comprar-lhes o navio, porque preciso de um navio maior do que o que tenho; isso os deixou tão irritados que me agrediram e me trataram com violência. Hrafn estava comigo e testemunhou tudo. E tu, infeliz, não tens coragem de vingar nem a minha humilhação nem a tua própria. Mas juro-te que, se não vingares essa afronta, hei de separar-me de ti assim que voltemos para casa.

O marido não quis ouvir mais nada: dando o alarme, pôs a todos nós para fora das camas e ordenou que nos armássemos sem demora. Então ele nos conduziu à casa do lago; quando chegamos lá, todos ainda dormiam, de modo que não foi difícil agarrá-los e atar-lhes os braços com cordas. Freydis deu ordem para que os trouxéssemos para fora um de cada vez; e cada um por sua vez, assim que saía da casa, era morto sem piedade por ordem dela. Dessa maneira abatemos como gado os dois irmãos e todos os seus homens, e só restaram as mulheres; que nenhum de nós se dispôs a matar.

Freydis disse: Dai-me um machado.

Foi-lhe dado um machado, e ela, pondo-se por trás de cada uma das mulheres, matou todas elas, que eram em número de cinco.

Depois disso carregamos os corpos de novo para dentro da casa e pusemos cada um deles numa cama. Depois saímos e trancamos a porta. Nenhum de nós tornou a entrar naquela casa, onde ainda hoje devem jazer os corpos dessas trinta e cinco pessoas, que matamos em atenção ao capricho de uma mulher.

Freydis, no entanto, estava orgulhosa do que fizera. Ela nos disse: Quando voltarmos à Terra Verde, hei de matar aquele que abrir a boca e contar o que aconteceu aqui hoje.

Eu disse: Que diremos a teu irmão quando perguntar o que foi feito dos teus sócios e de seus companheiros?

Ela respondeu: Diremos que ficaram aqui quando partimos, e quem pode dizer que isso não é verdade?

Na primavera equipamos o navio dos dois irmãos e pusemos dentro toda a carga que podia transportar. Então zarpamos. No caminho demos com ventos que, soprando do oeste, arrastaram-nos para águas infestadas de vermes nojentos. Antes que pudéssemos fazer qualquer coisa o navio foi todo furado por baixo e começou a afundar.

No navio havia um bote cujo casco havia sido tratado com piche feito de óleo de foca; e não sei se sabes, disse Corbus, mas os vermes não conseguem perfurar a madeira que tenha sido assim tratada. Decidimos recorrer às sortes para ver quem se salvaria no bote; éramos quarenta pessoas e o bote não comportava mais de vinte. As sortes recaíram sobre Freydis e seu marido e mais dezoito pessoas, entre as quais estava eu. Sem perda de tempo, passamos todos para o bote. Aí um rapaz de quinze anos, que ficara no navio, perguntou a Thorvard, o marido de Freydis: Vais deixar-me aqui, Thorvard?

Thorvard disse: É assim que tem de ser.

O rapaz disse: Mas não foi isso que prometeste a meu pai ao propor que eu viesse contigo nesta viagem.

Thorvard disse: Mas não vejo outra solução. O que sugeres?

O rapaz disse: Sugiro que troquemos de lugar. Tu vens para o navio e eu vou para o bote.

Thorvard disse: Assim seja. Vejo que sabes usar de argumentos para salvar a vida, e que não estás disposto a morrer.

Então o rapaz desceu ao bote e o marido de Freydis voltou ao navio. Nem ele se despediu de Freydis, nem ela dele. É minha opinião que ele não estava satisfeito com o que fizera na Terra do Vinho por insistência de Freydis, e que tinha vergonha de voltar para casa com aquele crime nas mãos. Aí começamos a remar para longe, e de longe vimos o navio afundar nas águas assoladas por vermes, e com ele o marido de Freydis e todos os que ficaram a bordo. Freydis começou a chorar, lamentando a perda da carga que trazia no navio. Não a vi, em momento algum, lamentar a perda do marido.

Alguns dias depois chegamos à Terra Verde. Freydis deu-nos presentes para comprar nosso silêncio, mas alguns de nós não foram muito discretos e daí a pouco Leif ouviu rumores do que acontecera aos dois sócios de Freydis e à sua tripulação. Leif, Deus o proteja, é homem honrado.

Mandou prender três dos homens de Freydis, inclusive a mim, e torturou-nos um após outro. Quando descobriu o que acontecera na Terra do Vinho, ele disse. Não tenho coragem para castigar minha irmã como merece.

Então consultou o bispo da Terra Verde, e o bispo disse que todos os que haviam participado da matança deviam fazer como penitência uma peregrinação a Jerusalém.

Leif disse: Prepararei um navio para que partam o mais cedo possível.

O bispo disse: Queres que viajem por mar daqui até Jerusalém?

Leif disse: São todos marinheiros; estão acostumados a viajar por mar.

O bispo disse: Exatamente; por isso proponho que teu navio os leve até Nidrosia e que, daí até Jerusalém, eles façam a viagem por terra.

Corbus disse: É o que estamos fazendo, como vês, meu bom amigo: a viagem por terra faz parte da penitência imposta por nosso bispo.

Grim perguntou: E Freydis? Ela veio convosco, essa mulher sanguinária?

Corbus respondeu: A princípio ela não queria obedecer ao bispo, mas Leif arrastou-a ele próprio até o navio. Ela partiu conosco para Nidrosia, e confesso, meu amigo, que tive medo de me ver, em alguma noite escura, atirado ao mar como pagamento pela história que contei ao irmão dela. Mas a viagem foi feita sem incidentes. Na noite em que atracamos no porto de Nidrosia, porém, ela desapareceu com um de nossos companheiros. Parece que fugiram para as montanhas, e não sei o que pretendem fazer de suas vidas.

## 110. Claudia Cælia

Claudia Cælia fica na confluência entre os rios Savinia e Voglaina. Por toda parte havia sinais de antigüidade: ruínas de *villæ* e de *templi*, estátuas de deuses e césares, túmulos pagãos. Não é de admirar que alguns escritores chamem Claudia Cælia de Tróia Segunda. Mas Cælia não era uma segunda Tróia apenas por sua riqueza, mas também por seu destino. Os bárbaros tinham devastado toda aquela pompa de tal modo que parecia que nunca mais nada renasceria ali. No entanto, depois de quinhentos anos de desolação, a vida renascera no local. Uma aldeia excresceu das ruínas, e da aldeia uma vila famosa pelo seu mercado, e desta vila a cidade próspera e ativa que Grim e Lollia encontraram ali.

Aquela noite alojaram-se numa hospedaria perto de Claudia Cælia. Depois de uma tênue refeição, Lollia recolheu-se para dormir. Grim sentou ao pé do fogo até mais tarde, conversando com Corbus sobre as coisas de Tule. Perguntado se havia santos e santas naquelas terras, Corbus respondeu:

— Os nossos santos são os nossos bispos, pois todos eles foram muito piedosos. O bispo Jón construiu uma catedral em Hólar, com madeira trazida da Norvégia, pois não temos árvores em Tule. Jón gostava de música, era exímio harpista e cantava muito bem. Fundou a escola de Hólar, onde ensinava canto e metrificação. Era uma escola muito boa. Os mestres ensinavam, os alunos aprendiam. Estive lá uma vez; vi os alunos lendo as Escrituras, escrevendo em latim, cantando os salmos. Vi também a célebre Ingunn, uma virgem que dedicou a vida ao estudo das letras. Vi-a entre seus alunos de latim: eles liam suas composições em voz alta, ela as ouvia e corrigia ao mesmo tempo que jogava xadrez ou bordava histórias inspiradas em vidas de santos.

— Fala-me dos milagres de teu bispo — pediu Grim.

— Jón fez muitos milagres, e de todas as espécies — respondeu Corbus. — Por intercessão dele muitas pessoas acharam objetos que haviam perdido, ficaram livres dos ratos que lhes infestavam as casas, sararam de todo tipo de doença, ou salvaram-se de naufrágio em tempestades no mar. Thorlak, outro santo bispo, fez tudo isso também, e mais uma ou outra coisa, como trazer à praia uma foca, ou uma baleia, em ocasiões de grande fome, e restituir a visão a uma ovelha cega. Mas eu acredito que Jón é o mais forte dos dois. Uma vez, por exemplo, uma mulher muito doente invocou o auxílio de Thorlak, e Thorlak apareceu-lhe numa visão e aconselhou-a, ele mesmo, a invocar Jón. Outra vez, um homem que era surdo de ambos os ouvidos invocou Jón para o ouvido esquerdo e Thorlak para o direito. Ficou curado só do ouvido esquerdo.

Os milagrinhos do bispo Jón não chegaram a impressionar Grim, acostumado a milagres iguais ou maiores. Comoveu-o, porém, a humildade de Thorlak aconselhando a doente a invocar um santo mais poderoso, e a cura de uma surdez pela metade o fez recordar o tumor do camponês de Campulus Bovis curado a meio pelo famoso cajado de Eulalius. A lembrança tirou-lhe do peito um suspiro: um século parecia ter-se escoado desde aquele encontro nos caminhos da Ingária.

Ficaram os dois sozinhos ali conversando até altas horas. Mal terminava de contar uma história, Corbus contava outra. Foi preciso Grim insistir para que se recolhessem:

— Será que não és Odin que, disfarçado em peregrino, contas histórias como encantamento para impedir-me de dormir?

Corbus sentado deixou-se ficar: seria imune ao sono? Grim levantou-se, disse boa-noite e subiu os degraus que levavam aos dormitórios. Ao entrar na câmara que dividia com Lollia e oito peregrinos, o aposento pareceu-lhe o covil de monstruosa criatura que ressonava por muitas bocas. Havia cinco camas ali. Mesmo na escuridão Grim sabia que Lollia estava dividindo a mesma cama com o poeta Vigfus. Deitou-se então ao lado de um peregrino gordo, de bastas cabeleira e barba, que acordava toda hora com seus próprios roncos.

## 111. *Vitium virtusque*

Na manhã seguinte Grim e Lollia despediram-se dos peregrinos hiperbóricos. Os peregrinos seguiram para sudeste, os dois copistas para nordeste, rumo a Pœtovio. Lollia estava alegre, e disse:

— Sabes, Grim, ouvi coisas maravilhosas da boca do poeta Vigfus. O povo de Tule, que é meu povo, faz poemas totalmente diferentes dos que fazem os povos do sul. Ele contou que um dia encontrou um rei que lhe deu de presente uma espada sem bainha e ordenou-lhe que fizesse um poema em que a palavra *espada* aparecesse em todos os versos. Ele compôs este poema:

Agora tenho a espada das espadas.
Para quem sabe brandir uma espada,
E com espada servir a seu rei,
É triste se não tem espada própria.
De ti uma só coisa agora peço:
bainha para minha espada nua.
Por três espadas valho em batalha,
E não tem minha espada o que vestir.

O rei deu-lhe a bainha que pedira, mas observou que estava faltando uma espada num dos versos do poema. Vigfus replicou que, em compensação, havia duas espadas no primeiro verso e três no penúltimo, e o rei disse: Assim é. Não é uma boa história, Grim?

Grim murmurou:

— Pecaste com o poeta de Tule, não pecaste?

— Não sei se pequei ou não — respondeu ela. — Sei que tiramos muito prazer dos corpos um do outro. E das almas também. Ouvi de sua boca coisas maravilhosas.

— Enquanto no andar de baixo eu me entretinha com Corbus — disse Grim —, ouvindo-o falar de santos bispos e castas virgens de Tule, tu, mulher de Tule, te entregavas no andar de cima, bem sobre a minha cabeça, ao pecado da luxúria.

— Teria dormido contigo todas as noites desde a primeira noite em que te vi — disse Lollia —, se o quisesses. Mas não queres. Ou então queres e não admites.

— Somos uma estranha companhia: a Virtude e o Vício — disse Grim. — Seria abominável, até mesmo monstruoso, tais opostos conviverem em harmonia.

Lollia riu.

— Quem é uma e quem é outro? — disse ela. — Pela lógica, *Virtus* sou eu, pois o nome é feminino e sou mulher, e *Vitium* és tu, pois o nome é neutro e, como religioso que és, não tens gênero: não és nem masculino nem feminino.

— *Vitium* és tu — retrucou Grim —, que não passas de uma prostituta. Soube que existe em Jerusalém uma comunidade de monjas dirigida por uma santa mulher chamada Kyra Porphyria. Todas as monjas desse convento foram prostitutas um dia, e a própria Porphyria era a maior prostituta dentre elas, e regia o bordel. Vê, *scrapta*, essas tuas companheiras de profissão, essas devotas de Maria Ægyptiaca, trocaram o prostíbulo pelo convento; tu fizeste o caminho inverso, trocando o convento pelo prostíbulo; elas hão de se salvar, e rezarei por elas para que se salvem; quanto a ti, que trocaste a castidade pela luxúria, que vives como *scrapta* e morrerás como *scrapta*, quero que vás exercer tua profissão no inferno, onde o fogo eterno há de apagar o fogo interno que te consome.

— Não me chames *scrapta* — disse Lollia. — *Non meritrix*: não sou merecedora disso.

— *Revera*: *non meritrix sed meretrix* — disse Grim.

— Não me chames *meretrix*! — gritou ela.

— Chamo-te pelos nomes que tens — disse Grim. — *Scrapta*! *Scorta*! *Lupa*! *Scrantia*! *Vulgivaga*! *Furcifera*! *Lais*! *Fornicatrix*! *Mœcha*! *Schœnicula*! *Circulatrix*! *Prostibula*! *Meretrix*! Podes, com consciência limpa, negar que todos estes nomes te pertencem?

Lollia fixou em Grim por um segundo os olhos castanhos e aí lançou-lhe rijo em pleno rosto uma golfada de cuspe. Fez isso e virou as costas e correu para o meio do bosque. Grim ficou ali, a princípio, completamente atônito. Parecia não saber nem o que o havia atingido, nem quem. Aí correu pelo rosto, como um sudário, uma das mãos e, pondo-a diante dos olhos, contemplou os fios de saliva leitosa, cândida, que lhe sulcavam a palma. Nem foi uma tentação, mas uma inspiração: juntando as mãos em concha, num gesto de quem vai saciar a sede, Grim lambeu ali, extasiado, como um néctar, a saliva de Lollia.

## 112. Pœtovio

Grim esperou por Lollia o resto do dia. Ela não voltou. Ele passou a noite ali mesmo, e mal dormiu. Para seu alívio, Lollia voltou com o sol. Mas não disseram uma palavra entre si. Apenas os olhares se fizeram perguntas sem darem respostas. Comeram alguma coisa em silêncio e seguiram caminho igualmente em silêncio.

O país continuava montanhoso: vales sucediam a colinas, colinas a vales, e tanto colinas como vales, vales como colinas, eram lugares esparsamente habitados, e por gente paupérrima. Uma vez, depois de subir e descer alguns montes, chegaram a um campo de cevada, e tiveram esperança de encontrar ali por perto a casa de um lavrador onde pudessem comprar pão fresco e alguns ovos. Ao contrário disso, o que encontraram foi uma choupana miserável, e não havia outra casa nas vizinhanças a não ser essa. Aí vivia uma família muito pobre, que não tinha em casa, para comer, coisa alguma além de algumas raízes. Com essas raízes, secadas ao sol até ficarem duras e trituradas num pilão até se metamorfosearem em farinha, aquela gente assava um pão preto totalmente insípido. Grim e Lollia comeram do pão como se estivessem comendo couro.

No outro dia, ascendendo mais uma montanha, encontraram um homem vestido em hábito de frade predicante. O homem, assim que os viu, correu-lhes ao encontro. Grim, depois de render-lhe um cumprimento, perguntou de onde vinha e para onde ia; mas o pobre frade não sabia falar língua alguma em que pudessem atar um diálogo, pois era um nativo da Esclavônia. Latim para ele era o mesmo que grego, francês o mesmo que tártaro, e italiano valia tanto quanto a língua arábica, ou menos ainda. Ia a caminho de Ragendo para mendigar.

Nas colinas encontraram o rio Dravus e acompanharam-no até chegar à cidade de Pœtovio. Tens certeza, disse Grim, que o nome da cidade é Pœtovio e não Poetovio? Não poderia ficar uma hora numa cidade habitada por centenas de poetas. Lollia sorriu, e com aquele jogo de palavras fizeram pazes tácitas.

Em Pœtovio admiraram um monumento erigido em honra de Septimius Severus, um dos imperadores que os romanos tiveram às centenas. Admiraram também, numa tumba romana, uma lápide de três côvados de altura em que se insculpiram cenas da vida do poeta Orpheus. Uma chuva repentina enxotou-os para dentro de uma igreja: uma igreja grega. Logo apareceu um clérigo paramentado que lhes disse em latim: O que estais fazendo numa igreja grega? Aqui perto há uma latina: se quereis rezar, é lá, e não aqui, que deveis fazê-lo.

A chuva foi como veio: de repente. O clérigo acompanhou-os, solícito, até a igreja latina. Ali mostrou, com modesto orgulho, o braço de Santa Ana, mãe da virgem Maria, envolto em prata em sinal de reverência, e um prego, também coberto de prata, que era, segundo disse ele, um dos pregos de Cristo, com que o tinham pregado na cruz.

Grim e Lollia beijaram com devoção ambas as relíquias. Depois, em conversa com Stloga, o clérigo, Grim descobriu que ele era um monge, o que não notara antes porque, sobre o hábito, o homem trazia um manto de chamalote. Descobriu ainda, horrorizado, que Stloga era o pároco de ambas as igrejas, tanto da grega como da latina: Sim, disse Stloga, como se aquilo fosse a coisa mais natural do mundo, em tudo eu observo o rito de cada uma delas; pois, todos os domingos, primeiro celebro missa nesta igreja, e o faço à maneira ocidental, com pão não levedado; terminado o ofício, vou até a igreja grega, onde vos encontrei, e ali celebro a missa à maneira oriental, com pão levedado.

Stloga esperava de Grim alguns elogios pelo seu esforço e pela sua dedicação às duas comunidades cristãs de Pœtovio. Para sua surpresa, Grim pôs o dedo em ponta diante do seu nariz e chamou-o de herege da pior espécie, que desencaminhava as pessoas tanto de um lado como de outro. E deitou sobre ele um sermão:

— Não percebes, homem, que os dois ritos não podem ser oficiados pela mesma pessoa, por causa das controvérsias que apresentam em artigos importantes? É verdade que antigamente a igreja romana costumava tolerar o rito grego, mas nem mesmo então permitia que alguém fosse grego e latino ao mesmo tempo. E hoje, será que não sabes disso, a igreja romana condena os gregos como cismáticos e hereges, e os gregos nos excomungam, a nós que seguimos o rito latino, todos os domingos. Como pode, então, dize-me, um homem honesto e bom católico ser um pároco latino e grego ao mesmo tempo? Ninguém pode agir assim a não ser movido pela cupidez ou pela preguiça, aceitando, de cada ritual, o que lhe é agradável, e renunciando àquelas coisas, tanto num como noutro, que lhe pareçam difíceis e incômodas. É esse o teu caso? És, porventura, em tua metade grega, casado?

— Irmão — disse Stloga —, se me ouvires, mostrarei que tens razão e ao mesmo tempo não tens.

— Como? — exclamou Grim. — Tudo em ti é ao mesmo tempo sim e não? Tens alma bíplex, por acaso? Só falta dizeres-me que és ao mesmo tempo homem e mulher.

Aí lembrou-se de Lollia e receou que o outro lhe lesse o segredo escondido no fundo da mente. Tomando-a pelo braço, saiu da igreja o mais depressa que pôde.

No mesmo dia, depois de atravessar a ponte sobre o Dravus, os dois viajantes começaram a descer a montanha, seguindo o curso do rio. Lá embaixo abria-se um vale amplíssimo que, tanto quanto o olho podia afiançar, se estendia plano até o fim do mundo. Olhando para leste, Grim obrigou os olhos a um esforço para descobrir sinal do grande lago, o Bolonduarium, que constituía a última etapa de sua viagem. Momento houve em que alguma coisa brilhou, líquida, no horizonte; Grim estremeceu de enlevo e indicou com o dedo, para Lollia, aquele ponto aquoso. Ela olhou e olhou mas não viu nada; nem Grim, depois de furar e perfurar com o olho o horizonte, não conseguiu rever aquela imagem duplamente linfática: porque de *lympha*, água, e de *lymphatus*, delírio.

— Era o lago, tenho certeza — disse Grim.

— Não te preocupes — disse Lollia. — Teu lago não há de secar agora que estás tão perto dele.

# LIVRO V

# BROZ

## 113. Bolonduarium

Eis então Grim e Lollia, olhos mirando o oriente, seguindo caminho em direção ao lago Bolonduarium. É um grande nome, sim, *Bo-lon-du-a-rium*, mas é justo que um grande lago receba e conserve e ostente, como uma bandeira, um grande nome. Têm, suas cinco sílabas, cada qual sua razão de ser: *bo* está por *bonitas*, devido à sua generosa oferta de peixes; *lon*, naturalmente, está por *longuissimus*, porque longuíssimo é, e muito, embora larguíssimo muito pouco; *du*, por *dulcifluum*, por conta de suas águas muito doces, ou por *dux*, porque é príncipe entre os lagos da Europa; *a*, por *amœnum*, porque é lugar agradável à vista e aprazível; e *rium*, por *riguum*, porque ali se refrescam as pessoas no calor do estio.

Pois é um grande lago, sim, tão grande, segundo a opinião dos que já o viram de perto, que bem podia ser chamado não de *lago* mas de *pélago*. E é este lago pelágico que serve de marco para que Grim de Dru dê início, a partir de sua ponta ocidental, à última etapa da longa viagem em busca da longa história. Está, o lago, para estes peregrinos como o de Tiberias, ou melhor, de Genesareth, está para os peregrinos que demandam Jerusalém. Pois, a algumas milhas apenas das praias de sua ponta oriental, espera-os a cidade de Besprem e, nas vizinhanças de Besprem, o mosteiro de Broz e, numa das celas de Broz, o velho monge Posthumus, aquele que traz uma fístula no ânus e uma história na cabeça: a longa história dos três irmãos.

Nas velhas lendas da antigüidade pagã era no último lance de sua jornada que os heróis deviam fazer face aos mais perigosos obstáculos e mais difíceis de superar. Depois de vencidos inimigos e monstros de toda sorte, aguardavam-nos ali, à vista do tesouro a ser ganho ou da donzela a ser salva, o inimigo mais duro e mais terrível, o monstro mais feroz e mais medonho. Disso foi poupado o pobre Grim, recalcitrante herói desta Fábula. Depois de enfrentar tempestades em alto-mar, jornadas exaustivas, cruéis salteadores, perda e morte de companheiros e amigos, montanhas escarpadas, pestíferos hereges e, maximamente, tentações da carne, ei-lo recompensado, nessa última etapa do caminho, com uma estrada larga, plana, estável, posta ali a seu serviço para conduzi-lo sem maiores esforços nem perigos à sua penúltima meta, o almejado lago, vestíbulo natural da meta última, o mosteiro de Broz. Nada entre ele se interpunha e o lago. As montanhas da região, por decisão espontânea ou obedecendo a ordem superior, mantinham-se recuadas ao norte, discretas e vaporosas. Se uma ou outra se lhe atravessava o caminho era para, inclinada em reverência, transformar-se em suave colina que o herói transpunha com facilidade. Fazia algum frio, pois, cá na Ungária como lá na Ingária, já se avizinhava a estação do inverno, mas que inverno é esse que, em sua doçura, em nada se compara aos invernos rigorosos da Ingária, da Ânglia, da Saxônia, podendo ser enfrentado com a ajuda de bem fornidos agasalhos e de cálidas fogueiras? Onde estão as neves, não as neves de antigos invernos, que bem sabe o poeta que derreteram junto com os reis e as rainhas, os heróis e os poetas que lhes sentiram o toque dos dedos gélidos, mas as deste inverno hodierno, que nem caíram ainda das nuvens e, talvez, nem caiam, ou caiam suaves e leves como chuva ou orvalho?

Sim, esta é a etapa suave e leve da viagem. Os lobos que assolam os invernos de outras regiões estão ausentes do inverno desta: o que Grim e Lollia viam por aqui, às vezes, era uma família de cervos, era um porco selvagem solitário, uma turba de castores em sua faina de operários diligentes. Em vez de *maratocupreni*, surgidos da noite para matar e roubar e estuprar, o que encontravam era gente do país, gente pacífica, porque este é um país pacífico em época pacífica. A essa gente Grim perguntava pelo lago usando o nome que lhe davam na sua língua: Balaton. Todos respondiam sorrindo e apontavam com a mão na direção do leste e, se diziam uma palavra, essa palavra, ainda que incompreensível (porque a língua do país é toda ela incompreensível a não ser para os que a mamam ao peito materno), explicava-se a si própria: ali. Ou seja, estava Grim tão perto de sua meta que a palavra *ali* servia, enfim, para descrever a sua proximidade.

Ali. Mas em quantas milhas, em quantos passos, em quantos dias se traduzia a proximidade representada pela palavra *ali*? Uma velha que encontraram colhendo cogumelos, em resposta à sua pergunta, apontou para o leste e, ao mesmo tempo que pronunciava a mesma palavra secreta que significava *ali*, mostrou três dedos encarquilhados de uma mão que só tinha três encarquilhados dedos.

— Três dias ainda? — resmungou Grim, com impaciência.

— Não gostarias — disse Lollia —, numa hora destas, de ser Perseu, para cruzares num cavalo alado a distância que te separa de Broz?

— Não sejas pueril — disse Grim. — Quando falam de cavalos alados, os poetas se referem a navios, descrevendo as velas como se fossem asas. Pois, assim como os pássaros não podem voar sem asas, os navios não podem navegar sem velas. Daí se conclui que Perseu, quando veio da Grécia até o rochedo em Joppe, para ali salvar a doce Andrômeda, não veio montado num cavalo, mas sim a bordo de um navio.

No dia seguinte, avistaram ao longe o brilho de água.

— Bolonduarium — exclamou Grim.

— Tão cedo! — disse Lollia. — Só se estava à tua espera e, sentindo o cheiro da tua impaciência, ergueu-se do leito para vir ao teu encontro.

Mas não era o lago, e sim um vasto terreno de charcos e pauis crivado de juncos finos e flexíveis. No mesmo dia encontraram um trio de viajantes movendo-se apressados para oeste. Apressados mas não a ponto de passarem ao largo dos estrangeiros sem a cortesia de se deterem um momento para uma tentativa de conversação. Fez-se a conversação com a ajuda de gestos de dedos e de mãos: os estrangeiros não falavam a língua secreta do país, nem os nativos o latim universal ou qualquer dos dialetos que hoje constituem a descendência vulgar, até se poderia dizer espúria, até bastarda, da nobre *latia lingua*.

Um dos homens tinha um olho vazado e modos que o identificavam como régulo dos outros dois. Teve logo a preocupação, observando os hábitos monacais dos estrangeiros, de atravessar um índex sobre o outro num veemente sinal-da-cruz que levou até a ponta do nariz de Grim, como se para ele sentir o *odor* de sua fé. Não satisfeito em provar seu cristianismo, cuidou de extrair, por entre várias dobras de panos, a sua *mentula*, que exibiu aos olhos de Grim para provar que, não sendo circunciso, não era judeu: *Non Abraham*. Seus dois companheiros imitaram-lhe o gesto. Ambos tinham o cabelo negro e as feições asiáticas dos bárbaros que haviam invadido aquelas terras oitocentos anos antes; pareciam pagãos; na verdade, pareciam primos, ainda que distantes, de Scutigerulus, o escudeiro lapão de Totentanz. Sacudiram os membros cristãos diante dos olhos de Grim, repetiram as palavras do outro, *Non Abraham, Non Abraham*, várias vezes, rindo-se de orelha a orelha. Depois um deles, apontando para Grim, disse: *Non Abraham*. Grim pressentiu que depois seria a vez de cobrarem o mesmo de Lollia. Aí, numa inspiração, atirou-se de joelhos e, com as mãos postas e a cabeça inclinada, começou a entoar um salmo em latim. Os três nativos jogaram-se também ao chão, respeitosos, e acompanharam em silêncio aquelas palavras tão familiares e, por outro lado, tão incompreensíveis: por isso mágicas e sagradas.

Terminado o salmo, Grim deitou a mão sobre a cabeça dos três, abençoando-os. E fez a pergunta: Balaton? A resposta foi dada pelo régulo com o dedo indicador, que apontou, em riste, para o leste e depois, a prumo, para dizer: um dia.

Na manhã subseqüente, por volta de hora de terça, avistaram o grande lago, ou melhor, o fulgor de suas águas, fulgor que o sol, abrindo uma seteira entre as nuvens, fez refletir contra os olhos deles como um milheiro de flechas de cristal. Grim e Lollia tiveram de proteger os olhos para que não os crivassem aquelas flechas luminosas. Logo, no entanto, as nuvens reintegraram-se sólidas umas nas outras, relegando o sol às regiões superiores do firmamento. O lago apareceu-lhes então tal qual era, sem os artifícios cristalinos conferidos pelo sol: uma exuberante massa líquida que se estendia para leste até o limite de alcance do olhar. Se não já esperassem encontrá-lo e se não já soubessem que era um lago, teriam suposto que haviam andado em direção contrária e retornado ao mar.

Grim lançou-se em joelhos e fez longa oração de agradecimento. Diante do panorama do lago sentia-se como se já estivesse diante do mosteiro de Broz; como se já lhe fosse dado começar no dia seguinte a tarefa; como se em três dedos de dias pudesse transcrever toda a longa história dos três irmãos e, no quarto dedo, iniciar o trajeto de volta para Dru e, no quinto, abraçar Bedrus, abraçar o abade, acomodar as nádegas em sua velha banqueta e debruçar-se amoroso sobre a crônica de Crassementum. Estou perto do fim desta aventura cheia de desventura, pensou. Estou perto da paz, da felicidade e, por que não, da fama também. Não mais serei chamado de *mali puer*, mas de *libri scriptor*: entendendo-se *libri*, aí, como o livro da condessa. Depois, porém, mordeu-lhe fundo uma sensação de vergonha e de falta e de remorso. Sentiu vergonha de seus sentimentos de vanglória, de que sempre julgara estar isento. Sentiu falta do velho Tatheus, e do cavaleiro Ursus Fitzursulus, e de Repentinus, e até de Hector e do pajem, os companheiros que, por uma razão ou por outra, tinham ficado pelo caminho e agora não subsistiam ali com ele para compartilhar a emoção da chegada. Sentiu-se culpado por ter conseguido chegar e eles não. Uma culpa absurda, como se ele só tivesse chegado ali à custa dos impedimentos dos outros: à custa das vidas de Tatheus, de Repentinus, do pajem, à custa do sono penitente de Ursus. Chorou, ali, algumas lágrimas, enquanto Lollia, sentada com os joelhos dobrados e sobre eles, também dobrados, os braços, aguardava paciente secar o arroubo do companheiro.

Depois que se esfarelaram, dentro de seu coração, todas aquelas sensações e emoções, disse Grim a Lollia:

— Este é o dia mais feliz da nossa jornada.

— É cedo para dizeres tal coisa, Grim — disse ela. — Ou já esqueceste o provérbio?

— Que provérbio? — perguntou ele.

— O provérbio que aprendi na tua terra — disse Lollia: — não louves a virgem antes das núpcias, a espada antes da batalha, a camada de gelo antes da outra margem, a cerveja antes do primeiro gole, a esposa antes da sepultura...

— E não louves o dia antes do crepúsculo — completou Grim. — Mas que acidente pode ainda sobrevir antes do crepúsculo?

— Cala-te, Grim — disse Lollia —, não provoques os fados.

## 114. Castellum

Quando Grim e Lollia chegaram diante do bico ocidental do lago o sol, descaindo no poente, lambia-lhes as costas de alto a baixo com a língua tépida. O Bolonduarium jazia ali, quase ao alcance da mão, e suas águas opacas brilhavam ora como ouro, ora como púrpura. Era um lago estreito, de modo que tanto da margem sul como da norte se podia avistar a margem oposta, mas em sentido longitudinal seu corpo líquido estendia-se para além do horizonte visível.

No bico do lago havia uma vila e, à esquerda, erguiam-se renques de túmidas colinas, que vinham quase à beira da praia, como se quisessem benzer-se com um dedo mergulhado em suas águas frias. O idoso castelo sobre o topo de uma das colinas dera nome à vila, que se chamava Castellum, ou Keszthely, que Keszthely é a mesma coisa que Castellum na língua do país.

Castellum tinha uma centena de casas cobertas de palha. Entrando na vila, Grim e Lollia encontraram-na tomada de grande comoção. Por todo canto congregavam-se moradores aos pares, aos trios, aos quíntuplos e sêxtuplos. Aqui duas comadres sussurravam uma ao ouvido da outra, ali três homens queixavam-se em altos brados, mais adiante um velho chorava de raiva ou de desespero, ou de raiva *e* de desespero, cercado de várias pessoas de ambos os sexos cujos rostos sombrios demonstravam revolta numa face, solidariedade na outra. Crianças corriam por todos os lados, no sopro do medo ou do riso; cães ladravam sem saber ao certo por quê.

— Que houve aqui? — disse Grim, indicando a Lollia certa quantidade de detritos e dejetos espalhados pela rua: restos de frutas e legumes, pedaços de couro e de madeira, penas de pássaros, bolotas de carvalho, tudo sinal de que ali se realizara uma feira naquele dia. Assim pensando, Grim acrescentou: — Parecem os espólios de uma feira.

— Parecem e não parecem — disse Lollia. — As feiras que conheço costumam produzir muito mais imundície do que isso. A rua está quase limpa, Grim.

— É como dizes — concordou Grim.

De repente os dois viajantes, que até então tinham passado despercebidos, viram uma mulher gritar uma palavra aguda e apontar um dedo frenético na direção deles. Fez-se silêncio; calaram-se sussurros, brados, lamúrias, latidos; crianças fixaram-se imóveis no ponto onde estavam; olhares de desconfiança e hostilidade, vindos de todos os olhos, caíram sobre os forasteiros.

Os dois seguiram adiante, com medo. Grim rezou para que o silêncio durasse até que saíssem da vila e chegassem à praia. Não durou. Um homem alto e peludo, de pé à porta de uma casa, começou a berrar alguma coisa contra os dois. Pelo tom parecia uma pergunta, e vinha tão ríspida, tão peremptória, que fez Grim deter-se para dar resposta. Mas como responder a uma pergunta incompreensível? O homem repetiu a pergunta, mas nem isso a tornou menos incompreensível. Se a língua normangla é filha culta da língua saxônica e do neolatim dos normandos, aos ouvidos de Grim a língua que falava aquele homem soava como filha bárbara de bárbaros pais desconhecidos. O homem repetiu a pergunta mais uma vez. Uma só palavra, no meio daquela barbárie de sons, soava familiar: Broz. Grim tentou, por sinais, demonstrar que não entendia o conteúdo da pergunta nem a razão da suspeita e da hostilidade endereçadas contra eles. Depois, confiando, como homem de letras, no poder das palavras, arriscou uma comunicação lingüística: apontou para oeste e disse: *De Pœtovio venimus, non de Broz: de Pœtovio.*

Manter-se calado teria sido talvez melhor estratagema. O homem, ao ouvir as tímidas palavras de Grim, transfigurou-se num dragão furioso: as frases jorravam-lhe da boca como chamas. Outras pessoas puseram-se imediatamente a imitá-lo e logo formou-se um coro feroz de insultos, invectivas e impropérios. Alguns chegavam a ameaçá-los com os punhos e cuspir em sua direção. Lollia disse a Grim: Louvaste cedo demais este dia. Uma mulher atirou sobre ela, nesse mesmo momento, uma pêra que a atingiu em pleno rosto.

Foi o sinal para que a multidão rompesse a arremessar sobre os dois tudo que tinham à mão: às frutas e aos legumes seguiram-se pedras e pedaços de pau. Grim e Lollia saíram correndo em direção à praia. A multidão veio correndo atrás, aos berros. Os fugitivos alcançaram a praia, mas não havia salvação ali; pelo contrário, o terreno arenoso dificultava-lhes correr. Dois meninos agarraram-se às pernas de Lollia e derrubaram-na de asas abertas sobre o leito das areias. Os outros perseguidores caíram sobre ela. Grim parou, foi alcançado, e recebeu de presente uma chuva de golpes de mão e de pé que o deitou de bruços na praia. Mas foi chuva passageira: mal começara, já cessara. Pois, como se caído do céu à praia, acudiu em defesa de Grim um monge vestido de negro que, com algumas palavras rosnadas na língua do lugar, a que se somaram alguns golpes vigorosos de vigoroso cajado, fez os agressores primeiro estacar, depois recuar em desalinho. Erguendo-se da areia, Grim viu o seu salvador, com mais algumas cajadadas e mais alguns rugidos leoninos, abrir em torno de

Lollia uma clareira. A multidão, num silêncio bruto, começou a abandonar a praia em direção à vila. Grim correu a Lollia e ajoelhou-se ao seu lado. Manava-lhe algum sangue do nariz e de um ferimento no lábio, mas era só. Tinha, sim, cheios de areia os olhos castanhos, que Grim ajudou a limpar com um sudário.

O monge instou-os a se levantarem. Será este homem um monge ou um soldado, pensou Grim, vendo que levava à cinta, sobre a túnica, duas espadas: à esquerda uma espada de dois cortes, e à direita outra, de um corte só; ou então, pensou ele, este é um país em que o monge deva ser metade religioso, metade militar: e, se assim é, onde está a paz que me anunciaram? Grim ensaiou algumas palavras de agradecimento, que o monge cortou cerce com um gesto afiado de mão. Não queria agradecimentos, mas sim saber quem eram esses estrangeiros e para onde iam. Grim deu as informações pedidas: que eram Grim e Lollius, dois noviços normanglos a caminho do mosteiro de Broz.

— Broz? — exclamou o monge. — Pois tendes diante de vós, para guiar-vos até lá, o celeireiro de Broz.

— Será verdade o que ouço? — exclamou Grim. — Olha, Lollius, Deus nos enviou um anjo não só para nos salvar dos bárbaros de Castellum mas para nos guiar até o nosso destino!

— Esta é a hora de louvares o teu dia feliz — disse Lollia.

## 115. *Fárkas*

Chamava-se Fárkas Kryzosztom o celeireiro de Broz, ou Chrisostomus Vulpes, na língua latina. Era homem de quarenta anos, de cabelos pretos, nariz de ave de rapina, olhos de raposa que condiziam com seu sobrenome. Tinha alguma cultura literária: espiando com atenção as feições de Lollia, isto é, de Lollius, e admirando-se da beleza delas, recitou estes versos juvenis de Virgilius:

*Dum dubitet natura marem, faceretve puellam,*
*natus es, o pulcher, pene puella, puer,*

que, em língua romance, podem ser esticados nisto:

Enquanto hesitava a Natureza
Entre fazer-te macho ou fazer-te fêmea,
Nasceste, *puer*, quase *puella*,
Rapaz, sim, mas em forma de moça,
E tão formoso como moça, ou mais.

Lollia enrubesceu em todos os quadrantes do rosto, orelhas incluídas. Riu-se Chrisostomus, e pediu desculpas se ofendera o moço. Em seguida apontou para um barco ancorado a pequena distância da praia.

— *Ecce navigium meum* — disse ele. E, com orgulho na voz: — Chama-se *Fárkas*, como o dono.

Tudo aquilo aborreceu Grim: o orgulho, o senso de propriedade, o possessivo *meum*, e até o barco portar, como escravo, o sobrenome do dono.

— Em casa sempre me ensinaram — disse ele — que não posso dizer que nada é meu neste mundo a não ser os meus próprios pecados.

— Ensinaram-te a coisa certa — replicou Chrisostomus. — Mas, se digo que o barco é meu, faço-o por mera comodidade de linguagem. Sei que não pertence a mim, mas a Deus, a quem pertencem todos os seres e todas as coisas: sei que Deus o emprestou a mim, dentre todos os homens, para fazer uso dele, e que um dia darei contas também do uso que fiz deste barco. Pois, de verdadeiramente meu, só tenho os meus pecados: é aí, pobre de mim, que se encontra o meu maior tesouro, porque de pecados, meu amigo, sou muito rico.

No limiar da maré jazia um pequeno bote. Ali acomodaram-se os três: Chrisostomus na popa, Grim e Lollia na proa, de frente para o monge. Grim lembrou-se de Tatheus e de seus dois companheiros de bote. Ali, porém, havia remos: apossando-se deles, com algumas remadas vigorosas Chrisostomus levou o bote até o flanco do *Fárkas*.

O barco era dez vezes menor que a imensa *Katherine*, o que era natural, considerando que o Bolonduarium, com todo o seu acúmulo de água, era dez vezes, ou dez vezes dez vezes, menor que o imenso oceano. Havia três tripulantes a bordo, a quem Chrisostomus se dirigiu em *lingua ungarica*, certamente anunciando o óbvio: tinham passageiros; ou, mais óbvio ainda: zarpemos. Grim notou que o convés estava coberto de uma profusão de varas e pranchas de madeira e que, na popa, algumas ovelhas, cabras, galinhas e porcos dividiam o espaço com uma mula.

— Então estamos a bordo da arca de Noé? — disse Lollia.

Temos a bordo também um raposo e uma loba, pensou Grim, mas guardou para si o pensamento.

Içou-se a âncora, mas não se desenrolou a vela: não havia vento que justificasse o seu emprego. Foi necessário remar, e Chrisostomus e os três tripulantes sentaram-se aos remos. O barco começou lentamente a se afastar da praia. Grim se pôs à amurada. A margem sul do lago era baixa e plana; na margem norte as colinas exibiam vinhedos em suas vertentes e, em seus topos, bosques e florestas.

Pouco depois anoiteceu e tudo se tingiu de trevas. Da margem às vezes via-se piscar um olhinho de luz, indicando a presença de uma casa de pescador. Movida a oito remos, a raposa seguia noctívaga pelo lago. Grim aproveitou para descansar, estendido de costas no convés. De madrugada soprou uma brisa e soltou-se a vela. Chrisostomus aproximou-se de Lollia, que estava à amurada do barco. Seus passos fizeram crepitar a madeira do convés. Grim acordou; erguendo-se de onde jazia, reuniu-se aos dois outros. O barco movia-se sereno sobre as águas noturnas.

— No auge do inverno — disse Chrisostomus — o lago costuma congelar, mas não sei se o fará este ano: parece-me que teremos um inverno muito ameno.

Lollia mencionou o inverno rigoroso de sua terra.

— O último inverno que passei em Tule — disse ela —, antes de me levarem para a Normânglia, foi tão rigoroso que todo o mar congelou. Bandos de lobos, vindos da Noruega, atravessaram o mar congelado e assaltaram as praias da nossa ilha.

O lago amanhecia. Tudo que a noite cobrira com sua mortalha de trevas a luz ressuscitava e punha visível ao olhar. Grim maravilhou-se: o lago mostrava-se ainda mais formoso que no dia anterior.

— Um dos nossos irmãos, que Deus o tenha — disse Chrisostomus —, escreveu um belo poema sobre o Bolonduarium. Gosto especialmente da parte em que ele trata dos peixes que habitam estas águas. Com pequeno exagero diz ele que uma metade do lago é constituída de água, e a outra metade, de peixe. Ao catalogar os peixes do lago, porém, o poeta não foi muito criterioso, mas preferiu deixar-se levar pela fantasia: os peixes em sua lista são, na maior parte, peixes de água salgada, como o rodovalho, o ruivo, e a anchova. Aos salmões, que não têm o que fazer num lago, onde não há corredeiras nem cascatas, ele dedica vinte hexâmetros. Até lulas, cibas e lagostins nosso irmão inclui entre os moradores do lago, e não faz menção aos peixes que realmente vivem aqui, que são a brema, a carpa e a perca. Mas a isso chamamos licença poética. Aos poetas, tudo é permitido.

— E tu, Chrisostomus — disse Lollia —, também és poeta?

— Também faço os meus versos — disse Chrisostomus —, quando meu ofício me deixa algum tempo de ócio, o que é muito raro. Um epigrama de minha autoria, que enderecei ao irmão Adam, nosso sacristão, fez muito sucesso em Broz. Bem sabeis como é difícil achar uma rima para *Adam*, daí por que os poetas são todos obrigados a lançar mão de *arbore sub quadam*. Então imaginei o nosso Adam ensinando, sob certa árvore, que o primeiro Adão pecara junto a uma árvore, e que o último Adão, ou seja, Cristo, nascido de certa virgem, resgatara numa árvore, ou seja, na cruz, o pecado do primeiro, para concluir que, se Adão não tivesse comido o fruto sob aquela árvore, Cristo não teria morrido na cruz Em todos os versos rimam, internamente, as palavras *Adam* e *quadam*.

— Rogo-te, Chrisostomus — disse Lollia —, que nos recite teu epigrama.

Chrisostomus atendeu-lhe o pedido e recitou:

*Arbore sub quadam dictavit clericus Adam*
*quomodo primus Adam peccavit in arbore quadam.*
*sed postremus Adam, natus de virgine quadam,*
*damna prioris Adam repensat in arbore quadam.*
*ni sumpsisset Adam fructus sub arbore quadam,*
*non postremus Adam moreretur in arbore quadam.*

Aí Grim perguntou ao monge se sabia a razão do assalto movido contra eles pelos habitantes de Castellum.

— Vosso hábito monacal — respondeu Chrisostomus. — Na verdade, agrediram a vós porque não podiam agredir a mim.

— O que fizeste contra aquela gente? — perguntou Lollia.

— Nada fiz senão pôr direito o que não estava direito — respondeu Chrisostomus. — Não faço outra coisa nesta terra senão emendar e corrigir. Para tudo há uma regra, uma norma e uma lei. Se uma pessoa não cumpre o que está escrito nos regulamentos, mandam Chrisostomus repreendê-la, multá-la, puni-la, e corrigir o erro e repor as coisas da maneira como devem ser.

Castellum, explicou Chrisostomus, não reside sob a jurisdição do mosteiro de Broz, mas do de Ugra. Os monges de Ugra, com permissão obtida junto ao rei, instalaram uma feira semanal em Castellum. Ora, quem será tão néscio que não saiba que essa feira há de estrangular uma outra feira que, desde muito tempo atrás, se realiza em Vonyarcvashegy, na jurisdição de Broz? A princípio, tentamos tratar gentilmente a matéria com eles, como se faz com amigos e vizinhos. Mandamos mensagens ao capítulo de Ugra e pedimos que suspendessem a feira. Por amor à paz e à preservação de boas relações entre nós, fomos ao extremo de propor o reembolso dos quinze marcos que lhes tinha custado a autorização real.

Nossa boa vontade de nada adiantou. Eles insistiram em manter a sua maldita feira, alegando que a distância mínima que deve haver entre uma feira e outra é de sete milhas, e entre Vonyarcvashegy e Castellum, segundo eles próprios tiveram o cuidado de medir, a distância passa de nove milhas e meia e quase chega a dez. Assim, por causa disso acabamos deitando ameaças e impropérios de parte a parte. Aí fomos à presença do rei, a quem apresentamos um documento em que várias pessoas idôneas declaravam, sob juramento, que uma feira em Castellum representaria grande perda e prejuízo para Broz. O rei mandou buscar em seus arquivos a cópia da autorização que dera aos monges de Ugra, e verificou-se que ele autorizara a feira com a condição de que não prejudicasse outras feiras vizinhas. Todos nós que lá estávamos demos graças a Deus. O que fez então o rei? Escreveu uma carta ao seu conselho informando que a feira de Castellum devia ser suspensa, e vendeu-nos, por quarenta marcos, um privilégio proibindo a instalação, no futuro, de outras feiras nas vizinhanças de Broz sem nosso consentimento.

— Isso encerrou a disputa? — perguntou Grim.

— Não conheces os dominicanos de Ugra — disse Chrisostomus. — Prefiro tratar com sarracenos a tratar com eles. O bailio do rei veio até aqui num sábado, dia de funcionamento da feira, e, exibindo as ordenações reais, quis proibir a realização da feira, mas foi coberto de insultos e injúrias e não pôde concluir sua tarefa. Nós, de Broz, avisados do incidente, deixamos a matéria esfriar. Isso foi quatro semanas atrás. Anteontem nosso capítulo resolveu agir com energia e ordenou a destruição da feira de Castellum e a prisão de quantos fossem achados vendendo e comprando mercadorias. Ontem bem cedo nosso bailio chegou às colinas Bakony e ali ficou escondido nos bosques com gente de Vonyarcvashegy armada até os dentes, pronto para agir. Quanto a mim, preferi vir para Castellum neste barco. Chegamos à vista de Castellum na madrugada de hoje e, pouco antes do nascer do sol, abicamos na praia, enquanto o bailio e seus homens desciam das colinas e investiam contra a cidade. Os bandidos de Castellum, porém, foram avisados de nossa vinda, e todos os mercadores fugiram da feira como ratos, levando com eles suas mercadorias, de modo que não pudemos apreender nada nem prender ninguém. Por ordem minha, o bailio confiscou as varas em que se penduram os peixes e as pranchas em que se estendem as outras mercadorias, que são essas varas e pranchas que vedes aqui no convés. Confisquei, da mesma forma, os animais em que pudemos deitar mão, mas tudo caça pequena, porque os bois, as vacas, os cavalos e as mulas, tudo isso já tinha desaparecido quando chegamos à cidade. Nisso foi o dia, e também num sermão que apliquei à população da vila, em que até comparei seus mercadores aos vendilhões escorraçados do templo por Jesus. Dispensei o bailio e sua gente, e já me preparava para embarcar quando ouvi o escândalo provocado por vossa passagem através da vila. Logo depois vi a multidão furiosa perseguindo-vos aos dois. O que queriam convosco, é o que perguntas? Viram-vos vestidos no hábito beneditino, e quiseram arrancar-vos as peles para se vingarem de mim, porque a mim me respeitam e temem como ao diabo dos infernos. Mas não falemos dessas desavenças entre monges, mas de vós. Já sei que sois da Normânglia, mas agora dizei: o que vos traz a Broz?

## 116. Notícia de Posthumus

Disse Grim:

— Na verdade não somos ambos naturais da Normânglia, porque meu companheiro nasceu em Tule, mas vimos do condado da Ingária, no sul da grande ilha da Britânia.

— Já li sobre a Britânia — disse Chrisostomus — e sei que é uma ilha situada a ocaso da Hispânia. Sei também que se chama Britânia porque foi reino dos bretões, que perderam sua terra para os anglos e os saxões, que por sua vez a perderam para os normandos de Willelmus o bastardo, que por sua vez perderam a sua própria pátria, a Normandia, para o rei Henricus, filho do próprio Willelmus, o que bem revela que a história do mundo é uma grande confusão. Já ouvi falar da Cântia, da Nortúmbria, da Caledônia, nações situadas na ilha da Britânia, mas não do condado da Ingária.

— Talvez tenhas ouvido — disse Grim — alguma coisa sobre o conde Jocelin da Ingária, que se tornou monge com o nome de Eulalius. Sua fama de santo homem é muito conhecida entre os mortais do mundo inteiro.

— Ainda não chegou entre nós mortais de Besprem — disse Chrisostomus. — Mas dizei-me, irmãos, o que viestes fazer em nosso mosteiro?

— Chrisostomus, diz-nos, antes de mais nada — pediu Grim —, como está o irmão Posthumus? É a ele que vimos procurar em Broz, e nossa viagem terá sido em vão se ele já tiver partido em sua viagem para o céu.

— Posthumus? — estranhou o celeireiro de Broz. — Queres dizer que, dentre todos os monges pios e ilustres que habitam o mosteiro de Broz, como Tutilo, Ratpert, Notker, Wilém de Adversa, fizestes uma viagem tão longa e perigosa para ver, dentre todos eles, *Posthumus*?

— Sim — confirmou Grim. — Ele está bem de saúde?

— Estava respirando — disse Chrisostomus — quando saí do mosteiro anteontem. Dois males o afligem: a velhice e a fístula. Nenhum deles tem cura, mas a fístula é, dos dois, o menor: ao contrário da velhice, não é mortal nem permanente, pois só de vez em quando lhe põe o cu em fogo. De ambos se vale, porém, para esquivar-se a qualquer espécie de trabalho. Quem lhe ouve os gemidos há de pensar que leva sobre os ombros uma carga mais pesada que o monte Ætna e, inclusa no cu, a ponta de uma das pirâmides do Egito. É o mais inútil dos irmãos do mosteiro.

— Ouvi dizer que fez voto de silêncio — murmurou Grim.

— Menos para gemer — disse o outro. — Na minha opinião, seu voto de silêncio é um artifício a que recorreu para ser dispensado de rezar e cantar. Mas o que teria Posthumus de tão precioso para justificar a vossa vinda até aqui?

— Ele guarda um tesouro na arca da cabeça — respondeu Grim. — A *Longa História*. Não a conheces?

— A *Longa História*? — disse Chrisostomus. — Não, nunca ouvi falar de história com esse título, embora, para mim, toda história seja uma longa história. Mas de que trata essa história de Posthumus?

— De três irmãos — disse Grim.

— Será um apólogo religioso? — disse Chrisostomus.

— Pelo que me foi dito — disse Grim — não é uma história religiosa, mas profana. Dizem que é a história mais espantosa que jamais se ouviu.

— O abade não devia saber disso — disse Chrisostomus —, do contrário teria pedido a Posthumus que a contasse antes de mergulhar em seu voto de silêncio.

— Pois viemos até aqui — disse Grim — para ouvir essa história e transcrevê-la e levá-la de volta para nossa condessa.

— Então sois copistas? — perguntou Chrisostomus.

— Somos — disse Grim. — Chamo-me Grim de Grimsby, e pertenço ao mosteiro de Dru, na Ingária. Meu companheiro, Lollius de Tule, vem do mosteiro de Lom, também no mesmo condado. Conosco vinha também nosso guia e superior, Tatheus de Lom, mas foi morto por *maratocupreni* quando nos preparávamos para atravessar os Alpes. Jaz sepultado no mosteiro dos santos gêmeos, na cidade de Umbennum. Mas diz-nos, irmão, acreditas que Posthumus suspenderá o voto de silêncio para nos contar a sua história?

— Amigo — disse Chrisostomus —, como disse antes, acredito que Posthumus tenha feito voto de silêncio não por devoção mas por astúcia: como podemos exigir de um mudo que reze e cante conosco? Mas responderei assim à tua pergunta: se qualquer outro irmão do convento tivesse feito o mesmo voto, nada no mundo seria capaz de fazê-lo proferir sequer uma gotícula de palavra. Já Posthumus é imprevisível e malicioso. A vós caberá descobrir a maneira certa de persuadi-lo a abrir a boca e vomitar a história. Em outras palavras: a maneira certa de *suborná-lo*.

## 117. Caos

O vento se manteve firme toda a manhã. O *Fárkas* ia singrando as águas do lago não como raposa mas antes como cisne. Às vezes os passageiros avistavam à beira do lago uma vila, às vezes no alto da colina um castelo ou mesmo as ruínas de uma fortaleza romana. Chrisostomus dava nomes às vilas, aos castelos, às colinas, nomes bárbaros que, traduzidos, freqüentes vezes continham um significado essencialmente cristão. Este *é* um país cristão, pensava Grim nesses momentos; estou em casa, pois estou no seio da cristandade: não posso nem devo esquecer-me disso.

E mencionou ao *cellararius* o encontro com Felix de Ulma, que lhe informara que Broz estava sem abade. Chrisostomus confirmou que o mosteiro estava órfão desde a morte do abade Stephanus, mais de um ano antes.

— Quem responde pelo mosteiro durante a vacância? — perguntou Grim.

— Ferencescus, o prior — respondeu Chrisostomus. — Tem conseguido preservar a paz em nossa casa e sustentar a reputação de hospitalidade de que sempre nos orgulhamos. Podeis ter certeza, irmãos, de que sereis muito bem recebidos em Broz. Isto vos asseguro em nome do prior e do meu.

A seguir, Chrisostomus fez o relato da morte do abade Stephanus. O abade sofrera um acidente quando retornava de uma peregrinação ao santuário de Jásd: o cavalo em que vinha montado tropeçou e arremessou o cavaleiro ao chão e, tombando por cima dele, esmagou-lhe de tal modo o pé que os ossos fraturados romperam carne e pele e projetaram-se para fora como espetos. A rótula, deslocando-se com a violência da queda, se alojara na parte posterior do joelho.

— Eu mesmo estava com ele nessa ocasião — disse Chrisostomus. — Levamo-lo imediatamente para Intercisa, e aí foi socorrido por muitos médicos e cirurgiões, que, por mais que o tentassem, impondo-lhe grandes tormentos, não conseguiram curá-lo. Já no dia seguinte o pé de

Stephanus amanheceu tão negro que os médicos decidiram pela amputação. O próprio Stephanus, por amor à vida, rogou que se fizesse a operação, mas não havia ninguém, nem mesmo entre os médicos, que se dispusesse a fazê-la. Por fim, Stephanus apontou para mim e ordenou-me que o fizesse. Assim, enquanto alguém mantinha-lhe firme sobre o osso do tornozelo um machado de lâmina aguçada, eu decepei-lhe o pé com três fortes golpes de malho sobre o machado. Depois disso, os médicos aplicaram os remédios que julgaram apropriados. Mas, no outro dia, quando fomos visitar Stephanus, não era preciso ser médico para perceber que ele estava às portas da morte. Trouxemo-lo então numa liteira para Broz, e aí cuidamos dele com muita dedicação, como nos cabia. Que mais posso dizer? O ferimento supurou e a inflamação se alastrou pela perna toda e, por fim, afetou-lhe o coração: nosso pobre abade foi acometido de febre terçã. Conseguiu sobreviver aos primeiros três acessos, mas o quarto levou-lhe a alma para Deus.

— Nosso Senhor o guarde consigo — disse Grim.

— Sua morte foi muito triste — continuou Chrisostomus — e ainda mais triste porque os seus servidores pessoais, inclusive alguns parentes, não demonstraram para com ele nenhuma caridade cristã. Roubaram tudo que havia na casa, não deixaram nada a não ser algumas banquetas e mesas que não puderam carregar. Quando cheguei ao seu aposento, o corpo jazia coberto apenas por um velho lençol puído, posto ali em lugar do lençol novo que fora roubado. Por Jesus Cristo, não deixaram nem uma só moeda, por mais mínima que fosse, que se pudesse dar aos pobres em intenção de sua alma.

Grim perguntou se Stephanus fora bom abade. Chrisostomus crispou os lábios antes de responder:

— Não muito bom, se comparado aos abades medíocres. Péssimo, se comparado ao seu predecessor, Julius, a quem chamamos, na nossa língua, Gyula. Este foi um grande abade. Quanto a István, ou Stephanus, era homem gentil e amável e monge bondoso e devoto, mas não possuía nenhuma habilidade para reger e regular as atividades do mosteiro. Não sabia tomar decisões sem consultar os que o cercavam, e confiava mais nos conselhos desses homens do que no próprio julgamento. Acreditava piamente na palavra deles, recusando-se a ver a realidade dos fatos com os próprios olhos. Alguns dos monges, sobretudo entre os *obedientiarii*, que detinham nas mãos algum cargo, aproveitavam-se da velhice e da ingenuidade de Stephanus para negligenciar seus deveres e agir como bem entendessem. Alugaram-se as propriedades do mosteiro, vendeu-se a madeira dos bosques e, por inépcia, deixaram-se vários edifícios chegar a um passo de virem abaixo. E, como costuma acontecer nessas circunstâncias, as coisas pioravam dia a dia.

— Por quantos anos — perguntou Lollia — Stephanus foi abade de Broz?

— Por vinte e três anos — respondeu Chrisostomus.

— Santa Maria! — exclamou Lollia. — Foi uma praga do Egito que se abateu sobre vosso mosteiro.

Chrisostomus fixou em Lollia um olhar entre divertido e contrariado e disse:

— Posso, irmão, e devo dizer que Stephanus foi bom abade quanto às coisas da religião. A disciplina, os ofícios divinos e tudo mais que se referisse à Regra recebiam todo cuidado e atenção; os negócios com o mundo lá fora é que não iam nada bem. O subsacristão disse uma vez que vivíamos não em *statu monachale*, mas em *statu monachaos*. No meio de todo o caos, o abade recorreu aos judeus de Besprem e tomou dinheiro emprestado para manter pelo menos a dignidade de sua casa, contraindo todo ano grandes dívidas na Páscoa e na festa de São Miguel. Como nunca havia dinheiro para pagar o débito, ele era obrigado a fazer novos empréstimos para pagar os juros dos empréstimos anteriores.

— Malditos judeus — disse Grim. — Sanguessugas e parasitos da cristandade.

— Esse mau costume, como uma infecção — prosseguiu Chrisostomus —, espalhou-se de cima para baixo, e não demorou todos os *obedientiarii* começaram a contrair dívidas por sua própria iniciativa. A situação chegou a tal ponto que, muitas vezes, penhoraram-se pluviais de seda, cálices de ouro e outros objetos eclesiásticos sem o conhecimento do abade nem de ninguém. Adam, o sacristão, tomou emprestados a um judeu quarenta marcos para fazer reparos num dos relicários, que estava muito dilapidado, e no dia do pagamento renovou o empréstimo, e fez isso duas ou três vezes seguidas. Quando a dívida chegou a cem marcos o judeu veio ao mosteiro cobrar, dando-se ares de grande senhor. O abade ficou furioso e quis destituir o sacristão, mas não teve coragem nem autoridade para tanto, porque todos, incluindo ele mesmo, deviam grandes somas aos judeus. Hoje, só a dívida do sacristão está em torno de quinhentos marcos.

O latim do celeireiro, Grim observou, tinha vícios e virtudes: entre estas, um bom vocabulário; entre aqueles, um descaso pela declinação dos nomes e dos adjetivos.

— O escândalo — disse Chrisostomus — chegou aos ouvidos do rei da Ungária, que é nosso suserano, e o rei mandou-nos de Wuda o *magister* Gæza, um de seus confessores, para exigir explicações. O abade traçou um plano com seus cúmplices e, quando Gæza chegou, reunimo-nos todos com ele no capítulo, e o abade disse: Mestre Gæza, que aqui está, informou-me que o rei recebeu um relatório desfavorável sobre nós, no sentido de que os negócios desta casa têm sido mal administrados dentro e fora do mosteiro. Por isso invoco a obediência que me deveis como vosso abade e ordeno que faleis honesta e claramente sobre a situação do mosteiro. Ferencescus, o prior, levantou-se e disse que a casa estava em boa ordem, a Regra era observada com todo rigor dentro do mosteiro, e, embora tivéssemos, como qualquer outra casa de religião, incorrido em algumas poucas e pequenas dívidas, ainda assim continuávamos regendo os negócios com habilidade e prudência, de modo que nenhum débito seria capaz de causar maior prejuízo ao mosteiro. O *magister* respondeu que estava muito feliz por ouvir aquelas palavras, e mais feliz ainda por poder transmiti-las ao rei.

— *Magne Deus*! — disse Grim. — Pensar que bons monges tenham tomado parte, como se fossem atores, numa pantomima como essa!

— Nem todos aprovaram esse estratagema — disse Chrisostomus. — Depois que Gæza voltou a Wuda, alguns dos monges mais honestos se queixaram das mentiras ditas no capítulo, e por conta disso o subprior foi deposto e exilado, e outros dois monges exilados junto com ele, inclusive o subsacristão, Kaius.

— Que pai é esse — exclamou Grim — que pune os filhos sem motivo nem razão?

Comparava os abades de Broz e de Dru e julgava impossível *o seu* abade agir daquela maneira. O celeireiro, esse, continuou imperturbável seu relato:

— Dois anos depois, quando o arcebispo Ricardus veio a Broz como legado do papa, Ferencescus, o prior, repetiu a ele as mesmas palavras que dissera ao *magister*, defendendo o abade. Kaius, o subsacristão, tinha voltado do exílio, mas não contestou a declaração do prior. Eu gostava de Kaius, que me ensinara a Regra, e por isso perguntei-lhe: Que história é essa? Por que te calas em silêncio quando sabes que as coisas não são como eles dizem que são? Kaius respondeu: Irmão, o gato escaldado teme a água fervente: não viste como fomos, vários de nós, enviados ao exílio porque nos atrevemos a defender nosso mosteiro? A hora é de trevas. É a hora em que os bajuladores florescem e estão fortalecidos, e contra eles, agora, nada podemos fazer. Por enquanto, ajudemos o tempo a passar, e que Deus olhe lá de cima e julgue. Ainda insisti, mas ele disse: *Audi, vide, tace, si vis vivere in pace*. Nunca esqueci essas palavras. Seu silêncio valeu-lhe a boa vontade do abade, que daí a algum tempo o reconduziu ao cargo de subsacristão. Kaius aceitou o cargo por obediência e pelo bem do mosteiro, mas nunca bajulou o abade nem ninguém. Algum tempo depois, o pobre Stephanus resolveu ir a Jásd rezar a São Miguel pela recuperação do mosteiro. Na volta, sofreu a queda que lhe provocou a morte. Houve quem dissesse que o santo lhe atendera as preces, porque o mosteiro só poderia ser salvo com a queda e a morte do abade.

— E por que, depois de quase dois anos — perguntou Grim —, o convento continua ainda sem abade?

— Depois da morte de Stephanus — respondeu Chrisostomus — não foi mais possível ocultar a verdade sobre a má administração do mosteiro. Quando o prior e cinco monges foram a Wuda pedir permissão para eleger um novo abade, o rei a princípio nem quis recebê-los. Quando por fim os recebeu, dias depois, exigiu que se apresentassem diante dele de pés nus e corda ao pescoço. Nessa ocasião ralhou tanto com os monges que por pouco não os agrediu corporalmente. Disse que, como lhe tinham traído a confiança com mentiras crassas, primeiro usando para tal fim Mestre Gæza e, depois, o legado do papa, não podiam ficar sem castigo. E o castigo que aplicou a Broz foi deixar-nos sem abade e, em conseqüência, sem os rendimentos das propriedades abaciais, que estão sob sua custódia desde a morte de Stephanus. Subsistimos apenas com os emolumentos do próprio mosteiro.

Grim perguntou como andavam as coisas em Broz nessa contingência. Chrisostomus respondeu que algumas coisas andavam bem, outras mal. A falta de um abade deixava Broz vulnerável a certos abusos por parte de vizinhos, como fora o caso da instalação da feira em Castellum, a que talvez não se tivessem atrevido os monges de Ugra se o mosteiro tivesse um abade a postos para defendê-lo. Ferencescus, o prior, que dirigia o mosteiro durante a vacância, cuidava maximamente de preservar a paz dentro de casa, e por isso não se metia na vida de ninguém. Seus subordinados, portanto, continuavam quase todos agindo de acordo com seus próprios interesses, e suas faltas não eram apontadas nem censuradas pelo prior. Adam, o sacristão, era o pior de todos. Não pagava as dívidas nem fazia novas obras, mas esbanjava a esmo o dinheiro proveniente de ofertas e doações.

O próprio Chrisostomus, como celeireiro, tinha enorme prejuízo por falta de um abade: desde a morte de Stephanus todos os hóspedes eram recebidos às expensas do mosteiro e não da abadia:

— Em Broz, por antigo costume, cabe ao abade assumir as despesas feitas com os hóspedes, a não ser quando esteja em viagem, *extra domum*, e aí o mosteiro, através do *cellarium*, assume essas despesas. Mas, se não temos abade, o que posso fazer? Não posso mandar a conta do *cellarium* para o rei. Ele ou me mandará prender por insolência ou dirá que, se o abade de Broz nunca está em casa, *intra domum*, porque não há abade em Broz, o mosteiro que arque com as despesas dos hóspedes. Que é o que faço.

Eugenius, o subprior, e Kaius, o subsacristão, eram dos que cumpriam inteiramente seus deveres. Kaius, como responsável pela manutenção da casa, fazia o possível para consertar tudo que se quebrasse, rachasse, partisse ou deixasse de funcionar no âmbito do mosteiro. Nesse período de transição fez alguns melhoramentos no coro, mandando levantar uma cortina para proteger os monges do frio e pendurar nas paredes belas pinturas inspiradas em piedosas narrativas. Certo dia o mosteiro todo se surpreendeu com a entrega de grande suprimento de pedra e areia que Kaius encomendara para a construção da torre maior de uma das capelas. Inquirido sobre a origem dos recursos usados na compra desse material, ele respondeu que alguns moradores da cidade lhe haviam fornecido dinheiro expressamente para esse fim. Mas correram alguns rumores de que ele e outro monge, guardião do relicário, tinham atendido despesas essenciais extraindo em segredo uma parte do dinheiro depositado na caixa de coleta.

— Falei com ele a respeito disso — disse Chrisostomus — e ele respondeu: Não digo que sim, nem digo que não. Digo que, se alguém fizer tal coisa, é decente que empregue o dinheiro em obras do próprio mosteiro, e indecente que o desvie para o próprio bolso, como fazem alguns.

— Também penso assim — disse Grim.

— Temos rogado a Deus e a São Pedro, nosso patrono — disse Chrisostomus —, que iluminem o rei para que nos autorize a eleger um novo abade. Não queremos continuar nesse estado de orfandade, com toda confusão e insegurança que daí resultam. Três vezes por semana, ao sairmos do capítulo, prostramo-nos para cantar em coro os sete salmos penitenciais. E cada um de nós, nas orações solitárias, pede a Deus que nos dê essa graça, do contrário quem pode prever o que sucederá a esta casa?

— Também rezaremos por essa graça — disse Lollia.

— Sim — disse Grim. — O mosteiro de Broz não pode continuar sem uma cabeça sobre os ombros.

## 118. Erzsebet

Aquela noite dormiram no mosteiro de Tihany, que ficava num promontório na margem norte do lago. Chrisostomus tinha assuntos a tratar ali. O mosteiro ficava sobre uma pequena colina, e a vista para o lago era magnífica, inclusive à noite. No outro dia embarcaram e partiram. Com vento generoso, em poucas horas atracaram em frente à aldeia de Vörösberény.

A aldeia contava trinta casas de pescadores, todos eles portadores do mesmo sobrenome, Szárberény, que é o nome da montanha empinada às costas da aldeia. A região é coberta de vinhas e de florestas de carvalhos e pinheiros. Muito tempo atrás a aldeia fora doada pelo rei Stephanus a um convento de monjas gregas do vale de Besprem; o convento se dissolveu aos poucos, à medida que as monjas se foram extinguindo sem serem substituídas, e por fim a aldeia de pescadores foi incorporada ao mosteiro de Broz.

Chrisostomus desceu em terra com seus passageiros e um de seus fâmulos. No barco ficaram os outros dois para cuidar do desembarque da carga de madeira e dos animais apreendidos em Castellum. Um bote acabara de retornar à praia com um carregamento de pescado. Que boa fortuna, disse Chrisostomus, e desviou para lá os largos passos. Os pescadores receberam-no com olhares turvos e não lhe responderam à saudação efusiva. Indiferente, Chrisostomus inclinou-se sobre o bote; ali no fundo jazia a colheita da manhã, uma braçada úmida onde, por sobre os corpos inanimados de seus irmãos, alguns poucos peixes ainda se debatiam na ganância de viver até o último tremor da agonia. Com dedos experientes Chrisostomus retirou dali quinze dos melhores exemplares, que foram postos à parte num cesto, por assim dizer, honorífico: a quota do mosteiro. Feito isso, Chrisostomus lavou as mãos com um punhado de areia potável e, de coração leve, guiou seus passageiros até à taverna da aldeia para um gole de vinho.

Sentados às mesas da taverna, alguns homens bebiam e conversavam, outros bebiam e jogavam dados. Todos fizeram silêncio à entrada dos intrusos.

— Como se bebe nesta terra — exclamou o celeireiro de Broz. — O vinho ainda há de levar à destruição toda a Panônia.

Sentaram-se a uma mesa num canto da sala. O taverneiro trouxe um vinho de festiva brancura. Chrisostomus fez-lhe uma pergunta, o homem deu uma resposta curta e voltou ao seu posto atrás do balcão.

— Quando aprenderei — disse Chrisostomus — que não paga fazer perguntas a essa gente? A resposta que dão é sempre a mesma: não sei; o que é mentira; e, se dão outra resposta, é certo que também mentem.

A semana fora difícil e violenta ao longo do lago. Além do assalto punitivo à feira de Castellum, que Chrisostomus dirigira em pessoa no sábado, o barqueiro de Villicum fora morto na noite de quinta-feira: tinham-lhe aberto a machado uma brecha na cabeça. A Chrisostomus cabia fazer a prisão do criminoso e proceder ao julgamento: uma de suas atribuições no mosteiro era presidir um tribunal para julgar criminosos e dar sentença em várias causas e pleitos na jurisdição de Broz.

— Como e por que foi morto esse barqueiro? — perguntou Lollia.

O barqueiro de Villicum chamava-se Gergely. Transportava gente, gado e carga através do lago. Era homem corajoso mas arrogante. No inverno precedente comprara a um lavrador um porco para abate, mas, quando o lavrador cobrara a dívida, Gergely deu uma desculpa e não pagou. Na segunda vez que o homem veio cobrar o dinheiro tudo que recebeu de Gergely foram insultos e, como despedida, um golpe na cabeça com uma das varas que o barqueiro usava para impulsionar a barca.

O pobre lavrador foi queixar-se a certo Miklos, proprietário de terras, de quem era meeiro. Esse Miklos, a quem chamavam Cæcus porque só tinha um olho, pouco mais disse do que: Não quero fazer-te nenhuma promessa; e o ano consumiu-se sem que ninguém tocasse no assunto da dívida com o barqueiro. Na semana anterior, Miklos passou com outros três homens num bote de oito remos em frente a Villicum. Miklos sugeriu que abicassem ali, e desceu em terra sozinho levando um pequeno machado. A maré estava baixa, e ele teve de caminhar sobre a lama até alcançar a parte arenosa da praia.

Gergely o barqueiro bebia com alguns amigos numa casa não muito longe da praia. Miklos foi até lá e entrou na casa, onde todos, especialmente Gergely, saudaram-no cordialmente. Miklos retribuiu as saudações e disse a Gergely que era tempo de saldar sua dívida com o lavrador. Gergely replicou que não havia pressa. Miklos pediu ao barqueiro, como favor especial, que saldasse a dívida, mas Gergely replicou que não via nesse pedido razão suficiente para fazê-lo. Miklos disse que o que pedia era muito pouco, mas o barqueiro limitou-se a sorrir e a menear a cabeça. Então Miklos brandiu o machado no ar e cravou-o tão fundo no crânio do barqueiro que o machado ficou preso no osso. Desarmado, Miklos correu para fora da casa e foi perseguido pelos amigos de Gergely até à praia. Vendo algumas plantas crescendo na lama, Miklos arrancou uma delas e atirou-a, com lama e tudo, nos olhos do perseguidor mais próximo. Enquanto o homem tentava limpar com as mãos a lama dos olhos, Miklos saltou para dentro do bote e conseguiu fugir lago a fora.

— Na minha opinião — disse Chrisostomus —, Miklos fez o que devia fazer, e Gergely teve o que mereceu. Mas lei é lei. Miklos cometeu um crime e deve ser preso e julgado pelo que fez. Por isso interrogo a todos que me possam dizer onde ele está escondido, mas tudo que me dizem é: não sei. Não querem que ele seja preso, nem eu quero prendê-lo. Mas querer é uma coisa, dever é outra.

— Deixaste — disse Lollia — de interrogar a *nós* sobre esse homem. Deixaste de interrogar as pessoas que te dariam a resposta que combinaria com tua pergunta.

Grim também percebera, ao ouvir o relato de Chrisostomus, que o homicida do barqueiro era o mesmo homem, truncado de um olho, que os abordara na planície um dia antes de chegarem à vista do lago. Também percebera, mas preferira manter silêncio: por que, recém-chegado à Ungária, envolver-se em um crime cometido por um natural do país? Irritou-se com Lollia por sua incapacidade, tipicamente feminina, de manter discrição.

— Sabeis onde está Miklos? — perguntou Chrisostomus.

— Sabemos — disse ela. — E duas razões me levam a dizer-te o que sei. Uma: porque não podes mais alcançá-lo para prendê-lo. Segunda: porque assim deixarás de perder teu tempo à procura dele.

E contou a Chrisostomus o encontro que tiveram na planície com o fugitivo.

— É bom saber — disse Chrisostomus — que Miklos está fora de alcance. Agora deixemo-lo em paz onde quer que esteja, e vinde comigo: quero mostrar-vos um prodígio como nunca vistes igual.

Uma porta dava acesso aos cômodos privados onde vivia a família do taverneiro. Chrisostomus penetrou ali sem um pedido de licença ao dono da casa. Grim e Lollia seguiram-no constrangidos. O celeireiro chamou: Erzsebet! Erzsebet! Não houve resposta. A pessoa chamada não estava na casa. Nos fundos havia um jardim. Chrisostomus avançou por entre roseiras e outras flores, sempre seguido por Grim e Lollia. Lá no fundo, sobre uma esteira estendida no chão, sentava-se, de costas para a casa, uma mulher.

— Lá está Erzsebet — disse Chrisostomus.

Chegaram-se perto. A mulher sorriu para Chrisostomus e, depois, para os visitantes. Era velha e magra, e tinha grandes olhos escuros que ocupavam boa parte do rosto miúdo. Grim percebeu que seus braços eram obras inacabadas: a Natureza, por fadiga ou negligência, interrompera seu trabalho na altura dos pulsos de Erzsebet e criara uma criatura sem mãos.

— Erzsebet nasceu assim — disse Chrisostomus. — Mas vede-lhe os pés: ela soube compensar o descuido da Natureza transformando em mãos os pés.

Grim observou que os pés da mulher tinham artelhos longos e flexíveis, capazes de movimentos semelhantes aos de dedos de mãos. Chrisostomus apontou, com evidente satisfação, para alguns bordados que jaziam sobre a esteira. Erzsebet os fizera, disse ele; o que as outras mulheres fazem com as mãos ela faz com os pés, tão bem quanto elas ou ainda melhor. Era surpreendente: os bordados de Erzsebet, além de muito bem feitos, continham figuras delineadas com perfeição. Um dos seus trabalhos, feito com linha de várias cores, representava o lago: viam-se as colinas ao fundo, cobertas de vinhas e de bosques, e as águas do lago, sobre as quais flutuava um barco. Outro mostrava, em plena atividade de bordar, uma mulher a que faltavam as mãos: figuração de si mesma e de sua arte. A pedido de Chrisostomus, a mulher retomou o bordado em que andava ocupada. Grim e Lollia comprovaram, maravilhados, a destreza e a presteza com que os pés de Erzsebet *manipulavam* agulha e linha: mesmo as ações de perpassar o fio no orifício da agulha e de cortar o fio com a tesoura seus artelhos executavam sem nenhuma dificuldade. Chrisostomus, esse, sorria de orgulho ali ao lado, como se Erzsebet fosse criatura sua própria e não de Deus.

— Eis aqui uma criatura cristã — exclamou Grim, enlevado pelo prodígio à sua frente — cuja arte supera em muito a da célebre Arachnes pagã de que nos fala Ovidius. Onde estão as ninfas do monte Timolus, que não abandonam suas vinhas para vir contemplar estas obras maravilhosas? Onde estão as ninfas do rio Pactolus, que não abandonam suas águas?

— Não o fazem — disse Chrisostomus — porque a Lídia fica longe daqui, mesmo para ninfas. Mas vem gente até de Wuda para ver Erzsebet, e a rainha mesma guarda, em suas arcas, alguns dos melhores bordados dela.

Chrisostomus inclinou-se sobre os trabalhos da mulher e, colhendo dois deles, deu-os de presente aos noviços: a Grim o bordado que representava o lago, a Lollia, o que representava a própria artífice.

## 119. Magnata

À saída da aldeia, no meio de um campo, esperavam-nos pacientes uma carroça e duas mulas a ela atreladas. A carga estava protegida por uma coberta de pano.

— Vamos de carroça até Broz — informou Chrisostomus.

— O que levas na carroça, irmão? Mais peixe? — perguntou Grim.

— Bosta — respondeu Chrisostomus.

Grim baixou a cabeça, ressentido.

— Não te ofendas, meu amigo — disse o monge. — Respondi à tua pergunta literalmente: é bosta que levo na carroça. Não sentes o cheiro?

Chrisostomus explicou que, como *cellararius* de Broz, tinha o direito de recolher toda a bosta depositada pelos animais dos camponeses nas ruas das vilas e aldeias pertencentes ao mosteiro. Nesse direito residia a origem de grande desgosto entre a gente da região, que já enviara representantes para se queixar ao rei, mas sem resultado: o direito era antigo e claro.

— E o que fazes com tanta bosta? — perguntou Lollia.

— Os camponeses — disse Chrisostomus —, por eles, me obrigariam a comer toda a bosta que confisco, mas isso não me apetece. Apetece-me, sim, vendê-la a eles de volta como adubo.

Chrisostomus subiu ao trono da carroça e tomou nas mãos rédeas e relho. Os passageiros apertaram-se ao seu lado. O relho sibilou no lombo das mulas e a carroça se pôs em movimento. O cheiro de esterco acompanhou-os, pairando no ar sobre suas cabeças como um largo halo. Grim e Lollia taparam os narizes numa tentativa de escudá-los do mau cheiro; mas em vão.

— És muito malquisto — disse Grim, dando reinício à conversa.

— Os meus direitos e deveres me fazem assim — disse Chrisostomus.

E começou a fazer um relato dos deveres que cabiam ao *cellararius* de Broz. Cabia-lhe, entre outras muitas funções, prover toda comida e bebida para consumo do convento, superintender o suprimento de óleo e lenha, o armazenamento de provisões, o transporte de mercadorias, e a atividade dos moços que serviam à mesa durante as refeições. A ele estavam subordinados um subceleireiro, um *granatorius*, que inspecionava a moagem do trigo e a qualidade da farinha para preparo do pão, e todo o contingente de fâmulos do mosteiro, que a ele cabia contratar, instruir, demitir e castigar. Além disso, cabia-lhe presidir, uma vez por mês, numa casa perto do poço de Kis Thereza, o tribunal de arbítrios e sentenças: ali fazia cobrança de dízimos, renovava contratos, examinava queixas e processos, e julgava toda espécie de crimes: furto, rapto, estupro, morte. A casa, com seu jardim, pertencera outrora a um rico proprietário de Besprem, que, ao morrer, os legara ao *cellarium* do mosteiro junto com os campos de Kis Thereza e as terras dos seus servos. A esses servos cumpria pagar uma taxa de dois *denarii* por trinta acres, e também, em rodízio, arar os campos do *cellarium* um dia por semana, pagando do próprio bolso, nesse dia, seu alimento. Cumpria-lhes ainda, de acordo com o contrato original, conduzir toda semana uma carroça até Vörösberény para buscar a bosta e o peixe que os Szárberény forneciam ao mosteiro. Como fosse comum voltar a carroça com bosta mas sem peixe, Chrisostomus dispensou desse serviço os servos de Kis Thereza e, em troca, elevou de dois para três *denarii* a taxa que lhes cumpria pagar pelo uso das terras.

O *cellararius* de Broz também detinha a posse dos apriscos onde os camponeses de Besprem guardavam suas ovelhas e um terço da igreja de Szentanna, em Székesfehérvár, o que significava que, a cada três anos, a receita da igreja, e também da feira anual que se realizava em torno dela, destinava-se na íntegra aos cofres do *cellarium*. Uma antiquíssima carta régia conferira ao celeireiro o controle sobre a argila das estradas fora da cidade, daí por que os pisoeiros de Besprem estavam sujeitos, em troca do alúmen retirado do solo, a fornecer ao *cellarium* o pano com que se fabricavam sacos para transporte do sal consumido pelo mosteiro. Ai deles se não cumprissem sua parte. O *cellararius* tinha o poder de proibir-lhes o uso da água do rio Séd e de tomar-lhes todo o tecido que achasse em suas casas. Além disso, o *cellararius* tinha o direito, por antigo costume, de cobrar um imposto sobre o linho, à razão de um feixe em cada meda. A lei consuetudinária dava-lhe, também, o direito exclusivo de manter, nos campos em torno da cidade, um touro, cujos serviços como reprodutor ele alugava aos camponeses.

— És o magnata do mosteiro — disse Grim.

— Posso dizer que sim — disse Chrisostomus, empinando o nariz de falcão.

Outro privilégio concedido ao *cellararius* era o direito, nas feiras de Broz e de outras vilas circunvizinhas, de escolher antes de qualquer outra pessoa a mercadoria que desejasse adquirir.

— Até mesmo antes do abade? — perguntou Lollia.

— Depende, na verdade, da circunstância — explicou Chrisostomus. — Se o abade estiver em viagem, sim. Se, porém, o abade estiver *intra domum*, compram primeiro os que chegarem primeiro: ou os meus servidores, ou os do abade. Já, no entanto, se os meus servidores e os do abade chegarem ao mesmo tempo, os do abade terão primazia. Na compra de arenque, também o abade e o celeireiro são tratados de igual para igual: os peixeiros são obrigados a dar desconto de meio vintém o cento tanto a mim como ao abade.

— Com tantos privilégios nas mãos — disse Lollia — não é só o celeireiro de Broz que deve ser malquisto pelo seu povo, mas o abade e todo o mosteiro, desde o prior até o mais baixo *servulus*.

Chrisostomus respondeu com firmeza:

— Nosso povo talvez odeie o celeireiro de Broz, mas tem pelo mosteiro grande reverência e amor. Somos os depositários do corpo de São Desidério. A santa presença do mártir, a justa fama que atrai ao seu relicário peregrinos sem conta, a proteção que ele assegura a toda a região e os milagres que opera não têm preço.

— Disseram-me que Tarvisium guarda em sua catedral o corpo de São Desidério — disse Grim.

Chrisostomus riu com desprezo.

— O que Tarvisium guarda — disse ele — é um dos muitos falsos corpos de São Desidério que existem pela cristandade afora. O nosso é o único verdadeiro.

— Talvez — disse Grim — não tenha existido apenas *um* São Desidério, mas *vários*, de modo que todos esses corpos podem ser relíquias de santos verdadeiros.

— Não entendes — disse Chrisostomus. — Benedictus Biscop, o fundador de Broz, esteve uma vez em visita ao mosteiro de Bonneval, onde jazia o *verdadeiro* corpo do *único* São Desidério. O abade e os monges viviam em grande miséria, porque tinham sido saqueados por piratas pouco tempo antes. Tudo que possuíam era o corpo do santo. Aí Biscop, mais por caridade que por cobiça, comprou aos monges de Bonneval o corpo de São Desidério, menos a cabeça, por quinhentos marcos. A cabeça do santo foi deixada, a pedido dos monginhos de Bonneval, no relicário do mosteiro. Assim, aí tendes a prova irrefutável de que jaz em Broz o verdadeiro corpo de São Desidério, ou Dezsö, como o chamamos aqui. Pelo que sei, todos os falsos corpos do santo que se acham espalhados pelo mundo inteiro incluem a cabeça. Ora, se a cabeça do verdadeiro corpo está em Bonneval, isto significa que todos esses corpos com cabeça são evidentemente falsos, e o verdadeiro será aquele que não tenha cabeça. *Ergo*, nossa relíquia, a que falta a cabeça, é o verdadeiro corpo de São Desidério.

— No momento — disse Lollia — vossa relíquia representa exatamente o corpo do vosso mosteiro, a que também falta a cabeça.

— *Est ut dicis* — concordou o celeireiro de Broz.

## 120. Besprem

O caminho seguia rente ao pé de uma colina que os habitantes da região chamavam de Öreghegy, velha montanha, e depois se internava no meio de bosques de plátano e de salgueiro. As vinhas existiam por toda parte. Chrisostomus falou da cidade de Besprem. Disse que ficava sobre um tabuleiro em que o rio Séd escavara inúmeras ravinas, retalhando assim em diversas colinas o que era na origem uma só elevação: razão por que, disse Chrisostomus, Besprem tem em comum com Roma o fato de ter sido construída sobre sete colinas.

— Uma Roma em plena Panônia! — exclamou Grim. — Ah, irmão, tropeçamos em nosso caminho com muitos romeiros, e nem pressentimos que também nós éramos romeiros a caminho de Roma.

Chrisostomus mencionou a rainha Gizella, esposa do santo rei Stephanus, muito reverenciada na cidade. A catedral de São Miguel, disse ele, só foi construída graças à intervenção dela, num episódio que, segundo a lenda, dera o nome à cidade:

— O rei Stephanus estava sem dinheiro e não pôde contribuir para as obras da catedral, que corriam o risco de ser interrompidas. Que fez a rainha quando soube disso? Ela vestia, nesse momento, um rico manto de peles guarnecido de pedras preciosas. Pois despiu o manto e lançou-o longe, dizendo: *Vessz, prém*!, que na nossa língua significa: *Largo as peles*! Sua intenção era mostrar que valia a pena abrir mão de objetos de luxo para ajudar a concluir as obras da catedral.

— Não há conventos de monjas nesta região? — perguntou Lollia.

— Há um convento de dominicanas de Santa Catarina num vale estreito perto de Besprem — respondeu Chrisostomus.

Continuaram a viagem. O país era rico e fértil. Nos prados viçosos regalava-se um gado cinzento, que Chrisostomus informou era a cor natural do gado panônico. Na encosta dos montes viam-se ovelhas malhadas de preto e branco sob a guarda de estranhos cães peludos chamados *puli*, que pareciam ter assumido a aparência de ovelhas para melhor protegê-las.

No meio da tarde avistaram as casas de Besprem, a igreja, a catedral, o castelo, tudo espargido sobre as sete colinas da cidade.

— Como se chamam as sete colinas de Besprem? — perguntou Grim.

Chrisostomus enumerou-as: Várhegy, monte do Castelo; Benedek-hegy, monte de São Benedito; Temetöhegy, monte do Cemitério; Gulyadomb, monte do Rebanho; Cserhát, que é um nome próprio intraduzível; Kálvária-domb, monte Calvário; e Jeruzsálem-hegy, monte de Jerusalém.

Grim maravilhou-se boquiaberto.

— Tem Besprem então — disse ele — um monte Calvário e um monte Jerusalém! Que cidade prodigiosa, pois é, ao mesmo tempo, Roma e Jerusalém na Panônia. E nós, que no caminho misturamo-nos com tantos peregrinos com destino a Jerusalém, e enchemos os ouvidos com o relato das maravilhas dessa cidade, não sabíamos que também nós estávamos a caminho de Jerusalém.

Deram com o rio Séd e seguiram margeando-o por algum tempo. Havia muitos moinhos nas cercanias do rio e salgueiros debruçavam-se sobre suas águas. Por uma ponte de madeira chegaram à outra margem. Chrisostomus falou mais sobre a cidade:

— Nos arredores de Besprem foi construída, recentemente, uma formosa capela com abóbada, nave de duas baias e, numa das paredes, afrescos representando seis dos apóstolos em tamanho natural. E no lado norte da catedral de São Miguel há uma capela redonda, dedicada a São Jorge, que no início serviu de casa de missionários. A catedral é centenária. Tem três naves e uma chancela elevada sobre uma cripta. A escola capitular é muito boa. O abade Stephanus estudou lá. Tem esplêndida biblioteca e os membros do capítulo educaram-se em Bononia, em Patavium, em Vindobona. A jurisdição do bispo se estende a inúmeros mosteiros na diocese, mas não a todos: Broz não está sujeito à sua jurisdição, mas à do rei.

Gizella, a esposa do rei Stephanus, explicou o celeireiro, era uma princesa da Bavária, e fundou a diocese bespremiense logo depois do ano milenar. Por isso as rainhas da Panônia passaram a ser patronas da catedral, onde se reservam um trono e uma coroa para elas. O bispo de Besprem é quem coroa as rainhas da Panônia. A catedral e o palácio do bispo, junto com outros edifícios, ficam dentro dos muros do velho castelo, que é chamado de Vár. O interior da catedral é escuro, até mesmo num dia de sol. Na cripta se conserva o osso de um dos braços da rainha Gizella, que as monjas de Novum Monasterium, em Batavacastra, onde seus ossos repousam, mandaram de presente ao bispo.

## 121. Broz

Passaram ao largo de Besprem e prosseguiram a jornada para leste. Duas milhas depois, chegaram diante de um pomar, e dali, por sobre as árvores, já puderam ver a ponta da torre da igreja de Broz. Grim não se conteve: saltando da carroça, como um menino, atravessou correndo o pomar, ansioso por ver a ilha de paz, estudo e devoção que o aguardava do outro lado. E viu: porque, ao sair do pomar, surgiu-lhe de repente e tomou conta de seus olhos todo o conjunto de edifícios do mosteiro de Broz. A visão, pelo que tinha de grandiosa e pelo que significava para ele, Grim de Dru, arrojou-o em terra de joelhos. Tentou fazer uma oração, mas não conseguiu fazê-la com palavras, mas só com lágrimas. Como sucedera diante do lago, mas agora com mais intensidade, Grim se comoveu até o fundo do coração. Era ele o único dos *fratres* que se salvara do naufrágio da confraria e sentia-se como se, depois de nadar, nadar, nadar, chegasse enfim à vista da praia. Como diante do lago, deixou correr em sua imaginação a lembrança dos companheiros mortos ou desaparecidos. Sentiu por todos eles um grande amor, uma vontade forte de abraçá-los, de trocarem lágrimas nos ombros um do outro. Até em Nolo preferiu ver não um celerado mas um menino inseguro, que lidava com o mundo por via da crueldade. Por fim, pensou na condessa: Ah, senhora, se sentes, neste exato momento, um arrepio no coração e não sabes a que atribuí-lo, lembra do teu pobre servo Grim e sorri, porque ele está diante do lugar aonde o mandaste, prestes a dar início à tarefa de que o incumbiste, e, se pode atrever-se a um pedido, roga-te que rezes ao Espírito Santo por ele, para que se mostre operário competente na obra que ali o espera.

Chrisostomus e Lollia chegaram pouco depois com a carroça. Lollia saltou também em terra, e pôs-se ao lado de Grim a contemplar a cidade monástica. Broz assentava-se no chão de um extensíssimo campo; o rio Dilna, vindo de leste, partia-se em dois braços ao fluir para oeste diante dos muros do mosteiro, cada um deles assumindo o nome de um pássaro. Chrisostomus identificou os vários edifícios em benefício dos olhos dos dois visitantes. À esquerda, ou seja, a oeste, junto ao rio Gulipán, ficavam a enfermaria e a sacristia. Logo atrás via-se o enorme prédio da igreja, tendo a oeste o cemitério e a leste, sob a axila de um dos seus braços, o claustro e, logo à frente do claustro, a casa do capítulo, com o *scriptorium* no segundo pavimento. Atrás da igreja, junto aos muros e próximo ao portão sul, havia uma capela de São Jorge e, bem no canto do muro, uma capela de Santa Maria. Seguindo o olhar para leste, a partir da igreja, distinguiam-se, construídos em quadrângulo em torno do grande pátio, os edifícios que atendiam às necessidades do dia-a-dia do convento: o refeitório, o dormitório, a casa abacial, os estábulos, os escritórios domésticos, e o *cellarium*, com cozinha e dispensa contíguas. Em frente ao *cellarium* ficava o salão de petições e, na esquina do quadrângulo, a sala do *elemosinarius*, próximo ao portão sul, para mais fácil atendimento aos mendigos.

— Ah, irmão Chrisostomus — exclamou Grim, e traduziu sua emoção num fluxo de retórica: — certamente o sol não conhece mosteiro posto em local mais privilegiado que Broz, nem mais admirável por sua amplitude e por sua magnificência. Eu diria estar contemplando uma verdadeira cidade, à vista de tantos portões, alguns deles de metal, e de tantas torres, e dessa igreja majestosa, a que se juntam duas capelas, construídas em fino estilo, e todas dentro da esfera do mosteiro. E, se não bastasse tudo isso, ainda percorrem-lhe o jardim esses dois braços de rio, transpostos por uma ponte de arcos duplos como nunca vi mais formosa.

— Vamos, meu amigo — disse o celeireiro —, acabemos de chegar, pois a bosta que transporto fede cada vez mais.

## 122. Lava-pés

Diante do portão leste Chrisostomus e seus passageiros saltaram da carroça, que um servidor assumiu para conduzir a carga a uma das propriedades agrícolas de Broz. Penetraram a pé no recinto do mosteiro e, logo à frente da casa do abade, tiveram de contornar um grupo de judeus que, a Grim, pareciam ocupados em distraírem-se conversando em voz baixa uns com os outros. Alguns deles saudaram Chrisostomus, que respondeu com um grunhido, provocando um frêmito de riso entre eles.

— Que fazem estes judeus no interior do mosteiro? — perguntou Grim.

— Os judeus — respondeu Chrisostomus, com evidente desagrado — têm livre acesso ao mosteiro, como protegidos de Adam, o sacristão, que é por eles considerado um pai, tanto que o dinheiro deles fica depositado na sacristia, sob a custódia de Adam. Por isso, não estranheis vê-los em todo lugar a qualquer tempo e hora, porque nem mesmo a igreja lhes é interdita, e ainda têm a insolência de circular em torno do relicário e por entre os altares até durante o ofício da missa. Mas, assim que tivermos nosso abade, ele porá termo a todo esse escândalo.

Por estreita passagem entre a casa do abade e o dormitório chegaram os três ao grande pátio interno. No *cellarium* Chrisostomus foi recebido por dois de seus subalternos: Sandorus, seu assistente, e Janus, o *granatorius*. Temos hóspedes, disse ele. Trazei água para o lava-pés.

Vieram dois rápidos cântaros de água. Grim e Lollia, obedecendo a um gesto de dedo do celeireiro, sentaram-se num comprido banco de pedra recostado à parede externa do *cellarium*. Chrisostomus pôs-se de joelhos diante de Grim. Aí, enquanto Sandorus, inclinando um dos cântaros, espargia com abluções sucessivas os pés compridos e calosos do hóspede, o *cellararius* foi esfregando atentamente de cada um deles todas as diversas regiões, desde o peito em cima até a planta embaixo, desde o tornozelo deste lado até seu par do lado oposto, desde o calcanhar atrás até os dedos e entrededos na ponta, reduzindo-os ambos, direito e esquerdo, a uma condição de impecável limpeza e nitidez. Depois disso secou-os com uma toalha que lhe estendeu Janus, beijou-os em sinal de humildade e disse: Recebamos, Deus, tua misericórdia em teu templo. Daí, mantendo-se sempre em joelhos, pôs-se diante de Lollia e colheu em sua imensa mão o pé esquerdo dela, que, banhado por Sandorus com abundância de água, começou a lavar com a mesma atenção e destreza com que lavara os de Grim. Este, contemplando o pé da moça aninhado na mão do monge, deu-se conta de três coisas, e essas três coisas eram: a primeira, como, apesar dos maus tratos da longa viagem, eram alvos e pequenos e, sim, virginais, os pés de Lollia; a segunda, como cada um daquele par de alvos pés, e pequenos e, sim, virginais clamava, ao mundo inteiro, a sua condição de pés femininos; e a terceira, como ele, Grim, gostaria de estar no lugar do *cellararius* de Broz para poder cumprir, ele mesmo, a tarefa de lavar e beijar aqueles alvos e pequenos pés, virginais ou não: os pés de Lollia. Por fim, a essas três coisas acrescentou mais uma: como gostaria de ser poeta, para pôr em verso a cerimônia de lava-pés que as mãos dele Grim nunca teriam ocasião de perfazer para com aqueles alvos e pequenos pés.

Chrisostomus terminou a *lavatio* dos pés dela, e secou-os, e beijou-os, e disse:

— Creio que homem algum, nem mesmo Ganimedes, teve nem tem pés tão delicados.

Mas Grim não ouviu no seu tom de voz nenhum grão de desconfiança nem nenhum de suspeita, pois era o mesmo plácido tom de voz com que um filósofo declara um fenômeno que acabou de observar. Apesar de tantas evidências em contrário, Lollia era aceita como homem simplesmente porque era *apresentada* como homem; a suspeita abortava antes de dar fruto.

## 123. Hebreu

A casa de hóspedes olhava de frente para o portão do *cellarium*. Aí Chrisostomus transferiu ao *hospitalarius* a custódia de seus dois validos. Quanto a si mesmo, cabia-lhe, antes de tudo, apresentar-se ao prior para relatar e explicar o infrutífero assalto à feira de Castellum.

O responsável pelo *hospitium* de Broz era homem miúdo e risonho, a que chamavam Kis Petrus para distingui-lo de outro Petrus bem maior que ele. O pequeno Petrus saudou os hóspedes com tão brusca inclinação da cabeça que por pouco não cravou no peito o queixo cônico, e com um *Deo gratias* tão reverente que parecia estar diante de um par de Cristos em visita a seu mosteiro.

— Vou logo providenciar o lava-pés — disse Kis Petrus.

— Já cuidei disso — replicou Chrisostomus. — Só peço, Petrus, que os alojes por uma hora ou duas, e nesse tempo fiques à disposição deles. Verei com Ferencescus a possibilidade de alojá-los no mosteiro, porque vão passar longa temporada entre nós.

— Então dás-me hóspedes para logo os tirares de mim, Chrisostomus? — resmungou Kis Petrus.

— Aloja-os, Petrus — disse Chrisostomus —, na câmara mais limpa e asseada que tiveres.

— Todas, Chrisostomus — retrucou Kis Petrus, com altivez —, todas as câmaras do *hospitium* são limpas e asseadas.

Com isso, Chrisostomus saiu. Kis Petrus conduziu os *hospites* a um aposento da casa, cuja porta abriu com chave tão comprida quanto sua mão. O aposento era limpo e asseado como Chrisostomus pedira, e austero: havia ali duas camas estreitas e uma cadeira e nada mais. Kis Petrus fez uma ou duas perguntas convencionais, que Grim ou Lollia responderam com monossílabos ou, quando muito, com dissílabos. Depois o monge observou que as roupas e sandálias dos hóspedes não valiam, no conjunto, um óbolo, e empenhavam-se num certame umas contra as outras para decidir quais as mais pobres e gastas. Rogam, de fato, em cada fio, para serem substituídas, e nesse sentido darei recado ao *camerarius*.

— Vejo que precisais também — disse ele — de nova tosquia. Também darei recado ao *camerarius* a respeito disso. Vamos deixar-vos como novos.

Depois perguntou se gostariam de visitar a igreja e o relicário. Grim disse que sim; Lollia, que não: Sou o mais frágil de nós dois, justificou, e preciso descansar um pouco da viagem.

Grim acompanhou Kis Petrus até à igreja. Os judeus estavam em todo canto, aqui imóveis como sentinelas, ali rondando os edifícios como cães vadios, lá adiante saindo da igreja como nobres personagens. Aqui em silêncio soberbo, ali em conversa insolente, lá adiante trocando sorrisos de escárnio.

— *Furciferi*! — rosnou Kis Petrus num murmúrio. — Só porque lhes devemos dinheiro arrogam-se o direito de freqüentar nosso mosteiro como um prostíbulo.

— O irmão Chrisostomus — disse Grim — acredita que só a eleição de um bom abade porá termo a essa pestilência hebraica.

Kis Petrus sorriu:

— Ele tem vergonha de sua origem.

— Como? — assustou-se Grim. — Chrisostomus um judeu?

— Convertido, é claro — disse Kis Petrus.

Grim ficou tão ansioso por saber em mais detalhe aquela história extraordinária que não quis dar mais um passo antes de ouvi-la. Kis Petrus contou: Alguns anos atrás, o arcebispo de Wuda foi a uma cidade do norte da Panônia, Maria ad Nives, pregar a cruzada contra os infiéis que assolavam, como ainda assolam, a Terra Santa. Alguns habitantes, em quem não palpitava desejo algum de se fazerem cruzados, começaram a queixar-se uns com os outros, dizendo-se: O que nos pede o arcebispo? Pede-nos que percorramos largas distâncias em direção ao remoto oriente, debaixo de sol, de chuva, de neve, com pouca água para beber e ainda menos pão para comer, para então, se não tivermos morrido de febre pelo caminho, combatermos na Palestina os inimigos de Deus. Pois isso parece-nos perda de tempo e desperdício de energia, já que aí estão, diante de nossos olhos e ao alcance de nossos braços, exatamente aqueles que dentre todos os povos do mundo sempre foram e ainda são os piores inimigos de Deus. Inflamados por tais palavras, esses homens deitaram mão às armas e, arrebanhando os judeus da região e conduzindo-os à força até uma igreja, ali, sem discriminação de sexo nem de idade, passaram todos eles a fio de espada, exceto uns pouquíssimos que aceitaram a conversão ao cristianismo.

Na ocasião do massacre, certo nobre subtraiu do rebanho hebreu um menino de seis anos e, salvando-o da morte, levou-o ao palácio de sua mãe, uma senhora de alta estirpe, que fora casada com um conde. Essa excelente mulher, agasalhando gentilmente o menino, perguntou-lhe se aceitaria submeter-se à lei cristã. O menino não se recusou, sabendo que, se não aceitasse, teria o mesmo fim que os outros judeus. Assim, mãe e filho levaram sem demora o menino a uma igreja, onde, ditas as sagradas palavras do ritual, o menino recebeu o sacramento do batismo cristão.

A condessa chamava-se Thereza, e seu filho, Kryzosztom. Este, como padrinho de batismo do menino, deu a ele, além de uma nova vida, um novo nome, o seu próprio.

Alguns tios do menino, que moravam em outra cidade, logo começaram a cobrar do rei a sua restituição à família. Para evitar que o menino tornasse a judaizar-se, com grande prejuízo para sua alma, a condessa confiou-o em segredo aos cuidados do mosteiro de Broz. Ali esse *puer ex hebræis natus* trocou a língua hebraica pela latina e, no regaço maternal da igreja adotiva, aprendeu a amar de grande amor o cristianismo e, no seu seio, sorveu todo o conhecimento teológico necessário à vida monástica, triunfando assim sobre seu espírito por natureza perverso e turbulento e cruel.

Passou-se o tempo e o intelecto já por si agudo de Chrisostomus se aguçava dia a dia cada vez mais, de modo que, entre o círculo de estudiosos do mosteiro, não havia um só que mais se distinguisse pela inteligência. Capaz de raciocínio profundo, sem nenhum talento para a inveja nem para a detração, Chrisostomus desde cedo mostrou um temperamento que, se por um lado era alegre e cândido, por outro era rígido e autoritário. Para consolidar-lhe a fé, o arcebispo de Wuda mandou-lhe um pequeno tratado que ele próprio escrevera contra as tendências judaizantes de um conde valáquio. Para surpresa geral, o jovem Chrisostomus enviou, em resposta ao bispo, uma compilação tendo como assunto as razões para a fé. Depois disso, o jovem demonstrou grande aptidão para as tarefas administrativas do mosteiro, e muita facilidade para lidar com finanças, o que se atribuiu à índole natural de sua raça. Assim, muito novo ainda foi nomeado *emptor*, e tão bem se saiu naquela função que logo chegou ao ofício de *subcellararius*.

Nessa ocasião, o *cellararius* era um monge chamado Giorgius. Também ele, como os outros, tomara dinheiro emprestado aos judeus sem consultar o capítulo. Quando a dívida chegou a sessenta marcos, o abade foi convocado a pagar a dívida do celeireiro. Giorgius foi deposto, embora alegasse que, por ordem de Stephanus, há três anos vinha recebendo todos os hóspedes na casa de hóspedes, mesmo que o abade estivesse *intra domum*, e que se endividara para pagar essas despesas que não competiam ao *cellarium*. Chrisostomus foi indicado para substituir Giorgius. Sete dias depois, trouxeram ao *hospitium* três nobres com seus escudeiros para serem alojados ali, embora o abade estivesse em casa. Ah, meus amigos, disse Kis Petrus, como Chrisostomus ficou furioso! Recusou-se a falhar no seu dever como o outro havia falhado, e o que fez? Levando consigo as chaves do *cellarium*, escoltou os visitantes até o salão do abade, e foi até Stephanus e disse: Pai, bem sabes que é costume entre nós que os visitantes sejam recebidos e alojados na casa do abade, se ele está em casa. Estes hóspedes são teus: não posso nem quero recebê-los. E aqui estão as chaves do *cellarium*, se preferires nomear um celeireiro mais do teu agrado. O abade foi obrigado a receber os hóspedes em sua casa, querendo ou não, e nunca mais deixou de fazê-lo se estivesse *intra domum*, conforme o costume de Broz. Quanto a Chrisostomus, tem sido nosso celeireiro há dez anos, e logrou reduzir a dívida do *cellarium* pela metade, embora ainda deva alguma coisa aos judeus, como todos os *obedientiarii*.

## 124. A igreja

Grim diante da igreja de São Pedro Retifex de Broz. Grim *minusculus mus* diante das imensas dimensões do edifício. Grim boquiaberto de espanto e devoção diante de tantas manifestações artísticas do amor dos homens pela divindade una e trina.

A igreja do mosteiro de Broz estendia-se de oeste para leste por mais de quinhentos pés de comprimento, e sua fachada ocidental, que media duzentos e cinqüenta pés de largura, ostentava duas torres octogonais gêmeas e, entre elas, uma terceira que, a Grim, parecia rivalizar com a torre de Nimrod. O portal, no centro, era grandioso, e Grim se deteve para contemplar, extasiado, os nichos escalonados que, lá no alto, abrigavam as imagens dos onze apóstolos: Pedro, com um livro numa mão e uma chave na outra, ocupava o nicho de honra ao centro; à sua direita Grim reconheceu André com a cruz oblíqua, Bartolomeu com a faca que usaram para esfolá-lo, Iago Maior em traje de peregrino com conchas, Iago Menor com o bordão de andarilho, e João, imberbe como Lollia, com o cálice e a serpente; e, à esquerda, Judas Tadeu com a maça, Mateus com a alabarda, Simão com a serra, Tomás com o esquadro e Filipe com o bastão cruciforme.

— Todas essas formosas imagens — disse Kis Petrus, com evidente orgulho — foram esculpidas por artesãos do nosso próprio mosteiro, que enviamos à Alamânia para aprender a arte e ensiná-la a outros.

— Não me lembro de jamais ter visto — disse Grim —, em mosteiro algum, imagens tão bem trabalhadas como estas.

Se não fosse por Kis Petrus, Grim teria permanecido ali, gargarejando diante de cada uma das onze imagens, durante horas, obrigando a Fábula, e os leitores e ouvintes da Fábula, a esperar pacientemente por ele todo esse tempo. Kis Petrus, porém, que sabia que muitas outras maravilhas havia dentro do edifício para serem vistas e admiradas, interrompeu-lhe o gargarismo e, tomando-o pelo braço, endereçou-lhe os passos portal adentro. Abertas as pesadas portas de bronze, entraram ambos num nártex tão vasto que bem poderia alojar em seu âmbito todo um exército de peregrinos. Assim que se achou dentro da igreja em si, Grim estacou ainda mais extasiado que antes. Adornava a nave um painel elevado que se estendia de uma parede à outra, contendo várias pinturas sacras, representando Cristo, a Virgem Maria e os doze apóstolos, sim, doze, porque o artista substituíra a figura sinistra de Judas Iscariotes pela douta e imaculada de São Paulo.

Kis Petrus informou que aquelas pinturas tinham sido adquiridas na Itália pelo fundador do mosteiro, Benedictus Biscop, por ocasião de uma das várias viagens que fizera a Roma. Seu objetivo tinha sido cumprido: todo aquele que entrasse na igreja podia, aonde quer que dirigisse o olhar, pousar os olhos sobre as feições amenas de Cristo, de sua mãe, e de seus apóstolos e santos, ainda que apenas em pintura, e com mente atenta refletir sobre os benefícios da encarnação de Nosso Senhor.

A nave era longa e avançava além do transepto, onde ficavam o coro e a entrada para a cripta que lhe ficava embaixo, e culminava numa abside com deambulatório e capelas radiais. Sobre as capelas pendiam algumas pinturas, trazidas também da Itália por Biscop, representando cenas que estabeleciam uma relação entre o Antigo e o Novo Testamentos: uma delas mostrava, por exemplo, Isaac carregando a lenha para seu próprio sacrifício enquanto noutra aparecia Cristo carregando sobre os ombros a cruz em que seria supliciado. Chamaram a atenção de Grim, postas cada qual em seu nicho na parede da abside, duas figuras femininas. Perguntou quem eram, e Kis Petrus respondeu que Ecclesia e Synagoga: a primeira representa o Novo Testamento e os Evangelhos, a segunda, o Antigo e a lei mosaica.

— Ambas as estatuetas — disse Kis Petrus — foram doadas ao mosteiro por Chrisostomus, que as trouxe de uma viagem que fez à Francônia.

Synagoga representava as profecias, e Ecclesia, a realização dessas mesmas profecias. Grim examinou-as com atenção: Synagoga, esculpida na postura de abandono e desalento dos vencidos, tinha uma venda nos olhos e, numa das mãos, uma lança partida e, escorregando-lhe dos dedos da outra mão, as tábuas da Lei; já Ecclesia, corpo ereto e imponente, trazia uma coroa à cabeça, na mão esquerda um cálice e na esquerda um comprido crucifixo envolto num lábaro, tudo isso indicativo de seu triunfo. A arrogância e a prepotência manifestas na postura de Ecclesia eram essencialmente masculinas; já em Synagoga a submissão e a languidez próprias da fêmea tinham algo de marcadamente erótico que atraiu e repeliu Grim: e suas feições lembraram-lhe Lollia.

Por fim, Kis Petrus mostrou-lhe o mausoléu de São Desidério, que era formado de placas de ouro decoradas com pedras coloridas, e coberto por um cibório que o último abade, o pobre Stephanus, mandara construir ali. Através de uma portinhola Grim penetrou no mausoléu e contemplou, embevecido, o sarcófago do santo. Notando uma linha de mármore azul contornando o sarcófago a uma distância de quinze pés, perguntou a Kis Petrus se aquela linha marcava o limite de aproximação do sarcófago permitido ao peregrino.

— As mulheres não podem ir além dessa linha — explicou Kis Petrus —, mas nós homens, sim.

Grim agradeceu mentalmente a Deus tê-lo criado homem e não mulher e, atravessando a linha azul, ajoelhou-se diante do sarcófago e rezou ali durante algum tempo. Tão absorto esteve que não escutou a chegada de outras pessoas no mausoléu. Subitamente sentiu que havia uma pessoa ajoelhada à sua esquerda e, lançando sobre ela um olhar, viu que era Lollia.

— Que fazes aqui? — exclamou.

— Rezo — respondeu ela.

— Não podes — começou ele, e ia dizer: passar da linha azul, mas conteve-se. Olhando para trás, viu a figura imponente de Chrisostomus ao lado do pequeno Kis Petrus.

— Não posso o quê, irmão Grim? — disse Lollia em língua saxônica. — Ficar muito tempo longe de ti?

Depois disse *amen* e, fazendo o sinal-da-cruz, ergueu-se em pé.

## 125. O prior

Tinham saído da cripta, e Chrisostomus disse a Kis Petrus:

— Ah, Petrus! Estive contigo e nada me disseste sobre as novidades. Antes me participarias o nascimento de uma ovelha do que aquilo que é realmente importante para o mosteiro.

— Que queres dizer, irmão? — disse Kis Petrus.

— És o *hospitalarius* de Broz — disse Chrisostomus — e não me disseste que o arcebispo de Colonia Claudia está hospedado entre nós!

— Irmão — disse Kis Petrus —, o arcebispo não está hospedado aqui comigo, mas na casa abacial. Além disso, não sabia que tinhas tanto interesse assim no arcebispo Waltharius.

— Homem de Deus! — exclamou Chrisostomus. — Por mim, o diabo poderia levar o arcebispo para o inferno, se ele não estivesse a caminho de Wuda, onde terá audiência com o rei. — E, dirigindo-se a Grim: — Acabo de saber, por Ferencescus, que o arcebispo, comovido com a situação de Broz, prometeu dizer ao rei uma palavra sobre as nossas eleições. Se fizer o que prometeu, e não há razão para não fazê-lo, o rei não se negará a atender-lhe o pedido, e logo este mosteiro infeliz terá de novo um abade para guiar-lhe os passos.

— Isso se o rei — contrapôs Kis Petrus — não fizer o que fez ao mosteiro de Jásd. Se já esqueceste, eis as exatas palavras da mensagem que mandou aos monges: Concedo-vos o direito de fazerdes eleição livre, mas proíbo escolherdes como vosso abade qualquer pessoa exceto meu bom amigo Mátyás, arquidiácono de Salva.

— Maldito seja o abade Mátyás — disse Chrisostomus. E, para os hóspedes: — No ano passado, quando ainda arquidiácono de Salva, esse homem hospedou-se aqui em Broz acompanhado por noventa e sete cavaleiros com seus cavalos, e mais vinte e um cães e três falcões, e em poucos dias consumiu, com seu maldito séquito, o que nos sustentaria a nós um mês inteiro. E não posso lembrar-me sem ódio do trabalho que me deu alimentar os malditos falcões, dois dos quais só comiam carne de pomba e de porco, e o terceiro, o favorito de Mátyás, só carne de cabra gorda e de galinha macia e, dia sim, dia não, uma lebre caçada no máximo seis horas antes.

— Quando tivermos abade — sugeriu Kis Petrus — façamos a ele o mesmo, ou pior, em seu mosteiro de Jásd.

Saíram da igreja pela porta que dava para o claustro. Atravessaram-no. Havia alguns monges ali, lendo, rezando, caminhando em silêncio. A visão, tão familiar que era, fez Grim deter-se: pareceu-lhe que retornara a Dru. Mas havia alguma coisa estranha no local, muito estranha, que quase chegava a ofendê-lo. O que era? Grim logo descobriu: aquele era um universo *estático*, de tal modo estático que até mesmo os monges que se moviam ao longo dos quatro lados do claustro pareceram-lhe imóveis. Quantos anos precisariam eles caminhar naquele espaço até terem completado as duas mil milhas que ele, Grim, em alguns meses caminhara de Burdigala até ali? Baixou os olhos para os pobres pés, que o tinham trazido através de toda aquela distância. Temo, murmurou entre os dentes, que nunca mais se sintam à vontade senão andando: que nunca mais tenham o desejo de *parar de andar*.

Dali Chrisostomus conduziu Grim e Lollia à presença do prior. No caminho, explicou que Ferencescus aquiescera a seu pedido para que se alojassem os dois copistas no dormitório claustral e não na casa de hóspedes, visto que ambos participariam da vida do mosteiro como internos durante todo o tempo de sua estada.

Ferencescus era homem magro de rosto e magro de corpo, com supercílios severos que contrastavam com a melancolia dos olhos. O encontro entre ele e os viajantes foi breve. O próprio Ferencescus estava excitado com a promessa feita pelo arcebispo de Colonia Claudia, e queria livrar-se daqueles hóspedes menores para dedicar pensamento, palavra e obra a hóspede mais ilustre. Por cortesia, porém, ouviu de Grim uma síntese de sua missão e de sua viagem, depois fez uma pergunta a Grim, outra a Lollia. Na resposta, ela usou *ipsa* no feminino referindo-se a si própria.

— *Non* ipsa, *frater, sed* ipse *dicere debes* — corrigiu-a o prior, por força do ofício.

— Essa gente de Tule — apressou-se Grim a justificar o lapso de Lollia — vive trocando os gêneros ao latinizar.

— Aqui entre nós ocorre o mesmo — disse o prior — e isso talvez ocorra porque em nossa língua o mesmo pronome designa *ille* e *illa*. Assim, um pároco de Zellia, cujo latim era precário, desvirtuava as palavras do batismo, dizendo: *Baptizo te in nomine patria et filia et spirita sancta*. Quando Stephanus, nosso abade, que hoje vive com os anjos, descobriu isso, ordenou que se repetissem todos os batismos celebrados pelo pároco, mas foi feita uma consulta ao papa e o papa repreendeu o zelo do abade, alegando que no ato do pároco não houvera heresia, mas só erro de gramática. Desse incidente adveio um provérbio muito usado entre nós: *Pro Zellia non zelo zelatus sis*: não sejas zeloso de zelo por Zellia.

— Nosso Tatheus — disse Lollia — não teria aceitado de bom grado a complacência do papa.

Depois disso, Ferencescus lembrou aos copistas que o irmão Posthumus estava imerso em voto de silêncio voluntário.

— Trata-se de irmão idoso, doente e obstinado — disse ele —, por isso não quero interferir nas suas relações pessoais com Deus. Espero que vós mesmos possais persuadi-lo a suspender o voto, ainda que temporariamente, porque de outro modo não sei como podereis cumprir vossa tarefa. Mas conto com a sensibilidade de Posthumus para acreditar que não será capaz de decepcionar-vos após tão longa e difícil viagem.

Depois ainda perguntou:

— Se essa história, que não conheço, é tão longa como o nome indica, sois peritos naquilo que chamam *ars notaria*?

Grim foi obrigado a admitir que não sabia que arte era essa.

— Pelo que me disseram — explicou Ferencescus —, trata-se de invenção de vossos conterrâneos da Britânia: um sistema que permite escrever-se tão rapidamente como se fala.

Aí pediu licença para encerrar a entrevista, porque prometera encontrar-se com o arcebispo Waltharius antes das vésperas.

Lá fora Chrisostomus contou-lhes a razão por que Ferencescus se internara no mosteiro de Broz.

Seu nome no século fora Ferenczi Ferenc. Era cavaleiro e filho de cavaleiro e, sendo o primogênito, tudo indicava que viveria no século como nobre proprietário de terras. Ocorreu, porém, que sua mãe, cujo nome era Yldica, rompeu o voto nupcial e enamorou-se de certo cavaleiro e com ele cometeu adultério. Isso se tornou notório, e Ferenc, o filho, para vingar a afronta feita ao pai, que andava ausente na ocasião, assaltou o amante da mãe uma noite quando retornava de um encontro com ela. O homem foi espancado e mutilado pelos companheiros de Ferenc e, depois, posto em cima de uma mula e conduzido para casa: não mais homem nem tampouco mulher. Yldica, horrorizada pelo escândalo que se seguiu e ferida no fundo de seu coração de fêmea, encheu-se de feroz desejo de vingança. Pouco depois sobreveio-lhe a notícia da morte do marido no estrangeiro. Fugindo para a corte do rei, a viúva declarou que Ferenc, seu filho, não era filho de seu marido, mas de outro homem de quem ela fora amante e com quem mantivera um relacionamento adúltero. Isso declarou mais por malícia do que por amor à verdade, sustentando a declaração com um juramento que fez diante do rei. Em conseqüência desse juramento, na verdade um perjúrio, o rei, antes por cobiça que por justiça, deu a filha de Yldica, que considerou herdeira paterna, em casamento a um jovem cavaleiro de sua própria família. O pobre Ferenc, vendo-se deserdado e alvo do ódio da própria mãe, entrou em desespero e só a fé salvou-o de se matar. Desiludido do século, ingressou no mosteiro para lamber as feridas e aqui está há vinte anos.

— Então essa mulher — exclamou Grim —, sacrificando todo decoro e respeito, por meio de ato vergonhoso privou da herança o próprio filho e da honra a si mesma.

— Fez isso para colher vingança e saciar o ódio — disse Chrisostomus —, no que não se desviou uma gútula sequer de sua natureza feminina.

— Não disse Juvenal — acrescentou Grim — que ninguém sente maior prazer na vingança do que a mulher?

— Sim — concordou Chrisostomus —, e no *Eclesiástico* lemos que não há fúria nem maldade maiores que as da mulher.

— E não admira — rebateu Grim — que Tullius tenha dito sobre a mulher: Pode acontecer que um homem cometa um crime na tentativa de obter vantagens pessoais; a mulher, porém, não hesitará em cometer *todos* os crimes do calendário só para satisfazer um capricho passageiro.

— Pobre Ferencescus — disse Lollia.

## 126. No refeitório

Chrisostomus alojou os dois copistas numa cela contígua à sua própria. Logo Lollia saiu para ver, com o *cellararius* como guia, os estábulos do mosteiro e outros locais desprovidos de interesse religioso. Grim ficou só.

Algum ocupante anterior daquela cela gravara por entre as rugas da parede alguns versos em letra miúda, que piscaram de onde jaziam para chamar a atenção dos olhos de Grim. Com algum esforço ele pôde ler:

> Simples e pura *puella*,
> mais brilhante que estrela,
> por Deus a dedo escolhida,
> sem sinete de má vida,
> faz logo o que decidiste,
> e deixa este mundo triste;
> despreza as fúteis loucuras:
> ganharás bênçãos futuras.

Os versos estavam endereçados *ad virginem devotam*, e Grim comoveu-se até os ossos imaginando aquela virgem simples e pura que renunciara às paixões do mundo por amor de Deus. Comoveu-se também imaginando o autor daqueles versos, algum monge enamorado, mas limpo de qualquer intenção carnal em seu amor, tanto que endossara em seu poema a renúncia da virgem, renúncia que incluía ele próprio. Imaginou-se, ele Grim, na pele daquele monge e pensou como seria bom se pudesse, por via de um milagre, inserir em sua própria vida a *munda puella* do poema no lugar da *mundana Lollia* com quem mantinha tantas diferenças e discórdias.

À hora das vésperas Grim voltou à igreja para, pela primeira vez, cantar o ofício com seus novos irmãos. Nem Lollia nem o *cellararius* estavam ali. Grim correu o olhar de um para outro dos monges mais idosos, tentando adivinhar qual seria Posthumus, mas depois lembrou-se do que lhe dissera Chrisostomus, que Posthumus não costumava freqüentar o coro.

Mais tarde, no refeitório, Grim perguntou a Kis Petrus se estava ali o velho monge. Não está aqui, respondeu o *hospitalarius*; e, para compensar, apontou-lhe um homem alto, esguio e louro, que ultrapassava em cabeça e ombros a maioria dos monges de Broz: o arcebispo de Colonia Claudia. Com ele estavam Ferencescus e outros três monges, aos quais o arcebispo concedia olhar e gestos de grande deferência.

— Quem são? — perguntou Grim.

Os três monges eram Notker, Ratpert e Tutilo, companheiros inseparáveis que formavam em Broz uma espécie de trindade, unidos num só coração e numa só alma. No entanto, disse Kis Petrus, embora tão próximos pelo coração, pela natureza são inteiramente diferentes uns dos outros. Notker tem corpo frágil e mente forte, e se gagueja na fala não o faz no espírito; é elevado em seus conceitos, paciente na adversidade, gentil em todas as coisas, estrito na imposição da disciplina no mosteiro, mas tímido e assustadiço exceto se assaltado por demônios, a que sempre enfrentou com intrepidez. É hábil em iluminuras e em composição; em suma, um verdadeiro vaso do Espírito Santo, tão pleno de sabedoria como os melhores do seu tempo. Já Tutilo é totalmente diferente. Forte e ágil de corpo, de palavra articulada e voz clara, é excelente pintor e entalhador; tem grande habilidade musical tanto na harpa como na flauta, e Stephanus cedeu-lhe uma cela especialmente para dar lições de música aos filhos das famílias ricas de Besprem. Tem conhecimento de arquitetura e de todas as artes congêneres. Expressa-se de forma solta e articulada em vernáculo ou em latim, tanto em coisas sérias como divertidas. Dele disse o rei uma vez: O diabo leve quem transformou em monge um homem tão engenhoso! No coro sua voz soa poderosa, e já o vi em pranto ao fazer suas preces a Deus. Por fim, excelente autor de poesia e de melodia, mas casto a ponto de fechar os olhos na presença de mulheres. Quanto a Ratpert, é um meio-termo entre os outros dois. Tendo atuado desde jovem na escola do mosteiro, é *magister peritissimus*, embora muito duro na disciplina. De todos os monges de Broz é o que mais detesta pisar fora do claustro, e não gasta mais que um par de sandálias ao longo do ano inteiro. Assíduo na escola, às vezes ausenta-se dos ofícios e da missa, dizendo: Boas missas ouvimos quando ensinamos os jovens a cantá-las. Costuma dizer que a impunidade é a pior peste da vida do claustro, mas só aparece no capítulo se expressamente convocado, dizendo que carrega sobre os ombros o peso de censurar e punir.

No refeitório Grim reviu Lollia, que se acomodara ao lado do *cellararius*. O leitor da semana subiu a seu posto e, antes de começar a leitura, explicou que, por sugestão de Ferencescus, leria a parte da crônica de Broz referente à fundação do mosteiro: para conhecimento e edificação do nosso amigo e protetor, o arcebispo Waltharius de Colonia Claudia.

## 127. O fundador de Broz

Chamava-se Benedictus Biscop o piedoso servo de Cristo que, com a ajuda da divina graça, construíra, em honra do mais santo dos apóstolos, Pedro, o mosteiro de Broz na confluência dos rios Batla e Gulipán.

Esse Benedictus era bendito em graça como em nome; desde menino, revelando consciência mais de adulto que de infante, preservou sempre a alma imune a toda falsa deleitação. Descendia de linhagem nobre mas, aos quinze anos, tudo — casa, pátria, pai e mãe e parentes —, tudo deixou por amor a Cristo e ao Evangelho, e saiu em busca do caminho que leva à vida eterna na cidade celestial. Absteve-se de participar de núpcias carnais para poder, com o emblema da castidade, seguir o Cordeiro rumo ao reino do céu; absteve-se de, pela conjunção da carne, gerar filhos destinados à mortalidade na terra, para, pelo ensino da doutrina espiritual, gerar filhos destinados à imortalidade no céu.

Benedictus foi grande andarilho e isso deu ensejo a que os inimigos chamassem-no *ambulator*, apodo que durante algum tempo acrescentou aos próprios nomes, assinando assim cartas e documentos. Sua primeira viagem foi à cidade de Roma, e aí cuidou de visitar e venerar em pessoa o local de repouso das relíquias corporais dos santos apóstolos, por quem sempre se sentira inflamar de fervoroso amor.

De Roma o jovem Biscop deslocou-se para a ilha de Lerina, onde se integrou a uma companhia de monges e aí residiu durante dois anos, instruindo-se na aprendizagem da vida monástica. Aí recebeu a tonsura, fez os votos e observou sempre a disciplina regular com grande determinação.

Quando sentiu palpitar no coração o desejo de regressar à Panônia, Biscop despediu-se de seus irmãos de Lerina e fez a viagem de volta trazendo consigo grande número de livros de literatura sacra, que ou comprara com seu dinheiro ou recebera de presente. Chegado à província natal, fez uma visita a Wuda, onde, ao exibir na corte os santos volumes e as abençoadas relíquias de apóstolos e mártires de Cristo que trouxera da Itália, chamou a atenção de todos, especialmente do rei, o seu imenso fervor religioso. Por conta disso, o soberano doou-lhe um trato de terra próximo à cidade de Besprem e ordenou que construísse ali um mosteiro em homenagem a São Pedro. Uma capela de Sanctus Ambrosius, há muito demolida por pagãos, dera ao local o nome de Ambrosiopolis, palavra que o povo desbastara ao longo do tempo até transformá-la em Broz.

No ano seguinte Biscop atravessou as montanhas e voltou à Itália, de onde trouxe consigo uma coorte de pedreiros aos quais encarregou de construir uma igreja no estilo romano que sempre admirara. Tanto zelo demonstrou Biscop nessa construção que um ano depois de deitadas as fundações o edifício já estava coberto e o ofício da missa já se celebrava lá dentro. A seguir Biscop mandou buscar na Itália artífices para envidraçar as janelas da igreja, bem como do claustro e do refeitório. Vieram os artífices, e não só realizaram a tarefa mas também ensinaram sua arte aos panônios. Todas as demais coisas necessárias ao ofício divino, como vasos sagrados e paramentos, que não podiam ser obtidas na Panônia, Biscop fez adquirir em países estrangeiros e trazer para Broz.

Algumas decorações e munimentos o piedoso fundador decidiu buscar ele mesmo na Itália. Com esse propósito realizou terceira viagem a Roma, retornando com mais uma preciosa carga de mercadorias espirituais, pois trouxe vasta quantidade de livros de todas as espécies, bem como grande número de relíquias de apóstolos e mártires, suficiente para consagrar várias igrejas; nessa ocasião introduziu no mosteiro o estilo romano de cantar, tendo trazido em sua companhia, com especial licença do papa, o arquicantor do mosteiro de São Martinho, para instruir pessoalmente os monges de Broz.

O rei, deleitado com o trabalho e a virtude de Biscop, ampliou a doação que fizera antes, dobrando as medidas da propriedade de Broz e conferindo ao mosteiro grandes direitos e privilégios.

Então, considerando suas constantes viagens e sua permanência, por largos períodos, na corte de Wuda e em países estrangeiros, Biscop nomeou co-abade de Broz a Crassus, um de seus principais auxiliares. Longe do que pensam e dizem alguns, não há nada de inapropriado em um mosteiro possuir dois abades ao mesmo tempo. A história nos informa que, numa ocasião de emergência, São Pedro ordenou dois pontífices para reger, sob seu comando, a igreja de Roma, sem nenhum prejuízo, antes com grande vantagem, para a caridade cristã.

Esse Crassus portanto assumiu o governo do mosteiro no nono ano de sua fundação, e assim continuou até sua morte sete anos depois. Era ele primo do abade Biscop, mas tal era a singularidade pessoal de ambos, tal o desprezo de ambos pela vaidade humana, que Crassus, ao ingressar no mosteiro, não esperava, por conta de seu parentesco, nenhuma honra a mais do que a que recebiam seus irmãos, e Biscop tampouco lhe ofereceu nada a mais, de modo que o jovem, tratado como qualquer dos outros, contentava-se em seguir o curso usual da vida monástica em todos os aspectos. Sentia especial prazer em debulhar e joeirar o grão, em ordenhar as cabras e ovelhas e vacas, além de se aplicar com prontidão e docilidade às tarefas da padaria, do jardim, da cozinha, e a todos os demais serviços do mosteiro. Ao chegar ao título e ao posto de abade, reteve o mesmo espírito. Se, ao sair para resolver negócios do mosteiro, encontrasse alguns irmãos trabalhando, juntava-se a eles na labuta, tomando o cabo do arado ou brandindo o martelo do ferreiro ou usando a máquina de debulha, ou qualquer outra coisa dessa natureza. Comia da mesma comida que os outros, e dormia no mesmo dormitório comum como fazia antes de ser abade, pois nessa época o dormitório ainda não fora dividido em celas menores como hoje.

Mas, emendando o fio da narrativa, Biscop, depois de nomear Crassus abade, fez sua quarta viagem a Roma, de onde retornou com imensa quantidade de pinturas e livros, entre estes uma nova tradução das *Pandectæ*, que incorpou à velha tradução que trouxera de viagem anterior. Trouxe também um belo volume dos *Geographi*, que deu de presente ao rei, recebendo, em retribuição, mais uma gleba de terra na margem sul do rio Dilna.

Alguns anos depois Biscop fez sua última viagem a Roma, onde pouco tempo esteve dessa vez, partindo em seguida em visita a várias casas de religião do oeste da Europa. Dessa viagem trouxe apenas uma relíquia, mas *que* relíquia: o corpo de São Desidério, adquirido, menos a cabeça, aos monginhos da abadia de Bonneval.

Pelo espaço de dezesseis anos Benedictus Biscop regeu o mosteiro com a mesma devoção que o levara a construí-lo. No décimo sexto ano de seu *reinado*, se assim se pode dizer, contraiu uma doença. Ao mesmo tempo Crassus, que há anos vinha sofrendo de uma afecção dos pulmões, baixou também ao leito. Quando os dois abades perceberam que estavam próximos da morte, exprimiram o desejo de se verem antes de morrer.

Crassus foi então trazido ao aposento onde jazia Biscop. Ali, embora estendidos com as cabeças sobre o mesmo travesseiro, não tiveram forças para trocar o beijo da paz, e até nisso tiveram de ser ajudados pelos outros. Três dias depois, o abade Crassus, tendo atravessado o fogo e a água das tribulações temporais, foi conduzido ao lugar de eterno repouso: entrou na mansão celestial rendendo oferendas de louvor a Deus com seus lábios devotos.

Benedictus morreu quatro meses depois. Morreu de uma paralisia que se apoderara dele no último ano de sua vida, de modo que, já morto nas extremidades inferiores, os membros superiores, poupados para que desse mostras de sua paciência e virtude, ele os empregava em meio a seus sofrimentos para dar graças ao Autor de sua existência e fazer exortações aos irmãos. A estes não deixava de recomendar, quando vinham vê-lo, que observassem estritamente a regra que implantara em Broz. Pois, disse ele, não deveis supor que foi meu próprio imperfeito coração que vos ditou essa regra. Aprendi-a em dezessete mosteiros que visitei em minhas *ambulationes*, e espelhei-me nessas instituições para vosso benefício. A enorme biblioteca que trouxera de Roma, tão necessária para consolidar a nobreza de seu mosteiro, ordenou que fosse mantida íntegra, evitando-se a sua dispersão ou dano.

Faz parte da história dos últimos dias de Biscop o fato de que, a fim de amenizar o tédio noturno, pois, por causa da moléstia, costumava passar as noites em claro, um leitor lia-lhe em voz alta a história da paciência de Jó, ou algum outro extrato da Escritura, pelo qual suas dores pudessem ser aliviadas e sua alma deprimida elevar-se a tópicos celestiais. E como não pudesse erguer-se para rezar, nem sem dificuldade elevar a voz o suficiente para cantar os salmos diários, costumava, a cada hora de prece diurna ou noturna, chamar à sua cabeceira alguns dos irmãos e fazê-los cantar os salmos e cantá-los com eles, usando as vozes dos outros para compensar a deficiência da sua própria.

A noite de sua morte veio gélida devido às tempestades de inverno. Alguns monges passaram a noite na igreja, consolando a tristeza com um jorro contínuo de preces e cânticos. Outros permaneceram na câmara em que o doente, com mente sã e lúcida, aguardava o momento de adormecer na noite gélida da morte para despertar no dia luminoso da vida eterna. Que sua partida foi triunfal, e que não a impediram nem atrasaram espíritos impuros, prova-o um fato sublime. Pois os monges, tendo entrado na igreja no começo da noite, cantaram em ordem os salmos até o de número LXXXII, quando Biscop entregou mansamente o espírito. Ora, o assunto do texto é que os inimigos do nome cristão, quer carnais, quer espirituais, sempre se esforçam por desencaminhar cada uma das almas que compõem a Igreja de Cristo; mas eles próprios serão confundidos e morrerão para sempre, derrotados diante do poder do Senhor. Tal salmo ter sido cantado no momento da morte de Biscop outra coisa não significava senão que contra ele, naquele instante derradeiro, nenhum inimigo pôde nem poderia prevalecer.

## 128. Castores

Nesse ponto calou-se o leitor, cuja voz já vinha muito rouca nas últimas passagens. O arcebispo de Colonia tinha o rosto lavado em lágrimas, e Grim também, o que, em ambos os casos (embora no caso de Grim poucos tenham reparado), contou muito a favor de um e de outro.

Mais tarde, no *parlatorium*, Grim teve oportunidade de conversar com alguns dos monges, mas todos eles estavam concentrados na possibilidade de eleições próximas, e só falavam dos possíveis candidatos ao posto de abade. Alguns, como o prior e o sacristão, já estavam angariando votos. Grim se preocupou com aquilo e perguntou ao *cellararius*:

— Irmão, chegamos em má hora, se Posthumus também se envolver nas eleições como os demais.

— Fica tranqüilo — respondeu Chrisostomus. — Pouco importa a ele que seja eleito o prior ou o diabo, desde que o novo abade lhe permita manter seus hábitos e suas pequenas regalias no mosteiro.

Grim travou relações, nessa ocasião, com um jovem noviço que, fato que achou extraordinário, chamava-se Jocelin como o conde de Kemp, ainda que todo o mosteiro o chamasse Tamenetsi, porque era incapaz de construir uma frase sem embutir nela essa conjunção. O noviço de Broz perguntou ao noviço de Dru se ceara bem. Grim respondeu que sim, mas que não tocara no castor. Pois tinham servido, entre outras coisas, cauda de castor, que, sendo aquele dia uma sexta-feira, Grim não quisera provar, embora um vizinho explicasse que, na Ungária, o castor era considerado um peixe pela coloração da pele, pelo sabor da carne, e porque vivia mais tempo na água que em terra e, como tal, podia ser comido às sextas-feiras. O comentário de Grim deu motivo a que o noviço de Broz, lambendo os lábios, perguntasse:

— Não comerias nem se tivessem servido os testículos do castor?

Grim respondeu que nunca provara tal iguaria. Retrucou Tamenetsi:

— Como? É alimento divino, e raro, próprio para a mesa de reis e bispos. Ainda que só uma vez tenha tido a oportunidade de prová-lo, guardo até hoje no paladar da memória o esplêndido sabor dessa iguaria, que bem justifica a sua fama.

E contou que, em sua terra e nas terras vizinhas, o castor era caçado principalmente por causa de seus testículos.

— Assim — disse ele —, quando o castor vê que não lhe será possível escapar dos cães que o perseguem pelo faro, recorre ao seu último recurso, que é castrar-se.

— Castrar-se? — admirou-se Grim.

— Exatamente — confirmou Tamenetsi. — Por instinto natural o castor sabe qual a parte do seu corpo que o caçador cobiça. Por isso mutila-se a si próprio diante dos olhos do caçador e atira-lhe os testículos aos pés. Por que pensas tu que o castor tem o nome que tem senão porque costuma ser o *castrador* de si próprio? E mais: se um castor já mutilado se vê novamente perseguido pelos cães, o que faz? Corre ao alto de um outeiro e dali, levantando uma das pernas traseiras, mostra aos caçadores que já não dispõe dos órgãos que realmente lhes interessam, o que os leva a deixá-lo em paz.

— É difícil acreditar que um animal possa praticar tal ato — disse Grim.

— Ainda que não acredites em mim — disse o outro —, acredita em São Bernardo, que escreveu: "O castor salva sua vida oferecendo os órgãos vitais que os caçadores apreciam." Acredita em Tullius, que escreveu a respeito em seu *Pro Scauro*, e em Juvenal, que em suas *Saturæ* diz: "O castor faz de si mesmo um eunuco, salvando a vida à custa dos testículos." Podes conferir tudo isso em teu Isidorus. Ou não leste as suas *Etymologiæ*?

Grim confessou que não, mas que viajara com uma autoridade em etimologias, o monge Tatheus de Lom. Certamente ele teria o que dizer a respeito de assunto tão palpitante. A referência a Tatheus trouxe-lhe a lembrança da história que Repentinus contara sobre o jovem dálmata que preferira decepar a genitália a viver prisioneiro dos sarracenos: entendeu que o jovem nada fizera além de imitar o desesperado anseio de liberdade do castor. Contou a história a Tamenetsi, que se mostrou muito impressionado.

Depois mudaram de assunto: Tamenetsi observou que se comovera ao ver as lágrimas de Grim durante a leitura da crônica de Broz. Grim reconheceu que o texto era muito comovente. Tamenetsi lamentou que o leitor tivesse interrompido a leitura justamente no ponto em que a crônica começa a enumerar os milagres operados por Biscop antes e depois de sua morte, e recomendou a Grim a leitura na íntegra da crônica assim que tivesse algum tempo ocioso. Grim pediu que lhe adiantasse o relato de pelo menos um milagre de Biscop, e Tamenetsi contou o seguinte:

Que Biscop, tendo estudado com os monges da ilha de Lerina, era muito instruído e falava e escrevia o latim com correção e fluência; o mesmo não podia ser dito de um velho monge chamado Tamás, companheiro de Biscop desde a fundação da casa, que só falava a língua do país. Um dia o bispo de Besprem foi visitar o mosteiro de Broz e, encontrando Biscop, perguntou-lhe como estava. Biscop respondeu que estava bem, exceto pelo fato de que Tamás passara o dia inteiro irritado com ele. O bispo perguntou o que poderia levar à ira, especialmente contra Biscop, um homem tão manso como Tamás. Biscop chamou Tamás, e este contou o que acontecera: um mudo fora trazido ao mosteiro e, apenas com Biscop fazer uma prece e pousar-lhe sobre a cabeça a mão, o homem começara a falar com clareza e fluência, e não só em vernáculo como também em latim. O bispo perguntou a Tamás: E por isso ficaste irritado? E Tamás respondeu: Sim; há muitos anos tenho servido esse homem, mas hoje percebo que em vão o fiz, pois a um estranho, a quem teria bastado que lhe soltasse a língua, concedeu o uso de dois idiomas, enquanto a mim mantém no limite de um idioma só, o que me obriga, quando compareço com ele diante de nossos superiores, a ficar em silêncio como se fosse mudo, enquanto eles todos discorrem voluptuosamente em seu precioso latim.

Depois disso conversaram ainda sobre uma e outra coisa até que o sino do mosteiro chamou os monges para as completas. Depois das completas, Grim recolheu-se à sua cela, onde já achou Lollia adormecida. Ele próprio, exausto das experiências do dia, não teve dificuldade em dormir até as matinas. Depois das matinas, antes de voltar à cela, fez uma prece num pequeno oratório, pedindo ao Espírito Santo que inspirasse o irmão Posthumus a receber cordialmente os copistas da condessa e a contar de bom grado a sua longa história. A prece contribuiu para deixá-lo não tranqüilo mas apreensivo. De volta ao leito, não foi mais capaz de recobrar o sono.

## 129. Posthumus

À hora prima, Chrisostomus veio à cela de Grim para levá-lo, e ao pretenso Lollius, à presença de Posthumus. Vinha com ele Kis Petrus. Compromissos convocavam ao *cellarium* o *cellararius*: Por isso não posso, disse ele, demorar-me convosco em vosso encontro com Posthumus: que o pequeno Petrus vos valha no que seja necessário.

Chegados perante a porta de Posthumus, o *cellararius* sugeriu que primeiro entrassem apenas Grim e ele: e disse por quê: para nem surpreenderem o monge nem congestionarem a cela. Aí bateu forte à porta e, sem esperar resposta do mudo, abriu-a toda e, com Grim no calcanhar, fez seu intróito na cela.

Grim nunca vira em mosteiro algum, e já agora podia dizer que estivera em muitos mosteiros além de Dru, e em nenhum deles vira uma cela que não fosse estreita e apertada, como convinha à vida monástica. Mas a cela de Posthumus era estreita e apertada numa medida nunca vista por ele, nem nunca imaginada: se a palavra *cella* também se aplicava, em latim, ao alvéolo de uma colmeia, aquele cubículo, na visão de Grim, estava mais próximo de uma *cella* de abelha do que de uma *cella* de monge. Um catre, uma banqueta baixa e trípede e uma pequena arca de madeira meio podre — todo o mobiliário do aposento — preenchiam a cela de tal forma que não restava espaço para receber com alguma folga os dois visitantes.

A abelha daquele alvéolo jazia no catre, deitada de costas para a porta. Nem se moveu quando os dois visitantes entraram.

— Deus te dê um bom dia, irmão Posthumus — disse Chrisostomus.

O homem permaneceu imóvel. Chrisostomus aproximou-se e acomodou o grande corpo na banqueta ao lado do leito; e disse:

— Irmão, trago comigo alguém que viajou de muito longe até Broz, enfrentando grandes perigos e dissabores, só para ver-te e ouvir-te.

O homem no catre não se moveu a não ser para fazer um gesto impaciente de mão. O gesto era claro: Ide embora.

— Não, não posso crer no que diz tua mão — disse Chrisostomus. — Recolhe-a, Posthumus, censura-a, castiga-a, porque, como serva petulante, precipitou-se em transmitir mensagem que sei bem que não veio de teu bondoso coração. Conheço-te: sei que não farias a um hóspede tamanha ofensa, a ponto de nem te ergueres do leito para recebê-lo condignamente, nem que seja com o donativo de um olhar de teus mansos olhos.

O homem repetiu o gesto anterior, Ide embora, com mais veemência. Chrisostomus estalou algumas vezes a língua contra os dentes. E disse:

— Duas mil milhas, desde a ilha da Britânia, viajou esta pessoa que aqui está, homem de religião como nós, e não foi para ver e ouvir nem o prior nem o sacristão nem o abade, se abade tivéssemos, mas a ti, Posthumus. A ti, *luculente fabulator*. Sim, Posthumus, sossega: não é como religioso nem como ladrão, se o és, que te buscam, mas como inventor de histórias. E nem disseste, *simiole*, a nenhum de nós, teus diletos irmãos, que foste no século um *fabulator*, e muito menos de tão altos méritos que te conhecem o nome do outro lado do mundo. Foi preciso que este que aqui está viesse de terra longínqua para nos revelar o segredo que, certamente por humildade, ocultaste de nós.

A arenga de Chrisostomus deu algum resultado. Mal terminara o *cellararius* de falar e já Posthumus, com certa dificuldade e muita lentidão de sua parte e algum ranger de dentes da parte da cama, mudou o velho corpo de posição para espiar, com olho adunco, aquele que andara duas mil milhas para vê-lo e ouvi-lo. Grim foi vistoriado, sem dó, até a medula dos ossos. Mas aproveitou para vistoriar também: Posthumus tinha o rosto marcado de minúsculas cavidades negras, como timbre de décadas de vento pontiagudo que ele tivesse arrostado em suas ambulações pelo mundo. Tinha cabelos ralos e desgrenhados, bastas sobrancelhas que se estendiam até às têmporas e barba espargida de pêlos curtos; os olhos azuis eram grandes e prominentes, e neles Grim viu sinais de indolência, indisciplina e despudor, e sobretudo malícia. Os braços curtos indicavam amor à discórdia, e os dedos curtos e grossos, propensão à demência. Grim não se sentiu confortável com o que viu.

Depois de espiar durante algum tempo o visitante, Posthumus começou a produzir em seu benefício alguns gestos de mãos e dedos. Tocou com o dedo *gustator* a fímbria de um dos olhos, e depois, com ambas as mãos, fez um gesto em que oferecia todo o corpo para ser contemplado. Daí tocou com o dedo uma das orelhas e, depois, com o mesmo dedo, fez sobre os lábios um sinal cruciforme.

— Está à tua disposição — traduziu Chrisostomus — para ser visto mas não para ser ouvido, por causa do maldito voto de silêncio. Aí tens o velho mais obstinado deste mundo, o diabo que o carregue.

Grim viu que precisava dizer alguma coisa e, invocando mentalmente a inspirá-lo todos os grandes mestres da retórica que estudara, começou assim:

— Irmão Posthumus, Deus te abençoe. Venho do condado da Ingária, que fica no sudoeste da ilha da Britânia. Não sei se tu, que percorreste o mundo inteiro contando tuas histórias, algum dia estiveste na Britânia, mas não preciso perguntar-te se estiveste no condado da Ingária, porque sei, por simples raciocínio lógico, que jamais estiveste entre nós. Talvez seja a Ingária o único lugar do mundo que não teve ocasião de ouvir-te contar tuas histórias. Porque, se tivesses estado na Ingária, eu não estaria aqui agora importunando-te em tua paz e em teu silêncio.

Fez uma pausa para avaliar o resultado de suas palavras. O velho continuava a espiá-lo com um olhar de serena impudência. Grim prosseguiu:

— Por que digo isso? Explicarei. Porque temos na Ingária uma condessa muito bem-amada de todos nós. Ela se chama Betres e é filha do conde Jocelin, que se fez monge nos últimos anos de vida e hoje é santo de larga fama. A condessa é grande conhecedora de histórias, e como tal conhece todas as histórias do mundo. Todas, eu disse? Sim, todas, menos as tuas, porque nunca foste à Ingária. Pecaste, irmão, sem saber que pecavas, é verdade, mas pecaste deixando de ir ao castelo de Kemp, porque ali terias achado, para ouvir tuas histórias, o mais sublime ouvido do mundo. Ali terias achado *auditrix* digna do *fabulator* que és. Por isso sei que nunca estiveste na Ingária: se ali tivesses estado, o povo inteiro te teria conduzido diante da condessa para que a deleitasses com tuas histórias, e eu não estaria aqui agora importunando-te em tua paz e em teu silêncio. Não me culpes, portanto, irmão, por estar aqui: culpa-te a ti mesmo, porque, embora sem saber que pecavas, pecaste deixando de ir à Ingária quando teus pés ainda podiam levar-te até lá.

Nova pausa de Grim; nenhuma alteração na expressão de Posthumus.

— Venho aqui, portanto, se Deus me permite a expressão, como instrumento para corrigir essa falha. Não foste à Ingária quando podias fazê-lo?

A Ingária vem até ti, agora que conhece teu nome e teu renome. Através de mim a Ingária vem até ti, pressurosa, ansiosa, curiosa. Porque, meses atrás, nossa condessa ouviu falar de uma história que dizem chamar-se *Trium Longa Fabula Fratrorum*, que é reputada a história mais espantosa do mundo. Tu és, segundo a informação que chegou até ela, o autor dessa história. Essa longa história não existia, e tu, criando-a das trevas do caos, deste-lhe existência. Por isso fui mandado até aqui: para ouvi-la de teus próprios lábios e transcrevê-la em pergaminho e levá-la à Ingária para ser lida para conhecimento e apreciação da condessa de Kemp.

Grim fez uma pausa, agora, para tomar fôlego; tudo que dizia, ali naquela cela de abelha, soava-lhe digno e convincente; deliciava-o ouvir cada palavra, cada frase, de seu pronunciamento. Queria que, para vê-lo, estivesse ali na cela o irmão Bedrus, se pudesse e se coubesse.

— Talvez indagues, no silêncio de tua mente, por que, se a condessa de Kemp deseja tanto conhecer tua longa história, não veio pessoalmente até Broz ouvi-la. Responderei. Irmão Posthumus, a condessa de Kemp tem quase cem anos de idade, não pode viajar cem milhas, quanto mais duas mil. E, além disso, se me permites dizê-lo, sofre do mesmo mal que tu. Pediu-nos que te disséssemos, inclusive, que se considera tua irmã pelo sofrimento e pela qualidade do sofrimento, e mandou-te de presente uma almofada de seda e um livro intitulado *Practica de Fistula in Ano*, na esperança de que as lições ali contidas, que representam as mais recentes novidades sobre a doença, pudessem ajudar os médicos de Broz a aliviar-te um pouco os sofrimentos. Infelizmente, tanto a almofada como o livro se perderam na viagem, junto com a vida de alguns de nossos companheiros.

Posthumus abriu no rosto uma expressão de dó, se pela perda do livro e da almofada ou se pela morte dos companheiros de Grim, não havia como determinar. Quanto a Grim, sentiu que era hora de concluir, e concluiu:

— É por isso que estou aqui. A condessa, irmão, só tem um desejo a cumprir antes de morrer: conhecer tua *Trium Longa Fabula Fratrorum*.

Peço-te, assim, em nome da caridade, que não te furtes a atender o desejo de uma pobre velha centenária.

O efeito das palavras de Grim foi imediato: Posthumus abriu a boca. Abriu a boca e deixou escapar daquela caverna hiante um sonoro bocejo. Depois fechou-a bem fechada e voltou a espiar Grim com o mesmo olhar de lago azul tranqüilo.

Grim sentiu um arrepio varar-lhe a alma de lado a lado como uma lança. Arrojou-se ao chão em joelhos diante do velho:

— Irmão Posthumus, por tudo que é sagrado, rogo-te, não sejas cruel: conta a este pobre escriba a tua história e permite que ele a transcreva de alfa a ômega, para que então possa voltar para casa e para que então possa a condessa de Kemp, depois de ouvi-la, morrer feliz e repousar em paz em sua sepultura!

O velho Posthumus, diante de Grim em joelhos, repetiu o gesto anterior de lábio costurado. Fizera um voto de silêncio perpétuo; não podia rompê-lo sem prejuízo para sua alma.

## 130. Carvão extinto

Nesse ponto Chrisostomus interveio, colérico:

— Não tens vergonha, velho miserável? A caridade está acima de qualquer virtude. Em nome dela bem podes suspender teu voto que ninguém há de te censurar, pelo contrário, todos te louvarão por isso. Abre a boca, fala, conta tua história, depois poderás costurar a boca com linha grossa, que não só te impeça de falar mas também de comer, para que morras de fome, *sycophanta*.

Posthumus continuou imóvel e em silêncio. Grim, de joelhos, sentiu um filete de suor correr-lhe pelo rosto. Era um filete de suor de desespero. Toda a viagem da Ingária à Ungária, todos os cuidados e trabalhos, toda angústia e sofrimento, a provação de Ursus, o estupro de Lollia, as mortes de Tatheus, de Repentinus, do pajem, mais a espera e a esperança padecidas em Kemp pela condessa, tudo isso ia a ponto de perder o sentido diante da tenacidade com que aquele velho se agarrava, menos por devoção talvez do que por malícia, a seu silêncio. De cada um dos olhos começou a descer-lhe um fio de lágrima.

— Não vais falar, homem de Deus? — rugiu Chrisostomus.

Posthumus meneou a cabeça. Chrisostomus ergueu-se da banqueta e lançou sobre o velho uma torrente de injúrias, chamando-o, entre outras coisas, de carvão extinto, estúpido, velha megera, diabo da floresta, freqüentador de lugares sórdidos e porco-do-mato, e culminando com a calúnia de capadócio:

— *Carbo extincte veni, méle, anus incessu, Sylvanus vultu, rustice, lutrivage, capripes, cornute, bimembris, setiger, indocilis, agrestis, barbare, dure, villose, rebellis, Cappadox*!

Em resposta, Posthumus desenhou no ar, com o dedo, dois triângulos superpostos, um de ponta para cima, outro de ponta para baixo: o símbolo do judaísmo. Com a lâmina do punho, Chrisostomus desferiu um forte golpe na cabeça do velho, na altura da orelha.

— Por Deus, Chrisostomus! — exclamou Grim, acorrendo a segurar o braço do *cellararius* para impedi-lo de agredir o velho outra vez. — Poupa-o. É um pobre velho doente.

— Doente de malícia e de impudência! — rosnou Chrisostomus.

Posthumus olhou fixo para o *cellararius* e, apertando entre dois dedos o nariz, ergueu o dedo mínimo e agitou-o num gesto de escárnio. Chrisostomus ergueu de novo a mão para bater; Grim de novo impediu-o. O *cellararius* disse, entre dentes:

— A minha bosta, *senex*, está fora de mim: ela é parte do meu trabalho e dela extraio lucro para este mosteiro: para, entre outras coisas, dar de comer a ti. A tua bosta, pelo contrário, tu a levas na cabeça e no coração, e nada fazes com ela a não ser mais bosta, que atiras a esmo sobre os outros.

E, dirigindo-se a Grim:

— Avém-te com ele como puderes: não posso fazer mais nada senão estrangulá-lo.

Dito isso, saiu da cela. Grim foi atrás, e ainda viu Chrisostomus passar entre Lollia e Kis Petrus dizendo só duas palavras: *Hemicillus senex*. O olhar de Lollia cruzou com o de Grim. Este gemeu: *Heu me! Heu me infelicem!*

## 131. A estátua

A Fábula vê o pobre Grim em pleno ato não só de se dizer infeliz mas também de se sentir infeliz: vê e se arrepende. Não, não se arrepende de ter trazido seu herói até essa situação de desespero, porque essa situação de desespero faz parte da história e nela não pode faltar. Arrepende-se, sim, de ter dito certas coisas, alguns capítulos atrás, que, evocadas neste, provam a sua própria falibilidade ou a sua própria leviandade como Fábula. Porque, se o leitor esqueceu, ela muito bem lembra o que disse, pois disse que o pobre Grim, herói desta história, seria poupado onde não eram poupados os heróis das velhas lendas da antigüidade pagã, a quem aguardavam, no último lance da jornada, à vista do tesouro a ser ganho ou da donzela a ser salva, o inimigo mais duro e mais terrível, o monstro mais feroz e mais medonho. A Fábula o disse, e sabe que, se o disse, o que disse vale tanto como uma promessa. Prometeu, sim, como recompensa por tudo que Grim enfrentara e padecera em sua longa viagem, uma estrada larga, plana, estável, posta ali a seu serviço para conduzi-lo sem maiores esforços nem perigos à sua penúltima meta, o almejado lago, vestíbulo natural da meta última, o mosteiro de Broz. Prometeu-o como se dissesse que dali em diante não haveria mais nem inimigos nem monstros de qualquer espécie. E, no entanto, era uma falsa promessa. Nem se considere como prova da falsidade da promessa a rebelião de aldeãos que Grim teve de enfrentar, com Lollia, logo adiante, em Keszthely, porque desse susto se salvaram em pouco tempo com a ajuda *arcangélica* do monge Chrisostomus. Mas e agora? E agora, que Grim está a um passo já não mais do lago, que foi atravessado, nem de Besprem, que foi deixada para trás, nem de Broz, que se abriu para admiti-lo, mas da história mesma que veio buscar, ou seja, à vista do tesouro e da donzela — pois a história é um tesouro porque não tem preço, e é uma donzela porque está em perigo de ser devorada pelo dragão do esquecimento —, pois bem, justamente agora, ao contrário do que disse e prometeu a Fábula, Grim não acha o caminho livre e fácil, mas defronta-se justamente agora com o inimigo mais duro e mais terrível e o monstro mais feroz e mais medonho: traduzindo: defronta-se com o autor do livro e com o silêncio do autor do livro. Como fará ele, o herói, para vencê-los, se é que é capaz de vencer tais obstáculos? Conta, Fábula, conta, se é que és capaz de contar a tua história.

Entrou Grim de novo na cela, agora acompanhado de Lollia e do *hospitalarius*. Posthumus retomara sua posição original no leito, de costas para a porta. Nem se moveu à entrada deles.

— Posthumus — disse Kis Petrus —, estou envergonhado de ti.

O velho fez com a mão o gesto que indicava: Ide embora.

— Não foi assim que te recebi — disse Kis Petrus — há três anos, quando vieste a esta casa em busca de abrigo.

Posthumus manteve-se em sumo silêncio e de costas para os outros. Lollia pousou a mão sobre o braço de Kis Petrus, querendo dizer: não insistas mais. Feito isso, adiantou-se e sentou-se na mesma banqueta em que antes se sentara o *cellararius*. Grim viu, ou julgou que viu, a orelha de Posthumus — ainda rubra do golpe de Chrisostomus — tremer, como treme a de certos animais, ao distinguir os mais minúsculos ruídos: captara a aproximação de uma pessoa estranha e pusera-se em posição de expectativa e cautela. Longe de se pôr a falar, porém, Lollia preferiu o silêncio. Sentada permaneceu, e com o olho sentado sobre a nuca de Posthumus. Passaram-se alguns minutos sem que se ouvisse na cela o mais minimíssimo som além do suspiro do ar fluindo por uma ou outra narina. A orelha de Posthumus parecia esticar-se na ponta do pé numa tentativa de auscultar a presença imóvel e silenciosa ao lado da cama para, auscultando-a, decifrá-la. De Lollia não se ouvia nem o som da respiração: mantinha-se ali taciturna como uma estátua. Por fim, o velho não se conteve e virou-se na cama para ver quem, ou o que, estava ali. Seus olhos azuis deram com os olhos castanhos de Lollia, e os dela castanhos com os dele azuis. Ele teve uma leve surpresa: não era quem nem o que esperava. Da cabeça às mãos e daí aos pés esquadrinhou o estranho e silencioso personagem: um jovem e inofensivo noviço de feições lineares e de profundos e pacatos olhos castanhos. Lollia suportou impassível o exame dos olhos de Posthumus. Que então, rodopiando-os no ar, os repôs, bruscamente, sobre os olhos dela: e ali os deixou postos: luminados e laminados. Por esse meio Posthumus tentava domar os olhos do outro, rendê-los, rebaixá-los pela pura força do seu olhar de aço. Mas Lollia sustentou, sem muito esforço, ou antes, facilimamente, o assédio de toda aquela luz azul. Grim e Kis Petrus, e talvez também Deus, acompanharam atentos a batalha de olhares e silêncios. Passaram-se assim mais alguns minutos: ninguém se movia; ninguém dizia palavra. Os olhos do velho pareciam prestes a saltar das órbitas em seu desejo, misturado a ódio, de investir contra os olhos do outro e vazá-los; Lollia, por seu turno, continuava sustentando, sem tremer nem piscar, todo ódio e desespero de Posthumus. Este começou a dar sinais de esmorecimento. O filete de suor na têmpora; o tremor no lábio; o visível esforço dos olhos para manterem-se fixos no alvo sereno dos olhos de Lollia. De repente, não pôde mais. Seus lábios se abriram num sorriso, o sorriso num riso, o riso numa gargalhada de ódio e de impotência.

— *Dæmone*! — exclamou ele, e vibrou um golpe de próprio punho sobre o colchão.

A atmosfera da cela desanuviou-se; Grim e Kis Petrus soltaram a respiração que tinham presa nos momentos finais do combate. Até mesmo Posthumus, apesar da explosão, parecia aliviado; a primeira coisa que disse foi, dirigindo-se ao *hospitalarius*:

— Tu és testemunha, Petrus, e o dirás ao prior, que, ao romper meu voto de silêncio, *Domine* foi a primeira palavra que pronunciei.

E depois, voltando-se para Lollia, que continuava serena e sóbria:

— Quanto a ti, irmão, não te rejubiles antes do tempo. Cabe-me dizer, e o direi, como o apóstata: *Vicisti, Galilæi*. Mas é só. Pois não penses, irmão, que sou bom perdedor. Venceste meu silêncio, sim, mas tua vitória se extingue aí. Devolveste-me, contra meu desejo, o dom da fala, puseste-me de novo *loquens*, ou, mais que *loquens*, *loquax*, mas não terás dessa *loquentia*, dessa *loquacitas*, aquilo que queres. Farei de tua vitória uma vitória estéril, infrutífera. Cantarei, se suportares ouvir, todos os salmos de David, recitarei todas as genealogias dos hebreus, conforme constam do livro chamado *Paralipômenos*, contarei centenas de histórias de animais falantes, em verso e prosa, até vomitares de saturação, mas a minha longa história, que tu e teu companheiro viestes roubar de mim para o prazer de uma velha condessa que se diz minha irmã por conta de uma fístula no cu, isso, *carissime*, minha língua não se prestará a contar. E agora, irmão, o que me dizes? Responde: o que me dizes? Ou não tens nada mais a dizer-me?

Lollia respirou fundo e disse:

— Irmão Posthumus, a caminho daqui, perto de Claudia Cælia, encontramos uma confraria de peregrinos da ilha de Tule, que, devo dizer, é a pátria do meu nascimento. Esses homens navegavam a pé para Jerusalém e, se digo *navegavam a pé*, é porque, fiéis ao seu ofício náutico, à falta de navio transformaram-se a si próprios em *navio pedestre* para singrar as ondas da terra e chegar à cidade santa: certamente os mais estranhos penitentes que jamais ali atracaram. Estivemos dois dias com esses homens. Havia entre eles um poeta, pois aonde quer que vão à cata de aventura, e a peregrinação é uma santa aventura, levam consigo um poeta para registrar em verso os fatos e os feitos. Esse poeta contou-me várias histórias. Contou a história do homem que comprou um urso na Terra Verde para dá-lo de presente ao rei do reino de Dânia. Contou a história do homem orgulhoso que caiu em desgraça e, abandonado por todos os amigos, encontrou nas próprias lágrimas a sua redenção. Contou a história do servo que foi morto pelo seu senhor porque montara o único cavalo que, de toda a manada, lhe fora proibido montar, uma versão local da lenda do jardim do Éden. Todas essas são histórias de Tule. E contou também uma outra história, bem diferente daquelas: uma história que ouvira de seu pai, que a ouvira do pai dele, que por sua vez a ouvira de uma mulher com quem dormira uma noite na cidade de Mantua. E tanto me agradou essa história, irmão, que pensei comigo: Quando eu estiver em Broz e encontrar o irmão Posthumus, hei de contar-lhe essa história para ouvir-lhe a opinião sobre ela, pois o irmão Posthumus, como autor de histórias que é, há de saber conferir o justo valor a todas as histórias do mundo. Assim, se outra coisa não fizermos aqui, se não quiseres contar-nos de tua história nem mesmo o prólogo do prólogo, permite-me pelo menos, irmão, que *eu* te conte a história que me contou o poeta de Tule.

— Queres contar-me uma história? — disse Posthumus.

— Se a quiseres ouvir — disse Lollia.

— Não me custa nada ouvir uma história — disse Posthumus.

Eis a história que Lollia contou naquela manhã a Posthumus de Broz:

## 132. Laius

— Há muitos anos, no mosteiro de Broz — começou Lollia, e fez um corte na narrativa para acrescentar: — no mosteiro de Broz, sim, como poderia ter sido em qualquer outro mosteiro do mundo; pois bem, há muitos anos, no mosteiro de Broz, próximo à cidade de Besprem, na Panônia, apresentou-se ao abade um cavaleiro sem espada, nem elmo, nem armadura. O cavaleiro chamava-se Benedek, como poderia chamar-se por outro nome; estava cansado do mundo e queria fazer-se monge. Recebeu-o o abade Tamás, um santo homem, e conversou com Benedek, e tocou-o ouvir as coisas que o ouviu dizer. Teve certeza, em seu coração, de que aquele homem fora encaminhado ao mosteiro por Deus.

Assim Lollia começou a história que se propusera a contar a Posthumus. Continuou-a dizendo que o cavaleiro Benedek disse que era viúvo e não tinha irmãos nem irmãs, sobrinhos nem sobrinhas, mas tinha um filho de cinco anos, chamado Laius. Rogou que o filho fosse também recebido no mosteiro para ali dedicar-se ao serviço de Deus. O abade mandou chamar o menino. Tocaram-no tanto a sua doçura como a sua inteligência. E assim pai e filho retiraram-se do mundo e encontraram refúgio no mosteiro de Broz.

Passaram-se os anos. Em obediência às leis da Natureza, a que estão sujeitos não só os monges mas todos os homens, Benedek se fez velho, enquanto seu filho deixou de ser menino para adolescer, passando, na conjugação desse verbo, do particípio *adolescens* para o particípio *adultus*. A opinião de todos era que Laius era um jovem monge de grande beleza e de profunda devoção, a quem se confiavam algumas das tarefas mais sutis, como iluminar os manuscritos. Benedek, o pai, que nunca aprendera a escrever, mas tinha boa voz e manejava a pá com tanta destreza como antes a espada, depois de breve moléstia morreu sereno em seu hábito monástico. Os monges choraram a perda de um companheiro rude mas humilde, e o filho, a de um pai severo mas amoroso.

Um ano depois, quando um vento de pestilência varreu a região durante meses, Laius foi enviado a uma vila próxima para confortar os enfermos. Na casa de um desses enfermos, um velho carpinteiro, hospedou-se ele e ali permaneceu até que Deus fez cessar a peste e limpar-se o ar. Nesse meio-tempo morreram cerca de trinta pessoas do lugar; a todas Laius dera conforto espiritual em seus últimos dias. Na casa onde residia morrera o velho carpinteiro, mas a mulher, os filhos e a filha, uma moça chamada Zsuzsana, sobreviveram com a graça de Deus. Não sendo mais necessária a sua presença ali, Laius voltou ao mosteiro, onde chorou a morte de onze irmãos, ceifados pela peste em sua ausência.

Veio a primavera, e logo ficou claro que Zsuzsana, a filha do carpinteiro, estava prenhe. A mãe e os irmãos instaram para que ela dissesse o nome do amante que lhe pusera aquele filho no ventre, mas ela se fechou num silêncio duro e obstinado. Como o teu, disse Lollia. Como o meu, concordou Posthumus.

Para Zsuzsana a hora de parir chegou mais cedo que o esperado, e todo um dia e uma noite toda passou ela em lancinante trabalho de parto. De manhã, sentindo por fim a criança deslizar pelos úmidos caminhos que levam à porta do mundo, suspirou de alívio ante a esperança de ver o fim de sua tortura. Em vez disso, a criança recuou de novo para o interior do útero, dando a Zsuzsana a sensação de que retornava ao dia anterior para reiniciar, como de fato fez, do primeiro espasmo a excruciante jornada que julgara próxima do termo. No fim do dia, quando já se sentia dilacerada de dor, nasceu-lhe um filho homem; era uma frágil criatura, quase um aborto, uma pobre migalha de gente com a aparência cadavérica do fruto prematuro: os esguios juncos que brotavam nas cercanias — sendo meados de abril — pareciam mais grossos que os dedinhos do menino. A parteira, lançando aquela coisinha da palma de uma mão para a da outra, disse: Será que pode sobreviver tal criança, que a Natureza por engano criou quase sem membros, dando-lhe antes a forma de uma linha do que de um corpo?

Quanto à mãe, que jazia semimorta sobre o leito, a parteira não tinha a mesma dúvida: Essa não escapa, disse ela. Zsuzsana ouviu-lhe as palavras, que só confirmaram o que ela mesma sentia palpitar dentro de si. Chamando então mãe e irmãos, revelou que o pai de seu filho era o monge Laius.

A notícia espalhou-se como fogo até o mosteiro. Foi um escândalo. O abade, que amava Laius como a um filho e tinha nele inteira confiança, baixou à enfermaria, tamanho o desgosto que lhe invadiu a alma. Inquirido a respeito, Laius limitou-se a responder que Deus sabia a verdade. Os monges enfureceram-se diante de tanto cinismo e puseram-no para fora do mosteiro a pontapés.

Zsuzsana morreu no mesmo dia. Quanto a Laius, onde o largaram, fora dos muros, na faixa de terra entre os rios Batla e Gulipán, ali permaneceu. Recusou-se a ir embora. O mosteiro o abandonara, mas não ele ao mosteiro. Passou o dia naquele lugar, todo posto em prece: joelhos em terra, abria os braços e elevava-os em direção ao céu, enquanto os lábios não paravam de ciciar suas orações. Quando no mosteiro subia o rumor dos salmos cantados às horas devidas, Laius o proscrito cantava-os também, em sua ilha de tristeza.

Assim foi o primeiro dia, e assim foram o segundo e o terceiro. Água não lhe faltava a dos rios, mas e alimento? Nesses três dias, a menos que tenha ingerido terra, Laius viveu de orações e de salmos. No quarto dia alguns habitantes da vizinhança, comovidos diante de sua penitência, trouxeram-lhe migalhas de comida. Imitando a caridade do século, o *elemosinarius* de Broz passou a reservar para o proscrito uma pequena parte do que dava aos pobres, que mandava um servo atirar-lhe uma vez por dia.

Três anos se passaram nessas circunstâncias. A mãe de Zsuzsana havia morrido, e os irmãos procuraram o abade de Broz e queixaram-se de que não era justo que a eles coubesse o ônus de criar o sobrinho, se o pai existia ali à mão e bem capaz de cuidar disso em vez de consumir os dias em pleno ócio. Somos gente pobre e estamos passando dificuldades, disseram, mentindo mas não muito. O abade replicou que uma vida de penitência não era uma vida de ócio, mas reconheceu que o mosteiro tinha responsabilidade sobre o menino e mandou que o trouxessem a Broz.

Assim que o abortinho chegou ao mosteiro, o abade mandou trazer Laius à sua presença e disse: Eis aí teu filho. Serás aceito de volta com a condição de cuidares dele. O rosto de Laius brilhou de alegria, e ele concordou com os termos impostos pelo abade.

Voltou então Laius ao mosteiro, mas não mais lhe foram confiadas tarefas no *scriptorium*, mas na cozinha, no chiqueiro, no estábulo, nas latrinas. As mais árduas tarefas, e sórdidas, foram-lhe atribuídas, e ele passou a executá-las com zelo e humildade, além de se dedicar com muito amor e muita alegria à criação e à educação do filho. Repetia-se no recinto de Broz a cena já vista antes: pai monge, filho oblato. O menino amava o pai. Amava, sobretudo, o tempo que passavam juntos, quando o pai lhe ensinava a doutrina cristã e lhe contava histórias da Bíblia, vidas de santos, e uma ou outra lenda grega.

Quando o menino tinha sete anos, Laius caiu doente para morrer. Trouxeram-lhe o filho à cabeceira. Havia lágrimas nos olhos do menino, e Laius disse-lhe: Não fiques triste. Um dia, se Deus permitir, voltarei aqui para ver-te. E o menino: E me contarás uma história? E Laius: Sim, e te contarei uma história. Dito isso, abençoou a criança e morreu.

O corpo de Laius foi transferido a outro cômodo da enfermaria, para ser lavado e preparado para os ritos fúnebres, e um noviço correu ao abade levando no bico a notícia de sua morte. O abade fez o sinal-da-cruz e pediu a Deus que recebesse em sua casa o pobre pecador. Nisso entrou na sala, a toda pressa, um dos monges encarregados de preparar o corpo, e seu rosto estava lívido como cal. Abriu a boca uma, duas, três vezes, sem conseguir emitir um só som. Fala, filho! O que houve? — exclamou o abade. O monge, no entanto, não sabia como exprimir o que precisava dizer, de modo que tomou o abade pela mão e literalmente o arrastou até à enfermaria. Ali jazia o corpo nu de Laius estendido sobre uma mesa, e o abade viu, com o espanto maior do mundo, que não era o corpo de um homem, mas de uma mulher. Não era um Laius que jazia ali, mas uma Lujza. O abade afundou sobre os joelhos e, convertido em fonte de lágrimas, disse: Ah, irmão, perdoa-nos, perdoa-nos, perdoa-nos! Tua inocência era tão transparente e não soubemos vê-la.

A notícia invadiu cada ângulo do mosteiro; sobre todos os monges caiu a sombra de um remorso muito espesso: tinham punido, com desprezo, com severidade, com até crueza, durante muitos anos, uma pessoa inocente. Mas o abade, depois de muito refletir, viu em tudo aquilo a mão de Deus. E disse: Deus nos engana, nos logra, nos ludibria, para que nos aperfeiçoemos com isso.

Lollia calou-se. Posthumus não disse nada.

— É essa a história que me contou o poeta de Tule — disse ela.

Posthumus abriu a boca para falar mas, aberta a boca, não o conseguiu. Subiu-lhe das entranhas um soluço. Grim e Kis Petrus não podiam acreditar, e talvez nem Lollia, no que viam. Posthumus cobriu o rosto com as mãos e começou a chorar.

## 133. A biblioteca

Chamou-se o *infirmarius*, pois Posthumus não estava bem. Acorreram outros monges, e foi levado o velho *fabulator* para a enfermaria. Grim disse a Lollia:

— Que fizeste, tonta? Mataste nosso autor?

— Quis apenas contar-lhe uma história — disse ela. — Mas não vês, Grim, que ele é o menino da história? O filho de Zsuzsana, de Laius, de Lujza?

— O nosso Posthumus? — Grim exclamou, incrédulo.

— Por isso mesmo se chama Posthumus — disse ela.

— *Deus meus*! — gemeu Grim. — Lanhaste-lhe a alma com as unhas. Agora não há de querer mais receber-nos. Não, não foi para isso, para me criares ainda maiores dificuldades no trabalho, que te trouxe comigo até aqui.

Mais tarde Kis Petrus veio e disse que Posthumus fora submetido a uma sangria.

— Quando poderemos falar com ele de novo? — perguntou Grim.

— Ele descansa na enfermaria hoje e amanhã — informou Kis Petrus. — Depois de amanhã podereis vê-lo.

Foi-se Kis Petrus. Grim suspirou:

— Dois dias perdidos!

— Por que perdidos, Grim? — disse Lollia. — Há tanto que ver neste mosteiro.

Naquele dia vazio Grim visitou a biblioteca de Broz. Recebeu-o o monge Paulus, que, como precentor, ou mestre do coro, acumulava as funções de bibliotecário. A biblioteca estava cheia de monges e noviços, e todos os assentos ocupados. Grim notou, porém, certa lassidão no trabalho, certa dispersão: copistas e leitores punham os olhos a vagar pelo céu, como pássaros aleatórios, mais do que pelas folhas dos livros, como formigas diligentes. Paulus atribuiu aquela falta de zelo à perspectiva de eleições:

— Não se pensa em outra coisa em Broz. Não se pensa, não se fala, não se sonha senão sobre as eleições e o novo abade. Todo trabalho, sobretudo intelectual, se ressente dessa tensão. Deus nos dê o mais breve possível um abade, do contrário este mosteiro se paralisará em todas as juntas.

A biblioteca de Broz era muito rica. Paulus abria armário após armário para exibir o vasto repertório de manuscritos que possuíam. O mosteiro sempre tivera inclinação para o estudo. O fundador, Biscop, alcunhado *Ambulator*, nunca deixara de trazer muitos e preciosos manuscritos das muitas viagens que fez ao estrangeiro. Julius, o penúltimo abade, que precedera o pobre Stephanus, era leitor voracíssimo, e a ele se devia o atual estado de riqueza em que se encontrava a biblioteca, pois transformara quase todos os monges de Broz em copistas, querendo ou não. Por ordem sua, além disso, é que se encetara o trabalho de elaboração da crônica do mosteiro.

Paulus mostrou a Grim uma cópia dessa crônica, que continha uma longa lista dos livros adquiridos, por compra ou por transcrição, durante a gestão de Julius. Chamou a atenção de Grim a elaborada e complexa escrita que Paulus chamava de *brosiana*, que era a escrita peculiar desenvolvida no mosteiro. Chamou-lhe a atenção, também, a variedade dos títulos incorporados à biblioteca por indicação de Julius: além das obras teológicas e litúrgicas, Grim viu presentes na lista vários historiadores: Josephus, Gregorius Turoniensis, Paulus Diaconus, Erchempertus, e outros; várias obras de antigos autores romanos: o *De natura deorum*, de Tullius, as *Institutiones* e as *Novellæ*, de Justinianus, os *Fasti*, de Ovidius, as *Eclogæ*, de Virgilius, bem como textos de Terentius, Horatius, Seneca e os tratados gramaticais de Theodorus e Donatus, além de uma gramática latina de Priscianus, acompanhada de preciosa carta do bispo de Chartres dirigida ao bispo de Pécs.

— Deste autor nunca ouvi falar — disse Grim, apontando o dedo para o nome de um certo Tacitus, de quem constavam, na lista, duas obras: *Historiæ* e *Ab excessu divi Augusti libri*. E ficou boquiaberto ao ouvir que não se tratava de autor da *latinitas* cristã, como supusera, mas de autor que vivera na Roma imperial, contemporâneo do mais jovem dos Plinii, de quem foi amigo.

Paulus insistiu em mostrar-lhe as obras de Tacitus, e explicou que Julius enviara um copista ao mosteiro de Fulda especialmente para trazer de lá uma cópia daqueles textos. Grim viu, com espanto, que as obras tratavam, como a de Suetonius, dos césares romanos: nas *Historiæ*, dos efêmeros principados de Galba, Otho e Vitellius e da seqüência dinástica dos Flavii; no outro livro, dos imperadores da família Julia, a partir da morte de Augustus: de Tiberius, portanto, e Claudius, e Caius, e Nero.

— Ou muito me engano, ou este autor não é conhecido na Britânia — disse ele.

— Tampouco o é na Itália, onde nasceu — disse Paulus. — Mas é lido na Alamânia há séculos, o que não admira, sendo também autor de um livro sobre os antigos germanos.

Nesse momento Paulus percebeu que todas as cabeças de seus subordinados estavam erguidas e acompanhavam atentamente a conversa entre os dois.

— *Laborare*! — gritou ele, irritado. Baixaram-se imediatamente sobre os códices as cabeças todas e todos os olhos.

Um armário continha a produção do país e, de permeio, a do próprio mosteiro de Broz. Havia ali alguns tratados místicos e religiosos, compilações, comentários bíblicos, epigramas. Paulus mostrou-lhe as *Admonitiones* atribuídas ao santo rei Stephanus, descrevendo-as como um espelho de instruções para monarcas, com numerosas referências à Bíblia, aos patriarcas da Igreja e aos autores romanos. Mostrou-lhe depois a *Deliberatio*, do santo bispo Girardus de Cenadium, um tratado de exegese cunhado na tradição patrística, com referências às sete artes liberais e aos antigos autores gregos e latinos. Mostrou-lhe, então, com uma ponta de orgulho, entre as obras produzidas no mosteiro, uma vida de Mahumet, o falso profeta dos sarracenos, que Paulus chamava de *hagarenos*:

— Porque descendem de Hagar, mãe de Ismael, e não de Sara, mãe de Isaac.

O poema fora composto em hexâmetros datílicos dicataléticos, com rima leonina de duas sílabas. O poeta, no fecho, ao mesmo tempo que rogava à musa que lhe calasse a mão, rogava muito cristãmente a praga: pereça Maomé.

Por fim, com ainda maior orgulho, Paulus mostrou o códex de uma oração fúnebre traduzida do latim para a *lingua ungarica* por incentivo do abade Julius. Por cortesia, Grim folheou o manuscrito, belamente iluminado, mas, à exceção de um ou outro nome próprio, não viu uma só palavra que se prestasse ao seu entendimento.

Aí, numa inspiração, Grim perguntou:

— E do irmão Posthumus, o que tens?

— Posthumus, o mudo? — perguntou Paulus.

— Esse — disse Grim. — Tens alguma coisa composta por ele?

— Acho que sim — disse Paulus, e o coração de Grim bateu-lhe tão forte no peito que ele achou que fosse sufocar de esperança.

Paulus retomou a lista dos livros da biblioteca e abriu-a num apêndice em que estavam conscritos os títulos dos livros ungáricos e brosianos: o repertório daquele armário. Pousando a mão sobre o peito para aquietar o coração, Grim rezou para que houvesse ali uma cópia da *Longa História*. Por que não haveria? Por que não teria o próprio autor feito uma cópia de sua obra-prima e, trazendo consigo essa cópia para Broz, confiado a sua custódia à biblioteca do mosteiro? Por um momento tudo isso lhe pareceu possível: por um momento viu-se de posse dessa cópia, entregue ao trabalho puro e simples de transcrevê-la de pergaminho para pergaminho: quão mais simples do que depender dos humores, da saúde, da memória de um monge senil e instável. Nada lhe daria maior felicidade, naquele momento, do que ver-se libertado da tirania do *fabulator*. Rezou, dentro de si, para alcançar essa graça. Mas Deus não quis dá-la.

— Tenho aqui duas pequenas composições do irmão Posthumus — disse Paulus. A palavra *pequenas* e o volume que Paulus extraiu do ventre do armário mataram todas as esperanças de Grim, pois volume tão estreito não poderia conter nem um centésimo da *Longa História*. — Tanto uma como outra foram compostas em sua juventude, quando noviço, antes portanto de sair pelo mundo à deriva.

Uma das composições do jovem Posthumus, Grim viu, sem maior interesse, era o relato em prosa de uma viagem que fizera por várias nações, acompanhando um *elemosinarius* que levava aos mosteiros do mundo a notícia da morte do abade Jenö, ou Eugenius. A outra consistia em um poema lírico de seis estrofes de quatro versos cada. Era um poema, por assim dizer, *aviário*, contendo breve discurso sobre pássaros bem conhecidos, entre eles a pomba, o tordo, o rouxinol, a águia, a andorinha e a abelha. O poeta empregara em seu poema o verso sáfico rítmico, medida tão pouco usual que Grim leu, ali mesmo em pé, do princípio ao fim, o texto de Posthumus:

Veste o bosque os delicados ramos
das árvores, cobrindo-os de frutos;
cantam de altos assentos os pombos
suas canções.

Aqui geme a rola, ali trina o tordo,
vibra aqui, severa, a voz do melro;
nem mesmo cala o pardal, mas estrila
por entre os olmos.

Num ramo sediado o rouxinol
difunde ledo aos ouvidos solene
silvo, e a voz do milvo, piando trêmula,
pulsa no éter.

Em vôo aos céus, a águia pelos campos
mais compassos que um alaúde espalha;
eis que desce, e de outro modo seu canto
a terra atinge.

Passa veloz trissando a andorinha,
e o clangor da codorna a gralha ecoa;
de todo canto assim celebram aves
a primavera.

Ave nenhuma se compara à abelha,
em castidade abaixo só da Virgem,
que no ventre inviolado abrigou
Cristo Jesus.

— É tão formoso — murmurou Grim.

— É? — disse Paulus. — Então preciso lê-lo.

As cabeças estavam todas de novo atentas ao colóquio entre Paulus e Grim.

— *Laborare*! *Laborare*! — gritou Paulus.

Grim disse ao precentor que gostaria, se possível, de ficar ali na biblioteca para ler um pouco. Paulus perguntou que obra gostaria de ler. Grim quase pediu o relato de viagem de Posthumus, mas preferiu coisa mais grandiosa e pediu Tacitus. Dos dois calados, preferiu o latino ao panônico.

Paulus expulsou de seu assento um dos noviços, que abandonou, feliz, o seu lugar, para cumprir uma tarefa qualquer fora da biblioteca. Grim acomodou-se ali com o seu códice e mergulhou na leitura de Tacitus: "Começarei a minha obra," leu ele, "com o segundo consulado de Servius Galba, o qual teve por colega Titus Vinius. Os oitocentos e vinte anos que decorreram desde a fundação de Roma foram narrados por muitos escritores com igual eloqüência e franqueza. Mas, depois da batalha de Actium, quando, no interesse da paz, foi preciso dar todo o poder a um só, os grandes espíritos faltaram e a verdade foi deturpada por diversos motivos; primeiro, por ignorância dos negócios do Estado, que se haviam tornado estranhos aos cidadãos; depois, pela paixão de lisonjear e algumas vezes, também, pelo ódio votado à tirania. Hostil ao poder e escravo dele, ninguém pensava na posteridade. Desconfia-se do escritor que louva e ouve-se o que ataca e censura, porque a lisonja está manchada de servilismo e a maledicência tem um falso ar de independência. Quanto a mim, Galba, Otho e Vitellius não me fizeram nem bem nem mal. Com Vespasianus começou a minha fortuna, com Titus ela aumentou, com Domitianus elevou-se muito mais alto, convenho. Mas, aquele que se consagra à verdade deve falar sem amor nem ódio. Reservo a minha velhice, se lá chegar, a um assunto mais fértil e menos perigoso, a história dos reinados do divino Nerva e de Trajanus, tempos felizes e raros, nos quais se pode pensar livremente e dizer o que se pensa."

Grim fez uma pausa para que sua emoção arrefecesse. Estava encantado com o espírito honesto e sincero do historiador e com o seu latim: este falava o latim como língua materna, pensou Grim, e apurou-a a tal grau que se pode ler o seu texto com a mesma naturalidade com que se respira o ar fresco dos campos.

## 134. Triunvirato

Na manhã seguinte, depois das terças, Grim foi interpelado por Kis Petrus. O velho Posthumus pedira para voltar à sua cela; pedira, não, *exigira*, com todo o ardor verbal de sua recuperada voz, diante da relutância dos médicos em liberá-lo. E o mais surpreendente: queria ver os noviços da Ingária.

— A Lollius também? — perguntou Grim.

Kis Petrus se viu constrangido a esclarecer:

— Na verdade, ele só pediu para ver o irmão Lollius. Mas não creio que estranhe tua presença. Não sois ambos sócios nessa empresa, tu e Lollius?

Grim sentiu-se ofendido com sua exclusão; era o *rex* daquela empresa, em que Lollia não passava de auxiliar, e ainda por cima impertinente. Que Posthumus pensasse o que quisesse: ele, Grim, estaria presente ao encontro entre os dois.

Lollia estava no *cellarius*, acompanhando com interesse certas transações de Chrisostomus com alguns *agricolæ* de Besprem.

— Tens certeza de que preciso ir também? — perguntou ela.

— Posthumus quer ver-nos aos dois — disse Grim.

Foram. Entrados na célula, Posthumus levantou-se do catre para recebê-los, ou melhor, para receber Lollia, pois não deu a Grim maior atenção do que daria a Kis Petrus. Parecia mais saudável e mais vivaz que da primeira vez que se tinham visto. Quase sorria ao convidar Lollia para sentar na banqueta. Quanto a Grim, foi largado em pé, entregue à sombra de si próprio, como se nem estivesse ali; mas recusou submeter-se:

— Por que nos chamaste, irmão? — perguntou, com a voz firme de um pontífice.

— Quem falou? — disse Posthumus, fingindo que não via a Grim. — Ah, é o senescal da condessa! Bom dia, senescal. Esqueci que, para bem ou para mal, também fazes parte dessa sociedade que tem por objetivo raptar de mim a minha história. — E, devolvendo sua atenção a Lollia: — Diz-me como te chamas.

— Lollius — disse ela.

— Lollius? — disse ele. — Lollius lembra *lolium*, e quantas vezes, em minha vida, coube-me o joio e não o trigo. Tantas vezes, de fato, que cheguei ao extremo de preferi-lo ao trigo.

— Mas é uma erva perigosa, o joio — disse ela —: afeta a visão.

— A dos outros, pode ser — disse Posthumus. — Mas não a minha. Pelo contrário: a mim faz-me ver o que os outros não vêem.

Houve um silêncio; Grim, tenso, temeu que mais uma só palavra fizesse desmoronar todo o edifício do segredo de Lollia. Mas essa palavra veio da própria moça:

— Sabes o que sou — disse ela a Posthumus.

Grim soltou um suspiro dolorido.

— És como a Lujza da história que contaste — disse Posthumus: — como Lujza, também sabes contar histórias; como Lujza, também és mulher disfarçada de homem.

— E tu és o filho póstumo de Zsuzsana — disse Lollia —, que Laius adotou para dar a Lujza um filho e ao menino uma mãe.

— Posso negar todas as coisas, menos isso — disse Posthumus.

— Irmão Posthumus — começou Grim.

— Fica sossegado, senescal — interrompeu Posthumus. — Recaia sobre o segredo desse *Lollius* meu voto de silêncio. Fica sossegado, também, quanto à *Longa História*. Jazendo no leito da enfermaria, hesitei muito tempo entre contar a história e morrer. Por fim decidi contar a história, que vós chamais *Trium Longa Fabula Fratrorum*. Assim, esta cela, depois de permanecer tanto tempo surda, vai vibrar com o som de uma história narrada em voz alta.

Grim ficou atônito diante da mudança inesperada de Posthumus. Nem quis falar nada para não quebrar o encanto, se encanto havia na decisão do velho. Mas Lollia perguntou:

— E quando podemos começar o trabalho?

— Amanhã cedo — disse o velho. — Até lá terei tido tempo para providenciar o material necessário, ou seja, pergaminho, tinta, cálamos e, principalmente, a mim mesmo. Amanhã cedo este nosso, se assim posso chamá-lo, *triunvirato*, começará o trabalho de transcrição da história que, embora seja de minha autoria, ou por isso mesmo, reputo como uma das histórias mais espantosas que se escreveram desde o parto da Virgem Maria.

— Amanhã começarás a contar tua *Longa História*? — perguntou Grim, sentindo a necessidade de uma confirmação especial de Posthumus para ele.

— Sim, senescal, amanhã — disse Posthumus.

# LIVRO VI

# a longa história

## 135. Boa noite

Aquela noite, depois das completas, Grim recolheu-se à cela primeiro que Lollia. Estava excitado. Especulou:

— Por que será? Será pela expectativa de dar início, amanhã, à minha tarefa, inscrevendo em pergaminho a primeira palavra da longa história, depois a segunda e a terceira e as que se seguirem? Sim, talvez seja por isso: porque, dando início à tarefa, já estou a caminho do fim. Pois, assim como, na viagem, ao primeiro passo dado (e por amor à metáfora desconsidero as etapas da viagem que fiz em navio ou em lombo de mula) seguiu-se um segundo e depois um terceiro, até que, pela soma de cada passo a cada passo e a centenas de outros, e de cada milhar de passos a outros milhares, que, centuplicados, perfizeram os primeiros mil milhares e, depois, os seguintes mil milhares de passos, até que fossem dados, já às portas de Broz, o antepenúltimo passo, o penúltimo e o último, também assim da primeira palavra da longa história chegarei, inevitavelmente, à segunda, à terceira, à centésima, à milésima, à centésima milésima, e à última; assim como de Burdigala cheguei a Tolosa, de Tolosa a Segussio, de Segussio a Tarvisium, de Tarvisium a Cælia, de Cælia a Pœtovio e de Pœtovio a Broz, assim também, do primeiro capítulo ao segundo, do segundo ao terceiro, do terceiro ao décimo, do décimo ao centésimo, do centésimo ao último, também hei de chegar ao término da transcrição do livro. Do mesmo modo como a viagem foi uma meríssima questão de tempo e de trabalho de pernas e pés, a transcrição da história será uma simplíssima questão de tempo e de trabalho de mãos e dedos. Pois o trabalho humano é como a vida humana: no princípio começa e no fim termina.

Ou será que estou excitado, ponderou Grim, porque amanhã começarei a conhecer a *matéria* de que é feita a longa história? Dizem que é a história de três irmãos, e a biblioteca da humanidade está repleta de histórias de três irmãos, e já no livro da Bíblia temos os três filhos de Noé, que deram origem aos povos da terra, e nas crônicas de Roma os três Horatii e os três Curiatii, que se entremataram até só restar de seis um, e nos registros de Tule os três filhos de Eirik Rauda, cada um dos quais se fez ao mar em busca da Terra do Vinho; mas a longa história de Posthumus de Broz certamente há de ser, de três irmãos, uma história *diferente*, de modo que seus três irmãos em nada se assemelhem, mais do que em gênero e número, aos outros milhares de três irmãos que nascem, vivem e morrem em outras histórias. Mas em *que* podem ser eles diferentes de todos os outros? Se forem trigêmeos, serão diferentes da maioria dos três irmãos que se conhecem, mas nem nisso serão originais, porque dividirão sua natureza trigêmea, por exemplo, com os santos mártires de Umbennum. Em *que* então? Incapaz de adivinhá-lo, Grim pôs-se logo, com sabedoria, a desistir da empresa, até porque pressentiu nesse desejo uma ponta de vaidade, como via às vezes na atitude de certos monges de Dru, que, na urgência de exprimir antes de um irmão o pensamento que este já trazia na ponta da língua, cortavam-lhe cerce a palavra sem qualquer deferência. Mas, simultâneo à renúncia, ocorreu à mente de Grim, como um último suspiro, o pensamento de que talvez os três irmãos da longa história fossem *diferentes de todos os outros* justamente porque fossem *semelhantes a todos eles*; mas isso, concluiu, sensato, seria impossível de ser.

Já ia a meio caminho de adormecer quando a Fábula lhe sussurra ao ouvido mais uma das possíveis causas naturais de sua excitação. Será que, sussurrou-lhe a Fábula, em tom maternal, não estás excitado por causa da sensação vivida ontem ao ouvir Lollia contar a história do virtuoso Laius? Grim, que supôs que o sussurro lhe vinha da própria consciência, replicou: Mas isso foi ontem; por que então não estive assim ontem, mas só estou assim hoje? Porque ontem, responde a Fábula, quando, à vista da inesperada reação de Posthumus à narrativa de Lollia, adveio-te o grande medo de que estava comprometida, de modo irreversível, a boa vontade do velho autor para com a causa da transcrição da longa história, aí tudo mais relegaste a um espaço de sombra em teu coração. Hoje, porém, ciente de que nenhum dano se fez à empresa da condessa, e de que, pelo contrário, o obstáculo da má vontade do autor foi transposto como apenas mais um rio ou uma montanha em teu caminho, já podes entregar-te à sensação que ontem deixaste suspensa. Porque deves admitir que agradou-te, e muito, e muitíssimo, ouvir aquela história, a ponto de lamentares não fosse ela uma longa história mas curta. Pois saboreaste cada frase, cada palavra e mesmo cada sílaba da história, não só pela história em si, mas também, e talvez sobremodo, pela voz melodiosa da *narratrix*, pela entonação conferida a cada sentença, pelo poder de, com a ajuda de gestos precisos e loquazes, evocar as personagens e as ações, quase como se a história decorresse ali mesmo, naquele alvéolo de abelha, diante de ouvidos que, além de ouvirem, tivessem usurpado dos olhos a faculdade de *verem*.

Grim ajeitou-se melhor no catre para dormir. Mas a Fábula não o deixa em paz. Ou, mais do que só isso, prossegue ela, estás excitado porque, ao revelar-se o final da história, sentiste outro prazer, e duplo, e tão grande quanto ou maior que o prazer de ouvir a história. Pois percebeste que, tendo ouvido uma mulher disfarçada de homem contar a história de uma mulher disfarçada de homem, ao final, ao mesmo tempo que a história revelava o segredo da personagem — Lujza —, revelou também o segredo da narradora — Lollia —, não só para o velho Posthumus, mas para *ti* também: pois então viste a verdade nua à tua frente, porque a verdade é que Lollia é Lollia e não Lollius, é formada da mesma matéria de que são constituídas as mulheres, e não há disfarce, por mais perfeito em sua capacidade de enganar, que altere, no fundo, essa verdade.

Que absurdo é esse, reagiu Grim, pensando dialogar com a sua pobre consciência, e não com uma entidade muito superior a ela; sempre soube, desde que se despiu aquela noite no meio da floresta, que Lollia é mulher; e é sempre com Lollia e não com Lollius que tenho convivido o tempo todo. Não exatamente, contrapõe a Fábula. Tens convivido com uma Lollia em quem só te permites ver um Lollius. Agora tudo mudou. Posthumus despiu-lhe o disfarce; deixou-a como nua diante de vós ambos. Não podes mais simular que aceitas a simulação de Lollia: é uma fêmea que tens em tua companhia, e não outra coisa. Estás coagido a vê-la como mulher, a ouvi-la, a senti-la, a admirá-la como mulher, porque é assim que Posthumus a vê, ouve, sente e admira.

Nisso Lollia entrou na cela e interrompeu o colóquio entre Grim e a Fábula. Grim recebeu-a com o olhar, e arrepiou-se: achou-a mais formosa que nunca antes. Não lhe foi possível desviar do rosto dela os olhos. Viu como a pele era alva, macia, fresca. Sentiu vontade de acariciar-lhe a pele e, embora logo se repreendesse mentalmente por isso, não sentiu vergonha diante de Deus. Lollia, vendo-lhe o olho tão desacostumado posto e mantido sobre ela, sorriu. Grim tentou sorrir de volta, e conseguiu: venceu timidez, medo, pudor, venceu todos esses virtuosos embaraços, e deu a Lollia a flor de um sorriso, preciosa flor, porque raríssima de nascer e de crescer em seus lábios áridos.

Diante dela, aspirando-lhe com os olhos a vívida presença feminina, Grim não pôde deixar de pensar: Como sois cegos, todos vós, Chrisostomus, Kis Petrus, Ferencescus, que não sois capazes de ver com vossos olhos o que eu vejo com os meus. Como podeis supor que uma alma de *homem* ocupe o domicílio do corpo desta criatura, quando cada um de seus olhares, de seus gestos, de suas palavras, de seus pensamentos, de seus atos, cada sopro de ar que lhe sai das narinas ou de hálito que lhe sai da boca traz a palavra *mulher* escrita neles?

Nesse momento veio-lhe ainda outro prazer, menos elevado, mas não menos saboroso: o prazer de *conhecer o segredo de Lollia*. Sim, diz-lhe a Fábula, ainda que ele, agora embevecido na contemplação da mulher ali presente, não a ouça: que prazer, Grim, saber que és, além de Posthumus, o único vivente em todo o mosteiro, e talvez em todo o mundo — pois quem pode garantir que Nolo ainda respire, e o pobre Hector —, que conhece o segredo daquela criatura; que conhece o verdadeiro gênero a que está sujeita no reino da Gramática e o verdadeiro sexo a que pertence no reino da Natureza. Isso dá-te uma sensação de merecimento, como se te houvessem confiado, e só a ti, o maior (ou o melhor) mistério do mundo para guardá-lo avaramente.

Partilhas com Posthumus o conhecimento desse segredo? Sim, mas de diferentes e peculiares maneiras. Para Posthumus, Lollia é Lujza: é Lollia disfarçada de Lujza, ou o contrário; para ti, Lollia é Lollia, com tudo que ela contém; para ti, Lollia é Réia, é Minerva, é Diana, é Ceres, é Vênus, é Vesta: para ti, Lollia traz em si tudo que é *femineus*, tudo que é *femininus*, tudo que é *feminal*. Deus não te talhou, Grim, para resistires a criatura tão multifária. Ouviste? Ah, por que não ouves o que te diz a Fábula? Por que não ouves o que te diz aquela que é testemunha de tudo que sucede não só do lado de fora como do lado de dentro dos muros de ti?

Grim e Lollia desejaram-se boa noite. O luar penetrava pela janela, dispensando a candeia. Acomodaram-se para dormir.

— Lollia? — fez a voz de Grim.

— O quê? — disse Lollia.

Ele demorou a falar. Depois disse:

— Boa noite.

— Já nos demos boas noites — disse Lollia.

— Não posso desejar-te de novo uma boa noite? — disse ele.

— Boa noite de novo para ti também — disse ela.

## 136. Toque de mão

Grim jazia excitado no catre, insone no catre, a mente inquieta, o coração palpitante. No catre contíguo, Lollia jazia deitada de costas para ele. Ele via-lhe, reluzindo à nesga de luz lunar, a pele nua do pescoço. A distância entre um catre e outro era de dois palmos, talvez menor que a distância entre dois barcos no momento da abordagem; bastaria estender deste seu barco a mão para tocar o pescoço de Lollia no barco vizinho. Grim sabia que, se o fizesse, uma só coisa poderia acontecer em resposta. Em sua mente via Lollia, ao tato de sua mão, virando-se para ele com um largo sorriso nos lábios, e não haveria malícia naquele sorriso, nem caridade, mas só um outro sentimento, a que Grim não era capaz, porém, de dar um nome. Via-se a si e a Lollia olhando-se durante certo tempo, antes de se tocarem o rosto, de se tocarem as mãos; antes de trocarem um primeiro beijo. Via tudo isso, e tudo isso parecia tão doce, tão puro, tão digno de bênção, que não podia haver ali, em nada disso, um só grão de esterco em que florescer o cogumelo venenoso do pecado. Via tudo isso, o herói da história, abraçado à certeza de que não tardaria a fazer o movimento necessário para comungarem por fim inteiramente entre si. Uma vez, duas, três, a mente de Grim ordenou à mão que fizesse esse movimento e tocasse o pescoço de Lollia. Vai, mão, o que esperas? Obedece! Voa no ar como andorinha e pousa sobre esse cândido pescoço e acaricia-o com doçura. Desperta-a, mão, se ela está dormindo. Desperta-a em meu nome, para que eu desperte também. Preciso despertá-la para ser despertado.

No entanto, apesar da ordem, a mão ainda assim se recusava, não, não era uma recusa, não havia desobediência na demora do gesto, mas sim receio. Não tenhas medo, dizia a mente para a mão, tentando dissipar-lhe o medo que, bem considerado, era o próprio medo da mente transmitido à mão. A exemplo do voto de Posthumus, também este voto de silêncio deve ser rompido. O homem chamado Grim, de quem somos todos — mente, mão, membros, coração —, as partes componentes, não é um eunuco. Assim como não lhe faltam os membros superiores, nem os inferiores, nem os interiores, também não lhe falta o membro do meio. Está na hora de corpo e alma de Grim romperem seu voto de silêncio e falarem. Ainda assim, a mão hesitava. Faz o que te ordeno, mão, insistia a mente. Não penses que isto é pecado, porque para mim, a quem cabe a tarefa de raciocínio nesta *societas*, para mim não há aí nenhum dos atributos do pecado. Peca, sim, o mundo, condenando o desejo, este inocente, a integrar a legião dos verdadeiros pecados.

A mão finalmente se convenceu. Criou coragem e começou, lentamente, a estender-se rumo ao pescoço de Lollia. Lentamente. Lentamente, mas mesmo assim cada vez mais se aproximava do ponto de tato. Grim estava banhado de copioso suor. Seu corpo lacrimejava por todos os poros. O coração, palpitando sem governo, provocava torvelinhos na correnteza de seu sangue. A mão chegou a meio palmo de distância do pescoço de Lollia. Pairava como se a um passo de tocá-lo. Nada poderia impedi-la de tocá-lo. Consumado o toque, caberia a Lollia cumprir a parte dela naquela duplicidade: voltar-se, sorrir, estender a *sua* mão ao mesmo tempo em busca e em oferta.

Nesse momento, com um rangido lento, a porta se abriu, derramando na cela uma parte da luz do corredor, que se misturou, dentro, ou se sobrepôs, à luz da lua.

## 137. Rapto

Esta história se interrompe a si própria por meio de capítulos. Quando sente que se esgotou a matéria de um capítulo, fecha as portas daquele e abre as portas do seguinte, onde recomeça e continua e dá prosseguimento a si mesma, ou, em outras palavras, *continua a começar*.

Na moldura iluminada da porta Grim discerniu o vulto de um homem alto e forte. Sem ver-lhe o rosto, que vinha tingido de sombra pela aba do capuz, identificou imediatamente o homem: era Chrisostomus. Várias coisas, então, ocorreram simultâneas. A mão de Grim recuou, assustada, e refugiou-se de encontro ao seu peito. Lollia, com um suspiro, despertou. E Chrisostomus entrou na cela e em dois passos estava de joelhos ao pé do catre da moça.

— Vim buscar-te, *puella* — disse ele num sussurro.

A pele de Grim incandesceu. De quê? Disto, disso e daquilo: de vergonha, de ira, de frustração. Com o risco de desesperar, foi obrigado a ouvir as palavras de Lollia:

— Nas sombras da noite, em voz baixa, furtivo como um ladrão? Não vieste buscar-me, mas roubar-me. E para onde queres levar-me, *vulpes*?

— Para onde quiseres — disse Chrisostomus. — Para o céu ou para o inferno, para Tule ou para Tunes: diz para onde, e te levarei.

— Leva-me contigo para tua cama — disse Lollia. — Quero verificar se tens mesmo a boca de ouro que teu nome sugere.

Grim cerrou os olhos com força para não ver nada. Mas ouviu. Ouviu a queixa do catre ao suportar sobre o peito o joelho do *cellararius*, seu suspiro de alívio ao sentir-se desonerado da pressão do joelho do homem e do peso, ainda que leve, do corpo de Lollia, que Chrisostomus tomara nos braços. Grim cerrou os olhos com mais força ainda para não ver nada. Mas ouviu. Ouviu os passos densos da raposa carregando a presa aquiescida em direção à porta, ouviu ranger a porta ao abrir e ranger de novo ao fechar. Aí meteu os dentes no travesseiro para não ganir. Sua mão, agora audaz, escorregou até o catre vizinho; a colcha estava tépida. O pobre herói arrancou a túnica num gesto brusco e, arrastando-se para o catre de Lollia, deitou-se ali, tentando absorver, na pele nua, a única coisa que lhe restara dela: o calor do corpo. Em seu desespero, teria suplicado a Deus, se não soubesse que tal súplica nunca seria atendida, que fizesse soçobrar aquele catre, com ele dentro, como um navio sinistrado, nas profundezas abissais da terra.

Logo, porém, através da tempestade de sua angústia, a palavra *puella* começou a retinir como um sino: Chrisostomus sabia que naquela criatura estava *puella* e não *puer*; estava Lollia e não Lollius. Mas como? Grim quis acreditar que, de alguma forma, o *cellararius* tivesse surrupiado nela algum sinal inconfundível de *muliebritas*; quis acreditar, até, que ela mesma, lasciva e obscena, lhe tivesse confiado o seu segredo para fazer-se seduzir por ele. Não queria acreditar que Chrisostomus tivesse simplesmente *pressentido* que havia ali, clandestina sob uma casca de homem, uma pessoa de mulher; ele próprio, Grim, não o pressentira até o momento em que Lollius se revelara Lollia desnudando o corpo diante dos *maratocupreni*. O que levara Chrisostomus a esse pressentimento? Teria ele já no primeiro encontro, quando recitara o poema *In puerum formosum*, teria já ali percebido, sob a capa da verossímil mentira, a inverossímil verdade? Ou o que poderia ser, ali, apenas uma suspeita transcendera de suspeita em certeza quando ele cerimonialmente lavara os pés dos hóspedes?

Os pés de Lollia traem Lollius, pensou Grim.

Debateu-se na cama sem poder dormir, como náufrago que em vão se debatesse nas ondas não para flutuar mas para ir ao fundo: queria afogar-se no sono. Então agarrou-se à tábua da prece. Implorou à Virgem Maria que lhe tirasse da mente a imagem daquela mulher. Arrependia-se de tê-la trazido a Broz. Mil vezes preferível teria sido arrostar sozinho todo o trabalho de transcrição da *Longa História*. Por que não? O que era a longa *Longa História* diante da longuíssima *Crônica de Crassementum*? Mas, contrapôs, sem Lollia com ele para persuadir Posthumus a suspender o seu silêncio, como poderia ele transcrever a *Longa História*?

Debateu-se na cama sem poder dormir. Aí viu no seu deslumbramento por Lollia, na sua excitação, na sua decisão de que não havia pecado em pecar, em tudo isso viu o dedo torto de Satã. Até mesmo a estratégia usada por Lollia para abrir a boca do velho Posthumus pareceu-lhe coisa encantatória: coisa de *strix*: coisa, portanto, demoníaca. Essa compreensão valeu-lhe como bálsamo. Entendeu que andara perto de se perder. Viu então no advento de Chrisostomus, interrompendo a sua entrega de si mesmo, totalmente rendido, ao abismo de pecado que é a *mulher*, uma intervenção de cima. Havia ali o doce dedo da Virgem Maria. Sentindo que a mão de seu protegido estava à beira de tocar o corpo da moça, sabendo que aquele toque desencadearia o processo de sua perdição, a Virgem mandara ali Chrisostomus, criatura lasciva como Lollia, para levar para longe a fonte de tentação e salvar a virgindade de Grim.

Houvera ali naquela cela dois raptos: o de Lollia por Chrisostomus, que a roubara de Grim; o de Grim pela Virgem, que o roubara de Satã. Martelando cem vezes na cabeça esse pensamento, entendendo-se na tutela da própria Virgem Maria, Grim conseguiu, finalmente, afogar-se num sono sem sonhos.

## 138. O que é a *Longa História*?

Bem cedo na manhã seguinte, logo depois da hora prima, Grim e Lollia bateram à porta de Posthumus.

Grim revira a moça no ofício das matinas. Sentira uma náusea à vista dela, sabendo que cantava o ofício divino ainda cálida dos abraços do celeireiro e fétida do pecado construído em comum no leito dele. Da igreja saíram juntos, e Lollia, depois de duas tentativas, ambas vãs, de conversar, não dissera mais palavra.

A cela de Posthumus parecia ter encolhido ainda mais, graças à presença de uma pequena mesa que Chrisostomus mandara, generoso, instalar ali, em tal posição que a luz, penetrando pela janelinha, incidisse diretamente sobre ela. Acompanhava a mesa uma estreita cadeira sem braços, cujo assento mal e mal comportava ambas as nádegas de uma pessoa magra. Para advir alguém à cama, agora, era preciso esgueirar-se entre mesa e cadeira. Posthumus mostrou um sortimento de cálamos feitos de hastes de penas de ganso, um tinteiro feito de osso e um par de largos frascos de tinta preta, feita da mistura de clara de ovo, fuligem e mel. Mostrou ainda um maço de pergaminho em quantidade suficiente para absorver a transcrição daquele dia, esclarecendo que toda manhã teriam à mão uma nova remessa como aquela. É fato, disse ele, que não se trata de pergaminho virgem mas usado, ou seja, de palimpsesto, mas que importa, se os textos anteriores tiverem sido bem apagados, permitindo que minha história se sinta aí como em sua própria casa e não em casa alugada? Ai dos meninos da biblioteca, também, se deixarem vestígios dos textos precedentes. Não estão mais lidando com o mudo Posthumus, o *Posthumutus*, como sei que me chamavam ou ainda chamam, mas com o loquacíssimo Posthumus, que lhes cobrirá o lombo com vergastadas de língua se não trabalharem como devem. A *Longa Fabula* aceita, com humildade, os palimpsestos da biblioteca, desde que venham límpidos e imaculados como uma casta viúva.

Posthumus estava de bom humor:

— É bom poder soltar a língua de novo — disse ele e, pondo a velha língua de fora, agitou-a como se a estivesse exercitando. — La-la-la-ra-la. Nunca pensei que, nos meus últimos dias, voltasse a ser mais uma vez um fabulador e a contar histórias. Nunca pensei, especialmente, que voltasse a contar a minha *Longa História*. Passei a noite em claro, vistoriando a memória para saber se a história continua ali, inteira e intacta.

— E continua? — perguntou Grim.

— Cada palavra está no seu lugar — disse Posthumus. — Não terei a menor dificuldade em contá-la.

— E o que *é* a *Longa História*, irmão Posthumus? — perguntou Grim.

— Costumava dizer, aos que me faziam essa pergunta — disse Posthumus —, que minha história é como um tosco pedaço de chifre do qual se pode esculpir uma bela colher.

— Irmão — disse Grim —, creio que não entendi.

— É mais fácil contá-la — disse Posthumus —, do que explicar o que ela é. Posso, porém, adiantar que a matéria da história é uma *quaestio*, ou seja, traduzindo a palavra em vossa língua, uma *busca*, mas ainda, porque assim também pode ser traduzida, um *problema*, uma *parábola*, uma *pergunta*.

— Uma pergunta? — disse Grim. — Que pergunta?

— A mesma que fizeste, senescal — disse Posthumus. — O que é a *Longa História*?

Nesse ponto Lollia interveio:

— Se a *Longa História* é a história de uma busca, nisso não difere de muitas outras histórias velhas e novas. Os antigos gregos inventaram a história da busca do velo de ouro, e para isso formou-se uma congregação de cinqüenta grandes heróis, entre eles Hércules, Teseu e Orfeu, e armou-se um navio que ficou célebre com o nome de *Argos*, e os seus tripulantes, com o nome de *argonautas*.

— Tens razão — disse Posthumus. — E os mesmos gregos, hábeis fabuladores, inventaram a história do retorno do guerreiro a casa, que também é uma história de busca, pois o guerreiro anseia reencontrar o país, a casa, o filho, a mulher, os servos, e a si próprio, sim, a si próprio, porque um homem é constituído, entre outras coisas, por seu país, sua casa, seu filho, sua mulher, seus amigos, seus servos, cada árvore de seu pomar e cada planta de seu jardim, e sem essas e outras coisas pouco mais é que nada. Os nórdicos de Tule, por sua vez, inventaram a história da busca de um cadáver: o corpo de um audaz navegante, morto a flechadas do outro lado do infindo mar e sepultado e perdido em terra exótica. Estive uma vez na terra dos persas, que os romanos chamavam partas, e lá me contaram a história da busca de um grande e divino pássaro chamado Simurg. Nessa história temos pássaros que buscam pássaro, para, no final, descobrir que cada um deles era o próprio pássaro que todos buscavam: assim, *aqueles que* buscavam eram *aquilo que* buscavam.

## 139. Os ouvidos de Tule

— E podes dizer-nos de onde extraíste o argumento da tua história? — pediu Lollia. — Podes dizer-nos como a compuseste?

— A *Longa História* — explicou Posthumus — é uma fusão de elementos de histórias que ouvi contar durante a vida. Desde jovem, reservei para isso uma gaveta da memória. Se me contavam uma história e havia ali personagem, cena, situação, diálogo, frase, qualquer coisa que me parecesse especial, que eu julgasse digna de se incorporar à história que já então sabia que havia de escrever em idade mais madura, eu a separava como tessela de mosaico e guardava na gaveta da memória. Às vezes nem era uma parte apenas da história ouvida que eu guardava aí, mas a história toda. Em longos períodos de solidão, em caminhadas através de florestas ou por sendas de montanhas, ia combinando esses elementos, com paciência infinita, e montando, aos poucos, minha história. Havia lacunas, mas eu sabia que cedo ou tarde seriam devidamente preenchidas. Eu não tinha pressa. Tullius chamou de *fetos* as produções do espírito. Durante trinta anos gestou-se em minha cabeça o feto da *Longa História*, até que um dia vi que estava pronto para ser apresentado aos ouvidos do mundo. Então pude contar pela primeira vez minha história.

— Onde e para quem a contaste pela primeira vez? — perguntou Grim.

— Para alguma velha condessa, quem sabe — disse Lollia.

— *Amica* — disse Posthumus —, que fique bem claro que antes preferi contar minhas histórias para a gente do povo do que para a nobreza. Tive alguns bons ouvintes entre os nobres, não nego, mas a gente do povo tem particularidade em que supera a nobreza: inventa histórias melhores, e tem melhor ouvido para ouvi-las.

— Diz, então: a que ouvidos foste contá-la? — pediu Grim.

— Aos ouvidos, senescal — disse Posthumus —, dos melhores contadores de histórias do mundo.

— Então foste a Tule contá-la? — disse Lollia.

— Fui — disse Posthumus.

— Foste à *minha* terra! — exclamou ela, deslumbrada.

— Fui — repetiu Posthumus.

— Escolheste bem — disse Grim. — Um dos antigos deuses dessa gente, Odin, que corresponde ao Júpiter romano, foi grande contador de histórias.

— *Sic est* — disse Posthumus. — E com ele decerto os de Tule aprenderam a arte.

— E quando foi que subiste a Tule? — perguntou Lollia.

— Vinte anos atrás — disse Posthumus.

— Ah, Posthumus — disse ela —, não me viste lá? Não me viste lá, recém-nascida, mamando nos peitos da minha mãe ou dormindo nos braços do meu pai? Não, não me respondas. Bem sei que é possível que tenhamos estado juntos em algum momento, mas também sei que é impossível que tu te lembres, e mais impossível ainda que *eu* me lembre. De qualquer modo, estiveste lá quando eu estava lá, e respiramos, tu e eu, o mesmo ar frígido de Tule.

— Esperas que tudo circule à volta da tua pessoa — disse Grim.

Ela ignorou-lhe a observação; e perguntou a Posthumus:

— E como é essa terra, Tule, vista pelos olhos de Posthumus?

— É uma ilha provida de pedra e desprovida de árvores — disse o velho — e quando a visitei, em pleno solstício de inverno, a noite a cobria até mesmo durante o que deveria ser dia claro. Mas o que me pôs abismado foi o que vi no mar de Tule. Viajava para o norte num navio que saíra de um porto da Caledônia. Na quarta noite de viagem, navegando por entre blocos de gelo à deriva, vimos um milagre: apareceu-nos à distância de meia milha *uma igreja flutuante*! Era feita de cristal, com aberturas em forma de ogiva onde dançavam as luzes de um arco-íris. A pedido dos passageiros, o navio contornou o edifício, que já então me parecia antes uma catedral do que uma igreja. Suas fundações mergulhavam nas verdes profundezas do mar. Um de nós mediu-lhe um dos flancos e chegou ao cômputo de mil e oitocentos côvados! Depois, restou-nos acompanhar com os olhos a prodigiosa catedral em sua viagem para o sul até desaparecer no horizonte.

— São montanhas de gelo, não catedrais — disse Lollia.

— *Puella*, o que vale é a metáfora — teimou Posthumus. — São, efetivamente, *catedrais*.

— E em que língua contaste tua história em Tule? — perguntou Grim.

— Na língua do país — disse Posthumus. — Trinta anos, senescal, vivi em constante movimento de uma nação para outra, ouvindo e contando histórias. Aprendi, como deve tê-las aprendido o judeu errante, todas as línguas da Europa e mais algumas da Ásia e da África.

— E como foi recebida em Tule tua história? — perguntou Grim.

— Foi ouvida em completo silêncio — disse Posthumus. — Toda noite eles vinham à casa onde me hospedara, sentavam-se a meu redor, e em completo silêncio ouviam os capítulos daquela noite. Depois, quando raiava a manhã, lá se iam embora sem dizer uma só palavra, para voltar do mesmo modo na noite seguinte.

— Sem uma só palavra? — disse Lollia.

— Nem uma só — disse Posthumus. — Mas retornavam noite após noite.

— Levaste um inverno inteiro para contá-la? — perguntou Grim.

— Não — disse Posthumus. — A história é longa, mas não tanto que dure um inverno inteiro. Ocorre que, depois de ouvida, parece mais longa do que realmente é.

— E quando terminaste a história — perguntou Lollia — o que disse a gente de Tule?

— Não disse nada — respondeu Posthumus. — A última frase da minha história é esta: Terminei. Eu disse a frase, e calei-me, e esperei a reação deles. Não houve reação. Nenhum deles se moveu, nem disse palavra. A história terminou, eu disse. Ide para casa. Não tenho mais nada a contar-vos. Um deles então disse: Como não tens? Tens a história que acabaste de contar. Conta-a de novo.

— Oh! — exclamou Lollia, emocionada.

— Agora, irmão Grim — disse Posthumus —, comecemos. Estás preparado?

— Estou preparado — disse Grim — desde que saí da Ingária. Dita o prólogo.

— Minha história não tem prólogo — disse Posthumus. — Ou melhor, tem, sim, mas não no início. E começa como começam todas as histórias de Tule: *no começo inicial da história.*

Aí Posthumus ditou as primeiras frases da *Longa História* e Grim inscreveu-as no pergaminho. Sentiu o enlevo de começar enfim a tarefa que lhe haviam confiado. O enlevo, também, de começar a tarefa que, uma vez finda, lhe permitiria empreender, de imediato, a viagem de volta a Dru: de volta a casa: de volta a si mesmo.

## 140. Colação

Posthumus, ditando a história, mantinha um ritmo médio, para que Grim não se atrasasse em seu trabalho de transcrição. Lollia, de sua sede ao pé do catre, seguia a narrativa palavra por palavra. Na voz de Posthumus ouvia-se algo de canoro e algo de juvenil, e as sílabas produzidas eram claras como cristal, e o tom, melodioso como música.

Assim foi ditado o primeiro capítulo da *Longa História*, ditado e transcrito. Grim perguntou a Posthumus em quantos capítulos se dividia a história. Não chega a ter duas centenas de capítulos, respondeu Posthumus; uns mais curtos, outros mais longos, todos importantes para a fruição da história.

— E quando veremos aparecerem na narrativa os três irmãos? — perguntou o ansioso Grim.

— Não sei a quais três irmãos te referes — disse Posthumus. — Há muitos três irmãos nesta história, como em muitas outras. Eu mesmo nunca a chamei de *Trium Longa Fabula Fratrorum*, como fazeis vós e vossa condessa, mas só e meramente de *Longa Fabula*.

Os capítulos iniciais da história Posthumus ditou com arte, Lollia escutou atenta e Grim transcreveu com zelo. Aí, sendo a hora terça, fizeram uma pausa para rezar o Pater, e depois Lollia assumiu a transcrição.

Por volta de meio-dia bateram à porta: entrou um *famulus* trazendo-lhes uma refeição, que incluía um par de maçãs. Fizeram outra pausa e rezaram o Pater. Aí Posthumus apossou-se de uma das maçãs e mordeu o fruto com volúpia. Lollia partiu a outra maçã e ofereceu a metade a Grim. Comeram em silêncio. Depois Posthumus estalou os lábios e disse:

— Damos graças a ti, Senhor, por esta colação; a ti, e também ao nosso *cellararius*, que se lembrou de nós.

Depois disso, Posthumus arrotou duas ou três vezes e pediu licença para visitar a latrina, que ele chamava de *lavatrina*. Grim e Lollia ficaram na cela a sós.

## 141. Três qualidades

E em silêncio. Em que pensava Lollia só Lollia sabe: talvez nas maçãs do mosteirinho de Santra e, por extensão, no menino das maçãs; ou vice-versa. Grim, esse, pensava no que Posthumus acabara de dizer. De fato, em tudo que pudera, Chrisostomus facilitara o trabalho deles. Se estavam dispensados de participar das horas canônicas, era porque o *cellararius* obtivera do prior autorização para isso enquanto durasse o trabalho de transcrição da história. Da mesma forma Grim devia a Chrisostomus a provisão de água para a língua e a garganta do *fabulator*, e também ainda o luxo de poderem fazer na própria cela de Posthumus a refeição diurna.

Bem sabia Grim que aquelas facilidades e regalias tinham sido compradas com o corpo de Lollia. Assim como, na estrada, o corpo dela provera-os de alimento, de vinho, de teto, de vestimentas, e de outras necessidades, agora, em pleno mosteiro, provia-os dos meios de bem realizar a tarefa. Bem e rápido. Grim não se importava, ou iludia-se que não se importava. Naquela manhã mesma, entre as matinas e as laudes, em concílio consigo próprio, decidira tratar Lollia com polidez embora fria e Chrisostomus com frieza embora polida. Convencera-se de que não tinha ódio nem a uma nem a outro. Aceitava-lhes o auxílio para ver-se o mais rápido possível livre de ambos. Terminada a tarefa, dissera-se a si mesmo, seria tempo de partir para casa, com a história em pergaminho e a consciência em paz. Que o pecado do raposo e da loba ficasse em Broz; se é que não prefeririam fugir do mosteiro e reunir-se em Segussio a Barthélemy e Francesque: *pares cum paribus facillime congregantur*: facilmente unem-se os iguais aos iguais.

Grim considerara ainda, filosófico, que Chrisostomus representava para Lollia, em sua busca de prazer no pecado, o ápice a que ela talvez pudesse *elevar-se*. No celeireiro de Broz concentravam-se pelo menos três qualidades extremas: em primeiro lugar, era um religioso devotado à lascívia (Nolo também era, mas seria ridículo comparar a intemperança pueril de um noviço irresponsável como Nolo à lascívia inveterada de um monge maduro, temido, respeitado como Chrisostomus, e que além disso ocupava, na qualidade de *obedientarius*, um dos cargos mais importantes do mosteiro). Em segundo lugar, era ele natural de uma das nações do fim do mundo, a Ungária, e para quem, como Lollia, ansiava por um amante bárbaro, o ungário Chrisostomus valia tanto como ou mais ainda que um búlgaro. Em terceiro lugar, era um judeu, ainda que convertido: trazia na alma a perfídia de seu povo e na *mentula* o sinal indelével da circuncisão. Eis aí: um monge lascivo, um bárbaro e um *verpus*, isto é, circunciso: nesse homem Lollia podia venerar o equivalente anticristão da trindade: a aglomeração de três entes torpes e corruptos numa só pessoa.

Retornou Posthumus, salvando Grim do opresso silêncio que dividia com Lollia na cela. Retomaram a história. Grim, cálamo na mão, assumiu o posto de transcritor.

Já no primeiro dia trabalhavam operosos os três. Trabalhavam, de Posthumus, a língua, de Grim e de Lollia, as mãos. À língua Posthumus dava descanso umedecendo-a amiúde com um gole da água fresca que tinha a seu alcance numa ânfora; Grim e Lollia, às mãos, revezando-se a cada duas horas na tarefa de transcrição da obra; às mentes, os três, fazendo uma oração nas horas canônicas em que o mosteiro parava para cantar os salmos. Faziam em silêncio a oração, cada qual interno em si mesmo: davam descanso assim aos seus ouvidos e aos ouvidos das paredes.

## 142. Passem-se muitas coisas em silêncio

Assim como passou muitas coisas em silêncio durante a viagem, em semelhante silêncio a Fábula passa agora outras tantas coisas durante a transcrição da *Longa História*. Um único dia na vida de um ser humano, se descrito em todas as minúcias, já seria uma longa história. Que faria a Fábula se tivesse de registrar, em suas páginas, tudo que fizeram Grim e Lollia e mais Posthumus (ainda que se concentrasse apenas nesses três) em cada um dos dias das muitas semanas em que se desdobra a tarefa de transcrição da *Longa História*? Quantas ovelhas teriam de ser tosquiadas para prover o pergaminho necessário, quantas aves (gansos, cisnes, faisões) teriam de ceder suas penas para se converterem nos cálamos necessários a tal registro, quantas galinhas os seus ovos e quantas abelhas o seu mel para a produção da necessária tinta? E, o que é mais grave, toda a longa história composta por Posthumus e copiada pelos copistas, ou seja, *aquela* história, teria de ser *também* incluída *nesta* história, a que trata da demanda do livro da condessa, e aí o resultado não seria outro senão duas longas histórias em vez de só uma, ou, vista a questão por outro ângulo, uma *longuíssima* história em vez de apenas uma mera longa história.

Sem esquecer que há uma história paralela em andamento no mosteiro, que é a história da *electio abbatis*. Como pode a Fábula concentrar-se somente no que ocorre entre as quatro estreitas paredes da célula de Posthumus se, ao mesmo tempo, fora dela, se desenrolam acontecimentos tão substantivos para a vida do mosteiro todíssimo? Isso seria uma dúplice descortesia, não só com os monges de Broz mas também com os leitores e ouvintes em quem, vindo a ler ou ouvir a história do livro da condessa, possa acender-se a curiosidade, ainda que mínima, de saber como se procedeu à eleição do abade de Broz e o nome de quem foi eleito para assumir o cargo e pôr, e impor, ordem nas coisas do mosteiro. Nessa matéria, como na matéria da transcrição da longa história, nem tudo será contado, nem, aquilo que o for, o será em quaisquer minúcias.

Portanto, faça-se como fez (e ele mesmo o diz) Augustinus ao contar a sua vida: passem-se em silêncio muitas coisas. Porque uma história, curta ou longa, também é feita, como uma melodia, de silêncio.

## 143. A quarta pessoa

Diga-se de Grim e de Lollia que continuaram, todos os dias, exceto aos domingos, a reunir-se a Posthumus em sua cela para mais uma jornada de transcrição da longa história. Cada passo — entendendo-se como passo um parágrafo ou um capítulo — era dado lentamente, com profusão de descrições e de diálogos, de que os ouvidos do copista se embebiam com volúpia e que seus dedos, com reverência que não comprometia a rapidez, nem esta aquela, e que seus dedos inscreviam na folha de palimpsesto à sua frente. Seja dito que a Grim, à medida que iam avançando no trabalho, tanto mais o conteúdo da história tomava-lhe conta da mente. Tinha razão Krk Hrdlk quando declarara que era aquela a história mais espantosa do mundo. Pois era mesmo: jamais ouvira Grim história tão espantosa. Assim, fosse na condição de mero ouvinte (enquanto Lollia assumia a tarefa de transcrição), fosse na tríplice condição de ouvinte, leitor e transcritor, Grim deleitava-se com a história de Posthumus. O mero ouvinte era transportado, a cada frase, a um grau mais elevado da história, como se esta fosse uma escada em que, como na de Jacob, quem subisse por ela encontrasse, o tempo todo, anjos pelo caminho, anunciadores do inefável êxtase e da impensável felicidade à espera no alto da escada: no último fim da narrativa. Já ao transcritor, que, sim, reunia ainda, como numa trindade, as pessoas do ouvinte e do leitor, era concedido não um tríplice mas um *quádruplo* deleite: o deleite de se sentir, ao pôr em pergaminho cada uma das frases e das cenas angelíficas, *como se fosse o próprio autor da história*. Às vezes transportava-se Grim para fora de si mesmo e via-se sentado à mesa, debruçado sobre o pergaminho, o cálamo na mão, ágil, corrente, traçando as exatas palavras necessárias para que a história se fizesse história, e parecia-lhe que não Posthumus mas o Espírito Santo lhe ditava aquelas palavras e ele, autor delas graças a inspiração superior, as escrevia no devido lugar e na devida ordem.

Enfim, fosse na condição de ouvinte, de leitor, de transcritor, de autor, deleitava-se Grim com a história. Como não se deleitar, por exemplo, com as tragédias que varriam, como tempestades recorrentes, as páginas da história? Não, não se trata aí de um deleite de prazer, mas de um *deleite de dor*, porque uma história deleita pelas lições de humanidade que contém, e a humanidade abarca o prazer e a dor, o bem e o mal, a virtude e o vício, e centenas de outras antíteses, e não será cruel o leitor que se deleite com a dor dos personagens, nem perverso aquele que se deleite com a perversidade, nem depravado aquele que se deleite com o vício; será, sim, um mau leitor — ou ouvinte — aquele que se deleite, por exemplo, com a virtude *prepóstera* ou com o vício *deslocado* no texto.

Mas deixemos essas intrincadas e ociosas questões para dizer, ainda sobre Grim, que à noite ele deixava de ser ouvinte e transcritor da história para ser apenas leitor dela. Porque na primeira noite, como faria nas noites seguintes, querendo prolongar e desdobrar o deleite do dia, releu tudo que ele e Lollia haviam transcrito em pergaminho. Releu uma vez, duas, três vezes. Sentia-se um eleito: se aquela história fora ouvida, ao longo de vinte anos, por muitos ouvidos, era ele, porém, o seu primeiro *leitor*, porque as palavras que ali residiam nunca tinham sido postas por escrito antes, naquela mesmíssima e especialíssima ordem. Era possível misturar as palavras, desordená-las, mas então ou se teria outra história, totalmente diferente, ou não se teria história nenhuma, apenas um caos verbal, inteligível para ninguém a não ser talvez para o pobre Tatheus. Aquela era a ordem de palavras que, estabelecida pelo autor, possibilitara a criação do universo que era a *Longa História*. Se fosse possível, pensou Grim, mudar a posição das estrelas no céu, o que teríamos? Teríamos outro universo, desenhado de forma totalmente diferente, ou as estrelas cairiam todas do céu à terra. Qualquer que fosse a conseqüência, aquele universo não seria o universo criado por Deus, assim como a história, desordenadas as palavras que a compunham, não seria a história criada por Posthumus.

Na terceira leitura, quando já quase de cor sabia o que estava escrito ali, ocorreu a Grim perceber a diferença entre as duas caligrafias do palimpsesto. Sempre se orgulhara de sua *manuscriptura*, e faziam-lhe bem à ingênua vaidade os elogios que recebia dos companheiros e dos superiores em Dru. Na terceira leitura, quando por fim decidiu abstrair-se da história o suficiente para notar esses detalhes menores, pôs-se a admirar a própria caligrafia, as linhas e as volutas perfeitas, os traços firmes, tudo isso apesar da pressa, da celeridade, com que os sinais tinham sido inscritos no pergaminho. Mais adiante a caligrafia mudava e se tornava, embora clara e competente, desprovida de beleza. Aqui eu substituí Lollia, murmurou ele de si para si, e as palavras surpreenderam-no. Como? E vistoriou a parte anterior do texto, tentando ali encontrar evidências de sua autoria. Não encontrou mais nada: agora que vira a obra caligráfica de sua própria mão, não havia dúvida de que o texto mais formoso, mais firme, mais elegante, fora produzido por ela, por Lollia, pela meretriz, pela *scorta*. Grim admitiu, ali, entre quatro paredes: A caligrafia de Lollia era mil vezes mais perfeita e mais bela que a dele. Eis aqui aquela que tem direito, mais que eu, mais que ninguém, a ser chamada de Manu Dextera.

Sirva-me de lição à vaidade, murmurou ele. Mas não foi capaz de abandonar o palimpsesto. Debruçado sobre ele, releu uma quarta vez uma parte da história: uma das partes transcritas por Lollia. E já não leu a história como um conjunto de palavras produzindo um sentido específico, mas cada palavra separadamente como obra de arte: como a tessela de esplêndido mosaico.

Essa mulher é perfeita em muitas coisas, reconheceu; menos na virtude da castidade. E mais a quereria casta e ignorante do que lasciva e habilidosa como é.

Exausto diante de tantas sensações conflitantes, Grim foi dormir. E realmente dormiu, ansioso pelo dia seguinte, quando poderia voltar ao trabalho na cela de Posthumus. Ansioso por saber o que a história reservava, na quota de trabalho do dia seguinte, aos personagens dela: condes, monges, viajantes, marinheiros, soldados. Porque a cada página, a cada capítulo, multiplicava-se o número dos atores da história com a adesão de novos personagens de todo gênero e de todo tipo.

Seu último pensamento antes de adormecer foi este: Não admira que o latim usasse as mesmas palavras, *fingere* e *fictio*, tanto para criar e criação como para fingir e fingimento. Na literatura confirmamos, mais que em outro lugar, a verdade disso. Pois na literatura as pessoas são fictícias: existem sem existir. O que leva a crer que nós, que vivemos no mundo e não na literatura, talvez sejamos também ficções que algum *fictor* achou por bem introduzir em um livro seu: assim, talvez também nós, Posthumus, Lollia, eu, e até o heróico Glympicus, o cão de Scotium, e o velho Pangur Ban, e a abelha que voa no poema do jovem Posthumus, e todos os seres que estamos e que estivemos no mundo, talvez também existamos sem existir: talvez existamos apenas para que nossa história seja lida com emoção por uma velha condessa ou por outros como nós ou, ainda, por nós mesmos.

## 144. A arte das artes

Repete aqui a Fábula as palavras da Fábula: Sem esquecer que há uma história paralela em andamento no mosteiro, que é a história da *electio abbatis*.

O arcebispo de Colonia Claudia havia partido para a corte do rei da Panônia. Todos os monges do mosteiro contavam como certo que o rei não se negaria a conceder-lhes uma eleição livre, pedindo-a homem tão calejado em piedade e em sofrimento como Waltharius. Além disso, em sinal do grande afeto e respeito dos monges de Broz pelo seu senhor, levava, transcrito num pergaminho com formosas iluminuras, um longo panegírico composto pelo monge Notker em homenagem ao rei. Era o que se pode chamar de *magnum opus*. Numa introdução de trezentos e quarenta e seis hendecassílabos, o poeta importava da mitologia, da literatura e da história inúmeras referências para ilustrar o que o leitor *não* encontraria em seu poema. Já o retrato da Panônia que o poema apresentava a seguir era digno de Virgilius, ou melhor, de Sidonius Apollinaris, a quem o poeta imitara quase palavra por palavra: assentada em seu trono tal qual uma deusa guerreira, empunhando armas e escudo que o poeta descrevia com minúcia de detalhes, ei-la, a gloriosa Panônia, recebendo tributo de todas as nações: marfim da Índia, da Caldéia o odorífero amomo, da Assíria pedras preciosas, de Sabá incenso, da Ática mel, da

Fenícia palmeiras, da Lacedemônia oliva, e cavalos de Arca, e éguas de Épiro, e gado da Gália, e armas dos Calíbides, e trigo da Líbia, e lã do país de Ser, e vinho da Campanha, e ouro da Lídia, e da Arábia âmbar, e de Pancaia mirra, e do Ponto testículos de castor, e de Tiro púrpura, e de Corinto bronze, e da Sardenha prata, e da Espanha navios repletos de pérolas. Numa de suas passagens mais memoráveis, copiada de um poeta saxão de Corbeia Nova que por seu turno imitara Einhardus, o poema sobrepunha o rei panônico aos Decii, aos Scipiadæ, a Camillus, Cato, Cæsar, Pompæus, e aos Fabii, todos eles grandes heróis da antigüidade, que, se podiam rivalizar com ele em glória terrena, não mereciam, como ele, o título de *Catholicus princeps*, que o habilitava à glória perpétua no céu ao lado de Constantinus e Theodosius. Como deixaria o soberano de se comover até às lágrimas ante uma composição de tão alto mérito literário, em que abundavam as mais ricas, sinceras e verdadeiras descrições de sua pessoa e de seu reino?

Todos os de Broz, portanto, contavam como certo que em breve teriam a sua eleição e, como conseqüência direta e natural, o seu abade. Não se cuidava de outra coisa no mosteiro: cada qual tinha opinião própria sobre o abade necessário a Broz para reparar o caos que tomara conta da casa, e a opinião própria de um era diferente da de todos os outros. Assim, todo mundo avaliava todo mundo para verificar quem estava apto a ocupar o cargo, e quem não. E se alguns expressavam sua opinião em privado e outros, a maioria, em público, tanto a destes como a daqueles chegavam a todos os ouvidos e a todas as bocas para serem objeto de estudo e de crítica.

Assim, um dos monges dizia de outro:

— Aquele nosso irmão é um bom monge e, como pessoa, digno de elogio. Conhece a Regra como a palma da mão, e da mesma forma os costumes do mosteiro. Não é um filósofo tão bem acabado como outros, mas isso não o inabilita para o cargo de abade. Eugenius não tinha muita instrução, mas foi excelente abade e governou esta casa com sabedoria. E, como ensina Esopo, teria sido melhor para as rãs do paul que reinasse sobre elas o pequeno madeiro que Júpiter lhes deu como soberano do que a serpente que lhes deu em seguida, pois, com dente áspero, devorou todos os súditos um após outro.

— Isso não pode ser — replicava outro monge. — Pois como poderá um homem pregar a palavra de Deus, seja no capítulo, seja em público, se lhe falta estudo? De onde extrairá o conhecimento necessário para "atar e desatar", como recomenda Mateus, se ignora a própria Escritura? O papa Gregorius disse que o governo das almas é a arte das artes e a ciência das ciências. Deus não permita que uma mera figura de proa, desprovida do dom da fala, seja feita abade de mosteiro onde existem tantos homens cultos e letrosos.

Da mesma forma, avaliando outro monge, dizia alguém:

— Tal irmão é erudito e eloqüente, e observa a Regra com critério e rigor. É grande o amor que dedica ao mosteiro e muito sofreu em defesa das propriedades de Broz. É digno de ser eleito abade.

Mas sempre havia quem se erguesse para contradizer:

— De rígidos prelados livra-nos, Senhor: dos embusteiros de Pécs protege-nos, Senhor.

Quem falava assim se referia expressamente ao subprior, que era natural de Pécs.

Já outro dizia, referindo-se a um terceiro irmão:

— Tal irmão é bom administrador, ou *œconomus*, como se diz, e melhor, em grego. Provam-no as responsabilidades que já assumiu, os bons serviços que prestou em vários cargos, os edifícios que construiu e os reparos que executou, sempre com magna eficiência. Sabe trabalhar, sabe cuidar da superintendência da casa, e até possui algum estudo, mas não tanto que possa levá-lo a delírios. É digno do cargo de abade.

Mas vinha logo outro monge e retrucava:

— Deus não queira que elejamos abade um homem que mal sabe ler, ou cantar, ou celebrar os ofícios divinos. Um homem, além disso, desonesto, injusto, e que não tem caridade para com os pobres. Precisamos, sim, de alguém que saiba dar conselho espiritual e distinguir entre lepra e lepra.

E ainda um outro dizia de um quarto:

— Tal irmão é gentil, amistoso e amável, pacato e conciliador, instruído e eloqüente, generoso a ponto de ter sempre a mão aberta, abençoado com boa aparência e melhores maneiras, e benquisto de muitos tanto dentro como fora dos muros de Broz. Se Deus assim o desejasse, a indicação de tal homem como abade traria grande honra para nossa casa.

Mas sobre o mesmo monge havia quem rebatesse:

— Vergonha mais do que honra é o que nos traria a indicação desse homem. Pois não é ele minucioso demais em relação ao que come e ao que bebe? Não é ele que acha uma virtude dormir demais? Que perturba com seus roncos a nossa vigília? Que sabe gastar mas não sabe ganhar? Que exige suma abundância de todas as coisas, mas nunca se junta aos que se debruçam sobre as despesas do mosteiro, tentando achar uma maneira de pagá-las? Que, avesso às preocupações e ao trabalho duro, não tem interesse em nada desde que um dia suceda a outro? Que está sempre à vontade no meio de lisonjas e mentiras, e que diz uma coisa e faz outra? De abade assim Deus nos proteja.

E mais outro monge dizia de um colega:

— Tal irmão pode-se dizer que é o mais sábio de nós tanto em assuntos do mundo como da religião. É sempre sensato ao dar conselho e correto na observância da Regra, além de ter instrução, eloqüência, e nobreza de caráter. Eis aí um timoneiro apropriado para nosso navio.

E logo se levantava a voz de alguém para falar mal do mesmo monge:

— Talvez fosse, se não pairasse uma dúvida sobre a perfeição do seu caráter. Não se pode negar que ele é cordato no claustro, humilde no capítulo, devoto ao cantar os salmos, e impecável em sua conduta, mas quem pode afirmar que não se comporte assim apenas por força de hábito? Dê-se-lhe, porém, a autoridade inerente a qualquer cargo, e logo revelará tanto o desprezo que sente por nós, pois prefere a companhia dos leigos à nossa, como a impaciência e a aspereza que agora esconde, pois, se se achar por algum motivo em estado de ira, mal dirigirá uma palavra a qualquer de nós, nem mesmo para responder a uma pergunta que lhe façamos.

Não tinha fim a seqüência de opiniões, cada uma diferente da outra. Este rejeitava aquele por causa de um defeito de pronúncia, dizendo que, quando falava, parecia que tinha a boca cheia de massa de pão. Outro saía em defesa do mesmo monge lembrando que o imperador Monomachus, de Bizâncio, percebendo num de seus cortesãos um defeito de pronúncia, elevara-o à mais alta posição entre todos os seus ministros. Certo noviço, que, não sendo muito mais que um menino, falava como menino e pensava como menino, apregoava por todo canto que só aceitaria um abade que tivesse profundo conhecimento de dialética, para poder distinguir a verdade da mentira. Já outro, que se achava muito astuto, rezava para que Deus desse ao mosteiro um pastor estúpido e inexperiente, que seja obrigado, justificou, a pedir que o auxiliemos em seu ofício. Um monge instruído e laborioso, e ainda por cima de nobre linhagem, os monges mais idosos rejeitaram por causa de sua juventude, e do mesmo modo os monges mais jovens diziam que os mais velhos eram decrépitos e enfermiços, e portanto incapazes de governar o mosteiro.

O noviço Jocelin, também chamado Tamenetsi, de tanto ouvir as opiniões desencontradas de seus irmãos, disse uma vez:

— Ah, *fratres*, se para eleger nosso abade tivermos de esperar até encontrar uma pessoa sem falha nem mácula, nunca elegeremos ninguém, pois não existe ninguém de vida absolutamente irrepreensível, nem coisa alguma que seja absolutamente perfeita. Portanto, escolhamos alguém que não seja nem bom demais como monge nem sábio demais como prelado, nem muito ignorante nem tolerante demais. Se tiver inteligência muito aguda, poderá confiar demais em si próprio e em seu próprio julgamento e ignorar a todos os outros; se a tiver, pelo contrário, muito estreita, não será respeitado por ninguém.

E citou Ovidius:

— O caminho mais seguro é o do meio.

E o velho Posthumus, quando perguntado, um dia, sobre sua opinião a respeito de assunto tão crucial, disse apenas isto:

— O cargo de abade? O mais guloso que o engula.

## 145. Os eleitores

Logo — e se a Fábula aqui diz *logo* não se deve entender que o tempo correspondente a esse *mox* seja o tempo de um piscar de olhos ou de um estalar de dedos, porque o tempo no interior de uma história é diferente — e sobretudo mais rápido — que o tempo no exterior dela. Pois esse *mox* abrange, se exemplos são necessários, o tempo despendido por Posthumus em ditar e os copistas copiarem grande número de capítulos da *Longa História*, os quais capítulos abrangiam, entre outras muitas coisas, uma viagem marítima. Disse Posthumus nessa ocasião: Em literatura, aquilo que se busca exige, dos que buscam, o cumprimento de longa, árdua e penosa penitência como condição para o bom êxito de sua tarefa. Há que abranger, essa penitência, muitas vicissitudes e atribulações, e uma viagem marítima costuma suprir tanto estas como aquelas em grande profusão. Pois se não há como fazer uma viagem marítima sem um navio devidamente equipado com seu capitão, seus tripulantes, seu mastro, sua vela, suas enxárcias, suas âncoras e o mais, não há como fazê-la, numa boa história, sem a presença também de uma honesta tempestade, de modo que, também na viagem marítima da *Longa História* dá-se o encontro, devidamente inamistoso, entre navio e tempestade. Grim e Lollia, durante a narração de Posthumus, arrepiaram-se de medo diante da fúria da tormenta, porque, embora no íntimo adivinhassem que nem o navio podia soçobrar nem os heróis se afogarem (era cedo para isso) nas águas do oceano, cabia-lhes *temer* que isso acontecesse, como se estivessem vivendo, junto com os personagens, a mesma angústia, o mesmo sofrimento, o mesmo pavor diante da possível morte propínqua e próxima. E parecia a Grim, que já padecera os pavores e as angústias de uma tempestade em alto mar, que esta, sim, que ecoava agora em seus ouvidos, é que era pavorosa e angustiante, enquanto a experiência vivida na travessia da *Katherine* se encolhia, humilhada, a um canto escuro de sua memória.

Não esqueçamos que abrange também, esse mesmo *mox*, o tempo necessário para o arcebispo de Colonia Claudia chegar a Wuda, ser recebido em audiência pelo rei da Ungária, persuadi-lo do elevado ato de caridade que seria autorizar a eleição de um abade para Broz, e enviar mensageiro ao convento com a resposta do rei, e para esse mensageiro percorrer toda a distância de Wuda a Broz. Isto o moço fez com a velocidade do vento, porque trazia boas notícias e esperava não só a recompensa de ver felizes os bons monges de Broz mas também a de poder voltar para Wuda com uma justa recompensa pelo seu esforço.

Nesse ponto os monges de Broz conheciam o seu rei: sabiam, como a Fábula já o disse, que dificilmente se negaria ele a dizer *sim* ao apelo de prelado tão digno de respeito e reverência como Waltharius de Colonia Claudia, apelo ainda por cima acompanhado de poema tão magnífico como o panegírico de Notker, fadado a eternizar na literatura a grandeza tanto do rei da Ungária como da Ungária do rei. Eleja-se um abade para Broz, concordou o rei, e pelo mensageiro enviou carta sua a Ferencescus, convocando à sua presença no dia tal a ele prior e mais doze membros do mosteiro, como representantes de todos os demais, para proceder-se à eleição do abade. A alegria, embora se tratasse de um fato esperado, foi imensa, e o mensageiro não teve queixas quanto à recompensa que lhe deram os monges por tão excelentes notícias.

Assim, na manhã mesma que se seguiu à noite em que o mensageiro chegara a Broz, os monges reuniram-se na sala do capítulo para discutir a matéria.

Em primeiro lugar foi lida a carta do rei, e daí os monges pediram ao prior que assumisse a tarefa de indicar os doze irmãos que o acompanhariam à corte de Wuda. O prior concordou e, guiado pelo Espírito Santo, escolheu seis monges do lado direito do coro e seis do lado esquerdo. Não houve nenhuma objeção. Do lado direito, que era, em tempos normais, o lado subordinado à autoridade abacial, foram indicados Atli o *succentor*, Kaius o subsacristão, Andreas o *camerarius*, e outros três monges; do lado esquerdo, sujeito à autoridade do prior, foram escolhidos Eugenius o subprior, Adam, o sacristão, Petrus Lentulus o médico, Dionysius o mestre de noviços, e outros dois monges.

Mas alguém perguntou:

— E se esses treze homens não conseguirem chegar a um acordo, na corte do rei, para a escolha do abade?

E alguém respondeu:

— Nesse caso um opróbrio perpétuo recairá sobre nós e nosso mosteiro.

Por isso muitos recomendaram que se fizesse uma eleição ali mesmo em Broz, antes da partida dos treze procuradores, para prevenir possíveis dissensões na presença do rei. Para outros, porém, parecia indevido fazêlo sem a permissão real, já que não estava claro ainda se o rei lhes concederia o direito de uma eleição livre. Então Kaius, o subsacristão, inspirado pelo Espírito Santo, disse:

— Optemos pelo meio-termo para evitar os riscos que moram em ambos os extremos. Sugiro que escolhamos quatro confessores e dois monges para uma tarefa muito especial. A esses seis homens, depois de assistir à missa e de jurar sobre os evangelhos, caberá fazer uma lista contendo o nome dos três candidatos melhor qualificados de acordo com a Regra de São Bento. Essa lista deverá ser lacrada e entregue a nós que vamos apresentar-nos ao rei. Quando chegarmos lá, e caso nos seja outorgado o que tanto desejamos, isto é, *eligendi libertas*, então o lacre será rompido e saberemos que nomes, e em que ordem, propor ao rei. Em caso contrário, se o rei não permitir que escolhamos nós mesmos nosso abade, o documento, ainda lacrado, será trazido de volta e devolvido aos que prepararam a lista, de modo que o segredo desses nomes seja preservado para sempre como segredo de confessionário.

A sugestão de Kaius foi aceita por todos, e então indicaram-se os monges e os confessores, dois daqueles e quatro destes, aos quais caberia preparar a lista de três nomes. Para surpresa de muitos, e talvez dele mesmo, um dos monges escolhidos foi Chrisostomus. Feito isso, o prior pediu a palavra e disse:

— Irmãos, e em especial os seis dentre vós em cujas mãos pode ser que venha a residir o destino desta casa, ouvi-me. Segundo vejo, a hora é oportuna para recordarmos juntos alguns dos derradeiros conselhos que, em seu leito de morte, legou-nos nosso pobre pai Stephanus. O qual, apesar da preocupação com a viagem que estava prestes a empreender e das dores atrozes que lhe atormentavam o corpo, não se furtou a orientar-nos, como bom pai, na escolha de seu sucessor. Vou repetir aqui as palavras que nos disse então, e os irmãos que foram, comigo, testemunhas delas, corrigi-me se as deturpar de algum modo. Pois, segundo me recordo, Stephanus disse: Com pureza d'alma vos aconselho, irmãos, não queirais nunca fazer abade um homem em razão de seu nascimento, mas procurai, segundo a Regra e os decretos de nossa ordem, de comum acordo entre vós mesmos e, se possível, dentre o número de vós mesmos, aquele exato homem que, pela vida virtuosa e pelo conhecimento da doutrina, considereis o mais indicado para o posto; e o homem sobre o qual recaírem vossa escolha e preferência, *ainda que seja o último da nossa comunidade*, seja esse feito abade com as bênçãos de costume, na presença do arcebispo e do rei. Reproduzi fielmente as palavras sensatas de Stephanus, irmãos?

Todos os que tinham ouvido as palavras de Stephanus no leito de morte confirmaram que o prior as reproduzira com a mais próxima fidelidade possível. Em seguida, o prior sugeriu que, para terminar, fosse lida a passagem da Regra que contém as recomendações de São Bento quanto às qualidades que deve possuir o abade de um mosteiro. Houve alguns que se queixaram, considerando desnecessária a sugestão: Porque todos conhecemos a Regra de cor. Mas Ferencescus insistiu, alegando que a leitura serviria para avivar no espírito de cada um, principalmente no dos seis encarregados de escolher os três nomes da lista secreta, as orientações do santo. Incumbiu-se então Paulus, o precentor, da leitura. Paulus leu com magna voz:

— Seja o abade douto na lei divina para que saiba de onde tirar as coisas novas e antigas; seja casto, sóbrio, misericordioso e faça prevalecer sempre a misericórdia sobre o julgamento. Odeie os vícios, ame os irmãos. Na própria correção proceda prudentemente e não com demasia, para que, enquanto raspar demais a ferrugem, não se quebre o vaso; e suspeite sempre da própria fragilidade, e lembre-se que não deve esmagar o caniço já rachado. Com isso não dizemos que permita que os vícios sejam nutridos, mas que os ampute prudentemente e com caridade, conforme vê que convém a cada um; e se esforce mais por ser amado que temido. Não seja turbulento nem inquieto, não seja excessivo nem obstinado, nem ciumento, nem muito desconfiado, pois nunca terá descanso; seja prudente e refletido nas suas ordens, e quer seja de Deus, quer do século o trabalho que ordenar, faça-o com discernimento e equilíbrio, lembrando-se da discrição do santo Jacó, quando diz: "Se fizer meus rebanhos trabalhar andando demais, morrerão todos num só dia."

Paulus calou-se. Todos os monges presentes no capítulo, entre os quais estavam até Posthumus, até Grim e, fraudulentamente, até Lollia, tocados fundo por aquelas palavras, gritaram unânimes: *Amen*.

Depois disso retiraram-se todos do capítulo cantando o salmo "Dai ouvidos, Senhor, às minhas palavras", deixando a sós os seis eleitores, com a Regra de São Bento nas mãos, para cumprirem a tarefa que lhes fora atribuída.

Algumas horas depois, os monges foram chamados de volta ao capítulo, e os seis eleitores apresentaram, devidamente lacrada, a lista secreta que haviam organizado. Então o prior indagou o que aconteceria se, submetidos ao rei os nomes constantes da lista, ele se recusasse a escolher um deles e indicasse um quarto. Responderam-lhe que, fosse quem fosse, o indicado do rei devia ser aceito, contanto que fosse um dos monges do mosteiro de Broz. No caso extremo de querer o rei indicar um abade de fora do mosteiro, concordou-se que os treze representantes diriam que só poderiam aceitá-lo com o consentimento dos demais irmãos que tinham permanecido no mosteiro.

No dia conseqüente os treze procuradores partiram para a corte do rei. A certa distância atrás de todos seguia Kaius, como se fosse o servidor de toda a companhia. Como subsacristão, estava encarregado das despesas de viagem e levava ao pescoço uma sacola contendo os documentos do mosteiro.

## 146. Quotidiano

A Fábula deixa-os partir e não falará deles enquanto não chegarem à corte do rei em Wuda. A eleição do novo abade, agora tão iminente, tão prestes a consumar-se, continua porém a ocupar mentes e corações de todos os monges. Sucedem-se sonhos premonitórios. Um jovem monge chamado Wilém, certa manhã no claustro, disse aos demais: Estou certo de que um dos nossos, e não um de fora, será escolhido abade. Pediram que explicasse de onde lhe vinha tanta certeza, e ele respondeu que de um sonho que tivera durante a noite.

— No sonho — relatou, com transparente sentimento da própria importância — vi um profeta todo vestido de branco, de pé em frente ao portão do mosteiro, e perguntei-lhe, em nome de Deus, se teríamos como abade alguém de nossa própria casa. E o profeta respondeu: Tereis um de vós como abade, mas ele há de ser para vós como lobo raivoso.

Do relato desse sonho resultou que se agitaram o dia inteiro todos os monges, e que o pobre Wilém pagou com dura penitência, nas mãos do terceiro prior, o seu nítido sentimento de vaidade.

Pouca atenção dava Grim a todo esse alvoroço em torno da sucessão abacial, envolvido como andava na transcrição das vicissitudes por que passavam, na *Longa História*, seus principais personagens, os *quaestores*. Esclareça-se, em atenção aos ouvidos ladinos, que não se aplica aqui ao termo *quaestor* nenhuma das acepções que tinha na complexa hierarquia romana — magistrado a quem cabia a guarda do tesouro público, oficial encarregado de pagar as tropas e de administrar os despojos de guerra, governador de província, ou assessor do procônsul, para citar apenas as principais — mas sim sua acepção mais antiga e elevada de *aquele que busca*, admitindo-se também, com o abono de Tullius, o significado de *companheiro*, ou seja, *aquele que compartilha alguma coisa*. Porque os *quaestores* da história de Posthumus compartilham entre si, e também com seus ouvintes e leitores, cada uma e todas as aventuras e desventuras da busca de um tesouro. No que, pensando melhor, talvez se possa aceitar, como aplicável a cada qual desses nobres personagens a acepção de *guarda de tesouro público*: porque, na hipótese de virem a achar o tesouro que buscam, serão merecidamente elevados à condição de seus guardiães, e o que é um tesouro no teor de uma história senão parte de um bem público maior que é a própria história, que pode ser partilhada entre todos os ouvidos aptos e dispostos a ouvi-la?

Assim, pois, debruçava Grim olhos e ouvidos e coração sobre os capítulos da *Longa História* ditados uns após outros por Posthumus. E, numa boa história, assim como não se faz uma viagem marítima sem defrontar-se com uma boa e terrível tempestade, também não se faz uma viagem terrestre sem depararem-se os personagens, a cada dobra do caminho, com pessoas as mais díspares e com os mais ímpares incidentes. E, se alguns capítulos dessa parte *daquela* história podem levar leitor ou ouvinte à aquisição proveitosa de conhecimento, pois neles transitam personagens letrados e instruídos que não regateiam a transmissão desse conhecimento, outros podem levá-los, se pudicos e decorosos, a enrubescer, pois descrevem relações carnais que acabam aflorando entre personagens mais viçosos e lascivos, e ainda outros levá-los a verter lágrimas de funda compunção, pois tratam de dores físicas ou morais, que todo leitor sabe, por experiência própria, o que são e como doem.

Tantas, de fato, são as peripécias em que se envolvem os personagens da *Longa História* em seus consecutivos capítulos que *esta* história *quase* cede ao impulso de usurpar *daquela* alguns incidentes, ou mesmo muitos, ou quem sabe todos, para contá-los aqui, e só a muito custo se refreia: e refreia-se porque, como já foi dito, há duas histórias neste livro, *esta* e *aquela*: *esta* é a história da demanda da *Longa História*; *aquela* é a *Longa História*; *esta* é narrada na íntegra; *aquela*, referida em poucas e breves meias palavras, só para dar a leitor e ouvinte uma possível noção, ainda que vaga, da espécie de história que *talvez* seja; *aquela* chama-se História; *esta*, até para diferençar-se da outra, é chamada Fábula.

Envolvido portanto andava Grim na transcrição da história, mas não tanto que não pudesse entreabrir-se, meio receptivo, a outras informações. No *parlatorium* sempre havia alguém que contasse alguma coisa de invulgar. Nem o mosteiro se paralisara à espera do desfecho da eleição. Cada dia revelava sua quota de casos, de dificuldades, de querelas e de incidentes, que, de uma forma ou de outra, chegavam aos ouvidos de Grim, porque seus ouvidos, agora, faziam parte da comunidade de ouvidos de Broz.

Nessa condição, portanto, seus ouvidos ouviram a notícia de um milagre ocorrido na igreja da paróquia de Ajka, a cinqüenta milhas de distância. Um menino tentou roubar alguns filhotes de pombo de um ninho na igreja, que é dedicada a São Bartolomeu. Sua mão grudou-se à pedra sobre a qual se apoiara, o que, à falta de uma interpretação natural, foi entendido como milagre do santo, que protegia assim os pássaros de sua igreja. Três dias e três noites os pais e os amigos dos pais do menino ofereceram vigílias, jejuns e preces no altar da igreja. No terceiro dia, por intervenção divina, afrouxou-se o poder que lhe mantinha presa a mão e o menino pôde soltar-se da cola milagrosa que o prendia à pedra. Multidões acorriam agora à igreja para ver, entre as relíquias ali conservadas, a pedra que servira de sede ao milagre, na qual, para o pio arroubo dos fiéis, a marca dos dedos do menino ficara, muito nítida, impressa no sílex como em cera.

Ouviram também, os ouvidos de Grim, que na paróquia de Székesfehérvár, na circunscrição de Besprem, acontecera um fato que fez todo o mosteiro rir um dia inteiro. O pároco era conhecido por sua rigidez e por seu zelo em punir fisicamente as ovelhas que prevaricassem. Para tanto guardava em casa com muita ternura um relho com que costumava, depois da confissão, flagelar os pecadores, variando a intensidade do castigo conforme a enormidade do pecado. Ora, havia nessa paróquia uma jovem esposa que era conhecida como inveterada pecadora. O marido amava-a muito, mas ela andava com freqüência com outros homens, o que ocasionava grandes rixas em casa. Um dia, a mulher prometeu ao marido que se emendaria e concordou em confessar os pecados ao pároco, o que não fazia há mais de ano, com medo do relho paroquial. O marido acompanhou-a ao confessionário, onde a mulher demorou quase duas horas. Quando saiu, saiu arrastada pelo pároco rumo à sacristia, para lhe ser ali aplicada a merecida penitência. O marido ficou transtornado, e seguiu-os. Mal plantara o pároco nas nádegas da mulher os primeiros golpes de relho, o marido, não suportando ouvir os gritos dela, rompeu sacristia adentro e, em joelhos, pediu para substituir a mulher na penitência. Concordou o pároco, e passou a aplicar no marido inocente o castigo destinado à mulher adúltera. E, desde os primeiros golpes, a mulher começou a incitar o pároco, dizendo: Bate com mais força, pai, com mais força, que sou uma grande pecadora! Riu o mosteiro, sim, o dia todo, mas não riu Grim. Pelo contrário, assombrou-o naquele exemplo a vasta capacidade da mulher para o pecado e para a crueldade, até mesmo contra aqueles que mais a amassem.

Às vezes, em vez de rir, chorava o mosteiro. Certo dia foi recebido na casa de hóspedes de Kis Petrus um mensageiro que provinha de Constantinopla. Uma missão dolorida levara-o até lá em nome de Damgerosa, monja de um mosteiro de Riga, que antes fora princesa do país da Turíngia. O reino paterno perecera em meio aos mais tétricos horrores, conjugando traição, massacre, tortura, estupro e rapina. Pai e irmãos, marido e filhos morreram na forca diante dos olhos da filha e irmã, da esposa e mãe. Poupada para sofrer em vida as recordações dos tempos felizes e do pesadelo que tudo destruíra, Damgerosa recolhera-se a um mosteiro e fizera-se monja. Um filho escapara à aniquilação do reino e fugira para Bizâncio, onde se tornara mercenário do *basileus*. Depois de alguns anos, deixara de mandar notícias para a mãe. Damgerosa, angustiada, pedira a um amigo leal, Fortunatus, radicado em Riga, que compusesse uma carta em verso que ela pudesse enviar ao imperador grego pedindo notícias do filho. Fortunatus se esmerara na carta. Contara nela toda a história sangrenta da queda do rei da Turíngia, e de todos os seus, e desenhara toda a dor de Damgerosa pela perda de seu paraíso terrestre, e a ansiedade por notícias do filho, único laço que a ligava ao passado.

O mensageiro passara pelo mosteiro, meses antes, no caminho de ida. Retornava agora de Constantinopla, todo vestido de negro, com a notícia de que o jovem soldado estava morto. Derramou abundantes lágrimas ao dar essa notícia, ainda no portão, ao *ostiarius*. A notícia espalhou-se pelo mosteiro e choraram todos os que conheciam a história, e choraram Grim e Lollia depois que a história lhes foi contada. Houve missa em intenção da alma do filho de Damgerosa. O mensageiro pernoitou no mosteiro e partiu no dia seguinte, compungido. Paulus, o precentor, juntou à carta do imperador uma curta mas bem elaborada missiva, tentando, em nome do mosteiro, aliviar o que não podia ser aliviado, consolar a que não podia ser consolada.

## 147. O próximo abade

Ao pequeno Petrus ocorria, se não tinha hóspedes a quem dar atenção em seu *hospitium*, lembrar-se dos dois noviços da ilha britânica. Aí, como se eles continuassem sob seus cuidados, procurava-os para ver se precisavam de alguma coisa. Batia à porta de Posthumus; interrompia, tímido, a tarefa de transcrição. Certificava-se de que nada faltava aos hóspedes; conversava um pouco, transmitindo os rumores que, mais recentes, tivessem chegado de Wuda a Broz. Por fim, era mandado embora por um Grim impaciente, por um impaciente Posthumus: *Exi foras*!

Numa dessas visitas extemporâneas Kis Petrus interrompeu a transcrição para contar que na noite antecedente Endreus, um dos monges do claustro, tivera um sonho em que lhe fora anunciado o nome do próximo abade. Kaius o subsacristão será nosso abade, declarou Endreus. No sonho viu-se a si mesmo no centro da nave da igreja, e primeiro a igreja pareceu-lhe vazia, mas depois viu, lá na frente, de pé diante do altar, o prior e o sacristão e, entre ambos, mas bem acima deles, viu Kaius, vestido num manto comprido que lhe descia até os tornozelos e dava-lhe a aparência de um guerreiro preparado para a batalha. Daí o sonhador viu

Benedictus Biscop, fundador do mosteiro, erguer-se do túmulo e expor a todos os olhos, como faz um enfermo, a nítida nudez de suas pernas e pés, e quando alguém se aproximou para lhe cobrir os pés o fundador disse, apontando para Kaius: Não te aproximes: *aquele* é o homem que me cobrirá os pés.

Mas isso não queria dizer nada, segundo Kis Petrus. A outros monges também vinham sonhos e visões, e cada qual deles anunciava como futuro abade um nome diferente. Cada qual sonha com o abade que deseja, disse o *hospitalarius*. E acrescentou: Muitos são sonhados, mas só um será escolhido. E tu, irmão Posthumus, o que pensas?

— Penso — respondeu Posthumus — que Cartago deve ser destruída.

E retomou a narração da longa história do ponto exato em que fora interrompido.

## 148. *Rotuli*

Nos alguns dias que se sucederam, a transcrição da história velejou com ventos excelentes, e Posthumus, como hábil capitão, conduziu seu navio através de alguns capítulos que culminam em larga tragédia que se abate, como letal tempestade, sobre certos heróis da história. Como hábil capitão, sim, porque o navio de uma história não se esquiva nem a monstros e sarracenos, nem a rochedos e tempestades, nem tampouco a mortes de heróis, mas antes procura e enfrenta uns e outros se está escrito, na cabeça do autor, que por tais tormentos e tormentas deve passar o itinerário da história. Diante de tragédia tão ruim e tão crua, foi necessário que ambos os copistas tivessem cautela para não regar de lágrimas o pergaminho ao transcrever a morte daqueles personagens, a quem, à custa de conviverem tanto tempo com eles, se sentiam ligados por forte simpatia e fundo afeto.

Entretanto, para angústia de Grim, os atrasos e as paralisações do trabalho continuavam a ocorrer, e sem aviso. Depois desses alguns dias de considerável avanço, o navio da transcrição foi forçado a uma nova pausa, pois a fístula de Posthumus de repente inflamou de tal modo que tiveram de conduzi-lo à enfermaria.

No dia seguinte Lollia sugeriu a Grim que fossem visitá-lo. Foram; Posthumus recebeu-os sofrido mas risonho, deitado de bruços no leito.

— Maldita fístula — disse ele, quase com afeto. — Como faz sofrer este pobre velho. Mas ainda terei minha vingança. Que será feito de minha inimiga quando eu morrer? Tentará torturar-me mas não será capaz de extrair de mim um só ai, uma só imprecação. E aí? Aí terá chegado a hora de ser torturada ela mesma. Sim, *carissimi*. Seremos ambos, eu e ela, devorados pelos vermes; mas eu estarei morto e rindo, e não sentirei nada; e ela estará viva e chorando, e sentirá toda a dor de dilacerar-se nas inclementes mandíbulas dos vermes.

Depois conversaram sobre outras coisas, e Lollia perguntou a Posthumus como se tornara ele um contador de histórias.

Posthumus respondeu que fora assim:

— Quando eu tinha treze anos de idade, o abade de Broz, Eugenius, morreu. Estivera acamado alguns dias, parecia que não era nada de grave, mas piorou uma noite e morreu. Nessa noite, ciente de que ia morrer, mandou chamar todos os irmãos e a cada um de nós deu o beijo da paz, enquanto vertíamos lágrimas de tristeza. Depois deu-nos boa noite, como se fosse dormir, e fechou os olhos e morreu.

Posthumus fez uma pausa. Depois prosseguiu:

— Sepultado o abade, o capítulo escolheu três de nós para sairmos pelo mundo levando os *rotuli* com a notícia da morte dele. O *elemosinarius*, um monge chamado Morius, iria na condição de *rotularius*, e um outro noviço e eu o acompanharíamos como seus servidores. Morius recebeu um rolo de pergaminho que parecia não ter fim, com quase cinqüenta pés de comprimento e cinco polegadas de largura. No *caput* fora rubricada a notícia da morte de Eugenius. Conheceis o costume: em cada lugar onde parávamos, abades e monges, abadessas e monjas, todos, enfim, que o desejassem, apunham no pergaminho mensagens de louvor ao nosso extinto e votos de boa viagem para o outro mundo, entremeados com epigramas e mensagens obscenas.

— Eu mesma — disse Lollia — vi um desses *rotuli* uma vez, anunciando a morte da abadessa de Barking, e tive ocasião de escrever alguns versos nele.

— Por acaso lembras-te do que escreveste? — perguntou Posthumus.

— Nada de memorável — disse Lollia. — Mas uma de minhas irmãs, que estava apaixonada, pôs no *rotulus* estes versos:

Merece morrer toda abadessa
Que obrigue as irmãs a dormir
Em grande angústia e leito solitário
Só porque estão apaixonadas.
Digo por experiência própria,
Pois também eu fui alimentada,
Porque amei, de pão duro como pedra.

— Não podia ter escrito nada mais pertinente — disse Posthumus. E a seguir continuou sua história: — Fizemos uma longa viagem, desde a Panônia até as praias do mar Suevicus, e de lá voltamos para casa atravessando a Turíngia, a Suábia, a Francônia, e outras regiões. Encheu-se nosso comprido pergaminho de mensagens pias, de orações, de epitáfios, de versos profanos, de epigramas obscenos, de queixas e blasfêmias. A mim, como o mais jovem, me cabiam a guarda e o transporte dos *rotuli*, e me acostumei a ler e reler aquelas mensagens em momentos de ócio. Quando já vínhamos descendo o rio Duria, entre Fretislava e Georiicastra, a caminho de casa, o barco em que viajávamos naufragou. Salvamo-nos todos, passageiros e tripulantes, mas os *rotuli*, esses foram jazer no fundo do rio.

— Que calamidade! — exclamou Grim.

— Morius ficou desesperado — relatou Posthumus. — Queria atirar-se ao rio para salvar os *rotuli* de afogamento. Foram precisos dois dias para que ele expurgasse todo o seu desespero e concordasse que Deus não queria que sobrevivessem aquelas mensagens. Mas, antes de retomarmos a viagem, lamuriou-se: Como provar, em Broz, que cumprimos devidamente a nossa missão? Não me lembro nem mesmo de todos os lugares por onde passamos. Por que não soçobrei eu, ou um de vós, no lugar dos *rotuli*? O outro membro da companhia redargüiu: Nossos irmãos terão de se contentar com as migalhas de informação que levaremos para casa na memória.

Posthumus contou que, quando regressaram a Broz, a decepção no mosteiro foi grande; os monges apreciavam a leitura dos *rotuli*, tanto pelas mensagens de elevação moral como pelos epigramas divertidos que se alternavam entre elas. O novo abade, Julius, eleito na ausência deles, não escondeu sua contrariedade. Morius e o outro companheiro tentaram fazer um relato de seu itinerário e do que haviam visto de mais interessante em alguns dos lugares que se lembravam de ter visitado, mas as lembranças eram claudicantes e o relato, canhestro. Quando mencionaram o mosteiro de Corbeia Nova, Morius disse que se lembrava que um velho monge tinha escrito ali um texto particularmente edificante, e citou duas frases que lhe tinham ficado na memória. Não te lembras de mais nada desse texto? — perguntou o abade. Morius foi obrigado a admitir que não. Aí Posthumus não se conteve e falou em alta voz: Pois eu me lembro.

— O abade — disse ele — pediu-me que citasse o texto. Citei-o do começo ao fim, e ainda corrigi alguns equívocos que Morius cometera nas duas frases que, segundo dissera, tinha guardado de cor.

— E ainda te lembras desse texto? — perguntou Lollia.

— Era uma das mais triviais inscrições dos *rotuli* — disse Posthumus. — Dizia o seguinte: "Quando, no último dia de abril, a esfera fulgente de Titã alcançara seu limite ocidental, vosso mensageiro com pergaminho coberto de palavras chegou até nós anunciando a morte do excelso abade Eugenius, pastor de vosso convento. Cientes da notícia, imediatamente rogamos ao Deus Uno e Trino que dê a ele agora um manto celestial e, quando chegar o Último Dia, conceda-lhe a graça de, por eras sem fim, cantar hinos e louvores ao Cordeiro." De qualquer forma, o abade se sentiu enlevado com aquela mensagem pia, já prevendo que algo semelhante seria escrito um dia em sua homenagem. E perguntou, ansioso como criança: E acaso lembras mais alguma inscrição? E eu respondi: Pai, lembro-me de tudo que foi escrito nos *rotuli*, e de tudo que aconteceu durante toda a nossa longa viagem.

Grim e Lollia soltaram cada um seu suspiro de admiração.

— O abade reuniu então toda a comunidade no capítulo — disse Posthumus — e pediu-me que contasse a história da viagem. Contei-lhes tudo, tudo, e mais tudo, e tudo cronologicamente. Referi-lhes cada um dos lugares por que tínhamos passado e o que se tinha escrito nos *rotuli* em cada um deles, e fui além: descrevi as cidades, os caminhos, os mosteiros, e até as refeições que fizemos em cada lugar, e as impressões que tínhamos tido de cada abade, de cada abadessa, de cada monge e de cada monja com quem tínhamos trocado palavras. Foram necessários sete dias para contar tudo aquilo que se alojara em minha memória. O mosteiro ficou deslumbrado, e eu também. Não escondia o orgulho que sentia da minha memória prodigiosa, e da facilidade de articulação com que minha língua relatava tudo que pulsava na memória, prendendo todo um mosteiro, desde o abade ao *coccus*, aos meus lábios e às minhas palavras.

Posthumus calou-se.

— Conta o resto, *si vis* — disse Lollia.

— Aquilo foi minha glória e minha desgraça — disse ele. — Todo o mosteiro, depois de se ter deleitado com a minha narração, cobriu-me de censura por causa da minha soberba, da minha presunção, da minha falta de caridade, porque, diziam, o espetáculo da minha eloqüência narrativa havia humilhado até à medula o pobre Morius. O abade me fez admoestação severa e me aplicou penitências humilhantes e dolorosas, e me ordenou que escrevesse um relato da viagem, para que qualquer um pudesse conhecê-la sem pagar pedágio à minha presunção. Pior ainda foi conviver, depois de tudo, com a inveja e a hipocrisia de meus irmãos, que me tratavam com desprezo e ódio. Percebi que meu lugar não era ali, mas sim no mundo, no amplíssimo mundo de que vira, naquela viagem, apenas uma pequena partícula. Mas, mesmo sabendo que era isso que devia fazer, ainda assim faltava-me coragem para fugir, a tal ponto um mosteiro atrofia a natural inclinação do homem para percorrer o mundo. Até que uma noite eu tive um sonho.

O sonho de Posthumus foi este: sonhou que estava dormindo e que, de repente, alguma coisa o fez despertar, e aí descobriu que lhe pendia da boca, por entre os lábios, como uma língua, um fio de seda. Ao puxá-lo para fora com os dedos, verificou que o fio não era nada curto mas muito longo, pois, quanto mais o puxava, mais havia fio a ser puxado, de modo que, sonhando, entendeu que o fio provinha de suas próprias entranhas, e não tinha fim, e assim em pouco tempo preencheu-lhe toda a palma de uma das mãos, derramando-se daí sobre a cama, e em pouco tempo mais cobria-lhe a cama de fora a fora como um tapete de seda. Quando viu que ainda nem assim lhe cessava o fio de sair da boca, Posthumus resolveu enrolá-lo e transformá-lo em imenso novelo, e foi o que fez. O esforço que a tarefa exigiu dele foi tão grande que enfim, de pura fadiga, ele despertou do sonho.

Desperto, Posthumus entrou a considerar o possível significado do sonho. E não tardou a entendê-lo: o sonho anunciava que ele, Posthumus, estava destinado a ser um grande contador de histórias, e que a língua de seda que lhe saía das entranhas pela boca representava as histórias que contaria durante a vida, tão numerosas como se não tivessem fim. Se o fio lhe cobrira a palma da mão e transbordara dela para a cama, isso queria dizer que, para contar suas histórias, ele percorreria o mundo inteiro, e que ao mesmo tempo o mundo inteiro estaria contido em suas histórias. Por fim, o novelo de seda significava o mistério elementar das letras, que é posto em movimento a partir das palavras e atos das pessoas, torna-se literatura, depois torna-se vida outra vez e literatura de novo, num movimento perpétuo, porque o novelo, sendo esférico, não tem começo nem fim.

— No dia seguinte, *amici* — disse Posthumus —, fugi de Broz para tornar-me contador de histórias, contador e inventor delas, porque a memória é gêmea da literatura. Durante sessenta anos percorri o mundo inteiro fazendo esse ofício, e todas as histórias que contei me parecem, hoje, apenas uma longa história: pois quem consegue parar depois que começa a contar uma história?

— Tu paraste — disse Gim — quando fizeste teu voto de silêncio.

— Até o silêncio — disse Posthumus — é capaz de contar uma história.

## 149. Úlceras

Por mais que o quisesse Grim, não era possível seguir uma rotina fixa e imutável na transcrição da longa história. Muito dependia não só da fístula mas também dos humores instáveis de Posthumus. Certa vez o velho se negou a recebê-lo a ele, Grim, recebendo só a Lollia, de modo que Grim, vetado seu ingresso na cela da abelha, saiu dali desconsolado, certo de que o trabalho de um dia inteiro se faria pela metade. Pela metade? Nem isso, como verificou, à noite, ao inspecionar o magro volume de folhas que constituía a produção daquele dia: um único capítulo, nem uma palavra a mais além das palavras que compunham um único e mísero capítulo. Então acusou Lollia de *pigritia*, de *negligentia*, de *frivolitas*. Como tão pouco? O que fizestes o dia todo, vós ambos? A resposta de Lollia foi que Posthumus quisera passar o dia em colóquio; então Grim: Não podias ter feito alguma coisa? Lembra-te que teu tempo é tempo da condessa, não é teu para o desperdiçares desse modo leviano. Usa a autoridade que tens sobre o velho. E Lollia: Grim, não me ouves? Posthumus, hoje, por ele, teria passado o dia *todo* em colóquio. Dá-te por satisfeito, porque nem isso que te parece tão pouco foi fácil extrair dele.

Outras vezes sucedeu Posthumus rejeitar a presença de Grim. O que fazia ele então nesses dias de ócio compulsório? Podia distrair-se durante certo tempo, junto com outros noviços, fabricando cálamos, e aí o viam, durante horas pacientes, munido de um filhote de faca e de boa provisão de penas de asas de ganso, cisne, ou pavão, mergulhando a pena em água quente para amolecer, em areia quente para endurecer, e depois, com a faca, dando um primeiro corte para encurtá-la, outros mais para raspar-lhe as farpas, mais outros para aparar-lhe a ponta num bico fendido e tantos mais quantos são necessários para transformar o que fora uma pena de ave no que seria um cálamo de escriba. Ou podia costurar-se num canto da biblioteca com um livro, que tanto podia ser o historiador Tacitus como o poeta Ekkehartus, autor do longo poema *Waltharius*, cuja narrativa transcorre em boa parte em terra panônica, na era do imperador Átila. Ou podia, se o tempo estivesse bom, sair do mosteiro para uma caminhada pelos campos em volta de Broz.

Num desses dias em que Posthumus lhe vetara a presença na cela e a hilaridade do dia atraíra o ocioso para fora dos muros, Grim, caminhando pelos campos e prados, viu ao longe, bem à sua frente, a figura inconfundível de Chrisostomus.

Grim não tinha nem farelo de amor por Chrisostomus. Ainda que carente de companhia, não pensou em estugar o passo para alcançá-lo e acompanhá-lo ao lugar, qualquer que fosse, onde o chamava o dever. Tampouco mudou a direção dos passos, o que teria considerado gesto de pusilanimidade. Era o *cellararius* o pecador, não ele; a Chrisostomus, sim, caberiam o embaraço e o rebaixamento dos olhos, se por acaso se encontrassem os dois. No íntimo, também, sabia que a distância entre ambos era grande, e que, mantendo-se o mesmo ritmo nas passadas, nunca este alcançaria aquele, ainda que andassem até o extremo fim do mundo.

Havia um bosque de plátanos na extremidade do prado. Chrisostomus intrometeu-se ali. A seu tempo, Grim fez o mesmo. Internado lá dentro, Grim caminhou entre as árvores até que emergiu, de repente, numa modesta clareira. Havia três pessoas ali, todas três olhando para ele; Chrisostomus era uma delas.

— Por que me segues, saxão? — perguntou ele.

— Não sigo a ti nem a ninguém — respondeu Grim, altivo.

— Então que fazes aqui? — perguntou o outro. — Não devias estar na cela de Posthumus, fazendo tua tarefa?

— Talvez devesse — respondeu Grim — mas isso não interessa a ti.

— Talvez tenhas sido expulso de lá — disse Chrisostomus — como Adão do paraíso. E Eva, onde está?

— Eva continua no paraíso — respondeu Grim.

— Com o velho arcanjo Gabriel? — disse Chrisostomus. — Ah, que mundo diferente teríamos, saxão, se nosso primeiro pai tivesse saído do paraíso e nossa primeira mãe tivesse ficado lá. Podes imaginar que delícia de mundo teríamos?

— Não teríamos mundo algum — disse Grim. — De que útero teríamos nascido?

— Deus teria dado a Adão — disse Chrisostomus — uma outra mulher, mais serena e menos petulante que Eva. O mundo seria muito diferente, talvez muito mais feliz.

— *Forsitan, forsitan* — disse Grim. — Para que perder tempo falando do que poderia ser, e não do que *é*?

— Eis o que *é* — disse Chrisostomus, apontando para uma das pessoas que estavam com ele, uma mulher, que esperava sentada sobre um manto estendido no chão. Chrisostomus deu uma ordem em *lingua ungarica* e a mulher descobriu pernas, coxas e virilha. Grim viu que estavam cobertas de úlceras negras. Chrisostomus disse: — Agora deixa-me trabalhar.

E, ajoelhando-se junto à mulher, rezou um Pater e depois entoou uma cantilena em língua que Grim não foi capaz de identificar, a não ser que nem ungárico não era: era algo mais bárbaro ainda, se possível: algo tão bárbaro como a última língua que o pobre Tatheus empregou na terra:

— Tigath tigath tigath calicet aclu cluel sedes adclocles acre earcre arnem nonabiuth 'r 'rnem nithren arcum cunath arcum arctua fligara uflen binchi cutern nicuparam raf afth egal uflen arta arta arta trauncula trauncula.

Depois Chrisostomus tornou ao latim:

— *Querite et invenietis. Adiuro te per Patrem et Filium et Spiritum Sanctum non amplius crescas sed arescas; super aspidem et basilliscum ambulabis et conculcabis leonem et draconem. Crux Matheus, crux Marcus, crux Lucas, crux Johannes.*

Ou, em bom vernáculo: Procura e encontrarás. Conjuro-te pelo Pai e Filho e Espírito Santo. Não inches nem cresças mas murcha e desaparece. Sobre a áspide e o basilisco caminharás e pisarás sobre o leão e o dragão. Cruz de Mateus, cruz de Marcos, cruz de Lucas, cruz de João.

Grim percebeu, com horror, que o *cellararius* tentava curar aquelas chagas com *encantamento*, misturando fórmulas pagãs a preces cristãs. Chrisostomus fez o sinal-da-cruz sobre si e depois sobre a mulher. A mulher ergueu-se. Chrisostomus falou a ela e ao homem algumas palavras na língua do país, que ambos ouviram em silêncio respeitoso. Depois o homem estendeu ao *cellararius* uma sacola de tecido grosseiro e, sem uma palavra, retirou-se dali com a mulher. Chrisostomus abriu a boca da sacola e olhou dentro.

— *Mali* — disse ele a Grim. — Falávamos disso, não é, saxão? De um mundo sem tentações. Sem maçãs nem mulheres. Mas que diferença isso faz para ti? Pelo que sei, és imune a tentações desse tipo.

— Que queres dizer, *incantator*? — disse Grim, pronunciando a palavra num tom afiado de asco e desprezo.

Chrisostomus sorriu. Aí, extraindo da sacola uma maçã, atirou-a aos pés de Grim:

— Toma e come, *mali puer*.

Grim sentiu-se possuído de um sentimento de ódio e fúria que o transmudou, ali, naquele momento, em outra coisa que não era Grim. O outro já se voltara para ir. Fora de si, Grim recolheu do chão a maçã e lançou-a com toda a força contra o *cellararius*, gritando:

— Come-a tu, *verpus*!

A maçã atingiu Chrisostomus na parte de trás da cabeça e partiu-se em dois ou três pedaços. Chrisostomus girou o corpo e, com um grunhido gutural, investiu contra o agressor; Grim viu-lhe o punho fechado voar feito um pássaro na direção de seu rosto e não pôde nem soube fazer nada para evitar o golpe. Atingido entre os olhos, foi lançado ao chão. Não se intimidou; ali mesmo onde jazia de costas, erguendo um pouco a cabeça, gritou para Chrisostomus:

— És bem filho de pai amorita e de mãe hitita!

Chrisostomus, de pé, tremia de cólera; sua cólera era como cão feroz cuja coleira a custo o *cellararius*, valendo-se de sua humana racionalidade, retinha nas mãos fortes. O cão, em sua fúria irracional, teria saltado sobre Grim e lacerado o seu corpo. Domada a besta, Chrisostomus arriou no chão em joelhos. Fez uma prece cabisbaixa. Depois, num impulso, arrancou Grim do chão e, plantando-o em joelhos diante de si, abraçou-o contra o peito, meteu-lhe um beijo ríspido no rosto, levantou-se e lá se foi embora em direção a Broz — sem esquecer da sacola de maçãs.

## 150. *Totus tuus*

Aquela noite, no *parlatorium*, Grim não viu Chrisostomus. Depois soube que o *cellararius* viajara até Pápa por conta de uma ação que o mosteiro impetrara contra um nobre de Tatabánya chamado Aladarius. Dois anos antes, uma moça fora estuprada em Szentantal, na jurisdição de Broz, e o criminoso capturado e posto na prisão de Besprem. No dia do julgamento, o nobre invadira a corte de Chrisostomus e resgatara o criminoso, alegando que a moça *nascera* em Pápa e por isso o caso devia ser julgado lá. Nesse falso argumento continuava o nobre a insistir, o que obrigava Chrisostomus a fazer sucessivas viagens até Pápa para discutir a matéria. Enquanto isso o estuprador andava livre em Tatabánya, e a moça chorava sua desgraça em Szentantal.

De alguma forma o mosteiro todo sabia da refrega entre Chrisostomus e o noviço saxão. Nem ninguém viu aí motivo de alarme. A maioria dos monges de Broz já tivera, muitos deles mais de uma vez, ocasião de trocar impropérios e bordoadas com o irascível *cellararius*.

Na cela, mais tarde, Lollia viu a rubrica que, do punho do *cellararius*, Grim trazia no cenho. Perguntou que fora aquilo. Grim se negou a responder. Ela insistiu: O que fizeste, *puse*? Não te bateriam *gratis*.

— O que fizeste pergunto-te eu — disse Grim. — Por que contaste ao *cellararius* a história do menino das maçãs?

— Então Chrisostomus bateu-te — disse Lollia.

— Se o tivesses achado hoje — disse Grim — terias visto que também deixei nele o meu sinete. Mas isso não é motivo de vanglória mas de penitência. E o que interessa aqui é tua indiscrição. Conta-lhe toda a tua vida de pecado, se quiseres, mas não lhe dês informações sobre mim. Isso te proíbo.

Lollia sentou-se à beira do catre. Lágrimas gotejaram no chão.

— Por que não podemos ser amigos, Grim? — disse ela.

Grim não respondeu. Ver-lhe as lágrimas, vertidas do lago manso dos olhos, fluírem rosto abaixo gerou nele o desejo de secá-las, e com a ponta não dos dedos mas da língua. Para seu horror, só de pensar no gesto sentiu o membro palpitar por baixo da túnica e, célere, atingir o auge da ereção. Grim teve medo de ejacular ali mesmo, diante de Lollia, as suas sementes. Antes disso, ejaculou-se a si próprio porta afora e correu até o jardim. A friagem que reinava ali fez-lhe bem; o membro engoliu a promessa de vômito e murchou-lhe sob os panos. Sentado num dos bancos, Grim fez uma prece e confiou-se e a sua castidade à custódia da Virgem Maria.

— Sou teu e todo teu — disse ele à Virgem. — Sou, sou, sou todo teu, e não quero jamais deixar de ser todo teu.

Retornou à cela, e nela entrou, murmurando estas seis palavras como uma prece ou como um verso: *Sum, sum, sum totus tuus sum*. A tentação jazia no catre e, ouvindo-lhe o murmúrio, perguntou, com um brilho nos olhos castanhos:

— O que disseste?

— Nada — ele disse.

Lollia veio lépida como lebre para o catre de Grim e sussurrou-lhe ao ouvido:

— Ou muito me engano, ou ouvi em teus lábios palavras de amor.

Sua voz tremia, e Grim tremeu também. Lollia meteu-lhe entre os cabelos o pente da mão e correu por ali os dedos trêmulos. Grim sentiu tremer, entre as pernas, a sua *mentula*.

— O que quer que eu disse, não foi para ti — grunhiu Grim, e ergueu-se, e pôs-se de pé de costas para ela.

— Grimmr — começou ela. Seu nome nos lábios dela soou-lhe erótico e obsceno.

— Por que não vais dormir com teu celeireiro? — disse ele, brusco e ríspido, sem se voltar.

— Bem sabes que ele está em viagem — disse ela.

— Vai assim mesmo — disse ele. — Podes dormir com o *cheiro* dele.

Depois de um silêncio, Grim ouviu o murmúrio dos passos de Lollia, o queixume da porta abrindo e fechando. Aí suspirou. De alívio e de fadiga: vencera a tentação, mas o esforço lhe exaurira a alma. Arriou sobre o catre, acomodou-se para dormir, e *in ictu oculi*, se é permitida a imagem numa situação em que *não houve tempo* nem para um piscar de olhos, adormeceu fundo.

Durante a noite sonhou, e o sonho que sonhou foi este:

## 151. Castor

Sonhou que estava numa floresta, e que estava nu, e que não sabia o que fazia, nu, na floresta. De súbito ouviu, no sonho, o som de cães ladrando e de cavalos galopando, e o som cresceu cada vez mais, até avizinhar-se tanto que ele, por instinto, começou a correr, entendendo que aqueles eram cães venatícios, e que a caça que caçavam não era gamo nem porco, mas ele mesmo, o desnudo Grim. Então correu, nu como estava, por entre as árvores, na esperança desesperada de escapar. Quanto mais corria, porém, mais forte exalava o cheiro de sua nudez e de seu medo, que, traiçoeiro, mais fundo impregnava-se em cada interstício do ar da floresta e, em conseqüência, mais perto ressoavam o latido dos cães e o tropel dos cavalos: já não só os seus ouvidos, mas até as plantas dos seus pés os ouviam, porque o chão tremia embaixo deles, reverberando, se não o som das patas dos cães, o dos cascos da centena de cavalos inscritos na perseguição.

Estou perdido, pensou Grim no sonho, mas não cessava de correr. E fez bem: à sua frente surgiu, no centro de uma clareira, o tumor de um outeiro esculpido a pique. Era impossível escalá-lo a não ser em sonho, e no sonho Grim o fez, porque no passo seguinte ei-lo grimpado no alto do outeiro. E na hora exata, pois lá de cima viu assomarem à clareira os cães e, logo após, aqueles que o perseguiam, ou melhor, *aquelas*: eram todas mulheres, e vinham montadas em pêlo, duplamente em pêlo, porque assentadas nuas sobre o lombo nu dos animais. Eram em número difícil de calcular, e à frente delas, como uma nova Hipólita, Grim reconheceu Lollia. Uma Lollia onírica, diferente, quase alterada em outra Lollia, mas Lollia sempre: uma Lollia *venatrix*, bárbara, selvagem, agreste, cruel e, coisa hedionda, uma Lollia *comata*, *capillata*, *crinigera*, pois seus longos cabelos vinham, como bandeira negra, desfraldados pela celeridade da perseguição.

Detiveram-se os aliados, mulheres e cães, diante do outeiro onde se refugiara, como num santuário, Grim: ladravam os cães, inconformados, urravam as mulheres, desconsoladas: a presa, onde estava, estava inacessível. Logo, no entanto, algo se consolaram aquelas fêmeas, sabendo que, assim como elas não podiam alcançá-lo no cume do outeiro, tampouco ele podia fugir dali em segurança. O outeiro era uma torre de castelo sitiada pelos inimigos, prontos a permanecer ali todo o tempo, ainda que longo, necessário para perfazer-se a rendição do refugiado. Grim percebeu que, embora temporariamente salvo, mais cedo ou mais tarde estaria vitaliciamente perdido. No mesmo momento percebeu o que lhe cabia fazer, e fez.

Sonhos seguem um caminho narrativo bem distinto do das histórias vividas. De repente, sem saber de onde a extraíra, Grim notou que empunhava na mão uma navalha: era a navalha de Nolo. Aí tudo sucedeu em gestos instantâneos: expondo o vértice de sua nudez bem à vista das mulheres e dos cães, Grim ergueu a navalha e, agarrando com a outra mão os genitais, amputou-os de um só golpe, *mentula et testes*. As mulheres urraram mais alto ainda, os cães mais alto ainda ladraram. Grim, lá de cima, suspendeu sobre a palma da mão a genitália sacrificada, manteve-a assim durante um momento solene, e durante esse momento, lá embaixo, se fez silêncio total. Aí, num gesto atlético, Grim atirou para o alto a iguaria cobiçada pelas perseguidoras: seus órgãos descreveram no ar uma parábola e caíram no meio das mulheres, ou, mais precisamente, nos braços de Lollia, e Grim, num estertor, rompeu as paredes do sonho e acordou sentado no catre, transido de susto e úmido de suor.

Custou-lhe algum tempo refazer-se do sonho. Refeito, rezou um Ave e tentou refletir. Lembrou-se, naturalmente, do jovem dálmata e dos castores: a mutilação fora, para o jovem, e era, para os castores, a única saída capaz de garantir-lhes o usufruto da liberdade de movimentos e, por extensão, de viver a vida como queriam vivê-la. Seria essa, então, também para ele, Grim, a única saída aberta para outra liberdade, aquela que garante o direito de militar na pureza e na castidade? A única maneira, para ele, de se libertar da tentação da carne, monstro insaciável e, como a fênix, indestrutível, pois, uma vez calcinado pelo fogo das orações, dos jejuns, das penitências, dos bons propósitos, mesmo assim renasce das próprias cinzas para glória do diabo?

Castor, castrar, castidade: o homem incapaz de fazer-se *casto* pela via da razão terá de fazer-se *castor* para então conquistar a *castidade* pela via da *castração*?

Grim saltou do catre e, remexendo em suas coisas, extraiu de lá a navalha de Nolo — a navalha mesma que usara no sonho. Correndo de leve o fio da lâmina sobre a ponta do dedo, abriu ali um corte raso, mas, apesar de raso o corte, o sangue manou. Exultou o coração desse Grim, que era um outro Grim, paladino da castidade. Em algum longínquo exílio dentro de si mesmo, Grim, o verdadeiro, *heros ille noster*, percebeu que esse outro Grim, um Grim demente, tresloucado, desvairado mesmo, usurpara o regime de sua alma. O insano Grim despiu a túnica e agarrou a genitália como se fosse erva daninha a ser extirpada do jardim de seu corpo. O insano Grim pousou a navalha sob os genitais para decepá-los de um só golpe. Mas a sua insanidade não foi além disso. A mão recusou-se, rebelde, a obedecer ao coração infrene, decerto por intervenção do primeiro Grim, que, do exílio, ainda tinha poder de interferir nas coisas do reino. Um terceiro Grim surgiu então de algum lugar de si mesmo para tachar de insano o *primeiro* Grim, e não o segundo, e louvar a este por seu propósito, desesperado sim, mas não irracional, de (e aqui o terceiro Grim substituiu, por outra e melhor, a metáfora da erva daninha) imolar uma vítima como oferenda à castidade. O terceiro Grim tentou assim persuadir o segundo Grim a prosseguir no seu propósito: a genitália (que culpa tinha no sórdido uso que dela faz a maior parte dos homens?) passou a representar o cordeiro de um sacrifício feito para propiciar a castidade. Mas ainda o segundo Grim se via incapaz de desferir o golpe. Trincha, trincha, ordenou o terceiro Grim, autoritário. Mas em vão. O primeiro Grim conjurara alguma força misteriosa que paralisava o segundo Grim. Esteve ele ali, assim, durante alguns minutos. A vítima, quase esganada entre os dedos da mão esquerda, esperava o golpe assim como um condenado, com a cabeça no cepo, espera a decisão de um carrasco em dúvida. Mas o golpe não vinha. Nem viria. Mais alguns minutos transcorreram, mas a *indecisão* já fora convertida em decisão: aqueles minutos só serviam para que a trindade em que se repartira Grim aceitasse o fato: fracassara a insurreição para livrar o reino da tirania da carne. Uno e trino, Grim por fim aceitou o malogro: não sem o geral alívio de todos. A navalha impotente escorregou-lhe da mão e caiu sobre o soalho com um som de metal sobre pedra.

## 152. O rei da Ungária

No dia seguinte pela manhã Posthumus chegou a um dos ápices da narrativa: o reencontro — ditado pelos fados que determinam o destino das pessoas nas histórias — de dois personagens, um rapaz e uma moça, que se julgavam para sempre desgarrados ele dela, ela dele. O relato que a moça faz de tudo que lhe adveio na noite em que os separou a voragem dos acontecimentos é relato de dor, de angústia, de miséria, mas de esperança também. Grim enterneceu-se ao ouvir os termos do relato: o cálamo tremeu-lhe entre os dedos, gaguejou na transcrição das palavras, engasgou na própria tinta em que se embebia. Grim sentiu desejo de *estar* na história, de *ser* aquele rapaz, de *acolher* nos braços a pobre torturada e *cobrir* de beijos suas mãos e seu rosto. Sufocou um soluço. — Tens pena da pobre moça? — perguntou Lollia. Ele acenou afirmativamente com a cabeça e, com um olhar súplice, estendeu a ela o cálamo. Lollia substituiu-o.

Após a refeição do meio-dia, em vez de dar continuidade ao trabalho, Posthumus dispensou os copistas sob o pretexto de que não se sentia bem. Grim e Lollia saíram da cela em silêncio e em silêncio separaram-se. À tarde o que fez Lollia a Fábula não sente necessidade de dizer. Quanto a Grim, o que fez foi ser achado no claustro pelo jovem Tamenetsi. Conversaram uma coisa e outra, mas entre uma coisa e outra a conversa se apagava como se apaga o fogo que não tem quem o alimente, e era preciso que Tamenetsi soprasse a brasa da conversa e a suprisse de alguns gravetos para manter viva a chama do diálogo com Grim.

Até mesmo do rei da Ungária falou Tamenetsi a Grim, mencionando alguns de seus feitos e proezas, e acabou por contar uma história não deste rei da Ungária que aí está, explicou, mas de outro, que viveu há muito tempo e cujo nome a história não guardou, porque quando se deu o fato dessa história era ele o primeiro e único rei da Ungária e seu título servia-lhe também de nome e sobrenome. Eis a história do rei da Ungária contada por Tamenetsi:

O imperador da cidade de Roma tinha uma filha muito formosa chamada Aglaia, a quem um dos cavaleiros do palácio dedicava grande e honesto amor. Certo dia, quando conversavam juntos os dois, o cavaleiro, que se chamava Antonius, revelou à princesa o grande amor que sentia por ela. A princesa então replicou que, já que ele abrira para ela o coração, ela abriria o seu para ele; e disse que há muito tempo o amava em silêncio com secreta afeição. O cavaleiro ficou muito feliz e disse: Estou de partida para visitar a Terra Santa; dá-me então a tua palavra de que não casarás com outro homem, e eu te darei a minha de que não casarei com outra mulher. Se, porém, eu não retornar dentro de sete anos, quero que escolhas o marido que melhor te agrade. A moça concordou, e então o cavaleiro despediu-se e partiu. Algum tempo depois o imperador começou a contratar o casamento da filha com o rei da Ungária. O rei veio a Roma ver a moça, e viu-a, e tanto lhe agradaram a beleza, a gentileza, a sutileza da moça que ele disse ao imperador que de bom grado casaria com ela. Chamou-se a moça, e disse o pai: Filha, tratei teu casamento com o rei da Ungária, mas quero ouvir tua opinião: o que dizes? Meu pai, disse ela, o rei agrada-me muito, mas peço-te, pelo amor de Deus, que não queiras dar-me em casamento até se passarem sete anos, porque fiz voto de castidade por sete anos. Quando o rei da Ungária soube disso, pareceu-lhe que pediam que esperasse apenas sete dias, tão grande foi o amor que sentiu pela princesa; e concordou em esperar. O tempo passou, e levou o primeiro ano, e o segundo, e os seguintes, até que levou também o sétimo. No último dia do sétimo ano a moça pôs-se chorando a uma janela do palácio e disse: Ai de mim, se meu amor não voltar da Terra Santa amanhã, serei dada em casamento ao rei da Ungária. Veio o dia seguinte, e o sol, brilhando no céu, viu que o rei da Ungária, todo vestido de púrpura, à frente de um grande exército, se aproximava de Roma para casar com a filha do imperador. Ia ele indo pela estrada quando um cavaleiro, montado em formoso cavalo, cavalgou em sua direção. Era o cavaleiro Antonius, que voltava da Terra Santa, como prometera. E o rei, que não o conhecia, disse: Caro amigo, de onde vens, e para onde vais? Senhor, disse ele, sou um cavaleiro do império, e venho da Terra Santa. Foram indo os dois então lado a lado, até que, quando já se aproximavam do palácio, o cavaleiro pediu licença para seguir por outro caminho, dizendo: Neste mesmo dia, há sete anos, deixei uma rede em certo lugar próximo daqui; se a achar rasgada, deixarei onde está; se a achar inteira e intacta do jeito que a deixei, levarei comigo. E aí disse adeus ao rei e cada qual continuou seu caminho. Quando o rei chegou perto do palácio do imperador, este já o esperava num pavilhão armado nos jardins. O imperador recebeu dignamente o rei, tratando-o com muita cortesia. Depois sentaram-se para comer e, quando terminaram, o rei disse: Uma coisa estranha aconteceu-me no caminho. Encontrei um cavaleiro que me saudou cortesmente e, depois de caminharmos juntos algum tempo, ele se despediu de mim para seguir por outro caminho; perguntei aonde ia, e ele respondeu deste modo: no dia de hoje, sete anos atrás, deixei em certo lugar uma rede, e quero ver em que estado se encontra; se estiver como a deixei, levarei comigo; se estiver rota, deixarei ficar onde está. Quando o imperador ouviu isso, chamou seus servos e ordenou: Correi depressa ao palácio e procurai minha filha em sua câmara, pois sem dúvida é ela a rede de que falou o cavaleiro. Os servos correram até à câmara mas não acharam ninguém, pois o cavaleiro tinha levado a princesa consigo e, para concluir a história, nosso rei da Ungária perdeu sua noiva e teve de voltar para casa muito desapontado.

Concluída a história, Tamenetsi perguntou:

— A história agradou-te?

— Agradou — respondeu Grim. — E sobretudo a metáfora aplicada à mulher. Pois não há melhor palavra para descrever a mulher do que *rede*.

— Concordo contigo — disse Tamenetsi. — A mulher é como a aranha que prende os homens em sua teia, que é a rede das aranhas. Como diz o provérbio, *in retes meas incidisti*.

— A mulher é a própria rede em que se enreda o homem — disse Grim. — É a rede que usa o demônio, como um reciário, para abater a nós, pobres mirmilões que tentamos digladiar contra o pecado na arena do mundo.

## 153. Verrugas

Os treze procuradores de Broz já haviam chegado a Wuda e passado por vários degraus de demora e de espera. Perdidos no tumulto da corte, submetiam suas credenciais e seus documentos indiferentemente a toda espécie de servidores régios, desde o falcoeiro até o *catator*, guardião dos gatos reais, desde o copeiro-mor até o encarregado das prostitutas da corte, desde o *aquarius*, que secava as roupas do rei e lhe preparava o banho, até o condestável, que cuidava dos estábulos do palácio, desde o *dapifer*, supervisor do salão e da cozinha, até o *camerarius*, responsável pela câmara real, e quanto mais alto o posto do servidor consultado mais longa a demora da resposta — que era sempre insatisfatória porque vaga por demais ou por demais prolixa. De um dos capelães da corte por fim obtiveram a informação de que o rei não estava em Wuda mas em Pest: do outro lado do rio. O bom homem conduziu-os à presença do chanceler. Este mandou-os voltar no dia seguinte, e no dia seguinte enviou-os a Zoltán, arcebispo de Wuda.

A Fábula aproveita a ocasião para referir aqui alguns pontos ligados à ascensão e prosperidade desse arcebispo. No reinado do terceiro Stephanus, pai do presente rei, Zoltán era um pároco muito pobre que exercia o ofício nos subúrbios da cidade de Salva e que era obrigado a lavrar a terra para não morrer de fome. A ele, que possuía um par de vacas, se podia aplicar, na verdade, o termo *non vicarius sed vaccarius*. Certa vez, durante uma expedição à frente de uma companhia de soldados, o príncipe por acidente passou diante da *æcclesiola* de Zoltán, e pediu-lhe que rezasse uma missa para ele ouvir. O pároco atendeu o pedido; e mal começara a sua missa já a tinha terminado. Tal rapidez agradou sumamente aos soldados, que declararam ao príncipe que em lugar nenhum se poderia achar capelão mais adequado para militares. E quando o príncipe disse a Zoltán, Segue-me, o religioso obedeceu-lhe tão presto como Pedro fez ao atender o chamado do rei dos céus. Pois, assim como Pedro deixou seu barco e seguiu a Cristo, do mesmo modo Zoltán deixou sua paróquia para seguir o príncipe; e, transformado em capelão de suas tropas, tornou-se um guia cego que guiava a cegos; e, embora fosse quase iletrado, era porém muito astuto por natureza e em pouco tempo se fez tão caro a seu senhor a ponto de participar de seus mais privados propósitos. Assim, quando o príncipe se tornou rei, propôs a Zoltán fazê-lo arcebispo de Wuda, pois o cargo achava-se vago; respondeu Zoltán: O arcebispado de Wuda seria um bom negócio se não fosse exigido do arcebispo cantar missa todo dia; porque nem mesmo suas missas galopantes já não tinha disposição para cantar. No entanto, aceitou o cargo e o rei, seguro da fidelidade e diligência do arcebispo, confiou-lhe parte da administração do reino, de modo que Zoltán não era apenas uma figura ilustre na igreja panônica mas a segunda pessoa mesma de todo o reino.

O arcebispo hospedou os humildes monges de Broz em sua própria casa, hospedagem que aceitaram com desconfiança. Como comparecer à sua presença e beijar-lhe o anel sem lembrar os freqüentes atritos e tensões entre o abade Stephanus e aquele arcebispo registrados em suas próprias crônicas? Como fazê-lo sem lembrar que, por ocasião da morte de Stephanus, seus sapatos, folheados de ouro e prata, tinham sido roubados da abadia para integrar o tesouro arquiepiscopal? Ou sem lembrar que era tido em Broz como prelado que mais amava sua bolsa que sua Bíblia, e sem repetir, mentalmente, o dístico que o precentor de Broz compusera contra ele, nestes termos:

> Mais ama aos marcos que a Marcos,
> mais ama aos lucros que a Lucas.

Mas dois dias depois o *diabolicus archiepiscopus*, que é como costumavam os de Broz referir-se a esse prelado, realizou não a pequena proeza de conduzir os treze de Broz à presença do rei, mas sim a enorme proeza, à altura de um aliado de Satã, de conduzir o rei à presença dos treze em sua própria casa. O rei tratou os monges com amabilidade e declarou sua intenção: proceder de acordo com a vontade de Deus e em benefício do mosteiro de Broz. Assim, deu ordem para que os procuradores de Broz ali presentes indicassem três candidatos dentre os monges do próprio mosteiro. O prior e seus companheiros se apartaram, como se para discutir a matéria, mas o que fizeram foi romper o lacre do documento que continha a lista previamente elaborada em Broz. Os três nomes ali conscritos eram, nesta ordem: Kaius o subsacristão, Chrisostomus o celeireiro e Eugenius o subprior. Os monges mais escrupulosos enrubesceram de embaraço e desgosto: estranharam, e Ferencescus estranhou com eles, a ausência do nome do prior, *et maxime* porque da lista constava o nome de Eugenius, seu subordinado; estranharam mais ainda que Chrisostomus, tendo sido um dos seis eleitores, fosse também um dos três eleitos; estranharam, por fim, a ordem em que vinham consignados os nomes. Mas, como não estava neles alterar a escolha feita em Broz, contentaram-se em inverter a ordem dos nomes, de modo que a lista apresentada ao rei tinha em primeiro lugar Eugenius, porque era o subprior, em segundo Chrisostomus, e Kaius em último. Assim, como se diz, fizeram do último o primeiro, e do primeiro, o último.

O rei examinou a lista e logo perguntou se aqueles três homens eram naturais de seu país, e responderam que sim. De que distritos, quis saber o rei, e disseram-lhe, pela ordem: Baja, Babina, Baranivarium. Ba-ba-ba, disse o rei, rindo, e todos riram com ele. Estou aqui para escolher abade ou *abababade*? — disse o rei, e os risos duraram, respeitosos, mais alguns minutos. Depois, voltando à lista, o rei disse que não conhecia nenhum daqueles homens e ordenou que outros três nomes do mosteiro lhe fossem apresentados em complemento àqueles.

Os monges eleitores se apartaram novamente e Adam o sacristão disse: Devemos indicar o prior, já que é nosso chefe. Todos concordaram. Então o prior disse: O sacristão é um bom nome, e alguém disse o mesmo de Dionysius, o mestre de noviços, e assim os três novos nomes foram submetidos sem demora ao rei. A rapidez da escolha surpreendeu o rei, e agradou-lhe, e ele disse: Fostes ágeis na vossa escolha. Deus está convosco.

Depois o rei pediu, para honra do seu reino, que fossem acrescentados àqueles três nomes de Broz outros três nomes de *outros* mosteiros da Panônia. Os eleitores, quando ouviram isso, tiveram medo, suspeitando uma armadilha em prejuízo de Broz, mas decidiram indicar três nomes com uma ressalva, *scilicet*, que não poderiam aceitar nenhum deles sem que seu nome fosse confirmado por parte dos monges que tinham permanecido em casa. E assim fizeram, indicando os priores de outros três mosteiros.

Feito isso, o rei agradeceu-lhes as indicações e então pediu-lhes que, dos nove nomes, fossem eliminados três; os eleitores, sem a menor hesitação, eliminaram os três nomes de fora do mosteiro, a saber, o prior de Pannonhalma, que foi depois abade de Bakonybél, e Miklos, de Bakonybél, que foi depois abade de Zirc, e o prior de Somlóvásárhely, homem pio e muito versado em matéria religiosa e secular, que morreu prior de Somlóvásárhely.

A seguir, num gesto impulsivo, que o surpreendeu a ele mesmo, Adam o sacristão retirou o seu próprio nome, de modo que restaram cinco. Dos cinco o rei eliminou dois, os do *novitiarius* e do subprior, e por fim eliminou mais um, o de Chrisostomus. Lá atrás alguém murmurou, ao ouvido do vizinho, que o processo parecia o mesmo que as crianças de Besprem usavam para eliminar verrugas. Esse processo consistia numa cantilena regressiva assim: Nove eram as irmãs verrugas, de nove passaram a VIII, e de VIII a VII, e de VII a VI, e de VI a V, e de V a IIII, e de IIII a III, e de III a II, e de II a I, e de uma a nenhuma, cantando-se *benedicite* nove vezes. Ali, porém, o processo havia por força de parar no I, porque sem abade não havia de ficar o mosteiro de Broz.

Assim restaram apenas duas irmãs verrugas: Ferencescus o prior e Kaius o subsacristão. O rei confiou a decisão final aos monges, embora todos sentissem que, dentre os dois, ele queria dar o cargo ao prior. Nesse estágio foram chamados o arcebispo e o chanceler, como representantes do rei, para assistir às deliberações dos monges. Dionysius, falando por todos, começou a elogiar tanto o prior como Kaius. Ambos, disse ele, eram instruídos, ambos eram decentes, ambos levavam vida austera e tinham reputação sólida e imaculada. Mas no ápice de seu discurso não pôde esconder que sua preferência pendia para Kaius: multiplicou as palavras de elogio ao subsacristão, que disse ser homem de retíssima conduta, severo na correção de falhas, capaz de trabalho duro, hábil em matéria secular e competente administrador, como provara em todos os cargos de responsabilidade que assumira. O arcebispo de Wuda interveio: Entendemos muito bem o que queres dizer: pois de tuas palavras podemos concluir que consideras teu prior um tanto *frouxo*, e que preferes o homem chamado Kaius. Ferencescus contraiu-se todo. Dionysius respondeu: Ambos são bons candidatos, mas decerto desejamos o melhor dos dois, se tal é a vontade de Deus. Ao que disse o chanceler: De fato, se às vezes não temos alternativa senão escolher *minimum de malis*, como ensina Tullius, outras vezes, como hoje, tendes o privilégio de escolher *maximum de bonis*; isto é, escolher, dentre dois bons homens, o melhor. E o arcebispo, dirigindo-se a todos os presentes, inquiriu: Dizei-me clara e francamente, quereis Kaius como abade? A resposta de muitos, que constituíam a maioria, foi: Queremos Kaius. E ninguém expressou opinião contrária, embora alguns tivessem permanecido em silêncio, sem querer ofender nem um nem outro dos candidatos.

O nome de Kaius foi submetido ao rei, que trocou algumas palavras com seus conselheiros e em seguida convocou os eleitores à sua presença. Então disse o rei: Vós indicastes a mim o nome de Kaius. Não é pessoa que eu conheça. Se tivésseis indicado vosso prior eu o teria aceitado com prazer, pois já o conheço desde o tempo em que ainda era cavaleiro no século. Mas quero atender vosso desejo. Contudo, tomai tento: pelos sagrados olhos de Deus, se o futuro mostrar que vossa indicação não foi boa, hei de aplicar-vos por causa disso uma dura reprimenda e uma multa mais dura ainda!

Por fim o rei perguntou a Ferencescus se aquiescia na escolha e a endossava, e o prior replicou que sim, e disse: De muitas outras honras é digno Kaius. Alguns murmuradores observaram, mais tarde, que a resposta adequada para a ocasião não era essa, mas sim: Desta honra é Kaius muito mais digno do que eu. Mas como culpar o pobre prior? Ele queria tanto ser abade.

Assim foi-se a penúltima irmã verruga e a última que restou, Kaius o subsacristão, tornou-se abade de Broz.

Então Kaius prostrou-se aos pés do rei e beijou-os, e depois, erguendo-se ágil, encaminhou-se a toda pressa até o altar da capela, cantando o salmo "Miserere mei, Deus," acompanhado pelos demais monges. Ao ver-lhe a cabeça erguida e a expressão serena, o rei disse a seus conselheiros: Pelos olhos de Deus, esse homem se acha digno de tomar conta do mosteiro. Acho que escolhi certo: abade e não *abababade*.

## 154. O eleito

A notícia da eleição de Kaius, quando chegou ao mosteiro, irrompeu portas e janelas adentro, sem pedir licença, como se trazida no sopro de uma ventania, imiscuindo-se, como tal, nos mais profundos recessos de quantos ouvidos, aptos a ouvir, havia na casa. Houve muita alegria entre todos, ou quase todos, os monges do claustro, e entre uns poucos, mas só uns poucos, *obedientiarii*. Muitos diziam: Estávamos órfãos, e nosso rei deu-nos um bom pai. Outros diziam: Está bem, porque está bem. Mas havia também aqueles que diziam: Não, pelo contrário, caímos na armadilha do arcebispo.

Os monges menos instruídos exultavam de alegria pela eleição de alguém igual a eles, embora Kaius não fosse dos mais ignorantes do mosteiro. Esses monges, cedendo aos seus instintos menos nobres, afiaram as línguas como gládios e começaram a desferir golpes contra os irmãos letrados de Broz. E diziam-se entre si: Que os nossos filósofos abracem forte agora a sua filosofia! Agora veremos se de alguma coisa lhes servirá ela! Ha, ha! Nossos bons *magistri* declinaram tantas vezes no claustro que agora foram eles mesmos declinados. Sermonizaram tantas vezes no capítulo que agora serão eles mesmos sermonizados. Tantas vezes martelaram a necessidade de distinguir entre lepra e lepra que agora aí estão, prestes a serem martelados para as sombras como leprosos. Tantas vezes declinaram *musa, musæ* em suas mentes que agora, mudados nesses ratos peçonhentos a que chamam *musaraneii*, ou seja, *musaraneificados*, não saberão abrir a boca para murmurar nem um só *mu*.

Essas e outras palavras semelhantes derramavam esses monges à guisa de escárnio contra seus irmãos, e não sentiam vergonha mas deleite em seu próprio desvario. Aí se via o ódio que tinham às letras e àqueles que eram letrados, pois tomavam por empréstimo o triunfo de Kaius para tripudiar sobre os outros, como se Kaius tivesse sido eleito abade apenas para *pôr em seu devido lugar o petulante Ferencescus e seus iguais*.

O abade eleito, antes de retornar ao convento, recebeu a bênção do diabólico arcebispo de Wuda, que disse, ao colocar em sua cabeça a mitra e em seu dedo o anel: Estes são os símbolos do alto cargo dos abades de Broz, de que é digno este homem, conforme há muito tempo percebi — o que, nesta última cláusula, não podia ser verdade, pois o prelado nunca ouvira falar de Kaius até aquela ocasião. Daí o novo abade, conservando a seu lado três monges, mandou os outros para casa, pedindo que anunciassem que chegaria daí a uma semana, e confiando a alguns deles os preparativos para a festa de sua assunção no cargo. Quanto a si mesmo, passou a semana em Wuda, como hóspede do arcebispo: conspirando contra os interesses do mosteiro, diriam mais tarde seus adversários em Broz.

Findo o tempo de conspiração, retornou. No caminho de volta, a duas milhas de Broz, esperava-o uma horda de parentes que se podiam chamar recém-nascidos, pois de muitos deles Kaius nunca tivera notícia. Assim que o viram surgir, avançaram sobre ele como tártaros, na ânsia de beijar-lhe a mão ou o pé e na esperança de serem incorporados a seu serviço; mas Kaius declarou que estava satisfeito com os servidores do mosteiro, e não poderia aceitar nenhum outro sem antes consultar os demais monges sobre a matéria. Apesar disso, acabou por contratar, ali mesmo no meio do caminho, um homem eloqüente e muito versado em leis. Isso Kaius fez não só em consideração ao parentesco que os ligava a ambos, mas por motivos práticos também, pois o homem, que se chamava Michael Mihály, ou Mihály Michael, para usar o costume do país de pospor nome a sobrenome, tinha grande experiência em questões seculares.

Kaius foi recebido de volta a casa com todas as cerimônias a que tinha direito como abade de Broz. Aquele que, ao deixar o mosteiro, seguia no rastro do cortejo eleitoral, como o mais humilde de todos os seus integrantes, como a cauda que cobre o cu da corporação, voltava agora ao mesmo mosteiro como o primeiro de todos os irmãos e como o príncipe de quantos, de um modo ou de outro, dependiam da abadia de Broz. Os monges estavam todos reunidos no capítulo e, assim que veio o aviso da chegada do abade, saíram em procissão até o portão do cemitério para recebê-lo, enquanto os sinos tangiam tanto dentro do coro como fora. Kaius vinha montado em seu cavalo, seguido de numerosa multidão, inclusive os parentes que se agarravam a ele como hera. No limiar do mosteiro Kaius desmontou e retirou as sandálias. Assim descalço transpôs o portão do cemitério, conduzido pelo prior, que lhe tomara um braço, e pelo sacristão, que lhe tomara o outro.

Quando o abade Kaius pisou na igreja todos os monges começaram a cantar o responsório *Benedictus Dominus*, da missa do domingo da Trindade. Seguiu-se, enquanto o conduziam ao altar-mor, o *Martyri adhuc*, da missa de São Pedro. Grim estava no meio dos monges, e cantou junto com eles entre lágrimas de entusiasmo. Depois silenciaram-se órgão e sinos, Kaius lançou-se ao chão e o prior rezou a prece *Omnipotens sempiterne Deus, miserere huic* sobre o abade prostrado a seus pés. Grim ouviu um sussurro atrás da orelha: Ah, Ferencescus daria a própria alma para trocar de lugar com Kaius. Então o abade fez um donativo à igreja, beijou o relicário e retornou ao coro, onde foi recebido pelo precentor, que o conduziu pela mão até a cadeira abacial no lado oeste do coro. Ali, com o abade sempre de pé, o precentor deu início ao *Te Deum laudamus* e, enquanto se entoava o hino, o prior e todos os monges de Broz, entre eles Grim, entre eles Lollia, entre eles até o velho Posthumus, desfilaram diante de Kaius beijando-o na face.

Terminadas todas essas cerimônias, Kaius deixou a igreja e dirigiu-se ao capítulo, seguido de todos os monges e de muitas outras pessoas. Lá dentro, depois de longa troca de bênçãos entre ele e os monges, Kaius agradeceu ao mosteiro por tê-lo escolhido para ser mestre e pastor daquela casa, o que, como sabia muito bem, não se devera a nenhum mérito seu próprio, pois ele era, segundo disse, o mínimo dentre todos, mas exclusivamente à vontade de Deus; e pediu aos irmãos que rezassem muito por ele. Depois, endereçando suas palavras aos leigos presentes — magnatas e cavaleiros —, pediu que não se furtassem nunca a dar-lhe todo conselho que fosse em benefício do mosteiro. Então foram apresentados os documentos do rei relativos à indicação de Kaius como abade e lidos para audiência de todos os ouvidos. Depois o abade rezou para que Deus olhasse por ele segundo a sua graça, e todos responderam *Amen*.

A seguir aconteceu um incidente que ninguém poderia prever. O capelão de Broz, ao abrir a esmo a Escritura para ler o primeiro versículo em que pousassem seus olhos, e extrair dali, segundo o costume, uma interpretação que fosse premonitória da gestão de Kaius, deu com uma página em branco, como se nada houvesse a profetizar para o novo abade porque *ele não teria tempo para realizar coisa alguma*. Uma onda de murmúrios varreu o capítulo: todos imaginaram, alguns com esperança, outros com desespero, que o abade morreria em breve: talvez mesmo no dia seguinte. Kaius, porém, tirou do incidente sua própria interpretação e disse: Esta página em branco significa que me cabe fazer de Broz primeiro uma *tabula rasa* para a partir daí reconstruí-lo do modo como deve ser reconstruído, segundo a vontade de Deus. Suas palavras foram recebidas com alívio por todos os seus partidários.

Depois desse triunfo, ainda a pé descalço, Kaius encaminhou-se à residência do abade, isto é, dele próprio, porque era ele agora o abade e nenhum outro, para a festa da sua ordenação. Foi uma grande festa, em que jantaram juntas, com grande júbilo, mais de mil pessoas.

## 155. Reformas

Logo no dia seguinte à festa, Kaius reuniu-se em sua própria casa com o prior e alguns outros *obedientiarii* para tomar algumas providências urgentes. Uma delas foi propor que se fizesse um novo selo, porque, disse ele, cada abade deve ter seu próprio selo. E pediu que fosse gravada em seu selo, como adorno, uma figura de pé, vestindo paramentos, usando mitra, e com, na mão direita, um cajado e, na mão esquerda, um livro. O contra-selo, propôs ele, seria um *agnus Dei*. Decidida essa matéria, Kaius passou a outras. Pretendo fazer, com urgência, disse ele, algumas reformas, entre elas uma ampliação dos meus estábulos, de modo que possa manter vinte e seis cavalos, pois menos que isso seria contra a dignidade do mosteiro. Defendeu a contratação de Mihály Michael, o parente que o interceptara no caminho de volta para Broz, alegando que, começando agora o seu tirocínio, ou melhor, o seu *noviciado* como abade, precisava dos conhecimentos legais de Mihály: — Bem sabeis que sou de todo inexperiente em tais assuntos, pois nunca exerci nenhum ofício em que garantias e promissórias tivessem muita importância. Uma criança, irmãos, precisa primeiro engatinhar para depois erguer-se em pé e caminhar com segurança e firmeza. Levantou-se uma tímida oposição: Mas, *pater*, não tens aqui Chrisostomus? Não tens aqui Adam? Não tens Sandorus? Mas Kaius insistiu, e Mihály Michael foi recebido no mosteiro na dupla condição de noviço e de assessor do abade em matéria juridicial.

Três dias depois deu-se a primeira reunião do capítulo presidida por Kaius. Foi uma reunião tensa e nervosa, porque o novo abade fez mudanças inesperadas, não só estabelecendo certas proibições rígidas como destituindo alguns *obedientiarii* e nomeando outros, e até mesmo transferindo de uma para outra função alguns monges do claustro.

Entre as proibições, decretou que no futuro nenhum ornamento da igreja poderia ser penhorado sem autorização do capítulo, nenhum documento selado com o selo do mosteiro exceto em reunião do capítulo, e nenhum judeu admitido no recinto do mosteiro para circular pelos edifícios e espiar as atividades do claustro e da igreja, como faziam à vontade até então. Instituo essas proibições, explicou Kaius, para defender a honra de Broz e para fiscalizar e coibir os abusos que têm sido praticados nesta casa em matéria de dinheiro.

Em seu próprio lugar como subsacristão Kaius indicou Imrius, o *revestiarius*, e ao mesmo tempo retirou de Adam, o sacristão, o poder de contratar despesas, o que a partir daí só poderia fazer com a autorização de Imrius. Adam mostrou-se muito contrariado com essa medida, que lhe esvaziava a autoridade, e na mesma hora queixou-se, apontando na direção da cripta onde fora sepultado Stephanus: O abade Stephanus, sim, Stephanus, que jaz ali, não faria uma coisa dessas nem por quinhentos marcos! E depois, em altos brados: Olhai o abade que temos agora! Aí está o lobo do sonho! Olhai como ele rosna! O prior, o *elemosinarius* e o *emptor* tomaram o partido de Adam, e a discussão se generalizou. Aí tendes o dedo do diabólico arcebispo de Wuda, gritou um velho monge, e outros o secundaram. Kaius teve de dar punhadas na mesa para impor silêncio. Aí apresentou uma sacola cheia de promissórias, algumas em nome de Stephanus, o abade antecedente, outras em nome de Ferencescus, outras em nome de Adam, outras ainda em nome de outros *obedientiarii*. O total da dívida ultrapassava três mil marcos, sem contar os juros acumulados. Vede aí, disse Kaius, a prudente política de vosso sacristão e dos que o apóiam! Vede quantas promissórias foram seladas por ele sem o consentimento do mosteiro, penhorando pluviais de seda, dalmáticas, turíbulos de prata, volumes encadernados em ouro, e tantas coisas mais. E acrescentou: Eis aí uma das razões da deposição de vosso servidor, mas não a principal: a principal não quero revelar-vos, pois não quero que digais que quero precipitá-lo da beira de um abismo. E prometeu: Prometo, meus irmãos, que dentro de um ano todas essas dívidas estarão pagas, e todos esses objetos sagrados de nossa igreja voltarão ao lugar de onde nunca deveriam ter sido retirados.

E ali mesmo destituiu Adam de seu posto na sacristia e nomeou em seu lugar Imrius, que assim, em menos de uma hora, elevou-se de *revestiarius* a subsacristão e daí a sacristão. O pobre Adam arrojou-se aos pés de Kaius e pediu licença para retirar-se do capítulo. Kaius fez-lhe essa caridade.

Ausente Adam, o abade comunicou as demais mudanças que queria fazer entre os *obedientiarii*. Tanto Chrisostomus como Kis Petrus o abade manteve em seus cargos, ditando-lhes a recomendação de que, em especial nos primeiros dias do seu abaciado, dessem toda atenção à hospitalidade da casa: Não quero, disse ele, dar nenhuma ocasião de me acusarem de avaro porque não provi os hóspedes de suficiente comida e bebida. Para o cargo de subsacristão, já outra vez vago pela promoção de Imrius, foi nomeado Laszlus, o mais moço dos confessores. O *emptor* foi deposto e substituído por um jovem monge do claustro. Um outro *frater*, que fazia ótimo trabalho na escola do mosteiro, ensinando latim e grego, foi transferido para a cozinha, talvez porque tivesse o hábito de corrigir os erros de latim que Kaius cometia. Ali chorou sua miséria num poema que foi lido por todo o mosteiro, mas não inteiramente compreendido, porque escrevia num latim tão obscuro e intricado que, como se disse, nem Tullius seria capaz de entendê-lo.

Já no dia seguinte teve início a demolição da casa de Adam, ordenada pelo abade. Muitos tentaram persuadi-lo de que aquilo era ir longe demais; Kaius replicou que aquela casa não merecia estar de pé sobre o chão, porque fora lugar de freqüentes sessões de bebedeira e de outras atividades que nem se podiam mencionar: Disso tudo sou eu mesmo testemunha, pois, quando subsacristão, fui obrigado a tolerar em silêncio todos esses abusos, mas agora Deus concedeu-me a oportunidade de puni-los, e não deixarei de fazê-lo com o máximo rigor.

Uma semana depois já o formoso edifício fora posto abaixo. Kaius acompanhou pessoalmente todo o trabalho de demolição: Estamos demolindo o *ædivitium* do mosteiro, disse ele, fazendo um jogo de palavras. E prognosticou: Dentro de um ano, veremos feijões escalando suas colunas e, onde antes foi o depósito de pipas de vinho, um bravo canteiro de urtigas.

## 156. A mão

A presença de um novo abade em Broz pouco afetou a tarefa de transcrição da *Longa História*. *Obedientiarii* perdiam seus cargos, a casa de Adam era posta abaixo, rosnava o lobo pelos corredores do mosteiro, mas ali, na exígua cela de Posthumus, a rotina continuava, se não a mesma, quase a mesma. Kaius confirmou a dispensa de participação nos ofícios diários, concedida pelo prior a Posthumus e aos dois copistas, mas vetou as refeições na cela. Grim ficou desolado, porque nas mínimas coisas via a causa de máximos atrasos no trabalho. Pensou em ir à presença de Kaius, pedir-lhe que reconsiderasse aquela decisão. Kis Petrus dissuadiu-o: Não queiras bulir em casa de abelhas. Voltarás em pior estado do que antes.

Assim, de um ou de outro modo, Posthumus continuou a ditar a *Longa História*, e os copistas a copiá-la por turnos. A rotina dos operários da *Longa História* continuava pois sempre a mesma. Durante o dia, ralavam os dedos na transcrição da história. À noite, como já foi dito, lá ia Lollia para os braços de Chrisostomus, com tanto maior cautela quanto o exigia a nova ordem do mosteiro. Enquanto isso, como também já foi dito, Grim fazia a releitura de todo o texto ditado por Posthumus naquele dia. Era um dúplice prazer. A história, lida no silêncio da noite, na solidão da cela, penetrava-lhe a alma como um evangelho, de tal modo que ele ansiava por voltar, na manhã seguinte, à presença de Posthumus para saber mais: para saber a seqüência da história: mais um pouco daquilo que palpitava na mente de Posthumus e que a ele, Grim, era matéria impossível de adivinhar. O outro prazer era a leitura da parte copiada por Lollia. Era um prazer *formal*. Já não interessava a história, já não interessava o sentido das frases nem das palavras, mas os sinais em si. O olho de Grim acompanhava o sulco de cada letra desenhada no *vellus*, embebia-se na beleza de cada caráter, apaixonava-se pela mão que era capaz de, em grande velocidade, produzir linhas de tamanha elegância e clareza. Amava sem vergonha aquela mão, ainda mais porque tal amor lhe parecia casto e puro. Às vezes, num assomo de cólera, pensava em seu coração: Que o *cellararius* fique com o corpo dela, mas a obra de sua mão me pertence, está gravada neste códex para sempre. A mão dela trabalha para mim e não para ele.

## 157. Cripta

Então veio o dia espantoso em que o abade cumpriu o desejo irresistível que sentia de ver o corpo de Biscop, o fundador do mosteiro. Numa quarta-feira, enquanto o mosteiro cantava as completas, Kaius discutiu a matéria com Imrius o sacristão e Lentulus o médico e, como os três sozinhos não poderiam levantar os painéis do túmulo nem ajustá-los no lugar depois, decidiram chamar outros dez irmãos bastante fortes para ajudá-los nessa tarefa.

Naquela mesma noite, enquanto o mosteiro dormia, esses treze homens, vestidos *in albis*, retiraram o sarcófago do seu jazigo e, valendo-se dos anéis de ferro que havia em ambas as extremidades, carregaram-no para fora da cripta e depuseram-no ali sobre uma mesa.

Um lençol de linho, atado com cordas, cobria todo o ataúde. Por baixo do primeiro lençol havia um lençol de seda, depois outro de linho, depois ainda outro, também de linho. Sobre o ataúde, à altura do peito do fundador, jazia um anjo de ouro do tamanho de um pé humano. O anjo empunhava uma espada numa das mãos e um estandarte na outra, e logo acima estava escrito este versículo: "Vede! A imagem de São Miguel guarda o corpo do abade." Contrariando esse aviso, logo abaixo havia uma abertura na tampa do ataúde, através da qual, no passado, os guardiães do túmulo costumavam meter a mão para tocar o corpo de Biscop.

A seguir, começaram a difícil tarefa de retirar a tampa, que estava ligada fixamente ao ataúde por dezesseis pregos muito compridos; essa tarefa levou algum tempo. Por fim, retirada a tampa, Kaius ordenou a todos que se afastassem, pois não queria que ninguém visse o corpo do fundador antes dele mesmo, do sacristão e do médico.

O ataúde fora feito no comprimento exato e na exata largura para receber o corpo de Biscop, tanto que mal se poderia inserir uma agulha entre a madeira e a cabeça ou os pés do abade. Kaius não perdeu tempo: começou retirando um lençol de seda que cobria todo o corpo, e depois um tecido de linho de espantosa alvura, e depois uma faixa também de linho que cobria a cabeça, e depois outra rica faixa de seda, semelhante ao véu de uma monja. Retiradas essas proteções, Kaius achou o corpo todo envolto em linho. Retirada essa última camada vestuária, o corpo do abade apareceu-lhe visível por inteiro.

Aí Kaius parou, dizendo que não se atrevia a contemplar a carne nua do fundador. A cabeça de Biscop jazia logo acima dos ombros, repousando sobre um pequeno travesseiro. Kaius tomou-a nas mãos, pois em alguma perturbação anterior se separara do corpo, e disse, entre gemidos: Ó glorioso fundador, bendita a hora em que nasceste. Ó glorioso *abbas*, não queiras punir-me a mim, miserável pecador, porque ousei tocar-te; sei que entendes que é a minha devoção que me arrasta a tamanha ousadia. Daí tocou os olhos de Biscop e o nariz, que era grosso e proeminente, e os lábios, e então, mergulhando a mão no ataúde, tateou o peito do cadáver e os braços e, erguendo-lhe a mão esquerda, entrelaçou nos seus dedos os dedos do santo. Em continuação, percebeu que os pés estavam em posição ereta, como os de um homem que tivesse morrido naquele mesmo dia, e apalpou os artelhos, contando-os um a um para verificar se estavam todos ali.

Tomado de grande emoção, Kaius decidiu que outros monges fossem convocados a contemplar tais maravilhas. Vieram seis e, com eles, sem terem sido chamados, outros seis, entre eles Chrisostomus e Kis Petrus, e todos contemplaram inebriados o corpo do abade, e o pequeno Petrus foi o único que pousou a mão sobre os joelhos e os pés de Biscop. Nesse mesmo momento outros monges, empoleirados na abóbada da igreja, também assistiam a tudo que se passava lá embaixo.

Em seguida, Kaius cobriu os pés do fundador com finíssimas cobertas de seda, cumprindo assim o que em sonho previra o monge Endreus. Por fim, o corpo de Biscop foi revestido dos mesmos panos, e na mesma ordem, exatamente como fora achado, e a tampa reposta sobre o ataúde e fechada com os mesmos dezesseis pregos, da mesma forma como antes.

Numa caixa de seda que se achou sobre o ataúde Kaius descobrira um pergaminho contendo algumas saudações assinadas por um monge chamado Balintus. Por ordem de Kaius, redigiu-se ali mesmo um novo documento, que foi guardado na caixa junto com o outro. Dizia esse documento: "No ano tal, na noite de Santa Apolônia, o abade Kaius, movido por forte sentimento de devoção, viu e tocou o corpo do pio abade Biscop, fundador do mosteiro de Broz." Seguiam-se as assinaturas de Kaius e de todos os presentes:

+ Ego Kaius gratia Dei abbas brosianus subscripsi.
+ Ego Imrius sacristanus impressi.
+ Ego Laszlus capellanus confirmavi.
+ Ego Chrisostomus monachus consensi.
+ Ego Petrus hospitalarius corroboravi.
+ Ego Petrus Lentulus medicus consignavi.
+ Ego Dionysius monachus affirmavi.
+ Ego Paulus precentor adquievi.
+ Ego Wilelmus monachus laudavi,

e assim por diante, até o último dos monges presentes.

Depois disso tudo, os monges envolveram todo o ataúde em panos de linho e, por cima, um precioso lençol de seda que o arcebispo de Wuda dera a Kaius quando este fora nomeado abade. Depois restituiu-se o ataúde a seu lugar de repouso na cripta e, assim que os painéis foram repostos cuidadosamente nos devidos lugares, retiraram-se todos os irmãos, cada qual para sua cela.

Quando despertaram para cantar matinas, os monges que não tinham presenciado a abertura do ataúde, entre eles o prior, ficaram cheios de mágoa, dizendo uns aos outros: Fomos iludidos e postos à margem. Matinas terminadas, Kaius reuniu os monges ao pé do altar e, relatando-lhes o que fora feito, explicou que nem era correto nem praticável que todos fossem chamados a testemunhar aquelas coisas. Cantou-se então, com lágrimas na voz, o *Te Deum laudamus*, ao mesmo tempo que se faziam dobrar os sinos do coro.

## 158. Inverno

Passam-se dias e semanas. Entrega-se cada vez com mais ardor o abade Kaius às reformas, às mudanças, aos esforços gigânteos no sentido de consertar o que precisa de conserto, de reparar o que precisa de reparo, de construir o que precisa ser construído no âmbito do mosteiro e, com tanto ou maior ardor, a litigar com abades de outros mosteiros por causa de uma casa aqui e de um campo ali, a exigir de seus vassalos, tanto nobres como negociantes, mais do que eles se julgam obrigados a dar, e, especialmente, a tentar, por todos os modos, amortizar e saldar as dívidas de Broz com os judeus, acumuladas ao longo de décadas de inépcia e desperdício. De certo modo também ele está escrevendo uma história, a história da redenção de Broz, uma história que escreve não com letras num pergaminho mas com obras e ações em benefício de um mosteiro, e que a um outro, neste caso o jovem Tamenetsi, cabe, porque disso se encarregou voluntário, pôr em pergaminho para conhecimento dos contemporâneos e, mais ainda, dos pósteros. Assim, Kaius faz, executa, ordena, estabelece, efetiva, e Tamenetsi, como se, ao fazer, executar, ordenar, estabelecer, efetivar, Kaius estivesse ditando para ele a história de seu abaciado, Tamenetsi copia-a em suas asseadas folhas de pergaminho.

Na célula da abelha, outro autor continua a ditar a sua *Longa História* e os seus copistas exclusivos a transcrevê-la. É inverno, e esse autor, com o inverno, ainda que ameno, parece ficar mais saudável e mais disposto e mais confortável, e a transcrição se faz, durante um mês, um mês e meio, quase sem um só dia — exceto os domingos — de inação. Pelo contrário, há dias em que o trabalho estende-se bem além da hora costumeira de encerrar: passam as vésperas, passam as completas, e só a intervenção de Chrisostomus, ávido da companhia de Lollia, é capaz de chamar de volta à terra aquelas três pessoas, de lembrar-lhes que há outro mundo além do mundo da literatura e da fantasia, e que esse mundo lhes reclama a presença, porque é a ele que pertencem antes de pertencerem à literatura e à fantasia.

O que faz os três leitores — assim podem ser chamados, pois até mesmo Posthumus lê, no códex que traz na arca do tesouro de sua memória, cada frase do capítulo que vai ditando — perderem a noção de tempo e de espaço e se deixarem possuir pela história? Uma boa história é como um bom vinho, que sobe à cabeça do bebedor e o embriaga sem que ele se dê conta disso, e o leva, portanto, a beber cada vez mais. Há capítulos na *Longa História*, às vezes sucessões deles, que, uma vez bebidos pelos olhos ou pelos ouvidos de um leitor, de tal forma o embriagam que não querem seus olhos nem seus ouvidos cessar de beber. É nas ocasiões em que Posthumus dita esses capítulos que acontece os três leitores esquecerem da vida e do tempo e do espaço e mergulharem na audição e na transcrição da história como o amante do vinho nos sucessivos copos de excelente Falerno.

Passem-se em silêncio muitas coisas da história durante sua transcrição, eis a regra primeira que se impôs a Fábula. Que se impôs e que com dificuldade observa, porque bem lhe agradaria entredizer alguma coisa ou outra da *Longa História* até justamente para mostrar a natureza dos capítulos que têm o poder de dominar tão por completo a consciência dos operários da transcrição — aí incluído o mestre da obra, o seu autor — a ponto de trabalharem, ou melhor, de quererem trabalhar, ou melhor ainda, de entregarem-se, *sem sentir*, a trabalhar algumas horas a mais do que exige o dever só para beberem a ciência de algo mais do que sucede na história, onde algo mais sem cessar sucede a algo mais.

Mas a Fábula obedece à sua regra como bom monge à dele. Obedece e faz, como fez Posthumus, um voto de silêncio sobre tudo que diz respeito ao conteúdo da *Longa História*. Ao leitor da Fábula — que não é leitor da História — convém que se contente com tentar adivinhar o teor da *Longa História* nos olhos arregalados de assombro dos operários de sua transcrição. Pois a estes seria impossível manter-se indiferentes a compartilhar com os personagens da história toda a ciência, toda a surpresa, toda a emoção que a história não cansa de lhes prodigalizar. Pois, ouvindo a história, lendo-a, transcrevendo-a, internam-se nela, nela se enredam, nela se emaranham, e de tal modo que se irmanam aos personagens, não, *incorporam-se* a eles, não, *transformam-se* neles, assumem de tal modo as pessoas deles que já não saberiam responder se são leitores ou personagens, porque não há como separar o que é, ali, uma coisa só.

## 159. Pedágio

Avançam portanto os copistas, sempre para diante, como cristãos, nunca para trás, como judeus, na transcrição da história. Quanto aos assuntos do mosteiro, que cabe à Fábula nunca perder de vista, nessa ocasião deu-se que Chrisostomus começou a sofrer objeções em seus direitos de *cellararius*. Os mercadores de Wuda reclamaram isenção do pedágio que o mosteiro lhes cobrava para participar de vários mercados na jurisdição de Broz. Levaram a matéria aos tribunais de Wuda e fizeram ali grande tumulto e alvoroço, e depois mandaram representantes a Broz para comunicar a Kaius que uma carta do rei os isentara do pagamento do *maldito* pedágio. Instruído por Mihály Michael, seu *legisperitus*, o abade invocou a carta que o próprio rei vendera ao mosteiro, comprometendo-se a jamais outorgar licenças que fossem prejudiciais aos interesses de Broz ou que ferissem a integridade de sua jurisdição. Em resposta, os mercadores de Wuda decidiram que nenhum deles voltaria a comparecer aos mercados sob a tutela de Broz, e por um mês mantiveram sua decisão, o que foi suficiente para que o abade lhe sentisse os efeitos na drástica redução dos rendimentos que o *cellarium* tirava desses mercados. Logo, pela mediação do arcebispo de Wuda, fez-se acordo entre mosteiro e mercadores nos seguintes termos: os mercadores tornariam a freqüentar os mercados dependentes de Broz, e pagariam o pedágio, sim, mas o receberiam de volta no final do dia. Por meio desse artifício, sugerido por Mihály Michael e endossado com euforia pelo abade, os direitos de ambas as partes seriam preservados.

Chrisostomus foi totalmente antagônico a essa decisão e disse ao abade: Hoje deste-lhes a mão; amanhã, hás de dar-lhes o braço.

E assim foi. Pouco depois os mercadores de Wuda ameaçaram pôr abaixo duas casas de pedra que o mosteiro recebera como doação naquela cidade a menos que o abade emendasse o agravo que lhes fora feito pelo bailio de Besprem, que cobrara dois marcos sobre as carroças em que traziam peixe de Vörösberény para Wuda passando por Besprem. Os mercadores tornaram a reclamar que, como cidadãos de Wuda, sempre tiveram isenção de pedágio e de outras taxas em todos os lugares da Ungária desde a fundação da cidade, que, segundo alegavam, fora fundada na mesma época que Roma, e que aí — na condição privilegiada de Wuda como sede de arquidiocese e capital de reino e na sua larga antigüidade — residiam a origem e o argumento dos direitos invocados. O abade solicitou que se suspendesse a discussão até que o arcebispo, que andava em viagem, retornasse à Ungária e, depois de consultar Mihály Michael, devolveu aos mercadores os dois marcos cobrados, para grande desapontamento de Chrisostomus.

Sentindo que o momento os favorecia, os camponeses de Broz mandaram dois representantes para pedir ao novo abade que lhes desse o direito de recolher e vender, quando e a quem desejassem, a bosta depositada nas ruas e nas estradas pelo gado de sua propriedade. O abade prometeu refletir sobre o assunto e pediu que os camponeses retornassem dois dias depois.

Chrisostomus se mostrou irredutível quanto à cessão de seus direitos sobre a bosta de Broz. Não queria de modo algum abrir mão dela. O abade sabia o que devia ao *cellararius*. Seu nome talvez não tivesse integrado a lista tríplice se não fosse pelo trabalho de Chrisostomus em seu favor. Mihály Michael sugeriu um meio-termo, mas o *cellararius* manteve a sua posição inflexível.

Nesse intervalo veio a notícia de que o conde Aladarius perdera a causa pela qual pugnara em Pápa em defesa de seu valido, o estuprador. A vitória jurídica de Chrisostomus fortaleceu-lhe a posição no mosteiro. Dois dias depois, Kaius comunicou aos camponeses sua decisão negativa. Os camponeses deixaram o capítulo contrariados e o mosteiro estomagados e, na estrada, já iam não só contrariados e estomagados mas enfurecidos.

## 160. Morte do prior

Isso tudo é matéria mundana do mosteiro, que um mosteiro tem, por força, duas faces, uma voltada para dentro, e para o espírito, outra voltada para fora, e para o mundo. Que valor tem o capítulo anterior, embora necessário à história, com suas querelas sobre taxas e pedágios, diante do presente capítulo, que trata de matéria bem mais digna e mais elevada?

Pois uma noite Ferencescus o prior passou mal durante as matinas e foi levado à enfermaria. Ali esteve alguns dias muito fraco e perto de morrer. Assim como, meses antes, o mosteiro todo andara especulando sobre quem seria o próximo abade, agora, com Ferencescus à beira da morte, choviam opiniões sobre quem seria o próximo prior.

Alguém declarou que Kaius, sentado no coro e considerando um por um todos os irmãos ali presentes, não viu ninguém que pudesse nomear prior exceto seu confessor, o jovem Laszlus. Tutilo, um dos monges mais respeitados do mosteiro, disse que aquilo era absurdo: e sustentou que o abade, como homem sensato que era, não ousaria nomear prior tal pessoa: porque Laszlus era muito moço, quase imberbe e, monge do claustro havia apenas quatro anos, não tinha nenhuma experiência de aconselhamento espiritual nem profundo conhecimento de doutrina.

Enquanto isso, os médicos do mosteiro ainda tinham esperança de salvar a vida de Ferencescus. Uma noite, os três médicos, mais alguns amigos do prior, visitaram-no à beira do leito onde jazia confinado pela doença. Aí os médicos recomendaram-lhe, como único meio de cura, que se submetesse a uma relação sexual. Ferencescus recebeu horrorizado a sugestão. Os amigos, em lágrimas, instaram-no para que consentisse, alegando que Deus não ficaria de modo algum ofendido, se ele o fizesse apenas como remédio, e não para gratificar a sensualidade há tanto tempo em hibernação. A princípio Ferencescus manteve a sua recusa, mas tanto os amigos lhe rogaram que não os deixasse órfãos de sua companhia que ele acabou por concordar, mais para aliviar-lhes a angústia do que para salvar sua vida.

Na madrugada, uma mulher de formosa aparência foi levada ao leito do prior e aí deixada a sós com ele. Meia hora depois ela reapareceu. Os amigos de Ferencescus perguntaram-lhe se tudo fora feito como devia. Ela respondeu de modo esquivo, recebeu sua paga e foi levada embora. Os médicos, contudo, depois de inspecionar a urina do enfermo, informaram que Ferencescus não consumara a relação: apenas fingira aceitar o remédio para satisfazer os amigos. Estes invadiram-lhe a câmara e repreenderam-no amargamente: ao desobedecer à prescrição dos médicos, tornava-se em certa medida cúmplice de sua própria morte, o que era quase um suicídio.

— Calai-vos — disse ele. — Que nenhum de vós volte a insinuar a mim o veneno de tal linguagem, pois não quero perder a honra imortal da castidade em troca de curar a carne perecível.

Dois dias depois Ferencescus morreu de sua doença, da qual não admitiu ser curado para não ofender a Deus. Seu gesto causou profunda impressão no mosteiro, exceto entre alguns céticos que disseram: Depois que perdeu a eleição, Ferencescus não queria mais viver. Fosse ele abade, sem dúvida teria aceitado o remédio prescrito pelos médicos, ainda que fosse necessário *futuere* com cem mulheres diferentes e não com uma só.

## 161. Tprot!

A notícia da morte do prior chegou à cela de Posthumus e interrompeu a transcrição da história, que, naquela manhã, mal começara. Ajoelharam-se os três e rezaram juntos um Pater pela alma do pobre Ferencescus. Depois disso, Posthumus ergueu-se e sentou-se de novo em seu catre. Ficou um momento em silêncio. Talvez pensasse, consigo mesmo: Será meu nome o próximo a ser chamado por essa macabra rainha? Pois a Morte é rede que tudo apanha, é mão que tudo agarra; e tudo que colhe, guarda ciosa para si e não solta jamais. Talvez ponderasse, então, sobre a rainha do mundo, e lhe fizesse, mentalmente, o panegírico, que Posthumus tem pela Morte grande respeito e estima: A Morte a todos presta igual serviço: faz de um escravo um homem livre, escraviza rei e papa, dá a cada qual o que merece, devolve ao pobre o que perdeu, tira do rico o que roubou. A Morte faz justiça a todos, e dá a todos medida exata e peso justo. Torna orgulho em podridão, torna vitória em derrota, esvazia usura e ganho, põe fim a todas as batalhas, prega na cruz os falsos cruzados, separa a rosa do espinho, o joio do trigo, o farelo da farinha, o bom vinho do vinagre. A Morte, sim, dá a todos os homens e a todas as mulheres um lençol de vermes. Ou talvez fosse Posthumus além dessas considerações para refletir, sim, sobre a insignificância da criatura humana e de todas as suas obras, todas, inclusive as literárias, e talvez então sentisse um golpe no coração do coração ao pensar que sua *Longa História*, que uma velha condessa mandara buscar em Broz, valia tanto, diante da Morte, quanto *o excremento de um rato*. Sim, sim. De que vale a beleza, de que vale a riqueza, de que vale a honra, de que vale a nobreza, se para a Morte, em todas as coisas, tanto vale pouco quanto muito, pois tudo para ela é nada. Sim. A Morte dá o mesmo preço à mansão e ao casebre, ao vinho e à água, ao salmão e à solha, à *Longa História* e ao poema de Chrisostomus rimando *Adam* com *quadam*. A Morte diz a todas as coisas: Tprot! Talvez, depois de exarar todas essas reflexões, sentisse Posthumus um impulso de interromper a narração, de encerrar-se de novo entre as paredes de seu voto de silêncio, e até de queimar tudo que da *Longa História* fora transcrito até ali. A Morte diz a todas as coisas Tprot!, e é isso que diria se tivesse tempo e paciência para ouvir a minha história: Tprot! Mas talvez, refletindo ainda mais um pouco, Posthumus pensasse que nem todas as obras do homem são inúteis, pois uma delas, a caridade, certamente não é, e não seria um ato de caridade transcrever o excremento do rato em pergaminho para uma velha e moribunda condessa ler? Diante desse pensamento, Posthumus teria tido força para tomar a decisão de continuar a história. E, encontrando nas folhas da mente, onde tinha toda a história por escrito, o ponto exato onde fora interrompido, deu prosseguimento à *dictatio* da história.

## 162. Tirania

Morto o prior, Grim se viu mais uma vez cercado de intriga e de discórdia, como acontecera por ocasião das eleições para escolha do abade. Sabendo-o neutro na matéria, todos os monges vinham transmitir-lhe suas opiniões, suas mágoas e seus receios. Um deles disse: Não faz um mês que o abade nomeou o jovem Laszlus subsacristão, e agora já quer fazê-lo prior. E outro: Será um escândalo nunca visto se Eugenius, o subprior, for posto de lado. Os clérigos instruídos evitarão, no futuro, ingressar em nosso mosteiro porque dirão que Broz é o tipo de casa onde se preterem os mais sábios em favor de um pedaço de pau. E ainda outro, referindo-se ao subprior: Não o conheces? É homem terrível. É irascível, impaciente, inquieto, turbulento e importuno, violento e belicoso.

Quando o decreto da Providência levou o prior, Kaius estava com Chrisostomus em Szentantal, onde foram testemunhar (e também festejar) a castração e subseqüente enforcamento do escudeiro de Aladarius de Tatabánya. Depois que retornou, o abade reuniu os monges todos no capítulo para decidir a eleição do novo prior. Aí enumerou com eloqüência as qualidades que o novo prior deveria possuir. Mal terminara, o terceiro prior declarou diante de todos que Eugenius o subprior era digno de ocupar o cargo porque possuía todas as qualidades necessárias. Mas imediatamente um grande número de monges começou a bradar: Um homem de paz, dai-nos um homem de paz!

Acalmados os ânimos, Kaius disse que escolheria três monges que, em sua opinião, eram os mais adequados ao cargo, e que, dentre eles, o capítulo escolheria o novo prior. Era a repetição do processo que o elegera abade em casa do arcebispo em Wuda. Assim, indicou os nomes de Laszlus, seu próprio confessor, de Imrius, o sacristão, e do terceiro prior, que falara em defesa de Eugenius. Os três eram homens jovens, com algumas tinturas de instrução, e, embora bem-intencionados, não eram qualificados para o cargo. Kaius ignorou, nessa indicação, o subprior e vários monges mais velhos, que possuíam maturidade e cultura suficientes para ocupar o cargo. A seguir, passou a fazer longa descrição dos méritos de cada um dos indicados, começando pelo terceiro prior, louvando-lhe muito o caráter e os dons, mas acentuando que, se nomeado prior, os parentes que tinha em grande número na região seriam um peso no seu pescoço, o que fez com que todo o capítulo começasse a rir. Quando o riso dissipou-se e Kaius se preparava para fazer o elogio de Imrius para depois chegar a Laszlus, seu candidato, subitamente interrompeu-o um dos monges mais distintos, que disse a Paulus, o precentor: Irmão, tu tens o direito de falar primeiro: indica o irmão Laszlus. Ao que o precentor replicou: Ele é um bom homem. Ao ouvir o nome de Laszlus, o abade não quis prosseguir em sua louvação dos candidatos, mas disse: Aceitarei

Laszlus com prazer se é esse o vosso desejo. A essas palavras quase todos os monges ali presentes começaram a berrar: É um bom homem, é um bom homem!

O próprio Laszlus, no meio daquela gritaria, parecia assustado. Quando o deixaram falar, ele a princípio declinou a indicação, dizendo que não se achava preparado para tal ofício, especialmente porque não tinha instrução suficiente para pregar no capítulo sermões dignos de um prior. Os monges que lhe tinham gritado o nome ficaram mudos de espanto. Kaius, porém, para encorajá-lo, e falando como se para depreciar os homens instruídos, aconselhou-o a memorizar e proferir sermões de outras pessoas, o que não era incomum. E, prosseguindo, condenou o emprego, em sermões, de retórica exuberante e de palavras floridas e prosa elegante, sustentando que em muitas igrejas da Europa o sermão é feito não em latim mas em vernáculo, a fim de ser antes edificante do que literário. A essas palavras, Laszlus aproximou-se do abade e beijou-lhe os pés. O abade recebeu-o choroso e conduziu-o pela mão até à cadeira que fora de Ferencescus, e ordenou a todos que lhe demonstrassem a reverência e a obediência devidas a um prior.

Todas essas coisas no mesmo dia Tamenetsi contou a Grim.

— Depois de terminada a reunião no capítulo, fui para um canto do claustro, aturdido, reconsiderando em minha mente tudo que tinha visto e ouvido. Comecei a questionar por que, e com base em que méritos, tal pessoa podia ser promovida a cargo tão elevado. Lembrei-me de uma história que ouvi há muito tempo, que falava de certo reino que sofreu mudança tão grande e tão súbita que da noite para o dia mudou-se o bem em mal, o verdadeiro em falso, o forte em fraco, o justo em injusto. Espantado, o rei perguntou a quatro filósofos sapientíssimos qual a causa de tudo isso. Depois de muita deliberação, cada um dos filósofos encaminhou-se a uma das quatro portas da cidade e ali escreveu três causas da mudança ocorrida no país. O primeiro escreveu: Aqui poder é justiça, daí o reino está sem lei; aqui dia é noite, daí o reino está sem luz; aqui fuga é luta, daí o reino está sem honra. O segundo escreveu: Aqui um é dois, daí no reino não há verdade; aqui amigo é inimigo, daí no reino não há lealdade; aqui mal é bem, daí no reino não há piedade. O terceiro escreveu: Aqui a razão perdeu a razão, daí o reino não tem bom senso; aqui ladrão é exaltado, daí o reino não tem dinheiro; aqui corvo quer ser águia, daí no reino não se faz distinção entre mérito e demérito. E o quarto escreveu: Aqui vantagem própria é conselheira, daí a terra é malcuidada; aqui dinheiro dá juízo e sentença, daí a terra é mal regida; aqui Deus está morto, daí todo o reino está repleto de pecadores. Parece-me que Broz está caminhando nesse sentido. Que me dizes tu sobre isso, meu irmão?

— Digo — respondeu Grim — que nada disso teria acontecido em Dru. Lá não teríamos um abade como Kaius nem um prior como Laszlus.

— Se Broz fosse Dru, quem seria o abade de Broz? — perguntou Tamenetsi.

— Tutilo seria vosso abade — respondeu Grim — e Ratpert vosso prior.

— E Notker? — perguntou Tamenetsi. — Não seria nada?

— Notker seria, como é, vosso santo — respondeu Grim.

## 163. O fiel companheiro

Avançam os copistas na transcrição da história. Já passaram de uma centena de capítulos, de modo que, se Posthumus disse a verdade quando disse que a *Longa História*, apesar de longa, não chega a ter, de capítulos, duas centenas, já cumpriram mais da metade da viagem da transcrição, e nem chegou março ainda. Mais um mês, pensava Grim, mais um mês ou um mês e meio de trabalho diário, sem interrupções de qualquer espécie, e poderei despedir-me de Broz e de Posthumus de Broz, para nunca mais, e seguir o sol na direção do oeste. E o farei com o coração cheio de alegria, porque estarei seguindo para casa, porque oeste é *domus*, é *patria*, é *loco nativitatæ meæ*: minha casa, minha pátria, lugar em que nasci e em que quero que me ache a Morte, quando vier à minha procura a fim de confiscar-me para seu reino.

Nessa noite imaginou-se viajando sozinho, isto é, só ele e Deus. Imaginou-se atravessando o rio Tilavemptus no ponto em que ocorrera o incidente que revelara ao monge Padrigius a identidade feminina de Lollia. Imaginou-se retornando ao mosteiro dos leprosos em Picilia, batendo à porta dos três monges para pedir abrigo. Imaginou-se prostrado em joelhos diante de Padrigius, pedindo perdão por tê-lo enganado de modo tão torpe. Imaginou-se contando em confissão a Padrigius toda a longa história de seus pecados, e recebendo, dissolvido em lágrimas e descomposto em soluços, recebendo de Padrigius, de sua mão esquerda, a única que tinha, a absolvição que o restituía puro e novo ao seio de Deus.

Um dia chegaram hóspedes ao mosteiro. Eram alguns nobres peregrinos que retornavam de uma visita ao santuário de Nossa Senhora de Loretto. Talvez fossem os mesmos que Grim encontrara alguns meses atrás, perto de Mediæ, ou talvez fossem outros, mas para a história isso não é relevante. Releva dizer, sim, é que traziam notícias da Itália e, de mistura com eventos bélicos, intrigas da corte do papa e casamentos de ricas herdeiras, a notícia da morte de certo monge da Hibérnia que cuidava dos leprosos de Picilia.

Um dos peregrinos contou as circunstâncias da morte de Padrigius. Contou-a com tanto maior efusão porque tinha tido conhecimento da profecia que pairava sobre a cabeça do monge e que promovia a sua morte à condição de uma *boa história*. Todo o mosteiro acompanhou a narrativa suspenso às palavras do peregrino. A história abrangia a profecia do santo Nannan, a especulação indiferente do próprio Padrigius quanto à possibilidade de ser morto por um dos seus leprosos, ou por um de seus dois companheiros, ou pelo gato que trouxera consigo da Hibérnia (que a maioria dos ouvintes antecipou-se logo a condenar), e a resolução final da profecia. Que era a seguinte: o bom Padrigius tinha o hábito (como os próprios Grim e Lollia tinham tido oportunidade de observar) de sair pelas vizinhanças do mosteiro à cata de ervas para servirem de alimento aos seus leprosos. Costumava usar, para extrair as ervas das frinchas das rochas, uma faquinha que também usava para fabricar os seus cálamos e apontá-los — e aqui o peregrino elogiou a obra inacabada de Padrigius, uma magnífica *ciclopédia* em que pretendera reunir todo o conhecimento do mundo. Mas, certo dia em que percorria o lombo das rochas, deteve-se diante de uma bela moita de *porcella* e, sentando-se com as pernas esticadas em torno, pôs-se a cortá-la com a faca. Tinha o pensamento longe e não tomou nenhum cuidado. A faca resvalou de repente e cravou-se fundo na coxa de Padrigius. Nesse ponto o mosteiro lançou ao ar um uníssono *ooooh*! E depois, de alguns lábios, ouviu-se: A faca! A faca! Seu fiel companheiro! E outros ohs e ahs soaram doloridos. E concluiu o peregrino: O ferimento foi profundo e logo infeccionou, de modo que, não sendo possível curá-lo, o pobre monge veio a morrer algumas semanas depois. Na sua lápide, disse o peregrino, escreveram este epitáfio: "*Hic jacet Padrigius Hibernicus: unimanus sed non inhumanus.*"

Grim e também Lollia ficaram ambos consternados com a notícia. Grim ainda mais, porque quem senão Padrigius poderia exculpá-lo do pecado que contra ele próprio cometera? Terei agora de regar-lhe o túmulo com meu arrependimento, e nem sei dizer se isso bastará para tirar esse vasto peso da minha consciência.

## 164. Feiras

A vinte e cinco milhas a leste de Besprem está a cidade de Székesfehérvár, e sua feira anual, realizada nos primeiros dias de março, atrai gente de toda a região e de outras regiões da Panônia, da Valáquia, da Dácia, e até da Polônia. É chamada de *feira fria de Szentanna*, porque se faz no inverno e nos campos em torno da igreja de Santa Ana.

O inverno ameno fazia crer que a feira, que normalmente já congrega densas manadas de pessoas, vindas tanto para vender como para comprar, receberia naquele ano multidões como há muito tempo não se viam ali. Para compensar a falta de grãos, de verduras e de frutas, escassos nessa época do ano, Szentanna oferece outras espécies de mercadorias: sal, ovos e queijo, vinho, especiarias, couro e metal, tecidos, sedas, tinturas, peles e tapetes, e especialmente gado e cavalos. Oferece também muito entretenimento: menestréis, acrobatas, lutadores, músicos, atores, sem esquecer das dançarinas e prostitutas, que acabam sendo uma só e a mesma coisa, e de ursos mansos que dançam às ordens de seus donos.

Chrisostomus, como *cellararius* de Broz, costumava ir todo março a Szentanna, e no março desse ano não podia estar ausente: pois era o ano terço em que as taxas da feira, incorporadas à receita da igreja, vinham entesourar os cofres do *cellarium*. Uma noite, na cama com Lollia, o *cellararius* falou-lhe a respeito e chamou-a para ir a Szentanna com ele: Prometo mostrar-te tudo que de melhor houver na feira. Duas noites depois, Lollia tocou no assunto com Grim.

— Grim — disse ela —, dirias que tenho trabalhado bem na transcrição da história?

— Que queres dizer com isso? — perguntou Grim, já desconfiado.

— Responde à pergunta, homem — insistiu Lollia.

— Não posso dizer que nesse caso tenha muitas queixas de ti — disse ele.

— Dá-me então alguns dias feriados — disse ela.

— Para quê? — perguntou Grim, cerrando o cenho.

— *Ferias ad feriam* — disse ela. — Quero férias para ir à feira de Szentanna.

Grim cerrou ainda mais o cenho.

— Quando? — perguntou ele.

— De sexta até domingo — disse ela.

— E *conheces* o caminho? — perguntou ele, por escárnio.

— Não vou só — disse ela. — Vou com Chrisostomus.

Grim deu-lhe as costas para esconder dela o seu rubor.

— Lollia — disse ele —, feiras são lugares de pecado e iniqüidade. São realizadas em dias santificados, e as pessoas viram as costas à missa para freqüentar as feiras. Muitas vezes, como creio ser o caso de Szentanna, são realizadas em cemitérios e outros lugares sagrados. E nelas a todo momento as pessoas invocam em vão o nome de Deus, dizendo: Por Deus, não darei tanto dinheiro por isso, ou Por Deus, não aceito vender por menos, ou ainda Por Deus, isso não vale a metade do que pedes. É comum, nas feiras, a gente do povo fraudar os senhores, quer seculares, quer eclesiásticos, dos seus legítimos direitos, o que constitui perfídia e deslealdade. É comum, também, acontecerem brigas e violentas refregas. Bebe-se muito, rouba-se, pragueja-se, fornica-se, tudo ao som de canções satânicas.

— A feira faz parte do mundo — disse Lollia.

— Deixa-me contar-te uma historieta — disse Grim, voltando-se para ela. — Um homem entrou num mosteiro e viu no claustro uma multidão de demônios. Saiu dali e foi a uma feira, e viu um só demônio, sentado sozinho no alto de uma coluna. Isso o deixou atônito. Pediu explicação a um filósofo, e o filósofo explicou: No claustro, tudo se organiza para levar as almas a Deus, de modo que ali é necessário o esforço de grande número de demônios para desviar os monges de seu caminho; na feira, porém, basta a presença de um único demônio, e esse nem tem muito o que fazer, porque ali cada homem e cada mulher é o seu próprio demônio.

— Grim — disse Lollia —, nada que me digas poderá dissuadir-me.

— Lollia — disse ele —, como toda mulher, só pensas em divertimento e frivolidade. Queres que eu assuma sozinho, durante três dias, a tarefa de transcrição? Sabes o que são três dias de trabalho? Sabes como ficarão entorpecidos os meus dedos? Como isso prejudicará a qualidade da escrita? Sabes de tudo isso e ainda assim preferes os prazeres da feira a prestar-me a ajuda que me prometeste?

— Meu caro Grim — disse ela —, já não te ajudei bastante? Quando foi que descansei, desde que começamos o trabalho? Dá-me esses três dias, na verdade dois, porque o domingo não conta, e prometo-te que, quando voltar, trabalharei com mais afinco que antes, para terminarmos logo nossa tarefa.

— Bem sei que só pensas em ti mesma — disse Grim. — Por que vieste a mim, se já estavas decidida? Vai, então, se é isso que queres. Deixa o ônus do trabalho comigo e vai ver dançarem ursos e cantarem lobas.

E, dando-lhe as costas, se afastou.

## 165. O vidente

Na sexta-feira bem cedo partiram Chrisostomus e Lollia do mosteiro numa carroça, com alguns fâmulos por companhia. Dormiram na casa de um meeiro de Broz, em Kis Thereza, a duas milhas de Székesfehérvár. Chamava-se Lengyel o meeiro, porque o pai era natural da Polônia, e o cognome tornara-se o sobrenome de todos os seus filhos e netos.

Sentaram-se os três para conversar e Chrisostomus quis saber de Lengyel se também ele havia consultado o vidente que, segundo soubera, estava instalado numa choça próxima à aldeia de Háromszék. Disse o homem: Não eu, mas Ilona, minha concubina, foi consultá-lo, e não para si, mas em nome de outras pessoas. Que pessoas? — quis saber Chrisostomus. O homem respondeu: Eszter, viúva do velho Gabor, pediu-lhe que fosse até o vidente e perguntasse por que ela e o filho andavam perdendo gado e as outras pessoas da aldeia não. Em troca do favor, Eszter deu-lhe de presente uma peça de tecido. Quando soube disso, Eva, mulher de Dénes, o carpinteiro, deu-lhe também uma peça de tecido para que perguntasse ao vidente se a sua casa estava enfeitiçada. E o que disse, perguntou Chrisostomus, tua Ilona sobre o vidente? Disse, respondeu Lengyel, que, quando chegou a Háromszék, foi levada à casa dele por um menino que passa o dia todo à entrada da aldeia especialmente para isso. Quando chegou diante do vidente, ela cumprimentou-o e pediu que adivinhasse por que razão viera. O vidente replicou: Acaso pensas que eu sou Deus? Ilona respondeu que ouvira dizer que ele sabia, sem precisar perguntar, a razão por que cada pessoa o visitava. Chrisostomus riu e, traduzindo para Lollia entender, disse: Por aí já se vê que esse homem é um enganador. E pediu que Lengyel continuasse o relato, e Lengyel continuou: Então, depois que os dois combinaram o preço a pagar, o homem pousou um livro sobre o chão e sentou de um lado do livro e pediu a Ilona que sentasse do outro. O livro, foi o que ela disse que ele disse, estava escrito na língua sarracena. Aí ele deu a Ilona uma vareta do comprimento de um dedo, e a uma das pontas da vareta estava atado um fio de cânhamo. E disse que ia ler o livro e que, enquanto lesse, ela deveria segurar a vareta pelo fio acima do livro. Ela me disse que a vareta não cessava de tremer na ponta do fio. Ele leu uma ou duas páginas do livro, depois pediu a Ilona que pousasse sobre o livro a vareta. Ela o fez suavemente, mas a vareta, assim que tocou o livro, deu um salto de mais de três palmos. Ilona ficou aturdida. O vidente disse que o livro revelara que ela era casada ou estava noiva. Quando Ilona disse que nem uma coisa nem outra, o homem disse que havia pessoas interessadas em achar-lhe um noivo. Depois disso passaram ao assunto de Eszter. O homem meteu, entre as páginas do livro, um retalho de roupa de Eszter e repetiu a cerimônia de leitura, e depois, quando a vareta tocou o livro, deu um salto maior que antes. E aí ele disse que o livro dissera que Eszter estava perdendo gado porque algumas pessoas, achando que ela tinha gado demais, tinham lançado sobre ela um encantamento; mas disse que ficasse tranqüila, porque seu rebanho voltaria a multiplicar-se no próximo ano. Quanto a Eva, ele disse que não deveria mudar para outro lugar, mas permanecer onde estava, porque, no fim do ano, o feitiço que haviam lançado sobre sua casa perderia a força.

— E o que mais? — perguntou Chrisostomus.

— É só o que sei — disse Lengyel. — E temo perder minha Ilona, porque, confiando na palavra do vidente, só pensa e só fala no noivo que lhe vai cair do céu para casar com ela.

Tudo isso Chrisostomus traduziu em latim para Lollia entender.

— Não podemos ir a Háromszék ver o vidente? — perguntou Lollia.

— Também queres um noivo? — disse Chrisostomus. E, sério: — Pelo que ouvi aqui já posso dizer que vi esse vidente melhor do que se tivesse ido até Háromszék. E já decidi que não passa de falso vidente, que só diz bobagens. Mandarei o bailio cuidar dele.

Transmitiu a Lengyel, em húngaro, a sua decisão. Lengyel disse:

— Segundo Ilona, o homem já sabia que virias até aqui e que perguntarias por ele.

— Não é difícil adivinhar isso — disse Chrisostomus. — Sou eu o encarregado de meter esses falsos videntes na prisão e todos sabem que todo ano eu venho à feira de Szentanna. O vidente é falso mas não é tolo.

— Mas disse a Ilona — murmurou Lengyel — que todo clérigo que pensa em persegui-lo e maltratá-lo recebe um terrível castigo.

— Por acaso esse homem alega que conhece a linguagem dos pássaros? — perguntou Chrisostomus.

— Não ouvi falar nada disso — respondeu Lengyel.

— Os verdadeiros videntes — disse Chrisostomus — a primeira coisa que aprendem é a linguagem dos pássaros. Esse homem não passa de um falsário e não tenho medo dele.

Dito isso, ergueu-se e, chamando Lollia, recolheu-se com ela ao leito para dormir.

## 166. O solitário

A história retorna a Broz e a Grim, pois, querendo Grim ou não, é ele o herói da história, assim como, em plano bem mais elevado, é verdade, Ulisses o é da *Odisséia*, Galaaz, o da demanda do Graal, e o duque de Suuarzuualt, o da crônica de Crassementum.

*Heros ille noster* (se a Fábula pode chamá-lo de modo tão familiar) apresentou-se na manhã de sexta-feira a Posthumus para continuar, sozinho, a tarefa de transcrição da *Longa História*. A ausência de Lollia parecia que afetara o ânimo de ambos. Posthumus ditou um capítulo, que Grim transcreveu maquinalmente, e depois despediu o copista sem dar qualquer explicação. À tarde, Grim encontrou Tamenetsi e contou-lhe da ingratidão e deslealdade de Lollius. Ele, Grim, podia dizer que tinha resgatado Lollius do inferno, pois arrancara-o da companhia de hereges, e ainda lhe dera conforto, apoio, proteção ao longo de mil milhas de jornada desde Segussio até Broz, e Lollius, o ingrato Lollius, não hesitara em, na primeira ocasião que lhe surgiu, transferir a Chrisostomus a lealdade que devia, sim, e perpétua, a ele, Grim. Tamenetsi foi solidário:

— Ingrato é aquele que não reconhece o bem que recebeu. E mais ingrato é o que não faz o bem àquele de quem recebeu o bem. E muito mais ingrato é o que não se lembra de nenhum bem que lhe fizeram.

Ouvindo aquelas palavras, Grim deixou escapar algumas gordas lágrimas de dor e de ódio, que o outro pediu licença para varrer com o dedo.

— Se queres consolo — disse Tamenetsi — é só pedires que o terás. Queres, irmão, a minha presença amiga hoje à noite em tua cela, para dividir contigo o peso do desapontamento e da solidão?

Grim distinguiu um tremor na voz de Tamenetsi, um brilho insólito no olho, uma sombra em seu rosto até então franco e aberto; temeu que houvesse naquela proposta de amizade menos amizade e mais lascívia: desejo de vício sodomítico. Recusou polido mas firme a oferta; o demônio encarnado em Tamenetsi recebeu muito mal a recusa: o rosto do moço desfigurou-se num esgar. Grim ergueu-se e despediu-se apressadamente.

À noite recolheu-se cedo. Já se acostumara a dormir sozinho sem a presença de Lollia *na cela*, mas nessa noite percebeu que muito diferente era dormir sozinho sem a presença dela *no mosteiro*.

Em quase todas as noites antecedentes, dormira sozinho mas não se sentira sozinho, pois sabia que Lollia continuava à mão, na cela contígua, separada dele apenas por uma parede. Sabia também o pecado que toda noite se fabricava na cela contígua, quase podia, se não ver, pelo menos ouvir os abraços *conjugais* de Lollia e Chrisostomus: conjugais, sim, porque os dois agiam como cônjuges, ainda que falsos cônjuges, e o que lhes faltava para se equipararem àquele outro casal ilícito, Francesque e Barthélemy, era a *bênção* sacrílega de um notário e o *crisma* espúrio de um contrato, que dessem a ele a ilusão de pecar sem pecar e, a ela, o direito ao título de *focoria* em lugar do de *prostituta*: aquele ainda mais *desonorífico* que este.

Os falsos cônjuges. Uma vez, num arroubo digressivo de vingança, Grim pediu a Deus que permitisse ao diabo inspirá-los, aos falsos cônjuges, a fugir de Broz, onde a aberração de seu matrimônio era inaceitável, e a buscar uma ilícita legitimidade em Segussio, ou em Lladros e, depois, a emigrar para a Ingária com o propósito de ali propagar suas falsas noções. E aí, disse Grim em si mesmo, Deus me dê a graça de achá-los em seu esconderijo e de apontá-los à justiça episcopal, de vê-los presos e escarnecidos, de ver o *cellararius* raspados os cabelos e marcada a fronte a ferro em brasa, e de vê-la, a ela, Lollia, arrancada dos braços *maritais*, submetida a toda espécie de humilhação e verberação e, por fim, como supremo castigo, *vendida como escrava*.

Sabia pois o pecado que se perpetrava na cela contígua, mas a língua da sua mente, ainda assim, era capaz de referir-se a Lollia como *Lollia mea*. Minha, sim, advogava em defesa do direito ao emprego do possessivo, minha porque *eu* a achei perdida nas montanhas, *eu* a salvei de se heretizar entre hereges, *eu* incorri em grandes riscos e perigos para trazê-la até Broz como copista auxiliar da mutilada mas perseverante Confraria do Livro da Condessa, *eu* lhe dei a alternativa de se redimir de sua *depravitas*, e se ela a rejeitou foi porque, como prostituta e pecadora, é relapsa e irremissível. Minha, sim, por tudo isso, dizia-se, ainda que jacente nos braços do *cellararius*, minha ainda que não queira ser minha, pois minha, quando digo minha, não significa que me pertença, mas que é minha irmã em Cristo, e assim devia ser não só para mim mas para todos os homens do mundo, isto é: nem minha nem de ninguém mas só de Cristo: amante, noiva, esposa, só dele e dele só.

Nas outras noites, portanto, tudo isso e muito mais compunha um tumulto no cérebro e no coração de Grim e ele custava a dormir, mas dormia, porque Lollia estava ali, à mão, separada dele *apenas* por uma parede, como se separam do mundo as emparedadas. Mas, naquela primeira noite em que Lollia esteve ausente não só da cela mas do mosteiro, pareceu-lhe que a perdera para sempre, que jamais a veria de novo nem na cela nem no mosteiro, porque não estava destinada a retornar a Broz. Contrapôs, agora advogado da outra parte que também era ele mesmo: Acaso Tatheus te deixou como legado o dom da profecia, para que te arvores a prever o futuro? Mas, apesar das invectivas contra si próprio, ainda assim o medo de que Lollia não voltasse, de que ele perdesse até mesmo aquele vínculo frágil e tênue que mantinha com ela, impediu-o de adormecer. Passou a noite em claro, até ouvir o sino chamando para as matinas, e, refratário, recusou-se a ir. Logo depois ouviu os vagidos dos monges salmizando o ofício e, coisa estranha, longe de fazê-lo sentir remorso e vergonha, as vozes embalaram-no como o tinham embalado as dos marinheiros da *Katherine*, em sua primeira noite no navio, séculos atrás — e Grim adormeceu.

## 167. Szentanna

No dia seguinte, antes de nascer o sol, Chrisostomus e Lollia puseram-se a caminho da feira. A uma milha de lá, encontraram um homem que, vendo-os vir, parou no meio da estrada à espera. Assim que se aproximaram, o homem dirigiu a palavra, com voz forte, na língua do país, a Chrisostomus:

— Não mintas: tu és o celeireiro de Broz.

— De fato sou — admitiu Chrisostomus. — Por que havia de mentir sobre isso?

— Porque és um mentiroso — disse o outro. — Sei o que disseste em casa de Lengyel a meu respeito.

— Já sei quem és — disse Chrisostomus. — És o maldito vidente de Háromszék.

— É só o que sabes sobre mim — disse o homem. — Eu, no entanto, sei muitas coisas sobre ti. Sei até mesmo quanto dinheiro trazes na bolsa.

— Então prova, miserável — disse Chrisostomus —, se tens esse dom.

— Trazes na bolsa — disse o vidente — trinta coroas e vinte e sete dinheiros.

Chrisostomus abriu a bolsa e contou o dinheiro que trazia ali; então empalideceu.

— Fizeste um pacto com o demônio — rugiu ele.

— Pensa o que quiseres — disse o homem. — Mas direi mais uma coisa: vejo que está perto o dia em que perderás todo o poder que tens.

Chrisostomus saltou da carroça para investir contra o homem, mas este, antes mesmo que o outro saltasse em terra, já lhe adivinhara a intenção, de modo que pôde embrenhar-se no bosque e desaparecer, deixando o *cellararius* impotente e desconcertado.

— Que disse o homem? — perguntou Lollia.

— É o vidente de Háromszék — disse Chrisostomus — e só disse tolices.

Depois, virando-se para os fâmulos, a quem sentiu que o incidente perturbara fundo, disse algumas palavras para sossegar-lhes os espíritos, sem consegui-lo inteiramente. Continuaram a viagem e, meia milha antes de chegarem ao local da feira, já puderam ver, nos campos, vários cercados contendo numerosa população de gado de todas as espécies, e centenas de possíveis compradores examinando os animais e regateando nos preços. A feira, quando Lollia a avistou de longe, pareceu-lhe a praça de uma grande metrópole pelo número de bancas de mercadoria e pelo formigueiro de pessoas que se imiscuíam em todos os cantos. A carroça Chrisostomus conduziu até o centro da feira, onde sempre se reservava um largo espaço para os monges de Broz. Chrisostomus encontrou ali os procuradores de Broz; trocou com eles algumas palavras, tomou algumas decisões sobre negócios, inclusive sobre a compra de larga provisão de peles trazidas de Nova Urbs.

Lollia estava impaciente por perder-se no labirinto da feira. Chrisostomus levou-a, como prometera. Tudo lhe atraía, a ela, o olhar. As pessoas, sobretudo as mulheres, que cirandavam pela feira em suas melhores vestimentas, faziam-na deter-se entre cada passo para espiá-las, sem discrição, da cabeça aos pés, obrigando o *cellararius* a puxá-la pelo braço a todo momento. A seguir era diante de cada uma das bancas que insistia em parar. Os tecidos, sobretudo as sedas, punham-na maravilhada. A todos queria apalpar e cheirar, e apunha-os contra o rosto para, em gestos abertamente femininos, saborear-lhes a suavidade.

— Lembra-te que és *puer*, e não *puella* — disse Chrisostomus.

Mais à frente Lollia teve ocasião de provar vinho e especiarias e diversas espécies de queijo, inclusive feito de leite de corça, que nunca provara antes na vida; um pouco adiante, de apreciar utensílios de metal, de madeira, de couro, cuja técnica admirava com olhos e mãos curiosos. Riu-se Chrisostomus quando, diante de uma banca onde havia algumas ratoeiras expostas à venda, Lollia referiu-se a elas como *gatos de madeira*.

— Por que as chamas assim — disse ele — e não *muscipulæ*?

— Chamo-as — explicou ela — como são chamadas em Tule.

Passaram perto de uma banca tão concorrida de gente que a curiosidade natural de Lollia fincou pé no chão, disposta a não seguir adiante enquanto não fosse saciada: que espécie de mercadoria era capaz de provocar tamanha aglomeração de pessoas? Chrisostomus abriu caminho por entre aquela densa sebe humana. Era Erzsebet, a velha artífice sem mãos de Vörösberény, que ali, sentada sobre a relva, exibia sua arte pedestre e punha aturdidos os circunstantes com o espetáculo de sua fabricação. Lollia ajoelhou-se diante da *anicla* e perguntou-lhe: Lembras-te de mim? — esquecendo que Erzsebet não falava outra língua senão a *ungarica*. E, para ajudar a *anicla* a lembrar-se: Ganhei de presente, não te lembras, um bordado com tua própria figura, que guardo com muito zelo entre os meus parcos tesouros.

Seguindo adiante, chegaram ao campo onde se apresentavam os artistas da feira. A todos Lollia queria ver e ouvir ao mesmo tempo, de modo que a impossibilidade de fazê-lo quase a levou ao desespero. Aqui cantavam os menestréis, ali lutavam os pugilistas, do outro lado saltavam e giravam no ar os acrobatas, mais à frente tocavam os músicos para que belas moças fizessem babar de desejo os espectadores com suas danças exóticas. Pequena multidão se concentrava diante de um tablado onde se representava um auto, e Lollia percebeu, surpresa, que era uma versão local do auto da casta Susana.

— Quando eu contar a Grim — disse Lollia ao *cellararius* — ele lamentará não ter vindo também conosco.

Comeram numa taverna em Székesfehérvár. O proprietário oferecia uma festa aos parentes e amigos, vindos de cidades distantes para ver a feira. Na esperança de bons casamentos para os filhos e as filhas, os pais mandavam-nos, a estas e àqueles, em suas ricas vestimentas coloridas, circular entre as mesas, sentando-se por algum tempo para beber um gole de vinho e mostrar suas virtudes e habilidades. Dali saíam para dançar aos pares no pátio, e Lollia assistia às danças coloridas e irrequietas com assombro e deslumbramento.

À tarde Lollia acompanhou Chrisostomus a outra região da feira, bem mais árida e enfadonha, que era onde se faziam grandes negócios e se julgavam causas e litígios. Pois até à pesagem de grandes quantidades de mercadoria e à assinatura de ricos contratos e à emissão de cartas de crédito e à dissecção de intrincadas matérias judiciais a curiosa Lollia assistiu não só sem um bocejo, mas, pelo contrário, com o olho castanho brilhando e o feminino coração saltando-lhe no peito.

Quando o sol se foi, o *cellararius* levou-a até a casa onde deveriam pernoitar. Durante a ceia, um dos procuradores de Broz em Székesfehérvár bateu à porta. Desejava falar com Chrisostomus e, baixando a voz, advertiu-o: Soube que teus inimigos aliaram-se entre si. Que inimigos? — perguntou Chrisostomus com desdém. Os mercadores de Ugra, os camponeses de Besprem e o cavaleiro Aladarius de Tatabánya. Ouvi alguns rumores de que pretendem fazer alguma violência contra ti. Que venham, rosnou o *cellararius*. Há tempos que meu cajado não canta na pele de covardes como esses.

Falaram na língua do país, e Lollia não entendeu palavra. Logo depois ouviu-se passar lá fora o bailio da feira com seu tambor, anunciando o toque de recolher. O procurador despediu-se e saiu. Lollia perguntou ao *cellararius* por que o homem viera procurá-lo. Chrisostomus inventou um vago pretexto, depois levou-a ao sótão da casa, onde deveriam dormir. Chrisostomus estava especialmente voluptuoso naquela noite, e Lollia não menos. Antes de dormirem, assumindo com alegria a condição de *fututor e fututrix*, entregaram-se a uma longa e cálida sessão de prazeres venéreos.

## 168. *Agnus castus*

No sábado pela manhã Posthumus ditou e Grim transcreveu mais alguns capítulos da *Longa História*, capítulos por assim dizer de crise, em que a narrativa, que se prostrara como que enferma, de súbito recupera a saúde e salta lépida do leito, prometendo ainda melhor fluência e vitalidade nas páginas subseqüentes. Por um momento, por obra do que acabara de ouvir, transcrever e ler, foi possível a Grim mergulhar na realidade da fantasia. Logo, porém, voltou-lhe o peso da náusea gerada pela ausência de Lollia, e ele perdeu o interesse na história. Posthumus percebeu-lhe a apatia e disse:

— Anima-te, senescal. Estamos mais perto do fim do que imaginas.

— O que falta ainda? — perguntou Grim.

— Não muita coisa — respondeu Posthumus. — Logo tua tarefa estará terminada. Tua e nossa.

— Poderei voltar à Ingária — disse Grim.

— Sim — disse Posthumus.

Grim sentiu-se exausto: quase doente. Viu que não tinha vigor para prosseguir a transcrição naquele dia. Preciso pedir a Posthumus, pensou, para adiarmos o trabalho — e não se reconheceu naquele pensamento: onde estava a ânsia, a pressa, a gula de concluir a transcrição? Envergonhou-se de formular em voz alta o pensamento, mas ia fazê-lo quando Posthumus veio, sem saber, em seu socorro:

— Estou exausto. Deixemos o trabalho para amanhã.

— Amanhã é domingo — lembrou Grim.

— Deixemos então para depois de amanhã — disse Posthumus.

Uma vez lá fora, ainda indeciso quanto a onde ir e ao que fazer, Grim vislumbrou ao longe a figura de Tamenetsi e, esquivando-se para não ser visto pelo outro, acabou internado no jardim do mosteiro. O *hortulanus* era um alemão da Suábia chamado Walafridus, radicado em Broz desde jovem. Em conversa com ele, Grim descobriu que não era apenas exímio conhecedor do seu ofício, mas também um poeta que, juntando ciência e poesia, escrevera um poema intitulado *De cultura hortorum*, conhecido simplesmente como *Hortulus*. Nele, explicou Walafridus, minimizando ao máximo suas virtudes de poeta, tentei fazer a descrição das diversas flores e variadas ervas sob minha tutela no jardim do mosteiro, explicando-lhes as faculdades medicinais e apontando-lhes os significados alegóricos e as analogias mitológicas. A mesma coisa fez ele para Grim, a quem parecia que o velho horticultor ia reproduzindo palavra por palavra os versos do poema, ao expor as virtudes da salva e da arruda, do marroio e do funcho, e ao discorrer longamente sobre a maravilhosa abóbora, cuja utilidade não se limita à mesa, pois a casca pode ser convertida em garrafa para preservar da corrupção, durante muito tempo, os dons do generoso Lyæus — isto é, acrescentou, diante da ignorância expressa tacitamente pelo outro, os vinhos.

— Não tens, em tua horta, o arbusto que chamam *agnus castus*? — perguntou Grim de súbito.

Walafridus hesitou antes de responder, como se tentando entender, ou entendendo, a razão da pergunta:

— Embora seja um arbusto que se dá melhor nas terras do sul, tenho, sim.

O *hortulanus* levou Grim a um canto do jardim e apresentou-o a um grande arbusto, ou a uma pequena árvore, que estava ali tranqüilo cercado por numerosa parentela. Grim de imediato reconheceu nele, pela semelhança com o cânhamo, a planta que vira Padrigius colher nas rochas próximas ao leprosário de Picilia.

— O inverno ameno — explicou Walfridus — poupou as folhas do arbusto. Quanto às flores, se ficares em Broz até o verão poderás vê-las. Aí elas brotam num jorro súbito na fronte do arbusto e parecem flocos de neve tintos de púrpura. Depois ainda ressurgem mais algumas vezes até o início do outono, dando à planta uma aparência muito formosa. O *agnus castus* tem fragrância forte, como podes perceber, e atrai as abelhas que caçam o pólen. O fruto contém quatro sementes, que podem ser usadas como tempero na comida. Dá-me pouco trabalho, o bom *agnus castus*, porque sabe cuidar muito bem de si próprio. Raramente adoece, e seu inimigo natural é o cogumelo, cuja raiz, ao apodrecer, produz um caruncho que pode se transmitir ao arbusto.

Grim a tudo ouvia taciturno, sem saber como pedir o que queria pedir.

— Deves saber — disse Walafridus — que as folhas do *agnus castus* ajudam a preservar a castidade, daí o seu nome. É isso que queres? É por isso que vieste visitar-me em meu jardim?

Grim confirmou com a cabeça. Walafridus, sem mais palavra, foi de arbusto em arbusto podando algumas de suas folhas, e, metendo-as numa sacola, entregou a sacola a Grim. Depois sorriu.

— A idade, se traz consigo muitos incômodos, também cura um ou dois. Esse, por exemplo, é incômodo que há muitos anos não me incomoda mais.

Do jardim Grim partiu, com seu tesouro de folhas, direto de volta à cela. Ali, levantando as vestimentas do catre, espargiu sobre o colchão as folhas de *agnus castus*. Depois, pensando melhor, recolheu metade delas e espalhou-as do mesmo modo sobre o colchão de Lollia. Aspirou confiante o odor das folhas e exclamou:

— Vejamos como se comportarão os nossos demônios quando Lollia voltar. — E, lembrando-se da sensação que tivera na noite anterior, acrescentou: — Se voltar.

Tomado de uma inspiração, lançou-se em joelhos e, fechados os olhos, rezou fervoroso à Virgem, rogando-lhe que o ajudasse: Ajuda-me, Mãe Celestial, fazendo que essa mulher não volte *nunca mais* à minha presença! Mas aí, quem sabe por inspiração de Santa Vênus, que é uma das acólitas de São Diabo, veio-lhe à mente a imagem do rosto não da Virgem mas de Lollia: ela sorria, e havia quanta pureza naquele sorriso! Grim rendeu-se: deixou vir a imagem e ficar à vontade em sua mente; saboreou-lhe as feições, a curva suave do sorriso. Um arrepio de emoção, quase um espasmo, quase uma voragem, percorreu-lhe mente e corpo, revirando tudo no caminho. Grim abriu os olhos, aturdido. Com a ajuda da voz, proferiu estas palavras: *Iam dulcis amica venito*. Escutou-as abismado enquanto ecoavam entre as quatro paredes da cela; pareceu-lhe que dissipavam as sombras e perfumavam o ar, sobrepondo-se até mesmo ao virtuoso aroma das folhas de *agnus castus*. Repetiu, com veneração, estas duas palavras: *dulcis amica*. Depois: *venito*. Depois de novo as duas primeiras, depois a tércia outra vez. Uma vez, duas, cinco, dez, vinte vezes; ou mais.

Quanto tempo ficou Grim entregue aos seus amores com as três palavras? Nem a Fábula sabe dizê-lo. Nem precisa. Precisa dizer apenas que, em dado momento, e já descera a noite, ele se pôs a catar, com mãos sóbrias, cada uma das centenas de folhas que espargira sobre seu leito e o de Lollia; catou-as todas, inclusive algumas que jaziam no chão, e devolveu-as ao estômago da sacola. Saiu então da cela e foi atirar a sacola no monturo de lixo do mosteiro: como se cumprisse um dever estatuído na Regra beneditina: como se, em vez de folhas virtuosas, a sacola estivesse cheia de sórdidas e imundas fezes.

De volta à cela, lançou-se ao catre de Lollia e, jazendo ali, debateu-se numa volúpia de esperança. E disse: Amanhã à noite ela dormirá de novo neste leito, e prometo que dormirei em seus braços. E a promessa não o horrorizou. Pelo contrário: encheu-o de um sentimento que lhe dava um misto de êxtase e languidez. Então é isso o amor, suspirou, antes de adormecer nos braços macios do sono.

## 169. Refrega

Em Szentanna, Chrisostomus e Lollia acordaram mais tarde do que pretendera o *cellararius*, que queria estar presente à tarefa de acomodar na carroça, para a viagem até Broz, as mercadorias adquiridas na véspera. No local reservado para o mosteiro encontraram os fâmulos irritados, porque haviam padecido muito frio a noite toda: o bailio ordenara que apagassem o fogo que os aquecia, alegando que era contra o regulamento da feira. Mostraram, porém, a Chrisostomus as mercadorias, que, tendo sido entregues pelos vendedores, cercavam a carroça à espera de embarque. Nesse momento veio vindo contra eles outra carroça. Vinha puxada por uma só mula, com um camponês às rédeas. Chrisostomus adiantou-se para recebê-la.

— Estás atrasado, homem — queixou-se ele.

Aí sentiu o cheiro de bosta.

— Que significa isso? — gritou. — Não é aqui que se deve entregar a minha bosta, mas no mosteiro. Quem é o responsável por esta carroça?

Nisso, como se brotados do ar, dez ou doze homens saltaram sobre a carroça aos gritos e, mergulhando as mãos na bosta, começaram a atirar mancheias, punhados e braçadas dela sobre Chrisostomus e seus companheiros. Estes, a princípio, mal puderam fazer outra coisa senão tentar proteger-se da chuva de bosta, mas logo Chrisostomus correu à sua carroça e voltou munido de bastões, que distribuiu entre os fâmulos. Assim armados assaltaram a carroça inimiga e, chegados ao alcance dela, romperam a golpear pernas e joelhos com os bastões, enquanto os rústicos continuavam, como podiam, a submetê-los a uma pesada catadupa de esterco. Logo os camponeses saltaram em terra e tentaram fugir entre as bancas da feira, mas Chrisostomus perseguiu-os com seus servos, e Lollia correu-lhes, impelida pelo instinto, nos calcanhares. Na perseguição, os do mosteiro tiveram de avir-se com outros *agricolæ* que os agarraram e derrubaram e deram-lhes punhadas no rosto e no corpo, a ele e a Lollia e aos fâmulos. No calor da luta deitaram abaixo mais de uma banca, espalhando pelo chão as mercadorias, entre elas facas e cutelos, de que logo os litigantes lançaram mão para se ferirem uns aos outros. Engalfinharam-se os inimigos e correu sangue. Chrisostomus foi ferido, Lollia também. Um dos camponeses fugiu com um talho na garganta, para cair morto pouco adiante. Por fim, chegaram *custodes nudinarum* para separar os combatentes e pôr ordem na feira. Os de Broz foram postos na carroça e levados à cidade em busca de água para lavar a camada de bosta que, da cabeça aos pés, lhes cobria os corpos, e de médicos para lhes pensar os ferimentos.

Os donos das bancas derrubadas pelos combatentes, à vista das mercadorias espalhadas por todo o lado, perdidas porque quebradas, rasgadas, manchadas, amassadas, ou o que fosse, ameaçavam arrastar o mosteiro ao tribunal nem que fosse de Wuda para serem ressarcidos de suas perdas. Entre uma e outra golfada de ameaças, tentavam, vasculhando os resíduos e despojos da batalha, recuperar o que fosse possível. Os alimentos que não podiam ser aproveitados para o prato dos homens eram recolhidos em sacos para se darem aos porcos. De repente, um grito. No meio da lama e dos detritos, entre frutas e ovos, entre queijos e sal, um dos camponeses descobriu, atônito, uma mão decepada.

## 170. Cremação

Era domingo, depois de meio-dia, e Grim estava na cela de Posthumus. Sendo domingo, não fora ali para transcrever uma só linha, mas o hábito impelira-o ao lugar de trabalho mesmo que fosse só para levar seu silêncio em visita ao silêncio do outro. Seria incapaz de revelar ao velho o segredo de seu amor por Lollia; mas talvez esperasse que Posthumus lhe adivinhasse o segredo no olho, no sorriso ou no cheiro. Posthumus, porém, não estava para enxergar nada nos outros. Tivera um sonho, e contou a Grim o que sonhara: pois sonhara com o incêndio da biblioteca de Alexandria.

— Conheces bem, como todo letrado — disse ele —, a calamidade causada pelos sarracenos no Egito, quando setecentos mil raros e preciosos volumes foram consumidos pelo fogo. Esses volumes tinham sido colecionados através dos séculos pela dinastia dos Ptolomeus, e bem podemos imaginar que imensa progênie bibliográfica pereceu ali. E a toda essa destruição sonhei que assistia, e que tremia de horror diante dela, pois quem não tremeria horrorizado diante de tão funesto holocausto, em que se oferecia tinta em lugar de sangue, onde rolos de pergaminhos crepitavam em agonia, em que chamas vorazes consumiam milhares de inocentes, em que o fogo implacável transformava em cinzas fétidas tantas relíquias da história e da literatura! Eu assistia a tudo isso e lamentava o conhecimento que se perdia para sempre: os movimentos das esferas, as conjunções dos planetas, a natureza das galáxias, os prognósticos de gerações de cometas, e os segredos de tudo que existe no céu e no éter! E mais: as lições que Zoroastro, servo de espíritos imundos, ministrou aos bactrianos, as profecias do pio Enoch, prefeito do Paraíso, formuladas pouco antes de sua morte, e os ensinamentos que o primeiro Adão transmitiu aos filhos sobre as coisas ainda por vir, que ele em êxtase havia entrevisto no livro da eternidade; tudo isso eu sabia, de alguma forma, que queimava em meio àquelas chamas horrendas. E mais: a religião dos egípcios, que o livro da Palavra Perfeita tanto recomenda; a excelente política da antiga Atenas, que precedeu por nove mil anos a Atenas grega; os encantamentos dos caldeus; as observações dos árabes e indianos; as cerimônias dos judeus; a arquitetura dos babilônios; a agricultura de Noé; as artes mágicas de Moisés; a geometria de Josué; os enigmas de Sansão; os antídotos de Esculápio; a gramática de Cadmo; os poemas do Parnaso; os oráculos de Apolo; a argonáutica de Jasão; os estratagemas de Palamedes; e inumeráveis outros segredos da ciência eu tinha certeza, como se fosse o próprio bibliotecário de Alexandria, de que pereciam como mártires na pira dessa conflagração. Nisso, com grande estrondo tombaram as paredes do edifício, e quando se dissipou a fumaça já não era a biblioteca de Alexandria que queimava ante os meus olhos, mas a biblioteca de Broz, a nossa rica biblioteca, provida de tantos preciosos volumes inestimáveis por abades como Biscop e Eugenius e Julius. E, queimando a biblioteca, vi chegar, aos gritos, nosso pobre Paulus, precentor e bibliotecário, e mergulhar entre as chamas da fogueira, e escalar os degraus incandescentes da escadaria na tentativa desesperada de salvar pelo menos um de seus filhos, porque para Paulus cada um dos volumes da biblioteca não vale menos do que um filho para um bom pai. E vi-o desaparecer no meio da fornalha, pois preferia, a sobreviver à incineração de sua biblioteca, incinerar-se na companhia dos livros. E eu, então, o que fiz? Abracei-me ao maço de folhas da *Longa História*, sim, da *Longa História*, para protegê-la de uma mínima faísca que pudesse atear fogo àquela obra que era minha, e só minha, mas de repente o exemplo de Paulus me fez mudar de idéia. Por que salvar a *Longa História* se os enigmas de Sansão haviam perecido, e os poemas do Parnaso, e a arquitetura dos babilônios? Desci correndo as escadas que levavam ao pátio, atravessei o pátio às cegas, porque já tomado pela fumaça, e lancei-me com o meu livro no inferno biblioclasta. Aí, senescal, despertei.

## 171. Angústia

Nesse momento Posthumus e Grim ouviram, lá fora, um alarido. Era um mensageiro que trazia a Broz a péssima notícia do tumulto na feira de Szentanna. Os dois aguçaram os ouvidos para ouvir melhor, para ler nos altos brados o significado exato de todo aquele excesso emocional. Terá morrido alguém? — sugeriu Posthumus. Logo chegou, nos lábios balbos de um monginho, a tradução de tanto alvoroço: Chrisostomus e aqueles que foram com ele à feira tinham sido assaltados por camponeses. Houve uma cruenta batalha de bosta e estavam todos em Székesfehérvár, muito feridos, talvez à morte.

— E Lollia? — perguntou Grim, agarrando pela manga do hábito o monginho. — O que aconteceu a Lollia?

— Não sei — respondeu o monge, atribuindo a forma feminina do nome a um erro de gramática do estrangeiro. — Mas disseram que um dos nossos perdeu a mão.

Grim ficou lívido.

— Qual dos nossos? — berrou. — Qual? Chrisostomus? Foi Chrisostomus que perdeu a mão?

— Não sei — respondeu o monge. — Só sei que levaram um banho de bosta, e que a um, não sei qual, talharam a mão. Mas quinze ou vinte rústicos pagaram com a vida esses ultrajes.

O monginho saiu apressado da cela, ansioso por anunciar a calamidade a outros ouvidos. Grim lançou a Posthumus um olhar de desespero.

— Não queria Chrisostomus toda a bosta do mundo? — resmungou Posthumus. — Aí está: foi-lhe dada.

Chegou a noite e não trouxe outras notícias. Depois das completas, Grim recolheu-se à cela e mal dormiu. Num momento em que escorregou em sonolência, sonhou com Lollia. Ela vinha a seu encontro, trazendo o pulso direito enfaixado em trapos tintos de sangue. Erguia o pulso bem à vista dos olhos dele e dizia: Lembras-te da bordadeira de Vörösberény? Grim acordou num sobressalto. Não tinha dúvidas de que era de Lollia a mão decepada na feira de Szentanna. Saltou do catre, saiu da cela. Pediu licença ao *ostiarius* para esperar notícias no portão do mosteiro. O *ostiarius* era um velho de poucas palavras, e Grim deu graças a Deus por isso. Ficaram sentados ao pé do fogo, Grim à espera, à escuta, o irmão porteiro dormitando, ressonando. De madrugada, antes das laudes, Grim ouviu o rangido de uma carroça. Ele mesmo saiu a abrir os portões do mosteiro para dar entrada ao veículo. Chrisostomus saltou da carroça em terra. Grim viu, com olhos ávidos de ver, que nenhum de ambos os braços do *cellararius* vinha desfalcado de sua respectiva mão. Retiraram-se da carroça, com algum cuidado, os três fâmulos que tinham participado da briga. Estavam feridos com maior gravidade que o *cellararius*, mas as mãos permaneciam todas as seis nos devidos lugares. Lollia não viera na carroça. Logo acudiram alguns monges da enfermaria e apossaram-se dos feridos. Grim pôs-se atravessado diante de Chrisostomus.

— *Ubi est?* — perguntou.

— Vai para tua cela — respondeu Chrisostomus. — Logo irei ver-te.

Grim quis dizer alguma coisa, mas Chrisostomus já se afastara. Sua cabeça começou a estalar de dor. Voltou à cela. A espera foi angustiante, no entanto não durou nem meia hora. Chrisostomus entrou sem bater.

— Talharam-lhe a mão — disse Grim.

— Sim — disse Chrisostomus.

— E onde a deixaste? — perguntou Grim. — Em Székesfehérvár?

— Não — disse o *cellararius*. — Em Szentlelek, a três milhas daqui, em casa de uma pessoa de confiança. Se a trouxesse para cá, seu segredo seria descoberto.

— Até quando, celerado — disse Grim —, pretendes guardá-la como tua *focoria*?

— Nunca amei ninguém no mundo — disse Chrisostomus — como a essa mulher.

As palavras do celeireiro puseram belicoso o coração de Grim. Voltou a ser, imediatamente, o inimigo do amor.

— Amor! — exclamou ele. — Todos falam de amor à minha volta, mas o que é o amor? Que farias tu por essa mulher que dizes que amas?

— Qualquer coisa — disse Chrisostomus. — Daria por ela a mão direita, a esquerda, os pés, a vida, se necessário. Por amor a ela, faria até mesmo qualquer coisa *por ti*, porque tu a trouxeste até mim, e porque *ela* tem muito afeto por ti.

— O diabo leve esse afeto e a ela e a ti também — disse Grim. — Mas, já que, pelo que dizes, posso pedir-te qualquer coisa, eis o que te peço: leva-me até ela. Agora. Leva-me até ela agora. Quero dizer-lhe duas palavras.

## 172. Cubículo

Chrisostomus mandou arrear duas mulas e logo estavam ambos a caminho de Szentlelek. Seguiam em silêncio, e em duas horas de marcha chegaram à aldeia, que não tinha mais que doze casebres se tanto. Chrisostomus levou Grim ao que era, segundo disse, o casebre de uma velha viúva. A velha abriu a porta e deixou-os entrar. Chrisostomus trocou algumas palavras com ela em sua língua bárbara. Depois apontou para uma abertura que dava para outro cômodo e, estendendo a Grim uma candeia acesa, disse-lhe:

— Ela está ali. Entra.

Grim entrou com o coração trêmulo. O cubículo era escuro e abafado. À luz da candeia viu que havia uma enxerga a um canto. Chegou-se perto e ajoelhou-se à beira da enxerga. Ali jazia Lollia; os grandes olhos castanhos cintilaram na luz. Grim sentiu que voltava, num arroubo, seu amor por ela; quase lhe escaparam as palavras *dulcis amica*, que conseguiu, porém, reter no cárcere da boca. Não disse, portanto, palavra. Lollia murmurou:

— Devias ter ido conosco, Grim. Alguns atores estavam encenando o auto de Susana, que tanto aprecias. Terias gostado de ver.

— O que é isso? — grunhiu Grim. — Que me importa o auto de Susana? Mostra teu braço.

Ela baixou os olhos, num gesto de pudor, como se fosse uma virgem a quem ele tivesse pedido para mostrar a nudez do corpo. Depois fez um movimento e, retirando o braço direito de sob a coberta, mostrou o coto enfaixado, tinto de sangue. Grim teve um arrepio.

— *Divine Deus meus*! — exclamou.

— Lembra-te da bordadeira de Vörösberény? — disse Lollia. — Ela estava também na feira. Eu a vi, e falei com ela.

— Que queres dizer com isso? — disse Grim. — Nada do que dizes faz sentido. O que faz sentido é que perdeste a mão! A mão direita! Até nisso foste leviana e cruel. Não podias pelo menos ter perdido a esquerda? Pois então responde: *quem vai me ajudar agora a copiar a maldita história*?

— Eu vou ajudar-te — disse ela.

— Tu? Com quê? — rosnou Grim. — Com os pés, como a bordadeira? Não faças troça de mim, mulher, em nome de Deus!

Ela não respondeu. Ele sentiu um impulso de abraçá-la, de beijar-lhe o ferimento, de lavá-lo com lágrimas. Mas uma força ainda maior obrigava-o a empedernir-se.

— Eu pedi que não viesses à feira — disse ele. — Mas tinhas que vir. Tu és mulher, e como mulher não serias capaz de resistir às coisas levianas, às coisas frívolas. Se me tivesses ouvido, não terias perdido a mão, poderíamos continuar o trabalho como antes, no mesmo ritmo. Logo terminaríamos a transcrição e eu poderia voltar para casa e tu, ires para o diabo, que é isso que queres.

Lollia não disse nada.

— Soube que te cobriram de bosta — disse Grim. — E disseste que eu teria gostado de ver o auto de Susana. Enganas-te. Teria gostado de ver-te a ti, mulher, coroada de bosta. Bosta é o que mereces. Bosta é o que *és*.

Aí levantou-se e saiu à pressa do cubículo, mas um gemido gutural, vindo da enxerga, ainda foi capaz de alcançar-lhe o ouvido. Grim deteve-se; quis lançar-se de joelhos diante do catre, gemendo, ou rosnando, as palavras *dulcis amica*. A idéia ao mesmo tempo enterneceu-o e repugnou-o. Repulsa venceu Ternura e ele meteu-se fora do cubículo. No outro cômodo, viu Chrisostomus sentado ao pé do fogo. O celeireiro olhou para Grim inquisitivo. Grim não disse palavra. Chrisostomus ergueu-se e entrou no cubículo. Grim lançou atrás dele, em pensamento, uma imprecação: O inferno vos espera, a ti e à tua loba. Aí saiu do casebre e voltou sozinho para o mosteiro.

## 173. *Vprilsecd*

Ah, mosteiro de Broz! Quanta turbulência entre os teus filhos nessa ocasião! Neste dia abalava-te a paz a notícia da refrega em Szentanna, no outro, o desaparecimento de um de teus *obedientiarii*. Sim, porque, no dia seguinte à visita de Grim ao casebre da velha viúva de Szentlelek, o sol, quando despontou no oriente e iluminou com seus cálidos olhares o mosteiro de Broz, encontrou ali todos os seus habitantes, dentre monges e fâmulos, exceto um: o *cellararius* desaparecera sem deixar vestígio nem mensagem.

Kaius, o abade, moveu pessoalmente uma investigação e soube, pelo *ostiarius*, cuja informação foi depois confirmada por outros monges, que Chrisostomus, acompanhado por Grim, saíra do mosteiro na véspera e ficara ausente bem umas cinco ou seis horas. Voltara ao pôr-do-sol, um pouco antes de Grim; quando saíra de novo, se é que saíra, ninguém sabia dizer.

Grim foi chamado à presença do abade e contou o pouco que sabia: a visita a Szentlelek para ver o pobre irmão Lollius, que ali jazia acamado. O abade decidiu que Lollius devia ser ouvido: talvez tivesse alguma informação sobre o desaparecimento de Chrisostomus. Ordenou então, ali mesmo, que fossem enviados a Szentlelek dois irmãos para ouvir o que Lollius tinha a dizer e, aproveitando a viagem, para trazê-lo de volta a Broz. Grim, que passara a noite remoído de mal-estar e ansiava pelo ensejo de rever Lollia, ofereceu-se para ir a Szentlelek. Kaius rejeitou-lhe a oferta. Vai trabalhar na tua transcrição, disse ele. Ou não sabes fazer nada sem que Lollius esteja contigo?

Desiludido, Grim procurou Posthumus, não para transcrever coisa alguma, que não tinha ânimo nem disposição, mas para buscar junto ao velho um pouco de conforto. Estava predestinado, porém, a não achar conforto em lugar nenhum. Posthumus recebeu-o com um olhar duro.

— Já sabes sobre Chrisostomus? — disse Grim.

— Já sabia sobre Chrisostomus desde esta madrugada — disse Posthumus. — Ele veio à minha cela e disse que ia deixar o mosteiro.

— Chrisostomus se foi? — exclamou Grim. — Ele veio à tua cela dizer-te isso?

— Não — disse Posthumus. — Ele veio à minha cela e me disse isso, mas veio aqui para outra coisa. Veio pedir-me que te entregasse esta mensagem.

E estendeu a Grim um retalho de pergaminho, dobrado em dois.

— Chrisostomus deixou-me uma mensagem? — estranhou Grim.

— Não é dele — disse Posthumus. — Ele foi apenas o mensageiro.

Grim examinou a mensagem. Seu nome estava escrito na parte externa: *Ad Grimmrium*. A inicial G, do seu nome, fora esculpida de modo tão formoso e elaborado como nunca vira um G igual. Grim sentiu-se sufocar por dentro: conhecia muito bem aquela caligrafia. Teve medo de ler o que o aguardava na parte interna.

— Lê, homem — disse Posthumus. — Eu já o fiz. Está escrita em linguagem cifrada, mas eu a decifrei e li.

Grim desdobrou a folha. A mensagem começava com um vocativo: *Grtermmrsecd • kprirtersstermsecd • vprilsecd*, que, decifrado, significava *Grimmre karissime, vale*. Grim pôde ler sem dificuldade toda a mensagem: "Querido Grim, adeus. Somente a âncora dos teus olhos me retinha aqui. Mas teus olhos são cegos quando olham para mim. Adeus."

A mensagem estava assinada *Lquallterpri*.

Apesar das trevas que pareciam ameaçar-lhe a mente como nuvens de uma tempestade interior, Grim conseguiu reunir lucidez suficiente para examinar com minúcia cada letra daquela mensagem, desejando, suplicando a Deus e a todos os santos, que não tivesse sido escrita pela mão de Lollia. Procurava ali alguma evidência, ainda que tênue, de que algum inimigo, Chrisostomus, por exemplo, para enganá-lo, tivesse escrito uma falsa mensagem em nome de Lollia e da mão dela. Mas o exame de cada letra, de cada curva, de cada linha, só confirmava o que ele mais temia: Lollia *escrevera* aquela mensagem. Ou seja, ela continuava *capaz* de escrever, a mão direita não lhe fazia falta, a mão esquerda era tão boa no ofício como sua irmã gêmea. Mas que importava isso agora? Na cela da abelha, diante de Posthumus, Grim soltou um uivo de cão. Apertou a folha de pergaminho contra o rosto e chorou dentro dela como dentro de um sudário. Posthumus pousou um braço benévolo sobre os seus ombros. Grim repudiou-o mais de susto do que de outra coisa: esquecera-se da presença de Posthumus. Arremessou-se então porta afora como animal ferido.

Da mesma forma arremessou-se através do portão do mosteiro e começou a correr em direção a Szentlelek. O *ostiarius* estava avisado para não deixar sair ninguém sem autorização do abade. Dois monges lançaram-se como molossos no encalço de Grim, e Grim, arrastado de volta, veio berrando, como um condenado à morte, que o deixassem *viver*. Kaius veio vê-lo. Ficou indeciso entre enviá-lo à enfermaria ou trancá-lo na prisão. Grim chamou-o tirano, ladrão, e até sodomita.

— O que está acontecendo nesta casa? — exclamou Kaius.

Supôs que o estrangeiro ensandecera, mas nem por isso o poupou: mandou que lhe dessem uma surra e o atirassem na prisão do mosteiro. Ali Grim passou dois dias. Numa das paredes inscreveu, com as unhas, um poema que comprovou, para os de Broz, seu desvario, pois começava assim: *Vprisecd • msecd • primsecdn*. Ninguém foi capaz, até hoje, de decifrar o código da demência de Grim. A Fábula, porém, que conhece o código, pode dar aqui o poema em sua forma racional:

*Vœ me, amen, vœ me, amen.*
Ai de mim, amém, ai de mim, amém.
Longa é a noite, ai de mim,
tão longa que não tem fim!
Assim Amor me castiga
porque perdi minha amiga.
Sem ela não tenho paz,
mas sofro cada vez mais.
Sem ela, qual meu valor?
Rosa que perdeu a flor,
vinho que não tem sabor,
ouro que não tem fulgor,
astro que não tem calor,
livro que não tem leitor.
Ai de mim, amém, ai de mim, amém.

## 174. Palimpsesto

O tempo cura ou, se não cura, alivia todas as dores. Aqui a Fábula salta no tempo uma quinzena. Entrementes o mosteiro foi obrigado a digerir a perda de Chrisostomus, o *cellararius*. O retorno dos enviados do abade a Szentlelek, trazendo a notícia de que Lollius havia desaparecido da casa da viúva, permitiu aos monges associar um e outro desaparecimento, a que se passou a dar, então, o nome explícito de *fuga*. Houve insinuações maliciosas. Kaius ficou surpreso e irritado. Tutilo, o velho monge implacável, declarou que nunca esperara tal coisa de Chrisostomus: se tivesse abandonado por amor *apenas* o mosteiro e seus irmãos, isso seria fácil de entender em alguém como ele; mas abandonar todo o poder que detinha nas mãos como *cellararius*, sua condição de juiz, seus direitos sobre isto e aquilo, até mesmo seu direito inarredável sobre a bosta de Besprem! Abandonar tudo isso por amor de um imberbe noviço saxão! Isso, declarou Tutilo, vai além da minha capacidade de entendimento.

Grim ficou surpreso com a fuga de Chrisostomus. Via ali a confirmação de que o *cellararius*, se amava alguém, amava Lollia. No estado em que andava, não teve rancor do outro. Reconheceu, com ironia, que as mulheres não sabem mesmo o que desejam: se eu fosse mulher, Deus me livre, mas, se eu fosse mulher, meu coração não hesitaria entre um galo forte e decidido como Chrisostomus e um frango implume e assustado como Grim.

Passara dois dias na prisão do mosteiro. No terceiro dia Kaius interrogara-o durante três horas e satisfez-se de que Grim não tivera qualquer participação na fuga de Chrisostomus e Lollius. Atribuiu a um forte arroubo de decepção a demência passageira de Grim e devolveu-lhe a liberdade de movimentos. Laszlus, o prior, discordou: Se o deixas livre, não tarda a fugir como o outro. E o abade: E isso não seria bom? Ele não é um dos nossos. Quanto mais cedo fuja, melhor. Esses estrangeiros só criam confusão, de uma forma ou de outra, em nossa casa.

De fato, Grim agora só pensava em largar tudo e, também ele, fugir. Perdera o interesse pela *Longa História*. Sorria com morbidez só de pensar no absurdo que seria *tentar*, porque não seria mais do que *tentar*, transcrever o restante da história. E disse a si próprio: Se só me faltasse fechar o círculo de um O para dar por terminada a transcrição, ainda assim me recusaria a terminá-la.

A única pessoa a quem confiou sua decisão de fugir foi Posthumus.

— Está na hora de cortar minhas raízes — disse ele, como menino tentando parecer adulto com o emprego de frases solenes. — Nem posso ficar em Broz, nem voltar a Dru.

— E para onde vais? — perguntou Posthumus.

— Vou procurá-la — respondeu Grim.

— E se nunca a encontrares? — perguntou Posthumus.

— Morrerei procurando-a — disse Grim.

— E se a encontrares? — perguntou Posthumus.

— Aí verei o que fazer — disse Grim.

Entre eles jazia o maço de pergaminho em que Grim e Lollia haviam transcrito quase toda a história. Grim trouxera de sua cela para confiá-lo a Posthumus.

— Não quero levar isso comigo — disse ele. — Para quê?

— *Ela* está aí, senescal — disse Posthumus.

De um escapulário que lhe pendia do pescoço Grim retirou o retalho de pergaminho contendo a mensagem que Lollia lhe deixara.

— *Ela* está aqui também — disse ele. — E isto é mais leve de carregar. E também mais pesado.

Posthumus ergueu-se do catre e, do canto da cela, trouxe uma outra pilha de folhas de pergaminho.

— O que é isso, Posthumus? — perguntou Grim.

— É daqui — disse ele — que provém o palimpsesto que usamos para transcrever a *Longa História*.

— Os meninos da biblioteca — disse Grim — poderão descansar agora.

— *Eu* poderei descansar agora — disse Posthumus. — *Eu* é que apaguei, de cada folha de pergaminho que usamos na transcrição, o texto original que estava escrito nela.

— Por que disseste que os meninos é que faziam isso? — perguntou Grim.

— Pelo prazer de mentir, creio eu — disse Posthumus. — Não esqueças que sou um contador de histórias.

Grim suspirou e ergueu-se. Estava na hora de dizer adeus ao velho tonto.

— Não adivinhas qual texto foi apagado deste pergaminho para escrevermos nele a *Longa História*? — disse Posthumus, afagando com os dedos o maço de pergaminho.

— Não sou muito hábil em decifrar enigmas — disse Grim.

— Tenta — insistiu Posthumus.

— A crônica de Crassementum? — disse Grim.

— Não — disse Posthumus.

— Então não sei — disse Grim. — Se o queres dizer, dize logo.

— É o texto da própria *Longa História* — disse Posthumus.

Grim entendeu imediatamente:

— Tinhas a história em manuscrito o tempo todo! — exclamou.

Posthumus sorriu.

— Sim, meu amigo. Eu mesmo a copiei. Queria legar uma cópia à biblioteca de Broz, e comecei a fazer essa cópia assim que cheguei aqui. Mas logo mudei de idéia. Trataram-me como mendigo. Em nenhum outro lugar do mundo fui tratado com tanta má vontade e indiferença como em minha própria casa. Continuei o trabalho porque o tinha começado. Mas sabia que preferiria queimar o manuscrito antes de morrer a legá-lo à *biblioteca* de Broz.

Grim lançou os olhos sobre uma das páginas do manuscrito que, a crer em Posthumus, seria a parte da *Longa História* ainda por transcrever. E era: lá estavam os personagens com seus nomes, e tudo que se dizia ali sobre eles era coisa nova, ou seja, coisa que ele, copista, não transcrevera ainda, que ele, ouvinte, não ouvira ainda, que ele, leitor, não lera ainda, que ele, autor, não conhecia ainda. A seqüência da história, que ele tanto ansiara conhecer, estava toda registrada ali, por obra de uma mão grosseira, doída, canhestra — a mão de um velho — mas nem por isso ilegível.

Grim ficou furioso:

— Por que não me disseste desde o início? Por que não me deste o manuscrito? Por que me forçaste a ficar aqui todos esses meses, sofrendo todo tipo de miséria, transcrevendo uma história *que já estava transcrita*? Filho de uma judia, nem um momento pensaste na minha miséria?

— Vieste até aqui incomodar um velho doente — disse Posthumus. — Pediste que eu contasse a minha *Longa História*. Não pediste que eu te *desse* o manuscrito dela.

— Como poderia? — rosnou Grim. — Como poderia saber que existia um manuscrito, velho doido?

— Devias ter perguntado — disse Posthumus.

Grim conteve sua fúria. Que adiantava enfurecer-se contra esse velho? Ademais, que lhe importava agora a *Longa História*? Mesmo assim, sentou-se e começou a folhear o manuscrito, lendo uma frase aqui, outra ali, enquanto a maré de sua fúria baixava lentamente. Uma frase fisgou-lhe os olhos, e quando ele deu por si já havia lido todo o parágrafo, e forçou-se a fechar o manuscrito como quem resiste à tentação de se atirar num abismo. Depois disse:

— Deves ter tido alguma razão muito forte para fazer o que fizeste. Senão, poderias simplesmente negar-te a contar a história e despedir-nos. Por que fizeste o que fizeste, Posthumus?

— Não sabes? É claro que sabes — disse Posthumus.

Grim respirou fundo.

— Querias contar a história ainda uma vez — disse ele.

— Sim — disse Posthumus. — Mas não a ti, nem ao mosteiro, nem à condessa. Queria contar a história a *ela*.

— A *ela* — disse Grim.

— Sim — disse Posthumus.

— E por isso — disse Grim — fizeste-nos transcrever a *Longa História* por cima da *Longa História*.

— Sim — disse Posthumus. — A cada noite eu raspava do manuscrito a parte que seria transcrita no dia seguinte. Vós fizestes a vossa cópia sobre a minha cópia, palavra por palavra. Tu nunca o percebeste, eu sei. Mas *ela* o percebeu no primeiro dia.

— Como sabes? — perguntou Grim.

— Ela me disse — respondeu Posthumus.

— E por que ela não me disse nada? — perguntou Grim.

— Não sabes? — disse Posthumus. — Claro que sabes.

— Se sei — disse Grim — não me atrevo a dizer.

— Então direi por ti — disse Posthumus. — Porque ela queria ficar o máximo de tempo possível na tua companhia. Não sei o que ela viu em ti para querer tal coisa, mas quem pode entender as mulheres? Ela gostava da tua companhia. Assim, por ela, e por mim, a história poderia até durar *para sempre*. Talvez eu viesse até a fazer isso por ela e por mim, estender a história para sempre. Não seria difícil. Quem consegue parar depois que começa a contar uma história?

# LIVRO VII

# epílogo

## 175. Três coisas

Neste capítulo a Fábula só tem três coisas a dizer.

A primeira é que nessa mesma noite (para o sóbrio contentamento de Kaius, quando soube) Grim de Grimsby saiu do mosteiro e desapareceu noite adentro, deixando, como lembrança, na cela, um leve cheiro de *agnus castus*. Saiu ao mundo e internou-se no mundo e entranhou-se no mundo e incorporou-se ao mundo para percorrê-lo de alto a baixo, de fora a fora, sempre em movimento, sempre em ida, em marcha, em viagem, em trânsito, em jornada, sempre viandante, itinerante, caminhante, ambulante, sempre passageiro e vagabundo, sempre andarilho e pedestre, sempre peregrino e forasteiro, sempre no exílio em sua própria casa, o mundo. Em pouco tempo, já não se via mais como Grim, mas como Pelegrim; via-se, também, e era visto, como Transmundus: aquele que percorre os quatro cantos do mundo; via-se, também, como Antimartinianus, fazendo de sua vida uma peregrinação sem fim não para fugir às mulheres mas para encontrar uma delas. O que não sabia, e não há como dizer-lhe, é que não estava apenas em busca de uma mulher, como pensava, mas também em busca do fim da história, que é o mesmo que buscar o fim da vida, ou seja, a morte. Se encontrou o que buscava, se continua em sua busca, esta história não sabe dizer; talvez outra saiba.

A segunda é que Posthumus de Broz, o autor da *Longa História*, morreu duas semanas depois da partida de Grim e, morrendo, retomou o seu voto de silêncio.

A terceira é que, algum tempo depois, o monge Chrisostomus, que fora *cellararius* de Broz, retornou a casa. Partira de Broz altivo e insolente, voltava a Broz, como o abade Enatus voltara a Strata Marcella, manso e humilde. O mosteiro recebeu-o em seu seio: segundo a Regra, o desertor pode ser recebido de volta até três vezes; só na quarta vez é que o mosteiro lhe aplica o ferro da amputação como a um membro gangrenado. Foram-lhe impostas, como convém, ásperas penitências e castigos, e durante alguns dias foi mantido prisioneiro na mesma prisão em que se encerrara Grim, e pode-se supor que tenha lido (e talvez decifrado) o poema que Grim deixou insculpido, em escrita uncial, numa das paredes da cela. Suas qualidades, porém, eram valiosas demais para o mosteiro, de modo que Kaius, como abade pragmático que era, logo o retirou do cárcere para convertê-lo em *granatorius*. Como *granatorius*, Chrisostomus realizava todas as tarefas de um *cellararius*. O celeireiro, certo Mátyás, não lhe tinha inveja: por que teria, se podia agora descansar sobre a labuta do outro?

Quanto à pessoa por quem e com quem Chrisostomus abandonara Broz, nunca ninguém lhe perguntou nada, nem Chrisostomus disse a ninguém, exceto ao confessor, coisa alguma. O fato é que Lollius (para usar expressão cara aos fabuladores de Tule) simplesmente *saíra da história*.

## 176. A arquiconfraria

Três dias depois da morte de Posthumus chegou a Broz uma segunda *Fratria Libri Comitissæ*.

Como se explica a ida daquela confraria a Broz? Assim: logo que a condessa de Kemp soube, por Hector, o *puer culinarius*, da morte de Tatheus e da dissolução da primeira confraria, da qual restara, segundo tudo indicava, apenas um copista — Grim —, logo que ela soube disso, decidida a triunfar sobre os inimigos que queriam frustrar-lhe os anseios de leitora, reuniu e mandou a Broz uma segunda confraria. Como na primeira, também nessa seguiam três copistas, porque a condessa agia de acordo com duas diferentes considerações, uma envolvendo a possibilidade de Grim ter, outra de não ter, chegado a Broz: na primeira, os copistas não fariam mais que ajudá-lo, com três mãos, a completar o trabalho realizado até ali por uma só; na segunda, não fariam menos que realizar *todo* o trabalho de transcrição da história, a partir da *dictatio* feita por, se ainda vivo, Posthumus. Além disso, seguiam esses copistas protegidos, desta vez, por uma dúzia de militares: que os *maratocupreni* ousassem interferir novamente nos altos desígnios da condessa!

A arquiconfraria — assim seja chamada para diferençá-la da primeira, servindo o prefixo superlativo grego *árchi* para designar sua superioridade (nem que seja numérica) em relação à outra — tinha como cabeça um monge severo e industrioso chamado Duilius, que era precentor de Lom. As condições do Mediterrâneo haviam sofrido mudanças, pois fora debelada a peste sarracena que ali grassara, de modo que foi possível promover uma viagem marítima até a Dalmácia e, conseqüentemente, ganhar um tempo precioso. Apesar disso, quando chegaram a Broz e perguntaram — a Kis Petrus, que os recebeu para o lava-pés — pelo irmão Posthumus, Duilius e seus arquiconfrades tiveram de engolir a notícia da morte dele ocorrida três dias antes.

Duilius ficou desolado. Como procurador que assumira de coração a empresa da condessa, sentiu a morte de Posthumus com a mesma amargura com que ela própria condessa a sentiria, se estivesse ali naquela hora. Apesar disso, não se deixou abater: se se perdeu o autor, procure-se a obra. Mas logo foi-lhe dado ver que nem daquele autor nem daquela obra nada conseguiria sem grandes esforços. Pois, se Kis Petrus afiançou que o trabalho de transcrição fora conduzido com o máximo empenho de todos — talvez o tivessem até mesmo terminado —, o manuscrito, acrescentou ele, não fora descoberto nem na cela de Grim nem na de Posthumus, nem se tinha noção de seu paradeiro.

Em audiência com Kaius, abade de Broz, Duilius pediu ajuda para localizar o manuscrito desaparecido. Kaius estava cansado daquela história de longa história, que até lhe custara a perda de excelente celeireiro. Mas os presentes e as relíquias enviados pela condessa eram ricos demais, aqueles, e pias demais, estas, para que ele ousasse destratar-lhe os procuradores. Convocou então à sua presença o prior, o bibliotecário, o hospitalário e o médico, e pediu-lhes opinião. Laszlus, o jovem prior, sugeriu que o noviço saxão certamente teria levado consigo, ao fugir, o manuscrito que copiara. O abade concordou que essa era a explicação mais lógica, e quis encerrar o assunto. Kis Petrus, porém, pediu licença para discordar: em conversa com Posthumus, pouco antes de sua morte, soubera que Grim, depois da fuga de Lollius, adquirira tal aversão à *Longa História* que já não queria mais nem ouvir falar dela. Dificilmente, disse o *hospitalarius*, a teria levado consigo. Discordo da tua discordância, replicou Laszlus; lembra-te que o noviço foi amestrado para obedecer; não creio que tenha perdido o senso de obediência: só se enlouqueceu. Assim, instado pela própria consciência, deve estar a caminho da Ingária para depositar o manuscrito em mãos da condessa. O abade quis, de novo, encerrar o caso. Duilius, no entanto, rogou-lhe que fizesse fazer uma busca no mosteiro. Por duas razões te faço este pedido, disse ele a Kaius. A primeira: existe uma dúvida se o noviço Grim retirou ou não retirou do mosteiro o manuscrito. A segunda: pode ser que o autor tenha feito, de próprio punho, uma cópia da história. Diante disso Kaius esboçou um sorriso abacial. Lembrou a Duilius que cada palavra ditada por Posthumus aos copistas fora ditada de memória, como eram unânimes em afirmar todas as testemunhas fortuitas da atividade de transcrição que se desenvolvera na célula da abelha. E depois levantou a questão implacável: Se havia uma cópia, por que se daria Posthumus o trabalho de ditar a história aos copistas palavra por palavra? Era um velho indolente; não consigo vê-lo entregue a um trabalho diário e demorado sem que houvesse absoluta necessidade para tanto. Mas a isso Duilius contrapôs o seguinte argumento: nenhum homem é, o tempo todo, explicável por equações. Não aceitava, assim, como axioma, que a *dictatio* da história excluísse a existência de uma cópia, ou *versa vice*. E voltou a rogar, súplice, que se fizesse uma busca para encontrar o manuscrito: ou o de Grim, ou o de Posthumus, ou um e outro. O abade, com o peso dos presentes na mente, não soube como recusar.

Foi feita então uma devassa em todos os pontos do mosteiro na tentativa de achar o possível códex: não era, pelo seu volume, objeto que facilmente passasse invisível. Uma rápida vistoria foi suficiente para demonstrar que, se existia, não estava na pobre e estreita cela de Posthumus, ainda vaga depois de sua morte recente, nem na que fora ocupada pelos copistas estrangeiros, Grim e Lollius. Quanto à biblioteca, Paulus, o bibliotecário, relatou a Duilius que mostrara a Grim, durante a visita que ali fizera, os trabalhos compostos por Posthumus em sua juventude; e que nenhuma outra obra tendo o nome de Posthumus como autor constava dos catálogos. Ainda assim, para que não pairasse no ar a nuvem de nenhuma dúvida, Paulus fez vasculhar todos os armários, até mesmo por trás e por baixo deles, e não só os armários mas as arcas e os cofres, mas sem sucesso: acharam-se, porém, muitos códices dados por perdidos há décadas, ou mesmo que nem se suspeitava terem jamais feito parte do acervo, pobres volumes esquecidos que despertaram atônitos de seus sonos poeirentos quando jorros de luz banharam-lhes as tumbas. Acharam-se, portanto, livros há muito tempo sem vida, cobertos por excrementos de ratos e furados por dentes de traças, mas nada que se assemelhasse ao livro que a condessa de Kemp cobiçava ler.

Duilius se recolheu à noite à sua cela e, recusando-se a voltar de mãos vazias à presença da condessa, mergulhou nas águas turvas do problema e tentou extrair dali alguma luz. Proibia-se a si próprio admitir que Posthumus *nunca* tivesse feito uma cópia de sua obra. A evidência obtida em conversa com vários monges mostrava também que antes de morrer Posthumus não executara nenhuma tarefa suspeita como incinerar nem uma só folha de pergaminho, quanto mais um livro inteiro: ninguém se lembrava de ter sentido qualquer cheiro misterioso de fumaça, e mesmo as cinzas de um livro, incapazes de desaparecer no éter, tinham de ser depositadas em algum lugar. O que terá feito esse homem, perguntava-se Duilius, com centenas de folhas de pergaminho? Certamente não as comeu: não teve tempo para tanto.

Duilius trouxera consigo para a cela as duas obras juvenis de Posthumus. Leu, sem interesse, o poema dos pássaros e, com atenção, o relato da viagem dos rotulários e cada uma das mensagens recolhidas nos mais diferentes mosteiros e conventos. Uma delas, escrita por um monginho de Klaipeda, fez com que arregalasse os olhos e a mente. Era, como tantas, uma mensagem frívola, e dizia o seguinte, em mau latim: "Consta que o abade de Broz foi leitor voracíssimo; duvido que mais voraz que o nosso, que há de levar um livro consigo para a sepultura e devorá-lo enquanto os vermes o devoram a ele."

Os sinos chamaram para as matinas. Duilius cantou-as mecânica mas, mestre de coro que era, melodiosamente. Depois do ofício, pediu ao abade uma audiência. O abade recebeu-o com seu sorriso abacial.

— Devo partir — disse Duilius sem rodeios.

— Lamento que não leves contigo o que vieste buscar — disse o abade.

— Quero, porém, rogar-te uma coisa — disse Duilius.

— O que eu puder — disse o abade.

— Se não posso levar a obra para a condessa — disse Duilius —, quero levar o autor.

O abade estranhou o pedido e levantou algumas objeções: um dos nossos, voltou a Broz para morrer entre nós, aqui é o lugar de seu repouso, *et cœtera*.

— Compro o corpo de Posthumus por quinhentos marcos — disse Duilius.

Kaius ficou pensativo. Quinhentos marcos pagara o abade Biscop, há muito tempo, pelo precioso corpo sem cabeça de São Desidério. A mesma quantia lhe era oferecida, agora, pelo corpo anódino e ignóbil do velho Posthumus.

— Preciso consultar o capítulo — disse ele.

Mentia; sua decisão já estava tomada.

## 177. Hesitação

Naquela mesma tarde a arquiconfraria partiu de Broz levando numa carroça o corpo de Posthumus em seu ataúde fechado. Em Vörösberény tomaram um barco para serem levados a Castellum. O barco chamava-se *Fárkas*, e pertencera antes ao *cellararius* que abandonara o mosteiro por motivos que Duilius não teve a menor curiosidade de perguntar quais. No meio do lago, à noite, no exíguo porão do barco, Duilius fez abrir o ataúde de Posthumus. À luz de uma lanterna, o velho morto pareceu sorrir-lhe. A cabeça repousava sobre um maço de folhas de pergaminho. Outras centenas de folhas forravam-lhe o ataúde por baixo do corpo e ocupavam todos os espaços entre o corpo e as paredes de pinho. Duilius não era homem de grande imaginação, mas ocorreu-lhe que o autor da *Longa História* fora sepultado entre as páginas de seu próprio livro.

Não se preocupou muito em saber quem, atado a uma possível promessa feita à cabeceira do moribundo, cumprira-a fielmente acomodando no ataúde centenas de folhas de pergaminho. Alguém o fizera e, por conta da mesma promessa, contivera a língua durante a busca do manuscrito feita em todo o mosteiro para agora, diante do epílogo imprevisível, dar de ombros e manter ainda e sempre fechada a boca.

Preocupou-se, antes, Duilius, emissário da condessa, em retirar do ataúde, com a ajuda dos outros dois copistas, todas as folhas de pergaminho que ali jaziam. Depois disso fecharam o ataúde e passaram o resto da noite pondo em ordem, em seu devido e preciso lugar, cada uma das folhas. Não faltava nem uma só.

Em Castellum, improvisaram o transporte do ataúde, que duas longas varas prendiam, como uma liteira, às selas de duas mulas. Além disso, compraram ali um par de enxadas e pás. Partiram no mesmo dia na direção das montanhas a oeste.

No dia seguinte, quando seguiam pela imensa planície, Duilius mandou parar. Não se via alma viva em lugar nenhum ao redor. Duilius mandou que abrissem uma cova no campo, e três dos fâmulos da confraria meteram mãos à obra. Aberta a cova, os homens esperaram as ordens de Duilius. Ele hesitou, mas não muito.

— Tapai a cova — disse ele.

Os homens olharam-no sem entender a ordem.

— Tapai, tapai — ordenou Duilius.

— Vazia? — perguntou o cavaleiro que tinha nessa *fratria* a mesma posição que tivera Ursus Fitzursulus na primeira.

— Tapai, já disse — repetiu Duilius.

Taparam a cova e retomaram a viagem. Durante a subida da montanha até Pœtovio o ataúde, em algumas passagens, teve de ser carregado nos ombros doídos de quatro homens. Durante o trajeto até à cidade de Rubina, na Ístria, o corpo de Posthumus fedeu nas narinas da arquiconfraria. Ali Duilius providenciou-lhe o embalsamamento antes de embarcar num navio para voltar à Ingária.

## 178. Retorno

A viagem por mar fez-se sem maiores incidentes. No mesmo dia em que desembarcou em Kemp, Duilius apresentou-se diante da condessa. As boas notícias tinham-no precedido: a condessa estava radiante.

Um dos fâmulos da confraria trouxe nos braços o volumoso códex e depositou-o sobre uma mesa. A condessa bateu palmas como menina de doze anos. Aí abriu o livro a esmo numa página e deixou ali os olhos saborearem uma frase, uma palavra, um nome próprio. Depois voltou-se para Duilius e disse:

— Cumpriste a tarefa que te confiei, meu bom Duilius. E a cumpriste muito rapidamente. A ti, e não ao pobre Tatheus, eu deveria ter posto à testa da primeira confraria. Muitos males teriam sido certamente evitados.

— Tive sorte, condessa — disse Duilius. E fez relato, com um mínimo de palavras, de como descobrira a existência do manuscrito.

— Não encontraste Grim de Grimsby — disse a condessa.

— Já não estava mais em Broz quando chegamos — disse Duilius. — Simplesmente fugiu.

— O que terá feito fugir ao seu dever — disse a condessa — alguém tão disciplinado?

Duilius não disse nada: sobre aquele assunto não tinha resposta nem curiosidade.

— E quanto ao manuscrito? Está completo, não está? — disse a condessa.

— Parece que sim — disse Duilius. — Examinei-o com cuidado. Foi transcrito a três mãos. A maior parte do texto, mais da metade dele, foi transcrita alternadamente por duas mãos diferentes: a de Grim e a de outra pessoa. Consta que ele recrutou um segundo copista no caminho. Ambos são excelentes copistas, mas um deles, não sei qual dos dois, é dos melhores que já vi: tem caligrafia formosíssima, quase, eu diria, *angelical*. Quisera tê-lo comigo em minha biblioteca. O resto do livro até o seu final é trabalho de um terceiro copista. A caligrafia mostra sinais de velhice e de cansaço. Creio que o terceiro copista foi o próprio Posthumus.

— Depois de todos os tropeços e dificuldades — disse a condessa —, acabou que a história foi transcrita por *três* irmãos copistas, como eu dispusera desde o início.

— O que me pareceu estranho — disse Duilius — foi isto: o prólogo do livro, que deveria ter sido transcrito por um dos jovens copistas, revela no entanto a caligrafia lerda e cansada que atribuo ao velho autor. Mas, como todo livro deve começar pelo prólogo, tomei a liberdade de devolvê-lo a seu devido lugar quando recompus o códex no porão do barco em que atravessamos o lago Bolonduarium.

— O lago Bolonduarium — murmurou a condessa. — Todo dia caminho sobre as águas do lago Bolonduarium.

Às palavras da condessa Duilius ergueu um sobrolho; voejou-lhe pela mente uma justificativa: a condessa, no extremo da velhice, tinha todo o direito de dizer uma ou outra frase sem sentido.

— Mas diz-me, Duilius, uma coisa — pediu ela. — Por que agiste em Broz de maneira tão sub-reptícia, comportando-se quase como um ladrão? Por que não pediste que se abrisse o ataúde para verificar teu pressentimento? Achando-se ali o manuscrito, tudo que te competiria a seguir era fazer aquilo por que te mandei a Broz: copiá-lo. Por que não agiste assim, honesta e licitamente?

Duilius baixou a cabeça, olhou para um lado do soalho, depois para o outro.

— Condessa — disse ele. — Decidi que melhor que uma cópia seria trazer-te o original da história. Seria mais rápido também.

— Por que, então — perguntou ela —, não ofereceste pelo manuscrito a mesma quantia que ofereceste pelo corpo do autor? O abade não se negaria a aceitar por um o que aceitara pelo outro.

— Condessa — disse Duilius. — Decidi que era melhor não deixar em Broz nem o *conhecimento* de que uma cópia da história sobrevivera ao autor.

— Por quê? — perguntou a condessa.

— Porque assim — respondeu Duilius — terias nas mãos, como tens, o único manuscrito da história, e podes fazer dele, depois de lido, o que quiseres.

A condessa ficou pensativa.

— Pretendia, no caminho — disse Duilius —, dar sepultura ao corpo, mas no momento de fazê-lo aconteceu uma coisa estranha.

— O quê? — perguntou a condessa.

— Eu *hesitei* — disse Duilius. — E não costumo hesitar. Então decidi trazer para Kemp não só o manuscrito mas também o corpo do autor. Terei agido mal?

— Agiste bem, Duilius — disse a condessa. — Nem eu mesma poderia ter agido melhor. E quanto nos custou o corpo?

— Assinei uma promissória de quinhentos marcos — disse Duilius.

— Deixa que venham cobrá-los.

— Se vierem — disse a condessa —, terão de cobrá-los de meu filho. Ou de ti.

— Se vierem — disse Duilius —, devolveremos o corpo. Que o levem de volta a Broz.

— Não — disse a condessa. — Posthumus veio, Posthumus fica.

No mesmo dia Duilius partiu com seus copistas de volta ao mosteiro de Lom, tendo recusado delicadamente o convite da condessa para que ficasse e ouvisse a leitura da história. Não tinha nenhum gosto para o que chamava de frívolas *fabulosidades*.

No dia seguinte, de manhã, enquanto Duilius seguia pressuroso a caminho de Lom sem conceder à *Longa História* ou a seu autor a graça de um só pensamento, a condessa começou, no salão de recepções, a ouvir a leitura da história. Escolhera seu próprio confessor para lê-la, um sacerdote de trinta e poucos anos chamado Domitianinus, que os invejosos chamavam de *Domitiasininus*. A dois ou três conselheiros concedeu a honra insigne de ouvir a história em sua companhia.

Antes de começarem, a condessa disse:

— Não estamos no inverno, nem chegou ainda a noite. Ouviremos a história no verão, e com dia claro. Esperei muito tempo por este momento e não quero nem posso esperar mais.

A um sinal da condessa, Domitianinus abriu o códex na primeira página.

— Vou ler o prólogo — anunciou.

— Salta — disse a condessa. — Deixa o prólogo para mais tarde. Começa onde começa a história.

Domitianinus virou a primeira folha e começou, da segunda, a leitura. Na sua voz ouvia-se algo de canoro e algo de juvenil, e as sílabas produzidas eram claras como cristal, e o tom, melodioso como música:

— "Uma história é como um navio. Nele embarca o autor, a quem cabe, como capitão, conduzir a história ao seu destino, embarcam os personagens como passageiros para a viagem de sua fabulação, embarcam ouvintes e leitores como tripulantes para a viagem de sua audição ou de sua leitura. Cada capítulo é um porto em que a história faz escala: assim, há capítulos em que desembarcam certos personagens e capítulos em que embarcam outros."

A condessa aprovou com a cabeça aquelas palavras. Domitianinus continuou:

— "Mas, se todas as histórias são *como* um navio, nem todas começam *com* um navio. Esta começa: começa com um navio e com um copista."

— Singular combinação — murmurou a condessa.

— "O copista de que trata esta história — continuou Domitianinus — em nada diferia dos demais copistas: sobre sua mesa de trabalho, lado a lado, jaziam dois manuscritos: à mão esquerda o códice, ou melhor, uma parte dele, abrangendo cerca de cem folhas da vasta *Crônica de Crassementum*; à mão direita, uma folha de pergaminho totalmente vazia."

— E o navio? — perguntou a condessa.

— "E o navio?" — repetiu a história, na voz canora de Domitianinus. — "Ora, o códice jazia aberto na primeira página do capítulo CCXXVII da célebre *Crônica*. A primeira frase dizia: *Mors in navem Hugonis comitis Ingariae embarcavit*. No canto superior esquerdo da página cintilava uma bela iluminura: o artista desenhara a figura de um navio navegando por entre as pernas do M."

— O navio da morte — murmurou a condessa.

— "O navio chamara a atenção do jovem copista — continuou Domitianinus —, que se deteve, cálamo imóvel entre os dedos, a esquadrinhar a figura. Ele nascera numa cidade à beira-mar, e desde criança se acostumara a ver e contemplar navios; nunca, porém, fizera uma viagem marítima, e não seria agora, aos vinte anos, que se disporia a enfrentar o oceano em tão frágeis embarcações."

A condessa lembrou-se, muito vagamente, da irmã mais velha, que morrera aos quinze anos no naufrágio de uma dessas frágeis embarcações.

— "Como copista que era — dizia Domitianinus —, cabia-lhe, ao começar um novo capítulo, omitir a letra inicial da primeira palavra, deixando espaço suficiente para, mais tarde, outro irmão inserir ali uma iluminura. Inapto em arte tão árdua, o jovem sabia no entanto avaliá-la e apreciá-la. Aquele navio era, sem dúvida, trabalho de artista de grande habilidade. Ia navegando com vela negra enfunada e, na proa, via-se a figura de um unicórnio, o chifre solitário apontado em riste contra as brancas nuvens do céu azul. Quem a teria feito, perguntou-se o copista. Era notório que as mais belas iluminuras da biblioteca haviam sido feitas pela mão do próprio abade, quando ainda noviço no mosteiro. Talvez aquela também; ou então era trabalho de alguma outra mão que agora repousava, com o resto de seu corpo, num dos sarcófagos da cripta do mosteiro. Onde um dia, pensou o jovem copista, há de jazer também a mão que agora transcreve esta interminável *Crônica*."

Domitianinus calou-se.

— Que foi? — perguntou a condessa.

— Terminou o primeiro capítulo — disse o *lector*.

— E o que está esperando? Aplauso? — disse a condessa, ríspida. — Vamos adiante, vamos adiante.

## 179. Leitura

Domitianinus levou vinte dias, inclusive os domingos, para fazer a leitura dos seis primeiros livros da história, e a condessa outro tanto para ouvir. No vigésimo primeiro dia terminaram o sexto livro pouco antes da hora das vésperas.

— Agora — ordenou a condessa — é a hora de me leres aquele prólogo.

Domitianinus voltou ao início do livro. Eis o que leu:

— "Ninguém trabalha mais duro que a Morte neste mundo de Deus. E trabalho que não tem fim: escrava da Vida, cabe-lhe extinguir as sucessivas gerações humanas e convertê-las em pó. É trabalho que deve ser executado com absoluta perfeição: está escrito nas leis de Deus e da Natureza que nenhum ser humano pode escapar à sina comum e viver para sempre. Verdade que, às vezes, por esquecimento — compreensível e perdoável —, a Morte deixa um de nós viver um pouco além dos seus dias, segregado no alto de uma escarpa, ou no fundo de um bosque, ou na solidão de uma ilha deserta; ou, até mesmo, no subúrbio mais populoso da mais populosa das cidades do mundo. Mas não para sempre: dia chega em que ela se lembra desse nosso idoso irmão e vai buscá-lo em sua vivenda para juntar-se ao pó comum e dissolver-se no esquecimento universal, destino e legado de toda a humanidade."

Domitianinus pigarreou e prosseguiu:

— "Uma correção. Viramos todos pó, sim, que a Morte é operária competente; mas nem todos somos esquecidos. Às vezes perdura um nome aqui, outro ali. Um rei muito justo, ou muito injusto, um filósofo de alta sabedoria, uma mulher de grande beleza. David, justo e injusto, o sábio Aristóteles, a bela e formosa Helena: seus nomes durarão na memória dos homens enquanto os homens tiverem memória. Alguns há, até, que serão lembrados pelo que outros fizeram e não eles: como Erc Mocublai, tão festejado até hoje na Hibérnia por ter aberto a via comercial até Tule: era dele o navio, mas outro, cujo nome se perdeu, é que, timão em punho, domou grandes perigos marinhos até chegar àquele porto *in extremis*; como o bispo Lausus, cujo nome está associado à coleção de vidas de santos conhecida como *História Lausíaca*, embora outro, cujo nome não se conhece, tenha não só escrito todas essas vidas como visitado muitas cidades e muitas e muitas vilas e muitas e muitas grutas do deserto e conversado com toda espécie de santos e santas, sim, e até mesmo vivido com eles vários meses nessas grutas em prejuízo de sua saúde, para compor o livro que tem o nome de outro. Alguns há, por fim, que serão lembrados não porque foram o que foram, mas porque mudaram a forma de sua alma, deixando de ser o que foram para serem algo melhor aos olhos de Deus."

O leitor calou-se: terminara o prólogo.

— Não será de todo injusto — disse a condessa — se este livro for conhecido, no futuro, como *Livro da Condessa* e a história, como *História Beatriciaca*. Fiz mais que o bispo Lausus. Se não tivesse mandado buscá-la, e não só uma mas duas vezes, teria ela sido *escrita*? Sinto-me na verdade como *coautrix* desta história, e na verdade o sou.

A condessa mergulhou no pélago de seus pensamentos. Depois emergiu e disse:

— A história não é tão longa quanto me anunciaram. De qualquer modo, é satisfatória. Posso dizer que conheço muitas histórias muito melhores, sobretudo as que ouvi de autores de Tule: qualquer das sagas de Tule é muito melhor que esta pretensa longa história. Mas, para ser honesta com Posthumus, nunca li história tão *espantosa*. E agora sei exatamente o teor da mensagem que meu marido tentou dizer-me, à véspera da partida da primeira confraria.

O leitor e os conselheiros presentes esperaram que ela os elucidasse a respeito, mas a condessa mudou de assunto:

— Quero que o autor seja sepultado na cripta dos condes. Ele o merece.

— Mas, senhora — disse um dos conselheiros —, ele não é da linhagem de Kemp; não é nem mesmo nobre.

— É meu irmão pelo sofrimento — disse a condessa — e nobre pela história que escreveu. Quero-o ao meu lado na morte. — E acrescentou, antes que interpretassem mal o seu desejo: — Ao meu lado e ao lado de meu marido.

Aí levantou-se. Domitianinus perguntou:

— Não podemos ler o livro sétimo ainda hoje, condessa? É tão curto E assim teremos lido o final da história.

— A Morte termina a *Longa História* — disse ela. — Eu já sei.

E saiu do salão ajudada por dois conselheiros.

## 180. Popa

Aquela noite a condessa visitou o corpo de Posthumus, cujo ataúde jazia guardado numa das despensas do castelo. Mandou abrir o ataúde. Olhou demoradamente para o rosto de Posthumus, para o sorriso morto nos seus lábios. Depois disse:

— Irmão Posthumus, ordeno-te que durmas tranqüilo. Tua *espantosa* história me agradou. Se eu tivesse um dia ousado escrever uma história, essa é a história que eu teria escrito. Mas não te envaideças. Não digo isso porque a tenha achado a melhor história do mundo. É, com todas as falhas e limitações, a história que tem mais a ver comigo.

E depois disse:

— Sei por que sorris. Não é por vaidade. É porque sabes que tua fístula nunca mais te incomodará. Tu lhe tiraste para sempre esse poder.

E por fim:

— Logo farei o mesmo com a minha.

A condessa escreveu algumas cartas de próprio punho aquela noite e dormiu tarde. No dia seguinte, amanheceu morta. Houve algumas lágrimas de conselheiros, de cortesãos, de povo, mas nem todas sinceras. Seu próprio filho chorou por um olho lágrimas de tristeza, pelo outro, lágrimas de alívio. Mas cumpriu-lhe o último desejo. Três dias depois os corpos de Betres de Kemp e de Posthumus de Broz, autores da *Longa História*, foram levados em navio de velas negras até a ilha Saurix para sepultamento.

Quanto ao manuscrito da *Longa História*, Domitianinus negou conhecimento de seu paradeiro, quando lhe perguntaram a respeito, algumas semanas depois. Nunca mais foi visto, nem se deu muita importância em Kemp a nunca mais ter sido visto. A Fábula, se lhe perguntarem, dirá que *talvez* tenha sido sepultado, em segredo, no ataúde em que se sepultou o corpo de Posthumus de Broz, ou no outro, em que se sepultou o corpo de Betres de Kemp. Se assim foi, por um lado faz sentido: ambos são autores da história, como disse a condessa. Por outro lado não faz: pois — e é pena — nunca mais se lerá a história intitulada *Longa História*, também conhecida como *História Beatricíaca*. Perdeu-se como se perderam os enigmas de Sansão, a gramática de Cadmo, os poemas do Parnaso, os oráculos de Apolo, a argonáutica de Jasão e os estratagemas de Palamedes. Perdeu-se como se queimada pelas chamas que devoraram a biblioteca de Alexandria.

Uma história é como um navio: depois que termina, é possível ver-lhe a proa e a popa. E aqui, onde termina a história, a Fábula diz: Terminei.

# BIBLIOGRAFIA

*Fontes impressas*

*The Anglo-Saxon Chronicle*. Translated with an Introduction by G. N. Garmonsway. London/New York: Dent/Dutton, 1965.

*A Bíblia Sagrada* contendo o Velho e o Novo Testamentos, traduzida em português segundo a Vulgata Latina por Antônio Pereira de Figueiredo. Lisboa: Adolpho, Modesto & Cia, 1892.

Brakelond, Jocelin of. *Chronicle of the Abbey of Bury St. Edmunds*. Translated with an Introduction and Notes by Diana Greenway and Jane Sayers. Oxford: Oxford University Press, 1989.

Cácegas, Fr. Luís de. *Vida de D. Fr. Bartholomeu dos Martyres*. Reformada por Fr. Luís de Souza. 3 vols. Braga: Forte & Cia., Editores, 1890.

Davies, R. T. *Medieval English Lyrics*: A Critical Anthology. London: Faber and Faber, 1968.

*Eyrbyggja Saga*. Translated with an introduction and notes by Hermann Pálsson and Paul Edwards, London: Penguin Books, 1989.

Froissart, Jean. *The Chronicle of Froissart* translated out of French by Sir John Bourchier, Lord Berners. 6 volumes. New York: AMS Press, 1967.

Gerald of Wales. *The Journey Through Wales/The Description of Wales* Translated with an Introduction by Lewis Thorpe. Middlesex: Penguin Books, 1978.

________. *The History and Topography of Ireland*. Translated with an Introduction by John J. O'Meara. Middlesex: Penguin Books, 1982.

Graves, Robert. *A deusa branca*: *Uma gramática do mito poético*. Rio de Janeiro: Bertrand Brasil, 2004.

Hodgkin, R. H. *A History of the Anglo-Saxons*. 2 vols. 3rd. edition. London: Oxford University Press, 1967.

Ker, W. P. *The Dark Ages*. New York: Mentor Books, 1958.

Koch, Wilfried. *Estilos de Arquitetura*. 2 vols. Lisboa: Editorial Presença, 1985.

Levison, Wilhelm. *England and the Continent in the Eighth Century*. London: Oxford University Press, 1966.

*Lives of the Later Caesars*. The first part of the Augustan History. Translated by Anthony Birley. London: Penguin Books, 1976.

Lopes, Fernão. *Crónica de D. Fernando*. Edição crítica por Giuliano Macchi. Lisboa: Imprensa Nacional – Casa da Moeda, 1975.

Martins, Mário. *Alegorias, símbolos e exemplos morais da literatura medieval portuguesa*. Lisboa: Brotéria, 1975.

Mary, André. *Anthologie Poétique Française: Moyen Age*. 2 vols. Paris: Garnier-Flammarion, 1967.

Monmouth, Geoffrey of. *The History of the Kings of Britain*. Translated with an Introduction by Lewis Thorpe. Middlesex: Penguin Books, 1968.

*Nouveau Larousse Illustré*: Dictionnaire Universel Encyclopédique. Publié sous la direction de Claude Augé. 7 vols. Paris: Librairie Larousse, s. d. [circa 1901].

*Orkneyinga Saga*: The History of the Earls of Orkney. Translated with an introduction and notes by Hermann Pálsson and Paul Edwards, London: Penguin Books, 1981.

Oursel, Raymond. *Les pèlerins du Moyen Age*. Les hommes, les chemins, les sanctuaires. Paris: Fayard, 1963.

Poole, Austin Lane. *From Domesday Book to Magna Carta*: 1087-1216. 2nd. edition. Oxford: Oxford University Press, 1970.

Psellos, Michel. *Chronographie ou Histoire d'un Siècle de Byzance* (976-1077). Texte établi et traduit par Émile Rénauld. 2 vols. Paris: Société d'Édition Les Belles Lettres, 1926.

Raby, F. J. E. *A History of Secular Latin Poetry in the Middle Ages*. Volume I. Oxford: Oxford University Press, 1934.

Saraiva, F. R. dos Santos. *Novissimo Diccionario Latino-Portuguez*. 8ª ed. Rio de Janeiro: Livraria Garnier, 1924.

Southern, R. W. *The Making of the Middle Ages*. New Haven/London: Yale University Press, 1964.

Stenton, Doris Mary. *English Society in the Early Middle Ages* (1066-1307). Middlesex: Penguin Books, 1955.

Stevenson, Robert Louis. *Travels with a Donkey in the Cevennes and Selected Travel Writings*. Oxford: Oxford University Press, 1992.

Sturluson, Snorri. *Heimskringla*. Part One: The Olaf Sagas, in 2 vols. Part Two:

Sagas of the Norse Kings. Translated by Samuel Laing. Revised with an Introduction and Notes by Jacqueline Simpson (Part One) and Peter Foote (Part Two). London/New York: Dent/Dutton, 1964 (Part One) & 1968 (Part Two).

Tácito: *As Histórias*. Tradução de Berenice Xavier. 2 volumes. Rio de Janeiro: Athena Editora, 1937.

Thévenin, René. *Les Pays Légendaires*. Paris: Presses Universitaires de France, 1946.

Turville-Petre, G. *Origins of Icelandic Literature*. Oxford: Oxford University Press, 1967.

*The Vinland Sagas*: The Norse Discovery of America. Translated with an Introduction by Magnus Magnusson and Hermann Pálsson. Middlesex: Penguin Books, 1966.

*Fontes da internet*

As referências abaixo não contêm o endereço dos sites visitados, mas indicação suficiente para facilitar o acesso a eles.

Accounts of Medieval Fairs and Markets, c. 998-1250. In Medieval Source Book.

Adamnan: *Life of St. Columba*. Edited (and translated?) by William Reeves, Edinburgh, 1874. In Medieval Source Book

*Alphabet of Tales*: An English 15th Century Translation of the *Alphabetum Narrationum* of Etienne de Besançon. In Corpus of Middle English Prose and Verse.

Ambrose: *Concerning Virgins*. In The Fathers of the Church, Catholic Encyclopedia.

Anglo-Saxon and Viking Crafts: Manuscript Production.

Augustanus, Xystus Betulius: *Susanna*. Translated by C. C. Love. In Corpus Scriptorum Latinorum.

The Backpackers Ultimate Guide to Maribor, Ptuj and Stajerska in Eastern Slovenia.

Balatonalmádi Hivatalos Weblapja.

Bazas: Histoire et Patrimoine.

Bede the Venerable: *The Lives of the Holy Abbots of Weremouth and Jarrow*. Translated by J. A. Giles, London, 1910. In Medieval Source Book

Browner, Jessica A.: "Viking" Pilgrimage to the Holy Land. In *Essays in History*, Corcoran Department of History, University of Virginia.

Bury, Richard de. *The Love of Books* (*The Philobiblon*). Translated by E. C. Thomas, 1888. In Project Gutenberg.

Catholic Encyclopedia. Verbetes: Abbey, Archdiocese of Bordeaux, Breviary, Convent, Hospitality, Rotuli.

Clement, Richard W. Manuscript books. Medieval and Renaissance Book Production. In ORB: Online Reference Books for Medieval Studies.

Churches of Keszthely and Nagyvaszony.

A Complaint About the Tithe of Ryckel, 1252. In Medieval Source Book.

Dauphin, Claudine: Brothels, Babes and Baths: Prostitution in the Byzantine Holy Land. In Classics Ireland, University College, Dublin.

Départements de France. In Quid.fr. Links consultados: Aude, Drôme, Gard, Gers, Gironde, Haute-Garonne, Hautes-Alpes, Hérault, e Lot-et-Garonne.

Donatus the Grammarian: *Works* [especially De Schematibus; De Solecismo; De Tropis; De Ceteriis Vitiis]. In Netserf, The Internet Connection for Medieval Resources.

Eckenstein, Lina: *Woman under Monasticism*: Chapters on Saint-Lore and Convent Life between A. D. 500 and A. D. 1500.

Ekkehard of St. Gall: Three Monks of St. Gall. Edited [and translated?] by G. G. Coulton, London, 1910. In Medieval Source Book.

Fabri, Felix: *The Book of the Wanderings of Felix Fabri*. Translated by Aubrey Stewart. In Traveling to Jerusalem, Colorado State University.

Geography of Zala County.

*Gesta Romanorum*. Excerpta. In The Latin Library: Medieval Latin.

*Gesta Romanorum*. In Corpus of Middle English Prose and Verse.

Giraldus Cambrensis: *Itinerary of Archbishop Baldwin through Wales*. From the 1912 J. M. Dent edition, London. In Project Gutenberg.

Giraldus Cambrensis: *Description of Wales*. From the 1912 J. M. Dent edition, London. In Project Gutenberg.

Grässe, Johann Georg Theodor. *Orbis Latinus; Lexikon lateinischer geographischer Namen des Mittelalters und der Neuzeit*. In Orbis Latinus On Line. [A directory of Latin place names made available on the Web by the Columbia University.]

Gregory I: Life of St. Benedict, translated by P.W., 1608. In Saints' Lives, Medieval Source Book.

Guibert de Nogent: *Autobiography*. Translated by C. C. Swinton Bland, 1925. In Medieval Source Book.

*Guide-book to Palestine*, circa 1350. Translated by J. H. Bernard, 1894. Palestine Pilgrim's Text Society. In Traveling to Jerusalem, Colorado State University.

Hucbald: In Praise of Bald Men. A Translation of Hucbald's Ecloga de Calvis by Thomas Klein. Centre for Medieval Studies, University of Toronto.

Hunting and Angling in Veszprém County.

Iam dulcis amica venito. In, entre outros sites, Bibliotheca Augustana: Saeculum undecimum, carmina Cantabrigiensia, carmina selecta.

The Inquisition Record of Jacques Fournier, Bishop of Pamiers, 1318-25. An English translation by Nancy P. Stork of selected confessions [consultadas especialmente as de Arnaud Gélis, Barthélemy Amilhac e Béatrice de Planissoles]. In High Medieval Church Life, Medieval Source Book.

Isidoro de Sevilla: *Etimologías*. Libro XI. Acerca del hombre y de los seres prodigiosos.

*The Itinerary of the Anonymous Pilgrim of Bordeaux* (Itinerarium Burdigalense). In Pilgrimage in the Middle Ages. In Medieval Source Book.

St. Jerome: De viris illustribus (On illustrious men). In New Advent.

Jocelin of Brakelond: *The Chronicle of Jocelin of Brakelond Monk of St. Edmundsbury*: A Picture of Monastic and Social Life on the XIIth Century. Translated and edited by L. C. Jane, introduction by Abbot Francis Aidan Gasquet, London, 1907. In Medieval Source Book.

King, Margot H. Desert Mothers: A Survey of the Feminine Anchoretic Tradition in Western Europe and The Desert Mothers Revisited: The Mothers of the Diocese of Liège. In Matrologia, Peregrina Publishing Company, Toronto.

Lacnunga Charms. From Karen Louise Jolly, *Popular Religion in Late Saxon England*: Elf Charms in Context, Chapel Hill, N. C., 1996.

L. Annæus Florus: *Carmina*. Translated by David Camden. In Forum Romanum.

*Life and Death of Cormac the Scald*. Translated by W. G. Collingwood and J. Stefansson, Ulverston, 1901. In Online Medieval and Classical Library. University of California at Berkeley & Sun Microsystems, Inc.

Life of St. Mary of Egypt, from The Canon of St. Andrew of Crete. In Saints' Lives, Medieval Source Book.

Liutprand of Cremona: *Report of his Mission to Constantinople*. Translated by Ernest F. Henderson, 1910. In Medieval Source Book.

Map of the Western Part of Lake Balaton. In *The Socio-Cultural Impacts of Tourism*, by Tamara Rátz.

Medieval Fairs of Champagne.

Medieval Manuscripts: General Introduction.

Medieval Women: Scriptorium. Arquivos Jean Gerson, François Villon e A Parisian Journal. McMaster University.

Nemerkenyi, Elöd. Latin Classics in Medieval Hungary: The Eleventh Century. Erasmus Institute at the University of Notre Dame.

Norberg, Dag: Latin in the Pre-Carolingian British Isles. A chapter from *Manuel pratique de latin médiéval*, translated by R. H. Johnson. In Orbis Latinus.

Pál, Engel. The House of Árpád and its times. The Hungarian Quarterly 2000.

Palladius: *The Lausiac History*. [Presumably] translated by W. K. L. Clarke, London, 1918. In Medieval Source Book.

Pangur Ban. Há vários links para este antigo poema sobre um gato branco, muitos deles com o texto original em irlandês. As traduções são várias: de J. Marchand, Robin Flower, Frank O'Connor, Eavan Boland, e até de W. H. Auden.

Plautus. *Poenulus*. Texto latino, in The Latin Library. As algaravias de Tatheus se baseiam nos discursos proferidos no ato V pelo personagem Hanno em sua língua materna, o cartaginês.

Ptuj the Oldest Town in Slovenia.

Public Record of the Labour of Isabel de la Cavalleria, 1490. Translated by Montserrat Cabre. In ORB, The Online Reference Book for Medieval Studies.

*Regra do Glorioso Patriarca São Bento*. Tradução e notas de D. João Evangelista Enout. Mosteiro de São Bento, Rio de Janeiro.

Religious Heritage of Veszprém County.

Sidonius Apollinaris. Two Letters of Sidonius. Translated by O. M. Dalton, Oxford, 1915. In Medieval Source Book.

Some Abbeys and Pilgrimage Churches in Western Hungary.

The Spirit of Benedictine Life. The Monastery of Christ in the Desert.

Tales of the Middle Ages: Cats. Inclui uma tradução do antigo poema irlandês "Pangur Bán" e o verbete sobre gatos da enciclopédia (1240) de Bartholomew de Glanville.

Transsylvania: The Colonization, by Klaus Popa.

Van Luik, Abraham: Feminists, Prophetesses and Witches: Lessons from a Women's Movement in the High Middle Ages.
Veszprém: Veszprémi Információs Rendszer.
Welsh Literature: The Court Poets. In Go Britannia! Wales.
William of Newburgh: *History*. Translated by Joseph Stevenson, 1861, in *The Church Historians of England*. In Medieval Source Book.

Impresso no Brasil pelo
Sistema Cameron da Divisão Gráfica da
DISTRIBUIDORA RECORD DE SERVIÇOS DE IMPRENSA S.A.
Rua Argentina 171 – Rio de Janeiro, RJ – 20921-380 – Tel.: 2585-2000